MO HAYDER
Verderbnis

Buch

In dem Städtchen Frome südlich von Bristol wird an einem Novemberabend auf einem Supermarktparkplatz die elfjährige Martha Bradley entführt. Detective Inspector Jack Caffery ist zunächst der Ansicht, dass der Entführer einen Fehler gemacht hat und eigentlich nur das Auto entwenden wollte, in dem zufällig Martha auf dem Rücksitz saß. Doch das Mädchen bleibt verschwunden. Polizeitaucherin Flea Marley kommt die Sache bekannt vor. Sie ist der Überzeugung, dass der Täter zuvor bereits zweimal zugeschlagen hat. Und es ging ihm nie um die Autos, sondern immer nur um die Kinder. Und damit soll sie Recht behalten. Der Täter lässt Jack Caffery nämlich kurz darauf wissen, dass er es wieder tun wird. Caffery spürt, dass er es mit einem sehr starken Gegner zu tun hat, den er nicht unterschätzen darf. Einem Gegner zumal, der ihn vorführt und bereit ist, seine Drohungen wahr zu machen. Kurz darauf entführt dieser ein weiteres Mädchen, die vierjährige Emily Costello. Und mit jeder Stunde, die vergeht, wird es unwahrscheinlicher, dass Jack Caffery und sein Team die Kinder noch lebend retten können.

Autorin

Mo Hayder, 1962 in Essex geboren, verließ mit fünfzehn ihr Zuhause, um in London das Abenteuer zu suchen. Sie hat später viele Jahre im Ausland verbracht, unter anderem auch in Tokio, wo sie eine Zeit lang in einem Nachtclub arbeitete und für eine englische Zeitung schrieb. Sie studierte Filmwissenschaften an der American University in Washington D.C. und später Creative Writing an der Bath Spa University. Mit ihrem Debüt, dem Psychothriller »Der Vogelmann«, wurde sie über Nacht zur international gefeierten Bestsellerautorin. Seither hat sie ihren Ruf als brillante Spannungsautorin mit den Romanen »Die Behandlung«, »Tokio«, »Ritualmord« und »Haut« weiter gefestigt. Die Autorin lebt heute mit ihrem Lebensgefährten und ihrer Tochter in der Nähe von Bath. Weitere Informationen unter www.mohayder.net

Außerdem lieferbar von Mo Hayder bei Goldmann:

Aus der Reihe mit Detective Inspector Jack Caffery:
Der Vogelmann. Thriller (45173) · Die Behandlung. Thriller (45626)
Ritualmord. Psychothriller (47285)
Haut. Psychothriller (geb. Ausgabe 31130, TB 47544)

Außerdem:
Tokio. Thriller (46320) · Die Sekte. Thriller (46835)
Atem. Thriller (31213)

Mo Hayder
Verderbnis

Psychothriller

Deutsch
von Rainer Schmidt

GOLDMANN

Die Originalausgabe erschien 2010 unter dem Titel
»Gone« bei Bantam Press,
an imprint of Transworld Publishers, London.

Verlagsgruppe Random House FSC-DEU-0100
Das FSC®-zertifizierte Papier *München Super* für dieses Buch
liefert Arctic Paper Mochenwangen GmbH.

3. Auflage
Taschenbuchausgabe Oktober 2012
Copyright © der Originalausgabe 2010 by Mo Hayder
Copyright © der deutschsprachigen Ausgabe 2011
by Wilhelm Goldmann Verlag, München,
in der Verlagsgruppe Random House GmbH
Umschlaggestaltung: UNO Werbeagentur, München
Umschlagmotiv: plainpicture/Briljans
Gestaltung der Umschlaginnenseiten:
UNO Werbeagentur, München
Motiv der Umschlaginnenseiten: FinePic®, München
NG · Herstellung: Str.
Druck und Einband: GGP Media GmbH, Pößneck
Printed in Germany
ISBN: 978-3-442-47780-7

www.goldmann-verlag.de

1

Detective Inspector Jack Caffery von der Major Crime Investigation Unit, dem Dezernat für Schwerverbrechen bei der Polizei in Bristol, verbrachte zehn Minuten im Zentrum von Frome und nahm den Tatort in Augenschein. Er ging vorbei an Absperrgittern, blitzenden Blaulichtern, Flatterband und den Zuschauern, die mit ihren Samstagnachmittagseinkäufen in kleinen Gruppen zusammenstanden und die Hälse reckten, um einen Blick auf die Kriminaltechniker mit ihren Pinseln und Plastikbeuteln zu werfen. Geraume Zeit blieb er da stehen, wo alles passiert war, zwischen Ölflecken und zurückgelassenen Einkaufswagen in der Tiefgarage, und versuchte, den Ort in sich aufzunehmen und zu entscheiden, wie beunruhigt er sein sollte. Trotz seines Mantels fror er schon, als er dann in das winzige Büro der Aufsicht hinaufging, wo Ortspolizisten und Kriminaltechniker sich auf einem kleinen Farbmonitor die Aufnahmen der Überwachungskamera anschauten. Sie standen im Halbkreis und hielten Becher mit Automatenkaffee in den Händen, ein paar noch in ihren Anzügen aus Tyvek-Fleece mit zurückgeschlagenen Kapuzen. Alle blickten auf, als Caffery eintrat, aber er schüttelte den Kopf und spreizte die Hände, um anzudeuten, dass er keine Neuigkeiten brachte. Mit verschlossenen, ernsten Gesichtern wandten sie sich wieder dem Monitor zu.

Das Bild hatte die typische Körnigkeit eines einfachen Überwachungssystems, und die Kamera war auf die Einfahrtsrampe der Parkgarage gerichtet. Der undurchsichtige Zeitstempel wechselte von Schwarz nach Weiß und wieder zurück, und auf dem Bildschirm sah man Autos in Reih und Glied auf den markierten Parkflächen. Hinter ihnen fiel das Licht der Wintersonne hell über die Rampe. Am Heck eines der Autos – eines Toyota Yaris – stand eine Frau mit dem Rücken zur Kamera und lud ihre Einkäufe aus einem Einkaufswagen in den Kofferraum. Jack Caffery war ein Inspector mit der Erfahrung von achtzehn Jahren härtester Polizeiarbeit beim Morddezernat in einigen der brutalsten Innenstadtgebiete des Landes. Trotzdem war er machtlos gegen den scharfen Stich der Angst, den dieses Bild ihm versetzte, denn er wusste, was als Nächstes passieren würde.

Aus den Zeugenaussagen, die die örtliche Polizei zu Protokoll genommen hatte, kannte er schon eine ganze Menge Fakten. Die Frau hieß Rose Bradley. Sie war mit einem Geistlichen der Church of England verheiratet und Ende vierzig, aber auf dem Bildschirm sah sie älter aus. Sie trug eine kurze dunkle Jacke aus einem schweren Stoff – Chenille vielleicht –, einen wadenlangen Tweedrock und flache Pumps. Sie hatte kurz und adrett geschnittene Haare. Sie war eine Frau, die so vernünftig aussah, dass sie einen Schirm mitnehmen oder ein Tuch um den Kopf binden würde, wenn es regnete, aber es war ein klarer, kalter Tag, und sie trug keine Kopfbedeckung. Rose hatte den Nachmittag über in den Kleiderboutiquen im Zentrum von Frome herumgestöbert und ihren Ausflug mit den wöchentlichen Lebensmitteleinkäufen für die Familie bei Somerfield beendet. Bevor sie angefangen hatte, die Tüten in ihren Yaris zu laden, hatte sie Autoschlüssel und Parkhausticket auf den Vordersitz des Wagens gelegt.

Das Sonnenlicht hinter ihr flackerte, und sie hob den Kopf und sah einen Mann, der schnell die Rampe heruntergelaufen kam. Er war groß und breitschultrig und trug Jeans und eine Steppjacke. Über den Kopf hatte er eine Gummimaske gestülpt: eine Santa-Claus-Maske. Für Caffery war das gespenstischer als alles andere – diese Gummimaske, die wippte, als der Mann auf

Rose zurannte. Das Grinsen veränderte sich nicht, verblasste nicht, als er näher kam.

»Er hat drei Worte gesagt.« Der Inspector vom lokalen Revier – ein großer, streng aussehender Mann in Uniform, der, nach seinen rot geränderten Nasenlöchern zu urteilen, ebenfalls draußen in der Kälte gestanden hatte – deutete mit dem Kopf auf den Monitor. »Genau hier – als er bei ihr ankommt. Er sagt: ›Weg da, Schlampe.‹ Sie hat die Stimme nicht erkannt, und sie weiß nicht, ob er mit Akzent sprach oder nicht, weil er geschrien hat.«

Der Mann packte Rose beim Arm und schleuderte sie weg vom Wagen. Ihr rechter Arm flog in die Höhe, eine Kette oder ein Armband zerriss, und Perlen flogen durch die Luft und funkelten im Licht. Sie prallte mit der Hüfte gegen den Kofferraum des Nachbarwagens, und ihr Oberkörper schnellte seitwärts darüber hinweg, als wäre er aus Gummi. Ihr Ellbogen bekam Kontakt mit dem Wagendach, sodass sie wie eine Peitschenschnur vom Wagen zurückflog und auf den Knien landete. Inzwischen saß der Mann mit der Maske auf dem Fahrersitz des Yaris. Rose sah, was er tat, und rappelte sich hoch. Sie erreichte das Seitenfenster und zerrte panisch am Türgriff, als der Mann den Schlüssel ins Zündschloss schob. Ein kleiner Ruck ging durch den Wagen, als er die Handbremse löste und dann zurücksetzte. Rose stolperte daneben her; halb fiel sie, halb wurde sie mitgeschleift, und dann bremste der Mann jäh, schaltete und schoss mit durchdrehenden Reifen vorwärts. Roses Hand rutschte vom Türgriff, und sie blieb zurück und stürzte schwerfällig, rollte einmal über sich selbst und blieb mit ungelenk verdrehten Armen und Beinen liegen. Sie kam gleich wieder zu sich und hob den Kopf gerade noch rechtzeitig, um zu sehen, wie der Wagen in Richtung Ausfahrt raste.

»Was dann?«, fragte Caffery.

»Nicht mehr viel. Wir haben ihn noch auf einer anderen Kamera.« Der Inspector richtete eine Fernbedienung auf den Digitalrekorder und klickte sich durch die Aufzeichnungen der verschiedenen Kameras. »Hier – wie er die Tiefgarage verlässt. Er benutzt ihr Ticket für die Schranke. Aber in dieser Übertragung ist das Bild nicht so gut.«

Auf dem Monitor sah man den Yaris von hinten. Die Bremslichter leuchteten auf, als er vor der Schranke langsamer fuhr. Das Fahrerfenster glitt herunter, der Mann streckte die Hand heraus und schob das Ticket in den Schlitz. Nach einer kurzen Verzögerung öffnete sich die Schranke. Die Bremslichter erloschen, und der Yaris fuhr davon.

»An der Schranke sind nirgends Abdrücke«, sagte der Inspector. »Er hat Handschuhe getragen. Sehen Sie sie?«

»Stoppen Sie hier«, sagte Caffery.

Der Inspector hielt das Bild an. Caffery beugte sich näher zum Monitor herunter und drehte den Kopf zur Seite, um das Rückfenster über dem beleuchteten Nummernschild zu betrachten. Als der Fall der MCIU gemeldet wurde, hatte der Superintendent des Dezernats, ein unnachsichtiger Scheißkerl, der eine alte Frau an den Fußboden nageln würde, wenn sie Informationen hätte, die seine Aufklärungsrate verbessern könnten, Caffery aufgetragen, als Erstes festzustellen, ob die Anzeige zutreffend war oder nicht. Caffery suchte die Schatten und Spiegelungen auf der Heckscheibe ab. Er sah etwas auf dem Rücksitz. Etwas Helles, Verschwommenes.

»Ist sie das?«

»Ja.«

»Sind Sie sicher?«

Der Inspector drehte sich um und schaute ihn lange an, als vermutete er hier einen Test. »Ja«, sagte er langsam. »Warum?«

Caffery antwortete nicht. Er würde nicht laut sagen, dass der Superintendent beunruhigt war, weil es da draußen schon so oft vorgekommen war, dass irgendein Arschgesicht ein Kind auf dem Rücksitz erfunden hatte, wenn ihm das Auto gehijackt worden war – in der Annahme, dass die Polizei dann mit größerem Engagement nach dem Wagen fahnden würde. So was kam vor. Aber es sah nicht so aus, als ob Rose Bradley so etwas im Sinn hätte.

»Ich will sie noch mal sehen. Vorher.«

Der Inspector richtete die Fernbedienung auf den Monitor und zappte durch das Menü zum vorhergehenden Clip und bis zu dem Augenblick, der neunzig Sekunden vor dem Angriff auf Rose lag. Die Parketage war leer. Nur das Sonnenlicht im Eingang und die Autos. Als der Zeitstempel auf 16.31 Uhr sprang, öffnete sich die Tür zum Supermarkt, und Rose Bradley schob ihren Einkaufswagen heraus. Neben ihr ging ein kleines Mädchen in einem braunen Dufflecoat, blass und mit blonder Ponyfrisur. Sie trug pastellfarbene Spangenschuhe und eine rosa Strumpfhose und hatte die Hände in die Taschen geschoben. Rose schloss den Yaris auf, und das kleine Mädchen öffnete die hintere Seitentür und kletterte hinein. Rose schloss die Tür hinter ihr, legte Schlüssel und Ticket auf den Vordersitz und ging zum Kofferraum.

»Okay. Hier können Sie stoppen.«

Der Inspector schaltete den Monitor aus und richtete sich auf. »Major Crime ist hier. Wessen Fall ist das dann? Ihrer? Meiner?«

»Weder noch.« Caffery zog seinen Schlüsselbund aus der Tasche. »So weit wird es gar nicht kommen.«

Der Inspector hob eine Braue. »Wer sagt das?«

»Die Statistik. Er hat einen Fehler gemacht – er wusste nicht, dass sie im Wagen saß. Bei der nächsten Gelegenheit schmeißt er sie raus. Wahrscheinlich hat er es schon getan, aber der Anruf kriecht noch durch die Kanäle.«

»Das ist fast drei Stunden her.«

Caffery hielt seinem Blick stand. Der Inspector hatte recht; die drei Stunden gingen über das hinaus, was die Statistik sagte, und das gefiel ihm nicht. Aber er war lange genug dabei, um mit solchen Ausnahmen zu rechnen, die es von Zeit zu Zeit gab. Mit Abweichungen, Regelwidrigkeiten. Ja, drei Stunden, das klang nicht gut, aber wahrscheinlich gab es einen einfachen Grund. Vielleicht versuchte der Kerl, weit genug wegzukommen, irgendeine Stelle zu finden, wo man ihn sicher nicht sehen würde, wenn er die Kleine absetzte.

»Sie taucht wieder auf. Ich gebe Ihnen mein Wort.«

»Wirklich?«

»Wirklich.«

Caffery knöpfte sich beim Hinausgehen den Mantel zu. Er hätte in einer halben Stunde Feierabend, und es gab ein paar Dinge, die er für den Abend in Erwägung gezogen hatte – ein Pub-Quiz des Police Social Club in der Bar in Staple Hill, eine Fleischtombola im Coach and Horses in der Nähe seines Büros, einen Abend allein zu Hause. Eine trostlose Auswahl. Aber nicht so trostlos wie das, was er jetzt tun musste. Denn jetzt musste er die Familie Bradley aufsuchen und mit ihr sprechen. Musste feststellen, ob es – abgesehen von einer statistischen Unregelmäßigkeit – noch einen Grund gab, weshalb ihre jüngere Tochter Martha noch nicht wieder da war.

2

Es war halb sieben, als er in der Siedlung nahe dem Dörfchen Oakhill in den Mendips ankam, einer halbwegs schicken Wohnanlage für leitende Angestellte, die vor ungefähr zwanzig Jahren erbaut worden war, mit einer breiten Straße, die hier endete, und großen, mit Lorbeer- und Eibenhecken umgrenzten Grundstücken auf dem Hügelhang. Das Haus sah nicht aus, wie er es bei einem Pfarrhaus erwartet hätte. Er hatte sich ein einzelnes Gebäude vorgestellt, mit Glyzinen, einem Garten und steinernen Torpfosten, in die »The Vicarage« eingemeißelt war. Stattdessen sah er eine Doppelhaushälfte mit einer geteerten Einfahrt, dekorativ verkleideten Kaminen und PVC-Fenstern. Er hielt vor dem Haus und stellte den Motor ab. Dies war der Teil seiner Arbeit, bei dem er innerlich erstarrte: wenn er den Opfern gegenübertreten musste. Einen Moment lang erwog er, den Weg zur Haustür nicht zu betreten. Nicht anzuklopfen. Einfach umzukehren und zu verschwinden.

Die polizeiliche Familienbetreuerin, die den Bradleys zugewiesen worden war, öffnete die Tür. Sie war eine große Frau um die dreißig mit einer glänzend schwarzen Pagenfrisur. Sie trug flache Schuhe unter einer weit ausgestellten Hose und hatte eine gebeugte Haltung, als wäre die Decke zu niedrig. Vielleicht machte ihre Größe sie befangen.

»Ich habe ihnen gesagt, von welchem Dezernat Sie kommen.« Sie trat einen Schritt zurück, damit er eintreten konnte. »Nicht weil ich ihnen Angst machen wollte, sondern damit sie wissen, dass wir es ernst nehmen. Und ich habe ihnen gesagt, dass Sie noch nichts Neues wissen. Dass Sie nur noch ein paar Fragen stellen wollen.«

»Wie nehmen sie es auf?«

»Was glauben Sie?«

Er zuckte die Achseln. »Stimmt. Dumme Frage.«

Sie schloss die Tür und musterte Caffery eindringlich. »Ich habe von Ihnen gehört. Ich weiß Bescheid über Sie.«

Es war warm im Haus, und Caffery zog den Mantel aus. Er fragte die Familienbetreuerin nicht, was sie über ihn wusste und ob es gut oder schlecht war. Er war es gewohnt, einem gewissen Typ Frau gegenüber wachsam zu sein. Irgendwie hatte er es geschafft, einen gewissen Ruf von seiner alten Stelle in London den weiten Weg bis hierher ins West Country mitzuschleppen. Das war ein Teil dessen, was dafür sorgte, dass er einsam blieb. Ein Teil dessen, was ihn veranlasste, sich unsinnige Dinge für seine Abende vorzunehmen, eine Fleischtombola zum Beispiel oder ein Pub-Quiz der Polizei.

»Wo sind sie?«

»In der Küche.« Mit dem Fuß schob sie eine Zugluftrolle vor den unteren Türspalt. Es war kalt draußen. Eisig. »Aber kommen Sie hier herein. Ich will Ihnen erst die Fotos zeigen.«

Die Familienbetreuerin führte ihn in ein Nebenzimmer mit halb geschlossenen Vorhängen. Die Möbel waren von guter Qualität, aber schäbig. An einer Wand stand ein Klavier aus dunklem Holz, ein Fernseher war in einem Intarsienschrank untergebracht, und auf zwei verschossenen Sofas lagen Decken, die aussahen wie zusammengenähte alte Navajo-Webereien. Alles hier – Teppiche, Wände, Möbel – wirkte verschlissen von jahrelanger Benutzung durch Kinder und Tiere. Auf einem der Sofas lagen zwei Hunde, ein schwarz-weißer Collie und ein Spaniel. Beide hoben den Kopf und starrten Caffery an. Wieder wurde er gemustert. Wieder wollte jemand wissen, was, zum Teufel, er vorhatte.

Vor einem niedrigen Tisch blieb er stehen. Etwa zwanzig Fotos lagen dort ausgebreitet. Sie stammten aus einem Album, und in ihrer Hast hatte die Familie die Klebeecken mit herausgerissen. Martha war klein und blass, und ihr weißblondes Haar war zu einer Ponyfrisur geschnitten. Sie trug eine Brille – eine, für die ein Kind gehänselt wurde. Eine weitverbreitete Meinung in Ermittlerkreisen besagte, dass eines der wichtigsten Dinge bei der Suche nach einem vermissten Kind darin bestehe, das richtige Foto für diese Suche auszuwählen. Es müsse im Sinn einer schnellen Identifizierung charakteristisch sein, aber das Kind auch sympathisch machen. Mit der Fingerspitze schob er die Bilder hin und her. Es waren Schulfotos, Ferienfotos, Geburtstagspartyfotos. Bei einem hielt er inne. Martha trug ein melonenfarbenes T-Shirt, und ihr Haar war zu zwei Zöpfen geflochten, die ihr Gesicht umrahmten. Der Himmel hinter ihr war blau, und in der Ferne sah man baumbewachsene Hügel. Der Aussicht nach hatte man es draußen in einem Garten der Siedlung aufgenommen. Er drehte es herum, damit die Familienbetreuerin es betrachten konnte. »Haben Sie das hier ausgesucht?«

Sie nickte. »Ich habe es an die Presseabteilung gemailt. Ist es das Richtige?«

»Ich hätte es auch genommen.«

»Möchten Sie jetzt zu ihnen?«

Er seufzte. Beäugte die Tür, auf die sie deutete. Was er jetzt tun musste, hasste er. Es war, als stünde er vor der Tür zu einem Löwenkäfig. Im Umgang mit den Opfern wusste er nie, wie er das richtige Gleichgewicht zwischen Professionalität und Mitgefühl finden sollte. »Na, kommen Sie. Bringen wir's hinter uns.«

Er trat in die Küche, und die drei Mitglieder der Familie Bradley hörten sofort auf mit dem, was sie gerade machten, und sahen ihm erwartungsvoll entgegen. »Nichts Neues.« Er hob beide Hände. »Ich habe nichts Neues.«

Sie atmeten unisono aus und sanken wieder in ihre kläglich gebeugte Haltung zurück. Im Geist glich er sie mit den Informationen ab, die er auf dem Revier Frome bekommen hatte: Da an der Spüle stand Reverend Jonathan Bradley, Mitte fünfzig, groß und mit dunkelblondem Haar, das dicht und wellig über der hohen Stirn nach hinten gekämmt war. Er hatte eine breite, gerade Nase, die über einem weißen Stehkragen genauso selbstbewusst aussehen würde, wie sie es über dem traubenblauen Sweatshirt und der Jeans tat, die er jetzt trug. Unter der Abbildung einer Harfe auf der Brust des Sweatshirts stand das Wort »Iona«.

Philippa, die ältere Tochter der Bradleys, saß am Tisch. Sie war der Inbegriff des rebellischen Teenagers mit ihrem Nasenring und den schwarz gefärbten Haaren. Im wirklichen Leben würde sie sich hinten im Zimmer auf dem Sofa fläzen, ein Bein über die Armlehne gelegt, einen Finger im Mund, und ausdruckslos auf den Fernseher starren. Aber das tat sie nicht. Sie saß da, die Hände zwischen die Knie geklemmt, mit hochgezogenen Schultern und einem verstörten Gesichtsausdruck.

Und da war Rose, ebenfalls am Tisch. Als sie das Haus am Morgen verlassen hatte, musste sie ausgesehen haben wie eine Frau auf dem Weg zur Gemeinderatssitzung, mit Perlen und gut frisiertem Haar. Aber ein Gesicht konnte sich innerhalb von Stunden schrecklich verändern, das wusste er aus Erfahrung, und jetzt sah Rose in ihrer farblosen Strickjacke und dem Polyesterkleid aus, als wäre sie schon halb in der Klapsmühle. Ihr dünnes blondes Haar klebte feucht am Kopf. Sie hatte rötliche Schwellungen unter den Augen und ein Krankenhauspflaster auf einer Seite des Gesichts. Außerdem hatte sie Beruhigungsmittel bekommen; das sah er an der unnatürlichen Schlaffheit ihres Mundes. Zu dumm, er hätte sie gern bei klarem Verstand gehabt.

»Wir sind froh, dass Sie hier sind.« Jonathan Bradley versuchte zu lächeln. Er kam herüber und berührte Cafferys Arm. »Setzen Sie sich. Ich gieße Ihnen einen Tee ein – wir haben eine Kanne fertig.«

Die Küche wirkte abgewohnt wie der Rest des Hauses, aber es war warm hier. Auf dem Fenstersims über der Spüle stand eine Reihe von Geburtstagskarten. Ein kleines Regalbord neben der Tür war voll von Geschenkpäckchen. Eine Torte auf einem Abkühlgitter wartete auf den Zuckerguss. Mitten auf dem Tisch lagen drei Handys, als hätte die Familie sie dort nebeneinander aufgereiht, weil eins davon jeden Augenblick klingeln könnte. Caffery wählte einen Stuhl Rose gegenüber, setzte sich und lächelte ihr zu. Sie sah ihn an und zuckte kurz mit den Mundwinkeln. Vom Weinen waren auf ihren Wangen Äderchen geplatzt. Ihre rot geränderten Augenlider hingen schlaff herab. Manchmal sahen die Augen von Schädelverletzten so aus. Er würde sich bei der Familienbetreuerin erkundigen, woher die Tranquilizer stammten. Ob es im Hintergrund einen Arzt gab, oder ob Rose einfach die Hausapotheke geplündert hatte.

»Morgen hat sie Geburtstag«, flüsterte sie. »Werden Sie sie zu ihrem Geburtstag nach Hause zurückbringen?«

»Mrs. Bradley«, sagte er, »ich möchte Ihnen erklären, warum ich hier bin, und ich möchte es tun, ohne Sie zu erschrecken. Ich bin fest davon überzeugt, dass der Mann, der Ihnen den Wagen gestohlen hat, in dem Augenblick, als er begriff, dass er einen Fehler gemacht hatte – dass Martha auf dem Rücksitz saß –, angefangen hat zu planen, sie wieder freizulassen. Vergessen Sie nicht, er hat ebenfalls Angst. Er wollte das Auto, aber keine Anklage wegen Kindesentführung zusätzlich zu der wegen Carjackings. So ist es immer in Fällen wie diesem. In meinem Büro gibt es Literatur darüber. Ich habe sie gelesen, bevor ich herkam, und ich kann Ihnen Kopien davon anfertigen lassen, wenn Sie wollen. Andererseits …«

»Ja? Andererseits?«

»Mein Dezernat muss den Fall als Kindesentführung behandeln, weil das in unserer Verantwortung liegt. Es ist völlig normal, und es bedeutet nicht, dass wir beunruhigt sind.« Er spürte, dass die Familienbetreuerin ihn beobachtete, während er redete. Er wusste, dass die Familienbetreuer manche Wörter mit roten Fähnchen markierten, wenn sie mit Familien zu tun hatten, die von einem Gewaltverbrechen betroffen waren. Deshalb benutzte er den Ausdruck »Kindesentführung« behutsam und sprach ihn in dem leichten, kaum hörbaren Tonfall aus, den die Generation seiner Eltern für ein Wort wie »Krebs« benutzt hätte. »Alle unsere Kennzeichenerkennungseinheiten sind informiert. Sie haben automatische Erkennungskameras, die auf allen größeren Straßen nach dem Kennzeichen Ihres Wagens suchen. Wenn er eine der Hauptstraßen in dieser Gegend benutzt, werden wir ihn entdecken. Wir haben zusätzliche Teams zur Anwohnerbefragung zusammengestellt und eine Pressemitteilung herausgegeben, wodurch die regionale und wahrscheinlich auch überregionale Berichterstattung praktisch garantiert ist. Ja, wenn Sie jetzt Ihren Fernseher einschalten, werden Sie es wahrscheinlich in den Nachrichten sehen. Ich habe veranlasst, dass einer unscrer Techniker hierherkommt. Er braucht Zugang zu Ihren Telefonen.«

»Für den Fall, dass jemand anruft?« Rose sah ihn verzweifelt an. »Wollen Sie das damit sagen – dass jemand uns anrufen könnte? Das klingt, als ob sie wirklich annehmen, sie ist entführt worden.«

»Bitte, Mrs. Bradley, ich habe gemeint, was ich gesagt habe: Das alles ist reine Routine. Wirklich reine Routine. Denken Sie nicht, dass etwas Schlimmes dahintersteckt oder wir irgendwelche Theorien verfolgen, denn es gibt wirklich keine. Ich glaube nicht einen Augenblick lang, dass diese Ermittlung in der Zuständigkeit der Major Crime Unit bleiben wird, denn ich bin davon überzeugt, dass Martha morgen an ihrem Geburtstag heil und gesund wieder da sein wird. Trotzdem muss ich Ihnen ein paar Fragen stellen.« Er wühlte einen kleinen MP3-Rekorder aus der Innentasche und legte ihn neben die Telefone auf den Tisch. Das rote Licht blinkte. »Was Sie jetzt sagen, wird aufgezeichnet. Wie schon einmal. Ist das okay?«

»Ja. Es ist …« Sie ließ den Satz unvollendet. Nach einer kurzen Pause blickte sie Caffery mit einem flackernden, Nachsicht heischenden Lächeln an, als hätte sie nicht nur inzwischen vergessen, wer er war, sondern auch, warum sie hier alle am Tisch saßen. »Ich meine – ja. Es ist in Ordnung.«

Jonathan Bradley schob Caffery einen Becher Tee hin und setzte sich neben Rose. »Wir haben darüber geredet und nachgedacht, warum wir noch nichts gehört haben.«

»Es ist noch sehr früh am Tag.«

»Aber wir haben eine Theorie«, sagte Rose. »Martha hat auf dem Rücksitz gekniet, als es passierte.«

Jonathan nickte. »Wir wissen nicht mehr, wie oft wir es ihr verboten haben, aber sie tut es immer wieder. Kaum ist sie im Wagen, lehnt sie sich über den Vordersitz und spielt am Radio herum. Sucht einen Sender, der ihr gefällt. Wir haben uns gedacht, dass er vielleicht so schnell weggefahren ist, dass sie zurückgeschleudert wurde – hinunter in den Fußraum, wo sie vielleicht mit dem Kopf aufgeschlagen ist. Vielleicht weiß er gar nicht, dass sie da ist. Sie könnte bewusstlos da unten liegen, und er fährt immer noch herum. Oder er hat den Wagen schon irgendwo abgestellt, und sie liegt noch drin, weiterhin bewusstlos.«

»Der Tank ist voll«, sagte Rose. »Ich habe auf dem Weg nach Bath getankt. Also könnte er schon weit weg sein, wissen Sie. Schrecklich weit.«

»Ich kann mir das nicht anhören.« Philippa schob ihren Stuhl zurück, lief zum Sofa und wühlte in den Taschen einer Jeansjacke. »Mum, Dad.« Sie zog eine Packung Benson & Hedges heraus, zeigte sie ihren Eltern und schüttelte sie hin und her. »Ich weiß, das ist weder der Ort noch der Augenblick dafür, aber ich rauche. Schon seit Monaten. Tut mir leid.«

Rose und Jonathan sahen ihr nach, als sie zur Hintertür ging. Keiner der beiden sagte etwas, als sie die Tür aufriss und mit einem Feuerzeug herumfummelte. Ihr Atem hing weiß in der kalten Abendluft. Weit hinten im Tal funkelten Lichter. Es war zu kalt für November, dachte Caffery. Viel zu kalt. Er spürte die Weite dieser Landschaft. Die Last von tausend kleinen Landstraßen, auf denen Martha ausgesetzt worden sein konnte. Ein Yaris war ein eher kleines Auto mit einem relativ großen Tank und einer beträchtlichen Reichweite – vielleicht bis zu fünfhundert Meilen –, aber Caffery glaubte nicht, dass der Carjacker einfach schnurgeradeaus gefahren war. Er stammte aus der Gegend – er hatte genau gewusst, wo die Straßenüberwachungskameras hingen. Er wäre viel zu nervös, um sein vertrautes Revier zu verlassen. Er würde sich immer noch in der Nähe aufhalten, irgendwo, wo er sich auskannte. Wahrscheinlich suchte er eine Stelle, die entlegen genug lag, um das Kind laufen zu lassen. Caffery zweifelte nicht daran, dass es so war, aber die verflossene Zeit pochte lautlos in seinem Schädel herum. Dreieinhalb Stunden. Inzwischen fast vier. Er rührte in seinem Tee. Betrachtete seinen Löffel, statt den Blick vor den Augen der Familie auf die Wanduhr zu richten.

»Und, Mr. Bradley«, sagte er, »ich höre, Sie sind der Gemeindepfarrer?«

»Ja. Ich war Schulleiter, aber vor drei Jahren bin ich ordiniert worden.«

»Sie machen den Eindruck einer glücklichen Familie.«

»Das sind wir auch.«

»Sie leben im Rahmen Ihrer Verhältnisse? Wenn das keine unhöfliche Frage ist.«

Jonathan lächelte kurz und betrübt. »Ja. Durchaus im Rahmen unserer Verhältnisse, vielen Dank. Wir haben keine Schulden. Ich bin kein heimlicher Spieler oder Drogensüchtiger. Und wir haben niemanden verärgert. Wäre das Ihre nächste Frage?«

»Dad«, sagte Philippa leise. »Sei nicht so beschissen patzig.«

Er ignorierte seine Tochter. »Wenn Sie auf so was hinauswollen, Mr. Caffery, dann kann ich Ihnen versichern, dass Sie auf dem Holzweg sind. Es gibt keinen Grund, weshalb irgendjemand ein Interesse daran haben könnte, sie uns wegzunehmen. Nicht den geringsten. So eine Familie sind wir einfach nicht.«

»Ich verstehe, dass Sie frustriert sind. Ich möchte mir nur ein klareres Bild verschaffen.«

»Es gibt kein Bild. Es gibt *kein* Bild. Meine Tochter ist entführt worden, und wir warten darauf, dass Sie etwas unternehmen –« Er unterbrach sich, als hätte er plötzlich gemerkt, dass er brüllte. Schwer atmend lehnte er sich zurück, puterrot im Gesicht. »Es tut mir leid.« Er fuhr sich mit der Hand durchs Haar. Müde sah er aus. Erledigt. »Es tut mir leid – wirklich. Ich wollte es nicht an Ihnen auslassen. Nur – Sie können sich einfach nicht vorstellen, was für ein Gefühl das ist.«

Ein paar Jahre zuvor, als er noch jung und hitzköpfig gewesen war, wäre Caffery über eine solche Bemerkung wütend geworden – über die Annahme, er könne nicht wissen, was für ein Gefühl das sei –, aber die Gnade des Alters half ihm, ruhig zu bleiben. Jonathan Bradley wusste nicht, was er da sagte, er hatte keine Ahnung – woher sollte er sie auch haben? –, und deshalb legte Caffery die Hände auf den Tisch. Flach. Um zu zeigen, wie ruhig er war. Wie gut er alles unter Kontrolle hatte. »Hören

Sie, Mr. Bradley, Mrs. Bradley, niemand kann hundertprozentig sicher sein, und ich kann Ihnen nicht die Zukunft voraussagen, aber ich bin bereit, mich weit aus dem Fenster zu lehnen und zu sagen, ich habe das Gefühl – das starke Gefühl –, dass diese Sache gut ausgehen wird.«

»Du lieber Gott.« Eine Träne rann über Roses Gesicht. »Meinen Sie das ernst? Meinen Sie das wirklich ernst?«

»Das meine ich wirklich ernst. Tatsächlich…« Er lächelte beruhigend – und dann sagte er einen der dümmsten Sätze seines Lebens. »Tatsächlich freue ich mich auf das Foto, auf dem Martha die Kerzen auf ihrer Torte auspustet. Ich hoffe doch, Sie schicken mir einen Abzug für meine Wand.«

3

Die Zementfabrik in den Mendip Hills war seit sechzehn Jahren geschlossen, und die Eigentümer hatten ein Sicherheitstor installiert, um zu verhindern, dass Leute mit ihren Autos hereinkamen und zum Spaß um den überfluteten Steinbruch herumfuhren. Flea Marley ließ ihren Wagen hundert Meter vor dem Tor im Ginstergestrüpp am Wegrand stehen. Sie brach zwei Äste von einem Baum ab und legte sie so hin, dass der Wagen von der Hauptstraße aus nicht zu sehen war. Niemand kam je hier herunter, aber es konnte nicht schaden, vorsichtig zu sein.

Es war den ganzen Tag über kalt gewesen. Graue Wolken vom Atlantik bedeckten den Himmel. Flea trug einen Parka und eine Strickmütze. Kletterbeutel und Klemmgeräte, Knie- und Ellbogenschützer befanden sich im Rucksack auf ihrem Rücken. Ihre Boreal-Kletterschuhe sahen auf den ersten Blick aus wie Wanderschuhe. Sollte sie jemandem begegnen, wäre sie eine Querfeldeinspaziergängerin.

Sie zwängte sich durch eine Lücke in der Umzäunung und ging weiter den Pfad entlang. Das Wetter wurde schlechter. Als sie am Rand des Wassers ankam, war es windig geworden. Unter der weißen Wolkendecke jagten kleinere, schwarze Wolken schnell wie Vogelschwärme dahin. An einem solchen Tag würde niemand hier draußen sein. Trotzdem hielt Flea den Kopf gesenkt und ging schnell weiter.

Die Felswand lag auf der anderen Seite und war vom Steinbruch aus nicht zu sehen. An ihrem Fuß blieb sie stehen und warf noch einmal einen Blick über die Schulter, um sicher zu gehen, dass sie allein war; dann huschte sie um den Felsen herum. Als sie die Stelle gefunden hatte, die sie suchte, warf sie den Rucksack ab und nahm die paar Dinge heraus, die sie brauchte. Jetzt kam es auf Schnelligkeit und Entschlossenheit an. Denk nicht nach, tu's einfach. Bring es hinter dich.

Sie rammte das erste Klemmgerät in den Kalkstein. Ihr Vater, seit langem tot, war ein Allroundabenteurer gewesen, ein Held aus Jungenfantasien: Taucher, Höhlenforscher, Kletterer. Die Abenteuerlust hatte auf sie abgefärbt, aber das Klettern war ihr nie zur zweiten Natur geworden. Sie gehörte nicht zu diesen Typen, die Klimmzüge an zwei Fingern machen konnten. Diese Kalksteinwand mit ihren senkrechten und waagerechten Spalten galt als leicht bezwingbar, aber sie fand es verdammt schwer; ständig gerieten ihre Hände an die falschen Stellen, und jetzt waren die Spalten auch noch voll von dem Magnesia, das sie in der Vergangenheit benutzt hatte. Sie musste alle paar Klimmzüge eine Pause einlegen, um das weiße Zeug mit den Fingern aus den Ritzen zu kratzen. Spuren zu hinterlassen war nicht gut. Niemals.

Flea war klein, aber stark wie ein Äffchen. Wenn man ein Leben führte, in dem man niemals wusste, was hinter der nächsten Ecke lauerte, lohnte es sich, hart zu bleiben, und deshalb trainierte sie jeden Tag. Mindestens zwei Stunden. Laufen, Gewichtheben. Sie war in Bestform. Trotz ihrer miserablen Klettertechnik brauchte sie weniger als zehn Minuten, um den Gipfel der Felswand zu erreichen. Sie atmete nicht einmal schwer, als sie oben ankam.

In dieser Höhe heulte und blies der Wind so heftig, dass er ihr den Parka an den Körper presste. Das Haar flatterte ihr in die Augen. Sie bohrte die Finger in den Felsspalt, drehte den Kopf und schaute hinunter in das Tal, durch das die Regenschleier wehten. Der größte Teil der Felswand war verborgen, aber dieser kleine Abschnitt nicht; wenn sie wirklich Pech hätte, könnte ein vorbeikommender Autofahrer sie sehen. Aber die Straße war praktisch leer; nur ein oder zwei Autos fuhren mit eingeschalteten Scheinwerfern vorüber. Trotzdem drückte sie sich eng an den Fels, um nicht entdeckt zu werden.

Sie hakte die Zehen ein, drehte den Oberkörper leicht nach links, bis sie die Stelle gefunden hatte, packte die spärlichen Wurzeln eines Ginsterbuschs mit beiden Händen und zerrte sie auseinander. Einen Augenblick lang zögerte sie und wollte es nicht tun. Dann schob sie das Gesicht hinein. Atmete tief ein. Hielt die Luft an. Schmeckte sie.

Mit einem rauen Hüsteln atmete sie aus, ließ das Gestrüpp los und wandte sich ab. Sie presste den Handrücken an die Nase; ihre Brust hob und senkte sich.

Die Leiche war noch da. Sie konnte sie riechen. Der bittere, durchdringende Gestank der Verwesung sagte ihr alles, was sie wissen musste. Er war überwältigend, aber schwächer als zuvor, und das bedeutete, dass der Leichnam tat, was er sollte. Im Sommer war der Geruch übel gewesen, wirklich übel. An manchen Tagen hatte sie ihn schon unten auf dem Pfad gerochen, wo jeder zufällig Vorüberkommende ihn bemerkt hätte. In diesem Stadium war es besser. Viel besser. Es bedeutete, dass die tote Frau allmählich verweste.

Der schmale Spalt, in den Flea die Nase gehalten hatte, schlängelte sich weit in die Felswand hinein. Tief unten, fast acht Meter unter ihr, befand sich eine Höhle. Sie hatte nur einen Eingang, und der lag unter Wasser. Ohne eine spezielle Taucherausrüstung und umfassende Kenntnisse des Steinbruchgeländes war es praktisch unmöglich, ihn zu finden. Aber sie hatte es getan, war hinuntergetaucht und in die Höhle vorgedrungen – zweimal in den letzten sechs Monaten, seit die Leiche dort lag, nur um sich zu vergewissern, dass niemand sie gefunden hatte. Jetzt steckte sie eingezwängt in einem Loch im Boden, mit Steinen bedeckt. Niemand würde wissen, dass sie dort war. Der einzige Hinweis auf das, was Flea getan hatte, war der unverkennbare Gestank, der sich durch das natürliche Ventilationssystem der Höhle, durch unsichtbare Spalten schlängelte und hier, hoch oben auf der Felswand, ins Freie gelangte.

Ein Geräusch drang von der anderen Seite des Steinbruchs herauf. Das Sicherheitstor wurde geöffnet. Flea breitete Arme und Beine aus und glitt schnell nach unten. Sie schürfte sich die Knie auf, und über ihren Parka zog sich vorn ein langer, orangefarbener Strich aus Steinstaub. Am Fuß der Felswand ging sie in die Hocke und lauschte in den Steinbruch hinaus. Im Rauschen von Wind und Regen konnte sie nicht ganz sicher sein, aber ihr war, als hörte sie ein Auto.

Langsam schlich sie sich bis zur Ecke, schob den Kopf um den Fels und riss ihn gleich wieder zurück.

Ein Auto. Mit eingeschalteten Scheinwerfern fuhr es langsam durch den Regen vom Tor heran. Sie befürchtete Schlimmes. Wieder spähte sie vorsichtig um den nassen Fels herum. Ja. Es war ein Polizeiwagen.

Was jetzt, Klugscheißer?

Hastig entledigte sie sich des Kletterbeutels, der Knieschützer und Handschuhe. Die Klemmgeräte weiter oben an der Felswand konnte sie nicht erreichen, aber die, an die sie herankam, löste sie rasch und stopfte sie zusammen mit den anderen Sachen zwischen den Ginster zu ihren Füßen. Sie ging in die Hocke und bewegte sich im Krebsgang, geschützt von den Ginsterbüschen, seitwärts bis zu einem anderen Felsen, wo sie sich aufrichten und um die Ecke schielen konnte.

Der Polizeiwagen hatte auf der anderen Seite des Steinbruchs angehalten, wo die Zementfabrik das Abraummaterial auf Halden gekippt hatte. Seine Scheinwerfer waren schlammbespritzt. Vielleicht wollte der Polizist hier pinkeln. Oder telefonieren. Oder ein Sandwich essen. Jedenfalls stellte er den Motor ab, ließ das Seitenfenster herunter und streckte den Kopf heraus. Er blickte in den Regen hinauf, beugte sich anschließend über den Beifahrersitz und suchte etwas.

Ein Sandwich? Mach, dass es ein Sandwich ist, lieber Gott. Oder ein Telefon?

Nein. Es war eine Taschenlampe. Scheiße.

Er öffnete die Wagentür. Regen und Wolken hatten das Tageslicht so weit geschluckt, dass der Strahl der Lampe stark genug war, um die Regentropfen aufleuchten zu lassen. Der Lichtstrahl blitzte auf dem Wagen, als der Mann sich eine Regenjacke überzog, und flackerte dann über die Bäume am Rand des Wegs. Der Polizist schlug die Wagentür zu, ging ans Wasser und ließ das Licht der Taschenlampe über die Oberfläche wandern. Das Wasser brodelte im prasselnden Regen, als würde es kochen. Jenseits des Tors, weiter oben am Weg, war einer der Äste, mit denen sie ihr Auto getarnt hatte, weggezogen worden. Der Polizist wusste, dass jemand hier war.

Mit anderen Worten, dachte Flea, du steckst bis zum Hals in der sprichwörtlichen Substanz.

Er drehte sich unvermittelt um, als hätte er ein Geräusch gehört, und richtete seine Lampe auf die Stelle, an der sie stand. Sie zog sich in den Schatten des Felsens zurück und drehte sich zur Seite. Der Wind trieb ihr die Tränen in die Augen, und ihr Herz hämmerte. Der Polizist tat ein paar Schritte. Eins, zwei, drei, vier. Dann zielstrebiger: fünf, sechs, sieben. Er kam auf sie zu.

Sie atmete tief durch, zog die Kapuze vom Kopf und trat hinaus in den Lichtstrahl. Er blieb wenige Schritte vor ihr stehen und hielt die Taschenlampe ausgestreckt vor sich. Der Regen tropfte von seiner Kapuze. »Hallo«, sagte er.

»Hallo.«

Er leuchtete sie von oben bis unten an. »Sie wissen, dass dies ein Privatgelände ist? Es gehört der Zementfirma.«

»Ja.«

»Sie sind wohl Steinbrucharbeiterin, oder?«

Sie verzog ein wenig spöttisch den Mund. »Sie machen das noch nicht sehr lange, was? Diesen Polizeikram?«

»Erzählen Sie doch mal«, entgegnete er, »was sagt Ihnen das Wort ›Privatgelände‹? *Privat* – Gelände?

»Dass ich nicht hier sein dürfte? Nicht ohne Erlaubnis?«

Er runzelte die Stirn. »Nett. Allmählich kriegen Sie die Kurve.« Er deutete mit der Lampe über den Pfad zurück. »Ist das Ihr Wagen? Da oben am Weg?«

»Ja.«

»Sie haben doch nicht versucht, ihn zu verstecken, oder? Unter ein paar Ästen?«

Sie lachte. »Du lieber Gott. Natürlich nicht. Warum sollte ich?«

»Sie haben diese Äste nicht darübergelegt?«

Sie hob die Hand, um ihre Augen vor dem Regen zu schützen, und betrachtete ihren Wagen. »Der Wind muss das Zeug da hingeweht haben. Aber mir ist klar, was Sie meinen. Es sieht so aus, als hätte jemand versucht, den Wagen zu verstecken, stimmt's?«

Der Polizist richtete die Lampe wieder auf sie und musterte ihren Parka. Er kam zwei Schritte näher.

Sie schob die Hand in die Innentasche ihrer Jacke. Der Polizist reagierte blitzschnell: In weniger als einer Sekunde hatte er sich die Taschenlampe unter den Arm geklemmt, seine rechte Hand lag am Funkgerät, die linke auf dem CS-Gas-Kanister an seinem Halfter.

»Alles okay.« Sie ließ die Hand sinken, öffnete den Reißverschluss und schlug den Parka auseinander, damit er das Futter sehen konnte. »Hier.« Sie deutete auf die Innentasche. »Da drin.

Meine Befugnis, mich hier aufhalten zu dürfen. Kann ich sie Ihnen zeigen?«

»Befugnis?« Der Polizist wandte den Blick nicht von der Tasche. »Was für eine Art Befugnis soll das sein?«

»Hier.« Sie trat auf ihn zu und hielt ihm die Jacke entgegen. »Schauen Sie selbst hinein. Wenn Sie dann weniger nervös sind.«

Der Polizist fuhr sich mit der Zunge über die Lippen. Er nahm die Hand vom Funkgerät und streckte sie aus. Seine Finger berührten den Rand der Innentasche.

»Da ist doch nichts Scharfes drin, oder? Irgendwas Scharfes, woran ich mich schneiden könnte?«

»Nein.«

»Ich rate Ihnen, die Wahrheit zu sagen, junge Dame.«

»Das tue ich.«

Langsam schob er die Hand in die Tasche und tastete nach dem, was da war, strich mit den Fingern darüber. Dann runzelte er die Stirn. Er zog den Gegenstand heraus und studierte ihn.

Ein Polizeiausweis. In der Standardhülle aus schwarzem Leder.

»Polizistin?«, fragte er langsam. Er klappte den Ausweis auf und las den Namen. »Sergeant Marley? Ich hab von Ihnen gehört.«

»M-hm. Ich leite die Unterwassersucheinheit.«

Er gab ihr den Ausweis zurück. »Was, zum Teufel, machen Sie hier draußen?«

»Ich hab daran gedacht, nächste Woche hier eine Übung abzuhalten. Jetzt sehe ich mich nur um.« Zweifelnd schaute sie zu den Wolken hinauf. »Bei diesem Wetter kann man sich den Arsch unter Wasser genauso abfrieren wie oben.«

Der Polizist schaltete seine Taschenlampe aus und zog sich die Regenjacke fester um die Schultern. »Unterwassersucheinheit?«

»Ganz recht. Unter Wasser.«

»Ich hab schon viel von Ihrer Einheit gehört. War ziemlich übel, was?«

Sie antwortete nicht, aber etwas klickte hart und kalt in ihrem Hinterkopf, als er die Probleme ihrer Einheit erwähnte.

»Besuche vom Chief Superintendent, hab ich gehört. Und interne Ermittlungen, oder?«

Flea machte ein entspanntes Gesicht. Sah ihn freundlich an. »Wir können uns nicht mit Fehlern der Vergangenheit aufhalten. Wir haben einen Job zu erledigen. Genau wie Sie.«

Der Polizist nickte. Anscheinend wollte er etwas sagen, aber dann ließ er es doch bleiben. Er legte einen Finger an die Mütze, wandte sich ab und ging zu seinem Wagen. Er stieg ein, setzte ungefähr zehn Meter zurück und verließ nach einer ausladenden Wende das Gelände. Als er an Fleas Wagen vorbeikam, der versteckt im Gebüsch stand, wurde er ein bisschen langsamer und musterte ihn eingehend. Dann gab er Gas und war verschwunden.

Flea stand reglos da, während der Regen auf sie herabströmte. *Ich hab schon viel von Ihrer Einheit gehört... War ziemlich übel, was?*

Fröstelnd zog sie den Reißverschluss hoch und sah sich in dem verlassenen Steinbruch um. Regentropfen rollten wie Tränen über ihre Wangen. Noch niemand hatte ihr so deutlich etwas über ihre Einheit gesagt. Jedenfalls bisher nicht. Als sie sich fragte, was sie dabei empfand, war sie selbst überrascht: Es tat weh, dass sich das Team in Schwierigkeiten befand. Etwas Festes in ihrer Brust bäumte sich leise auf. Etwas, das dort zur selben Zeit hineingekommen war, als sie die Leiche in die Höhle geschafft hatte. Sie atmete tief durch und zügelte das feste Ding in ihrer Brust. Hielt es im Zaum. Atmete langsam und gleichmäßig, bis das Gefühl wegging.

4

Abends um halb neun gab es noch immer keine Spur von Martha. Aber die Ermittlungen waren in Gang gekommen. Ein Hinweis war eingegangen. Eine Frau in Frome hatte in den Lokalnachrichten den Bericht über das Carjacking gesehen und gemeint, sie habe der Polizei etwas zu berichten. Sie gab bei der Ortspolizei eine Aussage zu Protokoll, die von dort an die MCIU weitergeleitet wurde.

Caffery fuhr auf Nebenstrecken hin, auf kleinen Landstraßen, wo er sicher sein konnte, schnell voranzukommen, ohne von einem gelangweilten Verkehrspolizisten gestoppt zu werden. Es regnete nicht mehr, aber der Wind blies nach wie vor heftig. Immer wenn man dachte, er lasse nach und höre auf, kam er von irgendwoher wieder zurück, fegte die Straße entlang, schüttelte Regentropfen von den Bäumen und trieb sie wirbelnd durch das Licht seiner Scheinwerfer. Das Haus der Frau hatte Zentralheizung, aber er fühlte sich dort unbehaglich. Er lehnte den Tee ab, sprach zehn Minuten lang mit ihr und ging dann wieder. An einer Tankstelle holte er sich einen Cappuccino, kehrte damit in ihre Straße zurück und trank ihn vor ihrem Haus, den Mantel bis obenhin zugeknöpft, um sich vor dem Wind zu schützen. Er wollte ein Gefühl für die Straße und die Umgebung bekommen.

Um die Mittagszeit, etwa eine Stunde bevor Rose Bradley überfallen worden war, hatte ein Mann mit einem dunkelblauen Auto hier gehalten. Die Frau im Haus hatte ihn durch das Fenster beobachtet, weil er so nervös wirkte. Er hatte den Kragen hochgeschlagen, sodass sie sein Gesicht nicht sehen konnte, aber sie war ziemlich sicher, dass er weiß und dunkelhaarig gewesen war. Er hatte eine schwarze Steppjacke getragen und etwas in der linken Hand gehalten, das ihr zu dem Zeitpunkt nichts sagte, aber rückblickend vermutete sie, es könne sich um eine Gummimaske gehandelt haben. Sie hatte verfolgt, wie er aus dem Wagen gestiegen war, doch dann klingelte ihr Telefon, und als sie zurückkam, war die Straße leer gewesen. Das Auto stand aber noch da. Den ganzen Tag über. Erst als sie die Nachrichten gesehen und aus dem Fenster geschaut hatte, war es weg gewesen. Er musste es also irgendwann im Lauf des Abends geholt haben.

Sie nahm an, dass es ein Vauxhall gewesen war – sie kannte sich mit Automarken nicht gut aus, aber auf dem Schild war ganz sicher ein Drachen gewesen. Als Caffery mit ihr hinausging und einen Vauxhall fand, der ein paar Häuser weiter unter einer Straßenlaterne parkte, sah sie sich das Markenschild an und nickte. Ja. Aber dunkelblau. Nicht sehr sauber. Und das Kennzeichen könnte mit WW geendet haben, aber das wollte sie nicht beschwören. Darüber hinaus konnte sie sich an nichts erinnern.

Jetzt stand Caffery da, wo der Wagen geparkt hatte, und versuchte sich die Szene vorzustellen und herauszufinden, wer sonst noch etwas gesehen haben könnte. Ganz am Ende der dunklen Straße strahlte ein Nachbarschaftsladen sein Licht in die Nacht hinaus. Ein Ladenschild aus Plastik hing über dem Schaufenster. Angebotsplakate klebten auf der Scheibe. Unter dem Maschendraht an einem Mülleimer flatterte das Plakat der Lokalzeitung. Caffery überquerte die Straße, trank seinen Kaffee aus und warf den Becher in den Mülleimer. Dann betrat er den Laden.

»Hallo«, sagte er und hielt der Asiatin hinter der Kasse seinen Ausweis unter die Nase. »Chef da?«

»Das bin ich.« Blinzelnd studierte sie den Ausweis. »Wie heißen Sie?«

»Caffery. Jack, wenn's Ihnen per Vornamen lieber ist.«

»Und was sind Sie? Ein Detective?«

»Das ist eine Bezeichnung dafür.« Er deutete mit dem Kopf zu der Kamera über der Ladenkasse hinauf. »Ist das Ding geladen?«

Sie warf einen Blick nach oben. »Wollen Sie mir meinen Chip zurückbringen?«

»Ihren was?«

»Der Raubüberfall.«

»Ich weiß nichts von einem Raubüberfall. Ich komme von der Zentrale. Ich kriege solche Informationen nicht. Was für ein Raubüberfall?«

Inzwischen wartete eine Reihe von Kunden. Die Geschäftsführerin winkte einem jungen Mann, der Regale auffüllte, er solle ihren Platz einnehmen. Sie zog den Kassenschlüssel ab, hängte ihn mit einem rosa Gummiband um den Hals und winkte Caffery, er solle mitkommen. Vorbei an einem Lotteriestand und zwei Postschaltern mit herabgelassenen Jalousien gingen sie in einen Lagerraum im hinteren Teil des Ladens. Zwischen Kartons mit Chips und Bündeln nicht verkaufter Zeitschriften blieben sie stehen.

»Letzte Woche sind welche reingekommen und haben ein Messer gezogen. Zwei Jungs, wissen Sie, mit Kapuzen. Ich war nicht hier. Sie haben nur ungefähr vierzig Pfund erbeutet.«

»Aber Jungs. Keine Männer.«

»Nein. Ich glaube, ich weiß ziemlich genau, wer sie sind. Ich muss die Polizei nur dazu bringen, mir zu glauben. Die sehen sich immer noch die Videoaufnahme an.«

Ein Schwarzweißmonitor in der Ecke zeigte den Hinterkopf des Verkäufers, der gerade ein Lotterielos auszahlte. Hinter ihm erkannte man Reihen von Süßigkeiten und dahinter die Straße. Papiermüll wehte vorbei. Caffery schaute auf den Bildschirm. In der unteren linken Ecke, hinter all den Plakaten, Zeitschriften und geparkten Autos, befand sich die Stelle, an der der blaue Vauxhall gestanden haben musste, den die Frau gesehen hatte.

»Heute Morgen ist ein Auto entführt worden.«

»Ich weiß.« Die Ladenchefin schüttelte den Kopf. »In der Stadt. Mit einem kleinen Mädchen drin. Schrecklich. Einfach schrecklich. Alle reden davon. Sind Sie deswegen hier?«

»Jemand, mit dem wir gern darüber reden würden, hat vielleicht hier geparkt.« Er klopfte mit der Fingerspitze auf den

Bildschirm. »Der Wagen stand den ganzen Tag da. Könnten Sie mir das Videomaterial zeigen?«

Mit einem anderen Schlüssel an ihrem elastischen rosa Halsband schloss die Frau einen Wandschrank auf. Darin befand sich ein Videorekorder. Sie ließ den Schlüssel fallen und drückte auf eine Taste. Dann runzelte sie die Stirn und drückte auf eine andere Taste. Auf dem Bildschirm erschien eine Meldung: *Speichermedium einlegen*. Leise fluchend drückte sie auf eine dritte Taste. Der Bildschirm blieb ein, zwei Sekunden leer, dann erschien die Meldung wieder: *Speichermedium einlegen*. Die Frau schwieg. Sie stand mit dem Rücken zu Caffery und verharrte ein paar Augenblicke völlig reglos. Als sie sich umdrehte, wirkte ihr Gesicht verändert.

»Was ist?«, fragte er. »Was ist los?«

»Das Ding läuft nicht.«

»Was soll das heißen, das Ding läuft nicht?«

»Es ist nicht eingeschaltet.«

»Warum nicht?«

»Ich weiß es nicht. Nein.« Sie wedelte mit der Hand und wischte ihre Worte beiseite. »Das ist gelogen. Ich weiß es wohl. Als die Polizei den Chip mitgenommen hat …«

»Ja?«

»Da haben sie gesagt, sie hätten eine andere Karte eingeschoben und das Gerät wieder eingeschaltet. Ich hab's nicht überprüft. Die Speicherkarte hier ist völlig leer. Außer mir hat niemand einen Schlüssel; also ist seit Montag nichts mehr aufgenommen worden, seit die Polizei hier war und die Bilder von dem Raubüberfall mitgenommen hat.«

Caffery öffnete die Tür und schaute hinaus in den Laden, vorbei an den Kunden mit ihren Illustrierten und billigen Weinflaschen zur Straße, wo die Autos im Licht der Straßenlaternen parkten.

»Eins kann ich Ihnen sagen«, die Geschäftsführerin trat zu ihm und schaute auf die Straße hinaus, »wenn er da oben geparkt hat, um zu Fuß in die Stadt zu gehen, dann dürfte er aus Buckland gekommen sein.«

»Aus Buckland? Ich bin neu hier. In welcher Richtung liegt das?«

»Richtung Radstock. Midsomer Norton? Kennen Sie das?«

»Da klingelt nichts.«

»Na, jedenfalls dürfte er von dort gekommen sein. Radstock, Midsomer Norton.« Sie nestelte am Schlüssel an dem elastischen Band um ihren Hals. Sie roch nach einem Blumenparfüm – leicht und sommerlich, aber billig, wie man es in der Drogerie an der Ecke kaufen konnte. Cafferys Vater war ein Stammtischrassist gewesen. Oberflächlich und gedankenlos. Er hatte seinen Söhnen erklärt, die »Pakis« seien okay und fleißig, aber sie röchen nach Curry. Ganz einfach. Nach Curry und Zwiebeln. Irgendwie erwartete er immer noch, dass es stimmte, musste Caffery sich plötzlich eingestehen. Und ein Teil von ihm war überrascht, wenn es nicht so war. Das zeigte nur, dachte er, wie tief sich die Spuren, die Eltern hinterlassen, eingruben. Es zeigte auch, wie verletzlich und schutzlos der Verstand eines Kindes war.

»Kann ich Sie etwas fragen?« Sie verzog das Gesicht. »Nur eine Frage?«

»Natürlich.«

»Dieses kleine Mädchen. Martha. Was glauben Sie, was er mit ihr machen wird? Was für schreckliche Sachen wird dieser Mann ihr antun?«

Caffery atmete langsam und tief ein und lächelte sie ruhig und freundlich an. »Gar nichts. Er wird gar nichts tun. Er wird sie irgendwo absetzen – irgendwo, wo sie sicher ist und gefunden werden kann. Und dann wird er in die Berge fliehen.«

5

Es war Nacht geworden. Caffery entschied, dass er die Bradleys nicht noch einmal zu besuchen brauchte. Er hatte ihnen nichts mitzuteilen, und außerdem wurden sie laut Betreuerin mit guten Wünschen überschüttet: Nachbarn, Freunde und Gemeindemitglieder brachten Blumen, Kuchen und Wein, um sie aufzumuntern. Caffery sorgte dafür, dass die Beschreibung des Vauxhall an alle automatischen Kennzeichenerkennungsposten gesendet wurde, und weil er noch eine Riesenmenge Papierkram zu erledigen hatte, fuhr er danach zum Büro seines Dezernats, das versteckt hinter dem Polizeirevier in Kingswood lag, an der nordöstlichen Spitze des Kraken, den die Vororte von Bristol bildeten.

Er hielt vor der elektronischen Schranke an und stieg im gleißenden Licht der Sicherheitsbeleuchtung aus, um den Hemdsärmel hochzuschieben und die Zahl zu studieren, die er sich mit Filzstift auf die Innenseite des Handgelenks geschrieben hatte. Vor drei Wochen hatten sie auf diesem Parkplatz einen Diebstahl hinnehmen müssen: Ein Polizeiwagen war vor ihrer Nase gestohlen worden. Es hatte rote Köpfe und neue Zugangscodes für alle gegeben, und es fiel ihm immer noch schwer, sich seinen Code zu merken. Er hatte die Hälfte der Zahl auf seinem Handgelenk eingetippt, als er merkte, dass ihn jemand beobachtete.

Er hielt inne, ohne die Hand vom Tastenfeld zu nehmen, und drehte sich um. Es war Sergeant Flea Marley. Sie stand neben einem Wagen mit offener Fahrertür. Jetzt schlug sie sie zu und kam herüber. Der Timer der Sicherheitsbeleuchtung schaltete die Lampen wieder aus. Caffery ließ die Hand sinken und zog den Ärmel herunter. Er hatte das irrationale Gefühl, dass er in der Falle saß.

Caffery war fast vierzig und jahrelang davon überzeugt gewesen zu wissen, was er von Frauen wollte. Meist hatten sie ihm halb das Herz gebrochen, so dass er lernte, sich korrekt und sachlich zu verhalten. Aber die Frau, die da über die Straße kam, hatte Zweifel in ihm geweckt: War es etwa gar nicht so sehr Effizienz, mit der er sich umgab, sondern vielmehr die raue, harte Schale der Einsamkeit? Sechs Monate zuvor war er im Begriff gewesen, etwas zu unternehmen, als alles, was er über sie zu wissen glaubte, wie von einer Bombe in Fetzen gerissen wurde. Er hatte gesehen, wie sie etwas tat, das völlig undenkbar war für die Person, die er sich vorgestellt hatte. Diese Zufallsentdeckung war durch ihn hindurchgefegt wie ein Sturm und hatte alle seine Empfindungen fortgerissen. Er war verwirrt, ratlos und enttäuscht zurückgeblieben. Enttäuscht auf eine Weise, die er eher aus seiner Kindheit kannte, nicht als Erwachsener. Aus einer Zeit, als Pakis nach Curry rochen und die Dinge noch tiefe Spuren hinterließen. Ein verlorenes Fußballspiel etwa. Oder das Fahrrad nicht zu bekommen, das man sich zu Weihnachten gewünscht hatte. Seitdem war er Flea ein- oder zweimal im Dienst über den Weg gelaufen, und er wusste, er sollte ihr sagen, was er gesehen hatte. Aber noch fehlten ihm die Worte.

Ein paar Schritte vor ihm blieb sie stehen. Sie trug die Standardwinterkleidung der Unterstützungseinheit: schwarze Cargohose, Sweatshirt und Regenjacke. Das wilde blonde Haar, das sie normalerweise zurückgebunden trug, hing offen auf ihre Schultern. Ein Sergeant einer Unterstützungseinheit sollte wirklich nicht so aussehen wie sie. »Jack«, sagte sie.

Er streckte die Hand aus und schlug die Tür des Mondeo zu. Richtete sich auf, straffte die Schultern und machte ein ernstes Gesicht. Seine Augen schmerzten, weil er es vermied, sie allzu genau anzusehen.

»Hallo«, sagte er. »Lange nicht gesehen.«

6

Nach ihrem Erlebnis im Steinbruch war Flea immer noch nervös und auf der Hut. Die Neuigkeit von dem Carjacking-Fall hatte am Abend die Runde gemacht und ihre abgelegene Einheit kurz vor Feierabend erreicht. Sie bereitete ihr ernsthafte Kopfschmerzen. Realistisch betrachtet gab es nur einen Menschen, mit dem sie darüber sprechen konnte: DI Caffery. Nach ihrer Spätschicht fuhr sie geradewegs zum Büro der MCIU in Kingswood.

Er stand am Tor neben seinem Wagen, umgeben von gelben Lichtkreisen, die sich in den Bürofenstern hinter ihm spiegelten und die Pfützen funkeln ließen. Er trug einen schweren Mantel und stand ganz still da, als sie auf ihn zukam. Er war dunkelhaarig, mittelgroß und schlank, und an seiner Haltung sah man, dass er auf sich aufpassen konnte. Er war ein guter Detective, ein hervorragender, sagten manche, aber alle tuschelten auch über ihn. Denn Caffery hatte etwas Undurchsichtiges. Etwas Wildes, Eigenbrötlerisches. Man erkannte es in seinen Augen.

Er machte nicht den Eindruck, als wäre er erfreut, sie zu sehen. Ganz und gar nicht. Sie zögerte. Lächelte unsicher.

Er ließ die Hand von dem Tastenfeld sinken, auf dem er seinen Zugangscode eingegeben hatte. »Wie geht's?«

»Gut.« Sie nickte, immer noch ein bisschen verdattert wegen seines Gesichtsausdrucks. Noch ein paar Monaten zuvor hatte er sie völlig anders angesehen – so, wie ein Mann eine Frau ansehen soll. Ein- oder zweimal. Aber jetzt tat er es nicht. Jetzt betrachtete er sie, als hätte sie ihn enttäuscht. »Und Ihnen?«

»Ach, Sie wissen schon – der gleiche Mist, ein neuer Tag. Ich höre, Ihre Einheit hat ein paar Probleme.«

Die Neuigkeiten verbreiteten sich schnell bei dieser Polizei. Die Unterwassersucheinheit hatte in letzter Zeit ein paarmal gepatzt: Bei einem Einsatz in Bridgewater hatten sie im Fluss nach einem Selbstmordopfer gesucht und waren geradewegs an der Leiche vorbeigeschwommen. Dazu kam die Kleinigkeit von Ausrüstungsgegenständen im Wert von tausend Pfund, die sie auf dem Grund des Bristol Harbour versenkt hatten. Und es gab noch mehr – kleinere Fehler und Missgeschicke, die sich insgesamt zu der hässlichen Wahrheit addierten, dass die Unterwassersucheinheit aus dem Tritt geraten sei: Leistungsvorgaben nicht erreicht, Erfolgsprämien eingefroren – und verantwortlich dafür war nur eine Person: der Sergeant. Schon zum zweiten Mal an diesem Tag wurde sie darauf angesprochen.

»Ich kann's allmählich nicht mehr hören«, sagte sie. »Wir hatten unsere Probleme, aber wir haben die Kurve gekriegt. Da bin ich sehr zuversichtlich.«

Er nickte skeptisch und spähte die Straße entlang, als suchte er nach einem Grund, weshalb sie beide immer noch hier standen. »Und?«, fragte er. »Was treibt Sie her, Sergeant Marley?«

Sie atmete ein und hielt die Luft an. Einen Moment lang dachte sie daran, ihm nichts zu sagen, weil er sich kalt und abweisend benahm. Sie hatte das Gefühl, als würden alle Enttäuschungen der Welt von ihm auf sie übergehen. Sie atmete aus. »Okay. Ich hab vorhin in den Nachrichten von dem Carjacker gehört.«

»Und?«

»Ich dachte mir, das sollten Sie wissen. Er hat es schon mal getan.«

»Was getan?«

»Der Typ, der diesen Yaris entführt hat? Er hat es schon mal getan. Und er ist nicht einfach ein Carjacker.«

»Wovon reden Sie?«

»Ein Mann, ja? In einer Santa-Claus-Maske? Er hat ein Auto entführt? Mit einem Kind drin? Tja, das war das dritte Mal.«

»Moment mal. Immer mit der Ruhe.«

»Hören Sie, ich hab Ihnen nichts erzählt. Ich hab mich damit schon beim ersten Mal in die Scheiße geritten. Hab mich zu sehr eingemischt und dafür irgendwann Prügel von meinem Inspector bezogen: Ich solle damit aufhören, sagte er, und mich vom Revier in Bridewell fernhalten. Niemand war tot oder so was; also hab ich eigentlich nur meine Zeit verplempert. Also, das alles wissen Sie nicht von mir. Okay?«

»Ich höre.«

»Vor zwei Jahren, bevor Sie aus London hierher versetzt wurden, war da eine Familie unten in den Docks. Ein Mann überfällt sie, nimmt ihnen die Autoschlüssel weg, schnappt sich den Wagen. In diesem Frühjahr noch einmal. Erinnern Sie sich, dass ich den toten Hund gefunden habe, im Steinbruch, oben bei Elf's Grotto? Den Hund dieser Frau? Die Mordsache?«

»Ich erinnere mich, ja.«

»Aber wissen Sie, warum meine Einheit überhaupt dort im Steinbruch getaucht hat?«

»Nein. Ich glaube, ich habe überhaupt nie…« Er unterbrach sich. »Doch, ich weiß es. Es ging um Carjacking. Sie haben angenommen, der Kerl hätte den Wagen im Steinbruch versenkt. Richtig?«

»Wir hatten einen Anruf bekommen, von einem Münztelefon an der Autobahn. Ein Zeuge behauptete, er habe gesehen, wie der Wagen da reinfuhr. Es handelte sich um einen Lexus, der in der Nähe von Bruton entführt worden war oder irgendwo in der Gegend. Wie sich herausstellte, war es aber kein Zeuge, der uns anrief, sondern der Carjacker selbst. Im Steinbruch gab es kein Auto.«

Caffery schwieg einen Moment, und sein Blick verschwamm, als müsste er das alles im Kopf neu ordnen. »Und Sie glauben, es war derselbe, weil…«

»Weil ein Kind auf dem Rücksitz saß.«

»Ein Kind?«

»Ja. Beide Male entführte der Carjacker nicht nur ein Auto, sondern mit ihm auch ein Kind. Beide Male bekam er es mit der Angst zu tun und setzte das Kind ab. Ich wusste, dass es beide

Male derselbe war, weil die Kinder ungefähr gleichaltrig waren. Beides Mädchen. Beide knapp zehn.«

»Martha ist elf«, sagte er abwesend.

Flea fühlte sich plötzlich schwer – schwer und kalt. Halb hasste sie den Gedanken, den sie ihm unterbreiten wollte. Sie wusste, es würde wie eine Ohrfeige für ihn sein. Er hatte bessere Gründe als die meisten, sich für Pädophile zu interessieren. Sein eigener Bruder war vor fast dreißig Jahren von einem solchen Mann entführt worden, und man hatte ihn nie gefunden.

»Na dann«, sagte sie, und ihre Stimme klang ein bisschen sanfter. »Ich schätze, das macht die Sache ziemlich klar. Er will nicht die Autos, er will die Mädchen. Kleine Mädchen.«

Stille. Caffery sprach nicht, rührte sich nicht, sah sie nur ausdruckslos an. Ein Auto fuhr vorbei. Das Licht der Scheinwerfer fiel auf ihre Gesichter.

»Okay.« Sie hob die Hand. »Ich habe gesagt, was ich zu sagen hatte. Wenn Sie damit arbeiten wollen, ist das Ihre Sache.«

Sie wartete auf eine Antwort, aber es kam keine. Sie ging zurück zu ihrem Wagen, stieg ein, blieb eine Weile sitzen und beobachtete ihn. Er stand da wie versteinert. Sie dachte daran, wie er sie von oben bis unten gemustert hatte. Als hätte sie ihn irgendwie enttäuscht. Von den Absichten, die einmal in seinem Blick gelegen hatten, war nichts mehr da, nichts von dem, was sechs Monate zuvor ihr Herz geöffnet hatte.

Warte einen Tag ab, dachte sie und ließ den Motor an. Wenn er bis zum folgenden Abend nichts wegen des Entführers unternommen hätte, würde sie mit seinem Vorgesetzten sprechen.

7

An diesem Abend kam in jeder Nachrichtensendung eine Meldung über Martha, zu jeder vollen Stunde, bis tief in die Nacht hinein. Ein Netz von Leuten, die nach ihr suchten, spannte sich über das Country – über das ganze Land. Müde Verkehrspolizisten saßen an den Kennzeichenerfassungsposten, den Blick starr auf die Monitore gerichtet, und glichen jeden dunkelblauen Vauxhall, der an ihnen vorüberfuhr, mit der Datenbank ab. Der eine oder andere Officer genehmigte sich heimlich ein, zwei Stündchen Schlaf, aber mit laut gestelltem Handy für den Fall, dass jemand anrufen sollte. Besorgte Bürger, die die Nachrichten gehört hatten, schauten in ihre Schuppen und Garagen. Sie warfen einen Blick in die Gräben an ihren Grundstücksgrenzen und suchten die Bankette der Straßen vor ihren Häusern ab. Niemand sprach aus, was er dachte: dass Martha schon tot sein könne. In einer so kalten Nacht – ein kleines Mädchen, nur mit T-Shirt, Strickjacke und Regenmantel bekleidet. Auch die Schuhe waren die falschen. Die fotografische Abteilung der Polizei hatte Bilder davon in Umlauf gebracht. Kleine, bedruckte Schuhe mit einem Querriemen und einer Schnalle. Nicht dazu gedacht, in einer eiskalten Winternacht getragen zu werden.

Die Stunden vergingen, ohne dass sich etwas Neues ergab. Die Nacht ging über in den Morgen, und dann begann ein neuer Tag. Ein windiger, nasser Tag. Ein Sonntag. Martha Bradley würde heute keine Kerzen auspusten. In Oakhill sagte Jonathan Bradley die Geburtstagsparty ab. Mithilfe der Partnergemeinden fand er einen Priester, der ihn in den Gottesdiensten vertrat, und die Familie blieb zu Hause und wartete in der Küche auf Neuigkeiten. Auf der anderen Seite von Bristol, in den Straßen von Kingswood, trotzte nur eine Handvoll Leute dem Wetter, um in die Kirche zu gehen. Sie hasteten am Büro der MCIU vorbei und kämpften gegen den arktischen Wind an.

Im Gebäude sah es anders aus. Hier liefen die Leute in Hemdsärmeln von einem Büro ins andere. An den Fensterscheiben tropfte das Kondenswasser herunter. Überall herrschte rege Betriebsamkeit. Es gab eine Urlaubssperre, und jeder unterhalb des Rangs eines Inspectors notierte freudig seine Überstunden. In der Einsatzzentrale ging es zu wie in der Börse. Leute telefonierten im Stehen und schrien quer durch den Raum. Neben all den anderen Fällen, mit denen die MCIU beschäftigt war, hatte der Carjacker ihnen eine Migräne biblischen Ausmaßes beschert. In einer Reihe von Dringlichkeitsbesprechungen hatte Caffery am Morgen die Zuständigkeiten verteilt. Er war personell relativ gut ausgestattet und hatte freie Hand bei der Auswahl seines Teams. Auf seiner Wunschliste standen ein Team von Datenbankexperten aus der Computerabteilung und fünf handverlesene Detectives. Dann wählte er ein Kernteam aus. Zwei Männer, eine Frau. Zusammen besaßen sie ungefähr die Fähigkeiten, die er vermutlich brauchen würde.

Da war Detective Corporal Prody. Ein neuer Mann, ein großer, adrett gekleideter Thirty-Something, der noch nicht lange in Zivil seinen Dienst versah. Er hatte vier Jahre als Verkehrspolizist gearbeitet. Diese Tatsache verbannte ihn, auch wenn ihm das niemand ins Gesicht sagen würde, auf die unterste Stufe der Polizeihierarchie. Aber Caffery wollte ihm eine Chance geben. Der erste Eindruck vermittelte ihm das Gefühl, Prody könnte das Zeug zu einem Polizisten mit ruhiger Hand haben. Außerdem kam er von der Verkehrspolizei. Bei einem Fall, in dem es um Autos ging, war damit ein wichtiger Punkt abgehakt.

Dann gab es Detective Sergeant Paluzzi, die immer sagte, wenn die Jungs im Team sie hinter ihrem Rücken Lollapalooza nennen wollten, wäre es ihr lieber, wenn sie sich die Umstände sparten und sie einfach direkt so anredeten. Und das taten sie auch. Lollapalooza war eine ziemliche Nummer mit ihrer olivfarbenen Haut, ihrem Schlafzimmerblick und ihrer Vorliebe für Highheels. Sie rollte jeden Tag in einem lippenstiftroten Ford Ka an und parkte ihn manchmal frech auf dem inoffiziellen Parkplatz des Superintendent, nur um ihn zu ärgern. Eigentlich hätte Lollapalooza ein Störfaktor im Team sein müssen, aber ihre Arbeit war solide, und Caffery brauchte eine Frau, wenn dieser Fall wirklich eine Wendung zur Pädophilie nehmen sollte, wie Flea Marley es vorausgesagt hatte.

Beim Letzten auf der Liste handelte es sich um Detective Sergeant Turner. Turner war ein alter Hase und ein Ermittler mit wechselndem Erfolg. Er kannte zwei Gangarten: Die Gangart »Interessanter Job« ließ ihn zu einem Arbeitstier werden, das ganze Nächte hindurch unter Strom stand, und die Gangart »Uninteressanter Job« verwandelte ihn in einen trägen Sack, der mit Disziplinarstrafen bedroht werden musste, damit er wenigstens aus dem Bett kam. Turner hatte zwei Kinder, und Caffery wusste, zu welcher Gangart er in diesem Fall neigen würde. Um zehn Uhr an diesem Vormittag war Turner mitten in der Arbeit. Er hatte bereits zwei Opfer früherer Carjacking-Fälle aufgetrieben und ins Büro der MCIU gebracht, wo Caffery sie ihm abnahm. Wahrscheinlich hätten die beiden separat vernommen werden müssen, aber Caffery war bereit, auf die Vorschriften zu pfeifen, wenn ihm das ein paar Stunden Zeitgewinn einbrächte. Er führte die beiden in den einzigen halbwegs schallisolierten Raum im Gebäude – in ein Nebenzimmer am Ende eines Korridors im Erdgeschoss.

»Ich bitte um Entschuldigung.« Er stieß die Tür mit dem Fuß zu und sperrte den Lärm aus, schaltete die flackernden Leuchtstoffröhren ein und legte seine Akten und seinen MP3-Rekorder auf den Tisch. »Nehmen Sie Platz. Ich weiß, es ist nicht gerade nobel hier.«

Die beiden setzten sich.

»Damien?« Caffery streckte dem jungen Schwarzen, der rechts saß, die Hand entgegen. »Danke, dass Sie sich die Zeit genommen haben.«

»Kein Problem.« Der junge Mann erhob sich halb und schüttelte ihm die Hand. »Hallo.«

Damien Graham hatte die Figur eines professionellen Footballspielers. Er trug eine magentafarbene Lederjacke und Designerjeans. Ein Mackertyp – man sah es schon an der Art, wie er dasaß. Die eine Hand baumelte lässig herab, und den Ärmel hatte er gerade so weit hochgeschoben, dass man die schwere Rolex-Armbanduhr sehen konnte. Seine Knie waren genau im richtigen Abstand gespreizt, um zu zeigen, dass er alles unter Kontrolle hatte. Simone Blunt, die neben ihm saß, war Welten von ihm entfernt. Weiß, Mitte dreißig, blond und von kühler Eleganz, gekleidet wie eine Karrierefrau aus der Upperclass: eine Bluse mit breitem Kragen, Beine in schwarzen Nylons, ein Kostüm mit kurzem Rock, nüchtern und nicht übermäßig sexy. Zu professionell, um zu flirten.

»Und Mrs. Blunt…«

»Bitte – Simone.« Sie beugte sich vor, um ihm die Hand zu geben. »Freut mich.«

»Sie haben hoffentlich nichts dagegen, dass Sie Cleo mitbringen sollten. Ich dachte nicht, dass es angebracht sein würde, aber ich möchte gern später mit ihr sprechen, wenn das okay ist?« Lollapalooza saß als Babysitter bei Simones zehnjähriger Tochter in einem anderen Zimmer. »Wir warten darauf, dass jemand von CAPIT dazukommt. Die wissen, wie man mit ihr sprechen muss. CAPIT ist die Einheit, die…«

»Ich kenne CAPIT. Die haben sie befragt, als es passiert war. Child Abuse and Protection… so ähnlich.«

»Protection Investigation Team. Die Schutz- und Ermittlungsabteilung für Fälle von Kindesmisshandlung. Sie sind unterwegs.« Caffery drehte einen Stuhl herum, setzte sich und stützte die Ellbogen auf den Tisch. »Mr. Turner hat Ihnen beiden gesagt, warum Sie hier sind?«

Damien nickte. »Es geht um das kleine Mädchen gestern Abend.« Sein Tonfall verriet den Londoner. Aus South London, vermutete Caffery. Vielleicht sogar aus seinem alten Revier im Südosten. »Kam in den Nachrichten.«

»Martha Bradley«, ergänzte Simone. »Ich nehme an, Sie haben sie nicht gefunden.«

Caffery nickte kaum merklich. »Noch nicht. Und wir wissen nicht, ob es etwas mit dem zu tun hat, was Ihnen beiden widerfahren ist. Aber wenn Sie nichts dagegen haben, würde ich diese Möglichkeit gern mit Ihnen zusammen ein wenig näher betrachten.« Er schaltete den MP3-Rekorder ein und drehte ihn so, dass das Mikro auf die beiden gerichtet war. »Damien. Möchten Sie anfangen?«

Damien schob die Ärmel zurück. Er fühlte sich unbehaglich mit dieser Edeltusse an seiner Seite und war entschlossen, sich nichts davon anmerken zu lassen. »Aber klar. Ich meine, das liegt jetzt ein paar Jahre zurück.«

»Es war 2006.«

»Ja – Alysha war damals erst sechs.«

»Hat Turner Ihnen gesagt, dass wir gern mit ihr sprechen würden, wenn es zeitlich passt?«

»Da wünsche ich Ihnen viel Spaß. Ich hab sie seit zwei Jahren nicht gesehen.«

Caffery hob die Brauen.

»Sie ist weg. Zurück ins Homeland, *brother*. Mit ihrer verdammten Gangsta-Mutter, die nie aufhört zu labern. Sorry.« Er korrigierte sich theatralisch, strich sich das Hemd glatt, legte den Kopf zurück und die Hände an die Jackenaufschläge, die kleinen Finger abgespreizt. »Ich bitte um Verzeihung. Ich wollte sagen, meine Tochter ist zurzeit außer Landes. Ich nehme an, in Jamaica. Mit ihrer redefreudigen Mutter.«

»Sie haben sich getrennt?«

»Das Beste, was ich je getan hab.«

»Hat Turner –« Caffery sah zur Tür, als stünde Turner dort wie Miss Moneypenny, mit Stenoblock und spitzem Bleistift in der Hand. Er drehte sich wieder um. »Ich werde Turner Bescheid sagen. Wenn Sie uns ihre Nummer geben könnten.«

»Die weiß ich nicht. Ich hab keine Ahnung, wo sie ist. Oder

meine Tochter. Lorna ist dabei« – er malte mit den Zeigefingern Anführungszeichen in die Luft –, »*sich selbst zu finden*. Mit so 'nem durchgeknallten Typen namens Prince. Hat 'ne Bootsvermietung.« Er legte den Kopf schief und gab wieder den Jamaikaner. Wahrscheinlich, um Simone zu beeindrucken. »Macht Kohle mit Touristen. Zeigt denen die Kroks, Mann – wissen Sie, was ich meine?«

»Hat sie Familie da?«, fragte Caffery.

»Nein. Ich kann nur sagen, viel Glück beim Suchen. Und wenn Sie sie finden, sagen Sie ihr, ich will ein Foto von meinem Mädchen.«

»Okay, okay. Dazu kommen wir noch. Lassen Sie uns jetzt ins Jahr 2006 zurückgehen. Zu dem, was da passiert ist.«

Damien legte die Finger an die Schläfen und schnippte sie dann nach außen, als hätte das Ereignis seinen Verstand durcheinandergebracht. »Das war 'ne schräge Sache. Eine schräge Zeit, wenn ich ehrlich sein soll. Bei uns war eingebrochen worden, bei mir und Lorna und Alysha, und das hat uns fertiggemacht. Dazu kam, wir verstanden uns nicht mehr, und in der Arbeit lief nicht alles so glatt, verstehen Sie? Jedenfalls war alles ziemlich im Arsch, und plötzlich passiert *so was*. Wir waren auf dem Parkplatz …«

»Vor dem Theater.«

»Ja, vor dem Hippodrome, und wir steigen da aus. Alyshas bescheuerte Mutter ist schon draußen, wie immer, und veranstaltet irgendeinen Schwachsinn mit ihrem Make-up neben dem Wagen. Aber mein kleines Mädchen sitzt noch hinten, ich fummle gerade das Navi raus, und plötzlich kommt von nirgendwoher dieser – dieser *Typ*, und zwar volle Kanne. Wenn ich jetzt dran denke, glaube ich, es war der Schock, denn es ist sonst nicht meine Art, mir solchen Scheiß gefallen zu lassen. Liegt nicht in meiner Natur, verstehen Sie? Aber diesmal doch. Ich bin einfach erstarrt. Der Typ kommt ran, und ehe ich mich versehe, liege ich auf dem Asphalt. Sehen Sie das?« Er hielt die

Hand hoch, damit Simone sie sehen konnte. Dann zeigte er sie Caffery. »Hat mir das verdammte Handgelenk gebrochen, der verdammte *Idiot*!«

»Und dann hat er den Wagen genommen?«

»Vor meiner Nase. Ich halte mich für so clever, nicht wahr? Aber der Kerl ist schnell – ehe ich was kapiere, ist schon alles vorbei, und er fährt mit meinem Wagen rauf in Richtung Clifton. Aber weit kommt er nicht – die Kleine hinten schreit so laut, dass er durchdreht.«

»In den Akten steht, eine halbe Meile weiter hat er sich abgesetzt.«

»Ja, oben bei der Universität.«

»Er hat den Wagen geparkt?«

»Am Straßenrand. Hat am Bordstein einen Reifen kaputtgefahren, aber was bedeutet schon ein neuer Gürtelreifen unter Freunden? Und dann macht er die Fliege.« Damien wedelte mit einer Hand zum Fenster. »Rennt weg.«

»Und lässt Alysha zurück?«

»Ja. Aber ihr fehlt nichts. Ich meine, sie ist ein gescheites Kind, wissen Sie? Clever.« Er tippt sich an die Stirn. »So intelligent. Sie tut, als ob sie so was jeden Tag erlebte. Steigt einfach aus, steht da und guckt die Leute an, die sich sofort versammelt haben, und sagt: ›Was glotzen Sie so? Rufen Sie jetzt die Polizei oder was?‹«

Simone lächelte leise. »Das hört sich großartig an.«

Damien nickte und lächelte zurück. »Sie ist echt stark. Wirklich.«

»Erinnern Sie sich an ein Auto, das Sie gesehen haben?«

»Was für ein Auto? Ich meine, da gab's überall Autos. Das war ein Parkplatz.«

»An einen dunkelblauen Vauxhall.«

»An einen Vauxhall.« Er drehte sich um und schaute Simone mit fragend hochgezogenen Brauen an. Sie schüttelte den Kopf und zuckte die Achseln. Caffery entging die wortlose Beratung nicht. Selbst wenn *er* noch nicht zu dem Schluss gelangt war, dass es sich um dieselbe Person handelte, die ihre Autos entführt hatte – *sie* waren davon überzeugt. Ohne im Einzelnen zu wissen, was mit Rose Bradley geschehen war, hatten sie ihren Carjacker als ein und denselben Mann identifiziert. Wahrscheinlich waren sie davon überzeugt, dass er auch Martha entführt hatte. Aber Caffery musste unvoreingenommen bleiben. Auf den ersten Blick sah es so aus, dass die Überfälle nach den ersten Aussagen Damiens und Simones Gemeinsamkeiten aufwiesen: Die Entführungen gingen sehr schnell und gewaltsam vonstatten, und die Täter hatten ähnliche Kleidung an. Sie trugen eine Skimaske – keine Santa-Claus-Maske – und in beiden Fällen eine schwarze Jacke und eine Hüftjeans mit Gürtelschlaufen und Schnallen. *Wahrscheinlich hatte das modische Gründe*, hatte Simone zu Protokoll gegeben. *Aber es sah aus, als wollte er den Mount Everest besteigen und nicht ein Auto stehlen.* In Rose Bradleys Aussage hieß es, er habe *eine Jeans mit lauter Taschen und Schlaufen* getragen. Aber Caffery kannte noch ein paar andere Umstände, die sich nicht zu einer definitiven Erkenntnis addieren ließen.

»Damien? Ein dunkelblauer Vauxhall.«

»Das ist mehr als vier Jahre her. Sorry. Keine Ahnung.«

»Simone?«

»Tut mir leid. Da waren überall Autos. Ich kann mich wirklich nicht erinnern.«

Caffery schob den MP3-Rekorder herum, sodass das Richtmikrofon auf sie wies. »Sie haben sie morgens zur Schule gebracht? In Bruton?«

Sie nickte und beugte sich vor. Ihr Blick war auf den Rekorder gerichtet. Ein Arm lag quer vor ihrer Brust, und die Hand ruhte leicht auf der Schulter. Der andere Arm hing nach unten. »Ganz recht. Ich weiß nicht, wie viel Sie schon wissen, aber Cleo war damals neun. Inzwischen ist sie zehn. Es hat zwei Stunden gedauert, bis ich hörte, dass sie in Sicherheit war.« Sie lächelte

Damien an – ein kleines, mitfühlendes Lächeln. »Die schlimmsten zwei Stunden meines Lebens.«

Damiens Mund stand halb offen. »*Zwei Stunden*? Ich hatte keine Ahnung. Hab nie was davon gehört. Ich hatte wirklich *keine* Ahnung.«

»Es stand in der Lokalzeitung, aber viel weiter ist es nicht gedrungen. Ich nehme an, wenn ein Kind wohlbehalten zurückkommt, erfährt man nichts davon. Und es war ja auch ungefähr um dieselbe Zeit, als die Frau dieses Fußballspielers verschwand. Misty Kitson? Da interessierte sich niemand für das, was uns passiert war.«

»Mrs. Blunt?« Sofort schnitt Caffery ihr das Wort ab. Er wollte nicht, dass einer von ihnen jetzt abschweifte und begann, über den Fall Kitson zu reden. Dafür hatte er seine Gründe. »Wer saß an diesem Morgen in Ihrem Auto?«

»Nur ich und Cleo.«

»Wo befand sich Ihr Mann?«

»Neil hatte an dem Tag schon früh eine Sitzung – er arbeitet im Bürgerbüro und berät die Leute in Sorgerechtsfragen und solchen Dingen. Ich fürchte, die Brötchen verdiene ich. Der Kampf ums Dasein ist meine Aufgabe. Ich raffe den schnöden Mammon zusammen.«

Aber das machte sie gut, dachte Caffery. Cleo war zur King's School in Bruton gegangen. Eine solche Erziehung kostete ein paar Pfund.

»Und es passierte vor der Schule?«

»Nicht direkt davor. Um die Ecke, in der High Street, genauer gesagt. Ich hatte da auf dem Weg zur Schule angehalten, um noch rasch etwas einzukaufen. Als ich zum Wagen zurückkam, ist er einfach… *aufgetaucht*. Aus heiterem Himmel. Er rannte.«

»Hat er etwas gesagt? Können Sie sich an irgendetwas erinnern?«

»Ja. Er sagte: ›Weg da, Schlampe.‹«

Caffery blickte von seinen Notizen auf. »Wie bitte?«

»Er sagte: ›Weg da, Schlampe.‹«

»Der Typ, der uns überfallen hat, hat auch so was gesagt«, berichtete Damien. »Zu mir sagte er: ›Runter, du Scheißer‹, und die Missus hat er ›Schlampe‹ genannt und gesagt, sie soll ihren Arsch bewegen.«

»Warum?«, fragte Simone. »Ist das wichtig?«

»Ich weiß es nicht.« Caffery sah Simone unverwandt an. Dieselben Worte hatte der Kerl in Frome zu Rose gesagt. Ganz hinten in seinem Kopf fing etwas zu ticken an. Er räusperte sich, schaute hinunter auf seinen Notizblock und notierte »Redeweise«. Fragezeichen. Einen Kreis um das Ganze. Dann lächelte er zuversichtlich. Damien und Simone musterten ihn mit ernster Miene.

»Wenn es sich um denselben Mann handelte«, sagte Simone, »ist es dann nicht ein bisschen zu viel Zufall? Drei verschiedene Autos? Jedes Mal mit einem anderen Mädchen darin? Ich meine« – sie senkte die Stimme –, »fragen Sie sich da nicht, ob er es nicht vielleicht weniger auf die Autos abgesehen hat als auf die Mädchen? Fragen Sie sich da nicht, was er womöglich mit Martha angestellt hat?«

Caffery tat, als hätte er nichts gehört. Er ließ sein Lächeln noch breiter werden, um ihnen zu signalisieren, dass alles, aber wirklich alles gut werden würde. »Ich danke Ihnen beiden für Ihre Zeit.« Er schaltete den MP3-Rekorder aus und deutete zur Tür. »Wollen wir nachsehen, ob jemand von CAPIT gekommen ist?«

8

Cafferys Büro wurde nur von einem winzigen, ächzenden Radiator in der Ecke beheizt, aber bald waren die Fenster beschlagen, als sich vier Personen in den kleinen Raum zwängten, um Cleo Blunt zu befragen. Caffery stand mit verschränkten Armen in einer Ecke. Eine zierliche Frau in den Fünfzigern, die einen hellblauen Rock mit einem dazu passenden Pullover anhatte, saß an seinem Schreibtisch und hielt eine Liste von Fragen in der Hand. Sie war ein Sergeant von CAPIT. Auf Drehstühlen ihr gegenüber saßen Simone und die zehnjährige Cleo. Cleo trug einen braunen Pullover, Cordjeans und dazu pinkfarbene Kickers. Ihr blondes Haar war zu Zöpfen geflochten. Nachdenklich rührte sie in dem Becher mit heißer Schokolade, die Lollapalooza in der Küche für sie aufgetrieben hatte. Caffery brauchte die reiche Mummy nicht neben ihr sitzen zu sehen, um zu begreifen, dass diese kleine Person Privatschule und Ponyklub-Mitgliedschaft sozusagen im Blut hatte. Man erkannte es an ihrer Haltung. Süß war sie trotzdem. Nicht unangenehm.

»So«, begann die CAPIT-Frau. »Wir haben dir gesagt, warum du hier bist, Cleo. Ist dir das recht?«

Cleo nickte. »Ja, alles in Ordnung.«

»Gut. Also, der Mann, der Mummys Auto gestohlen...«

»Und nie zurückgebracht hat.«

»Und nie zurückgebracht hat. Ich weiß, dass du schon einmal über ihn reden musstest. Als ich mit der Polizistin gesprochen habe, die dir all diese Fragen gestellt hat, war sie ziemlich beeindruckt von dir. Sie sagte, du seist wahnsinnig gut darin, dich an Sachen zu erinnern. Du hättest über die Fragen nachgedacht, und wenn du keine Antwort wusstest, hättest du auch keine erfunden. Sie sagt, du warst absolut ehrlich.«

Cleo lächelte kurz.

»Aber wir müssen dich jetzt noch einmal befragen. Zum Teil

sind es die gleichen Fragen wie beim ersten Mal. Das klingt vielleicht langweilig, aber es ist wichtig.«

»Ich weiß, dass es wichtig ist. Er hat wieder jemanden, stimmt's? Ein anderes Mädchen.«

»Das wissen wir nicht. Vielleicht. Deshalb müssen wir dich bitten, uns noch einmal zu helfen. Wenn es dir zu viel wird, sag's mir, und ich höre auf.«

Der Finger der Polizistin lag auf der Liste der von Caffery vorbereiteten Fragen. Er hatte ihr gesagt, was er haben wollte, und sie wusste, dass es schnell gehen musste. »Du hast der Polizistin vor mir gesagt, dass der Mann dich an jemanden erinnert hat. An jemanden aus einer Geschichte?«

»Ich hab sein Gesicht nicht gesehen. Er hatte eine Maske auf.«

»Aber du hast uns etwas über seine Stimme erzählt. Sie klang ein bisschen wie …?«

»Ach, jetzt weiß ich, was Sie meinen.« Halb verdrehte Cleo die Augen, halb lächelte sie. Sie war verlegen über die Worte, die vor nur sechs Monaten aus ihrem neunjährigen Mund gekommen waren. »Ich hab gesagt, er hörte sich an wie Argus Filch aus *Harry Potter*. Der, der Mrs. Norris hat. So hörte er sich an.«

»Wollen wir ihn dann den Filch-Mann nennen?«

Cleo zuckte die Achseln. »Wenn Sie wollen. Aber er war schlimmer als Argus Filch. Ich meine, viel schlimmer.«

»Okay. Wie wär's dann, wenn wir ihn – was weiß ich – den Hausmeister nennen? Argus Filch ist der Hausmeister in Hogwarts, oder?« Caffery stieß sich von der Wand ab, lief zur Tür und machte wieder kehrt. Er wusste, dass die CAPIT-Kollegin ein Protokoll einzuhalten hatte, aber er wünschte doch, sie würde ein bisschen Gas geben. Am Fenster drehte er sich um und ging wieder quer durch den Raum. Die CAPIT-Frau hob den Kopf und musterte ihn kühl. Dann wandte sie sich wieder Cleo zu. »Ja, ich glaube, so machen wir's. Wir nennen ihn ›den Hausmeister‹.«

»Okay. Von mir aus.«

»Cleo, ich möchte, dass du jetzt etwas für mich tust. Stell dir vor, du wärst wieder in dem Auto an diesem Morgen. An dem Morgen, als der ›Hausmeister‹ zu dir in den Wagen kam. Jetzt stell dir vor, es ist noch nicht passiert. Okay? Du bist mit deiner Mum auf dem Weg zur Schule. Kannst du dir das vorstellen?«

»Okay.« Cleo schloss die Augen halb.

»Wie geht es dir dabei?«

»Gut. In der ersten Stunde habe ich Turnen – das war immer mein Lieblingsfach –, und ich werde mein neues Sport-T-Shirt anziehen.«

Caffery beobachtete das Gesicht der CAPIT-Kollegin. Er wusste, was sie da tat. Das kognitive Interview war eine Vernehmungstechnik, die bei der Polizei jetzt häufig zum Einsatz kam. Der Befragende führte den Befragten zurück zu seinem Befinden zum Zeitpunkt des Geschehens. Das sollte dazu dienen, Blockaden zu lösen, damit die Fakten fließen konnten.

»Schön«, fuhr sie fort. »Das heißt, du trägst dein T-Shirt jetzt noch nicht?«

»Nein. Ich trage mein Sommerkleid. Mit einer Strickjacke darüber. Mein T-Shirt war im Kofferraum. Wir haben's nie zurückbekommen. Nicht wahr, Mum?«

»Nein, nie.«

»Cleo, jetzt wird es schwierig – aber stell dir vor, dass jetzt der ›Hausmeister‹ fährt.«

Cleo holte Luft. Sie kniff die Augen zusammen, ihre Hände hoben sich zur Brust und schwebten dort.

»Gut. Jetzt erinnere dich an seine Jeans. Deine Mum sagt, du erinnerst dich besonders gut an seine Jeans – mit den Schlaufen. Als er den Wagen fuhr, konntest du die Jeans da sehen?«

»Nicht ganz. Er hat ja gesessen.«

»Er hat vor dir gesessen. Wo dein Dad normalerweise sitzt?«

»Ja. Wenn Dad da sitzt, kann ich seine Beine nicht ganz sehen.«

»Und seine Hände? Konntest du die sehen?«

»Ja.«

»Und woran erinnerst du dich bei seinen Händen?«

»Er hatte diese komischen Handschuhe an.«

»*Solche* komischen Handschuhe«…«, korrigierte Simone.

»Solche komischen Handschuhe. Wie beim Zahnarzt.«

Die Polizistin warf Caffery einen Blick zu. Er ging immer noch auf und ab und dachte an Handschuhe. Die Spurensicherung hatte im Yaris der Blunts keine DNA-Spuren gefunden. Und in den Aufnahmen der Überwachungskamera an der Ausfahrtschranke hatte der Mann Handschuhe getragen. Forensisches Tarnverhalten also. Großartig, verdammt.

»Sonst noch was? Waren sie groß? Klein?«

»Mittel. Wie Dads.«

»Und jetzt kommt etwas ganz Wichtiges«, sagte die Polizistin langsam. »Kannst du dich erinnern, wo seine Hände waren?«

»Am Lenkrad.«

»Immer am Lenkrad?«

»Ja.«

»Er hat es nie losgelassen?«

»Hmmm…« Cleo öffnete die Augen. »Nein. Erst als er anhielt und mich aussteigen ließ.«

»Hat er sich über dich hinweggelehnt und die Tür von innen aufgemacht?«

»Nein. Er hat es versucht, aber Mum hatte die Kindersicherung gedrückt. Er musste aussteigen und außen herumkommen. Wie Mum und Dad, wenn sie mich aus dem Wagen steigen lassen.«

»Das heißt, er hat sich einmal über dich gebeugt und versucht, die Tür zu öffnen? Hat er dich dabei berührt?«

»Eigentlich nicht. Nur meinen Arm hat er gestreift.«

»Und als er ausgestiegen war, hast du da seine Jeans gesehen?«

Cleo warf der Frau einen seltsamen Blick zu. Dann sah sie ihre Mutter an, als wollte sie sagen: Drehen wir jetzt durch? Ich dachte, das hätten wir alles schon hinter uns. »Ja«, sagte sie dann

51

vorsichtig, als würde hier noch einmal ihr Gedächtnis getestet. »Sie hatte Schlaufen. Bergsteigerjeans.«

»Und sie sah normal aus? Nicht offen, als ob er zur Toilette wollte oder so?«

Cleo runzelte verwirrt die Stirn. »Nein. Wir haben an keiner Toilette gehalten.«

»Er kam also um den Wagen herum, machte die Tür auf und ließ dich aussteigen?«

»Ja. Und dann ist er weggefahren.«

Die Uhr tickte. Die Zeit lief ihnen davon. Jede Stunde, die verging, lastete schwer auf Cafferys Schultern. Er trat hinter Cleo, lenkte den Blick der Polizistin auf sich und machte eine kreisende Bewegung mit dem Zeigefinger. »Weiter«, formte er lautlos mit dem Mund. »Welchen Weg hat er genommen?«

Sie zog kühl die Brauen hoch, schenkte ihm ein höfliches Lächeln und wandte sich dann gelassen wieder an Cleo. »Kehren wir noch mal zum Anfang zurück. Stellen wir uns vor, du bist im Auto, kurz nachdem der Hausmeister deine Mummy weggestoßen hat.«

Cleo schloss die Augen wieder und drückte die Finger an die Stirn. »Okay.«

»Du trägst dein Sommerkleid, weil es draußen warm ist.«

»Heiß.«

»Die Blumen blühen. Kannst du all die Blumen sehen?«

»Ja – auf den Feldern. Da sind diese roten. Wie heißen sie, Mum?«

»Mohnblumen?«

»Ja, Mohnblumen. Und ein paar weiße unter den Hecken. Ein bisschen flauschig und langstielig. Wie ein Stiel mit einem weißen Wattebausch. Und andere weiße Blumen, wie Trompeten.«

»Sind da überall Blumen und Hecken, während ihr fahrt? Oder kommt ihr noch an etwas anderem vorbei?«

»Hmmm…« Cleo zog die Stirn kraus. »Ein paar Häuser. Noch ein paar Felder, und dieses Reh-Dings.«

»Reh-Dings?«

»Sie wissen schon. Bambi.«

»Was ist Bambi?«, fragte Caffery.

»Die Bulmer-Fabrik in Shepton Mallet«, antwortete Simone. »Sie haben vorn das Reh aus der Babycham-Sektwerbung. Cleo liebt es. Ein riesiges Fiberglasding.«

»Und danach?«, fragte die Polizistin.

»Jede Menge Straßen. Kurven. Ein paar Häuser. Und das Pfannkuchenhaus, das er mir versprochen hatte.«

Einen Moment lang herrschte Stille. Dann dämmerte es ihnen: Sie hatte etwas gesagt, das in ihrer ersten Befragung nicht vorgekommen war. Alle blickten gleichzeitig auf.

»Ein Pfannkuchenhaus?«, wiederholte Caffery. »Darüber hast du noch gar nichts erzählt.«

Cleo öffnete die Augen und bemerkte, dass alle sie anstarrten. Sie machte ein betretenes Gesicht. »Ich hab's *vergessen*«, erklärte sie abwehrend. »Ich hab vergessen, es zu sagen, weiter nichts.«

»Schon okay.« Caffery hob die Hand. »Ist ja gut. Macht nichts, dass du es noch nicht gesagt hast.«

»Es war ein *Versehen*, dass ich es noch nicht gesagt habe.«

»Ja, natürlich.« Die CAPIT-Frau sah Caffery mit eisigem Lächeln an. »Und es ist so clever von dir, dass du dich jetzt daran erinnerst. Ich glaube, du hast ein viel besseres Gedächtnis als ich.«

»Wirklich?«, fragte Cleo unsicher, und ihr Blick huschte zwischen der Polizistin und Caffery hin und her.

»*Ja*! Viel, *viel* besser. Und schade, dass du keinen Pfannkuchen bekommen hast. Mehr kann ich nicht sagen.«

»Ich weiß. Er hat mir einen versprochen.«

Ihr Blick verharrte bei Caffery. Feindselig. Er verschränkte die Arme und lächelte gezwungen. Mit Kindern konnte er noch nie gut umgehen. Er hatte das Gefühl, dass sie ihn die meiste Zeit durchschauten und um die leere Höhle in seinem Inneren wussten, die er vor Erwachsenen fast immer verbergen konnte.

»Dann war er wohl nicht besonders nett, dieser ›Hausmeister‹, was?«, meinte die Polizistin. »Zumal wenn er dir den Pfannkuchen versprochen hatte. Wo solltest du ihn denn bekommen?«

»Im Little Cook. Er sagte, weiter oben gäbe es ein Little Cook. Aber als wir da waren, ist er einfach vorbeigefahren.«

»Little Cook?«, fragte Caffery murmelnd.

»Wie sah der Little Cook aus, Cleo?«

»Der Little Cook? Rot. Und weiß. Trägt ein Tablett.«

»Little Chef«, sagte Caffery.

»Das meine ich doch. Little Chef.«

Simone runzelte die Stirn. »Aber hier in der Gegend gibt es kein ›Little Chef‹-Restaurant.«

»Doch«, widersprach die CAPIT-Frau. »In Farrington Gurney.«

Caffery ging zum Schreibtisch und nahm die Karte zur Hand. Shepton Mallet. Farrington Gurney. Im Herzen der Mendip Hills. Von Bruton nach Shepton Mallet war es nicht sehr weit, aber Cleo hatte sich vierzig Minuten im Auto befunden. Der Carjacker war mit ihr im Zickzack durch die Gegend gefahren. Nach Norden und dann in einer Spitzkehre zurück nach Südwesten. Und dabei hatte er die Straße passiert, die nach Midsomer Norton führte. Das war der Ort, den die Geschäftsführerin des Ladens erwähnt hatte. Auch wenn sie sonst über keine Spur von dem Carjacker verfügten, so konnten sie jetzt wenigstens eine Stecknadel in die Landkarte zwischen Midsomer Norton und Radstock spießen und sich auf diese Gegend konzentrieren.

»Da machen sie Waffeln.« Die Frau lächelte Cleo an. »Ich gehe manchmal zum Frühstück hin.«

Caffery konnte nicht mehr stillhalten. Er schob die Karte zur Seite und setzte sich an den Schreibtisch. »Cleo, in der ganzen Zeit, in der du mit dem ›Hausmeister‹ zusammen warst – hat er da je mit dir gesprochen? Hat er etwas gesagt?«

»Ja. Er hat andauernd nach meiner Mum und meinem Dad gefragt. Wollte wissen, was sie machen.«

»Und was hast du gesagt?«

»Die Wahrheit. Mum ist Finanzanalystin, und sie verdient das ganze Geld. Und Dad, na ja, der hilft Kindern, wenn ihre Mums und Dads sich trennen.«

»Und du bist sicher, dass er sonst nichts gesagt hat? Nichts, woran du dich erinnern kannst?«

»Ich nehm's an«, sagte sie gleichgültig. »Ich glaube, er hat noch gesagt: ›Es wird nicht funktionieren.‹«

»Es wird nicht funktionieren?« Caffery starrte sie an. »Wann hat er das gesagt?«

»Bevor er anhielt. Er sagte: ›Es wird nicht funktionieren. Steig aus.‹ Ich bin ausgestiegen und am Straßenrand stehen geblieben. Ich dachte, er gibt mir meine Tasche mit meinem T-Shirt, aber das hat er nicht getan. Mum musste mir ein neues kaufen, weil wir unser Auto nie zurückgekriegt haben, stimmt's, Mum? Das T-Shirt haben wir im Schulshop gekauft. Da sind meine Initialen drauf, und es hat…«

Caffery hörte nicht mehr zu. Er starrte in die Luft und dachte an die Worte: *Es wird nicht funktionieren*. Das bedeutete, etwas war schiefgegangen. Er hatte Angst bekommen.

Aber wenn das für Cleo galt, musste es nicht für Martha gelten. Diesmal war es anders. Diesmal hatte der Entführer den Mut nicht verloren. Diesmal funktionierte es.

9

Gegen drei war die Wolkendecke hier und da aufgerissen, und die Strahlen der tief stehenden Sonne leuchteten schräg über die Felder in dieser nördlichen Ecke von Somerset. Bei ihrem Nachmittagslauf trug Flea die Jacke mit den Reflexstreifen. »Floh« – diesen blöden Spitznamen hatte sie schon als Kind erhalten, weil die Leute meinten, sie schaue nie hin, bevor sie springe. Und wegen ihrer unerschöpflichen Energie. In Wirklichkeit hieß sie Phoebe. Im Lauf der Jahre hatte sie versucht, den »Flea«-Teil aus ihrem Charakter zu tilgen, aber es gab immer noch Tage, an denen sie das Gefühl hatte, ihre Energie könne ein Loch in den Boden brennen, auf dem sie stand. Aber sie kannte einen Trick, mit dem sie sich an solchen Tagen beruhigte: Sie lief.

Sie benutzte die kleinen Landstraßen, die sich durch die Landschaft in der Umgebung ihres Hauses schlängelten. Sie rannte, bis der Schweiß in Strömen an ihr herunterlief und sie Blasen an den Füßen bekam. Vorbei an Zauntritten und vor sich hin dösenden Kühen, an Feldsteincottages und Landhäusern und den uniformierten Männern, die aus dem Militärstützpunkt in der Nähe strömten. Manchmal lief sie bis spät in den Abend hinein, bis sie alle ihre Gedanken losgeworden und in ihrem Kopf nichts mehr übrig war, als der Wunsch zu schlafen.

Sich körperlich in Form zu halten, war eine Sache, diese Fitness und Selbstbeherrschung bis in ihr tiefstes Inneres aufrechtzuerhalten, war eine andere. Als sie in die letzte Etappe ihrer Laufstrecke einbog, sah sie vor ihrem geistigen Auge, wie der Yaris der Bradleys mit quietschenden Reifen aus dem Parkhaus in Frome raste. Immer wieder dachte sie an Martha Bradley auf dem Rücksitz. Flea hatte sich von einem Freund auf dem Revier in Frome Roses Aussage vorlesen lassen. Martha, hieß es darin, habe sich vom Rücksitz über die Lehne nach vorn gebeugt, um das Radio einzuschalten, als der Wagen losfuhr. Also war sie nicht angeschnallt gewesen. Wurde sie nach hinten geschleudert, als der Carjacker davonbrauste? Er dürfte ja kaum noch einmal angehalten haben, um sie anzuschnallen.

Fast zwanzig Stunden war es her, dass Flea mit Jack Caffery gesprochen hatte. Es dauerte seine Zeit, bis die Buschtrommel eine Neuigkeit von einer Einheit zur anderen übermittelte, aber trotzdem hätte sie inzwischen davon Wind bekommen, wenn Caffery ihren Gedanken aufgegriffen hätte, dachte sie. Was ihr immer wieder durch den Kopf ging, war die Tatsache, dass sie bereits zweimal Gelegenheit gehabt hatte, ihrer Überzeugung, dass die beiden Überfälle zusammenhingen, Nachdruck zu verleihen. Sie stellte sich eine Welt vor, in der ihr Inspector sie nicht einschüchterte, in der sie ihrem Instinkt folgte: Der Entführer wäre schon vor Monaten geschnappt worden und Martha gestern nicht aus der Tiefgarage des Supermarkts verschwunden.

Sie betrat das Haus durch die Garage, die vollgestopft war mit der alten Taucher- und Höhlenforscherausrüstung ihrer Eltern. Alles Dinge, die sie niemals umräumen oder wegwerfen würde. Oben machte sie ihre Stretchingübungen und duschte. Die Heizung in dem verwinkelten alten Haus lief, denn draußen war es richtig kalt. Was dachte Martha gerade? Wann hatte sie begriffen, dass der Mann nicht anhalten und sie aussteigen lassen würde? Ob sie weinte? Nach ihrer Mum rief? Sich jetzt vielleicht vorstellte, dass sie sie und ihren Dad nie wiedersehen werde? Es war schrecklich, dass ein kleines Mädchen sich solche Fragen stellen musste, und nicht fair.

Als Kind hatte Flea ihre Eltern mehr geliebt als alles andere auf der Welt. Dieses knarrende alte Haus – vier Handwerkercottages, die man zu einem zusammengefügt hatte – war das Heim ihrer Familie gewesen. Hier war sie aufgewachsen, und obwohl sie nicht gerade in Geld schwammen, konnten sie gut leben. An den langen, sonnigen Sommertagen hatten sie in dem weitläufigen Garten, der sich terrassenförmig vom Haus weg erstreckte, Fußball oder Verstecken gespielt.

Vor allem war sie geliebt worden, so sehr geliebt. Damals wäre sie gestorben, wenn man sie – wie jetzt Martha – von ihrer Familie getrennt hätte.

Aber das lag alles weit zurück. Mum und Dad waren tot, und ihr kleiner Bruder Thom hatte etwas so Ungeheures getan, dass sie nie wieder einen Bezug zu ihm würde finden können. Nicht in diesem Leben. Er hatte eine Frau getötet. Eine junge, hübsche Frau – so hübsch, dass sie deshalb berühmt geworden war.

Nicht dass ihr Aussehen ihr viel geholfen hätte. Jetzt lag sie begraben unter einem Steinhaufen in einer unzugänglichen Höhle eines stillgelegten Steinbruchs, wo Flea sie in einem idiotischen Versuch, die ganze Sache zu vertuschen, deponiert hatte. Reiner Wahnsinn, rückblickend betrachtet. Nicht das, was jemand wie sie – eine normale, bei der Polizei angestellte, Hypothekenzinsen zahlende Person – hätte tun dürfen. Kein Wunder, dass sie diese aufgestaute Wut mit sich herumschleppte. Kein Wunder, dass ihre Augen in letzter Zeit leblos wirkten.

Kurz vor Sonnenuntergang war sie wieder angezogen. Unten in der Küche öffnete sie den Kühlschrank und betrachtete das, was sich darin befand. Mikrowellenmahlzeiten. Mahlzeiten für eine Person. Und ein Zwei-Liter-Karton saure Milch. Wenn sie unerwartet Überstunden machen musste, brauchte sie so viel Milch nicht auf. Sie schloss die Kühlschranktür und lehnte die Stirn dagegen. Wie war es nur dazu gekommen, dass sie jetzt hier allein war – ohne Kinder, ohne Tiere, ohne Freunde? Mit neunundzwanzig lebte sie wie eine alte Jungfer.

Im Eisfach lag eine Flasche Tanqueray-Gin und ein Beutel Zitronenscheiben, die sie am Wochenende eingefroren hatte. Sie mixte sich einen großen Tumbler, wie Dad es getan hätte, mit vier Zitronenscheiben, vier Eiswürfeln und einem Schuss Tonic. Dann schlüpfte sie in eine Fleecejacke und ging mit dem Glas hinaus in die Einfahrt. Hier stand sie gern, trank und betrachtete, wie unten im Tal in der alten Stadt Bath die Lichter angingen. Niemals würde man eine Marley von hier wegbringen. Nicht kampflos.

Die Sonne versank hinter dem Horizont, und orangegelbes Licht legte sich wie riesige Flügel über das Land. Flea hielt die Hand über die Augen und blinzelte. Am Westrand des Gartens standen drei Pappeln. In irgendeinem Sommer hatte Dad etwas an ihnen bemerkt, das ihm eine Riesenfreude bereitete. Zur Sonnenwende ging die Sonne exakt auf einer Linie mit einer der beiden äußeren Pappeln unter, während sie dies zur Tag- und

Nachtgleiche genau hinter der mittleren tat. »Sie sind perfekt ausgerichtet. Jemand muss sie vor hundert Jahren so gepflanzt haben«, hatte er lachend gesagt. »Genau das, was die viktorianischen Gartenplaner begeistert hätte. Du weißt schon, Brunel und dieser ganze Firlefanz.«

Jetzt stand die Sonne genau zwischen der mittleren und der äußeren Pappel. Sie schaute lange hinüber. Dann sah sie auf die Uhr: Es war der 27. November, auf den Tag genau sechs Monate, dass sie die Leiche in der Höhle versteckt hatte.

Sie dachte an die Enttäuschung in Cafferys Gesicht am Abend zuvor. Sie trank das Glas leer und rieb sich die Arme. Wie lange musste das noch dauern? Wenn etwas so Unvorstellbares passiert war – wie lange musste man sich dann ausklinken?

Sechs Monate. Das war die Antwort. Sechs Monate waren lange genug. Zu lange. Die Zeit war gekommen. Die Leiche würde nicht gefunden werden. Nicht jetzt. Sie musste die ganze Sache in den hintersten Winkel ihres Kopfes verbannen, denn jetzt war es Zeit für andere Dinge. Sie musste ihre Einheit wieder auf Vordermann bringen. Sie musste beweisen, dass sie noch der alte Sergeant war. Und das konnte sie. Vielleicht würde dann auch der Tag kommen, an dem nicht nur saure Milch und Fertigmahlzeiten für eine Person im Kühlschrank liegen und jemand neben ihr auf dem Kies der Einfahrt stehen, Tanqueray trinken und zusehen würde, wie die Nacht sich auf die Stadt herabsenkte.

10

Cafferys Kopf fühlte sich an, als wäre er eine Bleikugel, in die die Worte *Es funktioniert nicht* eingeritzt waren. Er ging den Korridor entlang, öffnete Türen und verteilte Aufgaben. Lollapalooza beauftragte er, die bekannten Sexualstraftäter im Raum

Frome herauszufinden, und Turner bat er, weitere Zeugen der Carjacking-Fälle aufzutreiben. Turner sah schrecklich aus, war unrasiert und hatte vergessen, den Diamantohrring herauszunehmen, den er an den Wochenenden trug – was den Superintendent zu wüsten Beschimpfungen veranlasste. Caffery wies ihn darauf hin, bevor Turner das Büro verließ; er stand in der Tür, sagte: »Äh, Turner ...?«, und zupfte an seinem eigenen Ohr. Hastig nahm Turner den Ohrring heraus und steckte ihn ein. Caffery ging weiter und sann darüber nach, dass sich keiner in seiner Einheit mehr darum scherte, halbwegs professionell auszusehen. Turner mit seinem Ohrring und Lollapalooza mit ihren Highheels. Nur der Neue, der Exverkehrspolizist DC Prody, schien einen Blick in den Spiegel geworfen zu haben, bevor er am Morgen das Haus verlassen hatte.

Er saß ordentlich an seinem Schreibtisch, als Caffery hereinkam. Nur eine kleine Lampe brannte. Er schüttelte die Maus auf dem Mauspad hin und her und starrte stirnrunzelnd auf den Monitor. Hinter ihm stand ein Handwerker auf einer Trittleiter und entfernte sorgfältig die Plastikabdeckung von der Leuchtstoffröhre unter der Decke.

»Ich dachte, diese Computer schalten auf Stand-by«, sagte Prody.

»Das tun sie auch.« Caffery zog einen Stuhl heran. »Nach fünf Minuten.«

»Meiner nicht. Ich gehe aus dem Zimmer, komme zurück, und er läuft immer noch auf vollen Touren.«

»Die Nummer der IT-Abteilung hängt an der Wand.«

»Ach, *da* ist das Telefonverzeichnis.« Prody nahm das Blatt von der Pinnwand und platzierte es vor sich auf den Tisch. Rückte es zurecht. Legte die Hände rechts und links auf den Schreibtisch und betrachtete es aufmerksam, als erfreute er sich an der säuberlichen Liste. Er war ein so ordentlicher Mensch, verglichen mit Turner oder Lollapalooza. Am Haken an der Wand hing eine dunkelblaue Sporttasche, und an Prodys Figur konnte man sehen, dass er sie auch benutzte. Er war groß, breitschultrig und solide, und sein kurz geschnittenes Haar färbte sich am Ansatz der Koteletten grau. Ein kräftiger, markanter Kennedy-Kiefer, ein leicht gebräuntes Gesicht. Das Einzige, was sein Aussehen beeinträchtigte, waren die Spuren einer Teenagerakne. Caffery musterte ihn und begriff überrascht, dass er von diesem Mann Gutes erwartete. »Jeden Tag geht's ein bisschen besser. Ich bin nicht mehr so ein Grünschnabel. Ich kriege jetzt sogar endlich Strom.« Prody deutete mit dem Kopf auf den Elektriker. »Offenbar mögen sie mich.«

Caffery hob die Hand und schaute den Elektriker an. »Kollege? Können Sie uns kurz allein lassen? Nur zehn Minuten.«

Wortlos stieg der Mann von der Leiter, legte seinen Schraubenzieher in einen Werkzeugkasten, klappte ihn zu und ging hinaus. Caffery setzte sich. »Was Neues?«

»Eigentlich nicht. Die Kennzeichenerkennungsposten haben nichts entdeckt – weder den Yaris noch die teilidentifizierte Nummer des Vauxhall in Frome.«

»Es ist eindeutig derselbe Täter wie bei den beiden früheren Fällen. Daran besteht kein Zweifel.« Er breitete die Landkarte zwischen ihnen aus. »Sie waren bei der Verkehrspolizei, bevor Sie zu uns gekommen sind.«

»Für meine Sünden.«

»Kennen Sie Wells, Farrington Gurney, Radstock?«

»Farrington Gurney?« Prody lachte. »Nur flüchtig. Ich meine, ich hab da zehn Jahre gewohnt. Warum?«

»Der Superintendent brummelt etwas davon, einen geografischen Profiler heranzuziehen. Ich denke aber, jemand, der genug Zeit draußen auf den Straßen verbracht hat, weiß mehr über die Geografie als ein Psychologe.«

»Und ich verdiene nur halb so viel, also muss ich Ihr Mann sein.« Prody zog die Lampe zu sich heran und beugte sich über die Karte. »Was haben wir denn?«

»Was wir haben, ist eine verdammt beschissene Situation,

Paul – wenn Sie mir den Ausdruck verzeihen wollen. Aber lassen Sie uns nicht jammern, sondern sehen, was wir tun können. Schauen Sie sich das an. Die erste Entführung ist nach wenigen Minuten vorbei, aber bei der zweiten brauchte er länger. Und er hat eine verrückte Strecke genommen.«

»Inwiefern verrückt?«

»Er ist die A37 heraufgekommen, Richtung Norden und immer weiter. Vorbei an Binegar, an Farrington Gurney. Und dann hat er gewendet.«

»Hatte er sich verfahren?«

»Nein. Auf keinen Fall. Er kannte die Straße wirklich gut. Er hat dem kleinen Mädchen erzählt, es gebe ein ›Little Chef‹-Restaurant an der Straße, und zwar lange bevor sie dort waren. Er wusste, wo er sich befand. Und deshalb frage ich mich: Wenn er die Gegend kannte, warum hat er dann diese Strecke genommen? Gibt es dort etwas, das ihn angelockt haben konnte?«

Prody fuhr mit dem Finger an der A37 entlang, an der Straße, die von Bristol hinunter in die Mendips führte. Sein Finger wanderte nach Süden, vorbei an Farrington Gurney, vorbei an der Stelle, wo der Carjacker abgebogen war. Nördlich von Shepton Mallet hielt er an, runzelte einen Moment lang die Stirn und schwieg.

»Was ist?«, fragte Caffery.

»Vielleicht kannte er die Straße von Norden nach Süden, aber nicht von Süden nach Norden. Wenn er oft in diese Richtung gefahren ist, dann dürfte er diesen Weg nach Wells kennen – aber vielleicht nicht aus südlicher Richtung. Das könnte bedeuten: Wozu er diese Straße auch immer benutzt haben mag – für den Weg zur Arbeit oder um Freunde zu besuchen –, er kannte sie nur bis hierher. Deshalb hat er irgendwo hier gestoppt, südlich von Farrington, nördlich von Shepton. Und die Entführung gestern war hier. In Frome.«

»Aber ich habe eine Zeugin, die glaubt, der Vauxhall muss von Radstock hergekommen sein, und das liegt in Richtung

Farrington. Nehmen wir einfach an, die Gegend ganz allgemein ist ihm wichtig.«

»Wir könnten auch auf diesen Straßen Kennzeichenerkennungsposten aufstellen. Wenn sie in der Gegend von Frome nicht schon überbelastet sind.«

»Kennen Sie jemanden bei der taktischen Verkehrsüberwachung?«

»Ich habe die letzten zwei Jahre versucht, von der Bande wegzukommen. Überlassen Sie das ruhig mir.«

Cafferys Blick fiel auf eine Akte, die auf einem Schrank stand. Er hörte Prody nicht mehr zu, sondern starrte den Namen auf dem Rücken des Aktendeckels an. Einen Augenblick später legte er beide Hände auf die Armlehnen und stemmte sich hoch, ging zu dem Schrank und warf einen beiläufigen Blick auf die Akte.

»Die Sache Misty Kitson?«

»Yep.« Prody hob den Blick nicht von der Karte, die er studierte. Er suchte nach guten Standorten für die automatischen Kennzeichenerkennungseinheiten.

»Woher haben Sie die Akte?«

»Von der Revisionsabteilung. Ich dachte mir, ich blättere mal kurz darin.«

»Sie dachten, Sie ›blättern mal kurz darin‹?«

Prody vergaß die Karte, hob den Kopf und sah Caffery an. »Ja. Bloß, um … Sie wissen schon, mal zu sehen, ob mir was ins Auge springt.«

»Weshalb?«

»Weshalb?« Er wiederholte das Wort vorsichtig, als wäre es eine Fangfrage, als hätte Caffery ihn etwas völlig Naheliegendes gefragt: *Hey, Paul, weshalb atmen Sie ein und aus?* »Na ja – weil ich es faszinierend finde? Was ist mit ihr passiert? Ich meine, ein Mädchen, das seit zwei Tagen Entzug macht, spaziert eines Nachmittags aus der Klinik, und ehe man sich's versieht – tataaa, ist es weg. Ist einfach …«, er zuckte ein wenig verlegen mit den Achseln, »… interessant.«

63

Caffery musterte ihn. Sechs Monate zuvor hatte der Fall Misty Kitson einiges Aufsehen erregt und seiner Einheit ernsthafte Kopfschmerzen bereitet. Sie war ein bisschen prominent, die Ehefrau eines Fußballspielers, und sehr hübsch. Die Medien waren darüber hergefallen wie die Hyänen. Viele Kollegen im Team fanden das aufregend. Aber als sie nach drei Monaten immer noch mit leeren Händen dastanden, war der Lack allmählich ab, und die Peinlichkeiten begannen. Inzwischen köchelte der Fall auf Sparflamme. Er lag noch in der Revisionsabteilung, und von dort kamen immer mal wieder Reklamationen und periodische Empfehlungen zur MCIU. Die Presse hatte das Interesse auch noch nicht verloren, von vereinzelten promigeilen Cops einmal abgesehen. Aber den meisten bei der MCIU wäre es am liebsten gewesen, wenn sie den Namen Misty Kitson nie gehört hätten. Deshalb war Caffery überrascht, dass Prody aus eigenem Antrieb zur Revisionsabteilung spaziert war. Sich seinen Einsatzplan selber schrieb, als wäre er schon seit Jahren hier, nicht erst seit zwei Wochen.

»Damit das klar ist, Paul.« Er nahm die Akte vom Schrank. »Sie wollen nur dann immer noch wissen, was aus Misty Kitson geworden ist, wenn Sie für die Medien arbeiten. Sie arbeiten aber nicht für die Medien, oder?«

»Wie bitte?«

»Ich sagte, Sie arbeiten nicht für die Medien, oder?«

»Nein. Ich meine, ich bin ...«

»Sie sind Polizist. Ihre offizielle Stellungnahme könnte vielleicht lauten: ›Wir haben die Ermittlungen noch nicht abgeschlossen‹, aber die Wahrheit hier drinnen« – er tippte sich an die Schläfe –, »die Wahrheit ist: Wir sind weitergegangen. Die Einheit hat den Deckel auf dem Fall Kitson zugeschraubt. Es ist vorbei. Zu Ende.«

»Aber ...«

»Aber was?«

»Seien Sie ehrlich. Sind Sie nicht neugierig?«

Caffery brauchte nicht neugierig zu sein. Er wusste genau, wo Misty Kitson war. Er wusste sogar ungefähr, welchen Weg sie genommen hatte, als sie die Klinik verließ, denn er war diesen Weg selbst gegangen. Er wusste auch, wer sie getötet hatte. Und wie. »Nein«, sagte er. »Selbstverständlich nicht.«

»Nicht mal ein bisschen?«

»Nicht mal ein bisschen. Ich habe hier mit diesem Carjacker-Fall einen akuten Brand zu bekämpfen. Und ich benötige alle Mann an Deck. Ich kann es nicht gebrauchen, dass meine Leute zum Revisionsteam spazieren und ›mal kurz in alten Akten blättern‹. Also«, er ließ den Ordner auf Prodys Schreibtisch fallen, »bringen Sie das zurück, oder soll ich es tun?«

Prody schwieg und starrte die Akte an. Es war lange still, und Caffery spürte, dass der Mann Mühe hatte, nicht zu widersprechen. Am Ende schluckte er seinen Widerspruch hinunter. »Okay, von mir aus. Ich mach's.«

»Gut.«

Caffery ging hinaus, verärgert und genervt. Er schloss die Tür leise, statt sie zuzuschlagen, wie er es gern getan hätte. Turner stand vor seinem Zimmer und wartete, als Caffery den Korridor entlangkam. »Boss?« Er hielt ein Blatt Papier in der Hand.

Caffery blieb wie angewurzelt stehen und blickte Turner durchdringend an. »Wenn ich Ihr Gesicht sehe, Turner, würde ich sagen, mir wird nicht gefallen, was Sie mir erzählen wollen.«

»Wahrscheinlich nicht.«

Er hielt ihm das Blatt hin. Caffery fasste es mit Daumen und Zeigefinger. Aber etwas hinderte ihn daran, es Turner aus der Hand zu nehmen. »Erzählen Sie's mir.«

»Wir haben einen Anruf von den Jungs in Wiltshire bekommen. Sie haben den Yaris der Bradleys gefunden.«

Caffery packte das Papier fester. Aber er zog immer noch nicht daran. »Wo?«

»Auf einem Brachfeld.«

»Und ohne Martha. Stimmt's?«

Turner antwortete nicht.

»Wenn sie nicht drin ist«, erklärte Caffery, und seine Stimme klang ruhig, »bedeutet das nicht, dass sie nicht noch auftaucht.«

Turner hustete verlegen. »Äh – lesen Sie das mal zuerst, Boss. Wiltshire hat es uns gefaxt. Ihre Tatortanalytiker bringen uns das Original persönlich.«

»Was ist das?«

»Ein Brief. Er lag vorn auf der Ablage, eingewickelt in ein paar Kleidungsstücke von ihr.«

»Was für Kleidungsstücke?«

»Äh …« Turner seufzte tief.

»Was?«

»Ihre Unterwäsche, Boss.«

Caffery starrte das Papier an. Seine Finger brannten. »Und was steht da?«

»O Gott. Wie gesagt, Boss, vielleicht sollten Sie es lesen.«

11

Der Mann kauerte am Rand seines Lagers; der Feuerschein ließ sein schmutziges Gesicht und seinen Bart rot leuchten. Caffery saß ein paar Schritte weit entfernt und beobachtete ihn. Es war schon seit vier Stunden dunkel, aber der Mann buddelte noch immer in der gefrorenen Erde herum, um eine Zwiebel zu pflanzen. »Es gab einmal ein Kind«, sagte er und schaufelte noch ein wenig Erde zur Seite, »ein Kind namens Crocus. Crocus war ein Mädchen mit goldenen Haaren. Sie liebte violette Kleider und Schleifen.«

Caffery hörte schweigend zu. Er kannte den Landstreicher, den die Einheimischen den »Walking Man« nannten, noch nicht lange, aber in dieser kurzen Zeit hatte er gelernt zuzuhören und nicht zu fragen. In dieser Beziehung war er der Schüler und der Walking Man der Lehrer, der bei ihren Begegnungen über fast alles entschied: worüber sie sprachen und wo und wann sie sich trafen. Sechs lange Monate war es her, seit sie sich das letzte Mal gesehen hatten Caffery hatte ihn in dieser Zeit vielleicht zwanzigmal gesucht. In langen, einsamen Nächten war er gemächlich über die kleinen Landstraßen gefahren und hatte den Hals gereckt, um über die Hecken zu schauen. Und heute Abend, kaum dass er mit der Suche begonnen hatte, war das Lagerfeuer auf dem Feld aufgeflammt wie ein Leuchtsignal. Als wäre der Walking Man die ganze Zeit da gewesen, hätte Cafferys Bemühungen amüsiert verfolgt und nur auf den richtigen Augenblick gewartet.

»Eines Tages«, fuhr der Walking Man fort, »wurde Crocus von einer Hexe geraubt und dazu verdammt, zwischen den Wolken zu leben, wo ihre Eltern nicht mit ihr sprechen und sie nicht sehen konnten. Sie wissen heute noch nicht, ob sie noch lebt, aber in jedem Frühling an ihrem Geburtstag richten sie den Blick gen Himmel und beten, dies möge der Frühling sein, in dem ihnen ihr Kind zurückgegeben wird.« Er klopfte die Erde um die Zwiebel herum fest und träufelte ein bisschen Wasser aus einer Plastikflasche darauf. »Es ist ein Akt des Vertrauens, immer weiter zu glauben, dass ihre Tochter noch da ist. Können Sie sich vorstellen, wie es für sie gewesen sein muss, niemals mit Sicherheit zu wissen, was mit ihrer Tochter geschehen ist? Ob sie lebt oder tot ist?«

»Die Leiche Ihrer Tochter wurde nie gefunden«, sagte Caffery. »Sie wissen, wie es für Sie gewesen ist.«

»Man hat Ihren Bruder auch nicht gefunden. Das macht uns zu Zwillingen.« Der Walking Man lächelte. Im Mondlicht leuchteten seine Zähne ebenmäßig, sauber und gesund in seinem geschwärzten Gesicht. »Gleich und Gleich.«

Gleich und Gleich? Zwei Männer hätten unterschiedlicher nicht sein können. Der schlaflose, einsame Polizist und der schmutzige Obdachlose, der den ganzen Tag unterwegs war und niemals zweimal am selben Ort nächtigte. Aber es stimmte, sie hatten Gemeinsamkeiten, zum Beispiel die gleichen Augen. Wenn Caffery den Walking Man anschaute, sah er erstaunt in seine eigenen blauen Augen. Doch noch wichtiger war, sie hatten eine Geschichte gemeinsam. Caffery war acht gewesen, als sein älterer Bruder Ewan aus dem Garten der Familie in London verschwand. Der alternde Pädophile Ivan Penderecki, der auf der anderen Seite der Bahngleise wohnte, war der Schuldige; daran hatte Caffery keinen Zweifel, aber man hatte Penderecki nie angeklagt oder verurteilt. Die Tochter des Walking Man war fünfmal vergewaltigt worden, bevor Craig Evans, ein nichtsesshafter Straftäter, auf Bewährung in Freiheit, sie ermordet hatte.

Craig Evans hatte nicht so viel Glück gehabt wie Penderecki. Der Walking Man, in jenen Tagen ein erfolgreicher Geschäftsmann, hatte Rache genommen. Jetzt saß Evans in einem Rollstuhl in einer Langzeitpflegeeinrichtung in Worcestershire, in der Heimat seiner Familie. Der Walking Man war bei den Verletzungen, die er ihm zugefügt hatte, sehr präzise vorgegangen. Evans besaß keine Augen mehr, mit denen er Kinder beobachten, und keinen Penis, mit dem er sie vergewaltigen konnte.

»Ist es das, was Sie anders macht?«, fragte Caffery. »Was Sie befähigt zu sehen?«

»Sehen? Was bedeutet das?«

»Sie wissen, was ich meine. Sie *sehen*. Sie sehen mehr, als andere sehen.«

»Übernatürliche Fähigkeiten, meinen Sie.« Der Walking Man schnaubte. »Reden Sie keinen Unsinn. Ich lebe hier draußen, lebe von der Erde wie ein Tier. Ich existiere, ich absorbiere. Meine Augen sind weiter offen, und mehr Licht fällt hinein. Aber das macht mich nicht zu einem Seher.«

»Sie wissen Dinge, die ich nicht weiß.«

»Na und? Was erwarten Sie von sich? Dass Sie ein Cop sind,

macht Sie nicht zu einem Übermenschen. Egal, was Sie glauben.«

Der Walking Man kam zum Feuer zurück und legte noch ein wenig Holz nach. Seine Wandersocken waren an einem Stock, der neben dem Feuer im Boden steckte, zum Trocknen aufgehängt. Es waren gute Socken, die teuersten, die man kaufen konnte. Aus Alpaka. Der Walking Man konnte sich so etwas leisten. Er hatte Millionen auf irgendeiner Bank.

»Pädophile.« Caffery nippte an seinem Cider. Das Zeug brannte in der Kehle und lag kalt im Magen, aber er wusste, er würde den ganzen Krug und noch mehr davon trinken, ehe die Nacht zu Ende ginge. »Mein Spezialfach. Entführung durch Fremde. Das Ergebnis ist fast immer das Gleiche: Wenn wir großes Glück haben, wird das Kind fast unmittelbar nach der Tat zurückgebracht. Wenn nicht, wird es innerhalb der ersten vierundzwanzig Stunden ermordet.« Martha war seit fast dreißig Stunden verschwunden. Er ließ den Krug sinken. »Oder, wenn ich es mir recht überlege, wir haben gerade *dann* Glück.«

»Wenn das Kind innerhalb der ersten vierundzwanzig Stunden ermordet wird, haben Sie Glück? Was ist das? Polizeilogik?«

»Ich meine, es ist vielleicht besser, als wenn sie noch länger am Leben bliebe.«

Der Walking Man antwortete nicht. Die beiden Männer schwiegen lange und hingen ihren Gedanken nach. Caffery hob den Kopf und betrachtete die Wolken, die sich über den Mond wälzten. Wie einsam und majestätisch sie wirkten. Er stellte sich ein Kind mit goldenen Haaren vor, das dort oben zwischen ihnen zu seinen Eltern herabschaute. Im Wald rief ein Fuchsjunges. Und Martha befand sich irgendwo da draußen in der endlosen Weite der Nacht. Caffery schob die Hand in seine Jackentasche, zog die Fotokopie des Briefs heraus, der in ihre Unterwäsche eingerollt gewesen war, und reichte sie dem Walking Man. Der grunzte, beugte sich vor und nahm das Blatt, faltete es auseinander und fing an zu lesen. Er hielt es schräg vor sich, damit der Schein des Feuers es beleuchten konnte. Caffery beobachtete sein Gesicht. Ein Handschriftenxperte war bereits zu dem Schluss gekommen, dass der Entführer sich bemüht hatte, seine Schrift zu verstellen. Während die Spurensicherung den Wagen der Bradleys unter die Lupe nahm, hatte Caffery lange in seinem Büro gesessen und über diesem Brief gebrütet. Inzwischen kannte er ihn auswendig.

Liebe Mummy von Martha,

bestimmt hätte Martha gewollt, dass ich mich bei dir melde, auch wenn sie das nicht gesagt hat oder so. Sie ist im Moment nicht sehr GESPRÄCHIG. Sie hat mir erzählt, sie liebt BALLETT TANZEN und HUNDE, aber du und ich wissen, dass Mädchen in diesem Alter die ganze Zeit lügen. SIE LÜGEN ALLE. Weißt du, ich glaube, sie liebt ganz andere Sachen. Nicht dass sie das dir gegenüber jetzt zugeben würde, natürlich nicht. Aber sie hat GELIEBT, was ich gestern Abend mit ihr gemacht habe. Ich wünschte, du hättest ihr Gesicht sehen können.

Aber dann dreht sie sich um und lügt mich an. Du solltest ihr Gesicht sehen, wenn sie das macht. Hässlich beschreibt es nicht annähernd. Zum Glück habe ich in dieser Abteilung alles NEU GEORDNET. Jetzt sieht sie viel besser aus. Aber bitte, Marthas Mummy, bitte, könntest du so lieb sein und mir einen freundlichen Gefallen tun???? Bitte, bitte? Könntest du den Fotzen von der Polizei sagen, dass sie mich nicht mehr stoppen können und sich deshalb keine Mühe geben sollen? Es hat jetzt angefangen, nicht wahr, und es wird nicht einfach plötzlich wieder aufhören. Oder?

Oder?

Der Walking Man hatte zu Ende gelesen. Er blickte auf.
»Und?«

»Nehmen Sie mir das ab.« Er streckte Caffery den Brief entgegen. Seine Augen hatten sich verändert, sie waren blutunterlaufen, und sein Blick wirkte tot.

Caffery steckte den Brief wieder ein. »Und?«, wiederholte er.

»Wenn ich wirklich ein Seher oder Wahrsager wäre, dann wäre dies der Augenblick, Ihnen zu sagen, wo dieses Kind sich befindet. Ich würde es Ihnen jetzt sofort sagen, und ich würde Sie bitten, alles zu tun, was in Ihrer Macht steht, um zu ihm zu gelangen, ganz gleich, welchen Preis Sie in Ihrem Leben oder Ihrem Beruf dafür zahlen müssen. Denn dieser Mensch« – er stieß mit dem Finger nach der Tasche, in der der Brief steckte – »ist cleverer als alle andern, mit denen Sie zu mir gekommen sind.«

»Cleverer?«

»Ja. Er lacht Sie aus. Er lacht, weil Sie glauben, Sie könnten ihn überlisten, ihr mickrigen Bobbys mit euren Gummiknüppeln und albernen Helmen. Er ist so viel mehr, als er zu sein scheint.«

»Was bedeutet das?«

»Ich weiß es nicht.« Er rollte sein Bettzeug auseinander, breitete es aus und zog seinen Schlafsack zurecht. Seine Miene war hart. »Fragen Sie mich nicht weiter. Vergeuden Sie nicht Ihre Zeit. Um Himmels willen, ich bin kein Medium. Ich bin ein Mensch.«

Caffery nahm einen Schluck Cider und wischte sich mit dem Handrücken über den Mund. Er beobachtete das Gesicht des Walking Man, während der sein Bett bereit machte. Cleverer als alle andern. Er dachte über die Worte des Entführers nach. *Es hat jetzt angefangen, nicht wahr, und es wird nicht einfach plötzlich wieder aufhören. Oder?* Caffery wusste, was das bedeutete: Er würde es wieder tun, sich willkürlich erneut ein Auto aussuchen. Irgendein Auto, irgendeinen Fahrer. Wichtig wäre nur das Kind auf dem Rücksitz. Ein Mädchen, jünger als zwölf. Er würde sie kidnappen. Und Caffery hatte nur einen Anhaltspunkt: Es würde aller Wahrscheinlichkeit nach in einem Radius von zehn Meilen um Midsomer Norton passieren.

Caffery starrte lange in die Dunkelheit am Rand des Feuerscheins; dann nahm er eine Schaumstoffmatte und rollte sie auseinander, zog den Schlafsack heran und kroch hinein. Der Walking Man tat das Gleiche. Caffery sah ihn eine Weile an. Er wusste, der Mann würde heute Abend nichts mehr sagen; das Gespräch war zu Ende. Jeder lag in seinem Schlafsack, starrte in den Himmel hinauf, dachte an seine eigene Welt und daran, was das Leben ihm in den nächsten vierundzwanzig Stunden bringen würde.

Der Walking Man schlief als Erster. Caffery blieb noch ein paar Stunden wach und lauschte in die Nacht hinein. Er wünschte, der Walking Man möge unrecht haben und Hellsichtigkeit und übernatürliche Kräfte würden doch existieren, und man könnte allein den Geräuschen da draußen entnehmen, was aus Martha Bradley geworden war.

12

Als Caffery steif und durchgefroren aufwachte, war der Walking Man verschwunden. Er hatte nur eine schwarze Feuerstelle und einen Teller mit zwei Specksandwiches neben Cafferys Schlafsack hinterlassen. Es war dunstig und kalt. Ein arktischer Hauch hing in der Luft. Caffery wartete ein paar Minuten, bis er einen klaren Kopf hatte, und stand dann auf. Er aß die Sandwiches im Stehen mitten auf dem Feld; nachdenklich kauend, betrachtete er das Fleckchen Erde, wo der Walking Man die Zwiebel eingepflanzt hatte. Er wischte den Teller mit Gras sauber, rollte Schlafsack und Isomatte zusammen, klemmte alles unter den Arm und ließ seinen Blick über die Landschaft schweifen.

Die von Hecken durchzogenen Felder, um diese Jahreszeit grau und trist, erstreckten sich bis weit in die Ferne. Er wusste zwar wenig über die Wanderungen des Walking Man, aber doch so viel, dass sich immer ein geschützter Ort in der Nähe befand, an dem er ein paar Dinge aufbewahren konnte, die er brauchte, wenn er das nächste Mal vorbeikam. Manchmal war dieser Ort allerdings eine halbe Meile vom Lagerplatz entfernt.

Den Hinweis fand er im grau und steif gefrorenen Gras. Die Fußspuren des Walking Man waren gut sichtbar und führten eindeutig vom Lagerplatz weg. Caffery lächelte in sich hinein. Wenn er diesen Fußspuren nicht folgen sollte, wären sie unsichtbar. Der Walking Man überließ nichts dem Zufall. Caffery machte sich auf den Weg und setzte die Füße sorgfältig in die Spuren; überrascht stellte er fest, dass sie genau hineinpassten.

Nach einer Drittelmeile endete die Spur am anderen Ende des Nachbarfeldes, und dort, unauffällig unter der Hecke versteckt, fand er unter einer Plastikplane die übliche Sammlung von Vorräten: Lebensmittelkonserven, einen Kochtopf, einen Krug Cider. Caffery legte Schlafsack, Matte und Teller dazu und stopfte die Plastikplane wieder fest. Als er sich aufrichtete und gehen wollte, fiel ihm etwas auf. Ungefähr einen Schritt weiter unter der Weißdornhecke entdeckte er ein kleines Fleckchen aufgewühlter Erde. Er ging in die Hocke und wischte die Krumen behutsam beiseite, und zum Vorschein kam die leicht zerdrückte, zarte Spitze einer Krokuszwiebel.

Jeder Mensch auf der Welt hatte Gewohnheiten – dachte Caffery, als er ein wenig später auf den Parkplatz eines Pubs, sechs Meilen weit entfernt in Gloucestershire fuhr –, vom Zwangsneurotiker, der jede Erbse zählte, die er aß, jeden Lichtschalter, den er berührte, bis zum Landstreicher, der scheinbar ziel- und richtungslos umherzog und trotzdem immer einen geeigneten Lagerplatz zum Schlafen fand. Jeder folgte bis zu einem gewissen Grad einem Muster. Dieses Muster mochte sogar für den Betreffenden selbst nicht erkennbar sein, aber es existierte trotzdem. Nach und nach erkannte Caffery das Muster des Walking Man, die Orte, an denen er haltmachte, die Stellen, an denen er Krokusse pflanzte. Und der Entführer? Caffery stellte den Motor ab, öffnete die Tür und betrachtete die Polizeiwagen – den Van der Spurensicherung und die vier Sprinter, die den Sucheinheiten gehörten. Ja, auch der Entführer folgte bestimmten Mustern. Und sie würden erkennbar werden mit der Zeit.

»Sir?« Der polizeiliche Fahndungsberater, ein kleiner Mann mit einer adretten John-Lennon-Brille, tauchte neben dem Wagen auf. »Können wir kurz?«

Caffery folgte ihm über den Parkplatz und durch einen niedrigen Steinbogen in einen Raum, den der Wirt der Polizei zur Verfügung gestellt hatte. Es war das Spielzimmer und roch nach abgestandenem Bier und Putzmittel. Den Billardtisch hatte man zur Seite geschoben und durch eine Reihe von Stühlen ersetzt, und das Dartboard war unsichtbar hinter einem Flipchartständer mit einer Reihe von Fotos.

»Lagebesprechung ist in zehn Minuten – und das wird ein Albtraum werden. Der Bereich, der nach der Erdprobenuntersuchung infrage kommt, ist riesig.«

Den Wagen der Bradleys hatte man mit allen bekannten Mitteln der Kriminaltechnik untersucht. Es gab Anzeichen für einen Kampf auf dem Rücksitz: Das Polster war aufgerissen, und an einer Fensterdichtung hingen ein paar von Marthas hellblonden Haaren. Aber alle Fingerabdrücke im Wagen stammten von der Familie Bradley. Natürlich – die Latexhandschuhe. Kein Blut, kein Sperma. Aber im Profil der Reifen wurde Erde sichergestellt, und ein Experte hatte die Proben während der Nacht analysiert. Unter Berücksichtigung der Meilen, die nach Schätzung der Bradleys auf dem Tacho dazugekommen waren, gab es für ihn nur eine Gegend, wo der Wagen eine so einzigartige Bodensignatur aufgelesen haben konnte: Bevor der Entführer den Yaris hier abgestellt hatte, musste er draußen in den Cotswolds gewesen sein, irgendwo in einem Radius von zehn Kilometern um das Pub. Nach den Fahrzeugen auf dem Parkplatz zu urteilen, war eine Polizeiarmada in die Gegend ausgeschwärmt.

»Wir wussten, dass es sich um ein weiträumiges Gebiet handeln würde«, sagte Caffery. »Der Erdprobenexperte hatte nicht viel Zeit – wir haben ihn dafür bezahlt, dass er die ganze Nacht aufgeblieben ist.«

»In dem Bereich, den er mir genannt hat, habe ich ungefähr hundertfünfzig Gebäude identifiziert, die durchsucht werden müssten.«

»Scheiße. Um das ordentlich zu machen, brauchen wir ungefähr sechs Einheiten.«

»Gloucestershire hat uns Personal angeboten. Wir befinden uns auf ihrem Gelände.«

»Eine zwischenbehördliche Operation? Ich weiß nicht mal, wie so was geht. Das ist ein logistischer Albtraum. Wir müssen die Sache eingrenzen.«

»Sie *ist* bereits eingegrenzt. Bei den hundertfünfzig Gebäuden handelt es sich nur um solche, in denen man ein Auto unterstellen kann. Rund dreißig Prozent davon sind Garagen, überwiegend von Privathäusern, was also kein Problem darstellt. Aber bei anderen müssen Sie im Grundbuch nachschlagen, um wenigstens den Eigentümer zu ermitteln. Und wir befinden uns in den Cotswolds, in einer schönen Gegend. Die Hälfte der Häuser sind Zweitwohnsitze: Russen, die in London ihren kriminellen Geschäften nachgehen, möchten gern ein Haus in der Nachbarschaft von Prinz Charles besitzen, aber sie machen sich nie die Mühe, auch mal herzukommen. Entweder gehören die Häuser abwesenden reichen Säcken oder sturköpfigen Bauern mit einläufigen Schrotflinten.« Er tippte sich an den Hinterkopf. »Die jagen Ihnen eine Ladung in den Schädel, während Sie weglaufen. Willkommen in der ländlichen Idylle. Aber um auch mal was Positives zu sagen: Gestern hat es geregnet. Das perfekte Wetter. Wenn er draußen geparkt hat, werden die Spuren noch sichtbar sein.«

Caffery ging zu dem Ständer und sah sich die Fotos an. Eine Serie von Reifenspuren. Aufgenommen in der vergangenen Nacht mithilfe von Reifenabgüssen des Yaris.

»Da war noch etwas in den Erdproben, hab ich gehört. Holzsplitter?«

»Ja. Also vielleicht ein Sägewerk. Edelstahlspäne und ein bisschen Titaniumstaub. Das Titanium ist aber so fein, dass man nicht sagen kann, woher es stammt; deshalb ist es wahrscheinlich im Moment nicht relevant, aber der Edelstahl lässt auf eine technische Anlage schließen. Ich habe sieben Stück in der Region gefunden. Und zwei Sägewerke. Ich werde mein Team aufteilen; die Hälfte wird die Gebäude abklappern, und die andere Hälfte sucht nach diesen Reifenspuren.«

Caffery nickte. Er versuchte sich seine Mutlosigkeit nicht anmerken zu lassen. Ein Radius von zehn Kilometern. Hundertfünfzig Gebäude, und der Himmel allein wusste, wie viele Einfahrten und Seitenwege. Das war die Suche nach der Nadel im Heuhaufen. Selbst mit zusätzlichen Einheiten aus Gloucestershire würde es angesichts der nötigen Durchsuchungsbeschlüsse und des damit verbundenen Papierkrams eine Ewigkeit dauern. Und – die Worte des Entführers kamen ihm wieder in den Sinn: *Es hat jetzt angefangen, nicht wahr, und es wird nicht einfach plötzlich wieder aufhören* – Zeit war das Einzige, was sie nicht hatten.

13

Fleas Einheit wendete nur zwanzig Prozent ihrer Zeit für das Tauchen auf. Den Rest verbrachten sie mit anderen Spezialeinsätzen in engen Räumen und Suchoperationen, bei denen Seilzugangstechnik erforderlich war. Gelegentlich leisteten sie auch allgemeine Unterstützungsarbeit, etwa bei Großraumfahndungen wie dieser hier in den Cotswolds.

Sie hatten während der Einsatzbesprechung des Fahndungsberaters in dem miefigen Spielzimmer gesessen. Ihr Team erhielt die Aufgabe, nach den Reifenspuren zu suchen. Man hatte ihnen eine Karte gegeben, auf der etwa sechs Meilen Straße rot markiert waren, und ihnen die ungefähre Richtung gewiesen. Doch als Flea aus der Besprechung kam, mit ihrem Team in den Sprinter stieg und vom Parkplatz fuhr, bog sie nicht nach links ab, wo der ihnen zugeteilte Bereich lag, sondern nach rechts.

»Wo fahren wir hin?« Wellard, ihr Stellvertreter, saß hinter ihr. Jetzt beugte er sich nach vorn. »Wir müssen in die andere Richtung.«

Flea entdeckte eine kleine Ausweichbucht am Rand der schmalen Landstraße, hielt dort an und stellte den Motor ab. Sie legte einen Arm über die Rückenlehne und sah die sechs Männer lange und ernst an.

»Was?«, fragte einer. »Was ist los?«

»Was ist los?«, wiederholte sie. »Was ist los? Wir haben eben in einer zehnminütigen Besprechung gesessen. Sehr kurz. Nicht lang genug, um einzuschlafen. Da draußen befindet sich ein kleines elfjähriges Mädchen, und wir haben eine Chance, es zu finden. Es gab eine Zeit, da wäre jeder Einzelne von euch im Laufschritt aus so einer Besprechung gekommen. Da hätte ich euch Maulkörbe anlegen müssen.«

Sie starrte sie an – mit halb offenem Mund und Kuhaugen saßen sie da. Was war nur mit ihnen *passiert*? Als sie vor sechs Monaten das letzte Mal darüber nachgedacht hatte, waren sie gesunde junge Männer gewesen, engagiert und begeistert in ihrem Job. Jetzt war nichts mehr davon zu spüren – kein Funke von Enthusiasmus. Wie hatte das nur geschehen können? Wieso hatte sie es nicht bemerkt?

»Und seht euch jetzt an. Nicht mal ein Flackern. Das ...«, sie hielt eine Hand hoch, flach und horizontal, »das sind eure Hirnwellen. Flatlines. Kein Ausschlag. Was, zum Teufel, ist passiert, Leute?«

Niemand antwortete. Einer oder zwei schauten zu Boden. Wellard verschränkte die Arme und entdeckte draußen vor dem Fenster etwas, das er anstarren konnte. Er spitzte die Lippen, als wollte er –

»Pfeifen? Wagen Sie es ja nicht zu pfeifen, Wellard. Ich bin nicht blöd. Ich weiß, was hier los ist.«

Er drehte sich zu ihr und hob die Brauen. »Wirklich?«

Seufzend fuhr sie sich mit der Hand durch das Haar. Der Wind war ihr aus den Segeln genommen; sie sackte auf ihrem Sitz zusammen und schaute durch die Frontscheibe hinaus auf die kahlen Bäume am Straßenrand. »Natürlich«, murmelte sie. »Ich weiß, was los ist. Ich weiß, was Sie sagen wollen.«

»Es ist, als wären Sie nicht mehr hier, Sarge«, sagte Wellard, und ein paar andere murmelten zustimmend. »Sie haben diesen Tausendmeilenblick. Tun alles nur noch pro forma. Sie sagen, *wir* hätten den Biss verloren, aber wenn ganz oben niemand zu Hause ist, dann kann man auch gleich aufgeben. Und auch wenn es hier nicht nur ums Geld geht – wir werden dieses Jahr zu Weihnachten zum ersten Mal keine Leistungsprämie bekommen.«

Sie drehte sich wieder zu ihm und sah ihn fest an. Sie mochte Wellard sehr. Er arbeitete seit Jahren bei ihr, und er war einer der Besten, die sie kannte. Sie liebte ihn mehr als ihren Bruder Thom. Hundertmal mehr als Thom. Zu hören, wie Wellard die Wahrheit aussprach, war schwer.

»Okay.« Sie kniete sich auf den Sitz und legte die Hände auf die Lehne. »Ihr habt recht. Ich war nicht in Bestform. Aber *ihr*« – sie deutete mit dem Finger auf ihre Leute –, »*ihr* habt es noch nicht verloren. Es ist immer noch da.«

»Hä?«

»Okay. Erinnert euch an das, was der Fahndungsberater gesagt hat. Was war in den Reifenprofilen?«

Einer zuckte die Achseln. »Holzspäne. Titanium und Edelstahlspäne. Klang nach einer Fabrik.«

»Ja.« Sie nickte aufmunternd. »Und was ist mit dem Titanium? Klingelt's da irgendwo?«

Alle starrten sie an und kapierten nichts.

»Ach, jetzt kommt schon«, sagte sie ungeduldig. »Erinnert euch, vor vier, fünf Jahren? Ihr wart alle schon bei der Einheit, und ihr könnt es nicht vergessen haben. Ein Wassertank? Ein eiskalter Tag. Ein Messermord. Sie sind hineingetaucht, Wellard, und ich war oben. Da gab's einen Hund, der dauernd aus dem Gebüsch kam und mein Bein rammeln wollte. Das fanden Sie urkomisch. Wissen Sie *das* noch?«

»Drüben bei dem Gut Bathurst?« Wellard musterte sie stirnrunzelnd. »Der Typ, der das Messer durch die Luke geworfen hatte? Wir haben es in zehn Minuten gefunden.«

»Ja. Und?«

Er zuckte die Achseln.

Sie blickte erwartungsvoll von einem zum andern. »Allmächtiger. Ich muss euch wirklich mit der Nase daraufstoßen. Erinnert ihr euch an die Anlage – eine stillgelegte Fabrik? Sie ist nicht auf dieser Fahndungskarte verzeichnet, weil sie stillgelegt ist. Aber erinnert ihr euch, was da hergestellt wurde, als sie noch in Betrieb war?«

»Militärkram«, antwortete einer ganz hinten im Wagen. »Teile für Challenger-Panzer und so.«

»Seht ihr? Die grauen Zellen werden wach.«

»Ich vermute, ein paar dieser Teile bestanden aus Titanium? Und aus Edelstahl?«

»Darauf verwette ich meinen Kopf. Und erinnert ihr euch zufällig auch noch, wo wir durchfahren mussten, um zu diesem verdammten Wassertank zu kommen?«

»Heilandssack«, sagte Wellard leise, und man sah, dass ihm langsam ein Licht aufging. »Durch ein Sägewerk. Und das liegt in dieser Richtung – in die Sie jetzt fahren.«

»Na also!« Sie startete den Motor und warf den Männern im Rückspiegel einen Blick zu. »Ich sag doch, ihr habt's noch nicht verloren.«

14

Caffery stand allein auf einem schmalen Fußpfad, der durch einen Kiefernwald führte. Die Luft duftete, und alle Geräusche klangen gedämpft durch die Bäume. Hundert Meter rechts von ihm lag eine stillgelegte Rüstungsfabrik, links ein Holzplatz, umgeben von verwitterten, mit Brettern verkleideten Schuppen. Haufen von Sägemehl, das vom Regen dunkel verfärbt war, lagen unter einem großen, verrosteten Trichter.

Er atmete langsam und leise, hielt die Hände seitwärts ausgebreitet und richtete seinen Blick ins Leere. Er versuchte, etwas Flüchtiges zu fassen, eine Art Atmosphäre. Als könnten die Bäume ihre Erinnerungen preisgeben. Es war zwei Uhr nachmittags. Vier Stunden zuvor hatte Sergeant Marleys Team die Anweisungen des Fahndungsberaters missachtet und war hier hergefahren. Sie hatten nicht lange suchen müssen, nur dreißig Minuten, und dann hatte einer von ihnen eine bemerkenswert klare Reifenspur entdeckt, die eindeutig von dem Yaris stammte. Der Entführer war hier gewesen, und etwas Wichtiges war die Nacht zuvor passiert.

Hinter Caffery, ein Stück weiter oben am Weg, wimmelte es von Spurensicherern, Suchtrupps und Hundeführern. Man hatte den Bereich im Radius von fünfzig Metern um die deutlichsten Reifenspuren mit Flatterband abgesteckt, und die Teams hatten überall Fußspuren gefunden. Große, tiefe Spuren von Männersportschuhen. Es wäre einfach gewesen, Abgüsse für die Analyse herzustellen, aber der Entführer hatte sie sorgfältig verwischt, indem er mit einem langen, spitzen Gegenstand im Schlamm hin und her gekratzt hatte. Spuren von Kinderschuhen waren nirgends zu sehen, aber ein paar der Männerschuhabdrücke, erklärte die Spurensicherung, waren auffallend tief. Vielleicht hatte der Entführer Martha im Auto wehrlos gemacht oder umgebracht und sie dann weggetragen und irgendwo im Wald versteckt. Das Problem war, wenn er sie getragen hatte, würde ihr Geruch nicht am Boden haften. Das Wetter war sowieso katastrophal für die Hunde: Jede Geruchsspur, die es gegeben haben mochte, war verweht und weggewaschen. Die Hunde waren aufgeregt sabbernd eingetroffen, hatten an ihren Leinen gezerrt und dann zwei Stunden lang ihre eigenen Schwänze gejagt, waren gegeneinandergeprallt und im Kreis gelaufen. Man hatte den Holzplatz und die verlassene Fabrik durchkämmt. Auch dort hatten die Teams nichts gefunden – keinen Hinweis darauf, dass Martha irgendwo in der Nähe gewesen war. Auch der stillgelegte Wassertank, inzwischen rissig und trocken, wies keine Spuren auf.

Seufzend stellte Caffery den Blick wieder scharf. Die Bäume verrieten ihm nichts. Wie sollten sie auch? Die Gegend war wie ausgestorben. Vom Holzplatz, wo sie eine Station eingerichtet hatten, kam der Cheftechniker auf ihn zu. Er trug den Overall der Spurensicherung.

»Und?«, fragte Caffery. »Irgendwas gefunden?«

»Wir haben ausgegossen, was er uns von den Fußspuren übrig gelassen hat. Wollen Sie's sehen?«

»Ich denke schon.«

Sie gingen zurück zum Holzplatz. Ihre Schritte und Stimmen klangen gedämpft zwischen den Bäumen.

»Sieben verschiedene Spurenstrecken.« Der Cheftechniker wedelte mit der Hand über den Boden, als sie an der Absperrung entlanggingen. »Sieht durcheinander aus, aber tatsächlich sind es sieben verschiedene Strecken. Sie gehen fächerartig in alle Richtungen nach außen und enden alle am Waldrand. Dahinter ist nichts mehr zu finden. Sie könnten überallhin führen – in die Felder, durch die Fabrik und hinaus auf die Straße. Die Teams tun ihr Bestes, aber der Bereich ist einfach zu groß. Er verarscht uns. Ein cleverer kleiner Scheißer.«

Ja, dachte Caffery und spähte im Gehen in den Wald hinein, und es wird ihm gefallen, wie wütend wir jetzt sind. Es gab keine Antwort: War dies wirklich der Ort, an dem der Entführer Martha aus dem Wagen geholt hatte, oder war es woanders passiert? Hatte er sie meilenweit weggebracht, wohl wissend, dass die polizeilichen Ermittlungen sich um dieses Waldstück drehen würden, sodass sie beschäftigt wären, während er seinen hässlichen Absichten mit ihr anderswo nachging? Nicht zum ersten Mal in diesem Fall hatte Caffery das Gefühl, dass er am Nasenring herumgeführt wurde.

Hinter dem abgesperrten Bereich, auf dem Holzplatz, waren die Teams immer noch bei der Arbeit. Sie wirkten wie Gespenster in ihren Schutzanzügen. Neben einem Schuppen, in dem die hier produzierten Vogelhäuser gestapelt lagen, war auf Böcken ein behelfsmäßiger Tisch aufgestellt worden, auf dem das Material, das die Teams gesammelt hatten, untersucht wurde. Die Durchsuchung der stillgelegten Fabrik war das Schlimmste gewesen. Sie war voll von illegal abgeladenem Hausmüll: verrottete alte Sofas, Kühlschränke, ein Kinderdreirad, sogar eine Einkaufstüte mit gebrauchten Windeln. Der Cheftechniker und der Asservatenverwalter hatten die Aufgabe zu entscheiden, was weggeworfen und was etikettiert und eingetütet werden sollte. Ernsthaft stinkig wurden sie, als es um die Windeln ging.

»Hierzu fällt mir nichts mehr ein.« Der Cheftechniker entfernte die Plastikhülle von einem Abguss und legte ihn vor Caffery auf den Tisch. »Ich finde einfach nicht raus, was er hier benutzt hat.«

Ein paar Leute gesellten sich zu ihnen, um zuzusehen. Caffery hockte sich hin und starrte den Gipsabdruck an. Ganz unten befanden sich Spuren der Fußabdrücke, aber da, wo der Entführer darübergekratzt hatte, war das Gips tief in die von dem scharfen Gegenstand hinterlassenen Furchen gesickert, sodass sich Grate und Zacken gebildet hatten, als der Abguss herausgelöst worden war.

»Irgendeine Ahnung, mit welchem Gegenstand er diese Furchen gekratzt hat? Erkennen Sie die Form?«

Der Cheftechniker zuckte die Achseln. »Da weiß ich nicht mehr als Sie. Etwas Scharfes, aber keine Klinge. Etwas Langes, Dünnes. Fünfundzwanzig Zentimeter – vielleicht dreißig? Er hat jedenfalls gut gearbeitet. Wir werden keine brauchbaren Fußabdrücke bekommen.«

»Darf ich mal?« Sergeant Flea Marley löste sich aus der Gruppe der Zuschauer. Sie hatte einen Plastikbecher Kaffee in der Hand und war schmutzig von der Suche; ihr Haar wirkte verstrubbelt, und der Reißverschluss ihrer schwarzen Jacke stand offen, sodass man das verschwitzte Polizei-T-Shirt erkennen konnte. Ihr Gesicht, fand er, sah anders aus als am letzten Abend vor dem Büro. Irgendwie ruhiger. Ihre Einheit war zur Abwechslung mal auf den Füßen gelandet, und eigentlich hätte er sich für sie freuen sollen. »Ich würde es mir gern ansehen.«

Der Kriminaltechniker hielt ihr ein Paar Nitrilhandschuhe hin. »Wollen Sie?«

Sie stellte ihren Kaffeebecher ab, zog die Handschuhe an, drehte den Abdruck zur Seite und blinzelte.

»Was ist?«, fragte Caffery.

»Weiß ich nicht«, brummte sie. »Weiß ich nicht.« Sie drehte den Abdruck ein paarmal herum und legte die Finger nachdenklich auf die Spitzen der Zacken. »Komisch.« Sie gab dem Cheftechniker den Abguss zurück, wandte sich ab und ging am Tisch entlang zum Asservatenverwalter, der alles, was sie bei der Suche gefunden hatte, in Plastikbeutel verpackte und etikettierte, damit es ins Labor gebracht werden konnte: Papiertaschentücher, Coladosen, Injektionsspritzen, ein Stück blaues Nylonseil. Offensichtlich war hier ein Treffpunkt für die Klebstoffschnüffler aus der Gegend; die vielen Tüten, die sie gefunden hatten, deuteten jedenfalls darauf hin. Die meisten waren auf dem Feld weggeworfen worden, zusammen mit mehreren hundert Ciderflaschen aus Plastik. Mit verschränkten Armen blieb Flea stehen und ließ den Blick über die Gegenstände wandern.

Caffery trat zu ihr. »Was entdeckt?«

Sie drehte einen sechszölligen Nagel hin und her, dann einen alten Plastikkleiderbügel. Legte beides wieder hin. Nagte an der Unterlippe und schaute zu dem Cheftechniker hinüber, der den Gipsabguss wieder einpackte.

»Was ist los?«

»Nichts.« Sie schüttelte den Kopf. »Ich dachte, die Form dieser Furchen erinnert mich an etwas. Aber das stimmt nicht.«

»Boss?« DC Turner kam von der Straße her zwischen den geparkten Autos auf sie zu. In seinem Regenmantel und mit einem kleinen Schottenkaroschal um den Hals sah er auf verrückte Weise aus wie ein Collegestudent.

»Turner? Ich dachte, Sie wären schon auf dem Rückweg ins Büro.«

»Ich weiß, tut mir leid, aber ich hab gerade mit Prody telefoniert. Er wollte Sie anrufen, aber Sie hatten offenbar keinen Empfang. Er hat eine PDF an Ihren Blackberry geschickt.«

Caffery besaß ein neues Telefon, mit dem er überall E-Mails und Attachments empfangen konnte. Der Walking Man würde sagen, es sei typisch für ihn, dass er immer neue Möglichkeiten fand, erreichbar zu sein. Er wühlte das Telefon aus der Tasche. Das E-Mail-Icon leuchtete.

»Ist vor einer Stunde im Büro angekommen«, erklärte Turner. »Prody hat es gescannt und sofort an Sie gemailt.« Er zuckte entschuldigend mit den Schultern, als wäre das alles nur seine Schuld. »Noch ein Brief. Genau wie der im Auto. Die gleiche Handschrift, das gleiche Papier. Eine Briefmarke auf dem Umschlag, aber kein Poststempel. Kam mit der internen Post, und wir versuchen immer noch, ihn zurückzuverfolgen, aber bis jetzt weiß kein Mensch, wo er hergekommen und wie er in die verdammte Hauspost geraten ist.«

»Okay, okay.« Caffery spürte, dass an seiner Schläfe eine Ader pulsierte. »Fahren Sie zurück ins Büro, Turner. Kümmern Sie sich um die Durchsuchungsbeschlüsse, die der Fahndungsberater haben will.«

Er ging den Pfad entlang und blieb erst stehen, als man ihn nicht mehr sehen konnte, am Rand des Holzplatzes und hinter einer offenen Scheune, in der Fichtenstämme lagerten. Jetzt öffnete er das Attachment. Der Download dauerte ein, zwei Minuten, aber als es da war, wusste er sofort, dass es vom Entführer stammte. Es war kein Jux.

Martha sagt hallo. Martha sagt: Viele Grüße, und man soll Mummy und Daddy ausrichten, dass sie wirklich tapfer ist. Aber sie mag die Kälte nicht besonders, nicht wahr? Und sie ist keine große Rednerin. Nicht mehr. Ich habe versucht, ein Gespräch mit ihr zu führen, aber sie sagt nicht viel. Oh, bis auf eins: Ein paarmal hat sie gesagt, ich soll euch wissen lassen, dass ihre Mutter eine Fotze ist. Und da hat sie vielleicht recht! Wer weiß! Eins ist sicher: Ihre Mutter ist fett. Fett UND eine Fotze. Meine Güte, zu manchen von uns ist das Leben nicht nett, was? Was für eine fette Fotze sie doch ist. Ich sehe mir eine wie Martha an und denke, das ist das Tragische, nicht wahr, dass sie aufwachsen und sich in eine fette Fotze wie ihre Mutter verwandeln muss. Wie denkt Mummy darüber? Findet sie es nicht auch schade, dass ihre Tochter groß werden muss? Wahrscheinlich hat sie Angst vor dem, was passiert, wenn sie aus dem Haus geht. Ich meine, wenn Martha nicht mehr da ist, wen wird Daddy dann befummeln? Da muss er wieder Mama mit den dicken Titten besteigen.

Caffery stellte erst jetzt fest, dass er den Atem anhielt. Er ließ die Luft in einem Strom aus der Lunge entweichen. Scrollte hinauf zum Anfang des Briefs und las ihn noch einmal. Und fast so, als könnte man ihn mit einem schmutzigen Heftchen erwischen, stopfte er das Telefon in die Tasche und sah sich um. Die Ader an seiner Schläfe schmerzte. Auf der anderen Seite des Holzplatzes hatte Sergeant Marley den Van gestartet und fuhr jetzt im Rückwärtsgang den Weg hinauf. Er presste einen Finger auf die Ader und zählte bis zehn. Dann ging er zurück zu seinem Wagen.

15

Das Haus der Bradleys war leicht zu erkennen, wenn man in die Siedlung kam: Auf der anderen Seite campierte die Presse, und im Vorgarten lag ein Berg von Blumen und Geschenken, die Wohlmeinende hier abgeliefert hatten. Caffery kannte einen anderen Weg. Er parkte am oberen Rand der Siedlung und ging auf einem Teppich aus raschelndem Laub hinein, schlug einen Bogen und näherte sich dem Haus von hinten. Im Gartenzaun befand sich eine Pforte, die der Presse bisher verborgen geblieben war. Die Polizei und die Familie Bradley hatten eine Vereinbarung getroffen: Zwei- oder dreimal am Tag würde sich ein Mitglied der Familie an der Haustür zeigen, um die Meute bei Laune zu halten. In der übrigen Zeit benutzten sie den Hintereingang und liefen durch den Garten. Um halb vier Uhr nachmittags war es schon fast dunkel, und Caffery schlich sich unbemerkt auf das Grundstück.

Auf der Stufe vor der Hintertür stand ein mit einem rot-weiß karierten Leintuch bedeckter Korb. Als die Familienbetreuerin die Tür öffnete, deutete Caffery darauf. Sie nahm den Korb und winkte Caffery ins Haus. »Die Nachbarin«, flüsterte sie. »Sie glaubt, sie müssen mit Essen versorgt werden. Wir werfen ständig alles Mögliche weg – niemand in dieser Familie isst etwas. Kommen Sie.«

Die Küche war warm und sauber trotz aller Schäbigkeit. Caffery wusste, dass die Bradleys sie als tröstend empfanden; sie sahen aus, als hätten sie die letzten drei Tage fast nur hier verbracht. Ein alter tragbarer Fernseher stand auf einem Tisch in der Ecke. Ein Vierundzwanzig-Stunden-Nachrichtensender brachte gerade etwas über Wirtschaft und die chinesische Regierung. Jonathan Bradley stand an der Spüle und wandte dem Fernseher den Rücken zu, während er sorgfältig einen Teller abwusch. Sein Kopf hing müde herab. Er trug Jeans und zwei verschiedene Pantoffeln, wie Caffery auffiel. Rose saß am Küchentisch und schaute auf den Fernseher; sie hatte einen pinkfarbenen Hausmantel an; vor ihr stand eine unberührte Tasse Tee. Sie machte immer noch den Eindruck, als stünde sie unter Beruhigungsmitteln. Ihr Blick wirkte glasig und verschwommen. Sie war füllig, dachte Caffery, aber nicht fettleibig, und wenn sie einen Mantel anhätte, würde man es gar nicht bemerken. Entweder hatte der Entführer einen Schuss ins Blaue abgegeben, oder es war seine spezielle Art, jemanden zu beschimpfen. Oder er hatte sie irgendwann vor der Entführung ohne Mantel gesehen.

»Detective Caffery«, verkündete die Familienbetreuerin und stellte den Korb auf den Küchentisch. »Ich hoffe, das ist okay.«

Nur Jonathan reagierte. Er unterbrach das Abwaschen und nickte. Mit einem Geschirrtuch trocknete er sich die Hände ab. »Aber natürlich.« Er lächelte schwach und streckte die Hand aus. »Hallo, Mr. Caffery.«

»Mr. Bradley, Jonathan.«

Sie gaben sich die Hand, und Jonathan zog einen Stuhl an den Tisch. »Hier. Nehmen Sie doch Platz. Ich mache frischen Tee.«

Caffery setzte sich. Draußen auf dem Holzplatz war es sehr

ungemütlich gewesen, und seine Hände und Füße fühlten sich kalt an. Dass sie auf die Reifenspuren gestoßen waren, hätte ihnen eigentlich Auftrieb geben müssen. Aber Tatsache war, dass es sie nicht vorangebracht hatte. Die Teams waren immer noch unterwegs und befragten die Leute in den Häusern und Bauernhöfen. Caffery wartete ständig darauf, dass die Nummer des Fahndungsberaters auf dem Display seines Telefons aufleuchtete. Er wollte, dass es passierte, aber bitte, lieber Gott, bitte lass es nicht jetzt passieren, nicht hier vor der Familie.

»Du hast deinen Tee nicht getrunken, Schatz.« Jonathan legte seiner Frau die Hände auf die Schultern und beugte sich über sie. »Ich mache dir einen frischen.« Er nahm den Becher und den Korb vom Tisch. »Sieh mal, Mrs. Fosse hat uns wieder etwas zu essen gemacht.« Er sprach unnatürlich laut, als befände er sich in einem Altenheim und Rose sich im letzten Stadium der Demenz. »Wie nett von ihr. Solche Nachbarn braucht man.« Er zog das Leintuch vom Korb und inspizierte die Dinge darin. Ein paar Sandwiches, eine Apfelpastete, ein bisschen Obst, eine Karte und eine Flasche Rotwein mit dem »Bio«-Siegel auf dem Etikett. Caffery behielt die Flasche im Auge. Wahrscheinlich würde er nicht ablehnen, wenn sie ihm etwas anbieten sollten. Aber die Pastete wanderte in die Mikrowelle, und die Flasche blieb ungeöffnet abseits stehen, während Jonathan kochendes Wasser in eine Teekanne goss.

»Es tut mir leid«, begann Caffery, als Tee und heiße Apfelpastete vor ihnen standen. Jonathan war anscheinend entschlossen, den Anschein von Normalität aufrechtzuerhalten. »Dass ich Sie so störe.«

»Das ist okay.« Roses Stimme klang monoton. Sie sah weder ihn noch den Kuchen an, sondern starrte auf den Fernseher. »Ich weiß, dass Sie sie nicht gefunden haben. Die Dame hat es uns erzählt.« Sie deutete auf die Familienbetreuerin, die am anderen Ende des Tisches saß und geschäftig einen großen Aktenordner aufklappte, um sich Notizen über dieses Gespräch zu machen.

»Sie hat uns erzählt, dass nichts passiert ist. Das stimmt doch, oder? Nichts ist passiert?«

»Nein.«

»Sie haben uns von dem Wagen erzählt und gesagt, da waren Kleidungsstücke drin. Von Martha. Wenn Sie damit fertig sind, möchten wir sie gern zurückhaben, bitte.«

»Rose«, sagte die Betreuerin, »wir haben doch schon darüber gesprochen.«

»Ich möchte die Kleider wieder, bitte.« Rose richtete ihren Blick auf Caffery. Ihre Augen waren rot und geschwollen. »Mehr verlange ich nicht. Ich will nur das Eigentum meiner Tochter zurückhaben. Sofort.«

»Tut mir leid«, entgegnete Caffery. »Das geht nicht. Nicht sofort. Es ist Beweismaterial.«

»Wozu brauchen Sie es denn? Warum wollen Sie es behalten?«

Die Unterwäsche befand sich im Labor im Präsidium. Sie unterzogen sie verzweifelt einem Test nach dem andern. Bisher hatten sie keine Spermaspuren vom Entführer gefunden. Genauso wenig wie im Wagen. Caffery bereitete es großes Unbehagen, wie beherrscht der Kerl war. »Es tut mir leid, Rose. Wirklich. Ich weiß, es ist schwer, aber ich muss Ihnen noch ein paar Fragen stellen.«

»Es braucht Ihnen nicht leidzutun.« Jonathan stellte ein Kännchen Sahne auf den Tisch und verteilte Dessertlöffel. »Reden hilft. Wenn man darüber reden kann, ist es besser. Stimmt's, Rose?«

Rose nickte apathisch. Ihr Mund öffnete sich ein wenig.

»Sie hat alle Zeitungen gesehen, oder?« Caffery schaute die Betreuerin an. »Sie haben ihr auch die mit Martha auf der Titelseite gezeigt?«

Die Familienbetreuerin stand auf, nahm eine Zeitung von einem Sideboard und gab sie ihm. Es handelte sich um die *Sun*. Jemand, der in einem Damenbekleidungsgeschäft arbeitete, in dem die Bradleys am Samstagvormittag gewesen waren, hatte der Zeitung Videoüberwachungsaufnahmen verkauft, auf denen Rose und Martha sich in der Nähe des Fensters ein paar Sachen anschauten, dreißig Minuten vor der Entführung. Die Zeitung hatte ein Standbild mit Zeitstempel veröffentlicht und darunter geschrieben:

Das letzte Foto? Nur eine halbe Stunde bevor ein Monster sie raubt, ist die elfjährige Martha vergnügt beim Shoppen mit ihrer Mum.

»Warum mussten sie das schreiben?«, fragte Rose. »Wieso sagen sie ›das letzte Foto‹? Das klingt, als ob …« Sie strich sich das Haar aus der Stirn. »Es klingt, als ob – Sie wissen schon. Als ob alles vorbei wäre.«

Caffery schüttelte den Kopf. »Aber es ist nicht alles vorbei.«

»Nicht?«

»Nein. Wir tun wirklich alles, was in unserer Macht steht, um sie wohlbehalten nach Hause zu bringen.«

»Das hab ich schon mal gehört. Das haben Sie schon mal gesagt. Sie haben gesagt, sie feiert ihren Geburtstag.«

»Rose«, sagte Jonathan sanft, »Mr. Caffery versucht nur, uns zu helfen. Hier … so.« Er goss ein bisschen Sahne auf ihren Teller und dann auf seinen eigenen. Dann drückte er ihr einen Löffel in die Hand und schob sich selbst einen Löffel Apfelpastete in den Mund. Er kaute sorgfältig, ohne sie dabei aus den Augen zu lassen. Vielsagend deutete er mit dem Kopf auf ihren Teller und versuchte sie dazu zu bringen, es ihm gleichzutun.

»Sie hat noch nichts gegessen«, flüsterte die Familienbetreuerin. »Nichts, seit es passiert ist.«

»Das ist typisch für dich, Dad«, meinte Philippa, die auf dem Sofa saß. »Du glaubst, mit Essen bringt man alles in Ordnung.«

»Sie braucht ihre Kraft. Die braucht sie wirklich.«

Caffery griff nach dem Krug und goss sich Sahne über die Pastete. Er nahm einen Bissen und lächelte Rose ermutigend zu. Sie starrte ausdruckslos auf die Zeitung. »Warum mussten sie das schreiben?«, wiederholte sie.

»Sie schreiben das, was ihnen hilft, die Zeitung zu verkaufen«, erklärte Caffery. »Im Moment können wir nicht viel machen. Wir haben aber den Rest der Aufnahmen aus dem Geschäft bekommen und uns angesehen.«

»Warum? Warum mussten Sie das tun?«

Er schob ein Stück Pastete auf seinem Löffel zurecht. Er tat es sorgfältig und ließ sich Zeit dabei. »Rose, hören Sie. Ich weiß, Sie haben das alles schon einmal hinter sich gebracht. Ich weiß, es ist schmerzhaft, aber ich bitte Sie, noch einmal über diesen Vormittag nachzudenken. Ich möchte speziell über die Geschäfte mit Ihnen sprechen, in denen Sie und Martha gewesen sind.«

»Über die Geschäfte, in denen wir gewesen sind? Warum?«

»Sie haben gesagt, mit dem Lebensmitteleinkauf hätten Sie bis zum Schluss gewartet.«

»Ja.«

»Ich glaube, Sie sagten, Sie haben eine Strickjacke gesucht. War die für Sie oder für Martha?«

»Für mich. Martha wollte Strumpfhosen. Wir waren zuerst bei Roundabout und haben ihr welche gekauft. Sie wollte solche mit Herzen drauf …« Rose stockte. Sie drückte die Finger an die Kehle und hatte Mühe, die Fassung zu behalten. »Mit Herzen«, fuhr sie dann mit dünner Stimme fort. »Mit roten. Und als wir sie hatten, sind wir zu Coco's gegangen. Da hab ich eine Strickjacke gesehen, die mir gefiel.«

»Haben Sie sie anprobiert?«

»Ob sie sie anprobiert hat?«, unterbrach Jonathan Caffery. »Ist es denn wichtig, ob sie eine Strickjacke anprobiert hat? Es tut mir leid, wenn ich unhöflich klinge, aber was hat das mit alldem zu tun?«

»Ich versuche nur, ein bisschen mehr über den Verlauf des

Vormittags herauszubekommen. Haben Sie den Mantel ausgezogen und die Strickjacke anprobiert?«

»Sie versuchen nicht, ›ein bisschen mehr über den Verlauf des Vormittags herauszufinden‹.« Philippa funkelte ihn böse vom Sofa her an. »Das tun Sie überhaupt nicht. Ich weiß, warum Sie danach fragen. Sie glauben, er hat sie beobachtet. Sie glauben, er hat sie schon verfolgt, bevor sie auch nur in der Nähe des Parkhauses waren. Stimmt's?«

Caffery schob sich ein Stück Pastete in den Mund und kaute. Dabei sah er Philippa direkt ins Gesicht.

»Es stimmt, oder? Ich sehe es Ihnen an. Sie glauben, er hat sie verfolgt.«

»Es ist nur eine von mehreren Fragen bei unseren Ermittlungen. Nach meiner Erfahrung ist Zufall selten wirklich ganz und gar zufällig.«

»Soll das heißen, Sie haben neue Hinweise?«, fragte Jonathan. »Heißt das, er hat sich noch einmal bei Ihnen gemeldet?«

In der Pastete in seinem Mund war etwas Kleines, Hartes. Caffery antwortete nicht, sondern beförderte den Gegenstand nach vorn und schob ihn dann mit der Zunge auf die Papierserviette. Ein Stück Zahn, mit Apfelpastete garniert. Ein abgebrochener Zahn mitten in einem Fall wie diesem, wenn er eigentlich überhaupt keine Zeit hatte, zum Zahnarzt zu gehen.

»Mr. Caffery? Hat er sich noch einmal bei Ihnen gemeldet?«

»Es ist so, wie ich gesagt habe. Ich versuche, ein bisschen mehr über den Verlauf …«

Er sprach nicht weiter, sondern starrte auf die Serviette. Das war kein *Stück* von einem Zahn, das war ein ganzer Zahn. Aber nicht von ihm. Er fuhr mit der Zunge im Mund herum. Da gab es keine Lücke. Und der Zahn war auch zu klein. Viel zu klein für einen Erwachsenen.

»Was ist das?« Jonathan starrte die Serviette in Cafferys Hand an. »Was haben Sie da?«

»Keine Ahnung.« Verwirrt säuberte Caffery den Zahn mit

der Serviette und betrachtete ihn eingehend. Es war ein kleiner Milchzahn.

»Der ist von Martha.« Rose saß kerzengerade. Sie sah kalkweiß aus, und ihre Hände umklammerten die Tischkante. »Ja, das ist er.« Ihre Lippen waren fahl. »Sieh doch, Jonathan, das ist ihr Babyzahn. Den hatte sie immer in ihrem Medaillon.«

Philippa sprang auf, kam zum Tisch und beugte sich über das, was Caffery da in der Hand hielt. »Mum? O Gott, Mum, das ist er. Es ist ihr Zahn.«

»Ja, ich bin sicher.«

Sehr, sehr langsam legte Caffery den Zahn auf den Tisch, ungefähr zwanzig Zentimeter von seinem Teller entfernt.

»Wie kommt der in Ihren Mund?« Die Stimme der Familienbetreuerin klang leise und beherrscht.

Caffery schaute auf seinen Teller mit Apfelpastete und Sahne. Die Betreuerin sah auf ihren. Ihre Blicke trafen sich und richteten sich dann auf Jonathan, der mit aschfahlem Gesicht seine eigene Portion anstarrte.

»Von woher stammt diese Pastete?«

Jonathans Pupillen waren klein wie Stecknadelköpfe. »Von der Nachbarin«, sagte er matt. »Mrs. Fosse.«

»Sie bringt uns Essen, seit alles angefangen hat.« Die Betreuerin ließ ihren Löffel auf den Tisch fallen. »Um zu helfen.«

Caffery schob den Teller weg und kramte mechanisch in der Tasche nach seinem Handy, ohne den Zahn aus den Augen zu lassen. »Wo wohnt sie? Welche Hausnummer?«

Jonathan antwortete nicht. Er beugte sich über seinen Teller und spuckte einen Mund voll Pastete aus. Dann sah er seine Frau an, wie um sich zu entschuldigen. Seine Augen waren rot und feucht. Er schob geräuschvoll den Stuhl zurück, als wollte er aufstehen, aber stattdessen beugte er sich wieder über seinen Teller. Als er jetzt den Mund öffnete, übergab er sich. Es klatschte auf seinen Teller, und kleine weiße Fäden, Speichel und Sahne spritzten über den Tisch.

Alle starrten ihn an, als er sich mit einem Küchentuch den Mund abwischte und das Erbrochene auf dem Tisch abtupfte. Niemand sprach ein Wort. Ein lastendes Schweigen breitete sich in der Küche aus. Sogar Caffery schwieg, sah den Zahn an und dann Jonathan, der verzweifelt versuchte, den Tisch sauber zu wischen. Er wollte gerade aufstehen und etwas Konstruktives tun, vielleicht einen Lappen holen, als Rose Bradley zum Leben erwachte. »Du Schwein!« Mit lautem Scharren schob sie ihren Stuhl zurück, sprang auf und richtete den ausgestreckten Zeigefinger auf ihren Mann. »Du absolut abscheuliches Schwein, Jonathan. Du glaubst, wenn wir einfach so tun, als wäre alles normal, dann hört es auf.« Sie langte über den Tisch und fegte mit einer einzigen Bewegung den Teller herunter, sodass er am Herd zerbrach. »Du glaubst, *Pastete* und *Tee* und Berge von verdammten *Keksen* bringen sie wieder zurück. Das glaubst du. Das glaubst du wirklich.«

Sie packte den Zahn, und ohne die Familienbetreuerin zu beachten, die aufgestanden war und die Hände hob, um die Situation zu beruhigen, stürmte sie hinaus und schlug die Tür hinter sich zu. Einen Augenblick später warf Philippa ihrem Vater einen bösartigen Blick zu, folgte ihrer Mutter und schlug die Tür noch einmal zu. Man vernahm ihre Schritte auf der Treppe, und dann knallte eine andere Tür. Man hörte einen dumpfen Schlag und dann gedämpftes Schluchzen.

In der Küche sprach niemand. Alle schwiegen und starrten auf ihre Füße.

16

Zehn Meilen weiter südlich, in einer Straße am Rand des Städt-
chens Mere, parkte Janice Costello, eine sechsunddreißigjährige
Mutter, ihren Audi und stellte den Motor ab. Sie drehte sich zu
ihrer vierjährigen Tochter um, die angeschnallt in ihrem Kin-
dersitz auf der Rückbank saß, bettfertig in Pyjama und »Hello
Kitty«-Pantoffeln, mit einer Wärmflasche und einem Federbett
um den Körper.

»Emily, Schätzchen? Alles okay, mein Püppchen?«

Emily gähnte und sah schlaftrunken aus dem Fenster. »Wo
sind wir, Mummy?«

»Wo wir sind? Wir…« Janice biss sich auf die Lippe und zog
den Kopf ein, um hinausschauen zu können. »Wir sind bei den
Geschäften, Schätzchen. Und Mummy bleibt bloß zwei Minuten weg. Zwei Minuten, okay?«

»Ich hab ja Jasper.« Emily wackelte mit ihrem Stoffhasen.
»Wir schmusen.«

»Braves Mädchen.« Janice beugte sich über die Lehne nach
hinten und kitzelte Emily unter dem Kinn, sodass sie es nach
unten drückte und vergnügt zappelte.

»Aufhören! Aufhören!«

Janice lächelte. »Du bist ein braves Mädchen. Halt Jasper
schön warm. Ich bin gleich wieder da.«

Sie löste den Sicherheitsgurt, stieg aus und verschloss den
Wagen über die Zentralverriegelung. Sie warf Emily einen letzten Blick zu, richtete sich auf und blieb unter der Straßenlaterne
stehen. Beunruhigt spähte sie die Straße entlang nach links und
rechts. Sie hatte Emily angelogen. Hier gab es keine Geschäfte,
sondern lediglich eine staatliche Klinik, in der eine Gruppentherapie stattfand. Drei Männer und drei Frauen trafen sich hier
jeden Montag, und sie würden jetzt – Janice sah auf die Uhr – jeden Moment herauskommen. Sie ging bis zur Ecke, lehnte sich

mit dem Rücken an die Wand und reckte den Hals, damit sie das Gebäude sehen konnte. Vor dem Eingang brannte Licht, und die Vorhänge in zwei der vorderen Fenster – vielleicht da, wo die Gruppensitzung stattfand – waren zugezogen.

Janice Costello war davon überzeugt, dass ihr Mann eine Affäre hatte. Cory ging seit drei Jahren in diese Gruppentherapie, und sie war ziemlich sicher, dass er eine »Freundschaft« zu einer der Frauen entwickelt hatte. Anfangs war es nur ein vager Verdacht gewesen, das bloße Gefühl, dass etwas nicht stimmte – er hatte distanziert gewirkt, war nicht ins Bett gegangen, wenn sie es tat. Lange, unerklärte Abwesenheiten, wenn er mit dem Auto unterwegs war und nachher behauptete, er sei »nur umhergefahren und habe nachgedacht«. Es gab Streitereien um unwichtige Dinge – wie sie sich am Telefon meldete, wie sie beim Essen das Gemüse auf den Teller legte, ja, welchen Senf sie nahm. Senf. Ging es noch alberner? Lautes Gebrüll im Stehen, er wolle körnigen Senf, denn englischer Senf sei »so provinziell«. »Herrgott, Janice, begreifst du das nicht?«

Aber eigentlich war es die beiläufige Erwähnung von »Clare«, was ihr die Augen öffnete. Clare sagt dies, Clare sagt jenes. Als Janice ihn fragte, sah er sie an, als wüsste er nicht, wovon sie redete.

»Clare«, wiederholte sie. »Du hast ihren Namen jetzt ungefähr zwanzigmal erwähnt. Clare?«

»Ach, *Clare*. Aus der Gruppe, meinst du. Was ist mit ihr?«

Janice drang nicht weiter in ihn, aber als sie am Abend heimlich sein Telefon aus der Tasche zog, nachdem er vor dem Fernseher eingeschlafen war, fand sie darauf zwei Anrufe von »Clare P«. Und jetzt war es so weit, dass sie es wissen wollte. Es würde einfach sein. Sie brauchte ihn nur einmal mit der Frau zu sehen. An seinem Verhalten würde sie alles sofort erkennen.

Das Licht hinter den Fenstern erlosch, und auf dem Flur ging ein anderes an. Die Sitzung war zu Ende. Ihr Herz begann zu hämmern. Jeden Moment würde jemand zur Tür herauskommen. In ihrer Tasche klingelte das Handy. Scheiße – sie hatte vergessen, es abzuschalten. Sie zog es heraus und wollte es abstellen, aber als sie erkannte, wer da anrief, zuckte ihr Finger von der roten Taste zurück. Sie starrte das Telefon an und wusste nicht, was sie tun sollte.

Es war Cory. Cory rief sie an. Er war nur zehn Schritte weit entfernt im Gebäude, und wenn er die Tür öffnete, würde er ihr Telefon klingeln hören. Ihr Finger wanderte noch einmal zur roten Taste, zögerte und tippte dann auf die grüne.

»Hallo«, sagte sie munter. Sie drückte sich um die Ecke, stand mit dem Gesicht zur Wand und hielt einen Finger ins Ohr. »Wie war's?«

»Ach, du weißt schon.« Cory klang müde und schlecht gelaunt. »Immer das Gleiche. Wo bist du?«

»Wo ich bin? Ich bin … ich bin zu Hause. Warum?«

»Zu Hause? Ich hab dich gerade übers Festnetz angerufen. Hast du nichts gehört?«

»Nein – ich meine, ich war in der Küche. Das Abendessen vorbereiten.«

Nach einer kurzen Pause fragte er: »Soll ich dich jetzt noch mal anrufen? Damit's nicht so teuer wird?«

»Nein! Nein – das ist … Nicht, Cory. Du weckst Emily.«

»Schläft sie? Es ist noch nicht mal sechs.«

»Ja, aber du weißt doch … morgen die Schule –« Sie brach ab. Emily ging zur Vorschule, und sie war alt genug, um Cory zu erzählen, dass sie nicht zu Hause gewesen war. Sie verstrickte sich jetzt immer tiefer in Lügengeschichten. Es würde großen Ärger geben. Sie schluckte. »Kommst du jetzt nach Hause?«

Eine lange Pause folgte. Dann sagte er: »Janice? Bist du wirklich zu Hause? Es klingt, als wärst du irgendwo im Freien.«

»Natürlich bin ich zu Hause. Natürlich.« Ihr Puls raste, und das Adrenalin ließ ihre Fingerspitzen kribbeln. »Ich muss Schluss machen, Cory. Sie weint. Ich muss Schluss machen.

Sie drückte auf die rote Taste und sackte keuchend gegen

die Wand. Sie zitterte. Es gab zu viel, worüber sie jetzt nachdenken musste. Sie musste eine Geschichte erfinden, dass ihr und Emily plötzlich eingefallen war, dass irgendetwas fehlte – Milch oder Kaffee oder so etwas. Dass sie losgegangen waren, um es zu besorgen. Und sie würde es auch kaufen müssen, um einen Beweis zu haben. Oder sie könnte sagen, Emily habe nicht aufgehört zu weinen, und da habe sie sie in den Wagen gepackt und sei mit ihr eine Zeit lang umhergefahren, damit sie sich beruhigte. Das hatten sie schon früher getan, wenn sie als Baby Koliken bekam. Sie musste sofort nach Hause fahren und alles so richten, dass es zu den Lügen passte, die sie erzählen würde. Aber sie war eigens den ganzen Weg hierhergekommen, um Clare zu sehen, und konnte jetzt nicht einfach verschwinden.

Sie nahm sich zusammen und schob den Kopf erneut um die Ecke. Und riss ihn sofort wieder zurück. Die Vordertür war aufgegangen, und da standen Leute. Das Licht flutete auf die Straße, und sie hörte Stimmen. Sie zog die Kapuze ihrer Steppjacke über den Kopf, schob sie tief ins Gesicht und schaute vorsichtig noch einmal um die Ecke. Eine Frau kam heraus – eine ältere Frau mit streng geschnittenen weißen Haaren und einem langen karierten Mantel –, der eine zweite in einem braunen Mantel mit einem Gürtel folgte, Janice konnte sich nicht vorstellen, dass eine von ihnen Clare sein sollte. Sie waren zu alt, zu maskulin.

Aber dann öffnete die Tür sich ein Stück weiter, und Cory trat heraus und zog den Reißverschluss seiner Jacke zu. Er ging halb seitwärts, zum Gebäude gewandt, und sagte etwas zu einer großen, dünnen Frau mit sehr hellen, glatten Haaren. Sie trug einen langen Ledermantel und hochhackige Stiefel. Sie hatte eine scharf geschnittene, leicht gebogene Nase und lachte über das, was er sagte. Auf der Treppe vor der Klinik hielt sie inne und schlang sich ein Tuch um den Hals. Cory blieb unten auf dem Gehweg stehen und schaute zu ihr hinauf. Noch ein oder zwei Leute kamen aus dem Gebäude und gingen um sie herum. Die

Frau sagte etwas, und Cory zuckte die Achseln. Rieb sich die Nase. Dann schaute er nachdenklich die Straße entlang.

»Was ist denn?« Die Stimme der Frau klang glockenhell in der kalten Luft. »Was ist los?«

Cory schüttelte den Kopf. »Nichts.« Noch einmal ließ er seinen Blick die Straße hinauf- und hinunterwandern, als müsste er sich etwas überlegen. Dann stieg er zwei Stufen empor, legte der Frau eine Hand auf den Ellbogen, senkte den Kopf und flüsterte ihr etwas zu.

Stirnrunzelnd schaute sie hoch und sah ihn an. Er sagte noch etwas. Sie hob die Hand und spreizte vier Finger. Im nächsten Moment verwandelte sie die Geste in ein kleines Winken. »Von mir aus«, meinte sie lächelnd. »Von mir aus, Cory. Bis nächste Woche.«

Cory ging davon, aber er blickte immer noch wachsam über die Schulter. Er schob die Hand in die Tasche, zog den Autoschlüssel heraus und entfernte sich zielstrebig von der Klinik. Panik erfasste Janice. Sie wühlte ihre Schlüssel aus der Tasche und trabte, so schnell sie konnte, zurück zu ihrem Audi.

Als sie näher kam, sah sie, dass etwas nicht stimmte. Ihr Herz pochte dumpf. Der Audi parkte ungefähr zwanzig Schritte vor ihr unter einer Straßenlaterne. Und Emily war nicht drin. »Emily?«, murmelte Janice. »*Emily*?«

Sie begann zu rennen. Jetzt war es ihr egal, ob jemand sie sah. Ihr Tuch löste sich vom Hals und flatterte davon. Fast hätte sie den Schlüssel fallen lassen. Sie erreichte den Wagen, schlug mit beiden Händen an das Seitenfenster und drückte das Gesicht an die Scheibe.

Emily kauerte vor dem Rücksitz im Fußraum. Überrascht erkannte sie das entsetzte Gesicht ihrer Mutter. Sie hatte sich losgeschnallt, war hinuntergekrabbelt und spielte mit Jasper. Er saß eine Armlänge entfernt vor ihr und war ihr zugewandt, als unterhielte er sich mit ihr.

Janice sank gegen den Wagen und presste eine Hand ans Herz.

»Mummy!«, krähte Emily zum Fenster hinauf. Sie hüpfte auf dem Rücksitz herum. »Mummy, rate mal, was passiert ist!«

Janice atmete tief durch, ging um den Wagen herum nach vorn, stieg ein und drehte sich zu ihrer kleinen Tochter um. »Was denn? Was ist passiert, mein Schatz?«

»Jasper hat Aa gemacht. In die Hose. Hast du aus dem Laden ein paar Windeln für ihn mitgebracht?«

»Der Laden war zu, Schatz.« Sie zwang sich zu einem Lächeln. »Hab keine Windeln. Kein Laden, keine Windeln – tut mir leid. Schnall dich an, Herzchen. Wir fahren nach Hause.«

17

Caffery war froh, dass ihm von Jonathan kein Wein angeboten worden war. Hätte er an Alkohol auch nur geschnuppert, wäre die gesamte Logistik nach dem Auftauchen des Kinderzahns in seinem Mund durcheinandergeraten…

Die Nachbarin, Mrs. Fosse, eine neugierige, vogelähnliche Frau in Pantoffeln und zwei Strickpullovern übereinander, hatte nichts zu verbergen. Davon war er überzeugt, nachdem er zwanzig Minuten lang mit ihr gesprochen hatte. Sie hatte die Apfelpastete gebacken und um ein Uhr zusammen mit den anderen Sachen vor die Tür gestellt. Sie hatte nicht anklopfen wollen; es war ihr peinlich, weil sie nicht wusste, was sie sagen sollte, aber sie hoffte, dass ihre kleinen Geschenke ihre Gefühle angemessen zum Ausdruck brachten. Also war der Entführer irgendwann in den folgenden zwei Stunden in den Garten gekommen und hatte den Zahn in die Pastete gedrückt. Wahrscheinlich durch eins der beiden Dampflöcher, die Mrs. Fosse mit dem Messer in den Teigdeckel gebohrt hatte.

Der Walking Man hatte recht, dachte Caffery: Dieser Mann

war cleverer als alle, mit denen er es bisher zu tun gehabt hatte. Er beschloss, die Bradleys so schnell wie möglich aus dem Pfarrhaus zu schaffen.

»Ich hasse Sie. Wirklich und wahrhaftig – ich *hasse* Sie.« Philippa stand im Hauswirtschaftsraum und funkelte Caffery zornig an. Sie war weiß im Gesicht und hielt ihre Hände zu Fäusten geballt. Die Seitentür stand offen, und ein Officer von der Hundestaffel wartete auf der Schwelle. Er hielt die beiden Hunde der Familie an der Leine und gab sich große Mühe, sich nicht in diesen Streit verwickeln zu lassen. »Ich fasse es nicht, dass Sie so was tun.«

Caffery seufzte. Er hatte mehr als zwei Stunden gebraucht und zehn verschiedene Telefonate führen müssen: erstens, um die Erlaubnis für den Umzug zu bekommen, und zweitens, um etwas zu finden, wo die Familie unterkommen konnte. Am Ende hatte man ein Team von leitenden Ermittlungsbeamten aus Holland, die sich auf einer Austauschübung hier befanden, aus den Gästeapartments für Polizeichefs im Trainingsblock des Präsidiums ausquartieren müssen. Jetzt stand die Familie mit ihren Koffern und Mänteln bereit. »Philippa«, sagte er beruhigend, »ich verspreche dir, den Hunden wird es an nichts fehlen.«

»Sie können nicht bei jemandem bleiben, den sie nicht kennen.« Philippa hatte Tränen in den Augen. »Nicht in so einer Situation.«

»Hör zu«, sagte er behutsam. Er wusste, er musste sehr vorsichtig sein – das Letzte, was er gebrauchen konnte, wäre ein hysterischer Teenager, der seine Pläne durcheinanderbrachte. Er hatte die beiden Streifenwagen gerufen, die am Rand der Siedlung warteten, außer Sichtweite für die Presse. Sie würden jetzt jeden Moment eintreffen, und wenn sie da wären, musste die ganze Familie einsteigen und verschwinden, bevor die versammelten Reporter sich fragen konnten, was hier vor sich ging. Der Chef der Abteilung für Öffentlichkeitsarbeit war aus einer Darts-Runde in Brislington geholt worden und führte hastige

Verhandlungen mit ein paar größeren Zeitungen. Der Entführer hatte die Bradleys mithilfe von Pressefotos aufgespürt, die zeigten, wie sie das Haus verließen und betraten. Es war eine symbiotische Beziehung, und wenn die Medien wollten, dass die Polizei weiterhin mit ihnen kooperierte, würden sie aufhören müssen, über die Bradleys zu berichten.

»Ihr könnt die Hunde nicht mitnehmen, Philippa. Im Safe House sind keine Tiere zugelassen. Die Hundeführer werden sich um sie kümmern. Und du wirst begreifen müssen, wie ernst die Lage ist und dass der Mann, der deine Schwester entführt hat…«

»Was ist mit ihm?«

Er rieb sich mit einem Finger die Stirn. Er ist cleverer als alle, mit denen ich bisher zu tun hatte, wollte er sagen. Cleverer, und zweimal, nein, dreimal so verrückt.

»Du kannst einen Hund mitnehmen. *Einen.* Der andere geht mit dem Hundeführer. Okay? Aber du musst diese Sache ernst nehmen, Philippa. Versprichst du mir, dass du es tust? Für deine Eltern und für Martha.«

Sie starrte ihn mürrisch an. Ihr schwarz gefärbtes Haar hing herab und verdeckte das halbe Gesicht. Ihre Unterlippe bewegte sich fast unmerklich, und einen Augenblick lang dachte er, sie würde anfangen zu schreien oder im Wirtschaftsraum herumtoben und gegen die Hausgeräte treten. Aber das tat sie nicht. Sie murmelte ein beinahe unhörbares »Von mir aus«.

»Welcher soll es sein?«

Sie schaute zu den Hunden hinüber. Die schauten zurück. Der Spaniel klopfte zögernd mit dem Schwanz auf den Boden und fragte sich wohl, ob diese menschliche Diskussion der Auftakt zu einem Spaziergang war. Als Caffery die beiden betrachtete, fiel ihm auf, wie alt und gebrechlich der Collie im Vergleich zum Spaniel war.

»Sophie.«

Als die Spanielhündin ihren Namen hörte, richtete sie sich auf, und ihr Schwanz schwang freudig hin und her.

»Der Spaniel?«

»Sie ist die beste Wachhündin«, erklärte Philippa und nahm dem Hundeführer die Leine ab. »Sie wird auf uns aufpassen.«

Der Collie verfolgte, wie Sophie ihren Platz neben Philippa einnahm.

»Was geschieht mit dem anderen?«, fragte Caffery den Hundeführer.

»Werde wahrscheinlich bei den Kollegen herumfragen.« Der Mann blickte auf den Collie hinunter, der jetzt zu ihm aufschaute, als wüsste er schon, dass dies sein neues Herrchen war. »Meistens findet sich in irgendeiner Einheit ein Trottel, der weichherzig genug ist, sich für ein, zwei Tage als Pflegefamilie zur Verfügung zu stellen. Bis alles vorbei ist.«

Caffery seufzte. »Mein Gott!« Er zog seinen Autoschlüssel aus der Tasche. »Hier.« Er warf ihn dem Hundeführer zu. »Setzen Sie ihn in mein Auto.« Der Collie sah ihn an und legte den Kopf schräg. Caffery seufzte noch einmal. »Ja, okay – jetzt mach kein Theater deshalb.«

Er ging mit Philippa und Sophie in die Diele, wo ihre Eltern und die Familienbetreuerin zwischen hastig gepackten Koffern warteten. Am Fenster blieb er stehen und spähte durch einen Spalt zwischen den Vorhängen hinaus. Er hatte im Wagen gesagt, sie sollten wegen der Reporter nicht mit Blaulicht und Sirene aufkreuzen. »So«, sagte er, »Sie wissen Bescheid. Unsere Presseabteilung möchte nicht, dass Sie Ihre Gesichter verhüllen, wenn Sie das Haus verlassen. Die Blitzlichter werden losgehen, aber die ignorieren Sie einfach. Lassen Sie sich nicht provozieren. Bringen Sie die Sache so schnell und ruhig wie möglich hinter sich. Tun Sie so, als wäre es eine Feuerwehrübung. Verfallen Sie nicht in Panik, aber sehen Sie zu, dass Sie in Bewegung bleiben, okay?«

Die Familie nickte. Caffery sah aus dem Fenster. Noch immer keine Streifenwagen. Er wollte sein Telefon aus der Tasche ziehen, als die Küchentür aufging und einer der Spurensicherungstechniker, die den Garten, den Korb und den Pastetenteller untersucht hatten, in die Diele kam.

»Was ist los?« Caffery wandte sich vom Fenster ab. »Was gibt's?«

Der Mann – fast noch ein Teenager mit Pickel am Kinn – warf Rose Bradley einen unsicheren Blick zu. »Mrs. Bradley?«

Rose wich an die Wand zurück und klemmte die Hände unter die Achseln.

»Was ist denn?«, fragte Caffery.

»Verzeihung, Sir. Es ist wegen des Zahns, den Sie untersucht haben wollten.«

»Den brauchen Sie nicht.« In Roses Augen standen die Tränen. »Den brauchen Sie nicht.«

»Doch, den brauchen wir, Rose«, sagte die Familienbetreuerin sanft. »Wirklich. Wir brauchen ihn.«

»Nein. Sie können mir glauben. Es ist ihrer. Es ist der erste Zahn, den sie verloren hat, und sie wollte ihn niemals hergeben. Wir mussten ihn für sie in ein Medaillon legen. Ich schwöre, ich würde ihn überall wiedererkennen.«

Draußen rollten die Polizeiwagen in die Einfahrt, Caffery seufzte. Ein tolles Timing.

»Rose, bitte geben Sie dem Mann den Zahn.« Er warf einen Blick aus dem Fenster. Es war zu spät, die da draußen zu überrumpeln. Sie würden die ganze Übung wiederholen müssen. »Wir können Martha nur helfen, wenn sie ihn hergeben.«

»*Nein*! Das tue ich nicht. Sie haben mein Wort, es ist ihr Zahn.« Die Tränen rollten über ihre Wangen. Sie versuchte sie an der Schulter abzuwischen. »Es ist ihr Zahn. Ich schwöre Ihnen, er ist es.«

»Aber das können wir nicht wissen. Er könnte von irgendjemand anderem stammen. Jemand könnte sich einen Jux machen. Alles ist möglich.«

»Wenn Sie denken, es ist ein Jux, warum bringen Sie uns dann weg? Sie glauben mir doch. Warum muss ich ihn dann hergeben?«

»Herrgott noch mal«, zischte er ungeduldig. Das ganze Unternehmen brach auseinander. »Ich musste Ihrer Tochter sagen, sie soll sich wie eine Erwachsene benehmen, und jetzt muss ich ihrer Mutter das Gleiche sagen.«

»Das war jetzt aber nicht nötig«, meinte die Familienbetreuerin.

»Herrgott!« Caffery fuhr sich mit beiden Händen durch die Haare. Die beiden Wagen draußen hatten angehalten und warteten mit laufendem Motor. »Aber – *bitte*, Rose. Bitte geben Sie dem netten Mann den Zahn.«

»Mum.« Philippa trat hinter ihre Mutter, legte ihr die Hände auf die Schultern und fixierte Caffery. In ihrem Blick lag kein Respekt; er sagte lediglich, dass sie und ihre Mutter zusammen in dieser Sache steckten und niemand, wirklich *niemand*, verstehen konnte, was das alles für sie bedeutete. »Mum, tu, was er sagt. Ich glaube nicht, dass er aufgibt.«

Rose schwieg. Dann vergrub sie das Gesicht am Hals ihrer älteren Tochter. Ein lautloses Schluchzen schüttelte ihren Körper. Ein paar Augenblicke später zog sie die rechte Hand unter der Achsel hervor und öffnete sie langsam. Der Zahn lag auf der Handfläche. Mit einem kurzen Blick zu Caffery trat der Kriminaltechniker einen Schritt vor und nahm ihn behutsam herunter.

»Gut.« Caffery spürte, wie der Schweiß unter seinem Haaransatz langsam in den Kragen sickerte. Erst jetzt wurde ihm bewusst, wie angespannt er war. »Können wir jetzt alle gehen?«

18

An diesem Nachmittag um sechs Uhr kam der Inspector ins Büro, legte eine Hand auf Fleas Schreibtisch, beugte sich herunter und starrte ihr durchdringend ins Gesicht.

Sie wich seitwärts aus. »Was ist? Was soll das?«

»Nichts weiter. Nur dass der Superintendent Sie anscheinend mag. Die Interne Aufsicht hat mich angerufen.«

»Ja?«

»Ja. Die Streichung Ihrer Leistungsprämien – ist aufgehoben.«

»Soll das heißen, meine Leute kriegen ihren Bonus?«

»Fröhliche Weihnachten. Klingelingeling.«

Als er gegangen war, saß sie eine Zeit lang schweigend in ihrem vertrauten Büro, umgeben von Dingen, an die sie sich im Lauf der Jahre gewöhnt hatte. An die Wand gepinnte Fotos ihres Teams bei verschiedenen Einsätzen, hingekritzelte Etatpläne auf dem Whiteboard. Die albernen Postkarten, die an den Spindtüren klemmten. Eine zeigte einen Mann mit Schnorchel und Schwimmflossen, und darunter stand: »Jetzt wusste er, warum Taucher rückwärts von der Bordwand kippten. Vorwärts landeten sie immer im Boot.« An der Wand hing ein Polizeiplakat zu einem Antidrogeneinsatz: *Atrium: Seit 2001 haben wir täglich eine Person verhaftet. Helfen Sie uns, daraus zwei zu machen.* Einer aus dem Team hatte das *täglich* mit einem schwarzen Filzstift durchgestrichen. Flea würde ernsthaften Ärger mit den Superintendents kriegen, wenn sie etwas von all dem zu sehen bekämen, aber sie erlaubte ihren Leuten, es hängen zu lassen. Sie hatten einen Humor, der ihr gefiel. Ihr gefiel auch die entspannte Art, wie sie miteinander umgingen. Jetzt würden sie ihr Geld bekommen. Sie konnten Xboxes kaufen und Wiis für ihre Kinder und Leichtmetallfelgen und all den Jungskram, der zu einem richtigen Weihnachtsfest gehörte.

Die Eingangstür wurde geöffnet, und ein Schwall kalter Luft und Benzindunst wehte von draußen herein. Jemand kam durch den Korridor. Wellard. Er trug eine Tasche und ging in Richtung Dekontaminationsraum. Sie hielt ihn an der Tür auf.

»Hey.«

Er streckte den Kopf ins Zimmer. »Was gibt's?«

»Sie kriegen Ihr Geld. Der Inspector hat es mir eben gesagt.«

Er neigte den Kopf in einer kleinen, ritterlichen Verbeugung. »Nun, ich danke sehr, gütige Lady. Meine armen, kranken Kinder werden an diesem Weihnachtsfest zum ersten Mal in ihrem kläglichen, kurzen Leben lächeln können. Oh, sie werden zufrieden sein, freundliche Herrin. Wahrhaftig, es wird das beste Weihnachtsfest aller Zeiten werden.«

»Sorgen Sie dafür, dass der mit der Kinderlähmung den iPod Touch kriegt.«

»Sie sind nicht so eklig, wie Sie immer tun, Boss. Nein, wirklich nicht.«

»Wellard?«

Er blieb in der halb offenen Tür stehen. »Hm?«

»Mal im Ernst. Heute Morgen.«

»Heute Morgen?«

»Sie haben den Gipsabdruck gesehen, den die Spurensicherung gemacht hat. Sie haben nicht erkannt, was der Entführer benutzte, um seine Spuren zu verwischen?«

»Nein. Warum?«

»Ich weiß nicht.« Sie spürte, wie etwas Kaltes, Unklares in ihrem Hinterkopf rumorte. Ein schattenhaftes Bild aus dem Wald, den sie durchsucht hatten. Die Felder, die sich nach beiden Seiten erstreckten. Während der Suche am Morgen hatte man tuschelnd über Dinge geredet, die im Brief des Entführers standen. Niemand außerhalb der MCIU sollte etwas darüber erfahren, aber solche Dinge sprachen sich schnell herum. Während der Arbeit am Vormittag hatten sie alle den Kopf voll von vagen, verstörenden Vorstellungen davon gehabt, was der Entführer mit Martha angestellt haben könnte. »Ich hab nur so ein … Gefühl bei diesem Ort. Etwas, das ich nicht genau fassen kann.«

»Eine Ahnung?«

Sie warf ihm einen eisigen Blick zu. »Ich lerne gerade, meinen ›Ahnungen‹ zu vertrauen, Wellard. Ich lerne, dass ich nicht so blond bin, wie Sie glauben. Und ich habe das Gefühl, dass etwas in der …«, sie rang um das richtige Wort, »…etwas in der *Umgebung* da draußen wichtig war. Wissen Sie, was ich meine?«

»Sie kennen mich, Sarge. Ich bin ein Fußsoldat. Ich verdiene mein Geld mit meinem hinreißenden Körper. Nicht mit meinem Verstand.« Er zwinkerte und ging hinaus. Seine Schritte verhallten im Korridor. Flea lächelte düster. Draußen hatte es angefangen zu regnen. So langsam und dick fielen die Tropfen durch den Dunst, dass es fast aussah wie Schnee. Der Winter war wirklich da.

19

Um achtzehn Uhr fünfzehn jagte ein dunkler Audi S6 über die schmalen Straßen von Mere. In den Kurven quietschten die Reifen. Janice Costello wollte vor ihrem Mann zu Hause sein. Ihre Hände umklammerten das Lenkrad, und die Handflächen waren glitschig vom Schweiß. Das Radio lief – ein Medienpsychiater äußerte seine Meinung über den Carjacker, der vorgestern in Frome ein kleines Mädchen entführt hatte: Wahrscheinlich handle es sich um einen männlichen Weißen in den Dreißigern. Vielleicht ein Ehemann, vielleicht sogar ein Vater. Mit zittrigen Fingern schaltete Janice das Radio ab. Wieso hatte sie an dieses Schwein nicht gedacht, als sie Emily allein im Auto zurückgelassen hatte? Frome lag nicht so weit entfernt von hier. Sie hatte großes Glück, dass nichts passiert war. Sie musste verrückt sein, wenn sie ein solches Risiko einging. Verrückt.

Clare. Das alles war nur *ihre* Schuld. Clare, Clare, *Clare*. Der Name störte Janice beinahe noch mehr als alles andere. Wenn sie *Mylene* oder *Kylie* oder *Kirsty* geheißen hätte, oder wie diese jungen Mädels sonst hießen, dann wäre es für sie einfacher gewesen. Sie hätte sich einen Teenager vorstellen können, mit großen Brüsten, glatten blonden Haaren und mit dem Wort BITCH quer über den Hintern tätowiert. Aber *Clare*? Clare hörte sich an, als wäre Janice mit ihr in die Schule gegangen. Und die blasse Frau vor der Klinik wirkte weder sexy noch kess oder unerfahren. Sie sah aus wie eine, mit der man sich richtig unterhalten konnte. Sie *sah aus* wie eine Clare.

Es war nicht das erste Mal, dass Cory eine Affäre hatte. Vor fünf Jahren war es schon mal passiert, mit einer »Schönheitstherapeutin«, die Janice nie zu Gesicht bekommen hatte – sie stellte sich eine ganzjährige Sonnenbräune, teure Unterwäsche und vielleicht eine Behandlung mit brasilianischem Bikiniwachs vor. Als sie es herausgefunden hatte, waren die Costellos zusammen in eine Therapie gegangen; Cory war so reumütig, so zerknirscht über den Fehler, den er begangen hatte, dass sie ihm eine Zeit lang beinahe verziehen hatte. Dann war noch ein Aspekt hinzugekommen, der sie vollends umgestimmt und davon überzeugt hatte, dass sie ihm noch eine zweite Chance geben sollte. Sie war schwanger.

Emily kam im Winter zur Welt, und Janice war überwältigt von einer so unerwartet großen Liebe zu ihrer Tochter, dass es ihr jahrelang nicht wichtig war, was aus ihrer Ehe wurde. Cory machte seine Therapie und hatte einen neuen Job in Bristol als »Marketing Consultant für nachhaltige Produktentwicklung« bei einer Druckerei. Sie musste über diesen Titel lachen, weil er seine eigene CO_2-Bilanz dabei so sehr missachtete. Aber er verdiente so viel Geld, dass Janice nicht mehr zu arbeiten brauchte, sondern stattdessen kleine Jobs als freie Redakteurin annehmen konnte, die zwar schlecht bezahlt wurden, aber dafür sorgten, dass sie in Übung blieb. Eine Weile war das Leben ganz vergnügt weitergegangen. Bis jetzt. Bis Clare aufgetaucht war. Und jetzt war alles auf diese eine Obsession reduziert. Sie lag nachts wach und starrte an die Decke, während Cory neben ihr schnarchte. Überwachte heimlich sein Telefon, kontrollierte in der Reinigung die Taschen, stellte Fragen. All das hatte zu diesem Abend geführt, zu dieser Raserei quer durch die dunkle Stadt, mit der armen Emily auf dem Rücksitz.

Sie riss den Audi um die Kurve und in die Wohnstraße. Hielt mit kreischenden Bremsen in der Einfahrt ihrer viktorianischen Doppelhaushälfte. Cory war noch nicht da. Als sie sich umdrehte, sah sie, dass Emily, Gott segne sie, nicht käseweiß und voller Angst nach dieser rasenden Heimfahrt auf dem Rücksitz kauerte, sondern tatsächlich eingeschlafen war. Jasper klemmte zwischen Kinn und Schulter wie eins dieser aufblasbaren Halskissen, die die Leute auf dem Flughafen mit sich herumschleppen.

»Komm, mein Schatz«, flüsterte Janice. »Mummy bringt dich ins Bett.«

Es gelang ihr, Emily aus dem Wagen zu heben und in ihr Hochbett zu schaffen, ohne sie zu wecken. Hastig verstrich sie mit dem Finger ein wenig Zahnpasta im Mund des schlafenden Kindes – das musste einstweilen genügen –, küsste das kleine Mädchen auf die Stirn und riss sich dann selbst den Mantel herunter und schleuderte ihn in die Garderobe. Sie befand sich in der Küche und schüttete den letzten Rest Milch in den Ausguss, als Corys Wagen draußen vorfuhr. Schnell spülte sie den Karton aus und brachte ihn nach vorn zur Recyclingtonne.

Cory traf sie vor der Tür, den Schlüssel in der Hand, Misstrauen im Blick. »Hallo.« Er musterte sie von Kopf bis Fuß und sah die Straßenschuhe.

»Milch alle.« Sie schüttelte den leeren Karton vor seinem Gesicht. »Ich wollte noch welche kaufen, aber im Laden gab's keine mehr.«

»Du warst weg? Und Emily?«

»Die hab ich natürlich allein gelassen. Hab ihr ein schönes heißes Bad eingelassen und ihr deine Rasierklingen zum Spielen gegeben. Herrgott, Cory, wofür hältst du mich? Ich hab sie mitgenommen.«

»Du hast gesagt, sie schläft.«

»Ich habe gesagt, sie ist aufgewacht. Du hörst nicht zu.« Sie warf den Karton in die Tonne und stand dann mit verschränkten Armen da und betrachtete ihn. Gut sah er aus, ihr Cory. Da gab es kein Vertun. Aber in letzter Zeit war um seinen Kiefer herum etwas Weiches zutage getreten, das ihn beinahe feminin aussehen ließ. Und an seinem Hinterkopf wurde das Haar dünner. Das war ihr neulich im Bett aufgefallen. Sie störte es nicht, aber was würde Clare davon halten? Lohnte es sich, es ihm zu sagen – um ein kleines Loch in sein Ego zu pieksen? Oder sollte sie warten, bis Clare es bemerkte?

»Wie war die Sitzung?«

»Hab ich doch gesagt. Immer das Gleiche.«

»Und Clare?«

»Was?«

»*Clare*. Die, von der du neulich gesprochen hast. Weißt du noch?«

»Wieso fragst du nach ihr?«

»Aus Interesse. Streitet sie immer noch mit ihrem Ex?«

»Mit ihrem Mann? Ja, dieser Scheißtyp. Was er ihr angetan hat, ihr und den Kindern – unglaublich.«

Da war eine Spur von Gehässigkeit. *Scheißtyp*? Diesen Ausdruck hatte sie von ihm noch nie gehört. Vielleicht benutzte Clare ihn.

»Wie auch immer, ich überlege, ob ich mit der Gruppe aufhören soll.« Er schob sich an ihr vorbei in die Diele und knöpfte seinen Mantel auf. »Es kostet zu viel Zeit. Im Büro ändert sich einiges. Sie wollen, dass ich länger arbeite.«

Janice folgte ihm in die Küche und beobachtete, wie er den

111

Kühlschrank öffnete und nach einem Bier suchte. »Länger arbeiten? Das bedeutet, dass du abends spät nach Hause kommst, nehme ich an.«

»So ist es. Und ich kann mir nicht leisten, nein zu sagen. Nicht beim jetzigen Stand der Dinge in der Welt. Der Vorstand will mich morgen Nachmittag bei einem großen Meeting dabeihaben. Um vier.«

Um vier. Es war wie eine Ohrfeige, als Clares Gesicht plötzlich vor ihrem geistigen Auge erschien, und sie sah, wie sie die Hand hob. Vier ausgestreckte Finger. Das bedeutete: vier Uhr. Cory und Clare würden sich um vier Uhr treffen. Er würde sich auf Janices Anrufe nicht melden, weil er in einem »Meeting« wäre. Und beinahe so, als wollte er genau das bestätigen, fragte er im Plauderton: »Und was hast du morgen vor? Irgendwelche Pläne?«

Sie antwortete nicht gleich, sondern betrachtete ihn nur ruhig, aber mit klopfendem Herzen. Ich liebe dich nicht, dachte sie. Cory, ich liebe dich wirklich nicht. Und in gewisser Weise macht mich das sehr glücklich.

»Was ist?«, fragte er. »Warum siehst du mich so an?«

»Nur so«, sagte sie leichthin, drehte sich um und begann, die Spülmaschine auszuräumen. Das war eigentlich seine Aufgabe, aber sie tat es immer. Warum sollte es heute anders sein? »Morgen? Oh, ich glaube, ich hole Emily von der Schule ab und fahre rüber zu Mum.«

»Das ist eine Stunde mit dem Auto.« Er hob die Brauen. »Es freut mich für dich, Janice, dass du Zeit für solche Sachen hast. Wirklich.«

»Ich weiß.« Sie lächelte. Cory wies immer wieder darauf hin, was für ein leichtes Leben sie führte, mit ihren Freelancejobs hier und da anstelle einer *richtigen* Arbeit, wie er sie hatte. Aber sie biss auf diesen Köder nicht an. »Ich hab das Projekt mit der Website erledigt und dachte mir, ich nehme mir die Zeit, bevor ich mit dem nächsten Job anfange. Vielleicht bleiben wir bei Mum – vielleicht essen wir bei ihr zu Abend.« Sie schwieg, starrte auf das Besteck in ihrer Hand, in dem sich ihr Gesicht verschwommen widerspiegelte, und sagte sehr langsam: »Ja. Ich bin morgen nicht in der Stadt, Cory. Den ganzen Nachmittag nicht.«

20

Um sieben Uhr abends war die Welt so kalt und dunkel, als wäre es Mitternacht. Es gab keinen Mond, keine Sterne, nur das Licht der Sicherheitsbeleuchtung des Sägewerks am Ende der Straße. Flea hielt an, stieg aus und streifte eine Fleeceweste sowie eine Regenjacke über. Sie trug Thinsulate-Handschuhe und eine Wollmütze. Meist machte ihr die Kälte nichts aus – in ihrem Job eine Voraussetzung –, aber in diesem Herbst zeigte sich das Wetter von seiner unerbittlichen Seite, die jeder zu spüren schien. Sie zeigte dem schläfrigen Polizisten in dem Wagen, der in der Zufahrt stand, ihren Ausweis und knipste ihre Taschenlampe an. Der Pfad durch den Kiefernwald sah hell, beinahe leuchtend gelb im Lichtstrahl aus. Die Reifenspuren des Yaris waren von schlaff herabhängenden Absperrbändern umgeben, und überall im Boden steckten die kleinen Markierungsfähnchen der Spurensicherung. Sie ging daran vorbei und durch die Lichtkreise der Halogenlampen, die den Holzplatz beleuchteten, vorüber an Förderbändern, Sägen und Holzspaltmaschinen, die jetzt still und schattenhaft dastanden. Sie lief immer weiter, bis sie das Gelände der stillgelegten Fabrik erreichte.

Flea war schon zu Hause gewesen; sie hatte gejoggt, geduscht, gegessen, Radio gehört und gelesen. Aber sie konnte sich nicht entspannen, konnte nicht aufhören, sich zu fragen, was da bei der Suche gewesen war, das jetzt immer noch in ihrem Kopf herumspukte. Wenn Dad noch gelebt hätte, hätte er gesagt: *Du hast einen Stachel im Kopf, Kind. Zieh ihn lieber heraus, statt ihn steckenzulassen, denn sonst wird er vielleicht giftig.*

Sie ging bis zum Rand der Bäume, dahin, wo das Feld begann und Wellard gestanden hatte. Sie fand den Teil gesäuberten Bodens, der abgesucht worden war, und den Streifen Müll, der aussah wie die Grenzlinie aus Treibgut an einem Strand, wenn die Flut zurückweicht. Sie drehte den Kopf der Taschenlampe auf die Mitte zwischen Punkt- und Streulicht, richtete sie auf den Müll und versuchte, die Bilder des Vormittags heraufzubeschwören.

Was immer sie da beschäftigte, war ihr aufgefallen, nachdem sie den Tank abgesucht hatten. Sie hatte drüben neben dem Tank gestanden und mit einem Sergeant der anderen Teams darüber gesprochen, wann ihre Schicht zu Ende wäre und wie viele Leute sie zur Verfügung hätten, wenn sie Überstunden machten. Die Teams um sie herum suchten immer noch. Wellard hatte sich hier drüben am Rand des Feldes aufgehalten. Sie erinnerte sich, dass ihr Blick beiläufig auf ihn gefallen war, während sie mit dem Sergeant sprach. Er hatte etwas im Gras gefunden und redete mit dem Chef der Spurensicherung darüber. Flea hatte sich auf das konzentriert, was der Sergeant zu ihr sagte, und Wellard und den Cheftechniker nur mit halbem Auge beobachtet. Aber jetzt sah sie es klar und deutlich vor sich, was Wellard in der Hand hielt: ein Stück Seil, blaues Nylon, vielleicht dreißig Zentimeter lang. Das Seil selbst war aber nicht das, was sie meinte – sie hatte es später auf dem Asservatentisch liegen sehen und fand es wenig bemerkenswert –, doch etwas daran hatte eine spezielle Gedankenkette in Gang gesetzt.

Sie lief zu dem alten Wassertank, neben dem sie gestanden hatte, und knipste die Lampe aus. Sie wartete reglos ein paar Augenblicke, umgeben von den riesigen Schatten der winterlichen Bäume. Die gepflügten Felder dahinter erstreckten sich bis zum Horizont. Irgendwo rechts in der Ferne hörte sie das ratternde

Geräusch eines Zugs der Great Western Union Railway, der dort durch die Dunkelheit raste. Flea besaß einen Computer zu Hause, der sie verrückt machte, weil er immer ein leises Knistern von sich gab, kurz bevor ihr Telefon klingelte. Sie wusste, was das war – elektromagnetische Ströme, die versuchten, die Lautsprecherkabel als Antenne zu kapern –, aber ihr schien, als hätte der Computer prophetische Fähigkeiten, eine unsichtbare Verbindung in die Zukunft. Wellard würde lachen, wenn sie es ihm erzählte, aber manchmal stellte sie sich vor, sie habe ein ganz ähnliches elektromagnetisches Vorwarnsystem: einen biologischen Summer, der die Härchen an ihren Unterarmen aufrichtete, kurz bevor ein Gedanke oder eine Idee einrastete. Als sie jetzt auf dem eisigen Feld stand, spürte sie es auch. Einen elektrischen Strom, der über ihre Haut floss, eine Sekunde, bevor die Erkenntnis in ihrem Kopf Gestalt annahm.

Wasser. Bei dem Anblick des Seils hatte sie an Boote gedacht, an Yachthäfen und *Wasser*.

Am Morgen hatte sich dieser Gedanke so schnell verflüchtigt, wie er gekommen war; der andere Sergeant hatte mit ihr gesprochen, und hier befand sich weit und breit kein Wasser: Also hatte sie es verdrängt. Aber später hatte sie Zeit zum Nachdenken gehabt, und ihr war klar geworden, dass sie sich geirrt hatte. Hier gab es Wasser, und zwar ganz in der Nähe.

Langsam drehte sie sich um und schaute in Richtung Westen, wo die niedrige Wolkendecke von den Lichtern einer Stadt oder Schnellstraße schwach orangegelb leuchtete. Sie ging los. Wie ein Zombie, Sarge – Wellard – würde sich schieflachen, wenn er sie jetzt sähe. Sie überquerte das Feld, blickte dabei starr geradeaus, als hätte sie einen Haken im Brustbein, an dem sie langsam vorwärtsgezogen wurde, lief weiter zwischen einer kleinen Gruppe dicht beieinanderstehender Bäume und über zwei Zauntritte auf einen kurzen Kiesweg, der im diffusen Licht der Taschenlampe silbern schimmerte. Nach zehn Minuten blieb sie stehen.

Der Pfad war schmal. Rechts davon zog sich das Gelände

bergauf, links verlief es steil bergab zu einer teerschwarzen Wasserrinne, einem stillgelegten Kanal. Das war der Thames and Severn Canal, ein Wunder der Wasserbaukunst aus dem 18. Jahrhundert, dazu angelegt, Kohle vom Mündungslauf des Severn zu transportieren. Als er nicht mehr gebraucht wurde, hatte er noch eine Weile als Ausflugsziel gedient. Jetzt war er halb ausgetrocknet und der Rest des Wassers zu einer dunklen, giftig aussehenden Brühe geworden. Flea kannte diesen Kanal, kannte ihn von Anfang bis Ende. Nach Osten reichte er sechsundzwanzig Meilen weit bis Lechlade, in westlicher Richtung acht Meilen bis Stroud. Er war gesäumt von den Spuren seines früheren Daseins. Alle paar hundert Schritte stieß man auf den verrotteten Rumpf alter Kohlenschuten und Vergnügungsboote. Auf dem kurzen Abschnitt, den sie jetzt übersehen konnte, lagen zwei.

Sie ging den Treidelpfad entlang bis zum nächsten Kahn, setzte sich auf die Kante und schwang die Beine auf das Deck. Der Geruch von Fäulnis und stehendem Wasser war überwältigend. Bakterien und Moos. Sie stützte sich mit einer Hand am Deck ab und lehnte sich vor, um mit der Lampe in den Rumpf zu leuchten. Der Kahn sah nicht aus wie die alten, eisernen Kohlenschuten, die als Erste auf dieser Wasserstraße unterwegs gewesen waren; es schien sich um einen neueren, aus Holz gebauten Lastkahn zu handeln, wie sie in Norfolk üblich gewesen waren; den Mast hatte man entfernt und durch einen Dieselmotor ersetzt. Vielleicht wurde er auf diese Seite des Landes geschafft, um ihn als Ausflugsboot auf dem Kanal einzusetzen. Die Planken waren inzwischen morsch und der Rumpf halb im stinkendem Wasser, in dem Müll aus dem Kanal schwamm, versunken. Sonst war nichts zu sehen. Sie richtete sich auf und wandte sich dem Steuerdeck im Heck zu, stieß mit dem Fuß Bierdosen zur Seite und Plastiktüten, die wie tote Quallen im Wasser lagen. Sie tastete alles an Deck ab, ohne etwas zu finden. Anschließend stemmte sie sich wieder hinauf auf den Treidelpfad und lief weiter zum nächsten Wrack. Es war älter und ragte höher aus dem Kanal. Im Rumpf stand das Wasser nur knietief. Sie ließ sich hineinfallen. Das eiskalte, tintenschwarze Wasser durchnässte ihre Jeans. Sie watete ein kleines Stück weit, während ihre Füße jeden Zollbreit des Bodens abtasteten, jeden Nagel, jedes Stück Treibholz.

Etwas klirrte metallisch und rollte davon, aber nicht sehr weit. Sie schob den Ärmel zurück, tauchte die Hand ins kalte Wasser und tastete im Schlick nach dem Gegenstand. Sie fand ihn und hob ihn auf.

Ein Festmachhaken. Sie richtete sich auf und beleuchtete ihn mit der Taschenlampe. Er war ungefähr dreißig Zentimeter lang und geformt wie ein langer, dicker Zelthering. Das obere Ende war breit geklopft: Jahrelang war es mit dem Hammer in die Uferböschung getrieben worden, damit man den Kahn daran festmachen konnte. Dicker als eine Messerklinge und schärfer als ein Meißel – gut geeignet, um die gezackten Furchen in den Gipsabdrücken der Spurensicherung zu hinterlassen. Möglicherweise hatte der Entführer damit seine Fußspuren unkenntlich gemacht.

Sie kletterte aus dem Kahn und stand mit triefenden Beinen auf dem Pfad. Ihr Blick wanderte über den matt schimmernden Kanal. Alle Schuten würden solche Haken benutzt haben. Es musste hier wimmeln von diesen Dingern. Sie betrachtete den Gegenstand in ihrer Hand. Er würde eine gute Waffe abgeben. Mit jemandem, der so etwas in der Hand hielt, würde man keinen Streit anfangen. Nein. Man würde ihm nicht widersprechen. Schon gar nicht, wenn man erst elf Jahre alt war.

21

Die Hündin hieß Myrtle. Sie hatte ein schütteres Fell und war halb verkrüppelt von einer Arthritis. Ihr schwarz-weißer Schwanz hing schlaff an ihrem knochigen Hinterteil herab. Aber sie humpelte gehorsam hinter Caffery her, sprang auf den Rücksitz seines Wagens und wieder heraus, ohne zu klagen, obwohl er sah, dass es ihr wehtat. Sie wartete sogar geduldig vor dem kriminaltechnischen Labor in der Zentrale in Portishead, während er mit den Technikern verhandelte, um den Milchzahn möglichst schnell mit Marthas DNA vergleichen zu lassen. Als er im Labor endlich fertig war, hatte er Mitleid mit dem verdammten Hund, hielt an einem Tiernahrungsladen an und kaufte einen ganzen Armvoll Hundefutter. Der Kauknochen war eine ziemlich optimistische Erwerbung, dachte er, doch er legte ihn trotzdem neben Myrtle auf den Rücksitz.

Es war schon nach zehn, als er am Abend wieder ins MCIU-Gebäude zurückkehrte. Aber dort herrschte immer noch reger Betrieb. Myrtle hinkte an seiner Seite durch den Korridor, während überall Leute den Kopf aus ihrer Tür streckten, um ein paar Worte mit ihm zu wechseln, ihm Berichte und Nachrichten zu übergeben, aber hauptsächlich, um den Hund zu streicheln oder spöttische Bemerkungen zu machen: *Jack, Ihr Hund sieht aus, wie ich mich fühle. Hey, das ist Yoda im Pelzmantel. Brav, mein pelziger Yoda.*

Turner war auch noch da, zerzaust und müde, aber zumindest ohne Ohrring. Er nahm sich ein bisschen Zeit, um Caffery über den Stand der immer noch fruchtlosen Suche nach dem Vauxhall zu informieren und ihm die Kontaktdaten des Superintendent zu geben, der die Überwachung des Pfarrhauses genehmigt hatte. Etwas mehr Zeit nahm er sich, um in die Hocke zu gehen und auf Myrtle einzureden, die zur Antwort ein- oder zweimal müde mit dem Schwanz wedelte. Lollapalooza gesellte sich zu ihnen, immer noch mit komplettem Make-up, jetzt jedoch ein wenig unachtsam: Sie hatte die Highheels ausgezogen und die Ärmel hochgekrempelt, sodass man den Flaum der feinen dunklen Härchen an ihren Unterarmen sehen konnte. Bei den Sexualstraftätern sei sie nicht nennenswert weitergekommen, teilte sie mit. CAPIT habe eine kurze Liste von Leuten erstellt, von denen sie glaubten, sie könnten den Kriterien entsprechen, und sie seien über Nacht überprüft worden. Aber sie *konnte* Caffery etwas anderes sagen: Chondroitin sei das Mittel der Wahl gegen die Arthritis des Hundes. Das oder Glucosamin. »Ach, und streichen Sie jede Art von Getreide aus dem Speiseplan des armen Tiers.« Und damit meinte sie wirklich *jedes* Getreide, sämtliche Sorten.

Als sie gegangen war, öffnete Caffery eine Dose Chum und ließ den Inhalt auf einen der gesprungenen Teller aus der Küche plumpsen. Myrtle fraß langsam, den Kopf zur Seite gedreht; sie schonte die linke Seite ihres Kiefers. Das Hundefutter stank. Als Paul Prody um halb elf den Kopf zur Tür hereinstreckte, hing der Geruch immer noch im Raum. Prody verzog das Gesicht. »Angenehm.«

Caffery stand auf, ging zum Fenster und öffnete es einen Spalt breit. Kalte Luft wehte herein und brachte den Geruch von Betrunkenen und Take-away-Imbissen mit. In einem der Geschäfte gegenüber brannte Weihnachtsbeleuchtung im Schaufenster. Aber offiziell begann Weihnachten natürlich im November. »Und?« Schwer ließ er sich auf einen Stuhl fallen. Seine Arme hingen herab, und er fühlte sich halb tot. »Was haben Sie für mich?«

»Hab gerade vor ein paar Minuten mit der Presseabteilung gesprochen.« Prody trat ein und setzte sich. Myrtle lag auf dem Boden, die Schnauze auf den Pfoten, und verdaute ihr Fressen. Sie hob den Kopf und musterte ihn mit unbestimmtem Interesse. Sogar Prody zeigte Anzeichen der Erschöpfung. Sein Jackett war zerknittert, und seine Krawatte hing locker um den

Hals, als hätte er zwei Stunden zu Hause auf dem Sofa vor dem Fernseher verbracht. »Die überregionalen und die Lokalzeitungen sowie sämtliche Fernsehsender haben Bilder vom Haus der Bradleys gebracht. Die Hausnummer an der Tür war deutlich zu erkennen, und die Inschrift ›The Vicarage‹ auch. Der Ausschnittdienst sucht noch, aber bisher haben sie nichts weiter gefunden als ›das Haus der Bradleys in Oakhill‹. Nichts Konkreteres. Keinen Straßennamen. Und kein Wort von dem Zahn. Nirgends.«

»Dann könnte er es gewesen sein.«

»Sieht so aus.«

»Das ist gut.«

»Gut?« Prody sah ihn fragend an.

»Ja. Es bedeutet, er kennt die Gegend von Oakhill – kennt die A37. Das ist super.«

»Ja?«

Caffery legte die Hände auf den Schreibtisch. »Nein. Es ist immerhin etwas, aber ›super‹ ist es nicht. Wir wussten ja schon, dass er sich in der Gegend auskennt. Und was heißt das? Dass er eine Wohnsiedlung kennt, an der jeder Arsch in der Umgebung auf dem Weg zur Arbeit vorbeifahren muss.«

Sie schauten hinüber zu der von kleinen Stecknadeln mit bunten Köpfen übersäten Karte an der Wand. Die rosafarbenen waren die von Caffery, sie markierten die Stellen, von denen er wusste, dass der Walking Man sie aufgesucht hatte. Allmählich trat dabei ein Muster zutage: ein langer Streifen, der sich von Shepton Mallet, wo der Walking Man früher gewohnt hatte, nach oben erstreckte. Bei den schwarzen Nadeln konnte Caffery kein Muster erkennen. Es waren sechs Stück, drei an den Orten, wo der Entführer zugeschlagen hatte, und die anderen drei an Stellen, die irgendeine Bedeutung besaßen: das Pfarrhaus in Oakhill, wo er den Milchzahn hinterlassen hatte, das Gelände bei Tetbury, wo der Yaris der Bradleys kurz geparkt hatte, und der Parkplatz bei Avoncliff in Wiltshire, wo der Wagen abgestellt worden war.

»Es gibt da einen Bahnhof in der Nähe.« Caffery betrachtete blinzelnd die schwarzen Stecknadeln. »Wenn Sie genau hinschauen – da verläuft eine Bahnlinie.«

Prody ging zur Karte und studierte die Stecknadeln. »Das ist die Strecke von Bristol nach Bath und Westbury.«

»Die Wessex Line. Sehen Sie mal nach, wohin sie von Bath aus weitergeht.«

»Freshford, Frome.« Er sah über die Schulter zu Caffery. »Martha wurde in Frome entführt.«

»Und Cleo in Bruton. Das liegt auch an der Strecke.«

»Sie meinen, er fährt mit dem Zug?«

»Könnte sein. Zu den Bradleys ist er heute mit dem Auto gefahren, da bin ich sicher. Und er muss auch einen Wagen benutzt haben, um nach Bruton zu kommen – vielleicht den Vauxhall. Aber wenn er ein fremdes Auto entführt, muss er irgendwann zurückkommen und den Vauxhall abholen.«

»Also wohnt er vielleicht in der Nähe eines der Bahnhöfe an dieser Strecke?«

Caffery zuckte die Achseln. »Na ja, es wäre eine Hypothese, aber nehmen wir's mal an. Etwas anderes haben wir ja nicht. Setzen Sie sich morgen früh mit der Bahngesellschaft in Verbindung, und fordern Sie die Aufnahmen der Überwachungskameras an. Sie kennen das Verfahren?«

»Ich denke schon.«

»Und, Prody?«

»Ja?«

»Nur weil Turner nach achtzehn Uhr rumläuft wie auf einem Rockfestival, Lollapalooza es cool findet, barfuß durch die Büros zu rennen, und ich einen Labrador im Büro habe, brauchen Sie Ihr Niveau noch lange nicht zu senken.«

Prody nickte und zog seinen Krawattenknoten straff. »Das ist ein Collie, Boss.«

»Ein Collie. Sagte ich doch.«

»Ja, Boss.« Prody war schon fast aus der Tür, als ihm noch etwas einfiel. Er schloss sie wieder.

121

»Was ist?«

»Ich hab die Akte zurückgebracht. Gestern Abend, wie Sie es wollten. Niemand ist aufgefallen, dass ich sie hatte.«

Einen Moment lang wusste Caffery nicht, wovon er sprach. Dann fiel es ihm wieder ein. Misty Kitson.

»Gut. So hatte ich's gewollt.«

»Einen Moment lang dachte ich, Sie wären sauer auf mich.«

»Ja, schon gut, mir ging gestern etwas gegen den Strich. Nehmen Sie das nicht so ernst.« Er zog die Tastatur zu sich heran. E-Mails warteten. »Bis später.«

Aber Prody ging nicht, wartete an der Tür. »Das war schwer für Sie. Wie der Fall abgeschlossen wurde.«

Caffery hob den Kopf und starrte ihn an. Das war nicht zu fassen. Er schob die Tastatur beiseite und richtet seine ganze Aufmerksamkeit auf Prody. Er hatte dem Kerl befohlen, die Sache nicht weiter zu verfolgen. Wie kam er auf die Idee, trotzdem immer noch darauf herumzureiten? »Es war schwer für das Dezernat, den Fall abzuschließen.« Er knipste die Tischlampe aus, stützte die Ellbogen auf den Tisch. Machte ein möglichst gleichmütiges Gesicht. »Da will ich Ihnen nichts vormachen. Das ist uns schwergefallen. Deshalb schätze ich es nicht, wenn Sie mir Fälle von der Revisionsabteilung anschleppen.«

»Der Informant, den Sie da hatten …?«

»Was ist mit ihm?«

»Sie haben nie gesagt, wer das war.«

»Es steht nicht in der Akte. Das ist ein entscheidender Punkt bei einem Spitzel. Seine Privatsphäre wird gewahrt.«

»Sind Sie nie auf den Gedanken gekommen, dass er Sie belügen könnte, Ihr Kontakt? Dieser Arzt – von dem der Informant behauptete, er habe Misty umgebracht –, man hat seinen ganzen Garten umgegraben und sie nicht gefunden. Es gab weiter nichts, das ihn mit ihr in Verbindung gebracht hätte. Deshalb dachte ich … vielleicht hat der Informant gelogen, um Sie auf eine falsche Spur zu locken?«

Caffery sah Prody prüfend an und suchte nach einem Hinweis darauf, dass der Kerl etwas – *irgendetwas* – über die Wahrheit wusste, an der er da entlangschrammte. Es gab ja keinen Informanten. Hatte nie einen gegeben. Und die Graberei im Garten war eins von mehreren Mitteln gewesen, die Polizei dazu zu bringen, im Fall Kitson ihrem eigenen Schwanz nachzujagen. Vielleicht würde er nie ganz begreifen, warum er das für Flea getan hatte. Wenn sie nicht jedes Mal, wenn er sie sah, etwas in ihm erstarren ließe, wenn sie ein Mann wäre, zum Beispiel Prody oder Turner, dann hätte er sie bei dem, was er wusste, wahrscheinlich, ohne mit der Wimper zu zucken, hochgehen lassen. »Das war nicht gerade eine Sternstunde«, sagte er mit fester Stimme. »Wenn ich es noch einmal tun müsste, würde ich vieles anders machen. Aber das kann ich nicht. Der Polizei gehen die Mittel aus, und wir sind in zu vielen Sackgassen gelandet. Wie ich gestern schon sagte, ich wäre Ihnen dankbar, wenn Sie Ihre Energie auf Martha Bradley konzentrieren würden, auf das, was dieses Schwein mit ihr gemacht hat. Also…«, er hob die Hand und senkte freundlich den Kopf, »…das Videomaterial?«

Diesmal kapierte Prody. Er lächelte grimmig. »Ja. In Ordnung. Ich kümmere mich darum.«

Als die Tür sich hinter ihm geschlossen hatte, ließ Caffery sich in seinem Sessel nach hinten fallen und starrte lange zur Decke. Der Kerl erwies sich als Arschloch. Ein Zeitverschwender. Es war jetzt mehr als siebzig Stunden her, dass Martha entführt wurde. Die magische Vierundzwanzig-Stunden-Frist war längst verstrichen, und wenn er ehrlich war, bestand der nächste Schritt darin, dass er die Metropolitan Police anrief und sie bat, mit ihren speziell ausgebildeten Leichensuchhunden auf der M4 herüberzukommen. Cafferys Aufgabe war es, die Ermittlungen in Grenzen zu halten, aber er konnte Prody nicht entbehren. Es würde zu lange dauern, jemand anderen einzuarbeiten, und außerdem gab es da das winzige Problem, wie Prody die Sache darstellen würde, wenn Caffery ihn auf einen anderen

Fall ansetzte. Ohne Zweifel würde der Fall Kitson dann erwähnt werden. Also musste er vorläufig die Zähne zusammenbeißen, Prody im Auge behalten und dafür sorgen, dass er sich auf die Ermittlungen konzentrierte.

Cafferys Handy klingelte. Er zog es aus der Tasche. »Flea Marley« stand auf dem Display. Er ging zur Tür und schaute hinaus in den Korridor, um sich zu vergewissern, dass niemand zu ihm wollte. Sie brachte ihn zu solchen Heimlichtuereien. Als er sichergestellt hatte, dass er allein war, kehrte er zurück an seinen Schreibtisch. Myrtles Blick verfolgte ihn, als er sich meldete.

»Ja«, sagte er in scharfem Ton. »Was gibt's?«

Sie antwortete erst nach einer Pause. »Sorry. Ein schlechter Moment?«

Er atmete aus und lehnte sich in seinem Sessel zurück. »Nein. Es ist… ein guter Moment.«

»Ich bin am Thames and Severn Canal.«

»Wirklich? Wie schön. Ich hab noch nie davon gehört.«

»Das denke ich mir. Er ist seit Jahren nicht mehr in Betrieb. Hören Sie, ich muss mit dem Chef der Spurensicherung sprechen, aber der nimmt um diese Zeit keine Anrufe von einem Sergeant einer Unterstützungseinheit mehr an. Können Sie mit ihm reden?«

»Wenn Sie mir sagen, worüber.«

»Ich weiß, womit der Entführer seine Fußspuren unkenntlich gemacht hat. Mit einem Festmachhaken. Von einem Lastkahn. Ich halte gerade einen in der Hand, und wahrscheinlich gibt es hier Hunderte davon. Hier liegen überall tote Kähne. Und es ist nur eine Meile weit von der Stelle entfernt, wo die Reifenspuren des Yaris gefunden wurden.«

»Wir haben da gestern nicht gesucht?«

»Nein. Der Kanal verläuft knapp außerhalb der Parameter, die der Fahndungsberater aufgestellt hat. Was meinen Sie? Können Sie ihn dazu bringen, mal einen Blick darauf zu werfen?«

Caffery trommelte mit den Fingern auf den Schreibtisch.

Er nahm nie gern Ratschläge von Abteilungen außerhalb des Dezernats an. Das brachte die Gedanken leicht durcheinander, und man jagte hinter zu vielen Hasen her. Und Flea führte sich plötzlich auf, als wäre das ein Fall ihrer Einheit. Vielleicht versuchte sie ihren Ruf aufzupolieren. Und den ihrer Einheit.

Aber ein Festmachhaken? Der mit den Abgüssen übereinstimmte? »Okay«, sagte er. »Überlassen Sie das mir.«

Er legte das Telefon hin und starrte es an. Der Hund klopfte leise mit dem Schwanz auf den Boden, als wüsste er, wie jegliche Art von Gesprächen mit Flea Marley auf ihn wirkte.

»Ja«, sagte er schlecht gelaunt und suchte die Nummer des Cheftechnikers auf der Liste. »Ich kann auf diesen Blick verzichten. Vielen Dank.«

22

In den frühen Morgenstunden hatte der Cheftechniker sich noch einmal die Abgüsse der Fußspuren angesehen und neigte dazu, Flea recht zu geben: Die Kratzer sahen tatsächlich so aus, als wären sie mit einem Festmachhaken erzeugt worden. Der Fahndungsberater erschien mit dem ersten Tageslicht auf dem Gelände und markierte einen Abschnitt des Kanals für die Suche. Die Teams erhielten Watstiefel und bekamen einen Zwei-Meilen-Abschnitt zu beiden Seiten der Stelle, wo der Yaris gefunden worden war, zum Absuchen zugewiesen. Aber der Thames und Severn Canal besaßen eine Eigenart, der die Standardsuchteams nicht gewachsen waren: Ein Zwei-Meilen-Abschnitt verlief völlig unsichtbar und unbemerkt durch einen Tunnel tief unter Feldern und Wäldern – der Sapperton-Tunnel. Aufgegeben und äußerst instabil. Eine zwei Meilen lange Todesfalle, nicht mehr und nicht weniger. Nur eine Einheit war dazu ausgebildet, hier zu suchen.

Um acht hatten sich bereits mehr als vierzig Leute an der Westeinfahrt des Sapperton-Tunnels versammelt. Auf der Zinnenbrüstung über dem Portal standen ungefähr zwanzig Journalisten, die hofften, einen Blick auf das Geschehen unter ihnen zu erhaschen, und eine Handvoll MCIU-Officer in Zivil. Alle schauten hinunter zu Flea und Wellard, die bis zu den Oberschenkeln im schwarzen, stehenden Kanalwasser standen und ihr kleines Zodiac-Schlauchboot bereit machten und mit allem beluden, was sie brauchten, um in den Tunnel einzufahren – mit Sprechfunkgeräten und Sauerstoffzylindern.

Die Unterwassersucheinheit wusste bereits ein wenig über den Tunnel. Sie hatten ihn vor Jahren benutzt, als sie die Durchsuchung beengter Räume trainierten. Die Stiftung, der er gehörte, hatte ihnen strukturelle Informationen über den Tunnel gegeben: Er war ernsthaft instabil und führte gefährlich nah an der Golden-Valley-Bahnlinie entlang, und jedes Mal, wenn ein Zug vorbeifuhr, brachen große Brocken Bleicherde und Oolith aus der Decke. Die Stiftung legte Wert auf die Feststellung, dass sie nicht mit Sicherheit sagen könne, was sich da drinnen abspiele: Für eine ordnungsgemäße Begehung sei es zu gefährlich dort. Nur eines konnten sie mit Bestimmtheit sagen: Ein massiver, unüberwindlicher Einbruch blockierte mindestens eine Viertelmeile im Tunnel. An der Oberfläche war er undeutlich als eine Reihe baumbewachsener Krater erkennbar, und er begann nicht weit hinter der östlichen Einfahrt und reichte weit in den Tunnel hinein. Zwei von Fleas Leuten hatten Schutzhelme aufgesetzt und waren relativ mühelos die zweihundert Meter zum östlichen Ende des Einbruchs gewatet. Dort hatten sie eine Sonde hineingeschoben – in der vagen Hoffnung, dass sie auf das Team, das vom Westeingang kam, treffen würde. Aber jetzt würden sie vom anderen Eingang aus in den Tunnel eindringen und eineinviertel Meilen weit unter der Erde gehen müssen, bis sie die andere Seite des Einbruchs erreichen. Und hoffentlich würde sich dabei keiner der instabilen Brocken aus der Decke lösen.

»Sind Sie sicher, dass Sie das tun wollen?« Caffery war skeptisch. Er trug eine wattierte Jacke und hatte die Hände tief in den Taschen vergraben. Jetzt spähte er an ihnen vorbei in die Dunkelheit, wo Müll und Baumabfälle auf der schwarzen Wasserfläche schwammen. »Und dass die Abteilung für Arbeitssicherheit nichts dagegen hat?«

Sie nickte, ohne ihm in die Augen zu sehen. Tatsache war, dass die Abteilung für Arbeitssicherheit einen Anfall bekäme, wenn sie wüsste, was sie vorhatte. Aber sie würden es erst erfahren, wenn die verdammte Pressemeute darüber berichtete, und bis dahin wäre die Suche vorbei. Und sie hätten Martha gefunden.

»Ja«, sagte sie. »Ich bin sicher.«

Dabei richtete sie den Blick nach Süden. Wenn er ihre Augen sähe, dachte sie, würde er wissen, dass sie diesem unbeschreiblichen Gefühl folgte: einer Ahnung, die sie ungeduldig an der Leine zerren ließ. Martha zu finden, das war inzwischen nicht mehr nur eine hübsche Feder für den Hut ihrer Einheit. Es bedeutete ihr mehr. Es bedeutete Wiedergutmachung dafür, dass sie vorher so wenig Einsatz gezeigt hatte.

»Ich weiß nicht.« Caffery schüttelte den Kopf. »Eine mögliche Übereinstimmung bei den Abgüssen – und das ist alles? Eine dürftige Begründung dafür, Polizisten einem solchen Risiko auszusetzen.«

»Wir wissen, was wir tun. Ich setze keinen von uns einem Risiko aus.«

»Ich glaube Ihnen, wenn Sie das sagen.«

»Gut. Immer schön, wenn einem jemand vertraut.«

Die Einfahrt in den Kanal ging langsam vonstatten. Sie schoben das Schlauchboot vorsichtig hinein und bugsierten es an Hindernissen und Wracks vorbei. Einkaufswagen ragten wie Skelette aus dem Schlick. Flea und Wellard trugen die Trockenanzüge, die bei Fließwasserrettungen eingesetzt wurden, mit roten Schutzhelmen und Gummistiefeln mit Stahlkappen und -schäften. Beide führten die kleine Rettungsausrüstung mit sich:

vor der Brust befestigte Kreislaufatemgeräte, die ihnen für dreißig Minuten saubere Luft verschaffen würden, wenn sie in eine Gasblase geraten sollten. Schweigend leuchteten sie mit ihren Helmlampen die Wände und den Boden des Tunnels ab.

Die Kähne waren von den Bootsleuten früher mit den Beinen durch den Tunnel bewegt worden. »Legging« nannte man diese Technik: Sie hatten auf dem Rücken gelegen und sich mit den Füßen unter der Tunneldecke vorangestoßen, um Tonnen von Kohle, Holz und Eisen zwei Meilen weit durch die Dunkelheit zu befördern. Damals hatte sich die Tunneldecke sicher beängstigend nah über der Wasseroberfläche befunden, und einen Treidelpfad gab es hier nicht. Flea und Wellard konnten jetzt nur deshalb aufrecht gehen, weil der Wasserspiegel des Kanals sich so weit gesenkt hatte, dass auf der einen Seite eine schmale Kante aufgetaucht war, die sie benutzen konnten.

Es war warm dort unten – die beißende Kälte drang nicht so tief in den Tunnel hinein, und das Wasser konnte nicht gefrieren. Hier und da war es so seicht, dass kaum mehr als ein dicker, schwarzer Schlick um ihre Knöchel schwappte.

»Das ist Bleicherde.« Sie waren fünfhundert Meter weit gekommen, als Flea sprach. »Aus dem Zeug macht man Katzenstreu.«

Wellard, der das Schlauchboot schob, blieb stehen und leuchtete mit seiner Taschenlampe an die Decke. »Das ist keine *Katzenstreu*, Sarge. Nicht bei dem Druck, der darauf liegt. Sehen Sie die Risse? Das sind massive Schichten. Ich meine, wirklich massiv. Wenn so ein Brocken runterkommt, ist das nicht wie Katzenstreu, sondern eher wie ein Ford Transit, der Ihnen auf den Kopf fällt. Könnte Ihnen ernsthaft den Tag versauen.«

»Sagen Sie nicht, Sie haben ein Problem damit.«

»Nein.«

»Na los.« Sie sah ihn aus dem Augenwinkel an. »Sagen Sie's mir. Sind Sie sicher?«

»Was denn?«, fragte er gereizt. »Natürlich bin ich sicher.

So weit hat mich der Beauftragte für Gesundheit und Arbeitssicherheit nicht unter der Fuchtel. Noch nicht.«

»Aber es gibt keine Garantien.«

»Ich hasse Garantien. Warum, glauben Sie, bin ich bei dieser Einheit?«

Sie lächelte ihm grimmig zu, und beide schoben die behandschuhten Hände in die Schlaufen des Zodiac und zogen an dem Boot, bis es sich von der Stelle bewegen ließ. Ruckartig glitt es voran und schaukelte im schwarzen Wasser hin und her. Als es sich wieder beruhigt hatte, setzten sie ihren langsamen Marsch durch den Tunnel fort. Man hörte nur das Plantschen ihrer Stiefel im Wasser, ihr Atmen und das leise *Ping* der Gasdetektoren an ihrer Brust, ein beruhigendes Zeichen dafür, dass die Luft rein war.

Teile der Decke waren mit Ziegelsteinen ausgemauert, andere nicht. Das Licht ihrer Helmlampen wanderte über seltsame Pflanzen, die durch die Erdspalten wuchsen. Ab und zu mussten sie Haufen von hereingebrochener Ton- und Bleicherde überwinden. Alle paar hundert Schritte trafen sie auf einen Luftschacht: Ein Loch mit einem Durchmesser von knapp zwei Metern reichte mehr als dreißig Meter hoch bis zur Erdoberfläche und ließ Luft herein. Der erste Hinweis auf einen solchen Schacht war der silbrige Schimmer in der Ferne vor ihnen. Langsam wurde das Licht dann immer heller, bis sie ihre Lampen ausschalten konnten. Dann standen sie unter dem Loch, und das Tageslicht, das zwischen den Pflanzen an den Wänden des Schachts herunterfiel, beleuchtete ihre Gesichter.

Es wäre einfacher gewesen, sich durch diese Luftschächte in den Tunnel herunterzulassen, um ihn zu erkunden, aber sie waren unten durch schwere, verrostete Gitter verschlossen. Schmutz war dort hindurchgefallen, und unter jedem lag haufenweise vermodertes Laub, Zweige und Müll. Einer war von einem Bauern verwendet worden, um Tierkadaver zu entsorgen. Unter deren Gewicht hatte das Gitter nachgegeben, und im

Kanal lag ein Berg von stinkenden Tierknochen. Flea blieb mit dem Boot daneben stehen.

»Nett.« Wellard hielt sich Mund und Nase zu. »Müssen wir hier anhalten?«

Sie ließ den Lichtstrahl über das Wasser wandern und entdeckte Knochen, Fleischfetzen, angenagte Tierköpfe. Sie dachte an die Briefe des Entführers:...*habe ich in dieser Abteilung alles NEU GEORDNET. Jetzt sieht sie viel besser aus*... Mit der Stahlkappe ihres Stiefels stocherte sie in dem Müll herum. Ihr Fuß berührte Steine und alte Konservendosen, dann etwas Großes. Sie schob die Hand hinein und zog es heraus. Es war eine Pflugschar von einem altertümlichen Pflug. Lag hier wahrscheinlich schon seit Jahren. Sie ließ sie fallen.

»Mein Gott, hoffentlich finden wir die arme Kleine nicht unter all dem hier.« Sie wischte sich am Bootsrand den Schleim von den Handschuhen und spähte nach vorn in die Dunkelheit. Wieder spürte sie, wie Trauer und Angst langsam in ihr hochkrochen, ganz so wie zwei Tage zuvor bei dem Gedanken daran, wie es für Martha sein musste. »Ich möchte so etwas nicht durchmachen müssen. Nicht mit elf Jahren. In keinem Alter. Es ist einfach nicht richtig.«

Sie warf einen Blick auf die Anzeige an ihrem Gasdetektor: Die Luft war immer noch sauber und es deshalb ungefährlich, eine stärkere Lampe einzuschalten. Sie stemmte die große HID-Lampe aus dem Boot, hielt sie hoch und legte den Schalter um. Mit einem lauten W*uuummp* erwachte das Gerät zum Leben, und es knisterte noch ein paar Augenblicke lang, während das Licht immer heller wurde. In diesem blauweißen Flutlicht wirkte der Tunnel noch gespenstischer, und Schatten hüpften hin und her, als Flea sich bemühte, die Lampe ruhig zu halten. Neben ihr betrachtete Wellard mit ernstem, blassem Gesicht, was da vor ihnen lag.

»Ist es das?«

Das Licht blinkte auf dem Wasser vor ihnen. Da war nichts –

nur das Wasser, die Seitenwände und ungefähr fünfzig Meter vor ihnen eine unüberwindbare Barriere. So viel Bleicherde hatte sich aus der Decke gelöst und war in den Kanal gestürzt, dass der Tunnel ausgefüllt und blockiert war.

»Ist das der Einbruch?«, fragte Wellard. »Sind wir schon da?«

»Keine Ahnung.« Sie nahm das Messgerät auf und studierte es. Die Ingenieure der Stiftung schätzten, dass der Einbruch ungefähr eine Viertelmeile vom östlichen Portal entfernt begann. Sie waren noch nicht ganz so weit, aber es konnte sein, dass es sich hier um das andere Ende handelte. Sie stemmte sich gegen das Schlauchboot und schob es weiter durch das schleimige Wasser. Als sie an dem Lehmhaufen ankamen, leuchtete sie ihn bis zur Decke hin ab und ließ den Lichtstrahl dann an der Berührungslinie entlangwandern.

»Da ist keine Sonde«, murmelte sie.

»Na und? Wir wussten doch, dass die Sonde wahrscheinlich nicht ganz durchgegangen ist. Ich glaube, das hier ist das andere Ende. Kommen Sie.« Er fing an, das Zodiac-Boot in die Richtung zurückzuschieben, aus der sie gekommen waren. Nach ein paar Schritten merkte er, dass Flea nicht mitkam. Sie stand wie angewurzelt da, hielt die Lampe umklammert und spähte zum oberen Rand des Einbruchs.

Er atmete tief aus. »O nein, Sarge. Ich hab keine Ahnung, was Sie jetzt denken, aber lassen Sie uns einfach von hier verschwinden.«

»Kommen Sie. Einen Versuch ist es wert. Oder?«

»Nein. Das hier ist das Ende des Erdeinbruchs. Auf der anderen Seite ist nichts. Können wir jetzt einfach …«

»Na los.« Sie zwinkerte ihm zu. »Ich dachte, Sie haben gesagt, der Arbeitssicherheitsbeauftragte hat Sie nicht unter seiner Fuchtel. Nur dieses letzte Stückchen. Mir zuliebe.«

»Nein, Sarge. Hier ist Schluss. Ich gehe nicht weiter.«

Sie holte tief Luft und stieß sie in einem langen Seufzer wieder aus. Einen Moment lang stand sie da und ließ den Strahl der

HID-Lampe über die Erdmassen wandern. Dabei beobachtete sie ihn aus dem Augenwinkel.

»Hey«, zischte sie dann. »Was war das?«

»Was?« Wellard sah sie stirnrunzelnd an. »Was haben Sie gehört?«

»Sschh.« Sie legte einen Finger an den Mund.

»Sarge?« Das Sprechfunkgerät erwachte, und sie hörten die Stimme des Officers am Ende des Tunnels. »Alles okay?«

»Sschh. Still.«

Niemand sprach. Flea ging ein paar Schritte weiter. Der Lichtstrahl tanzte im Nichts, berührte tropfende Wände und die seltsam buckligen Konturen der herabgebrochenen Lehmklumpen, die aus dem Wasser ragten wie die gewölbten Rücken irgendwelcher Tiere. Sie blieb stehen, drehte sich zur Seite und legte den Kopf zurück, als könnte sie dann besser hören. Wellard ließ das Boot los und kam langsam durch das Wasser heran. Er achtete darauf, dass seine Stiefel kein Geräusch machten. »Was ist?« Er formte die Worte mit dem Mund. »Haben Sie was gehört?«

»Sie nicht?«, flüsterte sie zurück.

»Nein. Aber Sie wissen ja…« Er deutete mit einem kreiselnden Zeigefinger auf sein Ohr. Das Team musste sich regelmäßig einem Hörtest unterziehen, um festzustellen, ob der Wasserdruck, bei dem sie arbeiteten, ihre Trommelfelle beschädigte. Alle wussten, dass Wellards Hörvermögen in einem Ohr um fünf Prozent verringert war. »Ich bin nicht so gut wie Sie.«

Sie steckte einen Finger ins linke Ohr und tat, als lauschte sie wieder. Aber Wellard war kein Idiot, und diesmal funktionierte die Nummer nicht. »Mein Gott.« Er seufzte. »Sie können nicht mal überzeugend lügen.«

Sie ließ die Hand sinken, funkelte ihn an und wollte etwas sagen, brach dann aber ab, denn ihr fiel auf, dass sich im Tunnel etwas veränderte. Das Wasser an ihren Knien geriet kaum merklich in Bewegung. Von oben kam ein Geräusch wie ferner Donner.

»Das kann ich hören«, sagte Wellard leise. »Das kann ich deutlich hören.«

Reglos richteten sie den Blick zur Decke.

»Ein Zug.«

Das Donnern wurde immer lauter. Nach ein paar Sekunden war es ohrenbetäubend. Die Wände vibrierten, als bebte die Erde. Ein Tosen erfüllte den Tunnel, das Wasser geriet in Wallung, und Lichtreflexe von der großen Lampe blitzten kreuz und quer auf. Irgendwo vor ihnen in der Dunkelheit fielen Steinbrocken klatschend ins Wasser.

»*Shit*«, zischte Wellard und zog den Kopf ein. »*Shit-Fuck.*«

Und dann, fast so schnell, wie es begonnen hatte, war es wieder vorbei. Lange Zeit rührte sich keiner von beiden. Schwer atmend standen sie nebeneinander, starrten zur Decke hinauf und lauschten dem Klatschen, als vor ihnen im Dunkeln noch ein, zwei Steine ins Wasser fielen.

»Sie sollen zurückgehen«, hörten sie eine Stimme aus dem Sprechfunkgerät. Sie klang wie Jack Cafferys, dachte Flea. »Sagen Sie denen, sie sollen herauskommen.«

»Haben Sie gehört, Sarge?«, fragte der Officer am Funkgerät. »Der Ermittlungsleiter meint, Sie sollen rauskommen.«

Flea schob ihren Helm in den Nacken, hakte die Hände in die Schlaufen des Boots und beugte sich über den Rand, um ins Funkgerät zu sprechen. »Sagen Sie DI Caffery, die Antwort ist negativ.«

»*Was?*«, zischte Wellard. »Sind Sie verrückt geworden, verdammt?«

»Hier ist keine Sonde zu sehen. Außerdem habe ich auf der anderen Seite dieses Einbruchs etwas gehört, Sir.« Sie war schon dabei, die Ausrüstung, die sie brauchte, aus dem Zodiac zu ziehen: einen Spaten und eine Atemschutzmaske. »Ich möchte gern nachsehen, was es war. Zwischen dieser Einsturzstelle und der eigentlichen könnte sich ein Zwischenraum befinden.«

Sie hörte, wie Caffery etwas zu dem Mann am Funkgerät

sagte. Seine Stimme hallte. Offenbar war er in den Tunnel hineingewatet.

»Sarge?« Der Officer meldete sich wieder. »Der Ermittlungsleiter sagt, er hat es in der Einsatzbesprechung schon diskutiert: Es gibt keinen handfesten Beweis dafür, dass sie im Tunnel ist, und er wird hier kein Leben riskieren. Sorry, Sarge, ich geb's nur weiter.«

»Schon gut. Ich weiß, dass er zuhört, aber wenn Sie jetzt bitte weitergeben würden, dass ich ein Profi bin, dass ich hier meine Arbeit tue und niemandes Leben riskiere. Und …«

Sie brach ab. Wellard hatte das Kabel aus dem Funkgerät gezogen. Es war still im Tunnel. Er starrte sie an, und seine Augen funkelten.

»Wellard. Was, zum Teufel, soll das?«

»Ich lasse Sie das nicht machen.«

»Aber hinter der Einsturzstelle könnte etwas sein. Gleich dahinter auf der anderen Seite.«

»Nein. Dieser Schutt liegt da schon ewig.«

»Hören Sie, ich hab so ein *Gefühl* …«

»Eine Ahnung? Sie haben so 'ne Ahnung, ja?«

»Wollen Sie mich verarschen?«

»Nein, *Sie* verarschen mich, Sarge. Ich hab eine Frau und Kinder zu Hause, und Sie haben nicht das Recht – einfach nicht das Recht …« Er brach ab und starrte sie schwer atmend an. »Was ist los mit Ihnen? Sechs Monate lang haben Sie sich aufgeführt, als wäre Ihnen die Einheit scheißegal. Wäre es nach Ihnen gegangen, hätten wir uns alle hinlegen und sterben können. Und aus heiterem Himmel sind Sie plötzlich ganz scharf drauf, uns beide umzubringen.«

Flea war sprachlos. Sie kannte Wellard seit sieben Jahren. Sie hatte auf seiner Hochzeit eine Rede gehalten und ihn sogar im Krankenhaus besucht, als sein Leistenbruch operiert wurde. Außerdem war sie die Patin seiner Tochter. Sie arbeiteten fabelhaft zusammen. Er hatte sie noch nie im Stich gelassen. Noch nie.

134

»Sie sind also nicht dabei?«

»Tut mir leid. Alles hat Grenzen.«

Sie klappte den Mund zu, warf einen Blick über die Schulter zu der Erdwand, drehte sich wieder zu ihm um und zuckte die Achseln, ohne ihm in die Augen zu sehen. »Na schön.« Sie nahm ihm das Kabel aus der Hand und steckte es wieder in das Sprechfunkgerät.

»...*sofort* heraus«, sagte Cafferys Stimme. »Wenn Sie da weitermachen, schalte ich Ihren unmittelbaren Vorgesetzten ein.«

»Er sagt, Sie sollen rauskommen«, wiederholte der Officer am Funkgerät tonlos. »Sofort. Er sagt, wenn Sie weitermachen, holt er Inspector...«

»Danke.« Sie beugte sich über das Sprechfunkgerät und sprach laut und deutlich. »Ich hab's gehört. Sagen Sie Mr. Caffery, ein Officer kommt heraus. Er wird das Boot mitbringen. Und inzwischen...«, sie zog das kleine Kehlkopfmikrofon aus der Reißverschlusstasche am Trockenanzug und legte es sich um den Hals, »...ich schalte auf VOX, okay? Kann sein, dass der Blickkontakt zum Sprechfunk abbricht.«

»Verdammt, was geht in Ihrem Kopf vor?«, schrie Caffery.

Sie summte leise vor sich hin und blendete seine Stimme aus. Wenn sie über die Einsturzstelle hinwegkommen würde, wenn sie sichergestellt hätte, dass dies wirklich das andere Ende des Einbruchs und nicht eine zweite, kleinere Stelle war, und wenn sie vielleicht etwas gefunden hätte, das sie näher zu Martha führte, dann würde er schon den Mund halten. Ihr vielleicht sogar danken.

»Nee«, brummte sie vor sich hin. »Sich bedanken? Jetzt träumst du.«

»Was haben Sie gesagt?«

»Nichts«, sagte sie. »Hab nur versucht, das Kehlkopfmikro zu öffnen.«

Er antwortete nicht, aber ohne ihn zu sehen, wusste sie, was er tat. Er würde bedauernd den Kopf schütteln, als wollte er sagen: *Ich bin doch ein vernünftiger Mann. Was habe ich nur an mir, das mich zum Magneten für alle Irren dieser Welt macht?*

Mit angewidertem Gesichtsausdruck hielt Wellard das Boot fest. Sie versuchte nicht, seinen Blick auf sich zu lenken, als sie den Spaten aus der elastischen Schlaufe zog, in der er steckte. Sie hatte das Gefühl, über diesen Augenblick würden sie nie wieder sprechen. Mit dem Spaten und ihrer übrigen Ausrüstung watete sie auf den Erdrutsch zu. Dann fing sie an hinaufzuklettern. Die Bleicherde bröckelte unter ihrem Gewicht, und mit jedem Schritt sank sie ein. Sie musste ihre Ausrüstung vor sich hinaufwerfen; hoffentlich blieb sie da liegen, wo sie landete. Es dauerte drei Minuten, bis sie, halb kriechend, halb kletternd, den oberen Rand des Erdrutsches und die Tunneldecke erreicht hatte. Sie keuchte, hörte aber nicht auf, sondern begann gleich zu graben, stieß den Spaten in den schweren Lehm und hörte, wie er hinter ihr hinunterrutschte und in den Kanal fiel.

Sie arbeitete seit fünf Minuten, als Wellard neben ihr auftauchte. »Sie sollten inzwischen schon wieder halb draußen sein.« Sie musste sich verrenken, um einen Blick hinunter auf das Zodiac-Schlauchboot zu werfen, das immer noch im schwarzen Wasser lag. »Was tun Sie hier?«

»Wie sieht's denn aus?«

»Sie kommen nicht mit.«

»Nein. Aber ich kann graben. Das zumindest brauchen Sie nicht allein zu machen.«

Sie ließ zu, dass er den Spaten nahm, und beobachtete ihn ein paar Minuten lang bei der Arbeit. Sie dachte an seine Worte: *Ich hab eine Frau und Kinder zu Hause, und Sie haben nicht das Recht – einfach nicht das Recht…* Sie war müde. So müde.

»Okay.« Sie legte ihm eine Hand auf den Arm. »Sie können jetzt aufhören. Hören Sie auf.«

Sie lehnten sich zurück und musterten das Loch, das er gegraben hatte.

»Nicht sehr groß«, stellte Wellard fest.

»Groß genug.«

Sie zog die kleine Maglite-Lampe aus dem Halfter an ihrem Trockenanzug, kroch auf dem Bauch ein kleines Stück weit in das Loch und schob die Lampe vor sich her.

»O ja«, flüsterte sie, als sie erkannte, was sie da sah. »Das ist gut. Sehr gut sogar.«

»Was?«

Sie stieß einen leisen Pfiff aus. »Ich hatte recht.« Sie zog sich aus dem Loch zurück. »Dahinter befindet sich noch eine Kammer.« Sie schob die kleine Lampe wieder in ihr Halfter und legte den Schutzhelm mit der Lampe und das Gaswarngerät ab.

Wellard beobachtete sie. »Sie selbst haben uns eingeschärft, diese Dinger niemals abzulegen.«

»Ja, und jetzt nehme ich alles zurück. Ich komme damit nicht durch das Loch.« Sie kämpfte mit dem Dräger-Kreislaufatemgerät.

»Aber das nicht auch noch. Das kann ich nicht zulassen.«

Sie drückte ihm das Notfallatemgerät in die Hände. »Nicht? Ich hab weder einen Mann noch Kinder. Wenn mir etwas zustößt, wird niemand weinen.«

»Das stimmt nicht. Es ist nur nicht…«

»Sschh, Wellard. Halten Sie die Klappe, und nehmen Sie das.«

Wortlos legte er das Atemgerät auf eine flache Stelle an dem Erdhang.

»Hier. Haken Sie mich ein.« Sie reichte ihm das Statikseil und wartete, bis er es hinten an ihr Geschirr gehakt hatte. Er drückte ihr sein Knie ins Kreuz und riss versuchsweise an ihrem Geschirr.

»Okay.« Seine Stimme klang dumpf. »Sie sind gesichert.«

Sie robbte voran und schob Kopf und Schultern in das dunkle Loch. Baumwurzeln hingen von der Decke und glitten wie Finger über Nacken und Rücken. Mit den Ellbogen schob sie sich ein Stück weiter.

»Schieben Sie mich.«

Ein paar Augenblicke vergingen. Dann spürte sie, wie Wellard ihre Fußgelenke umfasste und, so gut er konnte, dagegendrückte. Nichts passierte. Er versuchte es noch einmal, und plötzlich rutschte sie mit einem lauten Schmatzgeräusch wie ein Korken auf der anderen Seite aus dem Loch. Voller Lehm, halb robbend, halb rollend, glitt sie den Erdhang hinunter, überschlug sich einmal und landete dann im Kanal.

»Verdammt.« Spuckend und hustend rappelte sie sich auf. Um sie herum wogte das schleimige Wasser. Etwas fiel von oben zu ihr herunter. Sie hörte, wie es aufprallte, kullerte und unten zur Ruhe kam – mit einem Klirren, nicht mit einem Platschen. Es lag also nicht im Wasser. Sie beugte sich vor und tastete im Schlamm herum. Es war ihre Helmlampe. »Hören Sie mich?«, schrie sie zu Wellard hinauf. »Hören Sie mich?«

»Ich kann Sie kaum hören, Sarge.«

»*Sie taube Nuss!*«

»Jetzt ist es besser.«

Sie knipste die Lampe an. Das stinkende Wasser lief an ihr herunter. Sie ließ den Lichtstrahl umherwandern, sah die Ziegelwände, die mächtigen Narben in der Decke, wo die Lehmschichten eingebrochen waren, die Linien weiterer Schichten, die instabil genug wirkten, um jeden Augenblick herunterzustürzen, und das Wasser, das immer noch in Bewegung war. Und vor ihr, nur ungefähr zehn Meter weit entfernt, befand sich die nächste Einsturzstelle.

»Sehen Sie was?«

Flea antwortete nicht. Der Hohlraum wirkte leer bis auf eine alte Kohlenschute am anderen Ende. Nur noch das Heck war sichtbar, der Rest unter der herabgestürzten Erde begraben und das Wasser so seicht, dass man ein Kind – oder die Leiche eines Kindes – auch dann gesehen hätte, wäre es im Kanal gelegen. Flea watete bis zu der Schute, beugte sich über den Rand und leuchtete mit der Lampe hinein. Der Kahn war voller Schlick, auf dem Holzstücke schwammen, sonst nichts.

Sie richtete sich auf, stützte die Ellbogen auf die Bordwand und ließ das Gesicht in die Hände sinken. Sie war, so weit es ging, in den Tunnel vorgedrungen – und hatte ihn leer vorgefunden. Sie hatte sich geirrt. Nichts als vergeudete Zeit und Energie. Am liebsten wäre sie in Tränen ausgebrochen.

»Sarge? Alles okay da drin?«

»Nein, Wellard«, antwortete sie tonlos. »Nichts ist okay. Ich komme raus. Hier ist nichts.«

23

Caffery hatte sich aus dem Van der Unterwassersucheinheit ein Paar Watstiefel geborgt. Sie waren ihm ein paar Nummern zu groß, und die Schäfte schnitten in seine Leisten, als er ans Tageslicht zurückkehrte. In der kurzen Zeit, die er im Tunnel verbracht hatte, waren in der Umgebung des Tunnelportals noch mehr Leute zusammengekommen, nicht nur Presseleute und Neugierige, sondern die halbe MCIU: Sie standen ungefähr vierzig Schritte weit entfernt und spähten in den Tunnel. Alle hatten von der von ihm angeordneten Suchaktion gehört und waren herausgefahren, um zuzusehen.

Er ignorierte sie und auch die Reporter, die oben hinter der Brüstung standen und die Hälse reckten. Manche hatten ihre Kameras zwischen den dekorativen Zinnen aufgestellt. Draußen auf dem Treidelpfad setzte er sich auf den eiskalten Boden und zerrte die Watstiefel herunter. Er hielt den Kopf gesenkt; niemand brauchte zu sehen, wie wütend er war.

Er zog seine Schuhe an und schnürte sie zu. Flea Marley und ihr Officer erschienen im Tunnelportal. Von schwarzem Schlamm überzogen, blinzelten sie ins Tageslicht. Caffery erhob sich und ging den Leinpfad entlang, bis er direkt über ihnen stand. »Verdammt, ich bin jetzt wirklich sauer auf Sie, stock-sauer sogar«, fauchte er.

Kühl schaute sie zu ihm empor. Ihr Blick wirkte wegen der Schwellungen unter den Augen müde. »Tatsächlich?«

»Warum sind Sie nicht herausgekommen, als ich es Ihnen gesagt habe?«

Sie antwortete nicht. Ohne ihn aus den Augen zu lassen, fing sie an, den nassen Lehm zu entfernen, der in dicken Klumpen an den Gurten ihres Geschirrs hing. Das Gaswarn- und das Atemgerät reichte sie einem Mitglied ihres Teams zum Säubern. Caffery beugte sich tiefer hinunter, damit die Reporter nicht hören konnten, was er sagte. »Sie haben uns allen hier vier Stunden Zeit gestohlen – und wofür?«

»Ich dachte, ich hätte etwas gehört. Da war ein Hohlraum zwischen zwei Einsturzstellen. In dem Punkt zumindest hatte ich ja recht, oder? Sie hätte da drin sein können.«

»Was Sie getan haben, war illegal, Sergeant Marley. Die Missachtung von Fahndungsparametern, die im Einklang mit den Gesundheits- und Arbeitssicherheitsbestimmungen stehen, ist formal betrachtet ein Rechtsbruch. Wollen Sie den Chief Constable auf der Anklagebank sehen, ja?«

»Die Einsätze meiner Einheit gehören statistisch gesehen zu den gefährlichsten bei der gesamten Polizei. Aber in den letzten drei Jahren ist kein Einziger meiner Leute zu Schaden gekommen. Nicht in der Dekompressionskammer, nicht bei Notfalleinsätzen. Es gab nicht mal einen abgebrochenen Fingernagel.«

»Sehen Sie, und *das*...«, er stieß mit dem Zeigefinger in ihre Richtung, »...*das*, was Sie da gerade gesagt haben, ist *genau das*, worum es Ihnen heute Vormittag ging, glaube ich. Um Ihre Einheit. Sie haben hier eine Paradenummer für Ihre beschissene Einheit...«

»Das ist keine beschissene Einheit.«

»Ist es doch. Sehen Sie sie doch an. Sie ist im *Eimer*.«

Die Kugel war unterwegs, ehe ihm klar war, dass er durchgeladen hatte. Er sah sie ganz deutlich. Sah, wie sie ihr Ziel traf, wie sie Haut und Knochen durchschlug, sah, wie der Schmerz hinter ihren Augen aufblitzte. Sie ließ ihr Geschirr fallen, reichte einem Mann aus ihrer Einheit Helm und Handschuhe, kletterte auf den Treidelpfad und ging zielstrebig zum Van der Taucher.

»Herrgott.« Caffery bohrte die Hände in die Taschen, biss die Zähne zusammen und hasste sich selbst. Als sie in den Wagen gestiegen war und die Tür geschlossen hatte, wandte er sich ab. Prody stand oben an der Brüstung über dem Tunnelportal und glotzte ihn an.

»*Was?*« Wieder stieg eiskalter Zorn in ihm auf. Es wurmte ihn noch immer, dass Prody im Fall Kitson herumschnüffelte. Vielleicht wurmte es ihn noch mehr, dass der Kerl genau das tat, was er selbst, Caffery, auch tun würde. Fragen stellen, wo es nicht erwünscht war. Quer denken. »Was, Prody? Was ist los?«

Prody klappte den Mund zu.

»Ich dachte, Sie zaubern Videomaterial aus Überwachungskameras herbei. Stattdessen machen Sie eine Kaffeefahrt in die Cotswolds.«

Prody murmelte etwas – vielleicht ein »Sorry« –, aber das interessierte Caffery nicht. Er hatte genug. Genug von der Kälte und den Medien und dem Benehmen seiner Leute.

Er suchte in der Tasche nach seinem Schlüssel. »Fahren Sie zurück ins Büro, und nehmen Sie Ihre Freunde mit. Sie sind hier ungefähr so willkommen wie eine Kakerlake im Salat. Wenn das noch mal vorkommt, fliegt ein kleines Vögelchen zum Superintendent.« Brüsk wandte er sich ab und stieg die Stufen zum Dorfanger hinauf, den sie als Sammelpunkt benutzten. Dabei knöpfte er sich den Regenmantel zu. Der Platz war fast menschenleer; nur im Garten eines der Häuser stopfte ein Mann in einem zerrissenen Pullover Laub in eine große Mülltonne. Als Caffery sicher war, dass niemand ihm gefolgt war, öffnete er die Tür des Mondeo und ließ Myrtle heraus.

Sie spazierten unter eine Eiche; das welke Laub, das noch an den Zweigen hing, raschelte im Wind. Der Hund hockte sich unsicher hin, um zu pinkeln. Caffery blieb daneben stehen, schob die Hände in die Taschen und schaute zum Himmel. Es war bitterkalt. Auf der Fahrt hierher hatte er einen Anruf aus dem Labor bekommen. Die DNA des Milchzahns entsprach der von Martha. »Es tut mir leid«, sagte er leise zu der Hündin. »Ich hab sie immer noch nicht gefunden.«

Myrtle schaute ihn mit traurigen Augen an.

»Ja, du hast mich verstanden. Ich hab sie immer noch nicht gefunden.«

24

Die Nacht, in der Thom Misty Kitson getötet hatte, war klar und warm gewesen. Der Mond hatte am Himmel gestanden. Er war auf einer abgelegenen Landstraße unterwegs gewesen, als es passierte. Es gab keine Zeugen, und nach dem tödlichen Unfall hatte er die Leiche in den Kofferraum gestopft. Betrunken und in die Enge getrieben, war er zu Flea gefahren. Unterwegs hatte er mit seiner rücksichtslosen Fahrweise Aufsehen erregt; ein Verkehrspolizist hatte ihn verfolgt und nur wenige Sekunden nach ihm vor Fleas Haustür gestanden, das Alkotestgerät in der Hand. Allem Anschein nach war Fleas Verstand an jenem Abend ausgeschaltet, denn sie hatte ihren Bruder praktisch ohne Not gedeckt. Zu der Zeit wusste sie noch gar nicht, was sich im Kofferraum des Wagens befand. Wäre ihr das klar gewesen, hätte sie nicht für ihn ins Röhrchen geblasen. Sie hätte dem Polizisten nicht geschworen, dass sie den Wagen gefahren habe, und ihm keine schöne runde Null auf der Skala präsentiert.

Der Cop, der den Alkotest mit ihr durchgeführt hatte, saß jetzt hier, nur ein paar Schritte weit entfernt unter den niedrigen

Decke des Pubs, und bestellte einen Drink. Detective Constable Prody.

Sie schob ihr halb leeres Glas Cider auf die andere Seite des Tisches, zog die Ärmel über die Hände, klemmte diese unter die Achseln und rutschte von ihrem Stuhl herunter. Der Pub – an der östlichen Einfahrt des Kanals, wo man die ersten Erkundungen vorgenommen hatte – war typisch für die Cotswolds: ein riedgedecktes Feldsteingebäude mit Emailleschildern an den Wänden und rußgeschwärztem Ziegelsteingemäuer über dem Kamin. Auf Schiefertafeln standen Biersorten und das Lunchmenü. Aber an diesem trüben Novembertag waren mittags um zwei die einzigen Gäste in diesem Lokal ein nicht mehr ganz junger Whippet, der vor dem Feuer schlief, der Barmann, Flea – und Prody. Irgendwann würde er sie bemerken. Unweigerlich.

Der Barmann stellte sein Lagerbier auf den Tresen. Prody bestellte sich etwas zu essen und nahm einen Schluck Bier. Er entspannte sich ein bisschen, drehte sich auf dem Hocker um und betrachtete die Umgebung. Dann erkannte er sie. »Hey.« Er nahm sein Glas vom Tresen und kam herüber. »Noch hier?«

Sie lächelte gezwungen. »Sieht so aus.«

Er blieb hinter dem leeren Stuhl an ihrem Tisch stehen. »Darf ich?«

Sie nahm ihre nasse Jacke von der Lehne, damit er sich setzen konnte. Er machte es sich bequem. »Ich dachte, Ihre Einheit ist schon nach Hause gefahren.«

»Ja, schon. Sie wissen ja.«

Prody stellte sein Glas ordentlich auf einen Bierdeckel. Er trug sein Haar sehr kurz geschnitten und hatte Geheimratsecken. Seine Augen waren hellgrün, und er machte den Eindruck, als wäre er im vergangenen Monat im Urlaub gewesen, irgendwo in einer heißen Gegend, denn die Fältchen an seinen äußeren Augenwinkeln waren weiß. Er drehte das Glas auf dem Bierdeckel, hob es dann hoch und betrachtete den feuchten

Ring, den es hinterließ. »Es hat mir nicht gefallen, wie er Sie da zur Schnecke gemacht hat. Das war unnötig. So brauchte er mit Ihnen nicht zu reden.«

»Ich weiß nicht. Vielleicht war ich selbst schuld.«

»Nein, das ist *er*. Irgendwas stinkt ihm. Sie hätten mal hören sollen, wie er mich angeschnauzt hat, als Sie weg waren. Ich meine, *fuck*, was hat er für ein Problem?«

Sie zog eine Braue hoch. »Dann schmollen Sie auch? Nicht bloß ich?«

»Ehrlich?« Er lehnte sich zurück. »Ich arbeite achtzehn Stunden täglich, seit diese Sache angefangen hat, und da wäre es doch nett, wenn man am Schluss auch mal ein paar Streicheleinheiten kriegt. Stattdessen sagt er mir, ich soll mich verpissen. Was mich angeht, kann er sich seine Überwachungsvideos sonstwohin schieben. Und seine Überstunden auch. Ich weiß ja nicht, wie Sie das sehen«, er hob sein Glas, »aber ich nehme mir heute Nachmittag frei.«

Flea hatte Paul Prody seit jener Nacht hin und wieder im Dienst gesehen, einmal an dem Tag, als die Einheit im Steinbruch nach Simone Blunts Auto suchte, und gelegentlich auch in den Büros, die die Unterwassersucheinheit mit der Verkehrspolizei teilte. Sie hatte ihn für einen Fitnessfreak gehalten; ständig war er mit einem schweißnassen Nike-T-Shirt auf dem Weg in die Dusche gewesen. Sie hatte es vermieden, direkt mit ihm zu sprechen, aber ihn aufmerksam von Weitem im Auge behalten. Im Lauf der Monate war sie zu der Überzeugung gelangt, dass er keine Ahnung hatte, was sich in besagter Nacht im Kofferraum befand. Doch damals war er Verkehrspolizist gewesen. Jetzt arbeitete er bei der MCIU, hatte also viel mehr Grund, sich an die Nacht zu erinnern. Es machte sie wahnsinnig, nicht zu wissen, wie weit oben der Fall Kitson auf der Prioritätenliste der MCIU stand und welcher Dienstgradebene er zugewiesen war. Solche Fragen konnte man natürlich nicht einfach irgendwem stellen.

»Achtzehnstundentage? Da vergeht einem das Lachen.«

»Einige von uns schlafen auf der Couch.«

»Und …« Sie bemühte sich, nicht zu drängen, sondern gelassen zu klingen. »Und wie viel Personal haben Sie zur Verfügung? Ich meine, bearbeiten Sie auch noch andere Fälle?«

»Nein. Eigentlich nicht.«

»Eigentlich?«

»Ja.« Er klang plötzlich zurückhaltend, als spürte er, dass sie ihn aushorchte. »Keine anderen Fälle. Nur diesen – den Entführer. Warum?«

Sie zuckte die Achseln, schaute zum Fenster und tat, als betrachtete sie den Regen draußen. »Ich dachte nur, Achtzehnstundentage müssen ja hart für alle Beteiligten sein. Für Ihr Privatleben.«

Prody atmete tief ein. »Verrückt – aber wissen Sie was? Diese Bemerkung war nicht besonders komisch. Sie sind eine gescheite Frau, aber der Kasten mit dem Sinn für Humor sieht aus, als wäre er leer, wenn ich das sagen darf.«

Sie starrte ihn an, verblüfft über seinen Ton. »Wie bitte?«

»Ich habe gesagt, das war nicht komisch. Wenn Sie über mich lachen wollen, tun Sie's von Weitem.« Er legte den Kopf in den Nacken und trank sein Glas in einem Zug leer. Er hatte rote Flecken am Hals, schob geräuschvoll seinen Stuhl zurück und stand auf.

»Hey!« Sie hob die Hand, um ihn zu bremsen. »Moment mal. Das gefällt mir nicht. Ich habe etwas gesagt, das ich nicht hätte sagen sollen, aber ich weiß nicht, was.«

Er zog den Mantel an und knöpfte ihn zu.

»Mein Gott. Jeder halbwegs anständige Mensch würde mir wenigstens sagen, was ich falsch gemacht habe. Das kommt für mich wirklich aus heiterem Himmel.«

Prody sah sie lange an.

»*Was* denn? Klären Sie mich auf. Was hab ich gesagt?«

»Das wissen Sie wirklich nicht?«

»Nein, ich weiß es wirklich, *wirklich* nicht.«

145

»Die Buschtrommel dringt nicht bis zu den Tauchern?«

»Welche Buschtrommel?«

»Meine Kinder?«

»Ihre Kinder? Nein. Ich…« Sie legte die Hand auf die Augen. »Ich tappe völlig im Dunkeln. Total. Ich schwör's.«

Er seufzte. »Ich *habe* kein Privatleben. Nicht mehr. Ich habe meine Frau und meine Kinder seit Monaten nicht mehr gesehen.«

»Wieso nicht?«

»Anscheinend bin ich jemand, der seine Frau verprügelt. Und ein Kindesmisshandler.« Er zog den Mantel wieder aus und setzte sich. Die roten Flecken an seinem Hals verblassten langsam. »Offenbar schlage ich meine Kinder halb tot.«

Flea fing an zu lachen, weil sie dachte, er leistete sich einen Scherz, aber dann überlegte sie es sich anders und verkniff sich das Grinsen. »Tun Sie das denn wirklich? Ihre Frau verprügeln? Ihre Kinder misshandeln?«

»Meine Frau sagt es. Alle andern glauben es. Allmählich habe ich mich schon selbst im Verdacht.«

Flea betrachtete ihn schweigend. Sein Haar war so kurz, dass man darunter fast die Konturen seines Schädels erkennen konnte. Seine Kinder durfte er nicht sehen. Es hatte nichts mit dem Fall Misty Kitson zu tun. Die Anspannung in ihr löste sich ein wenig. »Mein Gott, das ist hart. Tut mir leid.«

»Muss es nicht.«

»Ich schwöre, davon wusste ich nichts.«

»Schon gut. Ich wollte mich nicht benehmen wie ein Arsch.« Draußen regnete es. Im Pub roch es nach Hopfen, Pferdemist und alten Weinkorken. Aus dem Keller kam das Rumpeln von Bierfässern, die ausgewechselt wurden. Es schien, als wäre es im Gastraum wärmer geworden. Prody rieb sich die Oberarme. »Noch was zu trinken?«

»Was zu trinken? Ja, gern. Äh…« Ihr Blick fiel auf das Ciderglas. »Eine Limo oder Coke oder so was.«

Er lachte. »Limonade? Denken Sie, ich lasse Sie wieder ins Röhrchen blasen?«

»Nein.« Sie schaute ihm fest in die Augen. »Wieso sollte ich das denken?«

»Keine Ahnung. Ich glaube, nach dem Abend damals hatte ich immer das Gefühl, Sie sind sauer auf mich.«

»Na ja, das war ich auch. Irgendwie.«

»Ich weiß. Sie sind mir seitdem immer aus dem Weg gegangen. Vorher haben Sie mich regelmäßig gegrüßt – im Fitnessraum, wissen Sie, oder sonst wo. Aber danach waren Sie komplett…« Er bewegte die flache Hand vor dem Gesicht nach unten, um zu zeigen, wie sie ihn ignoriert hatte. »Ich muss zugeben, das war hart. Aber ich war auch ziemlich hart gegen Sie.«

»Nein. Sie waren fair. Ich hätte auch einen Alkotest mit mir gemacht.« Sie klopfte mit dem Finger gegen das Ciderglas. »Ich war nicht betrunken, aber ich hab mich blödsinnig aufgeführt. Bin viel zu schnell gefahren.«

Sie lächelte. Er lächelte zurück. Trübes Licht fiel durch das Fenster herein auf den Staub, der in der Luft hing, und die blonden Haare auf Prodys Unterarm. Caffery hatte sehnige, harte Arme mit dunklen Haaren. Prodys waren heller und fleischiger. Vielleicht fühlten sie sich wärmer an als Cafferys, dachte sie.

»Also Limonade?«

Sie merkte, dass sie ihn anstarrte, und hörte auf zu lächeln. Ihr Gesicht fühlte sich mit einem Mal taub an. »Entschuldigung.« Unsicher stand sie auf und ging zur Toilette; sie schloss sich in eine Kabine ein, pinkelte, wusch sich die Hände und hielt sie unter den Heißlufttrockner, als ihr Blick auf ihr Spiegelbild fiel. Sie beugte sich über das Waschbecken und betrachtete sich. Ihre Wangen waren gerötet von der Kälte draußen und vom Cider. Sie hatte die Dusche an Bord des Taucherwagens benutzt, aber dort gab es keinen Föhn, sodass ihre weißblonden Haare in der Luft getrocknet waren und lockig ihr Gesicht umrahmten.

Sie öffnete die oberen Knöpfe. Darunter kam ihre gebräunte

Haut zum Vorschein – eine ganzjährige Sonnenbräune, die sie sich als Kind in den vielen Tauchurlauben mit ihren Eltern und Thom erworben hatte. Cafferys Gesicht trat ihr blitzartig vor Augen, wie er sie vom Treidelpfad herunter angeschrien hatte. Wütend. Als leutselig hätte man ihn nie bezeichnet, aber trotzdem – das Ausmaß seiner Wut war nicht nachvollziehbar. Sie knöpfte die Bluse wieder zu und schaute noch einmal prüfend in den Spiegel. Dann öffnete sie die beiden oberen Knöpfe wieder, sodass der Ansatz ihrer Brust zu sehen war.

Als sie zurückkam, saß Prody am Tisch und hatte zwei Gläser Limonade vor sich stehen. Er bemerkte sofort die beiden offenen Knöpfe, und eine Weile herrschte verlegenes Schweigen. Sein Blick wanderte zum Fenster und wieder zurück, und einen Moment lang sah sie alles klar und deutlich vor sich: dass sie ein bisschen betrunken war und einen dämlichen Eindruck machte mit ihrem Brustansatz, der aus der Bluse lugte. Gleich würde die ganze Geschichte aus dem Ruder laufen, und sie würde in einem Graben landen, aus dem sie nie wieder herauskäme. Sie wandte sich ab, stützte die Ellbogen auf den Tisch und versperrte ihm den Blick auf ihren Busen.

»Das war ich gar nicht«, sagte sie. »In der Nacht. Ich bin nicht gefahren.«

»Wie bitte?«

Jetzt kam sie sich töricht vor. Sie hatte nicht vorgehabt, es zu sagen; sie hatte den Mund nur aufgemacht, um ihre Verlegenheit zu überspielen. »Ich habe noch nie mit jemandem darüber gesprochen. Aber es war mein Bruder. Er war betrunken, und ich nicht, und da habe ich ihn gedeckt.«

Prody schwieg eine Weile. Dann räusperte er sich. »Eine gute Schwester. So eine hätte ich auch gern.«

»Nein – es war dumm von mir.«

»Würde ich sagen, ja. Das ist schon ein ziemliches Ding, vor dem Sie ihn da bewahrt haben. Eine Anklage wegen Trunkenheit am Steuer.«

Ja, dachte sie. Und glaub mir, wenn du wüsstest, wovor ich ihn in Wirklichkeit bewahrt habe – wenn du wüsstest, dass es sehr viel mehr war als eine Anklage wegen Trunkenheit… schwindlig würde dir werden, und deine Augen würden aus ihren Höhlen quellen. Steif und verkrampft saß sie da, starrte auf die Flaschen hinter dem Tresen und hoffte, dass ihr Gesicht nicht so rot aussah, wie es sich anfühlte.

In diesem Augenblick kam Prodys Essen und rettete sie beide. Bratwurst vom Gloucester-Old-Spot-Schwein mit Stampfkartoffeln und kleinen, roten sauren Zwiebeln, die aussahen wie trübe Murmeln. Prody aß schweigend. Sie fragte sich einen Moment lang, ob er immer noch wütend war, blieb aber trotzdem sitzen, damit die Stimmung sich wieder bessern konnte. Sie sprachen über andere Dinge – über ihre Einheit, über einen Inspector bei der Verkehrspolizei, der mit siebenunddreißig Jahren auf einer Hochzeitsfeier in der Familie einen Herzinfarkt erlitten hatte und tot umgefallen war. Prody aß zu Ende, und um halb zwei standen sie auf, um zu gehen. Flea war müde und spürte ein dumpfes Gefühl im Kopf. Draußen hatte es aufgehört zu regnen; die Sonne schien, aber im Westen türmten sich neue Regenwolken auf. Der Kalkboden des Parkplatzes war von gelblichen Pfützen bedeckt. Auf dem Weg zum Auto blieb sie an der Brüstung über dem Ostportal des Tunnels stehen und spähte hinunter in den dunklen Kanal.

»Da ist nichts«, sagte Prody.

»Trotzdem stört mich da etwas.«

»Hier.« Er reichte ihr eine Visitenkarte der Avon and Somerset Police mit seinen Telefonnummern. »Wenn Sie wissen, was es ist, rufen Sie mich an. Ich verspreche Ihnen, Sie nicht anzubrüllen.«

»Wie Caffery?«

»Wie Caffery. Jetzt fahren Sie nach Hause und ruhen sich aus, ja? Machen Sie Pause.«

Sie nahm die Karte, blieb jedoch an der Brüstung stehen. Sie wartete, bis Prody in seinem Peugeot den Parkplatz verlassen hatte. Dann starrte sie wieder hinunter zum Tunnel, magisch angezogen vom Glitzern der Wintersonne auf dem schwarzen Wasser. Als das Motorgeräusch seines Wagens verklungen war, hörte man nur noch das leise Klirren von Geschirr und Gläsern im Pub und das Krächzen der Krähen in den Bäumen.

25

Um fünfzehn Uhr fünfzig stand Janice Costello vor einer roten Ampel und starrte grimmig hinaus auf den Regen. Alles wirkte dunkel und trostlos. Sie hasste diese Jahreszeit, und sie hasste es, im Verkehr festzustecken. Bis zu Emilys Vorschule war es nicht weit, aber Cory nahm meist den Wagen, wenn er sie dort abholte; jede Erwähnung des Treibhauseffekts löste eine Tirade über die unverschämte Aushöhlung seiner Bürgerrechte aus. An den Tagen hingegen, an denen Janice an der Reihe war, gingen sie zu Fuß, und sorgfältig schrieben sie die Minuten auf und meldeten sie Emilys Lehrerin als Teil des Wettbewerbs »Zu Fuß zur Schule«.

Aber heute waren sie mit dem Auto gefahren, und Emily war entzückt. Janice hatte sich in der Nacht, als sie mit klopfendem Herzen neben dem traumlos schlafenden Cory im dunklen Schlafzimmer lag, einen Plan ausgeheckt. Sie würde Emily bei einer Freundin absetzen und dann Cory im Büro besuchen. Auf dem Vordersitz des Audi stand eine Tasche mit einer Thermosflasche Kaffee und einem halben Karottenkuchen zwischen zwei Papptellern. Eine der Erkenntnisse aus den Therapiesitzungen war die, dass Cory seine Frau manchmal nicht gerade als traditionelle Ehefrau empfand. Zwar stand immer das Abendessen auf dem Tisch und morgens eine Tasse Tee auf dem Nachtschrank, sie arbeitete und kümmerte sich um Emily, aber ihm fehlten doch die kleinen Besonderheiten: ein Kuchen, der auf dem Drahtgitter abkühlte, wenn er nach Hause kam; ein kleines *billet doux* in seiner Lunchbox, das ihn in der Mittagspause überraschte.

»Na, das werden wir jetzt ändern, stimmt's, Emily?«, fragte sie laut.

»Was ändern?« Emily klapperte mit den Wimpern. »Was ändern, Mummy?«

»Mummy nimmt etwas Schönes für Daddy mit. Um ihm zu zeigen, dass er ihr wichtig ist.«

Die Ampel wurde grün, und Janice fuhr los. Die Straße war nass und tückisch. Sie musste jäh wieder bremsen, weil eine Schar von Kindern über einen Zebrastreifen trödelte, ohne nach rechts oder links zu sehen. Die Tasche flog vom Sitz und landete auf dem Boden.

»Scheiße!«

»Das sagt man nicht, Mummy.«

»Ich weiß, mein Schatz. Entschuldige.« Sie tastete auf dem Boden vor dem Beifahrersitz nach der Tasche, um sie aufzuheben, bevor die Kinder die Straße überquert hätten und der Fahrer hinter ihr zu hupen anfinge. Cory hatte »Champagner« als Farbe für die Innenausstattung ausgesucht, obwohl es ihr Wagen war und sie ihn mit ihrem eigenen Ersparten bezahlt hatte. Irgendwie war es ihm gelungen, dabei in den meisten Punkten das letzte Wort zu behalten. Sie hätte gern einen VW Camper gehabt, nachdem sie jetzt zu Hause arbeitete, aber Cory meinte, es sehe schäbig aus, so ein Gefährt in der Einfahrt stehen zu haben. Sie hatte nachgegeben und den Audi gekauft. Und er achtete mit äußerster Strenge darauf, dass der Wagen sauber blieb. Wenn Emily auch nur mit ihren Schulschuhen über den Rücksitz krabbelte, schimpfte er gleich los, diese Familie habe keinen Respekt vor nichts, und Emily werde niemals lernen, den Wert des Geldes zu schätzen und deshalb als unnützes Mitglied der Gesellschaft enden.

Als Janice die Tasche gefunden und auf den Sitz gestellt hatte, sickerte Kaffee heraus und lief in einem langen braunen Streifen über das cremefarbene Polster.

»*Scheiße, Scheiße, Scheiße!*«

»Mummy! Ich hab doch gesagt, das gehört sich nicht.«

»Überall ist der verdammte Kaffee.«

»Man flucht nicht.«

»Daddy wird wütend sein.«

»Nein!«, quiekte Emily. »Du darfst es ihm nicht sagen. Ich will nicht, dass Daddy böse wird.«

Janice riss die Tasche vom Sitz und deponierte sie an der erstbesten Stelle, die ihr einfiel: auf ihrem Schoß. Heißer Kaffee tröpfelte auf ihren weißen Pullover und die beige Jeans. »Herrgott!« Sie zerrte an der Hose, die heiß und nass an ihren Beinen klebte. Der Wagen hinter ihr hupte wie erwartet. Jemand schrie.

»Scheiße, Scheiße!«

»Du sollst dieses Wort nicht sagen, Mummy!«

Am Ende einer Parkbucht hinter dem Zebrastreifen entdeckte sie einen halben Platz. Sie fuhr los, bog in die Lücke und öffnete das Fenster. Dann hängte sie die Tasche hinaus, damit der Kaffee ablaufen konnte. Es handelte sich um eine große Thermosflasche, und es schien eine Ewigkeit zu dauern, bis sie leer war – als hätte jemand einen Hahn aufgedreht. Wieder ertönte eine Hupe. Diesmal war es der Wagen auf dem Parkplatz vor ihr. Anscheinend konnte er nicht weit genug zurücksetzen, um aus der Lücke zu fahren, obwohl hinter ihm immer noch mindestens ein Meter Platz war.

»Ich mag diesen Krach nicht, Mummy.« Emily hielt sich die Ohren zu. »Ich mag das nicht.«

»Ist schon gut, Baby. Sschh.«

Janice legte krachend den Rückwärtsgang ein und ließ den Audi ein winziges Stück zurückrollen. Sofort klopfte jemand an das Heckfenster, und Janice schrak zusammen. *Rap, tap, tap. Rap, tap, tap.*

»*Mummy*!«

»Hey!«, rief eine Stimme. »Sie stehen auf einem Zebrastreifen. Hier sind Kinder unterwegs.«

Der Wagen vor ihr fuhr heraus und fädelte sich in den Verkehr ein, sodass Janice auf dem frei gewordenen Platz parken konnte. Sie stellte den Motor ab und ließ den Kopf auf das Lenkrad sinken. Die Frau, die sie angeschrien hatte, stand jetzt am Beifahrerfenster und klopfte hart gegen die Scheibe. Es schien eine der Mütter zu sein, die ihre Kinder von der Schule abholten. Sie war wütend. »Hey. Weil Sie ein dickes Auto fahren, haben Sie noch lange nicht das Recht, auf einem Zebrastreifen zu parken, ja?«

Janices Hände zitterten. Verdammt, das alles war furchtbar. Es war acht Minuten vor vier, und um vier würde Cory sich entweder mit Clare treffen, oder Clare würde erscheinen, um sich mit ihm zu treffen. Mit Kaffee bekleckert konnte Janice nicht in seinem Büro aufkreuzen, und wie sollte sie sich rechtfertigen, wenn sie ohne den Kaffee käme? Und Emily – die arme kleine Emily – weinte sich die Augen aus und verstand nichts von alldem.

»Sehen Sie mich an, Miststück. So einfach kommen Sie mir nicht davon.«

Janice hob den Kopf. Die Frau war massig und hatte ein rotes Gesicht. Sie trug einen schweren Tweedmantel und eine von diesen nepalesischen Strickmützen, die man in letzter Zeit auf jedem Straßenmarkt erwerben konnte. Sie war umringt von Kindern mit den gleichen Mützen. »Miststück.« Sie schlug mit der flachen Hand gegen das Fenster. »Benzinsaufendes Miststück.«

Janice atmete ein paarmal tief durch und stieg aus. »Es tut mir leid.« Sie ging um den Wagen herum zum Bordstein, stellte die tropfende Tasche auf den Gehweg und blieb vor der Frau stehen. »Ich bin nicht absichtlich auf den Zebrastreifen gefahren.«

»Wenn Sie sich so einen Wagen anschaffen, können Sie sich wahrscheinlich den Fahrunterricht nicht mehr leisten.«

»Ich habe doch gesagt, es tut mir leid.«

»Es ist unglaublich. Die Schule kann sich noch so viel Mühe geben, uns zu motivieren, dass wir zu Fuß nach Hause gehen. Die selbstsüchtigen Schweine dieser Welt lassen sich einfach nichts vorschreiben.«

»Hören Sie, ich habe gesagt, es tut mir leid. Was wollen Sie noch? Blut?«

»Es wird noch Blut fließen. Das Blut meiner *Kinder*, wenn ich Leute wie Sie sehe. Wenn Sie sie nicht mit Ihrem Brötchenpanzer überfahren, dann werden Sie sie *ersticken* oder *ertränken* in all dem Scheiß, den Sie in die Atmosphäre blasen.«

Janice seufzte. »Okay. Ich gebe auf. Was wollen Sie? Einen Boxkampf?«

Die Frau lächelte ungläubig. »Oh, das ist wirklich *typisch* für Ihre Sorte. Das würden Sie vor den Kindern tun, was?«

»Ehrlich gesagt... ja, das würde ich tun.« Janice riss sich die Jacke herunter, schleuderte sie auf den Kofferraumdeckel des Audi und kam auf den Gehweg. Die Kinder stoben auseinander, prallten wieder zusammen, halb kichernd, halb in Panik.

Die Frau wich in den Eingang des nächsten Ladens zurück. »Sind Sie verrückt?«

»Ja. Ich bin verrückt. Ich bin verrückt genug, um Sie umzubringen!«

»Ich rufe die Polizei.« Die Frau hielt die Hände vors Gesicht und drückte sich in den Ladeneingang. »Ich – ich rufe die Polizei.«

Janice packte sie am Mantelaufschlag und rückte ihr auf den Leib. »Jetzt hören Sie mal zu.« Sie schüttelte die Frau. »Ich *weiß*, wie es aussieht. Ich *weiß*, wofür Sie mich halten, aber das bin ich nicht. Ich habe mir dieses Auto nicht ausgesucht. Das hat mein beschissener *Mann* getan...«

»Reden Sie nicht so vor meinen...«

»Mein *beschissener* Mann wollte ein *beschissenes* Statussymbol, und ich war noch blöd genug, das verdammte Ding zu

154

bezahlen. Und zu Ihrer Information: Ich gehe mit meiner Tochter *jeden* Tag zu Fuß zur Schule und wieder zurück. Wir gehen zu Fuß, und dieses blöde Ungetüm von einem Auto hat nach *einem* Jahr erst *zweitausend* Meilen auf dem gottverdammten Tacho, und im Übrigen kann ich Ihnen sagen, ich habe heute einen *sehr*, sehr schlechten Tag. Also.« Sie stieß die Frau in den Eingang zurück. »Ich habe mich entschuldigt. Werden Sie sich jetzt auch entschuldigen?«

Die Frau starrte sie an.

»Na?«

Die Frau schaute nach rechts und links, um zu sehen, ob ihre Kinder in Hörweite waren. Ihr Gesicht war überzogen von winzigen geplatzten Äderchen, als hätte sie ihr ganzes Leben in eiskaltem Wetter verbracht. Wahrscheinlich keine Zentralheizung zu Hause. »Um Gottes willen«, murmelte sie, »wenn es Ihnen *so* wichtig ist, dann entschuldige ich mich. Aber Sie müssen mich auf der Stelle loslassen, damit ich meine Kinder nach Hause bringen kann.«

Janice starrte ihr noch einen Moment lang in die Augen. Dann ließ sie mit geringschätzigem Kopfschütteln den Mantel los. Sie wandte sich um, wischte sich die Hände an ihrem Pullover ab, und blickte in Richtung Straße. Ein Mann, der absurderweise eine das ganze Gesicht bedeckende Santa-Claus-Maske und eine hochgeschlossene Jacke mit Kapuze trug, kam über die Straße auf sie zugerannt. Ein bisschen früh für Weihnachten, konnte sie noch denken, bevor der Mann in den Audi sprang, die Tür zuschlug und einfach losfuhr.

26

Janice Costello war wahrscheinlich genauso alt wie ihr Mann –
kleine Falten an Mund- und Augenwinkeln verrieten es –, aber
als sie die Tür zu ihrer elegant gefliesten Diele öffnete, wirkte sie
viel jünger. Mit ihrer blassen Haut und dem rabenschwarzen, am
Hinterkopf zu einem Knoten gebundenen Haar, in Jeans und
einer saloppen, etwas zu großen Bluse erschien sie neben ihrem
dandyhaften Mann wie ein Kind. Nicht einmal die vom Weinen verquollenen Augen und die rote Nase lenkten von ihrer
Jugendlichkeit ab. Ihr Mann wollte eine Hand unter ihren Ellbogen legen, um sie zu stützen, als sie durch die Diele in die
große Küchen-Eßzimmer-Kombination gingen, aber Caffery
sah, dass sie den Arm wegriss und hoch erhobenen Hauptes
allein weiterging. Ihre unbeholfen würdevolle Haltung erweckte
den Eindruck von körperlichen Schmerzen.

Die MCIU hatte den Costellos eine eigene Familienbetreuerin zur Seite gestellt, Detective Constable Nicola Hollis. Sie war
eine großgewachsene junge Frau mit präraffaelitischem Haar,
die femininer nicht hätte aussehen können und trotzdem darauf
bestand, sich »Nick« zu nennen. Sie stand schweigend in der
Küche der Costellos, brühte Tee auf und arrangierte Kekse auf
einem Teller. Sie nickte Caffery zu, als er hereinkam und sich an
den großen Frühstückstisch setzte. »Es tut mir leid«, sagte er.
Mit Bunt- und Filzstiften gemalte Kinderzeichnungen lagen auf
dem Tisch verstreut. Ihm entging nicht, dass Janice sich so hinsetzte, dass zwischen ihr und ihrem Mann ein Stuhl frei blieb.
»Es tut mir leid, dass es schon wieder passiert ist.«

»Sie haben sicher Ihr Bestes getan, um ihn zu finden«, sagte
Janice steif. Anscheinend konnte sie nur so die Fassung bewah-
ren. »Ich mache Ihnen keinen Vorwurf.«

»Viele würden es tun. Ich bin Ihnen dankbar dafür.«

Sie lächelte düster. »Was möchten Sie wissen?«

»Ich muss die ganze Sache noch einmal durchgehen. Sie haben es der Notrufzentrale erzählt...«

»Und der Polizei in Wincanton.«

»Ja. Und die haben es mir in groben Zügen berichtet, aber ich muss mir einen klaren Überblick verschaffen, weil mein Dezernat die weiteren Ermittlungen übernehmen wird. Ich bedaure, dass ich Ihnen das alles noch einmal zumuten muss.«

»Das ist okay. Es ist ja wichtig.«

Er holte seinen MP3-Rekorder heraus und stellte ihn zwischen ihnen auf den Tisch. Er war jetzt ruhiger. Vor dem Anruf wegen Emilys Entführung war ihm klar geworden, wie überdreht er war. Nach dem Einsatz am Kanal hatte er sich Zeit für einen Lunch genommen und sich gezwungen, etwas zu tun, was mit den Ermittlungen in keinem Zusammenhang stand; er war sogar in einen Reformsupermarkt gegangen, um Glucosamin für Myrtle zu besorgen. Irgendwann hatte sich seine Wut auf Prody und Flea halbwegs gelegt. »Passiert ist es also gegen vier?« Er sah auf die Uhr. »Vor anderthalb Stunden?«

»Ja. Ich hatte Emily gerade von der Vorschule abgeholt.«

»Und der Notrufzentrale haben Sie gesagt, der Mann habe eine Santa-Claus-Maske getragen?«

»Es ging alles so schnell, aber – ja. Aus Gummi. Nicht aus hartem Plastik, sondern weicher. Mit Haaren und Bart und allem.«

»Sie haben seine Augen nicht gesehen?«

»Nein.«

»Und er trug eine Kapuzenjacke?«

»Er hatte die Kapuze nicht aufgesetzt, aber es war eine Kapuzenjacke. Rot. Mit Reißverschluss. Und ich glaube, Jeans. Da bin ich nicht sicher, aber ich weiß, dass er Latexhandschuhe anhatte. Wie Ärzte sie tragen.«

Caffery zog eine Karte hervor und breitete sie auf dem Tisch aus. »Können Sie mir zeigen, aus welcher Richtung er kam?«

Janice beugte sich über die Karte und kniff die Augen zusammen. Dann legte sie einen Finger auf eine kleine Nebenstraße. »Von hier. Die Straße führt zum Anger hinunter – zur Gemeindewiese, wo manchmal Feuerwerke stattfinden.«

»Ist das ein Abhang? Ich kann Höhenlinien nicht so gut interpretieren.«

»Es ist einer.« Cory strich mit der flachen Hand über die Karte. »Ein steiler Hang, von hier bis da. Er endet erst da, fast außerhalb der Stadt.«

»Das heißt, er ist bergauf gerannt?«

»Das weiß ich nicht«, sagte Janice.

»War er außer Atem?«

»Äh, nein. Ich glaube es zumindest nicht. Ich hab eigentlich nicht viel von ihm gesehen. Es war so schnell vorbei. Aber er sah nicht angestrengt aus.«

»Sie hatten also nicht das Gefühl, dass er den ganzen Weg bergauf gerannt war.«

»Wenn ich es mir überlege – wahrscheinlich nicht.«

Caffery hatte bereits ein Team losgeschickt, das die Straßen der Umgebung nach einem dunkelblauen Vauxhall absuchte. Wenn der Entführer außer Atem gewesen wäre, hätte man annehmen können, dass er am Fuß des Abhangs geparkt hatte. Andernfalls konnten sie die Suche nach dem Wagen auf die ebenen Straßen in der Umgebung des Tatorts beschränken. Er dachte an die Stecknadeln mit den schwarzen Köpfen in der Karte in seinem Büro. »In Mere gibt es keinen Bahnhof, oder?«

»Nein«, antwortete Cory. »Wenn wir mit dem Zug fahren wollen, müssen wir nach Gillingham. Das sind nur ein paar Meilen.«

Caffery schwieg eine Weile. Hatte sich seine Theorie, der Entführer benutze das Bahnnetz, um seinen Wagen zurückzuholen, in Wohlgefallen aufgelöst? Vielleicht nahm er ein anderes Transportmittel. Ein Taxi. »Die Straße, in der es passiert ist«, er fuhr mit dem Finger daran entlang, »ich bin auf dem Weg hierher durchgefahren. Da sind viele Geschäfte.«

»Tagsüber ist es ruhig. Aber wenn Sie morgens hinkommen, vor Schulbeginn...«

»Ja«, sagte Janice. »Oder nach der Schule. Es ist für die meisten Leute die letzte Gelegenheit, wenn sie noch Sachen für das Abendessen brauchen. Oder morgens, wenn sie vergessen haben, ihrem Kind etwas zu trinken mitzugeben.«

»Und weshalb hatten Sie angehalten?«

Sie presste die Lippen zusammen, sog sie ein paarmal zwischen die Vorderzähne und ließ sie wieder los, bevor sie schließlich antwortete. »Ich hatte – äh, ich hatte mich mit Kaffee bekleckert. Eine Thermosflasche ist mir ausgelaufen. Ich habe angehalten, um sie loszuwerden.«

Cory warf ihr einen Blick zu. »Du trinkst doch gar keinen Kaffee.«

»Aber Mum.« Sie sah Caffery mit schmalem Lächeln an. »Ich wollte Emily bei einer Freundin absetzen und dann zu meiner Mutter fahren. Das war mein Plan.«

»Du wolltest ihr Kaffee bringen?«, fragte Cory. »Kann sie zu Hause keinen kochen?«

»Ist das wirklich wichtig, Cory?« Das starre Lächeln blieb, und sie sah weiterhin Caffery an. »Ist das in dieser Scheißsituation *wirklich* wichtig? Und wenn ich den Kaffee für Osama bin Laden gemacht hätte – wäre das *wirklich* von Bedeutung...«

»Ich wollte außerdem nach den Zeugen fragen«, unterbrach Caffery sie. »Es gab ein paar, nicht wahr? Sie befinden sich jetzt alle auf dem Revier.«

Janice senkte verlegen den Blick und presste die Fingerspitzen an die Stirn. »Ja«, sagte sie. »Da waren viele Leute. Eigentlich...« Sie sah Nick an, die heißes Wasser in vier Becher goss. »Nick? Ich glaube, ich möchte keinen Tee, vielen Dank. Ich hätte gern einen Drink. Macht Ihnen das etwas aus? Im Eisfach liegt Wodka. Gläser sind da oben.«

»Das übernehme ich.« Cory ging zum Schrank und holte ein Glas heraus. Er goss Wodka aus einer Flasche mit einem rus-

159

sischen Etikett hinein und stellte es vor seine Frau. Caffery schaute das Glas an. Der Wodka roch wie der ruhige Ausklang eines Tages. »Janice«, sagte er. »Sie hatten Streit mit einer Frau dort. Das hat man mir gesagt.«

Sie trank einen kleinen Schluck und stellte das Glas wieder auf den Tisch. »Das stimmt.«

»Worum ging es?«

»Ich hatte an der falschen Stelle angehalten. Zu nah am Zebrastreifen. Sie hat mich angeschrien. Und sie hatte recht damit. Aber ich hab's nicht gut aufgenommen. Ich war bekleckert von heißem Kaffee und ... aufgebracht.«

»Sie kannten sie also nicht?«

»Nur vom Sehen.«

»Kennt sie Sie denn? Kennt sie Ihren Namen?«

»Das bezweifle ich sehr. Warum?«

»Und die übrigen Zeugen? War jemand dabei, den Sie namentlich kennen?«

»Wir wohnen noch nicht lange hier, erst seit einem Jahr, aber die Stadt ist klein. Da kennt man schnell die Gesichter, aber keine Namen.«

»Und Sie glauben nicht, dass jemand Ihren Namen kannte?«

»Ich glaube nicht, nein. Warum?«

»Haben Sie mit Freunden über die Sache gesprochen?«

»Nur mit meiner Mum und meiner Schwester. Ist es denn geheim?«

»Wo sind die? Ihre Mum und Ihre Schwester?«

»In Wiltshire und in Keynsham.«

»Ich bitte Sie, es dabei zu belassen. Sprechen Sie mit niemandem mehr darüber.«

»Wenn Sie mir erklären, warum.«

»Das Letzte, was wir gebrauchen können, wäre ein Medienzirkus um Emily.«

Am anderen Ende der Küche öffnete sich eine Tür, und die Frau von CAPIT – dem Kinderschutzdezernat – kam herein. Sie trug Schuhe mit weichen Sohlen; geräuschlos trat sie zu Caffery und legte ein paar zusammengeheftete Blätter vor ihn auf den Tisch. »Ich glaube nicht, dass man sie noch einmal vernehmen muss«, sagte sie. Sie sah älter aus, als er sie in Erinnerung hatte. »Wir sollten sie vorläufig in Ruhe lassen. Es hat keinen Sinn, sie zu strapazieren.«

Janice schob ihren Stuhl zurück. »Geht es ihr gut?«

»Aber ja.«

»Kann ich jetzt gehen? Ich möchte gern bei ihr sein. Wenn das okay ist?«

Caffery nickte und sah ihr nach, als sie hinausging. Nach ein paar Augenblicken stand Cory auf, trank Janices Wodkaglas in einem Zug leer, stellte es hin und folgte seiner Frau. Die CAPIT-Kollegin setzte sich Caffery gegenüber an den Tisch und sah ihn eindringlich an.

»Ich habe genau das getan, was Sie gesagt haben.« Sie deutete mit dem Kopf auf die Liste der Fragen, die sie Emily gestellt hatte. »Es ist in diesem Alter noch schwer, Fakten von Fiktionen zu unterscheiden. Sie geht zwar zur Vorschule, aber auch dafür ist sie noch sehr jung. Kinder in diesem Alter erzählen nicht linear – nicht wie Sie oder ich es tun würden. Aber…«

»Aber?«

Sie schüttelte den Kopf. »Ich glaube, was sie ihrer Mutter erzählt hat, ist im Großen und Ganzen wirklich alles. Was ihre Mutter dann der örtlichen Polizei berichtet hat und was Sie in Ihren Notizen stehen haben: dass der Entführer nicht viel geredet und Handschuhe getragen, dass er sich nicht selbst angefasst hat. Ich bin sicher, da sagt sie die Wahrheit. Er hat gemeint, er würde ihrem Stoffhasen wehtun. Jasper. Das ist im Moment das größte Problem für sie.«

»Er hat ihr keinen Pfannkuchen versprochen?«

»Ich glaube, dazu war keine Zeit. Es war sehr schnell vorbei. Er sagte ein ›böses Wort‹, als er die Gewalt über den Wagen verlor. Und sofort nach dem Unfall sprang er hinaus und war weg.«

»Ich wäre auf dem Weg hierher auch beinahe in den Graben gerutscht.« Nick stand an der Spüle und drückte gewissenhaft einen Teebeutel mit einem Löffel an der Tassenwand aus. »Es ist mörderisch da draußen.«

»Nicht für Emily«, sagte Caffery. »Emily hat es vielleicht das Leben gerettet.«

»Sie denken also, Martha ist tot«, stellte Nick sachlich fest.

»Nick, wissen Sie, was ich wirklich denke? Ich denke wirklich überhaupt nichts. Nicht in diesem Stadium.«

Er faltete die andere Hälfte der Karte auseinander und folgte mit dem Finger dem Weg des Entführers bis zu der Stelle, wo er die Gewalt über den Audi verloren und ihn an die Böschung gefahren hatte. Er hatte nicht versucht, Emily aus dem Wagen zu holen, sondern war einfach querfeldein weggerannt. Zeugen gab es keine, und es hatte lange gedauert, bis jemand vorbeikam und das kleine Mädchen gefunden hat, das schluchzend auf dem Rücksitz saß und seine Schultasche an sich presste, als wollte es sich damit schützen. Merkwürdig war, dass er eine Straße gewählt hatte, die buchstäblich ins Nichts führte.

»Das ist eine Schleife«, sagte er nachdenklich und zu niemandem speziell. »Sehen Sie doch – das führt nirgendwohin.« Er verfolgte die Strecke und stellte fest, dass der Entführer von dort, wo er den Wagen mit Emily genommen hatte, die A 303 und die A 350 entlanggefahren und außerhalb von Frome auf die A 36 eingebogen sein musste – genau dort, wo die Kameras der automatischen Kennzeichenerkennung aufgestellt worden waren, um den Yaris der Bradleys oder den Vauxhall zu finden. Nur hatte das Schicksal gewollt, dass der Entführer die A 36 unmittelbar vor den Kameras wieder verlassen und einen Umweg über eine winzige Nebenstraße der B-Klasse gemacht hatte, die sich lediglich ein paar Meilen weit durch die Landschaft schlängelte und dann wieder auf die Hauptstraße führte. Vor der Einmündung in die A 36 hatte er den Unfall gehabt, aber selbst wenn das nicht passiert wäre, hätten die Kameras ihn nicht erfasst.

Beinahe so, als hätte er den Umweg gemacht, weil er wusste, dass sie da waren.

Caffery faltete die Landkarte zusammen und schob sie in die Mappe mit seinen Unterlagen. Die Kameras fielen nicht jedem sofort auf. Die taktische Einheit benutzte bei solchen verdeckten Einsätzen Lieferwagen mit dem Logo der Gaswerke. Der Entführer hatte einfach teuflisches Glück gehabt. Cafferys Blick wanderte zu dem leeren Glas, und dann spürte er, dass ihn jemand beobachtete. Er hob den Kopf und sah, dass die CAPIT-Polizistin ihn anschaute.

»Was ist?«, fragte er. »Was wollen Sie?«

»Würden Sie mit ihr sprechen? Mit Emily? Sie muss wissen, dass wir etwas tun. Sie hat furchtbare Angst. Bis jetzt hat sie nur mich und die Familienbetreuerin gesehen, und sie muss wissen, dass auch ein Mann dabei ist, ein Mann, der etwas zu sagen hat. Sie braucht einfach die Versicherung, dass nicht alle Männer böse sind.«

Caffery seufzte. Gern hätte er gesagt, dass Kinder ihm ein Rätsel waren, dass andere Leute sie verstanden und ihnen vertrauten, während sie in ihm nur Trauer weckten – und Angst vor dem, was ihnen zustoßen konnte. Aber das sagte er nicht. Er stand auf und griff müde nach seiner Mappe. »Also gut. Wo ist sie?«

27

Emily saß im Schlafzimmer ihrer Eltern auf dem riesigen Doppelbett zwischen Janice und Cory. Ihre Schulkleidung war noch bei der Spurensicherung, und sie trug jetzt einen bequemen beige-weißen Jogginganzug und flauschige blaue Strümpfe. Sie saß im Schneidersitz auf dem Bett und hielt einen verschlissenen

Filzhasen vor der Brust. Ihr dunkles Haar war zu einem Pferdeschwanz zusammengefasst, und ihr längliches Gesicht wirkte schon mit vier Jahren selbstbewusst. Wenn Caffery es hätte entscheiden können, dann hätte er sie Cleo genannt und die blonde Ponyreiterin Emily.

Linkisch blieb er vor dem Bett stehen. Emily musterte ihn von oben bis unten. Er verschränkte die Arme, weil er nicht wusste, wo er sie sonst lassen sollte, und weil sie ihn befangen machte. »Hallo«, sagte er nach einer Weile. »Wie heißt dein Hase?«

»Jasper.«

»Wie geht's ihm?«

»Er hat Angst.«

»Das glaube ich. Aber sag ihm, es ist alles vorbei. Er muss keine Angst mehr haben.«

»Muss er doch. Er muss Angst haben. Jasper hat Angst.« Ihr Gesicht legte sich in Falten, und zwei Tränen quetschten sich aus ihren Augen. Sie zog die Knie hoch. »Ich will nicht, dass er kommt und Jasper wehtut. Er hat gesagt, er will Jasper wehtun, Mummy. Jasper hat Angst.«

»Ich weiß, ich weiß.« Janice legte einen Arm um ihre Tochter und drückte ihr einen Kuss auf die Stirn. »Jasper wird nichts passieren, Emily. Mr. Caffery ist Polizist, und er wird diesen grässlichen Mann fangen.«

Emily hörte auf zu weinen und schaute ihn wieder prüfend an. »Sind Sie wirklich ein Polizist?«

Er schlug seine Jacke zur Seite und zog die Handschellen hervor. Normalerweise lagen sie im Handschuhfach seines Wagens. Es war reiner Zufall, ein Versehen, dass er sie heute unter dem Jackett trug.

»Was ist das?«

»Pass auf.« Er machte Cory ein Zeichen, und der streckte ihm die Hände entgegen und ließ sich die Handschellen anlegen. Er tat, als versuchte er, sich wieder von ihnen zu befreien, aber das musste Caffery tun. »Hast du gesehen?«, fragte Caffery. »Das mache ich mit bösen Männern. Dann können sie niemandem wehtun. Vor allem nicht Jasper.«

»Daddy ist aber kein böser Mann.«

Caffery lachte. »Nein, er nicht. Deshalb werde ich Daddy auch nicht verhaften.« Er steckte die Handschellen wieder weg. »Das war nur Spaß.«

»Haben Sie eine Pistole? Können Sie ihm ins Bein schießen und ihn ins Gefängnis sperren?«

»Eine Pistole hab ich nicht«, antwortete er. Das war gelogen. Er besaß eine, aber es handelte sich nicht um eine Dienstwaffe, und das war illegal. Wie er sie bekommen hatte – durch die zweifelhaften Beziehungen einer der Spezialeinheiten bei der Metropolitan Police –, ging niemanden etwas an, schon gar kein vierjähriges Mädchen. »Ich bin kein Polizist, der eine Pistole trägt.«

»Wie können Sie ihn dann ins Gefängnis sperren?«

»Wenn ich ihn finde, werden viele andere Polizisten dabei sein, und *die* haben Pistolen. Ich rufe sie, und sie kommen mit und sperren ihn ein.«

»Die sperren ihn ein, und Sie finden ihn nur?« Sie war anscheinend nicht beeindruckt.

»Ja. Meine Aufgabe ist es, ihn zu finden.«

»Wissen Sie denn, wo er ist?«

»Natürlich.«

»Ehrenwort?«

Caffery betrachtete sie eine Zeit lang ernst, und dann legte er ein Versprechen ab, das er nicht halten konnte. »Ich schwöre dir, ich weiß, wo er ist, Emily. Und ich verspreche dir, ich werde ihm nicht erlauben, dir wehzutun.«

Es blieb Cory Costello überlassen, Caffery hinauszubegleiten. Statt in der Tür stehen zu bleiben, trat er vor sie und zog sie hinter sich zu. »Kann ich Sie noch kurz sprechen, Mr. Caffery? Nur einen Moment.«

Caffery zog seine Handschuhe an und knöpfte sich den

Mantel zu. Es hatte aufgehört zu regnen, aber der Wind war böig, und er spürte deutlich, dass Schnee in der Luft lag. Er bereute, dass er keinen Schal mitgenommen hatte. »Nur zu.«

»Wie weit wird diese Sache gehen?« Cory warf einen Blick nach oben zu den Fenstern, um sicher zu sein, dass niemand zuhörte. »Ich meine, es kommt doch nicht vor Gericht, oder?«

»Wenn wir ihn gefasst haben, schon.«

»Das heißt, ich werde dort aussagen müssen?«

»Ich wüsste nicht, weshalb. Janice – ja, vielleicht. Kommt darauf an, wie die Staatsanwaltschaft die Sache behandeln will. Warum?«

Cory sog die Unterlippe zwischen die Zähne, kniff die Augen zusammen und schaute in die Ferne. »Äh ... es gibt da ein Problem.«

»Inwiefern?«

»Als das alles passierte ...«

»Ja?«

»Es hat ziemlich lange gedauert, bis Janice mich erreicht hat. Ich habe es erst nach fünf Uhr erfahren.«

»Ich weiß. Sie hat versucht, Sie anzurufen, aber Sie waren in einem Meeting.«

»Ja, aber das stimmt nicht.« Er senkte die Stimme, und Caffery roch den scharfen Geruch des Wodkas in seinem Atem. »Ich war nicht in einem Meeting, und deshalb habe ich Angst. Ich hab Angst, man könnte herausfinden, wo ich mich in Wirklichkeit aufhielt. Ich könnte vor Gericht darüber befragt werden.«

Caffery hob eine Braue. Cory fröstelte es. Er schlang die Arme um den dünnen Pullover, den er über dem Hemd trug. »Ich weiß«, sagte er. »Ich hab mich mit einer Kundin getroffen.«

»Wo?«

»In einem Hotelzimmer.« Er wühlte einen zerknüllten Zettel aus seiner Gesäßtasche. Caffery faltete ihn auseinander und hielt ihn unter die Lampe über der Tür, um ihn zu lesen.

166

»Champagner? Bei einem Meeting in einem Hotelzimmer?«

»Ja, ja.« Cory riss ihm die Quittung aus der Hand und steckte sie wieder ein. »Sie brauchen's mir nicht unter die Nase zu reiben. Kommt das vor Gericht?«

Caffery musterte ihn mit einer Mischung aus Verachtung und Mitleid. »Mr. Costello, wie Sie Ihr Privatleben gegen die Wand gefahren haben oder noch fahren werden, geht mich nichts an. Ich kann Ihnen nicht garantieren, dass es vor Gericht so oder so ablaufen wird, aber dieses Gespräch kann unter uns bleiben. Wenn Sie etwas für mich tun.«

»Was?«

»Die Bradleys. Der Kerl hat herausgefunden, wo sie wohnen.«

Cory wurde blass. »O Gott.«

»Unsere Medienstrategie hätte besser sein können, das gebe ich zu, aber jetzt ist meine Linie klar. Über das, was heute Nachmittag passiert ist, geht kein Wort an die Presse.«

»Was hat er denn mit den Bradleys gemacht?«

»Nichts. Zumindest hat er ihnen körperlich kein Haar gekrümmt. Ich glaube nicht eine Sekunde lang, dass er zu Ihnen kommen wird. Er hat Emily nicht, und deshalb hat er auch keine Macht über Sie. Aber für alle Fälle habe ich eine komplette Nachrichtensperre verhängt. Ich möchte Janice und Emily keine Angst einjagen. Aber Sie müssen dafür sorgen, dass sie nicht reden.«

»Sie wollen doch nicht sagen, er wird hier aufkreuzen?«

»Selbstverständlich nicht. Er weiß ja nicht, wo Sie wohnen, aber nur, weil die Presse es auch nicht weiß. Wir stehen ziemlich gut mit den Medien, und im Großen und Ganzen ist das auch umgekehrt so, aber wir sind natürlich nie hundertprozentig sicher.« Sein Blick wanderte über den Vorgarten. Es war ein schöner Vorgarten. Ein langer Plattenweg führte zum Tor, und das Haus war zur Straße hin von großen am Grundstücksrand entlang gepflanzten Eiben abgeschirmt. Hinter den Bäumen schimmerte eine Straßenlaterne. »Man kann Sie von der Straße aus nicht sehen.«

»Nein. Und ich habe ein Sicherheitssystem der Spitzenklasse. Ich kann es auch aktivieren, wenn wir im Haus sind. Wenn Sie meinen, dass ich es tun sollte.«

»So schlimm ist es nicht. Es gibt keinen Grund zur Panik.« Er holte seine Brieftasche hervor und nahm eine Visitenkarte heraus. »Ich werde veranlassen, dass ungefähr jede Stunde ein Streifenwagen vorbeikommt. Aber wenn Sie feststellen, dass die Presse Ihnen auf die Pelle rückt ...«

»... rufe ich Sie an.«

»Ganz recht. Tag und Nacht.« Er reichte ihm die Karte. »Sie werden mich nicht wecken, Mr. Costello. Ich bin kein großer Schläfer.«

28

Die Taucher hatten um sechs Uhr Feierabend gemacht, sich geduscht, umgezogen und ihre Ausrüstung gereinigt. Anschließend waren sie im Pulk in den Pub eingefallen. Es war ein Schauspiel gewesen – sieben Männer in schwarzen Aufwärmhosen und Fleecewesten, die am Tresen darüber stritten, wer die Runde bezahlen würde. Flea war nicht mitgekommen. Sie hatte für heute genug von Pubs, schloss die Büros ab und fuhr nach Hause, ohne das Radio einzuschalten. Es war fast acht, als sie ankam.

Sie parkte den Wagen so, dass er Richtung Tal schaute, blieb sitzen und lauschte dem Ticken des sich abkühlenden Motors. Nach ihrem Pubbesuch am Nachmittag hatte der Inspector sie noch einmal im Büro besucht und die gleiche Nummer abgezogen wie am Tag zuvor: Er hatte die Hände auf den Schreibtisch gestützt, sich weit zu ihr hinübergebeugt und ihr in die Augen gestarrt. Aber als sie diesmal fragte: »Was ist?«, und er antwortete: »Nichts«, da hatte sie gewusst, dass dieses »Nichts« nichts Gutes verhieß. Er hatte gehört, was am Vormittag im Sapperton-Tunnel geschehen war.

Sie legte das Kinn auf das Lenkrad und schaute in den jetzt fast klaren, nur noch von ein paar zarten Zirren bedeckten Himmel über dem Tal. Die abziehenden Regenwolken bewegten sich in Richtung Osten. Dad, der die Wolken liebte, hatte Flea ihre Namen beigebracht: Altostratus, Stratocumulus, Cirrocumulus oder »Schäfchenwolken«. Am Wochenende hatten sie manchmal morgens hier gesessen – Dad mit seinem Kaffee, Flea mit einer Schale Rice Krispies – und sich gegenseitig über die verschiedenen Formen ausgefragt. Dad hatte an seinen Schneidezähnen gesogen, wenn sie sagte, sie wisse es nicht, sie gebe auf. »Nein, nein, nein. Wir geben nicht auf in dieser Familie. Das verstößt gegen das Gesetz der Marleys. Ein uraltes Glaubenssystem. Es bringt Unglück, wenn man es tut – als ob man sich gegen die Natur stellte.«

Sie zog den Schlüssel aus dem Zündschloss und nahm ihre Tasche vom Rücksitz. Irgendetwas hatte sie am Sapperton-Tunnel übersehen. Es beschäftigte sie immer noch, aber so sehr sie sich auch bemühte, sie konnte den Gedanken nicht fassen.

Wir geben nicht auf in dieser Familie. Es wird dir schon einfallen… Fast konnte sie hören, wie er es sagte, während er sie über seine Kaffeetasse hinweg anlächelte. *Es wird dir einfallen…*

29

Nick, die von der Polizei abgestellte Familienbetreuerin, blieb noch eine Weile im Haus. Janice machte ein zweites Mal Tee und unterhielt sich mit ihr, weil sie die Gesellschaft angenehm fand. Emily wurde dadurch ebenfalls abgelenkt, und außerdem hatte Janice einen Vorwand, nicht mit Cory sprechen zu müssen. Cory war unruhig – ständig wanderte er in die vorderen Schlafzimmer und spähte dort aus den Fenstern. Unten hatte er die Vorhänge zugezogen, und seit einer Stunde saß er vorn im Musikzimmer. Als Nick sich um sechs verabschiedete, ging Janice nicht zu ihm, sondern zog Pyjama und Bettsocken an, bereitete heiße Schokolade zu und brachte sie Emily, die oben auf dem Doppelbett hockte.

»Gehen wir schon schlafen?« Emily kroch unter die Decke.

»Es ist schon spät. *CBeebies* ist vorbei, aber ich hab *Findet Nemo* auf DVD. Den mit dem Fisch?«

Sie stopften sich Kissen in den Rücken und machten es sich mit ihrer heißen Schokolade im Bett gemütlich. Emily benutzte ihre rosa Trinklerntasse, denn es beruhigte sie, sich wie ein Baby zu verhalten. Sie starrten auf das Cartoonlicht, das durch Nemos Wasser flirrte. Unten tigerte Cory von einem Zimmer ins andere, öffnete und schloss die Vorhänge, rastlos wie ein Tier im Käfig. Janice wollte ihn nicht sehen; sie würde es nicht ertragen, dachte sie, denn im Lauf dieses Jahres – nein, eigentlich schon viel früher – hatte sie begriffen, dass sie ihren Mann niemals so sehr lieben würde, lieben könnte wie ihre Tochter. Sie hatte Freundinnen, denen es im Grunde genauso ging wie ihr: Sie liebten ihren Mann, aber die Kinder hatten Vorrang. Vielleicht war dies das große Geheimnis der Frauen, von dem Männer etwas ahnten, dem sie sich aber niemals wirklich stellen würden. Irgendwo unter all den Expertenkommentaren über die kleine Martha Bradley, die sie in der Zeitung gelesen hatte, war ihr einer besonders im Gedächtnis geblieben: Irgendein Fachmann hatte behauptet, wenn eine Familie ein Kind verliere, sei die Chance, dass das Ehepaar danach zusammenbleibe, fast gleich null. Auf einer instinktiven Ebene wusste sie, dass es die Frau sein würde, die den Mann verließ. Es kam nicht darauf an, ob sie es tatsächlich tat oder nur in ihrem Herzen, sodass der Mann irgendwann aufgab und die Ehe beendete.

Emily war neben ihr eingeschlafen. Sie hielt Jasper im Arm, und der Becher stand auf ihrer Brust; ein paar Tropfen Schokolade waren auf ihr Nachthemd gefallen. Sie hatte sich nicht die Zähne geputzt. Das war jetzt schon das zweite Mal. Aber Janice wollte sie nicht mehr wecken – nicht nach dem, was sie durchgemacht hatte. Janice deckte sie zu, lief hinunter in die Küche und stellte den Kinderbecher in die Spülmaschine. Ihr Glas war nicht mehr da; sie nahm ein neues aus dem Schrank, goss Wodka hinein und ging damit ins Musikzimmer. Der Raum lag im Dunkeln, und es dauerte einen Moment, bis sie begriff, dass Cory da war. Etwas Kaltes zog durch ihre Brust. Er stand *unter* dem Vorhang. Als hätte er sich einen Mantel übergeworfen.

»Was machst du da?«

Er schrak zusammen. Der Vorhang bewegte sich, und sein erschrockenes Gesicht erschien. »Janice, schleich dich nicht so an.«

»Was ist denn los?« Sie schaltete das Licht ein. Hastig ließ er den Vorhang fallen. Ihr blieb gerade noch Zeit, die zwei beschlagenen Stellen an der Scheibe zu sehen, wo er sein Gesicht dagegengedrückt hatte.

»Mach das Licht aus.«

Sie zögerte, aber dann gehorchte sie. Das Zimmer versank wieder in Dunkelheit. »Cory?«, sagte sie, »du benimmst dich seltsam. Was suchst du denn da draußen?«

»Nichts.« Er entfernte sich vom Fenster und sah sie mit einem falschen Lächeln an. »Absolut nichts. Ist ein schöner Abend.«

Sie fuhr sich mit der Zunge über die Lippen. »Was hat der

Polizist noch zu dir gesagt, als er vor dem Haus mit dir sprach, bevor er ging.«

»Wir haben nur geplaudert.«

»Cory. Sag's mir.« Sie konnte den Blick nicht von dem Vorhang wenden. »Was hat er zu dir gesagt? Und wonach hast du da draußen gesucht?«

»Fang jetzt nicht an zu quengeln, Janice, bitte. Du weißt, das kann ich nicht ausstehen.«

»Bitte.« Sie verkniff sich eine scharfe Erwiderung, legte eine Hand auf seinen Ärmel und zwang sich zu einem zärtlichen Lächeln. »Sag's mir doch bitte einfach.«

»Herr im Himmel, du musst wirklich alles wissen, stimmt's? Wieso kannst du mir nicht ausnahmsweise mal vertrauen? Es ging um die Presse. Caffery will nicht, dass sie uns aufstöbert.«

Janice runzelte die Stirn. »Die Presse?« Es war sonst nicht Corys Art, solcher Aufmerksamkeit aus dem Weg zu gehen. Und er hatte tatsächlich Angst vor dem, was da draußen im Dunkeln lauerte. Sie ging zum Vorhang, zog ihn auf und spähte die lange Einfahrt entlang bis zur Straßenlaterne, die gelb durch die Eiben schimmerte. Doch es war nichts zu sehen. »Da steckt doch mehr dahinter. Wieso interessiert es ihn, ob die Presse uns findet?«

»Weil«, sagte Cory in übertrieben geduldigem Ton, »der Kerl herausgefunden hat, wo die Bradleys wohnen, und irgendetwas Blödes mit ihnen gemacht hat. Caffery will nicht, dass uns das Gleiche passiert. Bist du jetzt zufrieden?«

Sie wich einen Schritt vom Fenster zurück und starrte ihn an.

»Er hat *etwas Blödes* mit den Bradleys gemacht? Was denn?«

»Ich weiß es nicht. Er hat Kontakt mit ihnen aufgenommen oder so was.«

»Und jetzt glaubt Caffery, er könnte das Gleiche bei uns tun? Irgendetwas ›Blödes‹ mit uns machen? Herrgott, Cory, vielen Dank, dass du mir das sagst.«

»Jetzt mach keine große Sache daraus.«

»Ich mache keine große Sache daraus. Aber ich bleibe nicht hier.«

»Was?«

»Ich gehe.«

»Janice, warte.«

Aber sie war schon draußen und hatte die Tür hinter sich zugeschlagen. Sie kippte den Wodka in der Küche weg und rannte die Treppe hinauf. Nach weniger als zehn Minuten hatte sie Emilys Sachen zusammengepackt – ihre Lieblingsspielsachen, Pyjamas, Zahnbürste, Schulzeug. Zweimal Garderobe zum Wechseln für sich selbst und ein paar Schlaftabletten – sie hatte das Gefühl, welche zu benötigen. Sie befand sich in der Küche und steckte zwei Flaschen Wein in ihren Rucksack, als Cory in der Tür erschien.

»Was soll das bedeuten?«

»Ich fahre zu meiner Mutter.«

»Na, dann warte einen Moment und lass mich ein paar Sachen einpacken. Ich komme mit.«

Janice stellte den Rucksack auf den Boden und starrte ihren Mann an. Sie wünschte, es gäbe einen Weg zurück und sie könnte wieder etwas für ihn empfinden.

»Was ist? Sieh mich nicht so an.«

»Wirklich, Cory, ich kann dich nicht anders ansehen.«

»Verdammt, was willst du damit sagen?«

»Gar nichts.« Sie schüttelte den Kopf. »Aber wenn du mitkommen willst, musst du den Koffer unter dem Bett herausholen. Im Rucksack ist kein Platz mehr.«

30

Caffery erhielt einen Anruf von einem Polizisten in Gloucestershire. Der Walking Man war festgenommen worden, weil er bei einer pharmazeutischen Fabrik herumgelungert hatte. Er war auf dem Polizeirevier in dem alten Marktstädtchen Tetbury vernommen und dann verwarnt und wieder auf freien Fuß gesetzt worden. Der diensthabende Inspector hatte ihn beiseitegenommen und ihm so höflich wie möglich zu verstehen gegeben, es sei vielleicht das Beste, wenn er sich nicht noch einmal in der Nähe der Fabrik blicken ließe. Aber Caffery kannte allmählich ein paar der Verhaltensweisen des Walking Man, und wenn der sich für etwas interessierte, dachte er, würde er sich durch so eine Kleinigkeit wie eine Festnahme nicht davon abbringen lassen.

Und er hatte recht. Als er um halb elf ankam, Myrtle auf dem Rücksitz schlafen ließ und ausstieg, entdeckte er den Walking Man beinahe sofort. Er hatte sein Lager ungefähr fünfzig Meter vor der Stacheldrahtumzäunung in einem Wäldchen aufgeschlagen, wo er das Fabrikgelände im Blick behalten konnte, ohne dass er vom Security-Posten aus zu sehen war.

»Sie sind heute nicht weit gegangen.« Caffery fand eine Schaumstoffmatte und rollte sie auseinander. Normalerweise hätte sie schon für ihn bereitgelegen, und es wäre auch etwas zu essen für ihn da gewesen. Der Essensgeruch hing zwar noch in der Luft, aber Töpfe und Teller standen schon wieder sauber und ordentlich neben dem Feuer. »Sie haben den Tag ja hier oben angefangen.«

Der Walking Man grunzte leise. Er ließ den Verschluss an seinem Ciderkrug aufschnappen, goss etwas in einen angeschlagenen Becher und stellte ihn neben seinen Schlafsack.

»Ich bin nicht hier, um Ihnen noch mehr Ärger zu machen«, erklärte Caffery. »Sie haben ja schon den größten Teil des Tages auf dem Revier verbracht.«

»Fünf verschwendete Stunden. Fünf Stunden gutes Tageslicht.«

»Ich bin nicht in Polizeiangelegenheiten hier.«

»Nicht wegen dieses Briefschreibers?«

»Nein.« Caffery rieb sich mit beiden Händen das Gesicht. Das war das Letzte, worüber er sprechen wollte. »Nein, ich bin hier, weil ich Abstand davon brauche.«

Der Walking Man füllte einen zweiten Becher mit Cider und reichte ihn Caffery. »Dann wollen Sie über *sie* reden. Über die Frau.«

Caffery nahm den Becher.

»Sehen Sie mich nicht so an, Jack Caffery. Ich habe Ihnen gesagt, dass ich Ihre Gedanken nicht lesen kann, habe mich jedoch gefragt, wann Sie wieder über sie sprechen werden. Die Frau, an die Sie dauernd denken. Als Sie im Frühling hier waren, konnten Sie über nichts anderes reden. Sie standen in Flammen ihretwegen.« Er warf ein Stück Holz ins Feuer. »Ich habe Sie darum beneidet. Ich werde so etwas nie wieder für eine Frau empfinden.«

Caffery biss ein Stück Nagelhaut an seinem Daumen ab und starrte ausdruckslos ins Feuer. »Flammen«, dachte er, war das falsche Wort für das verworrene Durcheinander aus halb vollendeten Gedanken und Impulsen in Bezug auf Flea Marley. »Okay«, meinte er nach einer Weile. »Ich will Ihnen verraten, wie die Geschichte anfängt. Es gibt einen Namen, den Sie manchmal in der Zeitung lesen. Misty Kitson. Ein hübsches Mädchen. Sie ist vor sechs Monaten verschwunden.«

»Ich wusste nicht, dass sie so hieß, aber ich weiß, wen Sie meinen.«

»Die Frau – die, von der wir reden – weiß, was aus Misty Kitson geworden ist. Sie hat sie getötet.«

Der Walking Man hob die Brauen. Seine Augen glitzerten. »Mord?«, fragte er leichthin. »Eine schreckliche Sache. Was für eine unmoralische Frau sie doch sein muss.«

»Nein. Es war ein Unfall. Sie ist zu schnell gefahren. Das

Mädchen, Misty Kitson, ist von einem Feld auf die Straße gelaufen…« Er ließ den Satz unvollendet. »Aber das wissen Sie schon, Sie Scheißkerl. Ich seh's Ihnen am Gesicht an.«

»Ich bekomme so manches mit. Ich hab beobachtet, wie Sie den Weg abgegangen sind, den das Mädchen nahm, nachdem es die Klinik verlassen hatte. Immer wieder. In der Nacht, als Sie unterwegs waren, bis die Sonne aufging.«

»Das war im Juli.«

»Da war ich da. Als Sie die Stelle gefunden haben, an der es passiert ist – die Schleuderspuren auf der Straße? Da war ich da. Hab Sie beobachtet.«

Caffery schwieg eine Zeit lang. Egal, was der Walking Man behauptete und wie sehr er es leugnete – wenn man mit ihm zusammensaß, fühlte man sich wie in der Gegenwart Gottes: Er schien der zu sein, der alles sah. Der, der nachsichtig lächelte und sich nicht einmischte, wenn die Sterblichen ihre Fehler machten. Die Nacht mit den Reifenspuren war eine gute Nacht gewesen, eine Nacht, in der sich alles zusammenfügte. Die Frage war nicht mehr gewesen, *warum* Flea Misty Kitson getötet hatte – lange Zeit wusste Caffery nur, dass sie die Leiche beseitigt hatte –, sondern warum, zum Teufel, sie es nicht einfach klipp und klar gesagt hatte, wenn es ein Unfall gewesen war. Warum sie nicht das nächstbeste Polizeirevier aufgesucht und die Wahrheit gesagt hatte. Wahrscheinlich hätte man sie nicht mal in U-Haft genommen. Und diese Frage quälte ihn immer noch und blockierte ihn auf Schritt und Tritt. Warum hatte sie sich nicht einfach gestellt? »Komisch«, murmelte er. »Für feige hatte ich sie nie gehalten.«

Der Walking Man hörte auf, sich mit dem Feuer zu beschäftigen. Er ließ sich auf seinem Schlafsack nieder, hielt den Becher mit beiden Händen und legte den Kopf auf einen Holzklotz. Die Ränder seines mächtigen Barts schimmerten rot im Feuerschein. »Das kommt, weil Sie nicht die ganze Geschichte kennen.«

»Welche ganze Geschichte?«

»Die Wahrheit. Sie kennen die Wahrheit nicht.«

»Ich glaube doch.«

»Ich bezweifle das sehr. Ihre Gedanken haben noch nicht alles erfasst. Es gibt noch eine Ecke, um die Sie nicht gegangen sind. Sie haben nicht mal daran gedacht, ja, Sie sehen gar nicht, dass sie da ist.« Er machte eine kleine Handbewegung, die aussah, als würde er einen komplizierten Knoten binden. »Sie beschützen sie, und Sie sehen noch nicht, was für einen hübschen Kreis das abgibt.«

»Einen hübschen Kreis?«

»Das habe ich gesagt.«

»Versteh ich nicht.«

»Nein. Sie verstehen es nicht. Noch nicht.« Der Walking Man schloss die Augen und lächelte zufrieden. »Manchen Dingen müssen Sie allein auf den Grund kommen.«

»Was für Dingen? Was für einen Kreis meinen Sie?«

Aber der Walking Man lag reglos da, und wieder wusste Caffery, dass er sich über dieses Thema nicht würde ausfragen lassen. Nicht, solange Caffery ihm nicht den Beweis brachte, dass er daran arbeitete. Der Walking Man verschenkte nichts. Das ärgerte Caffery – diese Selbstgefälligkeit. Am liebsten hätte er den Kerl geschüttelt. Etwas gesagt, das wehtat.

»Hey.« Er beugte sich vor und starrte eindringlich in das lächelnde Gesicht. »Hey. Sollte ich Sie nach dem Fabrikgelände fragen? Sollte ich Sie fragen, ob Sie da einbrechen wollten?«

Der Walking Man hielt die Augen geschlossen, aber sein Lächeln verschwand. »Nein. Denn wenn Sie mir diese Frage stellten, würde ich sie ignorieren.«

»Na, ich stelle sie aber trotzdem. Sie haben mir aufgetragen, Ihre Gedanken zu erraten, Sie zu ergründen. Und das tue ich. Diese Anlage existiert seit zehn Jahren.« Er deutete mit dem Kopf auf die Bogenlampen, deren Licht durch die Bäume schimmerte. Den oberen Rand des Stacheldrahtzauns konnte er gerade noch erkennen. Es sah aus wie ein Gulag. »Sie war noch nicht hier, als Ihre Tochter ermordet wurde, und Sie glauben, sie wurde vielleicht hier begraben.«

Jetzt öffnete der Walking Man die Augen. Er senkte das Kinn und starrte Caffery wütend an. Seine Aggressivität hatte nichts Spielerisches mehr. »Sie sind dazu ausgebildet, Fragen zu stellen. Hat man Ihnen nicht auch beigebracht zu erkennen, wann Sie die Klappe halten müssen?«

»Sie haben mir mal erzählt, jeder Schritt, den Sie tun, sei eine Vorbereitung. Sie haben gesagt, Sie wollen ihr folgen. Für mich war es ein Rätsel, warum Sie wandern. Aber ich glaube es inzwischen zu wissen. Sie sagen, Sie sind kein Seher, aber Sie können über denselben Boden gehen wie ich und darin hundert Dinge erkennen, die ich niemals bemerken würde.«

»Reden Sie, so viel Sie wollen, Polizist, aber ich verspreche Ihnen nicht, dass ich zuhören werde.«

»Dann werde *ich* reden. Ich werde Ihnen alles sagen, was ich weiß über das, was Sie tun. Was es mit dem Wandern auf sich hat, ist mir bekannt. Ein paar andere Dinge hab ich noch nicht herausgefunden. Die Krokusse – sie bilden eine Linie, und das bedeutet etwas, aber ich weiß nicht, was. Dann ist da der Van, den Evans im Steinbruch bei Holcombe abgestellt hat, nachdem er ihre Leiche beseitigt hatte. Der wurde Ihnen in Shepton Mallet gestohlen, und ich weiß nicht, warum Sie so weit von da entfernt sind, wo es passiert ist. Aber ich weiß alles andere. Sie suchen sie immer noch. Sie suchen ihr Grab.«

Der Walking Man hielt seinem Blick stand. Seine Augen wirkten dunkel und wild.

»Ihr Schweigen sagt alles«, stellte Caffery fest. »Wissen Sie nicht, dass man durch das, was einer nicht sagt, mehr über ihn erfahren kann als durch das, was er sagt?«

»Man erfährt mehr über einen Mann aus dem, was er nicht sagt, als aus dem, was er sagt. Ist das ein Polizistenspruch? Eine Binsenweisheit aus den gemütlichen Büros der Gesetzeshüter Ihrer Majestät?«

Caffery verzog den Mund zu einem schiefen Lächeln. »Sie verspotten mich nur, weil ich einen wunden Punkt berührt habe.«

»Nein, ich verspotte Sie, weil ich weiß, wie schwach und nutzlos Sie in Wirklichkeit sind. Sie sind wütend, und Sie bilden sich ein, es wegen des Bösen in der Welt zu sein, aber in Wahrheit macht es Sie rasend, dass Sie dieser Frau gegenüber so hilflos sind. Sie tragen Handschellen *und* Zwangsjacke. Und *das* können Sie nicht ertragen.«

»Und Sie sind wütend, weil Sie wissen, dass ich recht habe. Sie sind wütend, weil Sie trotz all Ihren Einsichten und Ihrem sechsten Sinn auf so etwas hier stoßen« – er wedelte mit der Hand in Richtung des Fabrikgeländes –, »und weil Sie nicht hineinkommen, um es zu durchsuchen. Und es gibt nicht das Geringste, was Sie dagegen tun können.«

»Gehen Sie weg von meinem Feuer. Gehen Sie weg von mir.«

Caffery stellte seinen Becher hin. Er stand auf, rollte sorgfältig die Isomatte zusammen und legte sie neben die Teller und die anderen Habseligkeiten des Walking Man. »Danke, dass Sie meine Fragen beantwortet haben.«

»Ich habe sie nicht beantwortet.«

»Doch, das haben Sie. Glauben Sie mir. Das haben Sie.«

31

Als Caffery am nächsten Morgen um acht ins Büro kam, hatten bereits Meetings stattgefunden, Vernehmungen, Telefonate. Unter dem Heizkörper hinter seinem Schreibtisch baute er für Myrtle einen behelfsmäßigen Schlafplatz aus einem alten Handtuch und stellte ihr eine Schüssel Wasser hin. Anschließend wanderte er durch die Gänge und nippte unterwegs an einem sehr heißen Kaffee, nur halb wach und mit rotgeränderten Augen.

Er hatte nicht gut geschlafen; das tat er nie, wenn er mitten in einem Fall steckte. Nach dem Streit mit dem Walking Man war er in das von ihm gemietete abgelegene Cottage in den Mendips gefahren, um die Nacht über die Zeugenaussagen zu Emilys Entführung zu studieren. Irgendwann hatte es ein bisschen Scotch gegeben. Die Kopfschmerzen, unter denen er jetzt litt, hätten einen Elefanten umgehauen.

Der Bürochef brachte ihn auf den neuesten Stand. Lollapalooza und Turner waren immer noch dabei, dem Richter Durchsuchungsbeschlüsse für die letzten Anwesen in den Cotswolds aus den Rippen zu leiern. Die Spurensicherung hatte Janice Costellos Audi auseinandergenommen und ihn, nachdem sie nichts gefunden hatte, unten auf dem Parkplatz abgestellt. Die Familie hatte ihn am Abend zuvor auf dem Weg zu Janices Mutter in Keynsham abgeholt. DC Prody hatte gestern den halben Tag freigenommen. Wahrscheinlich aus Trotz, aber über Nacht schien er offenbar zur Besinnung gekommen zu sein, denn er war seit fünf Uhr da und kümmerte sich um das Material aus den Überwachungskameras. Caffery nahm sich vor, mit ihm Frieden zu schließen. Er ging mit seinem inzwischen leeren Becher in Prodys Büro. »Gibt's eventuell einen Kaffee?«

Prody blickte von seinem Schreibtisch auf. »Ich denke schon. Setzen Sie sich.«

Caffery zögerte. Prody klang mürrisch. Nicht darauf eingehen, dachte er. Tu's einfach nicht. Er schloss die Tür mit dem Fuß, stellte seinen Becher auf den Schreibtisch, setzte sich und starrte die Wand an. Das Zimmer wirkte inzwischen freundlicher. Die Deckenbeleuchtung funktionierte, an den Wänden hingen Bilder, und in der Ecke lag eine Abdeckplane mit einem Walzenabstreifgitter auf ein paar Farbdosen. Der Geruch von Farbe war überwältigend. »Die Maler waren da, ja?«

Prody stand auf und schaltete den Wasserkocher ein. »Nicht dass ich darum gebeten hätte. Aber vielleicht hat jemand entschieden, dass man mich ordentlich willkommen heißen sollte.

Elektrisches Licht hab ich auch. Soll ich ehrlich sein? Ich bin nur ein bisschen enttäuscht, dass ich nicht zuerst ein Moodboard gekriegt habe.«

Caffery nickte. Noch immer hörte er diesen mürrischen Unterton. »Und? Was ist über Nacht reingekommen?«

»Nicht viel.« Prody löffelte Pulverkaffee in die Becher. »Die Straßen rund um die Stelle, wo Emily entführt wurde, sind durchforstet worden, und der einzige dunkelblaue Vauxhall besaß ein anderes Kennzeichen. Wie sich rausstellte, gehörte er einer netten Lady mit zwei Hunden, die in der Nähe einen Friseurtermin hatte.«

»Und die Kameras in den Bahnhöfen?«

»Nichts. Bei zweien überhaupt keine Daten, und der, wo man den Yaris fand – Avoncliffe? –, ist eine Bedarfshaltestelle.«

»Eine Bedarfshaltestelle?«

»Man streckt den Arm raus, und der Zug hält.«

»Wie ein Bus?«

»Wie ein Bus. Aber am Wochenende hat niemand den Zug angehalten. Er hat den Yaris da abgestellt und muss dann zu Fuß weggegangen sein. Die örtlichen Taxiunternehmen haben auch niemanden mitgenommen.«

Caffery fluchte leise vor sich hin. »Wie macht der Scheißkerl das? Er hat auch die Kennzeichenerfassungskameras umfahren und konnte doch nicht geahnt haben, wo die Einheiten stehen würden, oder?«

»Ich wüsste nicht, woher.« Prody schaltete den Wasserkocher aus und goss das heiße Wasser in die Kaffeebecher. »Die sind ja mobil, nicht fest installiert.«

Caffery nickte nachdenklich. Eben war ihm eine vertraute Akte auf Prodys Fensterbrett ins Auge gefallen. Gelb. Aus der Revisionsabteilung. Schon wieder.

»Zucker?« Prody hielt einen vollen Löffel über einen der Becher.

»Bitte. Zwei.«

»Milch?«

»Ja.«

Er reichte Caffery den Becher. Der schaute ihn an, nahm ihn aber nicht. »Paul.«

»Ja?«

»Ich habe Sie gebeten, sich nicht mit dieser Akte zu beschäftigen. Ich habe Sie gebeten, sie dem Revisionsteam zurückzugeben. Warum ignorieren Sie das?«

Nach einer kurzen Pause fragte Prody: »Wollen Sie den Kaffee jetzt oder nicht?«

»Nein. Stellen Sie ihn hin. Erklären Sie mir, warum diese Akte noch hier ist.«

Prody wartete ein, zwei Sekunden. Dann stellte er den Kaffee auf den Tisch, ging zum Fenster und nahm die Akte in die Hand. Er zog einen Stuhl heran, setzte sich Caffery gegenüber und legte die Akte auf den Schoß. »Ich lasse es auf eine Auseinandersetzung mit Ihnen ankommen, denn ich kann das nicht auf sich beruhen lassen.« Er blätterte in der Akte, bis er eine Landkarte gefunden hatte, die er auf seinem Knie auseinanderfaltete. »Das hier ist Farleigh Wood Hall und das ungefähr der Radius, in dem Sie anfänglich gesucht haben. Sie haben einen großen Teil Ihrer Ressourcen auf die Felder und Dörfer in diesem Radius konzentriert und Haus-zu-Haus-Befragungen *außerhalb* dieses Radius durchgeführt. Hier ungefähr.«

Caffery vermied es, den Blick auf die Karte zu richten. Aus dem Augenwinkel sah er, dass die Stelle, auf die Prody zeigte, ungefähr eine halbe Meile weit von der entfernt war, wo Flea den Unfall gehabt hatte. Aber er schaute Prody die ganze Zeit ins Gesicht und hielt sein Wut im Zaum. Er hatte sich geirrt. Prody würde niemals ein Polizist mit ruhiger Hand werden. Da gab es noch etwas anderes hinter der Fassade: eine harte, messerscharfe Intelligenz, die ihn unter den richtigen Umständen zu einem ausgezeichneten Polizisten machen konnte – und zu einem gefährlichen, wenn die Umstände nicht passten.

»Aber meist haben Sie sich außerhalb dieses Radius weit weg bewegt, in die größeren Städte. Nach Trowbridge, Bath, Warminster. Haben sich Bahnhöfe und Bushaltestellen angesehen und auch ein paar Dealer in der Umgebung, denn sie war ein Junkie. Mir kam der Gedanke: Was ist, wenn sie diesen Radius verlassen hat, aber nicht bis in eine dieser Städte gekommen ist? Was, wenn ihr auf einer der Straßen etwas zugestoßen ist? Was, wenn jemand angehalten und sie mitgenommen hat? Meilenweit weg – was weiß ich, nach Gloucestershire, Wiltshire, London. Aber daran hätten Sie natürlich gedacht. Sie haben Kontrollen durchgeführt, Sie haben zwei Wochen lang Autofahrer befragt. Aber dann dachte ich: Was ist, wenn es ein Unfall mit Fahrerflucht war? Wenn der auf einer dieser kleinen Straßen passiert ist?« Wieder dieser Finger, jetzt genau über dem Unfallort. »Da unten herrschte kaum Verkehr. Wenn da was geschehen ist, gibt's keine Zeugen. Im Ernst, haben Sie daran gedacht? Was ist, wenn jemand sie überfahren hat, in Panik geraten ist und die Tote versteckt hat? Vielleicht sogar in seinen Wagen gepackt und dann woanders abgeladen hat?«

Caffery nahm ihm die Karte aus der Hand und faltete sie zusammen.

»Boss, hören Sie zu. Ich möchte ein guter Polizist sein. Das ist alles. Ich bin einfach so – was ich mache, mache ich ganz.«

»Dann beginnen Sie damit, dass Sie lernen, Anweisungen zu befolgen und *respektvoll* zu sein, Prody. Das ist die letzte Warnung: Wenn Sie nicht aufhören, sich wie ein Arschloch zu benehmen, versetze ich Sie zu dem Prostituiertenmord, an dem die andern arbeiten. Sie können Ihre Tage auch unten in der City Road verbringen und da die Speeddealer vernehmen, wenn Ihnen das lieber ist.«

Prody holte Luft und starrte auf die Karte in Cafferys Hand.

»Ich möchte wissen, *ob Ihnen das lieber ist?*«

Es blieb lange still. Zwei Männer kämpften miteinander, ohne ein Wort zu sagen oder einen Muskel zu bewegen. Dann atmete

Prody aus, ließ die Schultern hängen, klappte die Akte zu. »Aber es gefällt mir nicht. Es gefällt mir ganz und gar nicht.«

»Komisch«, sagte Caffery, »aber das hab ich eigentlich auch nicht erwartet.«

32

Zwanzig Minuten nach Cafferys Besprechung mit Prody stand Janice Costello unangemeldet in der Tür seines Büros, in einem regennassen Mantel, mit zerzaustem Haar und gerötetem Gesicht. Sie sah aus, als wäre sie gerannt. »Ich habe den Notruf angerufen.« Sie hielt ein Blatt Papier in der rechten Hand. »Aber ich wollte es Ihnen persönlich zeigen.«

»Kommen Sie herein.« Caffery stand auf und zog einen Stuhl heran. Myrtle auf ihrer Decke unter dem Heizkörper spitzte die Ohren und blinzelte Janice an. »Setzen Sie sich.«

Janice trat einen Schritt näher und hielt ihm das zerknautschte Papier entgegen, ohne den Stuhl zu beachten. »Das wurde bei meiner Mutter unter der Tür durchgeschoben. Wir waren nicht da. Als wir zurückkamen, lag dieser Brief auf der Fußmatte. Danach haben wir das Haus verlassen.«

Ihre Hand zitterte, und Caffery wusste, was für ein Brief das war und was möglicherweise drinstehen würde. Eine Woge der Übelkeit stieg langsam in ihm hoch. Eine Übelkeit, die sich nur mit Zigaretten und Glenmorangie vertreiben ließe.

»Sie müssen uns irgendwo unterbringen, wo wir sicher sind. Wir schlafen auch auf dem Boden des Polizeireviers, wenn's sein muss.«

»Legen Sie das hin.« Er ging zu einem Aktenschrank, kramte eine kleine Schachtel mit Latexhandschuhen heraus und zog ein Paar davon an. »Ja, da – auf den Tisch.« Er beugte sich über das

Blatt und strich es glatt. Die Tinte war stellenweise von Janices regennassen Händen verschmiert, aber er erkannte die Handschrift sofort.

Glaubt ja nicht, dass es vorbei ist. Meine Liebesaffäre mit eurer Tochter hat gerade erst angefangen. Ich weiß, wo ihr seid – ich werde immer wissen, wo ihr seid. Fragt eure Tochter – sie weiß, dass wir zusammengehören …

»Was machen wir jetzt?« Janice bebte am ganzen Körper. »Ist er uns *gefolgt?* Bitte … was, zum Teufel, geht hier vor?«

Caffery biss die Zähne zusammen und widerstand dem Verlangen, die Augen zu schließen. Er hatte eine Menge Energie darauf verwandt sicherzustellen, dass nichts von dieser Geschichte an die Öffentlichkeit gelangte. Und alle – von der Familienbetreuerin bis zur Presseabteilung – hatten ihm versichert, die Sache sei wasserdicht. Also wie in Gottes Namen hatte der Entführer nicht nur herausfinden können, wo sie wohnten, sondern sogar, wo ihre verdammte *Mutter* lebte? Caffery hatte versucht, ihm einen Schritt voraus zu sein, aber ebenso gut hätte er versuchen können, einen Blitz aufzuhalten.

»Haben Sie jemanden gesehen? Reporter vielleicht? Vor Ihrem Haus?«

»Cory hat den ganzen Nachmittag Wache gehalten. Da war keine Menschenseele.«

»Und Sie sind sicher – hundertprozentig *sicher* –, dass Sie niemandem etwas erzählt haben?«

»Ja, absolut sicher.« Sie hatte Tränen in den Augen. »Ich schwör's. Und meine Mutter hat es auch niemandem gesagt.«

»Keine Nachbarn haben Sie kommen oder gehen sehen?«

»Nein.«

»Und als Sie weggegangen sind?«

»Wir waren nur in der Nachbarschaft einkaufen. In Keynsham. Brot fürs Frühstück. Mum hatte keins mehr.«

»Sie haben nicht versucht, nach Mere zurückzufahren?«

»*Nein*!« Sie schwieg, als wäre sie über die Heftigkeit ihres Ausrufs selbst erschrocken. Fröstelnd schob sie die Ärmel hoch. »Hören Sie – es tut mir leid. Ich habe einfach immer und immer wieder über alles nachgedacht. Wir haben nichts getan. Das schwöre ich.«

»Wo ist Emily jetzt?«

»Mit Cory unten in einem Büro.«

»Ich werde etwas für Sie finden. Geben Sie mir eine halbe Stunde Zeit. Ich kann Ihnen nicht garantieren, dass es so schön ist wie bei Ihnen zu Hause – oder bei Ihrer Mutter –, oder dass es in der Nähe von Keynsham sein wird. Es kann überall in Avon and Somerset sein.«

»Mir ist egal, wo es ist. Ich will nur wissen, dass wir in Sicherheit sind. Und ich möchte, dass meine Mutter mitkommt.«

Caffery griff zum Telefon, als ihm etwas einfiel. Er legte den Hörer wieder hin, ging zum Fenster, hob eine Jalousielamelle an und spähte hinaus auf die Straße. Es war dunkel und regnerisch, und die Straßenlaternen brannten noch, obwohl es Morgen war. »Wo steht Ihr Wagen?«

»Draußen. Hinter dem Gebäude.«

Er schaute weiter auf die Straße hinaus. Ein oder zwei Autos parkten dort, aber sie waren leer. Eins fuhr langsam vorbei. Er ließ die Jalousie los. »Ich werde Ihnen einen Fahrer geben.«

»Ich kann Auto fahren.«

»Aber nicht so wie dieser Fahrer.«

Janice schwieg und starrte auf die Jalousie. Starrte in die Dunkelheit dahinter. »Sie meinen, er beherrscht Fluchtfahrtechniken, ja? Sie glauben, der Kerl könnte uns hierher gefolgt sein?«

»Ich wünschte, ich wüsste es.« Caffery nahm den Hörer ab. »Gehen Sie, und warten Sie bei Emily. Gehen Sie schon. Nehmen Sie sie in den Arm.«

33

Das Team suchte die regennassen Straßen in der Umgebung des Büros ab und fand nichts. Kein Auto, das grundlos herumstand. Kein dunkelblauer Vauxhall, dessen Kennzeichen auf WW endete. Niemand, der wegfuhr, als die Polizei auftauchte und mit Vollgas die Highstreet entlangjagte. Aber das war auch nicht anders zu erwarten. Der Entführer war zu gerissen, um sich so berechenbar zu verhalten. Die Costellos wurden beruhigt und in einem Safe House in Peasedown St. John untergebracht, mehr als dreißig Meilen weit von den Bradleys entfernt. Ein speziell ausgebildeter Fahrer erschien und chauffierte das Auto der Familie. Er rief Caffery eine halbe Stunde später an und teilte ihm mit, dass sie gut angekommen seien; Nick und ein Corporal der Ortspolizei hatten eine schützende Fassade für sie errichtet.

Als Caffery darüber nachdachte, wie es dem Entführer gelungen sein konnte, die Familie zu finden, wurden die Kopfschmerzen, die ihn schon den ganzen Morgen plagten, heftiger. Am liebsten hätte er die Jalousien geschlossen, das Licht ausgeschaltet und sich neben dem Hund auf dem Boden zusammengerollt. Der Entführer war wie ein Virus, das sich in einem erschreckenden Tempo entwickelte und mutierte, und die vielen unbeantworteten Fragen wollten einfach kein Ende nehmen. Caffery musste sie beiseiteschieben. Wenigstens für eine Weile.

Er brachte den gelben Aktenordner zurück zum Revisionsteam mit der Anweisung, ihn zu informieren, falls jemand unter dem Rang eines Inspectors ihn anforderte. Dann machte er sich mit Myrtle auf den Weg zum Auto. Fuhr durch trostlose Vororte auf die Ringstraße mit ihren seelenlosen Gewerbegebieten und Riesensupermärkten und vorbei an den Multiplexkinos mit ihren Flitterweihnachtsbäumen über den Filmplakaten. In Hewish, wo die Jets tief über die Ebene von Somerset donnerten, machte er halt und parkte vor einem Schrottplatz.

»Du bleibst hier«, sagte er zu dem Hund. »Und mach keinen Ärger.«

Damals in seiner Probezeit in London hatten die Stichprobenkontrollen bei den Schrotthändlern in Peckham zu den Aufgaben gehört, die Caffery am wenigsten mochte. Die Masse von gestohlenem Metall, die dort umgeschlagen wurde, war gigantisch gewesen: Blei aus Kirchen, Phosphorbronze aus Drehereien und Schiffen, sogar gusseiserne Kanaldeckel von der Straße. In den letzten zehn Jahren waren diese Aufgaben von den örtlichen Behörden übernommen worden, und er besaß auf den Schrottplätzen keine Amtsgewalt mehr. Egal. Der Wagen, der Misty Kitson erfasst hatte, musste in die Presse, wo er keinen Schaden mehr anrichten konnte.

Gleich hinter dem Tor blieb er stehen und betrachtete das matte Licht auf den Metallbergen und die riesige hydraulische Presse, die in der Mitte stand. Weiter hinten ragten die aufgetürmten Skelette ausgeweideter Autos wie verschlungene Termitenhügel aus Metall vor dem stumpfen Grau des Himmels auf. Der Wagen, den er suchte, befand sich vorn in einem Stapel von fünf übereinandergestapelten Karosserien. Er ging im Zickzack darauf zu und blieb in der Eiseskälte stehen. Ein silberner Ford Focus. Er kannte ihn gut. Das vordere Ende war demoliert, Motorblock und Brandschutzwand zusammengedrückt, der Motor irreparabel kaputt; niemand würde so etwas auch nur auf den Ersatzteilmarkt bringen. Der Wagen wartete hier auf sein Ende, weil noch Kleinteile ausgebaut werden konnten: Türschwellen, Türgriffe, Armaturenverkleidungen. Der Auflösungsprozess ging nur langsam vonstatten. Caffery kam jede Woche her, um einen Blick darauf zu werfen, und dann erstand er eine Tür oder einen Sitz, um den Abtransport in die Presse zu beschleunigen. Nichts allzu Offensichtliches. Er wollte keine Aufmerksamkeit erregen.

Er strich mit einer behandschuhten Hand über die zerdrückte Motorhaube und die zersprungene Windschutzscheibe zum Dach hinauf. Dann wanderten seine Finger in die vertraute

Delle, die er kannte wie seine eigene Hand. Er stellte sich vor, wie Mistys Kopf mit dem Blech kollidierte. Wie sie auf einer einsamen kleinen Landstraße über die Motorhaube flog, auf das Dach prallte und dann auf dem Asphalt aufschlug, schon tot und mit gebrochenem Genick.

Ein Deutscher Schäferhund an einer Kette bellte laut, als Caffery auf das Gebäude zuging. Draußen parkten drei Allradfahrzeuge. »Andy's Asphalt-Räumdienst« stand auf den Seitenwänden. Ermüdend und vertraut, fand Caffery, aber ein Polizist durfte das Wort »Zigeuner« nicht mal *denken*. Der Polizeijargon, der einen Weg um jedes Hindernis fand, hatte sich auf die Bezeichnung TIB verlegt, was so viel wie »Thieving Itinerant Bastards« bedeutete: diebisches fahrendes Gesocks. Der TIB, dem dieser Schrottplatz gehörte, entsprach dem gängigen Stereotyp: übergewichtig, in einem ölverschmierten Overall und mit einem goldenen Ring im Ohr. Er saß hinter dem Schreibtisch an seinem dreckigen, ölfleckigen Computer, ließ sich von einem Doppelheizstrahler die Füße wärmen und spielte um Kleingeld in einem Onlinekasino. Als Caffery eintrat, schaltete er den Bildschirm aus und drehte sich mit dem Stuhl herum. »Was kann ich für Sie tun, Kollege?«

»Einen Kofferraumdeckel. Ford Focus, Zetec. Silber.«

Der Mann stemmte sich hoch, stand mit den Händen in den Hüften da und spähte an den endlosen Reihen von Ersatzteilen entlang, die in riesigen Dexion-Regalen lagerten. »Hab zwei Stück da oben. Jeweils für einen Hunderter.«

»Okay. Aber ich möchte ihn von einem Wagen draußen auf dem Platz.«

Der Schrotthändler drehte sich um. »Vom Platz?«

»Das sagte ich, ja.«

»Aber die da sind schon rausgeschnitten.«

»Mir egal. Ich will den vom Platz.«

Der TIB runzelte die Stirn. »Waren Sie schon mal hier? Kenn ich Sie?«

»Kommen Sie.« Caffery hielt ihm die Tür auf. »Ich zeig Ihnen, welchen.«

Verärgert kam der Mann hinter dem Schreibtisch hervor, zog eine fleckige Fleecejacke über und folgte ihm hinaus auf den Platz. Neben dem silbernen Focus blieben sie stehen. Ihr Atem bildete weiße Wölkchen in der kalten Luft.

»Warum die? Ich hab Dutzende von Focus-Heckklappen drinnen. Auch in Silber. Der Focus verkauft sich am besten hier. Ist 'ne Klitkarre.«

»Eine was?«

»Eine Klitkarre. Jede Fotze hat eine. Und für mich sind's auch Arschkarren, denn sie kommen mir zum Arsch raus. Mir kommen Klitorisse aus dem Arsch. Ich bin ein biologisches Wunder.« Er lachte dröhnend und verstummte wieder, als Caffery keine Miene verzog. »Aber wenn Sie die da wollen, legen Sie noch mal dreißig drauf. Wer einen besonderen Geschmack hat, muss dafür extra zahlen. Wenn die Ware drinnen liegt, brauch ich nichts zu machen, ich geb sie Ihnen bloß. Jetzt muss ich einen von den Jungs mit dem Schweißbrenner holen.«

»Das müssen Sie doch sowieso irgendwann.«

»Hundertdreißig, oder Sie können abziehen.«

Caffery begutachtete die Delle im Dach. Er überlegte, ob er Flea vor Prody warnen sollte. Aber er wusste nicht, was er sagen, wie er es angehen sollte. »Ich zahle Ihnen hundert für die Heckklappe«, erklärte er. »Aber wenn Sie sie abmontiert haben, möchte ich zusehen, wie Sie den Wagen in die Schrottpresse geben.«

»Der ist noch nicht bereit für die Presse.«

»Doch, ist er. Wenn die Klappe weg ist, ist nichts mehr da. Das Getriebe ist raus, der Scheinwerfer auf der Fahrerseite, die Sitze, die Räder, sogar die Innenverkleidung. Bauen Sie die Heckklappe aus, und der Wagen ist bereit für die Presse.«

»Die Sicherheitsgurte.«

»Die sind nichts Besonderes. Die will keiner. Die können Sie mir zu dem Kofferraumdeckel dazugeben, für einen Hunderter. Seien Sie nett.«

Der TIB sah ihn mit einem durchtriebenen Blick an. »Ich weiß, wie Ihr mich insgeheim nennt. Ihr nennt mich einen TIB. Aber das ist falsch. Ich gehör vielleicht zum fahrenden Gesocks, aber ich klaue nicht – und blöd bin ich auch nicht. Wenn in meiner Welt jemand sagt, ich soll einen Wagen in die Presse geben, dann schrillen bei mir die Alarmglocken.«

»Und in meiner Welt, wenn da jemand sich die Mühe macht, Autos auseinanderzuschneiden und die Teile in einer Halle zu lagern, ohne dass er einen Auftrag dazu hat, dann gehen erst recht die Alarmglocken los. Wieso die ordentlichen Regale da drin? Weshalb macht ihr euch die Mühe, die Teile auseinanderzuschneiden, bevor ihr wisst, dass jemand sie haben will? Und wo sind die Rohbaukarosserien? Ich weiß, was hier nachts an der Schrottpresse läuft. Ich weiß auch, wie viele Fahrzeugidentifizierungsnummern nachts zerquetscht werden.«

»*Fuck*, wer sind Sie? Ich hab Sie hier schon gesehen, oder?«

»Pressen Sie einfach den Wagen zusammen, okay?«

Der Mann öffnete den Mund und klappte ihn wieder zu. Er schüttelte den Kopf. »Mein Gott«, sagte er, »was ist nur aus der Welt geworden?«

34

Das Haus war ein unauffälliger kleiner Kasten auf einem verwahrlosten Grundstück. Jahrelang hatte es dem örtlichen Bobby gehört, aber jetzt konnte die Polizei nichts mehr damit anfangen, und ein verwittertes »Zu verkaufen«-Schild stand im ungepflegten Vorgarten. Heute brannte wahrscheinlich zum ersten Mal seit einer Ewigkeit wieder Licht im Haus. Sogar die Heizung war eingeschaltet; die Radiatoren im ersten Stock und das Gasfeuer im Wohnzimmer funktionierten noch. Janice hatte Wasser aufgesetzt, um Tee für alle zu kochen. Emily, die während der Fahrt geweint hatte, war mit einer heißen Schokolade und einem Geleesandwich getröstet worden. Jetzt saß sie auf dem Boden im Wohnzimmer und schaute sich *CBeebies* im Fernsehen an.

Janice und ihre Mutter standen in der Tür und beobachteten sie.

»Ihr geht's gut«, meinte ihre Mutter. »Zwei Tage schulfrei werden ihr nicht schaden. Ich hab dich in dem Alter auch manchmal zu Hause behalten, weil du müde oder brummig warst. Sie ist erst vier.« In ihrem Fair-Isle-Pullover mit dem weiten Kragen und mit dem jungenhaft kurz geschnittenen und aus dem gebräunten Gesicht nach hinten gekämmten Haar war sie immer noch schön. Sie hatte lavendelblaue Augen und eine sehr weiche Haut, die immer nach Camay-Seife duftete.

»Mum«, sagte Janice, »erinnerst du dich an das Haus in der Russell Road?«

Amüsiert hob ihre Mutter eine Augenbraue. »Wenn ich mich bemühe! Wir haben ja zehn Jahre da gewohnt.«

»Erinnerst du dich an die Vögel?«

»Die Vögel?«

»Du hast immer gesagt, ich soll das Fenster in meinem Zimmer nicht aufmachen. Natürlich habe ich nicht gehorcht. Ich hab immer oben gesessen und Papierschwalben hinausgeworfen.«

»Das war nicht das letzte Mal, dass du nicht auf mich gehört hast.«

»Na, und einmal sind wir übers Wochenende auf diesen Campingplatz in Wales gefahren. Mit der kleinen Bucht am Ende der Straße. Und ich hab mir mit Fruchtgummis den Magen verdorben. Und als wir wieder nach Hause kamen, fand ich einen Vogel in meinem Zimmer. Er muss hereingeflogen sein, als ich das Fenster offen hatte, und als wir es beim Wegfahren zumachten, haben wir ihn eingesperrt.«

»Ich glaube, daran erinnere ich mich.«

»Er lebte noch, aber er hatte Babys in seinem Nest draußen vor dem Fenster.«

»O Gott, ja.« Ihre Mutter schlug eine Hand vor den Mund, halb entzückt, halb entsetzt über diese Erinnerung. »Ja, natürlich erinnere ich mich. Die armen kleinen Dinger. Und die arme Mutter. Sie saß am Fenster und schaute zu ihnen hinaus.«

Janice lachte leise und traurig. Tränen brannten hinter ihren Lidern, wenn sie an den Vogel dachte. Damals hatte sie Mitleid mit den toten Vogelbabys in dem Nest gehabt und sie alle unter einem weißen Stein im Blumenbeet begraben. Sie musste erst erwachsen werden und selbst ein Kind bekommen, um zu erkennen, dass die Vogelmutter am meisten gelitten hatte, als sie ihre Kinder hat sterben sehen, ohne ihnen helfen zu können. »Als das Auto gestern wegfuhr, konnte ich immer nur an den Vogel denken.«

»Janice.« Ihre Mutter legte ihr den Arm um die Schultern und küsste sie auf den Scheitel. »Schatz. Sie ist jetzt in Sicherheit. Es ist vielleicht nicht besonders hübsch hier, aber zumindest kümmert sich die Polizei um uns.«

Janice nickte und biss sich auf die Unterlippe.

»Jetzt lauf und mach dir noch eine schöne Tasse Tee. Ich werde inzwischen das grässliche Badezimmer putzen.«

Janice blieb noch lange mit verschränkten Armen in der halb offenen Tür stehen. Sie wollte nicht in die winzige, deprimierende Küche gehen, in der Cory mit einer Tasse Kaffee und seinem iPhone saß und seine E-Mails beantwortete. Das tat er schon den ganzen Morgen. Er hasste es, nicht ins Büro zu können. Lange hatte er düster vor sich hin gebrummelt: über verlorene Zeit, über die Rezession, über die Schwierigkeiten, einen Job zu finden, über Undankbarkeit, als nähme er Janice übel, was ihnen passiert war, als hätte sie dies alles geplant, nur um ihn von seiner Arbeit abzuhalten.

Schließlich stieg sie hinauf in das kleine Schlafzimmer an der

Vorderseite. Auf zwei Einzelbetten lagen Schlafsäcke, die sie und Cory mitgenommen hatten, als sie das Haus verließen, und Bettlaken, die Nick irgendwo aufgetrieben hatte. Sie betrachtete die beiden Betten. Es wäre das erste Mal seit einer Ewigkeit, dass sie in einem eigenen Bett schliefe. Nach all der gemeinsam verbrachten Zeit, und nach allem, was sie durchgemacht hatten, wollte Cory immer noch Sex. Tatsächlich wollte er sogar noch mehr, seit Clare im Spiel war. Auch wenn Janice nur still im Dunkeln liegen und sich hinter ihren geschlossenen Augenlidern Träumen hingeben wollte, ließ sie ihn gewähren. Damit ersparte sie sich seine schlechte Laune, die versteckten Andeutungen, sie entspreche nicht den Erwartungen, die er an seine Ehefrau habe. Aber sie blieb stumm, wenn es passierte.

Draußen hielt ein Auto. Instinktiv ging sie zum Fenster und hob den Vorhang. Der Wagen stand auf der anderen Straßenseite. Auf dem Rücksitz lag ein Hund – ein Collie –, und am Steuer saß DI Caffery. Er stellte den Motor ab, blieb eine Weile sitzen und schaute mit ausdrucksloser Miene zum Haus. Er sah gut aus, aber sein Blick hatte etwas Beherrschtes, Wachsames, das sie ratlos machte. Er saß seltsam still da, und allmählich dämmerte ihr, dass er nicht einfach ins Leere glotzte, sondern etwas vor dem Haus fixierte. Sie legte die Stirn an die Fensterscheibe und spähte nach unten. Nichts Besonderes. Nur ihr Auto, das in der Einfahrt parkte.

Caffery stieg aus, schlug die Wagentür zu und blickte die verlassene Straße entlang, als würde er mit einem Scharfschützen rechnen. Er zog den Mantel fester um sich, überquerte die Straße und blieb in der Einfahrt vor dem Audi stehen. Sie hatten ihn vor dem Zurückbringen sauber gemacht. Die Delle am Kotflügel auf der Fahrerseite, die der Entführer bei seinem Unfall verursacht hatte, war nicht so schlimm. Aber etwas daran weckte Cafferys Interesse. Er betrachtete sie aufmerksam.

Sie öffnete das Fenster und lehnte sich hinaus. »Was gibt's?«, flüsterte sie. »Was wollen Sie?«

Er hob den Kopf. »Hallo«, sagte er. »Kann ich reinkommen? Wir müssen uns unterhalten.«

»Ich komme runter.« Sie zog sich einen Pullover über ihr T-Shirt und schlüpfte in ihre Stiefel, ohne sich die Mühe zu machen, die Reißverschlüsse hochzuziehen. Dann ging sie leichtfüßig die Treppe hinunter. Caffery wartete draußen im kalten Nieselregen. Er stand ihr zugewandt und mit dem Rücken zum Auto, als wollte er es bewachen.

»Was ist denn?«, zischelte sie. »Sie machen so ein komisches Gesicht? Stimmt was nicht mit dem Auto?«

»Ist mit Emily alles okay?«

»Ja. Sie hat vorhin zu Abend gegessen. Warum?«

»Sie müssen sie noch mal stören. Wir ziehen um.«

»Wir ziehen um? Warum? Wir sind doch eben erst…« Dann ging ihr ein Licht auf. Sie wich einen Schritt zurück unter den Schutz des Vordachs. »Das ist ein Witz. Sie meinen, er weiß, wo wir sind? Er hat auch dieses Haus ausfindig gemacht?«

»Können Sie einfach hineingehen und Emily fertig machen?«

»Er hat uns gefunden, ja? Er ist da draußen und beobachtet uns in diesem Augenblick. Sie wollen mir sagen, er hat uns gefunden.«

»Das will ich überhaupt nicht sagen. Sie waren bisher sehr kooperativ; also bleiben Sie jetzt bitte ruhig. Gehen Sie ins Haus, und packen Sie Ihre Sachen. Ich habe ein Zivilfahrzeug angefordert. Das ist in solchen Fällen völlig normal. Wir verlegen die Leute von Zeit zu Zeit. Das ist übliche Praxis.«

»Nein, das ist es nicht.«

Cafferys Funkgerät fing an zu rauschen. Er wandte ihr den Rücken zu, schlug seinen Mantel zur Seite und beugte den Kopf hinunter, um leise hineinzusprechen. Sie hörte nicht, was er sagte, aber sie verstand ein paar Worte seines Gegenübers: den Namen der Straße und »Tieflader«.

»Sie lassen den Wagen wieder abholen. Warum? Was hat er damit gemacht?«

»Gehen Sie einfach ins Haus, und machen Sie Ihre Tochter fertig. Bitte.«

»Nein. Sie sagen mir jetzt, was los ist.« Nun war sie wütend, so wütend, dass es ihr egal war, ob der Entführer da draußen lauerte und mit einem Gewehr auf sie zielte. Sie trat hinunter in die Einfahrt und spähte die Straße entlang. Niemand zu sehen. Sie ging in die Hocke, um das Heck des Audi zu inspizieren, prüfte es eingehend und fragte sich, was ihr hier entging. Sie lief seitlich herum, ohne den Wagen zu berühren, beugte sich jedoch weit hinunter, damit sie auch die kleinste Auffälligkeit erkennen konnte. Es war nicht leicht gewesen, so kurz nach der Entführung in dieses Auto zu steigen. Gestern, als sie es von der Polizei zurückerhielt, hatte sie den Innenraum mit anderen Augen gesehen. Hatte versucht, auf Türgriffen und Kopfstützen einen Schatten des Mannes zu entdecken, der Emily geraubt hatte. Aber physisch war alles unverändert gewesen. Jetzt ging sie an der Beifahrertür vorbei nach vorn, vorbei an der Delle im rechten Kotflügel und wieder zurück zur Fahrertür. Caffery stand mit verschränkten Armen da. Sie blieb bei ihm stehen.

»Könnten Sie einen Schritt zurücktreten? Ich möchte mir dieses Stück ansehen.«

»Ich glaube nicht, dass das nötig ist.«

»Aber ich.«

»Nein. Nötig ist, dass Sie hineingehen und Ihre Tochter darauf vorbereiten, von hier wegzufahren.«

»Es hilft nicht weiter, dass Sie mich beschützen wollen. Was immer Sie tun, es bringt mir nichts, wenn Sie mir Dinge verheimlichen. Würden Sie bitte einen Schritt zurücktreten? Sie mögen Polizist sein, aber dieser Wagen ist immer noch mein Eigentum.«

Zwei Sekunden lang blieb Caffery regungslos stehen. Dann machte er einen Schritt zur Seite, ohne dass seine Miene sich veränderte. Er stand jetzt dem Haus zugewandt, als interessierte er sich plötzlich dafür und nicht für den Audi. Langsam und mit wachsamen Blicken studierte sie den Teil, den er verdeckt hatte. Da war nichts – nichts Merkwürdiges oder Ungewöhnliches. Kein Kratzer, keine Beule. Niemand hatte versucht, die Tür aufzubrechen. Als sie absolut sicher war, dass sie nichts finden würde, trat sie einen Schritt zurück; sie blieb einfach in der Einfahrt stehen, ohne zu sprechen oder sich zu bewegen, und bemühte sich schweigend, dieses Rätsel zu lösen. Sie brauchte ein paar Augenblicke, aber schließlich klickte etwas in ihrem Kopf. Sie ging in die Hocke, stützte sich mit einer Hand auf dem regennassen Boden ab und spähte unter den Wagen. Wie eine Schnecke klebte dort ein dunkler, eckiger Kasten, vielleicht so groß wie ein kleiner Schuhkarton.

Sie sprang auf.

»Schon okay«, sagte Caffery. »Das ist keine Bombe.«

»Keine Bombe? Was, zum Teufel, ist es dann?«

»Ein Peilsender.« Wie er es sagte, klang es, als fände man so etwas praktisch jeden Tag unter dem Fahrgestell eines Familienautos. »Er ist jetzt abgeschaltet. Keine Sorge – der Dienstwagen wird jeden Moment hier sein. Wir müssen dann sofort losfahren. Ich schlage vor, Sie bringen Ihre Familie zur …«

»O mein Gott.« Sie rannte ins Haus und durch die Diele, bis sie Emily im Schneidersitz auf dem Boden vor dem Fernseher hocken sah. Caffery folgte ihr. Janice schloss die Zimmertür und drehte sich zu ihm um.

»Wie um alles in der Welt macht er das?«, flüsterte sie. »Ein *Peilsender*. Wann hat er den anbringen können?«

»Sie haben ihn bei uns abgeholt, nicht wahr, gestern? Die Spurensicherung hat ihn zum Büro der MCIU gebracht?«

»Ja. Ich habe den Empfang quittiert. Cory wollte, dass Emily so schnell wie möglich wieder in dem Auto fährt, damit sich daraus kein Problem entwickelt. Ich hatte ja keine Ahnung, dass da ein …«

»Sie haben auf der Fahrt zu Ihrer Mutter nirgendwo haltgemacht?«

»Nein. Wir sind auf dem kürzesten Weg zu ihr gefahren. Und Cory folgte uns mit seinem Wagen.«

»Und bei Ihrer Mutter? Was haben Sie da mit dem Audi gemacht?«

»Ihn in die Garage gestellt. Niemand hatte Gelegenheit, in seine Nähe zu kommen.«

Caffery schüttelte den Kopf. In seinem Blick lag eine Verschlossenheit, die sie nicht verstand. »Hat Emily über das, was passiert ist, gesprochen? Im Detail?«

»Nein. Die Frau von CAPIT sagte, wir sollen sie nicht bedrängen. Es würde schon kommen, wenn Emily so weit wäre. Warum? Glauben Sie, er hat das Ding angebracht, als sie bei ihm war?«

»Ich weiß es nicht. Vielleicht.«

»Aber Ihre Spurensicherer. Wenn er das getan hätte, dann hätten sie es doch ...« Plötzlich ging ihr ein Licht auf. Und sie wusste, warum sein Blick so verschlossen war. »O mein Gott. O mein Gott. Sie meinen, Ihre Leute haben den verdammten Wagen nicht ordentlich untersucht.«

»Janice, machen Sie Emily bereit, ja?«

»Ich habe recht. Ich weiß es. Ich sehe es Ihnen am Gesicht an. Sie denken das Gleiche. Er hat das Ding angebracht, als er – ich weiß nicht –, vielleicht, als er den Wagen an die Böschung fuhr, und *Ihre* Leute haben es nicht gefunden. *Sie haben einen verdammten Peilsender nicht entdeckt, der mitten unter dem Wagen hing.* Und – was haben sie sonst noch übersehen? Vielleicht auch seine DNA?«

»Sie haben gründlich gearbeitet. Sehr gründlich sogar.«

»Gründlich? *Sehr* gründlich? Würden Marthas Eltern auch finden, dass sie ›gründlich gearbeitet‹ haben? Hmmm? Wenn sie hörten, dass Ihre Leute den Wagen untersucht und so etwas übersehen haben, würden sie dann überhaupt noch einen Rest Vertrauen aufbringen?« Sie brach ab und wich einen Schritt zurück. Er hatte sich nicht bewegt, aber etwas in seinem Gesicht zeigte ihr, dass er diese Sache nicht auf die leichte Schulter nahm. Es bekümmerte ihn genauso. »Entschuldigung«, murmelte sie töricht und hob zerknirscht eine Hand. »Es tut mir leid. Das war nicht nötig.«

»Janice, glauben Sie mir, Sie ahnen nicht, wie leid es *mir* tut. Das alles hier.«

35

Caffery brauchte weniger als eine Stunde, um die Schuldigen zusammenzutrommeln. Die Besprechungszimmer der MCIU waren beide besetzt; also benutzte er einen Tisch im Großraumbüro der Computerabteilung, während die Datenerfasserinnen ringsum versuchten, ihre Arbeit fortzusetzen. Den Chef der Kriminaltechnik und den Mann, der die Costellos zu dem Haus in Peasedown gefahren hatte, platzierte er an einen niedrigen Couchtisch am Rand des Raums, wo die Computermädchen ihre Lunch- und Kaffeepausen verbrachten. DC Prody war auch anwesend; er saß an einem benachbarten Tisch und hörte mit halbem Ohr zu, während er in irgendeiner Akte blätterte. Es handelte sich um eine Akte zum Entführungsfall, nicht um eine aus der Revision zum Fall Misty Kitson. Caffery hatte das schon überprüft.

»Würden Marthas Eltern glauben, dass Sie gründlich gearbeitet haben?« Der Erste, den Caffery an die Wand nageln wollte, war der Chef der Spurensicherung, ein hagerer Typ, der eine ausgeprägte Ähnlichkeit mit Barack Obama aufwies. Sein Haar war kurz und adrett geschnitten, was ihn für seinen Beruf viel zu distinguiert aussehen ließ; er wirkte eher wie ein Jurist auf der Führungsebene eines Konzerns oder wie ein Arzt. Er war es, der den Wagen im kriminaltechnischen Labor in Southmeads millimetergenau untersucht und nach DNA-Spuren des Entführers gefahndet hatte. »Würden sie das glauben? Ja? Dass Sie gründlich gearbeitet haben? Würden sie sehen, was Sie mit dem Audi der Costellos gemacht haben, und sagen: ›Das war gute Arbeit. Wir haben großes Vertrauen zu dieser Polizei. Die ziehen dort wirklich alle Register‹?«

Der Kriminaltechniker blickte Caffery mit versteinerter Miene an. »Der Wagen wurde *untersucht*. Von oben bis unten. Das habe ich bereits erklärt.«

»Dann erklären Sie mir noch etwas. Wo ist ›unten‹ bei einem Auto? Wo ist Ihrer Meinung nach im rechtlichen Sinne ›unten‹? Bei den Türschwellen? Beim Auspuff?«

»Das wurde alles überprüft. Da war kein Peilsender, als der Wagen in mein Labor kam.«

»Ich will Ihnen eine Geschichte erzählen.« Caffery lehnte sich zurück und drehte einen Bleistift zwischen den Fingern. Er benahm sich wie ein Arschloch, das wusste er, er zog eine Show ab, aber er war wütend auf diesen Kerl, und er wollte ihn vorführen. »Damals in London, als ich beim Morddezernat arbeitete, da kannte ich einen von der Spurensicherung. Er war ein ziemlich hohes Tier dort. Ich werde seinen Namen nicht nennen, denn vielleicht haben Sie schon von ihm gehört. So – und irgendein Muppet in Peckham hatte seine Frau umgebracht. Wir wussten nicht, wo sich die Leiche befand, aber es war ziemlich klar, was passiert war: Sie war verschwunden, ihn hatte man dabei erwischt, als er sich an einem Baum auf Peckham Rye aufhängen wollte, und die Wände in ihrer Wohnung waren voller Blut mit ein paar Handabdrücken. Nun hatten Mr. und Mrs. Muppet beide Vorstrafen, wegen Drogen, weshalb ihre Fingerabdrücke registriert waren. Sie sehen schon, worauf ich hinauswill, oder?«

»Eigentlich nicht.«

»Ich dachte mir, ich kriege Fingerabdrücke von der Wand, weise nach, dass sie von der Frau stammen, und selbst wenn die Leiche nie auftaucht, haben wir einen Fall für den Staatsanwalt.

Die Wohnung wird also fotografiert und so weiter, und dann hat mein Kriminaltechniker freie Hand. Er kann tun, was nötig ist, um einen hübschen Abdruck von der Wand sicherzustellen. Manche Abdrücke sind ziemlich weit oben – wir wissen immer noch nicht, wie sie da hingekommen sind und ob der Ehemann sie vielleicht hochgehoben hat oder was. Jedenfalls hat die arme Frau ihre Hände fast zweieinhalb Meter hoch in die Luft gestreckt. Na, wie Sie wissen, haben die Jungs von der Spurensicherung Trittplatten auszulegen, aber in diesem Fall hat mein Freund sie irgendwo vergessen oder aufgebraucht, oder was weiß ich. Jetzt sieht er eine Kiefernholztruhe mit einem Fernseher drauf, einen knappen halben Meter von den Abdrücken entfernt. Er zieht die Truhe aus der Ecke, klettert hoch, sichert die Abdrücke an der Wand und schiebt die Truhe wieder zurück. Und bingo – die Abdrücke sind von Mrs. Muppet. Aber zwei Tage später räumt ein Verwandter die Wohnung aus und bemerkt einen ekligen Geruch, der – Sie haben's erraten – aus der Truhe kommt. Sie wird geöffnet, und drin liegt die Leiche der Frau, und auf dem Teppich darunter ist Blut, und *in* dem Blut befindet sich die Schleifspur, die beim Hin- und Herschieben der Truhe entstanden ist. Wir nehmen uns den Techniker vor, und was tut er?«

»Keine Ahnung.«

»Er zuckt die Achseln und sagt: ›Oh, ich dachte schon, die war ein bisschen schwer, als ich sie rüberschob.‹ *Ich dachte schon, sie war ein bisschen schwer!*«

»Und was wollen Sie damit sagen?«

»Ich will damit sagen, dass es in Ihrem Beruf Leute gibt – und selbstverständlich würde ich Ihnen damit nichts unterstellen wollen –, Leute, die dermaßen tunnelsichtig sind, dass sie nicht mehr erkennen, was vor ihrer verdammten Nase liegt. Sie schieben ein dickes, fettes Schuldbekenntnis zur Seite, um einen verfluchten Blutspritzer an der Wand sicherzustellen.«

Der Kriminaltechniker spitzte die Lippen und sah ihn ein

wenig von oben herab an. »Der Wagen wurde *untersucht*, Mr. Caffery. Er wurde am Morgen ins Labor gebracht und kam sofort auf Platz eins unserer Liste, weil Sie einen Dringlichkeitsvermerk eingetragen hatten. Wir haben ihn von oben bis unten untersucht. Komplett. *Da war nichts unter dem Fahrgestell. Nichts.*«

»Haben Sie diese Untersuchung persönlich beaufsichtigt?«

»Versuchen Sie nicht, mich festzunageln. Ich beaufsichtige nicht persönlich jeden Auftrag, den wir bekommen.«

»Sie haben es also nicht selbst gesehen?«

»Ich sage Ihnen, wir haben gründlich gearbeitet.«

»Und ich sage Ihnen, das haben Sie nicht. Sie haben ihn nicht untersucht. Haben Sie wenigstens den Anstand, es zuzugeben.«

»Sie sind nicht mein Vorgesetzter.« Der Mann deutete mit dem Finger auf Caffery. »Ich bin kein Cop, und ich arbeite nicht nach Ihren Regeln. Ich habe keine Ahnung, wie Sie Ihre Dienstbesprechungen hier sonst führen, aber ich muss mir das nicht gefallen lassen. Es wird Ihnen noch leidtun, dass Sie so mit mir umgesprungen sind.«

»Kann sein. Aber ich bezweifle es.« Er hob die Hand und deutete zur Tür. »Bitte sehr, Sie können gern gehen. Aber passen Sie auf, dass Sie beim Verlassen des Raums nicht die Tür in den Arsch kriegen.«

»Lustig, der Mann. Wirklich lustig.« Der Kriminaltechniker verschränkte die Arme. »Aber es ist okay, vielen Dank. Ich glaube, ich bleibe noch. Allmählich gefällt es mir hier.«

»Wie Sie wollen. Sie können ja die Computermädchen ein bisschen unterhalten.« Caffery wandte sich an den Spezialisten, der die Costellos in das erste Safe House gebracht hatte. Er trug Anzug und eine hübsche Krawatte und saß vorgebeugt da, stützte sich mit den Ellbogen auf die Knie und starrte einen Punkt auf Cafferys Brust an.

»Und?« Caffery beugte sich ebenfalls vor und drehte den

Kopf zur Seite, um dem Fahrer in die Augen zu sehen. »Was ist mit Ihnen?«

»Was soll mit mir sein?«

»Haben Sie in Ihrer Ausbildung nicht gelernt, den Wagen zu überprüfen, in den Sie einsteigen? Ich dachte, das ist der Trick bei der Sache: dass Sie niemals in ein Auto steigen, das Sie nicht auf Herz und Nieren gecheckt haben. Ich dachte, das ist eine Gewohnheit bei Ihnen. Ein Instinkt, der Ihnen antrainiert wurde.«

»Was soll ich sagen? Es tut mir leid.«

»Das ist alles? *Es tut Ihnen leid*?«

Der Fahrer blies die Backen auf und lehnte sich zurück. Er spreizte die Hände und deutete auf den Kriminaltechniker. »Eben haben Sie zu ihm gesagt, er soll den Anstand haben, es zuzugeben. Ich habe es zugegeben. Ich hab den Wagen nicht gecheckt, ich war nur halb bei der Sache, und jetzt tut es mir leid. Sehr leid.«

Caffery funkelte ihn an. Darauf gab es keine Antwort. Der Mann hatte recht. Und er, Caffery, war das Arschloch, das hier saß wie Nero in der Gladiatorenarena und seinen bescheuerten Bleistift zwischen den Fingern drehte. Sie mochten Fehler begangen haben, die Truppe mochte ihre Unzulänglichkeiten haben, aber entscheidend war, dass der Entführer sie austrickste. Und das beunruhigte ihn. »Scheiße.« Er warf den Bleistift hin. »Das läuft alles scheiße.«

»Bei Ihnen vielleicht.« Der Kriminaltechniker stand auf und schaute zur hinteren Tür. »Bei mir nicht.«

Caffery drehte sich um und sah eine rundliche junge Frau in einem schwarzen Hosenanzug, die zwischen den Tischen hindurch auf sie zukam. Mit ihren glatten blonden Haaren und der orangefarbenen Sonnenbräune wirkte sie wie eine der Daten-Indexerinnen. Aber er kannte sie nicht, und das Zögern in ihrem Blick verriet, dass sie neu war. Sie hielt einen Plastikumschlag in der einen Hand.

»Danke.« Der Kriminaltechniker nahm ihr den Umschlag ab.

»Bleiben Sie kurz hier. Es dauert nicht mehr lange. Wir können dann zusammen zurückfahren.«

Die junge Frau wartete verlegen neben den niedrigen Sofas, während er sich wieder hinsetzte und den Inhalt des Umschlags auf den Tisch schüttelte. Es war ein Dutzend Fotos. Er schob sie mit den Fingerspitzen hin und her. Alle zeigten ein Auto aus verschiedenen Blickwinkeln: Innenraum, Karosserie, Heckansicht. Es war ein schwarzes Auto mit champagnerfarbener Innenausstattung: der Audi der Costellos.

»Ich glaube, das ist die Perspektive, die Sie sehen möchten.« Er wählte ein Foto aus und schob es über den Tisch zu Caffery. Es zeigte den Wagen von unten, mit Auspuffanlage und Bodenblech, und es trug den Datumsstempel vom vergangenen Tag, 11.23 Uhr. Caffery starrte das Bild ein, zwei Sekunden lang an. Er wünschte, er hätte ein Paracetamol genommen. Es war nicht mehr nur der Kopf; alle Knochen taten ihm weh, nachdem er letzte Nacht mit dem Walking Man in der Kälte gesessen hatte. Der Wagen auf dem Foto war clean. Absolut clean.

»Höre ich da eine Entschuldigung?«, fragte der Kriminaltechniker. »Oder ist das zu viel verlangt?«

Caffery nahm das Foto in die Hand und hielt es so fest, dass sein Daumennagel weiß wurde. »Sie haben ihn hergebracht, oder? Die Costellos haben ihn hier abgeholt.«

»Sie wollten sich den weiten Weg zum Labor ersparen. Die wohnen in Keynsham, oder? Irgendwo in der Nähe. Da fanden sie es einfacher, ihn hier abzuholen. Ich hab ihn herfahren lassen. Ich dachte, ich tue Ihnen einen Gefallen.«

»Sie haben die Einlieferungspapiere bei meinem Büroleiter unterschrieben?«

»Ja.«

»Und der muss die Abholung quittiert haben ...« Caffery studierte das Foto. Irgendwo zwischen dem Büro hier und dem Haus der Costellos wurde dem Wagen ein Peilsender verpasst. Und die einzige Gelegenheit – die Haare auf seinen Unterarmen sträubten sich –, die *einzige* Gelegenheit dazu war hier gewesen, hier unten auf dem Parkplatz. Auf einem gesicherten Parkplatz, den nicht einmal ein Fußgänger so einfach betreten konnte, wenn er keinen Zugangscode besaß.

Caffery hob den Kopf und schaute sich um. Er sah die Leute in den Büros. Die Beamten und die Polizeimitarbeiter. Die Hilfskräfte. Es gab sicher hundert Personen, die hier Zutritt hatten. Und dann fiel ihm noch etwas anderes ein. Er erinnerte sich, wie er gedacht hatte, der Entführer habe teuflisches Glück gehabt, weil er die automatische Kennzeichenerfassung umfahren hatte. Fast so, als hätte er gewusst, wo die Kameras standen.

»Boss?«

Langsam drehte er den Kopf. Prody saß nach vorn gebeugt da. Sein Gesichtsausdruck wirkte merkwürdig, und er war blass, sehr blass. Beinahe grau. Er hielt einen der Briefe des Entführers in der Hand. Den, der an die Bradleys gegangen war und in dem die Rede davon gewesen war, dass er Marthas Gesicht neu geordnet habe. »Boss?«, wiederholte Prody leise.

»Ja?«, fragte Caffery abwesend. »Was ist?«

»Kann ich Sie unter vier Augen sprechen?«

36

Die Unterwassersucheinheit war für allgemeine Unterstützungsaufgaben und spezielle Sucheinsätze ausgebildet. Ihre Zuständigkeit bei der Fahndung nach Martha Bradley war damit beendet. Nach dem katastrophalen Einsatz am Kanal kehrte in den Büros in Almondsbury am Rand von Bristol wieder die Routine ein, und PC Wellard fand endlich Zeit, das computerunterstützte interkulturelle Training zu absolvieren, das für jeden Officer Vorschrift war. Bei diesem Kurs musste er zwei

Tage vor dem Monitor sitzen und auf Buttons klicken, um damit zu sagen, jawohl, er verstehe, dass es falsch sei, zu verurteilen und zu diskriminieren. Als Flea auftauchte, saß er in einem Raum abseits des Hauptbüros und starrte missgelaunt auf seinen Bildschirm. Sie vermied es geflissentlich, die Ereignisse am Kanal noch einmal zu erwähnen, schob einfach den Kopf durch die Tür und lächelte. Tat, als wäre nichts gewesen. »Hallo.«

Er hob grüßend die Hand. »Tag.«

»Wie läuft's?«

»Bin bald fertig. Ich glaube, es funktioniert. Sie werden mich nicht noch mal dabei erwischen, dass ich einen Nigger einen Nigger nenne.«

»Herrgott, Wellard. Ich werde noch wahnsinnig.«

Er hob beide Hände und kapitulierte. »Tut mir leid, Sarge, aber das hier ist eine Beleidigung. Man bringt uns Dinge bei, die ganz von allein kommen sollten, oder? Selbst die Schwarzen in der Truppe – sorry, die *britischen* Mitbürger afrokaribischer Abstammung – empfinden es als Beleidigung. Den anständigen Polizisten braucht man diesen Scheiß nicht beizubringen, und die Drecksäcke, die es nötig haben, klicken die Kästchen an, grinsen und sagen die richtigen Worte. Und dann gehen sie in die Versammlung ihrer National Party, rasieren sich den Schädel kahl und lassen sich das Georgskreuz dahin tätowieren, wo die Sonne nicht hinscheint.«

Flea holte tief Luft. Wellard war fleißig, geduldig und total farbenblind; er liebte unterschiedslos jeden im Team. Gerade er brauchte dieses Training nicht. Er hatte recht, es war eine Beleidigung für Leute wie ihn. Aber es gab andere, denen es eingehämmert werden musste.

»Ich kann mich dazu nicht äußern, Wellard. Das wissen Sie.«

»Ja – und genau das ist es, was nicht stimmt mit der Welt. Keiner will was sagen. Das ist der verdammte McCarthyismus, wie wir ihn schon mal hatten.«

»Der McCarthyismus ist mir völlig schnuppe, Wellard. Bringen

Sie das Scheißding einfach zu Ende. Sie brauchen nur die richtigen Kästchen anzuklicken, verdammt. Das kann ein dressierter Seehund.«

Wellard klickte weiter auf dem Monitor herum, während Flea die Tür schloss und zu ihrem Schreibtisch ging, wo sie sich setzte und ausdruckslos durch die offene Tür in den Umkleideraum starrte. Zum hundertsten Mal versuchte sie sich auf den Gedanken zu konzentrieren, der im hintersten Winkel ihres Kopfes herumgeisterte.

An einem der Spinde klebte eine Weihnachtskarte, die erste, einsam wie ein Schneeglöckchen im Januar. Alles andere – die Stiefel auf dem Gestell in der Ecke, die Pinnwand mit den unanständigen Postkarten und blöden Cartoons – befand sich schon seit Monaten hier. Seit Jahren. Es war da gewesen, als Thom Misty überfahren hatte; das wusste sie, weil sie sich erinnerte, dass sie genau hier gesessen und sich gefragt hatte, woher der Verwesungsgeruch kam. Damals war ihr nicht klar gewesen, dass er von ihrem eigenen, draußen geparkten Auto stammte. Dass der Gestank von sich zersetzendem Fleisch im Kofferraum durch die Klimaanlage ins Gebäude drang.

Klimaanlage. Sie trommelte mit den Fingern auf dem Tisch. Klimaanlage. Es trieb ihr eine Gänsehaut über den Rücken. Was für ein Alarm ging da in ihrem Hinterkopf los? Der Austausch von Gas. Alte Luft, die durch neue ersetzt wurde. Sie dachte daran, wo Misty jetzt war: wie die Luft aus der Höhle tief im Felsen ihren Weg nach oben fand, durch unsichtbare Kanäle und winzige Spalten, nicht breiter als ein Finger, hinaus, hinaus ins Freie.

Und dann durchfuhr sie die Erkenntnis wie ein Stich. Sie stand auf und zog ihre Projektakte heraus, einen Loseblattordner mit all den Dingen, die Tag für Tag in der Einheit erledigt werden mussten. Sie blätterte hastig darin, bis sie die Notizen von der Suchaktion am Tag zuvor gefunden hatte. Mit zitternden Fingern nahm sie sie heraus, breitete sie auf dem Tisch aus, stützte sich mit den Händen auf und brütete darüber – und ganz allmählich fügte sich das Bild in ihrem Kopf zusammen.

Luftschächte. Die hatte sie übersehen. Die gottverdammten Luftschächte.

Jemand klopfte an die Tür.

»Ja?« Beinahe schuldbewusst schob sie die Blätter wieder in den Ordner und drehte dem Schreibtisch den Rücken zu. »Was ist?«

Wellard kam herein. In der Hand hielt er einen Block mit einer Notiz in seiner unordentlichen Handschrift. »Sarge?«

»Ja, Wellard?« Sie lehnte sich vor, um die Akte zu verdecken. »Was gibt's?«

»Ein Auftrag. Der Anruf kam eben.«

»Was für ein Auftrag?«

»Ein Haftbefehl.«

»Wen sollen wir verhaften?«

»Keine Ahnung. Sie haben uns angewiesen, auf dem schnellsten Weg zum Sammelpunkt zu kommen. Keine Schusswaffenanforderung, aber es klingt trotzdem ziemlich wichtig.«

Sie sah ihm fest ins Gesicht. »Machen Sie das, Wellard. Vertreten Sie mich. Ich nehme mir heute Nachmittag frei.«

Wellard vertrat sie immer als Sergeant, wenn sie nicht dabei sein konnte, aber eine solche Vertretung wurde normalerweise im Voraus eingeplant. Er runzelte die Stirn. »Sie stehen aber heute auf dem Dienstplan.«

»Ich bin krank. Das bescheinige ich mir selbst.«

»Sie sind nicht krank.« Er musterte sie misstrauisch. »Hey. Es hat nichts mit dem zu tun, was ich gesagt hab, oder? Sie wissen schon – als ich gemeint hab, Sie werden mich nicht dabei erwischen, dass ich einen N-«

Sie hob die Hand, um ihn zum Schweigen zu bringen. Ihr Herz klopfte wie wild. »Danke, Wellard. Nein. Damit hat es nichts zu tun.«

»Womit dann?«

Wenn sie ihm jetzt erzählte, was ihr durch den Kopf ging, würde ihm der Kragen platzen. Er würde sagen, sie sei besessen, und sie solle die Sache auf sich beruhen lassen. Er würde sich über sie lustig machen oder ihr vielleicht drohen, den Inspector zu informieren. Er würde ihr einen Vortrag halten. Vielleicht sogar versuchen, sie zu begleiten. Egal. Sie würde schon zurechtkommen. »Ich bin krank. Schweinegrippe – oder was sonst gut aussieht auf dem Formular. Ich fahre nach Hause und lege die Füße hoch.« Sie schob die Akte in den Rucksack, warf ihn sich über die Schulter und lächelte Wellard strahlend an. »Viel Glück bei der Verhaftung. Und vergessen Sie nicht, die Vertretungszulage zu beantragen.«

37

Er würde nicht nur den Zugangscode für den Parkplatz brauchen«, sagte Turner. »Er müsste im ganzen Gebäude herumlaufen und in jedem Büro ein- und ausgehen können. Er müsste praktisch unsichtbar sein.«

Caffery, Turner und Prody hatten sich in Prodys Büro gezwängt. Die Heizung war voll aufgedreht, und die Fenster waren beschlagen. Der Geruch von Farbe und Schweiß hing in der Luft.

»Auf dem Parkplatz gibt es eine Überwachungskamera.« Caffery stand mit den Händen in den Hosentaschen in einer Ecke. »Wenn er den Peilsender hier angebracht hat, müsste es Videoaufnahmen davon geben. Hat sich jemand darum gekümmert?«

Die beiden anderen Männer schwiegen.

»Was?«

Turner zuckte die Achseln und wich seinem Blick aus. »Die Kamera ist kaputt.«

»Schon wieder? Diese Entschuldigung hab ich gehört, als der verdammte Streifenwagen geklaut wurde. Wollen Sie sagen, sie ist noch mal kaputtgegangen?«

»Nicht noch mal. Sie ist einfach nicht repariert worden.«

»Na bravo. Wie lange war das Ding kaputt?«

»Seit zwei Monaten. Es war der Hausmeister – es gehörte zu seinem Job, so was zu reparieren.«

»Und wie lange hat dieser Wichser bei uns gearbeitet?«

»Zwei Monate.«

»Mein Gott, mein Gott, mein Gott.« Caffery presste die Fäuste an den Kopf und ließ sie entnervt wieder sinken. »Ich hoffe, die Serviette war hübsch gefaltet, als wir ihm Martha auf dem Silbertablett serviert haben.«

Er nahm die Unterlagen von Prodys Schreibtisch, die per Fax aus der Personalabteilung gekommen waren. Ein Foto war an das oberste Blatt geheftet. Richard Moon, einunddreißig. Bei der Polizei vor einem Jahr als »Wartungsofficer« eingestellt, bei der MCIU seit acht Wochen, betraut mit allgemeinen Hausmeisteraufgaben im Gebäude: Wände und Holzwerk anstreichen, Lampen reparieren, lose Fußleisten festnageln, zerbrochene Kloschüsseln auswechseln. Marthas Entführung planen und zusehen, dass er seinen Gewohnheiten nachgehen konnte, ohne erwischt zu werden.

Prody hatte den Zusammenhang hergestellt, als er sich an einen Zettel erinnerte, den er an jenem Morgen auf seinem Schreibtisch gefunden, zerknüllt und in den Papierkorb geworfen hatte. Eine Mitteilung von Hausmeister Moon: *Entschuldigen Sie den Farbgeruch. Und fassen Sie den Heizkörper nicht an.* Der Barack-Obama-Kriminaltechniker, der sich mit Handschriften ein wenig auskannte, war sicher gewesen, dass der Zettel von derselben Person stammte, die auch die Briefe an die Bradleys verfasst hatte. Dann hatte jemand darauf hingewiesen, dass die Briefe an die Bradleys und die Costellos auf einem Papier geschrieben worden waren, das verdächtig viel Ähnlichkeit mit den Notizblöcken aufwies, die sie von der Zentrale zugeteilt bekamen. Der Entführer schrieb seine Botschaften auf dem Büromaterial der Polizei. Gerissener ging es kaum.

Moon hatte am Morgen gearbeitet, aber sein Dienst war mittags zu Ende gewesen. Er musste das Gebäude verlassen haben, als die Besprechung mit dem Spurensicherer begann. Er war hier gewesen, vor ihrer Nase. Caffery betrachtete das Foto und erinnerte sich, dass er den Kerl, groß und übergewichtig, schon ein- oder zweimal auf dem Gelände gesehen hatte. Meist trug er einen Overall, aber auf dem Foto hatte er ein khakifarbenes T-Shirt an. Ein Weißer mit olivfarbener Haut, breiter Stirn, weit auseinanderliegenden Augen, einem vollen Mund. Dunkles Haar, sehr kurz geschnitten. Caffery betrachtete die Augen und versuchte herauszufinden, was sie reflektierten. Die Augen, die gesehen hatten, was mit Martha Bradley passiert war. Den Mund, der Gott weiß was mit ihr angestellt hatte.

Verdammt, dachte er, was für eine Riesensauerei. Hier würden Köpfe rollen.

»Auf seinen Namen ist kein Auto zugelassen«, berichtete Turner. »Aber er ist mit einem zur Arbeit gekommen. Viele haben ihn gesehen.«

»Ich auch«, brummte Prody.

Die beiden anderen drehten sich zu ihm um. Er saß mit hängenden Schultern auf seinem Stuhl. Viel hatte er noch nicht gesagt; anscheinend war er wütend auf sich, weil er nicht schon früher darauf gekommen war. Eine Zeit lang hatte Caffery sich versucht gefühlt, dieses Versäumnis als Knüppel zu benutzen, um auf ihn einzuprügeln, dass sie Moon eher auf die Schliche gekommen wären, wenn er sich ausschließlich auf diesen Fall konzentriert hätte. Aber Prody war schon beschämt genug. Wenn es hier eine Lektion zu lernen gab, war er sich selbst ein guter Lehrer.

»Ja… er hatte einen Wagen.« Prody lächelte angewidert. »Raten Sie mal, was für einen.«

»Oh, bitte«, sagte Caffery matt. »Sagen Sie es nicht. Einen Vauxhall.«

»Ich hab ihn einmal damit gesehen. Ist mir noch aufgefallen, weil er genauso blau war wie mein Peugeot.«

»O Gott.« Turner schüttelte entgeistert den Kopf. »Das glaub ich nicht.«

»Ja, okay. Sie brauchen mich nicht so anzusehen. Ich weiß, dass ich ein Penner bin.«

»Sie waren heute bei der Umsiedlung der Costellos mit dabei«, warf Caffery ein. »Sagen Sie mir, dass er nicht mit im Raum war. Dass er das Gespräch nicht mit angehört hat.«

»Nein, hat er nicht. Ganz bestimmt.«

»Und als Sie die Kennzeichenermittlungskameras postiert haben? Sind Sie sicher, dass er da nicht…?«

Prody schüttelte den Kopf. »Das war spätabends. Da musste er schon weg gewesen sein.«

»Woher wusste er es dann? Denn er wusste ganz genau, wo die Kameras standen.«

Prody wollte etwas sagen, klappte jedoch den Mund gleich wieder zu, als wäre ihm plötzlich ein Licht aufgegangen. Er wandte sich seinem Computer zu und schüttelte die Maus. Der Bildschirm leuchtete auf, er starrte ihn an, und sein Gesicht wurde knallrot. »Fabelhaft.« Er warf die Hände in die Luft. »*Fuck*, das ist einfach fabelhaft.«

»Was ist los?«

Misslaunig schob er den Stuhl zurück, drehte sich damit zur Wand und blieb mit verschränkten Armen sitzen. Er wandte dem Raum den Rücken zu, als würde es ihm reichen.

»Prody, verdammt. Benehmen Sie sich nicht wie ein Kind.«

»Ja, schön, aber im Moment komme ich mir genauso vor, Boss. Wahrscheinlich war er an meinem Computer. Offenbar hat das Ding deshalb nie auf Stand-by geschaltet. Da ist alles drin.« Er wedelte mit der Hand über seine Schulter. »Alles. Der ganze Kram. Meine sämtlichen E-Mails. So hat er es geschafft.«

Caffery nagte an der Unterlippe, sah auf die Uhr. »Ich hab einen Job für Sie. Sie müssen jemanden besuchen.«

Prody drehte sich auf seinem Stuhl um. »Ja?«

»Die Erbsenzähler jammern wegen ihrer Etats und schmeißen ihr Spielzeug aus dem Kinderwagen, weil der Personalaufwand im neuen Safe House so hoch ist. Fahren Sie hin, und geben Sie dem Constable für den Nachmittag frei. Sprechen Sie mit den Costellos und mit Nick. Bringen Sie sie auf den neuesten Stand – und versuchen Sie, Janice zu beruhigen, denn sie wird durchdrehen, wenn sie das alles hört. Wenn Sie mit all dem fertig sind – und lassen Sie sich ruhig Zeit, wenn es sein muss –, dann soll das örtliche Revier jemanden schicken, der sie ablöst.«

Prody musterte ihn finster. Er sollte zu einer Frau gehen, die beinahe ihre Tochter verloren hatte, und ihr erklären, dass sie wussten, wer der Scheißkerl war? Dass sie schon längst etwas gegen ihn hätten unternehmen können? Das war nicht gerade die leichte Variante, sondern eine versteckte Strafe. Trotzdem schob er seinen Stuhl zurück, nahm seinen Regenmantel vom Haken und kramte seinen Schlüssel heraus. Wortlos, und ohne jemanden anzusehen, ging er zur Tür.

»Bis später!«, rief Turner ihm nach, aber er gab keine Antwort. Er schloss die Tür hinter sich und ließ die beiden anderen stehen. Turner schaute Caffery an und wollte etwas sagen, aber da klingelte sein Handy. Er meldete sich, hörte zu, beendete das Gespräch, steckte das Telefon ein und fixierte den DI mit ernster Miene.

»Ich nehme an, sie stehen bereit?«, sagte Caffery.

Turner nickte. »Alles bereit.«

Sie blickten einander in die Augen, und jeder wusste, was der andere dachte. Sie hatten Richard Moons Adresse und einen Zeugen, der bestätigte, dass Moon zu Hause war, und jetzt wartete ein Einsatzkommando vor Ort. Es gab keinen Grund zu der Annahme, dass Moon mit ihnen rechnete. Vielleicht saß er gerade nichtsahnend mit einer Tasse Tee vor dem Fernseher.

Aber natürlich würde es so nicht sein. Turner und Caffery wussten es beide. Bis jetzt hatte Moon sie ständig überlistet. Er war hinterhältig und gefährlich. Es gab keinen Grund zu glauben, dass sich daran etwas ändern würde. Trotzdem mussten sie den Versuch wagen. Im Grunde blieb ihnen gar nichts anderes übrig.

38

Jasper gefällt es hier nicht. Jasper glaubt, der Mann wird da durch das Fenster hereinkommen.« Die kleine Emily saß auf dem Bett in der Wohnung, in die DI Caffery die Costellos verlegt hatte, und drückte ihren Stoffhasen an die Brust. Zum Lunch hatten sie Spaghetti mit Fleischsauce gegessen, und jetzt bezogen sie die Betten. Emily sah ihre Mutter stirnrunzelnd an. »Dir gefällt es hier auch nicht, oder, Mum?«

»Ich finde es nicht *toll*.« Janice zog Emilys Barbie-Schlafsack aus dem Müllbeutel, in dem sie ihn transportiert hatte, und schüttelte ihn aus. Das Schlafzimmer hier war hübscher als das zuvor. Tatsächlich war die ganze Wohnung besser als das Polizeihaus. Sauberer, aufgeräumter, mit cremefarbenen Teppichen und weiß lackiertem Holzwerk. »Ich finde es nicht *toll*, aber auch nicht abscheulich. Und ich weiß, dass es etwas *Besonderes* hat.«

»Was denn?«

»Ich weiß, dass es sicher ist, dass niemand dir etwas antun wird, solange wir hier sind. Diese Fenster sind spezielle Sicherheitsfenster; dafür haben Nick und die anderen Polizisten gesorgt. Der böse Mann kann dir hier nichts tun, und Jasper auch nicht.«

»Und dir auch nicht?«

»Mir auch nicht. Und Daddy und Nanny nicht. Keinem von uns.«

»Nannys Bett ist zu weit weg.« Emily deutete durch den Korridor zur Tür am hinteren Ende der Wohnung. »Nannys Bett ist da ganz hinten.«

»Aber Nanny gefällt ihr neues Zimmer.«

»Und mein Bett ist zu weit von deinem weg, Mummy. Ich kann dich nachts nicht sehen. Gestern Nacht hatte ich Angst.«

Janice richtete sich auf und schaute hinüber zu dem kleinen Beistellbett, das Nick für Emily in die Ecke geschoben hatte. Dann fiel ihr Blick auf das wacklige Kiefernholzbett, in dem sie und Cory schlafen sollten. In der vergangenen Nacht im Haus ihrer Mutter war Cory mühelos eingeschlafen. Während er schnarchte und andere Geräusche von sich gab, hatte sie wach gelegen und verfolgt, wie das Scheinwerferlicht der Autos über die Zimmerdecke wanderte, und darauf gewartet, dass eins anhielt. Hatte auf Schritte gehorcht und die Ohren gespitzt, damit ihr auch nicht das winzigste Geräusch von draußen entging. »Ich sag dir was.« Sie holte das T-Shirt und die Jogginghose, die Cory in der Nacht zuvor getragen hatte. Sie lagen in einem unordentlichen Haufen in dem Koffer, in den er sie am Morgen geschmissen hatte. Sie hob sie auf und warf sie auf das Beistellbett. Dann zog sie Emilys Pyjama aus dem Rucksack und schob ihn unter Corys Kopfkissen. »Was sagst du dazu?«

»Ich soll bei *dir* schlafen?«

»Genau.«

»*Super*.« Emily hüpfte fröhlich auf und ab. »*Super*.«

»Ja, wirklich super.« Cory stand in der Tür. Er trug einen Anzug, und sein Haar war glatt nach hinten gekämmt. »Und ich kriege das Campingbett. Herzlichen Dank auch.«

Janice stemmte die Hände in die Hüften und musterte ihn eingehend von oben bis unten. Der Anzug war der teuerste, den er besaß – YSL – und hatte sie ein kleines Vermögen gekostet. Am Abend zuvor, als sie damit beschäftigt gewesen war, Spielzeug, Lebensmittel, Schlafsäcke und Kleider für Emily einzupacken, hatte er diesen Anzug aus dem Schrank genommen. Jetzt war er damit beschäftigt, die winzigen Paul-Smith-Manschettenknöpfe zu befestigen, die sie ihm letztes Jahr zu Ostern geschenkt hatte. »Du siehst schick aus«, sagte sie kühl. »Was hast du vor? Ein heißes Date?«

»Ja, so richtig heiß. Ich gehe arbeiten. Warum?«

»*Arbeiten*? Herrgott, Cory.«

»Was spricht dagegen?«

»Na, *Emily* zum Beispiel. Sie hat furchtbare Angst. Du kannst nicht einfach verschwinden.«

»Ihr seid hier zu viert. Nick geht nirgendwohin, und außerdem sitzt draußen noch ein Officer. Ihr werdet bewacht. Wasserdicht – wirklich *wasserdicht*. Mein Job dagegen ist nicht ganz so sicher. Unser Lebensunterhalt, *Janice*, unser Haus, *dein* Auto – das alles ist nicht *ganz* so sicher. Also verzeih mir, wenn ich mich diesem Problem widme.«

Er wandte sich ab und ging in die Diele. Janice sprang auf, lief ihm nach und schloss die Tür hinter sich, damit Emily nichts hören konnte. Cory stand vor dem kleinen, schmutzigen Spiegel neben der Wohnungstür und überprüfte den korrekten Sitz seiner Krawatte. »Cory.«

»Was ist?«

»Cory, ich …« Sie holte tief Luft, schloss die Augen und zählte bis zehn. Emily hatte genug zu ertragen. Sie brauchte nicht auch noch zu hören, wie ihre Eltern einander an die Gurgel gingen. »Ich bin dir sehr dankbar dafür, dass du so hart arbeitest«, sagte sie gepresst. Dann öffnete sie die Augen und lächelte. Strahlte. Tätschelte sein Revers. »Das ist alles. Einfach sehr dankbar. Und jetzt wünsche ich dir einen schönen Tag im Büro.«

39

Die Highstreet war typisch für tausend andere in England; es gab ein Superdrug, ein Boots und dazwischen ein paar Einzelhandelsgeschäfte. Die Schaufensterbeleuchtungen versuchten sich gegen den Regen und die einsetzende Dämmerung zu behaupten. Acht Mann warteten auf Caffery, als er am Sammelpunkt auf einem Supermarktparkplatz, zweihundert Meter weit von Richard Moons Wohnung entfernt, eintraf. Sie waren in Schutzkleidung: trugen Kevlar-Westen und hielten Schilde und Helme in den Händen. Er erkannte ein paar von ihnen; sie gehörten zur Unterwassersucheinheit und befanden sich hier im allgemeinen Unterstützungsdienst, den sie von Zeit zu Zeit ausübten.

»Wo ist Ihr Sergeant?« Die Scheinwerfer des Vans brannten noch, und die Türen standen offen. »Noch im Wagen, ja?«

»Tag, Sir.« Ein eher kleiner Mann mit kurzen blonden Haaren trat vor und streckte die Hand aus. »Stellvertretender Sergeant Wellard. Wir haben telefoniert.«

»Stellvertretend? Wo ist denn Sergeant Marley?«

»Sie kommt morgen wieder. Sie können sie auf dem Handy erreichen, wenn Sie sie brauchen.« Wellard stellte sich so hin, dass er den anderen Männern den Rücken zuwandte, damit sie ihn nicht hören konnten, und senkte die Stimme. »Sir? Ich weiß nicht, wer da gequatscht hat, aber ein paar von den Jungs haben sich in den Kopf gesetzt, dass es dieser Carjacker ist, den wir heute hochnehmen. Stimmt das?«

Caffery blickte an Wellard vorbei zur Einmündung der kleinen Seitenstraße in die große Hauptstraße und zum Eingang von Moons Wohnung. »Sagen Sie den Leuten, ich will hier keine Aufregung. Ich möchte, dass sie den Respekt vor ihrem Job behalten. Sorgen Sie dafür, dass sie auf das Unerwartete vorbereitet sind. Dieser Kerl ist clever, clever, clever. Selbst wenn er jetzt da drin ist, wird das hier kein Sonntagsspaziergang.«

Das Haus, in dem Moons Wohnung lag, war ein einfaches, zweigeschossiges viktorianisches Reihenhaus mit einem chinesischen Imbiss – »The Happy Wok« – im Erdgeschoss. Die Treppe von der Wohnung führte wie in den meisten solcher Häuser neben dem Imbiss herunter und geradewegs zur Haustür, an der die von der Arbeit nach Hause eilenden Fußgänger vorübergingen. An der Rückseite blickte man von der Wohnung aus auf einen kleinen Parkplatz, wo der Imbisseigentümer seine leeren Verpackungen abkippte und wahrscheinlich sein gebrauchtes Frittieröl an die jugendlichen Autoschrauber der Nachbarschaft verhökerte. An allen Fenstern waren die Vorhänge zugezogen. Doch sie hatten bereits mit dem Imbisseigentümer gesprochen, und der hatte gesagt, Richard Moon wohne da oben, und man höre schon den ganzen Nachmittag Geräusche. Eine zweite Einheit stand bereits hinter dem Gebäude bereit. Andere Cops leiteten diskret den Fußgängerverkehr um. Auf Cafferys Oberlippe stand der Schweiß.

»Wie sollen wir vorgehen?« Wellard stand in der typischen Haltung einer Unterstützungseinheit da: die Arme vor der Brust verschränkt, die Beine gespreizt. »Sollen wir an die Tür klopfen, oder wollen Sie diesen Teil übernehmen, und wir geben Ihnen Rückendeckung?«

»Ich werde klopfen. Sie geben mir Deckung.«

»Sie werden ihn auch ansprechen, oder?«

»Ja.«

»Und wenn er nicht antwortet?«

»Dann kommt der große rote Schlüssel.« Er deutete mit dem Kopf auf zwei Männer, die den roten Rammbock auspackten. »So oder so, ich gehe mit Ihnen hinein. Ich will alles aus nächster Nähe sehen.«

»Das können Sie, Sir, aber bleiben Sie bitte hinter uns. Halten Sie sich zurück, geben Sie uns Raum. Wenn wir die Zielperson gefunden haben, werde ich sie einschätzen und Ihnen durch Zuruf Mitteilung machen. Es gibt drei Möglichkeiten: kooperativ, unkooperativ, geistesgestört. Wenn er unkooperativ ist, legen wir ihm Handschellen an ...«

»Nein. Sie legen ihm auch dann Handschellen an, wenn er kooperativ ist. Ich traue dem Kerl nicht.«

»Okay, ich lege ihm in den ersten beiden Fällen Handschellen an, und dann kommen Sie rein und belehren ihn. Und wenn er gestört ist, wissen Sie, wie es läuft. Dann ist da drin der Teufel los. Er wird an der Wand stehen, und zwei Schilde quetschen ihn platt. Wir schneiden ihm die Kniekehlen durch, wenn's sein muss. An dieser Stelle könnten Sie sich vielleicht überlegen, ob *ich* ihn nicht belehren soll.«

»Nein, das übernehme ich.«

»Von mir aus. Aber halten Sie Abstand, bis wir ihm die Handschellen angelegt haben. Die Belehrung können Sie ihm von der Tür aus zubrüllen, wenn es nicht anders geht.«

Als sie die Straße entlanggingen – Caffery, Turner und die Unterwassersucheinheit –, war die Stimmung oberflächlich entspannt. Die Taucher plauderten, nestelten an ihrer Ausrüstung herum und vergewisserten sich, dass sie über ihre Funkgeräte nur mit den Polizisten verbunden waren, die an dieser Operation teilnahmen. Der eine oder andere spähte mit zusammengekniffenen Augen zu den Vorhängen an den Fenstern hinauf und versuchte, sich ein Bild von der Wohnung zu machen. Nur Caffery blieb stumm. Er dachte an das, was der Walking Man gesagt hatte: *Dieser Mensch ist cleverer als alle andern, mit denen Sie zu mir gekommen sind. Er lacht Sie aus.*

Es würde nicht glatt laufen. Das wusste er. So einfach konnte es nicht sein.

Sie blieben vor der schäbigen kleinen Haustür stehen. Die Unterstützungseinheit bildete sofort die altbewährte Formation um Caffery herum, der im Begriff war, auf den Klingelknopf zu drücken. Links von ihm hatten sie für die Erstürmung drei Mann mit starr erhobenen Schutzschilden aufgestellt. Rechts befand sich der Rest, mit Wellard an der Spitze, Schlagstöcke und

CS-Gas einsatzbereit. Caffery sah zu Wellard, und sie nickten beide kurz. Caffery atmete tief durch und drückte auf den Klingelknopf.

Stille. Fünf Sekunden lang rührte sich nichts.

Die Männer starrten einander in die Augen und rechneten jeden Augenblick damit, dass ein knisterndes Funkgerät ihnen mitteilte, die Zielperson sei hinten aus einem Fenster gesprungen. Aber nichts geschah. Caffery fuhr sich mit der Zunge über die Lippen und läutete noch einmal.

Diesmal hörte man ein Geräusch. Schritte auf der Treppe. Auf der anderen Seite der Tür wurden Riegel zurückgeschoben und ein Yale-Schloss geöffnet. Die Männer um Caffery strafften sich. Er trat einen Schritt zurück und zog seinen Dienstausweis aus der Tasche, klappte ihn auf und hielt ihn vor das Gesicht.

»Ja?«

Caffery ließ den Ausweis sinken. Ihm wurde bewusst, dass er die Augen zusammengekniffen und halb damit gerechnet hatte, dass etwas in seinem Gesicht explodierte. Aber in der Tür stand ein kleiner Mann in den Sechzigern. Er trug eine schmuddelige Weste, und seine Hose wurde von Hosenträgern gehalten. Sein Kopf war völlig kahl. Wenn die Pantoffeln nicht gewesen wären, hätte man denken können, man habe ihn aus einer Versammlung der British National Party geholt.

»Mr. Moon?«

»Ja?«

»Ich bin DI Caffery.«

»Ja?«

»Sie sind nicht Richard Moon?«

»Richard? Nein, ich bin Peter. Richard ist mein Junge.«

»Wir würden gern mit Richard sprechen. Wissen Sie, wo er ist?«

»Ja.«

Jetzt trat eine Pause ein. Die Männer im Team wechselten Blicke. So glatt lief so etwas nie. Die Rechnung würde ihnen noch präsentiert werden. »Könnten Sie mir dann sagen, wo er ist?«

»Ja – oben im Bett.« Peter Moon trat von der Tür zurück, und Caffery spähte an ihm vorbei in den Hausflur und die Treppe hinauf. Der Teppichboden war schäbig und lehmverschmiert. Die Wände trugen die Spuren von jahrelanger Abnutzung und Nikotin; braune Striche in Hüfthöhe ließen erkennen, wo Hände im Lauf der Zeit entlanggefahren und -geschrammt waren. »Wollen Sie reinkommen? Ich geh ihn holen.«

»Nein, ich möchte, dass Sie herauskommen, wenn Sie nichts dagegen haben. Sie können hier bei meinen Kollegen warten.«

Peter Moon trat auf den Gehweg hinaus. Ihn fröstelte in der Kälte. »Meine Güte. Was ist denn los?«

»Haben Sie Fragen, Sergeant Wellard?«, fragte Caffery. »Wollen Sie etwas von ihm wissen?«

»Ja. Mr. Moon, gibt es, soweit Sie wissen, Schusswaffen im Haus?«

»Nicht in einer Million Jahren!«

»Und Ihr Sohn ist nicht bewaffnet?«

»Bewaffnet?«

»Ja. Ist er bewaffnet?«

Peter Moon sah Wellard aufmerksam an. Seine Augen wirkten leblos. »Ich bitte Sie.«

»Heißt das ja oder nein?«

»Das heißt nein. Und Sie werden ihm eine Scheißangst einjagen. Er hat nicht gern unerwartet Besuch. So ist Richard nun mal.«

»Er wird sicher Verständnis haben. In Anbetracht der Umstände. Er liegt also im Bett? Wie viele Schlafzimmer gibt es da oben?«

»Zwei. Sie gehen durch das Wohnzimmer in den Korridor; da ist eins auf der linken Seite, dann kommt ein Bad, und die Tür am Ende, das ist sein Schlafzimmer. Wohlgemerkt, das Bad würde ich im Moment nicht betreten. Richard war eben drin. Es stinkt, als ob da etwas in ihm krepiert wäre. Keine Ahnung, wie er das macht.«

»Am Ende des Korridors.« Caffery deutete mit dem Kopf zur Tür. »Wellard? Alles klar? Kann's losgehen?«

Wellard nickte. Bei drei gingen sie hinein – das Drei-Mann-Team mit den Schilden zuerst. Sie rannten die Treppe hinauf und brüllten aus voller Lunge: »Polizei! Polizei! Polizei!« Der Hausflur füllte sich mit Lärm und Schweißgeruch. Wellard folgte ihnen mit drei Leuten, und Caffery bildete die Nachhut und nahm immer zwei Stufen auf einmal.

Oben befand sich ein großes, von einem Paraffinofen beheiztes Zimmer, vollgestopft mit billigen Möbeln und Bildern. Das Team schwärmte aus, zog Sofas von der Wand, schaute hinter Vorhänge und auf den großen Schrank. Wellard hob die flache Hand: das Zeichen der Einheit dafür, dass alles klar war. Er zeigte zur Küche. Sie durchsuchten sie und gaben sie frei. Weiter ging es durch den Korridor; sie schalteten die Lampen ein und liefen am Badezimmer vorbei. »Ich würde ihnen den Gefallen tun und ein verdammtes Fenster aufreißen«, brummte Wellard, »aber er könnte die Gelegenheit nutzen und abhauen.« Auch im Bad war niemand. Sie erreichten die furnierdünne Tür am Ende des Flurs.

Wellard sah Caffery an. »Fertig?« Er deutete mit dem Kopf zum unteren Rand der Tür, um Caffery darauf aufmerksam zu machen, dass kein Licht hindurchschimmerte. »Wir sind da.«

»Okay – aber vergessen Sie nicht: Erwarten Sie das Unerwartete.«

Wellard drehte den Türknauf, öffnete die Tür einen Spalt breit und trat zurück. »Polizei!«, rief er laut. »Hier ist die Polizei!«

Nichts passierte. Er stieß die Tür mit dem Fuß ein Stück weiter auf, langte um den Rahmen herum und knipste das Licht an.

»Polizei!«

Wieder wartete er. Das Team stand im Korridor. Alle drückten sich mit dem Rücken an die Wand. Sie hatten Schweiß auf der Stirn. Nur ihre Augen bewegten sich; ihre Blicke huschten umher und kehrten zu Wellard zurück. Als von drinnen keine Antwort kam, gab Wellard ihnen ein Zeichen und stieß die Tür weit auf. Sofort stürmten die Männer hinein und gingen hinter ihren Schilden in Deckung. Vom Korridor aus sah Caffery das verschwommene Spiegelbild des Zimmers auf den Polykarbonatvisieren ihrer Helme. Ein Fenster, ein offener Vorhang. Ein Bett. Sonst nichts. Hinter dem Spiegelbild bewegten sich die Augen der Polizisten hin und her und erfassten, was vor ihnen lag.

»Oberbett«, flüsterte einer der Männer Wellard zu.

Wellard brüllte um den Türrahmen herum: »Werfen Sie bitte das Oberbett herunter, Sir. Bitte werfen Sie das Oberbett vor den Polizisten auf den Boden, damit sie es sehen können.«

Einen Moment lang herrschte Stille, dann hörte man ein leises Rascheln. Das Oberbett lag auf dem Boden, in einem schmuddeligen Bettbezug mit geometrischem Muster.

»Sir?« Der am nächsten stehende Mann ließ seinen Schild ein wenig sinken. »Er ist kooperativ. Sie können hereinkommen.«

»Kooperativ«, sagte Wellard zu Caffery und zog seine Handschellen unter der Schutzweste hervor. »Sie können jetzt ran.« Er schob die Tür mit der Schulter noch weiter auf und hielt inne, als sein Blick ins Zimmer fiel. »Äh …« Er drehte sich zu Caffery um. »Vielleicht sollten Sie reinkommen.«

Caffery legte eine Hand an die Tür und trat vorsichtig ein. Das Schlafzimmer war klein, die Luft darin abgestanden. Überall lag Männerkleidung verstreut. An der Wand stand eine billige Kommode mit einem verschmierten Spiegel. Aber alle Blicke richteten sich auf den Mann, der da im Bett lag. Er war gigantisch – und nackt. Wahrscheinlich wog er knapp zweihundert Kilo. Seine Hände zitterten, als würde elektrischer Strom durch seinen Körper fließen. Ein hohes Wimmern, fast wie ein Pfeifen, drang aus seinem Mund.

»Richard Moon?« Caffery hielt seinen Ausweis hoch. »Sind Sie Richard Moon?«

»Das bin ich«, fiepte der Mann. »Ja.«

»Freut mich, Sie kennenzulernen, Sir. Was dagegen, wenn wir uns ein bisschen unterhalten?«

40

Janice bestand darauf, dass Nick sie einkaufen gehen ließ. Ohne ein paar häusliche Annehmlichkeiten konnte sie hier nicht länger herumsitzen. Sie suchte ihre Familienkreditkarte heraus, und Nick fuhr sie ins Cribbs-Causeway-Shoppingcenter nach Bristol. Bei John Lewis besorgte sie Bettwäsche, Decken und eine Cath-Kidston-Teekanne, und in einem Ein-Pfund-Supermarkt am Ende der Mall erstand sie eine Rieseneinkaufstüte mit Putzmitteln. Dann stöberten sie bei Marks & Spencer herum und kauften alles, was ihnen dort gefiel: Nachthemden für Janices Mutter, Pantoffeln mit Pompoms für Emily, einen Lippenstift und eine Strickjacke für Janice. Nick fand ein »Juicy«-T-Shirt, und Janice bestand darauf, es ihr zu schenken. Dann suchten sie die Lebensmittelabteilung auf und beluden ihre Körbe mit exotischem Beuteltee, Eccles-Gebäck, einer Schale Kirschen und einem halben Lachs, den Janice am Abend mit Dillsauce zubereiten wollte. Es tat gut, die hellen Lichter und die Einkaufsbummler in ihren bunten Sachen zu sehen. Vielleicht, dachte Janice, würde Weihnachten dieses Jahr noch ganz schön werden.

Als sie zu der kleinen Wohnung zurückkehrten, erwartete sie ein Mann in einem anthrazitgrauen Anzug, der vor dem Haus in einem blauen Peugeot saß. Als Nick stehen blieb, stieg er aus und hielt seinen Ausweis hoch. »Mrs. Costello?«

»Das bin ich«, sagte Janice.

»Ich bin Detective Corporal Prody, MCIU.«

»Sie kamen mir schon bekannt vor. Wie geht's Ihnen?«

»Ganz gut.«

Ihr Lächeln verblasste. »Was ist denn? Warum sind Sie hier?«

»Ich wollte sehen, ob Sie sich eingerichtet haben.«

Sie hob die Brauen. »Ist das alles?«

»Kann ich hereinkommen?«, fragte er. »Es ist kalt hier draußen.«

Sie sah ihn lange und nachdenklich an. Dann gab sie ihm eine Einkaufstüte und ging auf die Haustür zu.

Die Zentralheizung lief, und in der Wohnung war es warm. Emily half Nick und Janices Mutter dabei, die Einkäufe auszupacken. Janice schaltete den Wasserkocher ein. »Ich mache jetzt Tee«, sagte sie zu Prody. »Ich brauche jetzt dringend eine gute Tasse. Emily muss Lesen üben; das kann sie mit meiner Mum tun, und Sie setzen sich zu mir und erzählen mir, was los ist. Denn ich bin nicht blöd; ich weiß, dass sich etwas geändert hat.«

Als der Tee fertig war, gingen sie damit ins vordere Zimmer. Es war fast behaglich mit der modernen Gasheizung aus mattem Edelstahl, einem seegrasgrünen Teppich und sauberen Möbeln. Auf einem Tisch am Fenster stand eine Vase mit Seidenblumen. Kitschig – aber man hatte das Gefühl, jemand habe sich mit diesem Zimmer tatsächlich ein bisschen Mühe gegeben. Es roch etwas muffig, und es war kalt, aber die Heizung würde das bald ändern.

»Und?« Janice nahm das Blätterteiggebäck und die Cath-Kidston-Teekanne vom Tablett und stellte alles auf den Tisch. »Werden Sie es mir jetzt erzählen, oder wollen wir vorher noch ein Tänzchen machen?«

Prody setzte sich. Sein Gesicht war ernst. »Wir wissen, wer es ist.«

Janice erstarrte. Plötzlich hatte sie einen trockenen Mund. »Das ist gut«, meinte sie vorsichtig. »Das ist sehr gut. Heißt das, Sie haben ihn?«

»Ich habe gesagt, wir wissen, wer es ist. Das ist ein sehr bedeutsamer Schritt nach vorn.«

»Aber es ist nicht das, was ich hören will. Nicht das, was ich zu hören gehofft habe.« Ihr Tablett war jetzt leer, und sie goss Tee in die Tassen, reichte ihm einen Teller und legte ein Stück Gebäck auf ihren eigenen. Sie nahm Platz, schaute den Teller an und stellte ihn wieder auf den Tisch. »Und? Wer ist es? Wie sieht er aus?«

Prody griff in die Tasche und zog ein zusammengefaltetes Blatt Papier heraus. In der oberen linken Ecke hing das Foto eines Mannes – ein Foto wie aus einem Automaten. »Haben Sie den schon mal gesehen?«

Sie hatte erwartet, dass das Gesicht sie irgendwie schockieren würde, aber nein – er sah ganz normal aus. Ein pummeliger Mann in den Zwanzigern mit sehr kurz geschnittenen Haaren und Pickeln auf beiden Seiten des Mundes. Gerade wollte sie Prody das Blatt zurückgeben, als ihr bewusst wurde, dass da noch mehr stand. Es handelte sich um ein Formular. »Avon and Somerset«, las sie. »Was ist das? So was wie ein Haftbefehl ...« Sie sprach nicht weiter, als sie die Worte PERSONALABTEILUNG DER POLIZEI am unteren Rand entdeckte.

»Irgendwann erfahren Sie es sowieso, also kann ich es Ihnen gleich sagen. Er arbeitet bei uns: als Hausmeister.«

Sie legte eine Hand an die Kehle. »Er ist ein ... Er *arbeitet* bei Ihnen?«

»Ja. Als Teilzeitkraft.«

»Hat er deshalb den Sender an unserem Auto anbringen können?«

Prody nickte.

»O Gott. Ich kann nicht ... Kennen Sie ihn?«

»Eigentlich nicht. Ich hab ihn schon mal gesehen. Er hat die Wände meines Büros gestrichen.«

»Dann haben Sie mit ihm gesprochen?«

»Ein paarmal.« Er zuckte die Achseln. »Es tut mir leid. Es

gibt keine Entschuldigung – ich war ein Trottel, mit den Gedanken woanders.«

»Und wie ist er?«

»Unauffällig. Auf der Straße würde man ihn nicht bemerken.«

»Was glauben Sie, was er mit Martha angestellt hat?«

Prody faltete das Blatt wieder zusammen. Einmal, zweimal, dreimal. Strich die Knickstellen mit dem Daumennagel säuberlich glatt. Steckte es wieder in die Tasche.

»Mr. Prody? Ich habe Sie gefragt, was glauben Sie, was er mit Martha angestellt hat?«

»Können wir das Thema wechseln?«

»Eigentlich nicht.« Die Angst stieg wieder in ihr hoch, die grenzenlose Wut. »Ihr Dezernat hat unverzeihlichen Mist gebaut, und ich hätte dadurch beinahe meine kleine Tochter verloren.« Es war nicht seine Schuld, das wusste sie, aber sie wäre ihm am liebsten an die Gurgel gefahren. Sie zwang sich, die Zähne zusammenzubeißen und den Kopf zu senken. Sie nahm den Teller, schob das Gebäckstück mit der Fingerspitze hin und her und wartete darauf, dass ihre Wut verrauchte.

Prody beugte sich ein wenig vor und versuchte, durch den Vorhang ihrer Haare zu spähen, um ihren Gesichtsausdruck zu erkennen. »Es war schrecklich für Sie, ja?«

Sie hob den Kopf und blickte ihm in die Augen, deren Farbe irgendwo zwischen Braun und Grün lag, mit goldenen Punkten darin. Als sie das Mitgefühl in seinem Blick bemerkte, hätte sie am liebsten geheult. Mit zitternder Hand stellte sie den Teller auf den Tisch. »Äh …« Sie schob die Ärmel hoch und rieb sich die Arme. »Ja, schon. Ich möchte nicht allzu dramatisch klingen, aber es waren die schlimmsten Tage meines Lebens.«

»Wir bringen Sie da durch.«

Sie nickte, nahm den Teller wieder in die Hand, betrachtete das Gebäck, drehte es zur Seite, brach es in der Mitte auseinander, aß es aber nicht. Sie hatte einen Kloß im Hals. »Und wieso haben Sie das kurze Ende der Wurst gekriegt?« Sie lächelte matt.

227

»Wieso hat man Sie geschickt, um sich meinem Zorn auszusetzen?«

»Da gab's mehrere Gründe. Ich glaube, entscheidend war, dass mein Inspector mich für ein Arschloch hält.«

»Sind Sie eins?«

»Nicht so, wie er denkt.«

Sie lächelte. »Darf ich Sie etwas fragen? Etwas wirklich Ungehöriges?«

Er lachte leise. »Na ja, ich bin ein Mann. Männer sind nicht immer der gleichen Meinung wie Frauen, was Ungehörigkeiten angeht.«

Ihr Lächeln wurde breiter. Plötzlich war ihr zum Lachen zumute. Ja, Mr. Prody, dachte sie. Obwohl das alles verdammt schrecklich gewesen ist, kann ich doch eines ganz deutlich sehen: Sie sind ein Mann, und zwar ein netter. Stark und auch irgendwie gut aussehend. Cory, mein Ehemann, kommt mir unterdessen fremder vor als Sie in diesem Moment.

»Was ist?«, fragte Prody. »Bin ich in ein Fettnäpfchen getreten?«

»Überhaupt nicht. Ich wollte Sie fragen ... wenn ich zu Mr. Caffery ginge und ihm sagte, ich hätte wirklich Angst – Angst vor meinem eigenen Schatten –, würde er Sie dann ein paar Stunden hierbleiben lassen, bei mir und Emily und Nick und Mum? Ich weiß, das wäre langweilig für Sie – aber es wäre alles so viel leichter. Sie brauchen nicht mal mit uns zu sprechen. Sehen Sie fern, telefonieren Sie, lesen Sie Zeitung. Was Sie wollen. Es wäre einfach nett, jemanden dazuhaben.«

»Warum, glauben Sie, bin ich hier?«

»Oh. Heißt das ja?«

»Wie hört es sich an?«

»Es hört sich an wie ja.«

41

Caffery hatte Tabakgeschmack im Mund. Während der schmächtige kleine Peter Moon seinem Sohn beim Anziehen geholfen und ihn gestützt hatte, als er durch den Korridor ins Wohnzimmer schlurfte, war Caffery zu seinem Wagen hinausgegangen, hatte sich an das Fenster neben Myrtle gestellt und sich die erste Zigarette seit Tagen gedreht. Seine Finger zitterten. Der Regen weichte das Papier auf, aber er zündete sie trotzdem an und wölbte dabei die Hand um die Feuerzeugflamme. Er blies den Rauch in einem dünnen blauen Strahl in die Höhe. Myrtle sah ihn unverwandt an, aber Caffery ignorierte sie. Er wusste nicht, welchen Trick er von dem Entführer erwartet hatte, aber das hier ganz sicher nicht.

Der Tabak half. Als er wieder ins Wohnzimmer kam, fühlte er sich aufgeputscht und angespannt, aber wenigstens zitterte er nicht mehr. Peter Moon hatte Tee gemacht, stark und mit wenig Milch. Die Kanne stand auf dem verschrammten kleinen Tisch, dessen Furnier sich löste, daneben eine Platte mit einem sorgfältig aufgeschnittenen Battenbergkuchen, wie Caffery ihn seit Jahren nicht mehr gesehen hatte. Das rosa-gelbe Schachbrettmuster im Biskuit ließ ihn an seine Mutter und an Kirchenlieder im Nachmittagsfernsehen denken, nicht an eine schäbige kleine Sozialwohnung wie die hier. Neben dem Kuchen lag Moons Ausweisfoto aus der Personalabteilung. Es zeigte ihn mit feistem Kinn und dunklem Haar – übergewichtig, aber keinesfalls so wie der Richard Moon, der da keuchend auf dem Sofa saß, geschäftig umsorgt von seinem Vater, der ihm Kissen in den Rücken stopfte, die Beine hochlegte und ihm einen Becher Tee in die geschwollenen Hände drückte.

Turner hatte sich mit der Arbeitsagentur, die der Polizei Hilfskräfte vermittelte, in Verbindung gesetzt, und der Personalmanager, der Moons Führungszeugnis überprüft, das Vorstellungsgespräch mit ihm geführt und ihn eingestellt hatte, war jetzt hier: ein Asiate mittleren Alters mit grauen Schläfen, der einen Kamelhaarmantel trug. Er sah bedrückt aus. Caffery hätte nicht in seiner Haut stecken mögen.

»Er hat keine Ähnlichkeit mit dem Mann, den ich eingestellt habe.« Er betrachtete Richard Moon. »Der Mann, den ich eingestellt habe, wog ein Viertel von dem, was er wiegt. Er war gesund und relativ fit.«

»Wie hat er sich ausgewiesen?«

»Mit einem Pass und einer Strom- und Wasserrechnung für diese Adresse.« Die Akte, die er mitgebracht hatte, war vollgestopft mit Unterlagen: Fotokopien von sämtlichen Identitätsnachweisen zur Person Richard Moon, die er besaß. »Alles, was für ein Führungszeugnis verlangt wird.«

Caffery blätterte in den Unterlagen und zog die Fotokopie eines britischen Passes heraus. Das Passfoto zeigte einen ungefähr fünfundzwanzigjährigen Mann mit einem grimmigen, harten Gesicht. Richard F. Moon. Caffery hielt das Foto auf Armeslänge vor sich und verglich es mit dem Mann auf dem Sofa. »Na?« Er schob es über den Tisch. »Sind Sie das?«

Richard Moon war nicht in der Lage, den Kopf so weit zu senken, dass er es ansehen konnte. Er konnte nur die Augen zur Seite drehen und hinüberblinzeln. Er schloss die Augen und atmete schwer. »Ja.« Seine Stimme klang hoch und feminin. »Das bin ich. Das ist mein Pass.«

»Das ist er«, bestätigte sein Vater. »Vor zwölf Jahren. Bevor er sein Leben aufgegeben hat. Sehen Sie sich das Foto an. Ist das einer, dem alles scheißegal ist? Ich finde nicht.«

»Hör auf, Dad. Es tut mir weh, wenn du so redest.«

»Komm mir nicht mit deinem Therapeutengeschwätz, Junge. Ich sag dir, was *wehtun* heißt.« Peter Moon musterte seinen Sohn von Kopf bis Fuß, als könnte er nicht fassen, was für ein Monstrum da saß. »Zu sehen, wie du dich vor meinen Augen in eine Garage verwandelst – *das* tut weh.«

»Mr. Moon.« Caffery hob die Hand, um die beiden zum Schweigen zu bringen. »Bitte nicht so schnell.« Er studierte das Gesicht auf dem Foto. Dieselbe Stirn, dieselben Augen, derselbe Haaransatz. Er schaute Richard an. »Sie meinen, Sie haben zwölf Jahre gebraucht, um von hier« – er klopfte auf das Foto – »dahin zu kommen, wo Sie jetzt sind?«

»Ich hatte Probleme ...«

»*Probleme*?«, unterbrach ihn sein Vater. »*Probleme*? Na, das ist wirklich die Untertreibung des Jahres, Junge. Damit gewinnst du den ersten Preis. *Fuck*, du hast dich in eine Kartoffel verwandelt. Sieh's doch ein.«

»Hab ich nicht.«

»Hast du doch. Du bist eine Kartoffel. Ich hab schon Autos gefahren, die kleiner waren als du.«

Nach einer kurzen Pause schlug Richard Moon die Hände vor das Gesicht und fing an zu weinen. Seine Schultern bebten, und eine Weile herrschte Schweigen. Peter Moon verschränkte die Arme und runzelte die Stirn. Turner und der Agenturmanager starrten auf ihre Füße.

Caffery nahm den Dienstausweis des Hausmeisters und verglich ihn mit dem Foto im Pass. Die beiden Männer waren einander nicht unähnlich – die gleiche breite Stirn, die gleichen kleinen Augen –, aber der Agenturmanager musste wirklich geschlafen haben, wenn ihm nicht aufgefallen war, dass es sich nicht um ein und dieselbe Person handelte. Aber den Mann hier und jetzt, vor den Moons, niederzumachen, würde ihm nicht weiterhelfen. Deshalb wartete er, bis Richard aufhörte zu schniefen, und zeigte ihm dann den Dienstausweis. »Kennen Sie den?«

Richard wischte sich über die Nase. Seine verquollenen Augen waren in seinem Gesicht fast nicht mehr zu sehen.

»Nicht vielleicht ein Freund von Ihnen, dem Sie ausgeholfen haben? Jemand, dem Sie Ihr blitzsauberes Führungszeugnis geliehen haben?«

»Nein«, entgegnete Richard dumpf. »Hab ihn noch nie im Leben gesehen.«

»Mr. Moon?« Er drehte den Ausweis um.

»Nein.«

»Sind Sie sicher? Er ist ein hochgefährlicher Scheißkerl, und er benutzt den Namen und die Identität Ihres Sohnes. Denken Sie noch mal nach.«

»Keine Ahnung, wer das ist. Hab ihn noch nie gesehen.«

»Der Kerl ist schwer gestört – mehr als irgendjemand, mit dem ich bis jetzt zu tun hatte. Nach meiner Erfahrung haben Leute wie er vor niemandem Respekt. Nicht vor ihren Opfern, nicht vor ihren Freunden – und bestimmt nicht vor denen, die ihnen helfen. Unterstützen Sie so jemanden, kriegen Sie dafür in neun von zehn Fällen einen Tritt in den Arsch.« Sein Blick wanderte vom Vater zum Sohn und wieder zurück. Beide wichen seinem Blick aus. »Also, denken Sie noch mal nach. Sind Sie wirklich ganz sicher, dass nicht einer von Ihnen vielleicht ahnt, wer er sein könnte?«

»Nein.«

»Wie konnte dann *das* hier«, er legte die Fotokopie des Passes auf den Tisch, »als Identitätsnachweis bei einer Vorstrafenregisteranfrage eingereicht werden?«

Peter Moon nahm seinen Becher, lehnte sich auf dem Sofa zurück und schlug die Beine übereinander. »*Ich* hab diesen Pass seit Jahren nicht mehr gesehen. Du vielleicht, Junge?«

Richard schniefte. »Glaub nicht, Dad.«

»Genauer gesagt, hast du ihn seit dem Einbruch überhaupt noch mal gesehen?«

»Hä?«

»Nicht dass du ihn gebraucht hättest, in deinem Zustand. Für den Weg zum Fernseher und zurück brauchst du ja keinen Pass, oder, Junge? Aber hast du ihn seit dem Einbruch noch mal gesehen?«

»Nein, Dad.« Richard schüttelte sehr langsam den Kopf, als ginge diese Anstrengung über seine Kräfte.

»Was war das für ein Einbruch?«, fragte Caffery.

»Irgendein Penner hat das Fenster hinten eingeschlagen. Hat so viel Zeugs mitgehen lassen, dass ich nicht mehr wusste, wo mir der Kopf stand.«

»Haben Sie Anzeige erstattet?«

»So, wie ihr die Sache behandelt hättet? Bei allem Respekt, aber auf den Gedanken bin ich nie gekommen. Ihr habt es fein raus, die Leute zu ignorieren. Ein Diplom im Weggucken. Und dann kam natürlich der Brand, und darüber haben wir alles andere für 'ne Weile vergessen.«

Caffery musterte Richard. Dessen Gesicht war so fleischig, dass sich nicht viel daraus schließen ließ, doch sein Vater besaß die Visage eines Gauners. Aber ein Vorstrafenregister hatten sie beide nicht. »Dieser Brand – der wird in unseren Akten sein, nehme ich an?«

»*Fuck*, darauf können Sie Gift nehmen. Brandstiftung. Die Stadt hat für die Renovierung bezahlt, aber so 'n bisschen Farbe! Die würde niemals ungeschehen machen, was passiert ist.«

»Es hat Mutter erledigt«, wisperte Richard atemlos, »nicht wahr, Dad? Hat sie erledigt.«

»Das Feuer hat sie überlebt, aber sie hat nicht ertragen, was es mit uns als Familie gemacht hat. Und dich hat's ja auch erledigt, Junge, oder? In gewisser Weise?«

Richard verlagerte sein ganzes Gewicht auf die linke Hinterbacke und keuchte vor Anstrengung. »'scheinlich.«

»Rauchinhalation.« Peter Moons Knie zuckte plötzlich und wippte auf und ab, als hätte er einen Motor im Leib. »Lungenschaden, Asthma, plus natürlich« – er malte mit beiden Händen Anführungsstriche in die Luft – »kognitive Einschränkungen und Verhaltensstörungen. Kommt vom Kohlenmonoxid. Macht ihn launisch – depressiv. Da hockt er dann den ganzen Tag rum, sieht fern und frisst. Snickers und Twix. Nudeltopf, wenn er auf dem Gesundheitstrip ist.«

»Ich hocke nicht den ganzen Tag rum.«

»Doch, Junge. Du tust nichts. Und deshalb bist du in dem Zustand, in dem du bist.«

Caffery hob die Hand. »Wir machen jetzt Schluss.« Er stellte seinen Becher auf den Tisch und stand auf. »Unter diesen Umständen können Sie es sich aussuchen: Entweder begleiten Sie mich auf das Revier, oder ...«

»Dahin bringen Sie uns nur über meine Leiche. Mein Sohn hat die Wohnung seit über einem Jahr nicht mehr verlassen, und er wird es jetzt auch nicht tun. Das wäre sein Tod.«

»Oder ich lasse einen meiner Leute hier. Nur für den Fall, dass dieser Einbrecher plötzlich christliche Anwandlungen kriegt und beschließt, den Pass seinem rechtmäßigen Besitzer zurückzugeben. Hm?«

»Wir haben nichts zu verbergen. Und mein Sohn muss jetzt wieder ins Bett.« Peter Moon stand auf und stellte sich vor Richard. Er zog die Hosenträger über die Schultern, beugte sich vor und streckte die Arme aus. »Komm, Junge. Wenn du zu lange hier hocken bleibst, holst du dir den Tod. Komm schon.«

Caffery verfolgte, wie Richard, schwitzend in Weste und Jogginghose, seinem Vater die Arme entgegenstreckte. Er sah, wie die Armsehnen des älteren Mannes straff und hart wurden, als er das Gewicht seines Sohnes vom Sofa hievte.

»Brauchen Sie Hilfe?«

»Nein. Mach ich seit Jahren. Komm, Junge, ab ins Bett mit dir.«

Caffery, Turner und der Agenturmanager beobachteten schweigend, wie der Sohn auf die Füße gezogen wurde. Diesem kleinen Kerl mit dem kahlen Schädel und dem krummen Rücken hätte man nicht zugetraut, dass er dazu in der Lage wäre. Aber er brachte Richard auf die Beine und trug ihn fast zum Korridor, Schritt für Schritt und unter Schmerzen.

»Bleiben Sie ihnen auf den Fersen«, sagte Caffery leise zu Turner. »Passen Sie auf, dass sie kein Handy bei sich haben. Ich schicke einen Officer von der Unterstützungseinheit herauf, der hier dann übernimmt. Sie fahren anschließend zurück ins Büro. Durchleuchten Sie die beiden gründlich. Kriminalakten über den Vater – alles, was über diese Adresse aktenkundig ist. Und stellen Sie fest, was es mit diesem Brand auf sich hat, falls es ihn wirklich gab. Ich will einen Datenbankabgleich über die beiden und eine Liste sämtlicher Bekanntschaften. Quetschen Sie sie aus.«

»Wird gemacht.«

Turner folgte den Moons. Caffery und der Manager blieben allein zurück. Caffery suchte in seiner Tasche nach seinem Schlüssel. Er ignorierte den Tabaksbeutel, der dort lauerte. Zum ersten Mal seit einer Ewigkeit dachte er an seine Eltern und fragte sich, wo sie sich befanden und was sie taten. Er hatte sich seit Jahren nicht mehr um sie gekümmert, und jetzt überlegte er, ob sie schon gebrechlich wurden? Und wenn sie es waren, wer half dann wem, wenn es abends Zeit wurde, ins Bett zu gehen?

Sein Vater würde seiner Mutter helfen, entschied er. Sie war nie über den Verlust Ewans hinweggekommen und würde immer Hilfe benötigen.

So war es eben.

42

Es war nach sieben und Cory noch nicht zurück. Aber das kümmerte Janice nicht. Sie hatte einen fabelhaften Nachmittag verbracht. Wirklich fabelhaft – in Anbetracht der Umstände. Prody hatte Wort gehalten und war geblieben. Er hatte nicht ferngesehen oder telefoniert, sondern die meiste Zeit auf dem Boden gesessen und mit Emily gespielt. Emily war hellauf begeistert von ihm; sie hatte ihn als Kletterturm benutzt und sich auf ihn gestürzt, sich an seine Schultern gehängt und an ihm auf eine Weise hochgezogen, die Cory rasend gemacht hätte. Jetzt war Nick gegangen und Emily mit ihrer Großmutter im Bad. Janice saß mit Prody in der Küche, und der Lachs schmorte im Ofen.

»Ich glaube, Sie haben auch Kinder.« Mit beiden Daumen drückte Janice den Korken aus der Flasche Prosecco, die sie bei Marks & Spencer besorgt hatte. »Sie sind so was wie ein… Naturtalent, wissen Sie.«

»Na ja, schon irgendwie …« Er zuckte die Achseln.

»*Schon irgendwie?*« Sie zog eine Braue hoch. »Ich glaube, das müssen Sie mir erklären.« Der Korken knallte. Sie goss den Spumante in zwei Gläser, die sie hinten in einem Schrank entdeckt hatte, und reichte Prody eins davon. »Kommen Sie. Der Lachs braucht noch ein Weilchen. Wir setzen uns ins Wohnzimmer, und Sie erzählen mir alles über ›schon irgendwie‹.«

»Tu ich das?«

Sie lächelte. »O ja. Das tun Sie.«

Im Wohnzimmer zog Prody sein Handy aus der Tasche, schaltete es aus und setzte sich. Emilys Spielsachen lagen überall im Zimmer herum. Normalerweise hätte Janice längst aufgeräumt, damit Ordnung herrschte, wenn Cory nach Hause kam. Doch heute war ihr das egal. Sie hatte die Schuhe abgestreift, die Füße hochgezogen und den Arm auf das Kissen gelegt. Am Anfang brauchte Prody ein bisschen Ansporn. Über diese Dinge rede er nicht gern, sagte er, und überhaupt, sie habe doch selbst genug Probleme, oder?

»Nein. Machen Sie sich darüber keine Gedanken. Es hilft mir, meine eigene Situation zu vergessen.«

»Aber es ist keine schöne Geschichte.«

»Das macht nichts.«

»Na ja…« Er lächelte verlegen. »Sie geht so. Meine Ex hat das volle Sorgerecht für die Kinder. Die Sache ist nie vor Gericht gekommen, weil ich mich zurückgezogen und ihr ihren Willen

gelassen habe. Sie wollte vor Gericht aussagen, ich hätte sie geschlagen, sie und meine Söhne, seit dem Tag ihrer Geburt.«

»Und haben Sie das?«

»Der Älteste hat wohl mal einen Klaps gekriegt.«

»Was meinen Sie mit ›Klaps‹?«

»Auf den Hintern.«

»Aber das ist kein ›Schlagen‹.«

»Meine Frau wollte unbedingt weg. Sie hatte jemand anderen kennengelernt und wollte die Jungs behalten, und sie hat
Freunde und Verwandte dazu überredet, für sie zu lügen. Was
konnte ich da machen?«

»Die Kinder hätten doch etwas gesagt, wenn es nicht wahr
wäre, oder?«

Prody lachte kurz auf. »Sie hat sie dazu gebracht, auch zu
lügen. Sie sind zu einem Anwalt gegangen und haben ihm erzählt, ich hätte sie geschlagen. Danach waren dann alle auf ihrer
Seite – die Sozialarbeiter, sogar die Lehrer.«

»Aber warum sollten die Kinder lügen?«

»Es war nicht ihre Schuld. Sie hat ihnen gedroht, sie würde sie
hassen und ihnen das Taschengeld streichen, wenn sie es nicht
täten. Und wenn sie es doch täten, würde sie mit ihnen zu Toys
R Us fahren. Solche Sachen. Das weiß ich von meinem Ältesten.
Er hat mir vor zwei Wochen einen Brief geschrieben.« Prody
zog ein zusammengefaltetes blaues Blatt aus der Tasche. »Er
sagt, es tue ihm leid, was er den Leuten erzählt hat, aber Mum
hätte ihm ein Wii versprochen.«

»Sieht so aus – und es tut mir leid, dass ich so etwas sage, denn
sie ist ja Ihre Exfrau –, aber sieht so aus, als wäre sie ein richti-
ges Drecksstück.«

»Es gab eine Zeit, da hätte ich Ihnen recht gegeben. Da dachte
ich, sie ist einfach nur bösartig. Aber inzwischen glaube ich, sie
hat wahrscheinlich nicht anders gekonnt.« Er steckte den Brief
wieder ein. »Ich hätte ein besserer Vater sein können, hätte mehr
darauf achten sollen, dass der Job nicht überhandnimmt – die

vielen Überstunden, der Schichtdienst. Nennen Sie mich altmodisch, aber ich wollte immer der Beste in meinem Job sein. Es hat keinen Sinn, etwas zu tun, wenn man es nicht perfekt tut.« Er knetete seine Hände und presste die Fingerknöchel in die Handflächen. »Mir ist vermutlich nie bewusst gewesen, wie sehr es mein Familienleben beeinträchtigt hat. Ich habe Theateraufführungen in der Schule versäumt, Ostereiersuchen… insgeheim glaube ich, dass die Kinder deshalb gelogen haben: Sie wollten mir eine Lektion erteilen.« Er schwieg kurz. »Ein besserer Ehemann hätte ich auch sein können.«

Janice hob die Brauen. »Freundinnen?«

»Du liebe Güte, nein. Das nun nicht. Macht mich das zu einem Trottel?«

»Nein. Es macht Sie…«, sie betrachtete die Bläschen, die in ihrem Glas nach oben stiegen, »…es macht Sie treu. Das ist alles. Sie sind treu.« Es war lange still. Dann strich Janice sich das Haar aus der Stirn. Sie fühlte sich erhitzt vom Prosecco an. »Darf ich… darf ich Ihnen etwas erzählen?«

»Nachdem ich mich gerade auskotzen durfte? Da könnte ich Ihnen wohl auch einen Augenblick Zeit gewähren.« Er sah auf die Uhr. »Sie haben zehn Sekunden.«

Sie lachte nicht. »Cory hat eine Affäre. Schon seit ein paar Monaten.«

Prodys Lächeln verflog, und er ließ langsam die Hand sinken. »O Gott. Ich meine… das tut mir leid.«

»Und wissen Sie, was das Schlimmste ist?«

»Nein?«

»Dass ich ihn nicht mehr liebe. Ich bin nicht mal eifersüchtig, weil er sich mit jemandem trifft. Was mir zu schaffen macht, ist nur die Ungerechtigkeit dabei.«

»Ein gutes Wort, Ungerechtigkeit. Sie haben alles in etwas hineingesteckt und nichts herausbekommen.«

Sie schwiegen eine Zeit lang, beide in Gedanken versunken. Die Vorhänge waren noch offen, obwohl es draußen dunkel war.

Auf einem Streifen Parkwiese auf der anderen Straßenseite hatte der Wind das herabgefallene Laub zu einer langen Wehe zusammengeschoben. Im Licht der Straßenlaterne sahen die Blätter aus wie winzige Skelette. Janice starrte sie mit leerem Blick an. Sie erinnerten sie an das Laub, das sie im Garten in der Russell Road zusammengeharkt hatten, damals, als sie ein Kind war. Damals, als alles möglich war und es noch Hoffnung gab. Noch so viel Hoffnung in der Welt.

43

Der Regen hatte wieder angefangen, ein leichter Nieselregen. Schwere, dunkle Wolken hingen über dem Land, so als wollten sie die Nachtluft auf die Erde pressen. Flea war zu Hause. Sie trug ihre Allwetter-Berghaus-Jacke mit hochgezogener Kapuze und schleppte die Höhlenkletterausrüstung ihres Vaters zum Auto.

Sie wusste nicht, weshalb sie die Luftschächte übersehen hatte. Es war, als hätte sie eine Blockade im Hirn gehabt. Der Tunnel wurde durch dreiundzwanzig Schächte, die senkrecht von der Oberfläche nach unten führten, mit Luft versorgt. Vier endeten im Schutt an der Einbruchstelle, also blieben noch neunzehn in den offenen Abschnitten. Achtzehn hatten sie und Wellard passiert: Zwei waren es auf dem Weg vom östlichen Eingang in der Nähe des Pubs gewesen, sechzehn auf dem längeren Stück vom westlichen Portal her. Wo also befand sich der neunzehnte? Vielleicht hatte sie angenommen, der letzte Schacht münde irgendwo in dem viertelmeilenlangen eingestürzten Abschnitt in den Tunnel. Aber aus den detaillierten Unterlagen, die sie von der Stiftung erhalten hatte, ging klar hervor: Der Kanaltunnel war bis auf vier unter allen Schächten über mindestens zwanzig

Schritte in beide Richtungen offen. Also musste sich auch der letzte irgendwo außerhalb der Einbrüche befinden.

Das konnte nur eines bedeuten: Die letzte Erdwand, auf die sie gestoßen war, nachdem sie sich durch das enge Loch gezwängt hatte, und die den alten Kahn halb verschüttet hatte, war nicht das Ende der langen Einsturzstrecke, sondern ein vereinzelter Einbruch davor. Dahinter verborgen musste noch ein offener Tunnelabschnitt mit einem Luftschacht liegen. Und soweit es sie betraf, konnte die Unterwassersucheinheit nicht behaupten, den Tunnel vollständig durchsucht zu haben, solange sie diesen verborgenen Abschnitt nicht betreten hatten. Sie konnten nicht mit Sicherheit ausschließen, dass der Entführer Martha – oder ihre Leiche – in den Tunnel geschafft hatte.

Sie würde allein gehen. Das klang verrückt, aber nachdem sie wegen der Tunnelaffäre mit so viel Spott und Kritik bedacht worden war, diente es dem Selbstschutz, die Sache für sich zu behalten, bis sie ein Resultat vorweisen konnte. Sie stopfte ihren Rucksack in den Kofferraum, warf ein Paar Gummistiefel dazu und nahm den Überlebensanzug herunter, der am Deckenbalken der Garage hing. Sie zögerte. Auf dem alten Kühlschrank stand ein ausgebeulter Pappkarton mit allem möglichen Krimskrams. Sie spähte hinein: alte Tauchermasken, ein Paar Flossen, ein Atemregler, an dem der Gummi vom Salzwasser zerfressen war, ein Einmachglas mit sonnengebleichten Muscheln, eine tote Seeanemone und eine altmodische Höhlenforscherlampe, eine Karbidlampe aus Messing mit einem gesprungenen Glasreflektor.

Sie nahm sie heraus und schraubte sie auf. Im Innern befand sich eine kleine Kammer: der Generator, in dem das explosive Acetylengas produziert und zu dem kleinen Reflektor geleitet wurde, wo es sich entzündete und ein starkes Licht ausstrahlte. Sie schraubte sie wieder zu und wühlte noch einmal in dem Karton herum, bis sie einen grau-weißen Klumpen fand, ungefähr so groß wie ihre Faust, eingewickelt in eine alte Co-op-Plastiktüte: Kalziumkarbid – die entscheidende Zutat.

Sei vorsichtig, Flea. Die Stimme ihres Vaters drang aus der Vergangenheit zu ihr. *Sei vorsichtig damit. Das ist kein Bonbon. Du darfst es nicht berühren. Und was immer du tust, mach es nicht nass, denn dann wird das Gas freigesetzt.*

Dad. Der Abenteurer. Der Wahnsinnige. Der Bergsteiger, der Taucher, der Höhlenkletterer. Die moderne Sportausrüstung war ihm großenteils verhasst; er hatte sich mit einfachen Hilfsmitteln durch das Leben gehangelt – und niemals hätte er sie ohne etwas, das sie retten konnte, wenn »dieser übertechnisierte moderne Mist« den Geist aufgab, in den Tunnel gehen lassen. Danke, Dad. Sie legte das Kalziumkarbid und die Lampe auf den Überlebensanzug, trug alles hinaus zum Wagen, legte es in den Kofferraum, schlug den Deckel zu und stieg ein. Der Regen tropfte von ihrer Berghaus-Jacke.

Sie schob die Kapuze herunter, zog ihr Telefon heraus und scrollte durch die Liste der gespeicherten Nummern. Bei Cafferys Namen hielt sie inne. Ausgeschlossen. Er würde ihr einen abendfüllenden Vortrag halten, wenn sie es wagen sollte, das Thema Sapperton-Tunnel zu erwähnen. »Prody« glitt vorbei. Sie stoppte, ließ die Liste zurücklaufen, überlegte kurz, dachte: »Ach, scheiß drauf«, und wählte die Nummer.

Die Mailbox meldete sich. Seine Stimme klang nett, beruhigend. Fast hätte sie gelächelt. Er war bei der Arbeit, vielleicht in einer Besprechung wegen des Entführers. Ihr Daumen wanderte zur Trenntaste, aber dann dachte sie daran, wie oft sie schon eingehende Anrufe auf ihre Mailbox umgeleitet hatte, weil sie in einer Besprechung saß, und wie sauer sie nachher gewesen war, wenn sie feststellte, dass Leute angerufen und kein Wort hinterlassen hatten. »Hallo, Paul. Hören Sie, Sie werden mich für bescheuert halten, aber mir ist eingefallen, was mir in dem Tunnel entgangen ist. Es gibt da noch einen Lüftungsschacht, ungefähr eine Drittelmeile weit vom östlichen Eingang entfernt.« Sie sah auf die Uhr. »Es ist jetzt halb sieben, und ich fahre noch mal hin, um es mir anzusehen. Ich werde genauso hineingehen wie gestern, denn Abseilen ist nicht mein Ding, und diese Luftschächte sind gefährlicher als der Tunnel selbst, egal, was die Stiftung sagt. Und nur zur Information: Ich tue das nicht in meiner Dienstzeit – ich habe Feierabend. Ich rufe Sie heute Abend um elf Uhr an und berichte Ihnen, was sich ergeben hat. Und, Paul …« Sie schaute zum Küchenfenster. Drinnen hatte sie das Licht brennen lassen, das warm und gelb leuchtete. »Paul, Sie brauchen mich deshalb jetzt nicht zurückzurufen. Wirklich nicht. Ich mach's so oder so.«

44

Janice brachte Emily um acht Uhr in dem neuen Pyjama, den sie bei Marks & Spencer gekauft hatten, ins Bett. Emilys Haar war noch ein bisschen feucht vom Baden und roch nach Erdbeershampoo. Sie hielt Jasper im Arm.

»Wo ist Dad?«

»Er arbeitet noch, Püppchen, kommt aber bald.«

»Er arbeitet immer.«

»Hey, fang nicht wieder damit an. Hops, rein mit dir.« Emily krabbelte in das Doppelbett. Janice deckte sie zu, beugte sich über sie und gab ihr einen Kuss. »Du bist ein so braves Mädchen. Ich hab dich sehr, sehr lieb. Und nachher komme ich noch mal und nehme dich in den Arm.«

Emily rollte sich zusammen, klemmte sich Jasper unter das Kinn, steckte den Daumen in den Mund und schloss die Augen. Janice streichelte ihr sanft über das Haar und lächelte. Ihr Kopf war leicht vom Prosecco, und sie fühlte sich ein bisschen beschwipst. Jetzt, da der Entführer einen Namen und ein Gesicht besaß, hatte sie nicht mehr so viel Angst vor ihm. Als hätte sein Name, Richard Moon, ihn kleiner gemacht.

Als Emily eingeschlafen war, erhob sich Janice, ging auf Zehenspitzen hinaus und schloss lautlos die Tür. Prody stand mit verschränkten Armen im Zwielicht des Korridors.

»In Mums Bett? Und für wen ist das Einzelbett?«

»Für ihren Dad.«

»Na, der Kommentar steht mir vielleicht nicht zu, aber ich würde sagen, das hat er verdient.« Prody stand mit dem Rücken zur Wand. Er hatte sein Jackett ausgezogen, und erst jetzt fiel ihr auf, wie groß er war. Viel größer als sie. Und breit. Nicht fett – nur kräftig an den Stellen, an denen ein Mann es sein sollte. Er sah aus, als ob er trainierte. Plötzlich hob sie die Hand vor den Mund, als wollte sie einen Schluckauf oder ein Kichern unterdrücken. »Ich muss Ihnen etwas gestehen. Ich bin ein bisschen betrunken.«

»Ich auch. Ein bisschen.«

»*Nein*!« Sie lächelte. »Das ist ja schrecklich! So verantwortungslos! Wie um alles in der Welt kommen Sie denn jetzt nach Hause?«

»Wer weiß? Ich war früher bei der Verkehrspolizei; deshalb kenne ich die neuralgischen Stellen, und ich könnte wohl nach Hause fahren, wenn ich wirklich wollte. Aber ich glaube, ich werde tun, was richtig ist, und meinen Schwips im Auto ausschlafen. Es wäre nicht das erste Mal.«

»Das Sofa im Wohnzimmer kann man ausklappen, und ich habe heute Morgen bei John Lewis neue Bettwäsche gekauft.«

Er hob die Brauen. »Wie bitte?«

»Im Wohnzimmer. Daran ist doch nichts auszusetzen, oder?«

»Ich kann nicht behaupten, ich wäre verrückt nach dem Rücksitz meines Peugeot.«

»Na dann …?«

Er wollte antworten, als es klingelte. Sie machte einen Satz von ihm weg, als hätten sie sich geküsst, ging ins Bad und schaute aus dem Fenster. »Cory.«

Prody rückte seine Krawatte zurecht. »Ich mache ihm auf.«

Er ging die Treppe hinunter, nahm sein Jackett vom Haken und zog es an. Janice warf die leere Proseccoflasche in den Mülleimer, stellte die Gläser in die Spüle und rannte hinter ihm her die Treppe hinunter. Prody nahm sich noch eine Sekunde Zeit, um sein Jackett glattzuziehen. Dann legte er die Kette vor und öffnete die Tür.

Cory stand draußen. Sein Mantel war zugeknöpft, und er trug einen Schal um den Hals. Als er Prody sah, trat er einen Schritt zurück und spähte zu der Hausnummer über der Tür hinauf. »Ich bin doch hier richtig, oder? Die Häuser sehen alle gleich aus.«

»Cory?« Janice stellte sich auf die Zehenspitzen und schaute Prody über die Schulter. »Das ist Paul von der MCIU. Komm herein. Mum, Emily und ich sind schon mit dem Essen fertig, aber ich hab ein bisschen Lachs für dich aufgehoben.«

Cory kam in die kleine Diele und begann den Mantel auszuziehen. Er roch nach Regen und Kälte und Auspuffgasen. Als er den Mantel aufgehängt hatte, drehte er sich um und streckte Prody die Hand entgegen. »Cory Costello.«

»Schön, Sie kennenzulernen.« Sie schüttelten einander die Hand. »DC Prody, aber Sie können mich Paul nennen.«

Corys Lächeln verblasste. Er hielt Prodys Hand noch fest, und seine Schultern versteiften sich ein wenig. »Prody? Das ist ein ungewöhnlicher Name.«

»Ja? Keine Ahnung. Ich habe noch keine Familienforschung betrieben.«

Cory musterte ihn kühl, und sein Gesicht nahm eine seltsame aschfahle Färbung an. »Sind Sie verheiratet, *Paul*?«

»Verheiratet?«

»Das habe ich gesagt. Sind Sie verheiratet?«

»Nein. Eigentlich nicht. Ich meine …« Er warf einen Blick zu Janice hinüber. »Ich meine … ich *war* verheiratet. Aber das ist vorbei. Jetzt lebe ich getrennt und bin praktisch geschieden. Sie wissen ja, wie das ist.«

Cory drehte sich steif zu seiner Frau um. »Wo ist Emily?«

»Sie schläft. Im Schlafzimmer.«

»Und deine Mum?«

»In ihrem Zimmer. Sie liest, glaube ich.«

»Ich muss mit dir sprechen, bitte.«

»Okay«, sagte sie zögernd. »Gehen wir nach oben.«

Cory drängte sich grob an ihnen vorbei und stieg die Treppe hinauf. Janice warf Prody einen Blick zu – *Tut mir leid. Ich weiß nicht, was das soll, aber bitte gehen Sie nicht* –, und dann folgte sie eilig ihrem Mann. Oben in der Wohnung lief er durch den Korridor, stieß Türen auf, schaute in die Zimmer. In der Küche blieb er stehen, bei den zwei Gläsern in der Spüle und dem Teller mit dem Stück Lachs unter der Frischhaltefolie.

»Was ist los, Cory? Was soll das?«

»Wie lange ist er schon hier?«, zischte Cory. »Hast du ihn hereingelassen?«

»Natürlich hab ich ihn hereingelassen. Er ist – was weiß ich? – seit zwei Stunden hier.«

»Weißt du, wer das ist?« Cory warf seine Laptoptasche auf die Arbeitsplatte. »Ja? Weißt du das?«

»Nein.«

»Das ist Clares Mann.«

Janices Mund öffnete sich. Einen Moment lang hätte sie am liebsten gelacht, weil das Ganze so lächerlich war. »*Was*?«, fragte sie, und ihre Stimme klang ein wenig schrill. »Clare? Aus deiner Gruppe? Die du fickst, meinst du?«

»Sei nicht albern. Und drück dich anders aus.«

»Na, Cory, woher solltest du denn sonst wissen, dass er ihr Mann ist? Hm? Hat sie dir ein Foto gezeigt? Das klingt süß.«

»Der *Name*, Janice.« Er klang mitleidig, als bedauerte er sie wegen ihrer Dummheit. »So viele Paul Prodys gibt es hier nicht. Und Clares Mann ist Polizist.« Er deutete mit dem Finger in Richtung Flur. »Er ist es. Und er ist ein Scheißkerl, Janice. Ein ausgewachsener, ein klassischer Pickel auf dem Angesicht der

Menschheit. Was er seinen Kindern angetan hat – und seiner Frau!«

»O Gott, Cory – *glaubst* du ihr etwa? Warum? Weißt du nicht, wie Frauen sind?«

»Wie denn? Wie sind Frauen?«

»Sie *lügen*, Cory. Frauen *lügen*. Wir lügen und betrügen und flirten, und dann spielen wir die Verletzten und Verratenen und Misshandelten. Wir sind *gute Schauspielerinnen*. Wir sind ausgezeichnet. Und der Oscar geht dieses Jahr an die gesamte Weiblichkeit.«

»Da schließt du dich selbst mit ein?«

»*Ja*! Ich meine, nein – ich meine … manchmal. Manchmal lüge ich. Das tun wir alle.«

»Das erklärt es natürlich.«

»Erklärt was?«

»Erklärt, was du in Wirklichkeit gemeint hast, als du sagtest, du liebst mich mehr als alles andere. Dass du allen andern entsagen und mich lieben würdest. Du hast gelogen.«

»Ich bin nicht die, die hier betrogen hat.«

»Du bist nicht losgezogen und hast jemanden gevögelt, aber du hättest es genauso gut tun können.«

»Was, zum Teufel, soll das heißen?«

»Das soll heißen, dass die ganze Welt stehen bleibt, wenn es um *sie* geht. Etwa nicht, Janice? Wenn es um sie geht, ist es, als ob ich nicht existierte.«

Janice starrte ihn ungläubig an. »Sprichst du etwa von Emily? Redest du wirklich so über deine Tochter?«

»Über wen denn sonst? Seit sie da ist, bin ich doch nur noch zweite Wahl. Streite es ab, Janice. Streite es ab.«

Sie schüttelte den Kopf. »Weißt du was, Cory? Das Einzige, was ich jetzt für dich empfinde, ist Mitleid. Du tust mir leid, weil du mit über vierzig – und übrigens sieht man dir jeden Tag davon an – immer noch dazu verurteilt bist, in einem so engen, traurigen Loch zu leben. Das muss die Hölle sein.«

»Ich will ihn hier nicht haben.«

»Aber ich.«

Corys Blick fiel auf die beiden Gläser in der Spüle. »Du hast mit ihm getrunken. Was hast du sonst noch gemacht? Mit ihm gefickt?«

»Ach, halt den Mund.«

»Er bleibt *nicht* über Nacht.«

»Ich habe Neuigkeiten für dich, Cory. Er *bleibt* über Nacht. Er schläft auf dem Klappsofa im Wohnzimmer. Dieser Entführer ist immer noch irgendwo da draußen, und – hier kommt eine aktuelle Meldung, Cory – ich fühle mich bei dir nicht sicher. Ja, wenn ich ehrlich sein soll, wäre es mir ganz lieb, du würdest dich verpissen, zu Clare oder sonst wohin, und uns hier in Ruhe lassen.«

45

Es hatte an diesem Tag zweimal geregnet, und das Wasser im Kanal war tiefer als am Tag zuvor. Die Luft roch satter und grüner, und das beständige Plink-plink-Plink des Wassers, das durch die Gesteinsschichten sickerte und in den Tunnel tröpfelte, klang nicht so musikalisch wie am Tag zuvor. Jetzt hörte es sich laut und beharrlich an. Flea musste in ihren bleibeschwerten Stiefeln mit gesenktem Kopf durch den Schlick waten. Das Wasser spritzte von ihrem Helm und rieselte ihr in den Nacken. Sie brauchte fast eine Stunde, um zu der Einsturzstelle zu gelangen, durch die sie und Wellard sich gebuddelt hatten. Das Loch war noch da, und als sie sich hindurchzwängte und auf der anderen Seite hinunterrutschte, war sie nass und dreckig. Der Überlebensanzug war voller Schlamm, in Mund und Nase hatte sie Sand, und sie fror. Es war so kalt, dass sie mit den Zähnen klapperte.

Sie zog die Taucherlampe aus dem Rucksack und leuchtete damit zum anderen Ende des Tunnelabschnitts und auf den hinteren Teil der Schute, die unter dem nächsten Erdrutsch verkeilt lag. In dem dahinter verborgenen Abschnitt des Tunnels musste der fehlende Luftschacht liegen. Sie watete bis zum Fuß des Erdrutsches und schaltete Helm- und Taucherlampe aus. Der Tunnel versank so schnell in Dunkelheit, dass sie die Hand ausstrecken musste, um nicht das Gleichgewicht zu verlieren. Warum, zum Teufel, hatte sie gestern nicht daran gedacht, die Taschenlampe auszumachen? Denn da *war* Licht, ungefähr drei Meter hoch über dem Boden. Ein matter blauer Schimmer. Mondlicht. Es sickerte durch die lose Erde oben über dem Einbruch. Da war er also – der neunzehnte Luftschacht auf der anderen Seite der Einsturzstelle.

Sie zog die Rucksackgurte straff und kletterte hinauf. Die Markierungsleine rollte hinter ihr ab und klatschte auf die Rückseite ihrer Schenkel. Sie brauchte keine Lampe; das hereindringende Mondlicht genügte. Oben benutzte sie ihre Hände, um einen ebenen Sims für ihre Knie in den Lehm zu graben und einen zweiten für den Rucksack. Dann kniete sie sich darauf und schob den Kopf in das Loch.

Mondlicht. Und eine Geruchsmischung aus Vegetation, Rost und Regenwasser. Der Geruch des Luftschachts. Das Tröpfeln hallte im Raum. Sie zog sich zurück und wühlte in ihrem Rucksack, bis sie den Meißel gefunden hatte, den ihr Vater zum Graben in Höhlen benutzt hatte.

Die Bleicherde, die zuoberst lag, war nicht zusammengepresst, sondern bröckelig und ziemlich trocken. Der Meißel drang rasch durch die losen Steinchen; sie scharrte sie mit den Händen weg und hörte, wie sie hinter ihr den Hang hinabrollten und klatschend ins Wasser fielen. Bald hatte sie unter der Tunneldecke eine dreißig Zentimeter hohe Lücke freigeräumt. Blau lag das Mondlicht vor ihr, aber dann traf sie auf einen Stein. Ein Felsblock. Sie schlug mit dem Meißel dagegen. Noch einmal. Er prallte ab. Ein Funke verglühte. Der Brocken war zu groß. Sie konnte ihn nicht bewegen. Schwer atmend lehnte sie sich zurück.

Fuck.

Sie fuhr sich mit der Zunge über die Lippen und begutachtete das Loch. Es war nicht groß, aber vielleicht gerade weit genug, um durchzukommen. Ein Versuch konnte nicht schaden. Sie nahm den Helm ab, legte ihn neben den Meißel und schob den rechten Arm Stück für Stück durch das Loch. Zwanzig, dreißig Zentimeter, und als er ganz ausgestreckt war, reichte er gut einen halben Meter durch das Loch. Jetzt den Kopf. Sie drehte sich leicht nach links, presste die Augen zu und schob den Kopf hinein. Sie stemmte sich mit den Knien voran und zog sich mit den Fingerspitzen weiter, bis die Hand auf der anderen Seite herauskam und sie die kühle Luft spüren konnte. Scharfe Steinsplitter im Lehm zerkratzten ihr die Wangen. Sie stellte sich vor, wie ihre Hand oben auf dem Erdrutsch aussah: Körperlos ballte und streckte sie sich im Mondlicht. Ob jemand sie beobachtete? Sofort verbannte sie diese Frage aus ihrem Kopf. Solche Gedanken konnten einen innerhalb von einer Sekunde lähmen.

Lehm löste sich und rieselte ihr in den Nacken; kleine Körnchen drangen ihr in die Ohren und legten sich auf ihre Wimpern. Sie schob sich mit den Knien weiter. Um den linken Arm nach vorn zu bekommen, war nicht genug Platz. Sie spannte die Beinmuskeln an. Noch einmal streckte sie die schmerzenden Waden, und dann waren ihr Kopf und der rechte Arm draußen im Licht.

Sie hustete und spuckte, wischte den Dreck aus Augen und Mund und schüttelte ihn vom Kopf.

Sie schaute auf einen weiteren Abschnitt des Kanals hinunter. Er wurde beherrscht von einer Säule aus Mondlicht, die durch den weiten Luftschacht von oben hereinfiel. Bizarre Buckel erhoben sich im Wasser, wo der Lehm in den Kanal gefallen und sich halb aufgelöst hatte. Der Einbruch, auf dem sie lag, war nicht sehr breit: Knapp zwei Meter unter ihr ragte das vordere

Ende des Kahns aus dem Wasser. Die Last des Erdreichs in der Mitte drückte den Bug ein wenig in die Höhe, und das Deck bog sich unter einer verrosteten Seilwinde. Ungefähr fünfzig Meter weit vor ihr, im Dunkeln gerade noch erkennbar, erhob sich die nächste Wand aus Lehm und Steinen. Vielleicht befand sich *dort* das Ende der langen Einsturzstelle, die sie und Wellard gesucht hatten. Dieser neue Abschnitt schien also ebenfalls zu beiden Seiten eingeschlossen zu sein, genau wie der, aus dem sie gekommen war. Das bedeutete, dass der einzige Zugang durch den Luftschacht führte.

Sie schaute hinauf. Wasser tropfte stetig herab, harte kleine Schallpunkte in der Stille. Das Gitter in der Decke war halb zerbrochen und hing bedrohlich herunter, verfilzt von nassen Pflanzenteilen. Aber da baumelte etwas durch die Lücke zwischen Gitter und Schachtwand. Ein Stück Kletterseil an einem Haken, in einer Schlaufe durch die beiden Henkel eines großen schwarzen Seesacks gezogen und mit einem Karabinerhaken gesichert. Der Seesack warf einen zerfaserten Schatten auf das Wasser. Das Seil wirkte stark genug, um einen großen Gegenstand in den Kanal hinunterzulassen. Einen Leichnam zum Beispiel. Und da war noch etwas, das nicht in den Tunnel gehörte. Ein undeutlicher, heller Streifen weiter hinten auf dem Wasser. Flea spähte konzentriert hinüber. Da schwamm etwas zwischen den Stein- und Lehmhaufen im Wasser, gleich hinter der Säule aus Mondlicht: ein Schuh, eine Mischung aus Spangen- und Turnschuh. Pastellfarben bedruckt, weich, mit einer kleinen Schnalle am Querriemen – ein Kinderschuh. Genau so einer, wie Martha ihn bei ihrem Verschwinden getragen hatte.

Ein Adrenalinstoß durchfuhr Fleas Körper bis in die Fingerspitzen. Er war hier gewesen. Vielleicht versteckte er sich irgendwo im Schatten...

Aufhören. Nicht fantasieren. Handeln. Er konnte ihr nicht durch dieses Loch folgen. Das einzig Kluge wäre, den Rückzug anzutreten, den Weg durch den Kanal zurückzugehen und

Alarm zu schlagen. Sie begann rückwärtszurutschen, aber auf halber Strecke blieb sie stecken. Ihre Schultern klemmten in dem engen Loch. Hektisch versuchte sie, den rechten Arm zurückzuziehen, und drehte sich seitwärts, um ihn zu lösen, doch dabei pressten ihre Rippen sich an die Höhlendecke und drückten ihr die Lunge zusammen. Sie zwang sich innezuhalten: Sie durfte nicht in Panik geraten. Im Kopf hörte sie sich schreien, aber sie ließ innerlich locker und nahm sich Zeit, um sich zu beruhigen. Sie atmete flach, damit ihre Lunge trotz des Drucks arbeiten konnte.

Irgendwo aus der Ferne kam ein vertrautes Geräusch. Ein Donnern. Sie und Wellard hatten es gehört, als sie das erste Mal hier waren. Ein Zug raste über die Gleise. Sie sah ihn vor sich, er wirbelte die Luft zur Seite, und unter ihm bebten Erde und Gestein. Die meterdicken Schichten aus Erde und Lehmsedimenten über ihr konnte sie ebenfalls vor sich sehen. Und ihre Lunge: zwei verwundbare ovale Hohlräume in der Dunkelheit. Die kleinste Bewegung des Bodens konnte sie zerquetschen. Und Martha. Vielleicht lag ihr Leichnam irgendwo da vorn im Kanal.

Ein Stein löste sich dicht vor ihrem Kopf, rollte den kurzen Hang hinunter und fiel platschend ins Wasser. Der Tunnel bebte. *Scheiße, Scheiße, Scheiße.* Sie atmete so tief ein, wie sie konnte, stemmte die Knie an die Öffnung, krallte die linke Hand um den Felsbrocken und zog mit aller Kraft. Ruckartig und mit den Füßen voran rutschte sie in die erste Kammer zurück und schrammte mit dem Kinn über den Steinbrocken. Die Markierungsleine glitt den Abhang hinunter, und sie purzelte mitsamt ihrem Rucksack hinterher und landete rücklings im Wasser.

Die Kammer um sie herum ächzte und dröhnte. Sie zerrte die Lampe aus dem Rucksack, schaltete sie ein und leuchtete nach oben. Die ganze Höhle vibrierte. Ein Riss in der Tunneldecke verlängerte sich blitzartig; er sah aus wie eine Schlange, die sich durch das Gras schlängelte. Ein ohrenbetäubendes Krachen

hallte von den Wänden der kleinen Kammer wider. Vornüber-
gebeugt taumelte sie durch das Wasser auf die einzige Deckung
zu, die sie ausmachen konnte: zum Heck der Schute. Gerade
hatte sie sich in den Hohlraum dahinter gezwängt, als das Pras-
seln herabstürzender Erdbrocken den Tunnel erfüllte und Steine
pfeifend an ihren Ohren vorbeiflogen.

Der Lärm schien kein Ende zu nehmen. Sie kauerte im
Schlamm, schützte den Kopf mit den Händen und hielt die Augen fest geschlossen. Auch als der Zugdonner verklungen war,
blieb sie so sitzen und lauschte auf das Klappern kleiner Steine,
die immer noch herunterfielen. Jedes Mal, wenn sie dachte, es
sei vorüber, rieselten irgendwo im Dunkeln erneut welche herab
und klatschten ins Wasser. Es dauerte mindestens fünf Minuten, bis in der Kammer wieder Ruhe herrschte und sie den Kopf
heben konnte.

Sie wischte sich das Gesicht an den Schultern ihres Über-
lebensanzugs ab, leuchtete mit der Lampe umher und fing an
zu lachen, ein langes, leises Lachen ohne Heiterkeit, fast ein
Schluchzen, das in dem, was von der Kammer noch übrig war,
widerhallte. Am liebsten hätte sie sich die Ohren zugehalten. Sie
ließ den Kopf auf den Rand des Kahns sinken und rieb sich die
Augen.

Fuck. Was sollte sie jetzt machen?

46

Das Mondlicht kroch hinter den Wolkenfetzen hervor, und
das Spiegelbild des kalten Sternenhimmels im Wasser des Stein-
bruchsees verblasste in seinem blauen Glanz. Caffery parkte auf
dem Weg am Rand des Sees und schaute reglos aus dem Fenster.
Ihm war kalt. Er befand sich jetzt seit mehr als einer Stunde hier.

Nachdem er vier Stunden tief in seinem Bett geschlafen hatte, war er kurz vor fünf plötzlich hochgeschreckt und sich sicher gewesen, dass ihn etwas draußen in der eiskalten Nacht erwartete. Er war aufgestanden, denn wenn er jetzt wach zu Hause bliebe, würde das ein schlechtes Ende nehmen – wahrscheinlich mit Tabaksbeutel und Whiskyflasche. Deshalb hatte er Myrtle auf den Rücksitz gepackt und war ein bisschen durch die Gegend gefahren. Er hatte damit gerechnet, irgendwo hinter einer Hecke das Lager des Walking Man zu entdecken. Stattdessen war er hier draußen gelandet.

Der geflutete Steinbruch war groß – ungefähr so groß wie drei Fußballplätze – und tief. Er hatte die Pläne studiert und herausgefunden, dass das Wasser an einer Stelle mehr als fünfzig Meter in die Tiefe reichte. Die Felsen dort unten waren von Pflanzen bedeckt, dazwischen lagen alte Steinabbaumaschinen, und es gab überflutete Nischen und Höhlenverstecke.

Zu Anfang des Jahres hatte ein Mann ihm Kopfzerbrechen bereitet, ein illegaler Einwanderer aus Tansania, der ihn durch das ganze County verfolgt und aus dem Schatten beobachtet hatte, wie ein Kobold oder wie Gollum. Fast einen Monat lang war das gegangen, und so plötzlich, wie der Mann damit begonnen hatte, hatte er auch wieder aufgehört. Caffery wusste nicht, was aus ihm geworden war – ob er überhaupt noch lebte. Manchmal ertappte er sich dabei, dass er spätabends aus dem Fenster schaute und sich fragte, wo er sein mochte. Fast vermisste er den Kerl.

Eine Zeit lang hatte der Tansanier hier im Steinbruch gehaust, unter den Bäumen rings um den See. Aber es gab noch mehr an diesem Ort, das Caffery bei jedem Geräusch, bei jedem Flackern des Lichts an seinem Auto eine Gänsehaut über den Rücken jagte. Hierher hatte Flea die Leiche geschafft. Die tote Misty lag irgendwo in der schweigenden Tiefe.

Sie beschützen sie, und Sie sehen noch nicht, was für einen hübschen Kreis das abgibt.

Einen hübschen Kreis.

Eine einzelne Winterwolke zog am Mond vorbei. Caffery starrte ihn an – den Mond. Ein blasser Fingernagel in Weiß, ein schwacher Lichtschimmer auf seiner dunklen Seite. Rate mal hier, rate mal da. Der Walking Man, dieser raffinierte Hund, gab ihm immer wieder Hinweise. Ließ ihn immer weiterkriechen, immer mit der Nase am Boden. Caffery glaubte nicht, dass der Zorn des Walking Man lange anhalten würde. Aber heute Nacht hatte er ihn nicht gefunden, und schon das empfand er als eine Rüge.

»Dieser störrische alte Scheißkerl«, sagte er zu Myrtle, die auf dem Rücksitz hockte. »Dieser elende, störrische alte Scheißkerl.«

Er zog sein Telefon aus der Tasche und wählte Fleas Nummer. Es war ihm egal, ob er sie weckte, und er wusste auch nicht, was er sagen sollte. Er wollte der Sache einfach ein Ende bereiten. Hier und jetzt. Dazu brauchte er den Walking Man mit seinem Hokuspokus, seinen Rätseln und Hinweisen nicht. Aber sofort meldete sich die Mailbox. Er trennte die Verbindung und steckte das Telefon wieder ein. Nicht einmal zehn Sekunden später klingelte es in seiner Tasche. Er zerrte es heraus und dachte, Flea rufe zurück, aber sie war es nicht. Die Nummer des Anrufers war unterdrückt.

»Ich bin's. Turner. Im Büro.«

»Mein Gott.« Caffery rieb sich müde die Stirn. »Was, zum Teufel, machen Sie denn da so früh am Morgen?«

»Ich konnte nicht schlafen.«

»Weil Sie sich überlegen, wie viele Überstunden Sie zusammenmogeln können?«

»Ich hab da was.«

»Was?«

»Edward Moon. Bekannt als Ted.«

»Wer ist...?«

»Der kleine Bruder dieses fetten Scheißers.«

»Und für den soll ich mich interessieren, weil ...?«

»Weil wir ihn in unserem Fotoalbum haben. Sie müssen sich die Bilder ansehen, aber ich bin neunundneunzig Komma neun Prozent sicher: Er ist es.«

Caffery sträubten sich die Nackenhaare wie bei einem Jagdhund, der Blut wittert. Er blies die Wangen auf. »Im Fotoalbum? Er ist vorbestraft?«

»Vorbestraft?« Turner lachte trocken. »So kann man es nennen. Er hat zehn Jahre in Broadmoor abgesessen, in der psychiatrischen Hochsicherheitsklinik. Wurde gerichtlich dort eingewiesen. Gilt das als Vorstrafe?«

»Du lieber Gott. Zehn Jahre – dann war es sicher ...«

»Mord, ja.« Turners Stimme klang ruhig, aber sie hatte einen erregten Unterton. Auch er hatte das Blut gewittert. »An einem dreizehnjährigen Mädchen. Und zwar brutal. Wirklich abscheulich. Also ...« Er machte eine kurze Pause. »Also, Boss, was soll ich jetzt tun?«

47

Meine Kollegen werden sich in Ihrer Wohnung umsehen. Den Durchsuchungsbeschluss hat man Ihnen gezeigt – es ist alles koscher. Sie können hierbleiben, solange Sie nicht versuchen, unsere Arbeit zu behindern.«

Es war kurz vor sieben am Morgen, und Caffery befand sich wieder in der feuchten kleinen Wohnung der Moons. Auf dem Tisch standen die Reste eines gebratenen Frühstücks, Flaschen mit Ketchup und Steaksauce und zwei schmierige Teller. Schmutzige Töpfe und Pfannen stapelten sich in der Spüle. Draußen war es noch dunkel, aber sie konnten ohnehin nicht hinausschauen: Die kleine Paraffinheizung in der Ecke hatte dafür gesorgt, dass die Scheiben beschlagen waren. Das Kondenswasser floss in Rinnsalen daran herunter. Die beiden Männer, Vater und Sohn, saßen auf dem Sofa. Richard Moon trug eine Jogginghose, deren Hosenbeine an den Knöcheln aufgeschnitten waren, damit seine gewaltigen Waden hindurchpassten, und ein marineblaues T-Shirt mit dem Wort VISIONARY auf der Brust und Schweißflecken unter den Achseln. Er stierte Caffery an und hatte Schweißperlen auf der Oberlippe.

»Komisch, nicht?« Caffery saß am Tisch und musterte ihn aufmerksam. »Dass Sie Ihren Bruder gestern überhaupt nicht erwähnt haben?« Er beugte sich vor und zeigte ihm den Fotoausweis, mit dem Ted Moon in den Büros der MCIU ein und aus gegangen war. »Ted. Wieso haben Sie den nicht erwähnt? Kommt mir komisch vor.«

Richard Moon warf einen Blick zu seinem Vater hinüber, der warnend die Brauen hochzog. Richard ließ den Kopf hängen.

»Ich sagte, das ist doch komisch, Richard.«

»Kein Kommentar«, brummte Richard.

»Kein Kommentar? Ist das eine Antwort?«

Richards Blick huschte umher, als schwebten lauter Lügen in der Luft, die irgendwo versteckt werden mussten. »Kein Kommentar.«

»Was soll dieser ›Kein-Kommentar‹-Scheiß? Haben Sie zu viel ferngesehen? Sie sind nicht verhaftet, wissen Sie. Ich zeichne nichts auf, Sie stehen nicht unter Anklage, und mit Ihrem ›Kein Kommentar‹ erreichen Sie lediglich, dass ich gleich stinksauer werde. Und dann könnte ich es mir anders überlegen und entscheiden, dass Sie doch verhaftet sind. Also, warum haben Sie uns nichts von Ihrem Bruder erzählt?«

»Kein Kommentar.« Das kam von Peter Moon. Sein Blick war kalt und hart.

»Dachten Sie, es ist nicht weiter wichtig?« Er holte das Blatt hervor, das Turner aus der polizeilichen Datenbank ausgedruckt hatte. Die Staatsanwaltschaft würde die Einzelheiten aus ihren Akten nachliefern, aber die schlichten Fakten, die hier auf diesem Blatt standen, genügten, um Caffery erkennen zu lassen, womit sie es zu tun hatten. Moon hatte die dreizehn Jahre alte Sharon Macy ermordet. Die Leiche hatte er irgendwo versteckt – sie war nie gefunden worden –, aber er war anhand von DNA-Spuren überführt worden. Den Unterlagen nach hatte es dabei kein Problem gegeben, denn Sharons Blut befand sich überall an Ted Moons Kleidung und an seiner Bettwäsche; und auf dem Boden in seinem Schlafzimmer lag so viel Blut, dass es an manchen Stellen zwischen die Dielen gesickert war. Die Flecken an der Decke im Zimmer darunter hatten sich immer noch weiter ausgebreitet, als die Polizei eintraf, um ihn zu verhaften. Er war zehn Jahre im Gefängnis gesessen, bis das Innenministerium sich ein Jahr zuvor der Auffassung der zuständigen Psychiatriemediziner angeschlossen hatte: Ted Moon stelle keine Gefahr mehr für sich selbst oder andere dar. Er war unter Auflagen aus Broadmoor entlassen worden.

»Das hat Ihr Bruder getan.« Caffery hielt Moon den Ausdruck unter die Nase. »Was für ein elendes Schwein bringt ein dreizehnjähriges Mädchen um? Wissen Sie, was der Rechtsmediziner damals gesagt hat? Dass er ihr den Kopf halb abgeschnitten haben muss, um so viel Blut fließen zu lassen. Keine Ahnung, wie es Ihnen geht, aber mir wird übel, wenn ich nur daran denke.«

»Kein Kommentar.«

»Ich biete Ihnen Folgendes an. Sie sagen mir jetzt, wo er ist, und wir können darüber reden, dass Ihnen eine Strafanzeige wegen Behinderung der polizeilichen Ermittlungen erspart bleibt.«

»Kein Kommentar.«

»Wissen Sie, wie lange Sie für eine solche Behinderung in den Knast wandern können? Hm? Sechs Monate. Und wie viele davon werden Sie wohl überstehen, Fettsack? Vor allem, wenn sich da herumspricht, dass Sie einen Kinderficker geschützt haben. Also, wo ist er?«

»Ich weiß …«

»Richard«! Sein Vater schnitt ihm das Wort ab und legte einen Finger an die Lippen.

Richard Moon sah ihn kurz an und legte dann den Kopf in den Nacken. Schweiß lief in den Kragen seines T-Shirts. »Kein Kommentar«, murmelte er. »Kein Kommentar.«

»Boss?«

Sie drehten sich um.

Turner stand in der Tür. Er hielt einen Gefrierbeutel in der Hand, in dem ein dicker Umschlag steckte. »Das lag im Spülkasten auf dem Klo.«

»Machen Sie es auf.«

Turner öffnete den Beutel und stocherte zweifelnd in dem Umschlag herum. »Papiere. Hauptsächlich.«

»Was tun die in Ihrem Spülkasten, Mr. Moon? Scheint mir doch ein seltsamer Aktenschrank zu sein.«

»Kein Kommentar.«

»Mein Gott. Turner, geben Sie her. Haben Sie Handschuhe?« Turner legte den Umschlag auf den Tisch und zog ein Paar Handschuhe aus der Tasche. Caffery streifte sie über und schüttelte den Inhalt des Umschlags auf den Tisch. Es waren hauptsächlich Rechnungen, und der Name Edward Moon tauchte immer wieder auf. »Und … äh – was ist das?« Er hob die Brauen. »Sieht faszinierend aus.« Mit Daumen und Zeigefinger zog er einen Pass zwischen den Papieren hervor und klappte ihn auf. »Der verschwundene Pass! Ich bin platt. Wie groß ist die Chance, dass so was passiert? Irgendein Arschloch bricht hier ein, klaut all Ihr Zeugs und kommt nach Jahren wieder zurück, um das Ding auf dem Klo zu verstecken. Ein Happy End – ich liebe so was.«

Die beiden Moons starrten ihn dumpf an. Peter Moon war dunkelrot, beinahe bläulich angelaufen – Caffery wusste nicht, ob vor Wut oder vor Angst. Er warf den Pass zu den Rechnungen auf den Tisch. »Haben Sie den Ihrem Bruder gegeben, damit er sich damit sein Führungszeugnis beschafft? Ihres ist ja clean, aber seins ist dreckig. Ziemlich dreckig sogar, wenn Sie mich fragen.«

»Kein Kommentar.«

»Sie werden irgendwann einen Kommentar abgeben müssen. Oder zum Himmel beten, dass Ihr Zellengenosse kein AIDS hat, Fettsack.«

»Nennen Sie ihn nicht so.«

»Ach.« Caffery wandte sich dem Vater zu. »Sie wollen jetzt mit mir sprechen, ja?«

Es war still. Peter Moon presste die Lippen zusammen und bewegte sie auf und ab, als kämpfte er mit den Worten. Sein Gesicht erinnerte an eine rote Faust.

»Na?« Caffery legte höflich den Kopf zur Seite. »Werden Sie mir sagen, wo Ihr Sohn ist?«

»Kein Kommentar.«

Caffery schlug mit beiden Händen auf den Tisch. »Okay – das reicht. Turner!« Er deutete mit dem Kinn auf die beiden Männer. »Führen Sie sie ab. Mir reicht's. Sie können jetzt mitkommen, und dann machen wir ernst mit Ihnen. Wir legen Ihnen Ihr eigenes Vergehen zur Last. Sie können Ihr ›Kein-Kommentar‹-Spielchen spielen, und dann werden wir sehen, ob …«

»Boss?« Turner hatte seine Handschellen hervorgeholt und wartete darauf, dass Caffery ihm weitere Anweisungen gab. »Wo bringen wir sie denn hin? Auf das örtliche Revier?«

Caffery antwortete nicht. Er starrte gebannt auf eine der Rechnungen.

»Boss?«

Caffery hob langsam den Kopf. »Wir müssen mit der Einsatzabteilung reden«, sagte er. »Das hier könnte etwas sein.«

Turner kam herüber, sah das Blatt an, das Caffery in der Hand hielt, und stieß einen leisen Pfiff aus. »O Gott.«

»Kann man wohl sagen.« Es war ein gewerblicher Pachtvertrag, aus dem hervorging, dass Ted Moon seit mindestens elf Jahren eine verschließbare Garagenhalle in Gloucestershire gemietet hatte. Sie besaß ein festes Rolltor aus Stahl und hundert Quadratmeter Lagerfläche. In der Beschreibung war alles aufgeführt, auch eine Adresse in Tarlton, Gloucestershire.

Nur eine halbe Meile weit vom Sapperton-Tunnel entfernt.

48

Caffery glaubte nicht an einen Zufall. In seinen Augen war Ted Moons Garage ein Hinweis, wie er handfester noch keinem Polizisten unter die Augen gekommen war. Während ein anderer Polizist die Moons belehrte und in den Wagen verfrachtete, blieb Caffery in der schäbigen kleinen Wohnung sitzen und telefonierte. Innerhalb von zehn Minuten hatte er veranlasst, dass zwei Unterstützungseinheiten unterwegs zu der Halle waren, um sich dort mit ihm zu treffen. »Für einen Durchsuchungsbeschluss ist keine Zeit«, sagte er zu Turner, als er sich in den Mondeo schwang. »Wir berufen uns auf Gefahr im Verzug. Gefahr für Leib und Leben. Kein Grund, den netten Richter zu stören. Wir sehen uns dort.«

Er fuhr, so schnell er konnte, durch den morgendlichen Verkehr. Schier endlose Reihen roter Bremslichter leuchteten vor ihm in den Staus, als er hinter Turners Sierra über die A432 und dann auf die M4 fuhr. Sie waren weniger als vier Meilen von der Garage entfernt, als Cafferys Telefon klingelte. Er schob sich den Knopf ins Ohr und meldete sich. Es war Nick, die Familienbetreuerin bei den Costellos, und sie klang panisch. »Es tut mir leid, wenn ich Sie ständig nerve, aber ich mache mir jetzt wirklich Sorgen. Ich habe Ihnen schon drei Nachrichten hinterlassen, und ich glaube, es ist wirklich ernst.«

»Ich hatte viel um die Ohren hier oben. Hab das Telefon stumm geschaltet. Was gibt's denn?«

»Ich bin bei den Costellos, in der neuen Wohnung in ...«

»Ich weiß, wo.«

»Ich sollte hier für eine Stunde vorbeischauen, um zu sehen, wie sie zurechtkommen, aber jetzt bin ich hier und kann nicht rein.«

»Sind sie nicht da?«

»Doch, ich glaube schon, aber sie machen nicht auf.«

»Sie haben doch einen Schlüssel, oder?«

»Ja, aber ich kann die Tür nicht öffnen. Sie haben die Ketten vorgelegt.«

»Ist denn da nicht ein Corporal bei ihnen?«

»Nein. Den hat DC Prody gestern Abend weggeschickt. Aber Prody muss vergessen haben, auf dem Revier Bescheid zu sagen, wenn er geht, denn da war niemand eingeteilt, um ihn abzulösen.«

»Rufen Sie ihn an.«

»Hab ich schon getan. Sein Telefon ist abgeschaltet.«

»Dann die Costellos. Haben Sie's bei denen schon versucht?«

»Ja, natürlich. Ich hab mit Cory gesprochen, aber der ist nicht in der Wohnung. Sagt, er war die ganze Nacht nicht da. Ich glaube, er und Janice hatten Streit. Er ist jetzt unterwegs. Er hat seine Frau ebenfalls angerufen, aber sie nimmt auch seinen Anruf nicht an.«

»*Scheiße!*« Caffery trommelte auf dem Lenkrad. Sie waren kurz vor der Ausfahrt auf die A46. Er konnte jetzt entweder links nach Sapperton abbiegen oder rechts nach Pucklechurch und zu der Wohnung mit den Costellos. »Scheiße.«

»Ich muss Ihnen sagen – ich hab Angst.« Nicks Stimme klang zittrig. »Hier stimmt was nicht. Sämtliche Vorhänge sind fest zugezogen. Und niemand meldet sich.«

»Ich komme.«

»Wir brauchen ein Einsatzteam für eine gewaltsame Öffnung. Diese Ketten sind massiv.«

»Okay.«

Er schwenkte nach rechts auf die A46 in Richtung Süden und wählte Turners Telefonnummer. »Planänderung, Kollege.«

»Wie jetzt?«

»Fassen Sie die Einheiten zusammen, und sichern Sie die Garage. Umzingeln Sie sie – weiträumig –, aber unternehmen Sie noch nichts. Warten Sie auf mich. Und schicken Sie mir noch ein Unterstützungsteam zur Wohnung der Costellos. Da stimmt anscheinend irgendwas nicht.«

»Drei Unterstützungseinheiten? Die Einsatzabteilung wird uns lieben.«

»Na, sagen Sie denen, dafür kommen sie in den Himmel.«

49

Auf der Straße nach Pucklechurch galt ein Tempolimit von vierzig Meilen pro Stunde. Caffery fuhr sechzig, so oft die Kolonnen der Pendler es zuließen. Als er ankam, wurde es hell; die Straßenlaternen waren ausgeschaltet. Nick stand auf dem Gehweg; sie trug einen Pepitamantel und schicke hochhackige Stiefel. Sie schaute die Straße entlang und kaute an ihren Fingernägeln. Als sie ihn entdeckte, lief sie zum Randstein und riss die Wagentür auf. »Ich hab da was gerochen. Die Tür geht gerade so weit auf, dass ich den Kopf in den Spalt schieben kann, und da ist ein Geruch.«

»Gas?«

»Eher wie Lösungsmittel. Wie diese Klebstoffschnüffler immer riechen, wissen Sie?«

Caffery stieg aus und sah zu der Wohnung hinauf, zu den geschlossenen Vorhängen hinter den Fenstern. Nick hatte die Haustür offen gelassen, so weit das mit den beiden Ketten möglich war. Er konnte den blauen Teppich auf der Treppe und ein paar Schleifspuren an den Wänden erkennen. Er warf einen Blick auf die Uhr. Das Unterstützungsteam musste jeden Augenblick eintreffen. Sie hatten keinen weiten Weg.

»Halten Sie mal.« Er zog die Jacke aus und gab sie ihr. »Und schauen Sie woandershin.«

Nick ging ein paar Schritte zurück und hob eine Hand, um die Augen abzuschirmen. Caffery warf sich gegen die Tür und drehte sich dabei halb, sodass seine Schulter als Erstes Kontakt bekam. Die Tür sprang fast aus den Angeln und erzitterte dröhnend, aber die Ketten hielten, und er wurde auf den Gehweg zurückgeschleudert. Er hüpfte ein paar Schritte, fand sein Gleichgewicht wieder und versuchte es noch einmal: Er packte die Holzpfosten der kleinen Veranda mit beiden Händen, lehnte sich zurück und rammte den Fuß gegen die Tür. Einmal. Zweimal. Dreimal. Jedes Mal erzitterte sie mit ohrenbetäubendem splitterndem Krachen, und jedes Mal prallte sie wieder in ihren Rahmen zurück.

»*Fuck.*« Schwitzend blieb er auf dem Gehweg stehen. Seine Schulter schmerzte, und bei den Fußtritten hatte er sich das Kreuz verrenkt. »Bin allmählich zu alt für so was.«

»Das soll ja ein Safe House sein.« Nick ließ die Hand sinken und betrachtete zweifelnd die Tür. »Ist auch eins. Eben sicher.«

Er schaute wieder zu den Fenstern hinauf. »Hoffentlich haben Sie recht.«

Ein weißer, gepanzerter Mercedes Sprinter hielt an. Caffery und Nick verfolgten, wie sechs Mann in Kampfausrüstung heraussprangen. 727: Das war Fleas Einheit.

»Wir sehen uns schon wieder?« Während der Rest der Truppe den roten Rammbock aus dem Van holte, trat Wellard zu Cafferty und schüttelte ihm die Hand. »Allmählich glaube ich, Sie stehen auf mich.«

»Na ja, die Uniform gibt Ihnen so ein gewisses Etwas. Kommen Sie schon wieder in Vertretung?«

»Sieht so aus.«

»Wo ist Ihr Sergeant?«

»Ehrlich? Ich weiß es nicht. Ist heute nicht zum Dienst erschienen. Passt nicht zu ihr, aber in letzter Zeit passt überhaupt nichts zu ihr.« Er klappte das Helmvisier zurück und spähte seitlich am Haus hinauf. »Was haben wir denn hier? Ich glaube, ich kenne die Hütte. Das ist die alte Opferschutzwohnung, oder?«

»Wir haben eine gefährdete Familie hier untergebracht, im Rahmen des Zeugenschutzes. Die Lady da drüben«, er zeigte auf Nick, »ist vor einer halben Stunde hier aufgekreuzt. Sie wird erwartet, aber niemand macht ihr auf. Innen sind die Ketten vorgelegt. Und es riecht nach irgendwas. Nach Lösungsmittel oder so ähnlich.«

»Wie viele Personen?«

»Drei, vermutlich. Eine Frau Mitte dreißig, eine Frau Mitte sechzig und ein kleines Mädchen. Vier.«

Wellard hob die Brauen. Er warf noch einen Blick auf das Haus, sah dann Nick und Caffery an und winkte wortlos seinen Männern. Sie trabten mit dem Rammbock an, bauten sich rechts und links vor der Tür auf und setzten ihn schwingend in Bewegung. Nach drei ohrenbetäubenden Stößen zersplitterte die Tür in zwei Hälften. Die eine hing an den beiden Sicherheitsketten, die andere in den Angeln.

Wellard und zwei seiner Leute sprangen mit erhobenen Schutzschilden über die Trümmer der Tür in den Hausflur. Sie stürmten die Treppe hinauf und schrien dabei, wie sie es in der Wohnung der Moons getan hatten: »Polizei, Polizei!«

Caffery folgte ihnen. Ein beißender Dampf wehte ihm entgegen. Er verzog das Gesicht. »Macht ein paar Fenster auf, irgendjemand!«, schrie er.

Oben angelangt, sah er, dass Wellard am Ende des Treppenabsatzes eine Tür aufhielt. »Ihre sechzigjährige Lady.«

Caffery warf einen Blick in den Raum und erblickte die Frau auf dem Bett – Janices Mutter. In einem cremefarbenen Pyjama, das kurze weiße Haar aus der sonnengebräunten Stirn zurückgestrichen, lag sie auf der Seite, einen Arm über den Kopf gestreckt, den andern über das Gesicht gelegt. Als er ihre langsame und flache Atmung hörte, musste er an Hospize und Pflegestationen denken. Bei dem plötzlichen Lärm regte sie sich und öffnete halb die Augen; ihre Hand hob sich in einer unbestimmten Bewegung, aber sie wachte nicht auf.

Caffery beugte sich über das Treppengeländer und rief den Männern im Erdgeschoss zu: »Rufen Sie den Rettungsdienst, schnell!«

»Erwachsener Mann hier!«, schrie ein anderer Officer, der in der Küchentür stand.

»Ein erwachsener Mann?« Caffery lief zu ihm. »Nick hat gesagt, er ist nicht…« Er führte den Satz nicht zu Ende. Das Küchenfenster stand einen kleinen Spalt weit offen. Auf der Abtropfplatte stapelten sich ein paar abgespülte Teller und Tassen, daneben standen ein mit Klarsichtfolie abgedeckter Teller mit Essen und auf dem Kühlschrank eine leere Weinflasche. Ein Mann lag auf dem Boden. Sein Kopf lehnte in einem absonderlichen Winkel am Küchenschrank, und sein weißes Hemd war voll von Erbrochenem. Aber es war nicht Cory Costello, sondern DC Prody.

»O mein Gott – Paul? *Hey*!« Caffery ging in die Hocke und schüttelte ihn. »Aufwachen. Scheiße, wachen Sie auf!«

Prody bewegte den Unterkiefer auf und ab. Ein langer Speichelfaden hing an seiner Lippe. Er hob die Hand und versuchte kraftlos, ihn wegzuwischen.

»Was, zum Teufel, ist passiert?«

Prody öffnete die Augen halb und schloss sie wieder. Sein Kopf rollte herum. Caffery kehrte zurück in den Flur. Von dem ätzenden Dunst tränten ihm die Augen.

»Sind die Sanitäter unterwegs?«, schrie er über das Treppengeländer. »Ich will's hoffen. Und zum zweiten Mal: Kann jemand die gottverdammten Fenster aufmachen?« Er blieb stehen und schaute zum Ende des Treppenabsatzes. Ein Officer – Wellard, noch immer mit heruntergeklapptem Visier – stand erneut in einer offenen Tür, jetzt im vorderen Teil der Wohnung. Das musste das Zimmer sein, das auf die Straße führte. Wellard winkte langsam. Aber er winkte, ohne sich umzudrehen, denn das, was er vor sich sah, schien ihn zu faszinieren.

Einen Augenblick lang empfand Caffery nichts als Angst. Er wollte einfach nur weg von hier. Er wollte um keinen Preis wissen, was Wellard da sah.

Das Herz klopfte hart in seiner Brust, als er zu Wellard ging und neben ihm blieb. Das Zimmer vor ihnen lag im Dunkeln. Die Fenster waren geschlossen, die Vorhänge zugezogen. Der chemische Geruch war viel stärker hier. Zwei Betten standen im Zimmer: ein leeres unter dem Fenster und ein zerwühltes Doppelbett, auf dem eine Frau lag. Mit ihren wirren dunklen Haaren sah sie aus wie Janice Costello. Ihr Rücken hob und senkte sich.

Caffery drehte sich zu Wellard um, und der blickte ihn sonderbar an. »Was ist denn?«, zischte er. »Das ist eine Frau. Haben Sie etwas anderes erwartet?«

»Nein, aber was ist mit dem kleinen Mädchen? Ich hab zwei Frauen und einen Mann gesehen, aber kein kleines Mädchen. Sie vielleicht?«

50

Über dem winzigen Dörfchen Coates dämmerte der Morgen herauf. Es war eine halbherzige Morgendämmerung ohne orangegelbe Tupfen am Himmel, nur ein konturloses, aschgraues Licht, das matt über die Dächer kroch, vorbei am Turm der kleinen Kirche und über die Wipfel der Bäume und dann wie ein Dunstschleier auf eine winzige Lichtung tief im Wald von Gut

Bathurst. In einem von Gras umwucherten Luftschacht, dreißig Meter über dem Kanaltunnel, kroch die schwarze Grenze zwischen Tag und Nacht langsam nach unten. Auf ihrem Weg in den Bauch der Erde erreichte sie eine Höhle, die zwischen zwei Erdeinbrüchen in einem kurzen Tunnelabschnitt entstanden war. Das diffuse Licht erreichte das schwarze Wasser und malte einen Schatten unter den Seesack, der bewegungslos am Ende eines Seils hing, und dann legte es sich auf Felsbuckel und Geröll.

Flea Marley auf der anderen Seite der Einsturzstelle nahm nichts von der Morgendämmerung wahr. Sie nahm überhaupt nur die Kälte und die Stille der Höhle wahr. Sie lag auf einem unebenen Sims am Fuß des Erdrutsches. Zu einer Kugel zusammengerollt wie ein fossiler Ammonit, presste sie das Kinn an die Brust und die Hände unter die Achseln, um sich warm zu halten. Sie schlief halb. Die Dunkelheit drückte auf ihre Augenlider, hinter denen Lichter und seltsame, pastellfarbene Bilder tanzten.

Kein Licht vorläufig. Die große Taschenlampe und die kleine Helmlampe waren alles, was den Einsturz überstanden hatte. Sie schaltete sie nicht ein, um die Batterien zu schonen, bevor sie schließlich zu Dads alter Karbidlampe greifen müsste. Zu sehen gab es hier sowieso nichts. Sie wusste, was der Lichtstrahl beleuchten würde: ein klaffendes Loch in der Tunneldecke, wo tonnenweise Erde und Gestein herausgebrochen waren. Der ganze Schutt hatte den Boden an manchen Stellen um einen Meter erhöht und die alten Geröllhänge an beiden Enden des Tunnels mit Erde und Steinen bedeckt. Ihre Fluchtwege waren beide zugeschüttet, und diesmal genügten die Hände zum Graben nicht. Sie hatte es versucht, bis zur Erschöpfung. Nur mit einem Presslufthammer und einer Planierraupe könnte man einen Tunnel durch diese Barrieren graben. Wenn der Entführer auftauchen sollte, würde er nicht mehr an sie herankommen. Aber das war praktisch ohne Bedeutung, denn für sie gab es kein Zurück mehr. Sie saß in der Falle.

Immerhin, sie fand hier unten eine ganze Menge heraus. Zum Beispiel: Wenn man dachte, es könne nicht mehr kälter werden, fror man bald noch sehr viel mehr. Sie fand heraus, dass sogar in aller Herrgottsfrühe Züge auf der Strecke der Cheltenham and Great Western Union Railway verkehrten. Güterzüge, nahm sie an. Alle Viertelstunde donnerte einer vorüber und erschütterte die Erde, sodass ein paar Steine aus unsichtbaren Ritzen in den Tunnel herabfielen. Zwischen den Zügen döste sie unruhig vor sich hin und erwachte wieder, fröstelnd und wie elektrisiert von Angst und Kälte. An ihrem Handgelenk tickte die wasserdichte Citizen-Armbanduhr die Minuten herunter und zählte die kleinen Schritte ihres verstreichenden Lebens.

Jack Cafferys Bild tauchte in ihrem Kopf auf. Nicht Jack Caffery, der sie anschrie, sondern Jack Caffery, der leise mit ihr sprach. Die Hand, die er ihr einmal auf die Schulter gelegt hatte – die Wärme war durch ihr Shirt gedrungen. Sie hatten in einem Auto gesessen, und damals hatte sie gedacht, er habe sie berührt, weil sie in einer offenen Tür stand, bereit, durch sie in eine ganz neue Welt zu treten. Aber das Leben duckte sich weg und schlug seine Haken, und nur die Stärksten und Fähigsten flogen dabei nicht gelegentlich aus der Kurve.

Dann erschien Misty Kitsons Gesicht vor ihr, lächelnd auf den Titelseiten der Zeitungen, und Flea dachte, vielleicht war das der ganz große Haken: Weil sie und Thom erfolgreich verschleiert hatten, was mit Misty geschehen war, hatte jemand Höheres entschieden, dass sie bezahlen mussten. Es war eine Ironie des Schicksals, dass sie am Ende damit bezahlen sollte, in einer Gruft zu liegen wie Mistys Leiche.

Jetzt regte sie sich. Sie zog die eiskalten Hände unter den Achseln hervor und tastete nach dem Handy in der wasserdichten Tasche des Neoprenanzugs. Kein Netzkontakt. Keine Chance. Sie kannte die Pläne, wusste ungefähr, wo sie sich befand, und hatte mit rasender Geschwindigkeit Dutzende von SMS getippt und an jeden adressiert, der ihr eingefallen war. Aber alle diese

Nachrichten warteten im Postausgang und waren als »noch nicht gesendet« markiert. Weil sie befürchtete, der Akku könnte den Geist aufgeben, hatte sie das Telefon schließlich ausgeschaltet und in seine Plastikhülle zurückgeschoben. Elf Uhr, hatte sie Prody hinterlassen. Das war sieben Stunden her. Irgendetwas war schiefgegangen. Er hatte die Nachricht nicht erhalten. Und wenn dem so war, sah Gottes brutale Wahrheit folgendermaßen aus: Die Markierungsleine lag im Tunneleingang. Den Wagen hatte sie ganz am Rand des Dorfangers abgestellt, wo er nicht auffallen würde. Es konnte Tage dauern, bevor jemand das eine oder andere bemerkte und daraus schloss, wo sie sein könnte.

Mit schmerzenden Gliedern entrollte sie sich. Sie rutschte zur Seite, spreizte die Beine und glitt die letzten paar Handbreit über den Geröllhang hinunter. Das Klatschen ihrer Stiefel im Wasser hallte durch die dunkle Kammer. Sehen konnte sie nichts, aber sie wusste, dass Müll im Wasser schwimmen musste. Müll, der durch den Luftschacht hereingefallen war, bevor der Einbruch die Kammer verschlossen hatte, und der dann dahin getrieben war, wo sie jetzt stand. Sie zog die Handschuhe aus, bückte sich, schöpfte ein wenig Wasser in ihre eiskalten, aufgeschürften Hände und schnupperte daran. Es roch nicht nach Öl. Es roch nach Erde, nach Wurzeln und Blättern und sonnendurchfluteten Lichtungen. Prüfend tauchte sie die Zunge hinein. Es schmeckte leicht metallisch.

Etwas Dunkles lag in ihrem Augenwinkel. Sie ließ das Wasser von den Händen tropfen und drehte sich steif nach links.

Ungefähr drei Schritte neben sich machte sie ein kaum wahrnehmbares, geisterhaftes Licht aus. Sie fuhr herum und fiel taumelnd gegen den Erdrutsch, suchte hastig nach ihrem Rucksack und zerrte die Höhlenlampe heraus. Sie legte eine Hand vor die Augen und entzündete die Lampe. Mit einem Wuummmp erstrahlte die Höhle in hellem Licht. Alles war blauweiß umrissen – zu groß, die Konturen zu scharf. Sie ließ die Hand sinken und richtete den Blick dahin, wo sie den Lichtschimmer entdeckt hatte. Es war der Rumpf des gesunkenen Lastkahns.

Sie schaltete die Lampe aus und starrte weiter auf den Kahn. Langsam verblassten die Formen und Brandflecken auf ihrer Netzhaut. Ihre Pupillen weiteten sich wieder. Und jetzt war kein Irrtum mehr möglich: Tageslicht schimmerte von der anderen Seite des Erdrutsches durch den Kahn.

Sie schaltete die Höhlenlampe erneut ein und bohrte sie so in den Lehm, dass sie den Rand des Schuttbergs beleuchtete, während sie ihre Ausrüstung wieder einpackte. Sie zog ihre Handschuhe an, schulterte den Rucksack, watete zu der Schute, hockte sich davor, schob die Lampe hinein und leuchtete umher. Der Kahn lag unter den Erd- und Gesteinsmassen, und der Bug ragte in den Teil des Tunnels hinein, wo sich der Luftschacht befand. Er musste schon vor über hundert Jahren gebaut worden sein: Rumpf und Deck bestanden aus zusammengenieteten Eisenplatten. Gute Ingenieure, die Viktorianer, dachte sie, als sie die Unterseite des Decks betrachtete: Trotz der Last, die darauf lag, hatte es nicht nachgegeben. Stattdessen war die ganze Schute in den weichen Schlick gepresst und ein bisschen schräg geneigt worden, sodass der Bug in der benachbarten Tunnelkammer ein wenig höher aufragte als das Heck. Hier hinten lag der Wasserspiegel weniger als dreißig Zentimeter unterhalb der Unterseite des Decks, aber wegen der Schräglage war das Deck zum Bug hin aufwärts geneigt, und deshalb nahm die lichte Höhe darunter zu, je weiter man nach vorn kam.

Nach ungefähr zweieinhalb Metern fiel der Lichtstrahl auf ein Schott, das den Weg zum Bug versperrte. Flea leuchtete im Rumpf umher und suchte nach einem Ausgang. Das Licht ließ die Nieten und herabhängenden Spinnweben unter der Decke scharf hervortreten und fiel auf schwimmenden Müll aller Art: Plastiktüten, Cola-Dosen, etwas, das pelzig aussah. Wahrscheinlich eine aufgedunsene tote Ratte. Aber nirgends gab es eine Luke oder ein Loch. Sie schaltete die Lampe aus, und diesmal brauchten ihre Augen nicht lange, um sich an die Veränderung zu gewöhnen. Sie sah sofort, woher das Tageslicht kam: Im Schott schimmerten die Umrisse eines Rechtecks. Sie ließ alle Luft aus der Lunge. »Du gottverdammtes, wunderschönes Scheißdreckding.«

Eine Luke im Schott, halb unter Wasser. Wahrscheinlich hatte sie dazu gedient, die Kohlen aus einem Laderaumabteil ins nächste zu schaufeln. Und es gab absolut keinen Grund, weshalb sie verriegelt sein sollte. Der Entführer hatte sich nicht im benachbarten Tunnelabschnitt aufgehalten, als sie sich dort befand, aber das hieß nicht, dass er in den letzten paar Stunden nicht gekommen war. Trotzdem gab es nur zwei Optionen: Sie konnte durch die Schute kriechen und ihm entgegentreten oder hier unten in diesem Loch verrecken.

Sie wühlte ihr altes Schweizer Armeemesser und den Festmachhaken, den sie neulich gefunden hatte, aus dem Rucksack und stopfte beides in den kleinen wasserdichten Schnürbeutel, den sie am Handgelenk trug.

Dann spannte sie das Gummiband der Helmlampe um den Kopf und kniete sich in den Schlamm. Langsam ließ sie sich hineinsinken, bis das Wasser ihr an die Brust reichte. Auf den Knien kroch sie in den Rumpf, streckte die Hände unter Wasser vor sich aus und fuhr im Bogen hin und her, um Hindernisse zu ertasten. Ihr Kopf streifte die rostverkrusteten Spinnweben; sie reckte das Kinn hoch und hielt den Mund über Wasser. Falls der Kerl sich im nächsten Tunnelabschnitt aufhalten sollte, brauchte sie nicht zu befürchten, dass er den hüpfenden Lichtstrahl ihrer Lampe sähe, denn auf der anderen Seite wäre es dafür zu hell. Aber vielleicht würde er sie hören. Mit den Fingerspitzen berührte sie den Festmachhaken und vergewisserte sich, dass er griffbereit war.

Sie bewegte sich vorsichtig und atmete mit offenem Mund. In der Enge konnte sie den bitteren Geruch ihres eigenen Atems riechen, den Geruch einer Nacht voller Angst, vermischt mit dem leicht teerigen Aroma von Kohle, das der Schute anhaftete.

Sie erreichte das Schott und stellte fest, dass die Luke mindestens einen halben Meter unter Wasser lag. Den größten Teil konnte sie durch ihre Handschuhe fühlen, den Rest musste sie mithilfe der klobigen Kappen ihrer Stiefel erahnen. Unten, auf halber Höhe der Nahtstelle, fand sie einen Riegel: Er war offen. Das Einzige, was die Luke geschlossen hielt, war, soweit sie es erkennen konnte, der Rost aus mehreren Jahrzehnten. Der Wasserdruck war zu beiden Seiten gleich. Wenn sie auf dieser Seite alles sauber machte, müsste es möglich sein, sie zu öffnen. Der Trick bestand darin, es möglichst weit unten zu tun.

Die Zunge zwischen den Zähnen, schob sie die Klinge des Schweizer Armeemessers in den Spalt zwischen Luke und Schott und brach leise den Rost heraus. Den Schlamm am Boden räumte sie mit den Füßen beiseite. Sie wagte nicht, die Handschuhe auszuziehen; ihre Finger waren steif und schmerzten, als sie sie um den Rand der Luke krümmte. Sie hob einen Fuß, stemmte ihn gegen das Schott und leitete ihre ganze Energie in die Finger. Mit den Zähnen knirschend, begann sie zu ziehen. Das Knacken kam plötzlich, und es war laut. Ein Wölkchen Rost rieselte wie Konfetti auf sie herab, und ein Schwall wärmeres Wasser schlängelte sich durch die Luke und um ihren Bauch.

Das Geräusch der aufspringenden Luke traf ihr Ohr wie ein Faustschlag. Es war zu laut, und zum ersten Mal seit Ewigkeiten verließ sie der Mut. Sie konnte sich nicht bewegen, blieb einfach da stehen, wo sie war, geduckt, halb untergetaucht und mit weit aufgerissenen Augen, und wartete auf ein Geräusch von der anderen Seite der Luke.

51

Blaulichter blitzten über die Hauswände in der schmalen Straße, und Sirenen heulten in der Ferne: Die Krankenwagen mit Janice und ihrer Mutter kämpften sich durch den morgendlichen Verkehr. Ungefähr fünfzig Leute aus der Nachbarschaft standen hinter der äußeren Absperrung und wollten sehen, was in dem unauffälligen Haus, vor dem sich die Polizei versammelt hatte, vorgefallen war.

Alle wirkten blass, schweigsam und ernst. Niemand konnte so recht fassen, dass da ein Kind vor ihrer Nase entführt worden war. Die Polizei hatte eine schwere Schlappe erlitten. Es wurde gemunkelt, der Chief Constable persönlich sei unterwegs, um sich ein Bild von dem Schlamassel zu machen. Die Telefondrähte glühten von Anrufen der Presse, und die Person im Zentrum des ganzen Wirbels war DC Paul Prody.

Er saß auf einer Bank vor einem kleinen Picknicktisch, der auf dem ungepflegten Rasenstück vor dem Haus deplatziert aussah. Er hatte das T-Shirt angezogen, das jemand ihm angeboten hatte, damit er nicht mehr nach Kotze stank – sein eigenes Hemd steckte in einer verschlossenen Plastiktüte zu seinen Füßen –, es aber abgelehnt, sich von den Sanitätern anfassen zu lassen. Er hatte Schwierigkeiten mit dem Gleichgewicht, musste die Arme auf den Tisch legen und sich auf einen Punkt am Boden konzentrieren. Ab und zu schwankte sein Oberkörper leicht hin und her, und jemand half ihm, sich aufrecht zu halten.

»Sie nehmen an, dass es eine Art Chloroform war, vielleicht hergestellt aus Bleichmittel und Azeton.« Caffery hatte dem Lockruf des Tabaks erneut nachgegeben. Er saß Prody gegenüber, rauchte eine Zigarette und beobachtete ihn mit zusammengekniffenen Augen. »K.o.-Gas. Ganz altmodisch. Wenn Sie Pech haben, schädigt es Ihre Leber. Deshalb gehören Sie ins Krankenhaus. Auch wenn Sie glauben, es geht Ihnen gut.«

Prody schüttelte den Kopf. Es sah aus, als könnte selbst diese kleine Bewegung ihn aus dem Gleichgewicht bringen. »Lecken Sie mich.« Es klang, als hätte er eine starke Erkältung. »Glauben Sie, Janice möchte mich im selben Krankenhaus sehen?«

»Dann in ein anderes.«

»Nein, verdammt. Ich werde einfach hier sitzen bleiben. Und atmen.«

Demonstrativ sog er die Luft in seine Lunge und stieß sie wieder aus. Ein, aus, ein, aus. Es tat weh. Caffery schaute schweigend zu. Prody hatte die Nacht bei Janice Costello verbracht, einer gefährdeten Person, und darüber war Caffery fast genauso erbost wie über die Sache mit dem Fall Kitson. Unter anderen Umständen hätte er vielleicht sogar Spaß daran gehabt zu sehen, wie Prody derartigen Mist baute, aber jetzt empfand er unwillkürlich ein bisschen Mitleid mit ihm. Er hatte Verständnis dafür, dass der Mann nicht im selben Krankenhaus wie Janice und ihre Mutter sein wollte. Nicht, nachdem er unfähig gewesen war, Emilys Entführung zu verhindern.

»Das wird schon wieder. Geben Sie mir zehn Minuten Zeit, dann kann ich gehen.« Er blickte mit blutunterlaufenen Augen auf. »Jemand hat gesagt, Sie wissen, wo er ist.«

»Wir sind nicht sicher. Wir haben eine Garage in Tarlton, in der Nähe des Kanals. Ein Team ist dran.«

»Irgendwelche Hinweise?«

»Noch nicht. Sie haben sich zurückgezogen. Vielleicht ist er jetzt mit Emily unterwegs dorthin. Aber …« Er kniff die Augen zusammen und spähte die Straße entlang. Die aneinandergereihten Häuser wurden in der Ferne immer kleiner. »Nein. Das würde er natürlich nicht tun. Es wäre zu einfach.«

»Sie wissen, dass er mein Telefon geklaut hat?«

»Ja. Es ist abgeschaltet, aber wir haben die Ping-Analyse des Standorts schon gestartet. Wenn er es einschaltet, können wir es orten. Aber wie gesagt, er ist zu clever. Wenn er es einschaltet, hat er einen Grund dafür.«

Der Tag war kalt, aber sonnig. Prody fröstelte. Er hielt den Kopf immer noch gesenkt, aber er warf einen finsteren Blick die Straße hinauf und dann in die andere Richtung. Die Berufstätigen befanden sich in der Arbeit, und die Mütter, die ihre Kinder zur Schule gebracht hatten, waren jetzt wieder zu Hause. Ihre Autos parkten ordentlich in den Einfahrten. Aber statt in ihre Häuser zu gehen, hatten sie sich bei der Absperrung versammelt und standen mit verschränkten Armen da und begafften die Polizei- und Krankenwagen. Ihre Blicke nagelten Caffery und Prody da fest, wo sie saßen, und forderten Antworten.

»Ich hab's nicht mal kommen sehen. Erinnere mich an nichts. Ich hab's einfach versaut.«

»Das kann man wohl sagen. Sie haben's grandios versaut. Aber nicht, weil Sie dieses Arschloch nicht gestoppt haben. Nicht deshalb.« Caffery kniff das Ende seiner Zigarette zusammen, sodass die Glut auf das Papiertaschentuch fiel, das Nick ihm gegeben hatte. Er faltete das Taschentuch und presste es fest zusammen, um die Glut zu ersticken; dann steckte er es samt Zigarettenstummel in seine Innentasche. In der Wohnung hielt sich niemand mehr auf. Sie hatten alles, auch den Dachboden, gründlich nach Emily durchsucht. Nachdem klar war, dass sie sich nicht im Haus befand, hatten sie das Anwesen für die Spurensicherung, die immer noch nicht erschienen war, abgesperrt. Wenn sie irgendwann auftauchten, wollte er sie nicht damit vergrätzen, dass er überall Zigarettenstummel herumliegen ließ. »Nein. Grandios versaut haben Sie es, weil Sie *hier* waren. Sie arbeiten als Detective Corporal an diesem Fall. Sie haben hier abends nach Dienstschluss nichts verloren. Wie, zum Teufel, kam es dazu?«

»Ich bin am Nachmittag hergekommen, wie Sie es mir aufgetragen hatten. Sie war…«, er wedelte kraftlos mit der Hand, »…sie war – na, Sie wissen schon. Also bin ich geblieben.«

»Sie war was? Attraktiv? Verfügbar?«

»Allein. Er hatte sich ins Büro verpisst.«

»Nette Ausdrucksweise.«

Prody starrte ihn an, als hätte er gern etwas gesagt, was er nicht sagen durfte. »Er war ins Büro *gegangen*, während seine Frau und seine Tochter in dieser Situation waren. Er hat sie allein gelassen. Sie hatte Angst. Was hätten Sie getan?«

»In meiner Ausbildung bei der Metropolitan Police hat man mir eins immer wieder eingebläut: Wer eine Frau in dieser Weise ausnutzt – eine Frau, die bereits ein Opfer *ist* –, der jagt verwundetes Wild. Der jagt verwundetes Wild.«

»Ich habe sie nicht ausgenutzt, ich hatte *Mitleid* mit ihr. Ich bin nicht mit ihr ins Bett gegangen. Ich bin hiergeblieben, weil ich *dachte*, Sie sparen dadurch Personal, und weil *sie* sagte, sie würde sich sicherer fühlen.« Er schüttelte sarkastisch den Kopf. »Zum Glück hab ich sie nicht im Stich gelassen, stimmt's?«

Caffery seufzte. Alles an diesem Fall verströmte den fauligen Geruch der Niederlage. »Gehen Sie es noch mal mit mir durch. Costello verlässt am Nachmittag das Haus? Um zur Arbeit zu fahren?«

»Ein Polizeiwagen hat ihn hingebracht. Nick hat das organisiert.«

»Und er kommt nicht nach Hause?«

»Doch. Für ungefähr zehn Minuten. Das war gegen neun Uhr abends. Er hatte getrunken, glaube ich. Und kaum ist er zur Tür hereingekommen, geht er auf sie los.«

»Warum?«

»Weil …« Prody brach ab.

»Weil …?«

Prodys Gesicht straffte sich kaum merklich. Er schien etwas sagen zu wollen – eine bittere Bemerkung. Aber er ließ es bleiben. Einen Augenblick später erschlafften seine Züge wieder. »Keine Ahnung. Irgendwas Privates – ging mich nichts an. Sie sind beide oben, und ehe ich mich versehe, schreit sie ihn an, und er kommt fluchend die Treppe herunter und ist weg. Schlägt die Tür zu. Sie rennt hinterher und legt die Ketten vor. Ich sag:

›Mrs. Costello, das würde ich wirklich nicht tun. Sie bringen ihn nur auf‹, und sie sagt: ›Das ist mir doch egal.‹ Und richtig, eine halbe Stunde später kommt er zurück und stellt fest, dass die Ketten vorgelegt sind. Er rüttelt an der Tür und schreit Beschimpfungen die Treppe hinauf.«

»Und was haben Sie da getan?«

»Sie hat gesagt, ich soll es ignorieren. Also hab ich es ignoriert.«

»Aber irgendwann geht er dann weg? Und lässt Sie in Ruhe?«

»Irgendwann, ja. Ich glaube, er … Sagen wir mal so: Ich glaube, er hat da noch was in der Hinterhand, wo er die Nacht verbringen kann.«

Caffery zog das zusammengefaltete Papiertaschentuch wieder heraus und betrachtete die Überreste der Zigarette. Faltete es zusammen und steckte es erneut ein. »Wir haben Sie in der Küche gefunden.«

»Ja.« Prody schaute hinauf zu dem offenen Fenster. »Ich erinnere mich noch, dass ich hineingegangen bin. Ich hatte Kakao für uns alle gemacht, und ich wollte die Tassen spülen. Das ist alles, was ich noch weiß.«

»Wann war das?«

»Weiß der Himmel. Vielleicht gegen zehn? Emily war von dem Krach aufgewacht.«

»Das Fenster wurde aufgebrochen. Im Gras sind Spuren einer Leiter.« Er deutete mit dem Kopf zu den drei Behelfsabsperrungen, die das Unterstützungsteam mit Flatterband verbunden hatte, um den gesamten Bereich abzuriegeln. »An der Seite. Sie ist nicht so leicht einzusehen. Er dürfte Sie zuerst ausgeschaltet haben. Im Rest des Hauses hat wahrscheinlich niemand was gehört –« Er unterbrach sich. Ein Polizei-BMW kam die Straße entlang, fuhr langsamer und hielt am Bordstein. Cory Costello stieg aus. Sein Mantel war offen, darunter trug er einen teuren Anzug. Er sah gepflegt und ordentlich aus, rasiert und geduscht. Wo immer er gewesen war, er hatte die Nacht nicht auf einer Parkbank verbracht. Nick, die in Cafferys Mondeo saß und telefonierte, sprang sofort heraus und stellte sich Cory in den Weg. Sie sprachen kurz miteinander. Dann wanderte Corys Blick zu den versammelten Polizisten und Gaffern und fiel schließlich auf Caffery und Prody. Keiner der beiden bewegte sich. Sie saßen da und ließen sich mustern. Für ein paar Augenblicke senkte sich Stille über die ganze Straße. Der Vater, der seine Tochter verloren hatte. Die beiden Cops, die es hätten verhindern müssen. Cory setzte sich in Bewegung und kam auf sie zu.

»Reden Sie nicht mit ihm.« Caffery beugte sich über den Tisch zu Prody und sprach eindringlich und schnell. »Wenn es was zu sagen gibt, sage ich es.«

Prody antwortete nicht. Er blickte Cory an, der ein paar Schritte vor ihm stehen blieb.

Caffery drehte sich um. Corys Gesicht war sehr glatt, die Stirn faltenlos. Ein schmaler Kiefer, eine feminine Nase und sehr klare graue Augen, die Prody anstarrten. »Schwein«, sagte er leise.

Caffery spürte, dass Nick, die irgendwo rechts von ihm stand, unruhig wurde und dann in Panik geriet, weil jetzt gleich etwas passieren würde.

»Schwein. Schwein. Schwein.« Corys Gesicht war ruhig und seine Stimme kaum mehr als ein Flüstern. »Schwein, Schwein, Schwein, Schwein, Schwein, Schwein, Schwein.«

»Mr. Costello«, sagte Caffery.

»Schwein, Schwein, Schwein, Schwein, Schwein.«

»Mr. Costello. Das wird Emily nicht helfen.«

»Schwein, Schwein, Schwein, Schwein, SCHWEIN.«

»*Mr. Costello*!«

Cory erschauerte. Er wich einen halben Schritt zurück und blinzelte Caffery an. Dann schien er sich zu erinnern, wer und wo er war. Er zog seine Hemdmanschetten zurecht, drehte sich um und schaute mit höflicher und vernünftiger Miene über die

Straße, als überlegte er, das Haus zu kaufen, und machte sich gerade ein Bild von der Nachbarschaft. Dann zog er den Mantel aus und ließ ihn auf den Boden fallen. Er nahm den Schal vom Hals, warf ihn auf den Mantel und betrachtete den kleinen Kleiderhaufen, als wäre er ein wenig überrascht, ihn hier zu sehen. Und ohne Vorwarnung ging er drei Schritte um den Picknicktisch herum und stürzte sich auf Prody.

Caffery hatte noch Zeit aufzuspringen, bevor Prody von der Bank gezerrt worden war und rücklings im Gras landete. Prody wehrte sich nicht. Er lag einfach da, bedeckte das Gesicht mit halb erhobenen Armen und ließ zu, dass der Mann im Businessanzug auf ihn einprügelte. Er sah beinahe geduldig aus, als akzeptierte er es als Strafe. Caffery sprintete um den Picknicktisch herum und packte Cory von hinten bei den Armen. Wellard und ein zweiter Officer kamen über den Rasen galoppiert.

»Mr. Costello!«, schrie Caffery den perfekt frisierten Hinterkopf des Mannes an, während die beiden anderen Polizisten versuchten, seine Hände festzuhalten. »*Cory*, lassen Sie ihn in Ruhe. Hören Sie auf, sonst müssen wir Ihnen Handschellen anlegen!«

Cory konnte noch zwei Faustschläge gegen Prodys Rippen landen, bevor die beiden Männer des Unterstützungsteams ihm die Arme auf den Rücken drehten und ihn wegrissen. Wellard rollte mit Cory über den Boden und hielt ihn von hinten fest; sie lagen auf der Seite, aneinandergeschmiegt wie zwei Löffel, Wellards Gesicht an Corys Nacken gedrückt. Prody rappelte sich auf und kroch auf Händen und Knien ein kleines Stück weit zur Seite. Keuchend hielt er inne.

»Das haben Sie nicht verdient.« Caffery hockte sich neben Prody, packte ihn am Hemd und zog ihn hoch. Sein Gesicht war schlaff, sein Mund blutete. »Das haben Sie wirklich nicht verdient. Aber trotzdem hätten Sie nicht hier sein sollen.«

»Ich weiß.« Prody wischte sich über die Stirn. Blut rann von seiner Kopfhaut herunter: Cory hatte ihm ein Büschel Haare ausgerissen. Es sah aus, als würde er gleich zu heulen anfangen. »Ich fühl mich beschissen.«

»Hören Sie zu, hören Sie aufmerksam zu. Ich möchte, dass Sie jetzt zu der netten jungen Sanitäterin da drüben gehen und ihr sagen, Sie möchten jetzt ins Krankenhaus, damit man Sie untersuchen und verbinden kann. Haben Sie das verstanden? Und dann werden Sie sich wieder entlassen und mich anrufen, mir sagen, dass Sie wieder fit sind.«

»Und Sie?«

»Ich?« Caffery richtete sich auf und klopfte sein Jackett und die Hosenbeine ab. »Ich werde wohl jetzt losfahren und mir seine verdammte Garage ansehen müssen. Nicht dass wir ihn da finden werden. Wie gesagt.«

»Zu clever?«

»Genau. Zu verdammt clever.«

52

Die Gegend, gesprenkelt mit aus dem zuckerbraunen Stein der Gegend erbauten Cottages und Landhäusern, war ruhig, ländlich und sehr hübsch. Sie lag am Rande der Cotswolds. Der Schuppen, den Ted Moon gemietet hatte, befand sich in einem Erschließungsgebiet, das so wenig zu seiner Umgebung passte, dass es nicht mehr lange dauern konnte, bis der Abrissbagger anrollte. Die Anlage bestand aus fünf flachen Hohlblockgebäuden mit moosbedeckten Wellblechdächern. Früher hatten sie wahrscheinlich als Rinderstallungen gedient. Es gab keine Schilder irgendwelcher Betriebe und keinerlei Aktivität. Der Himmel allein wusste, wozu die Gebäude dienten.

Ted Moons Schuppen war der letzte am westlichen Rand der Anlage, wo das Ackerland begann. Wenn man ihn jetzt sah, dunkel und konturlos im funkelnden Licht der Herbstsonne, hätte man nicht vermutet, dass hier noch vor einer halben Stunde von der Polizei eine der gründlichsten Durchsuchungen der letzten Jahre durchgeführt worden war. Die Spezialteams hatten eine Seitentür aufgebrochen, und wenige Augenblicke später hatte es von Cops gewimmelt. Sie hatten alles komplett auseinandergenommen und nichts gefunden. Jetzt war es still und niemand mehr zu sehen. Aber die Cops waren noch da, irgendwo da draußen zwischen den Bäumen, ein Überwachungsteam, das das Gebäude observierte. Acht Augenpaare, wachsam und abwartend.

»Wie ist der Mobilfunkempfang drinnen?« In einer Ausweichbucht in der Nähe der Einfahrt, von der Straße aus nicht gleich auszumachen, saß Caffery vorn in einem der Sprinter-Vans der Unterstützungseinheit. Er hatte sich nach hinten gedreht und befragte den Sergeant des Teams. »Ist der Funkverkehr ausgefallen?«

»Nein. Warum?«

»Ich werde mich mal umschauen. Und ich möchte sichergehen, dass man mir Bescheid gibt, wenn er auftaucht.«

»Schön, aber Sie werden nichts finden. Sie haben die Asservatenliste gesehen. Zehn gestohlene Autos, fünf gestohlene Mopeds, ein Stapel geklaute Nummernschilder und der nagelneue Sony-Großbildfernseher eines achtbaren Bürgers, mit Blu-ray, alles noch in Originalverpackung.«

»Und der Mondeo des Dezernats?«

Der Sergeant nickte. »Und ein Mondeo, der mutmaßlich ohne Genehmigung vom Parkplatz der MCIU entfernt wurde. Da ist noch ein SUV, der – nach den Bremsscheiben zu urteilen – in den letzten vierundzwanzig Stunden gefahren worden ist, und darüber hinaus ein paar halb verrostete landwirtschaftliche Geräte in einer Ecke. Und die Tauben. Das Ding ist ein Riesentaubenschlag.«

»Sorgen Sie einfach dafür, dass das Überwachungsteam mich notfalls warnt.« Caffery sprang aus dem Van. Er vergewisserte sich, dass das Funkgerät an seinem Gürtel ein Signal empfing, schlüpfte in den Mantel und sah den Sergeant mit erhobener Hand an. »Okay?«

In der Sonne, die auf den holprigen Fahrweg schien, fühlte die Welt sich zum ersten Mal seit Tagen beinahe warm an. Sogar das Kreuzkraut, das aus dem Schotter wuchs, schien seine Stiele zum Himmel zu recken, als sehnte es sich nach dem Frühling. Caffery ging schnell und mit gesenktem Kopf; etwas drängte ihn zur Eile. Vor dem Fenster an der Seite des Gebäudes – nur eine Scheibe war säuberlich herausgebrochen, und kein polizeiliches Flatterband oder sonst etwas wies darauf hin, dass sie hier gewesen waren – schlang er den Mantelärmel um die Hand, schob den Arm durch das Loch und entriegelte das Fenster. Beim Hineinsteigen war er vorsichtig. In nur einem Jahr hatte er in Ausübung seines Berufs zwei gute Anzüge verschlissen, und er hatte nicht vor, jetzt noch einen zu ruinieren. Er schloss das Fenster, blieb stehen und sah sich um.

Innen wirkte die Halle eher wie ein Luftschutzbunker. Das wenige Licht fiel durch gesprungene, trübe Fenster herein und malte staubige Vierecke auf den Boden. Eine einzelne Glühbirne baumelte von einem Haken an der Decke, und die Spinnweben, die daran hingen, bildeten anmutige Regenbogen. Die Autos in verschiedenen Farben und Größen standen in drei Reihen, dem Tor zugewandt. Alle waren sie blank poliert und glänzten wie in einem Showroom. Die restliche Hehlerware hatte Moon in einer Ecke verstaut und dicht zusammengeschoben, als wäre sie damit weniger auffällig. Die landwirtschaftlichen Geräte lagerten am anderen Ende. Hinter den übrigen Autos, genau in der Mitte des Schuppens, stand ein alter Cortina, wie ein Kadaver, halb zerlegt von Geiern, sodass die Innereien sichtbar waren.

Cafferys Schritte hallten durch den Raum, als er nach hinten zu den rostigen Pflugscharen lief. Er hockte sich hin und spähte in das verbogene Gewirr, um sicher zu sein, dass sich darin nichts verbarg. Dann ging er hinüber zur anderen Seite des Schuppens und inspizierte die Hehlerware. Bei jedem Schritt knirschte der Taubenkot unter seinen Füßen, der kleine, zerbröckelnde Stalagmiten auf dem Boden gebildet hatte. Der Cortina musste einer der letzten sein, die vom Band gelaufen waren. Er besaß ein Vinyldach und Heckleuchten mit Lamellen und stand offensichtlich schon seit Jahren hier. Zwischen der offenen Haube und der Karosserie spannten sich Spinnweben. Weshalb alle anderen Wagen blank poliert waren und dieser nicht, blieb ein Rätsel. Caffery ging zurück in die andere Ecke und schnitt ein Stück Pappe vom Karton des Sony-Fernsehers ab. Der Asservatenverwalter würde einen Anfall kriegen, aber das war immer noch besser als ein versauter Anzug. Er trug den Pappdeckel zum Cortina, warf ihn auf den Boden und legte sich darauf. Mit den Füßen schob er sich ein paar Handbreit unter den Wagen.

Darum also war der Cortina nicht bewegt worden.

»Äh…« Er führte das Funkgerät zum Mund und drückte auf die Sendetaste. »Hat jemand die Reparaturgrube unter dem Cortina bemerkt?«

Eine kurze Pause, anschließend ein Knistern, und dann kam die Stimme des Sergeants: »Ja, haben wir gesehen. Einer von den Jungs ist unten gewesen.«

Caffery grunzte und klopfte auf seine Hosentasche. An seinem Schlüsselring hing eine winzige LED-Lampe. Sie diente lediglich dazu, nachts das Schloss an der Autotür zu finden, und gab deshalb nicht viel Licht. Als er sie in die Grube hielt, konnte er mit Mühe die Seitenwände erkennen. Sie waren mit Spanplatten verkleidet, die aussahen, als stammten sie aus einem zerlegten Küchenschrank. Er schwenkte das Licht ein paar Sekunden lang hin und her. Da er zu den Leuten gehörte, die niemals an einer offenen Tür vorbeigehen können, ohne einen Blick hineinzuwerfen, rutschte er unter dem Wagen hervor, drehte die Pappe so, dass sie längsseits neben der Grube lag, ließ sich wieder darauf nieder und rollte sich in die Grube. Der Aufprall fuhr ihm durch die Knochen, als er hart auf beiden Füßen landete.

Sofort war es dunkler. Der rostige Cortina über ihm hielt das bisschen Licht in der Garage ab. Er knipste die kleine Lampe wieder an, leuchtete umher und betrachtete die Platten, die billigen Küchenschrankformteile, die Stellen, wo die Türgriffe gewesen sein mussten. Er untersuchte den Zementboden und trampelte darauf herum, aber darunter war nichts. Er warf seinen Schlüsselbund mit der Lampe auf die Pappe und wollte sich hinaufstemmen, als etwas ihn innehalten ließ.

Die Spanplatten waren an Latten genagelt, die jemand an die Betonwand gedübelt hatte. Aber es gab keinen vernünftigen Grund, eine Reparaturgrube so auszukleiden. Es sei denn, man wollte etwas verstecken. Er fuhr mit den Fingern am unteren Rand der Platte am Ende der Grube entlang und zog daran, aber die Platte saß fest. Er fummelte die Klinge seines Taschenmessers zwischen Spanplatte und Latte, bog sie zurück und entdeckte das Loch dahinter.

Er bekam Herzklopfen. Jemand hatte gesagt, in dieser Gegend gebe es viele unterirdische Höhlen und Gänge. Es war der Mann von der Sapperton-Tunnel-Stiftung, der Flea Marleys Team gebrieft hatte. Überall, hatte er erklärt, seien hier miteinander verbundene Tunnel und versteckte Höhlen. Ein Mann von Ted Moons Statur konnte ein vierjähriges Mädchen wie Emily ziemlich weit durch diese Tunnel schleppen. Vielleicht in eine Höhle, die er vorbereitet hatte, eine unterirdische Kammer, in der er ungestört tun konnte, was er wollte.

Caffery kletterte aus der Grube, ging zum Fenster und regelte unterwegs die Lautstärke an seinem Funkgerät herunter. »Hey.« Er beugte sich aus dem Fenster und zischte: »Als Ihr Mann da in der Grube war, hat er da den versteckten Durchgang bemerkt?«

Es war lange still. Dann: »Sagen Sie das noch mal, Sir. Ich glaube, ich hab da was nicht mitgekriegt.«

»Da unten ist ein verdammtes Loch. Ein Ausgang aus der Grube. Hat das niemand bemerkt?«

Schweigen.

»O Mann. Sagen Sie nichts. Ich werde es mir ansehen. Schicken Sie jemanden rein, ja? Ich will nicht, dass schwer bewaffnete Polizei hinter mir herrasselt, aber es wäre schön zu wissen, dass da jemand in der Grube sitzt und mir Rückendeckung gibt.«

Wieder folgte eine kurze Pause. »Ja«, entgegnete der Sergeant dann, »das ist kein Problem. Sie sind schon unterwegs.«

»Aber achten Sie darauf, dass es von außen so clean aussieht wie vorher. Falls Moon wirklich auftaucht, braucht es hier nicht von Männern in Schwarz zu wimmeln.«

»Verstanden.«

Caffery lief durch die Taubenscheiße zurück zur Grube und rollte sich wieder hinein. Nachdem er die Spanplatte schon halb von der Latte gelöst hatte, ließ sie sich mühelos ganz aufstemmen. Er legte sie zur Seite, beugte sich vor und betrachtete, was dahinter zum Vorschein gekommen war: ein Tunnel, groß genug für einen Mann. Selbst ein großer Mann würde sich nur ein wenig bücken müssen, um hindurchzugehen. Schmutziges Zeitungspapier lag auf dem Boden, so weit Caffery sehen konnte. Er leuchtete mit seinem Lämpchen hinein und entdeckte eine mit Kanthölzern abgestützte Lehmdecke, die aussah wie eine Kulisse aus einem der großen Kriegsfilme, aus *Gesprengte Ketten* zum Beispiel. Der Gang schien etwas mehr als einen halben Meter breit zu sein. Primitiv, aber zweckmäßig: Jemand hatte hart gearbeitet, um sich einen geheimen unterirdischen Stollen zu bauen.

Er lief ein paar Schritte weit hinein und folgte dem Lichtstrahl. Hier unten war es wärmer als oben und die Luft schwer vom torfigen Geruch von Pflanzenwurzeln. Dumpfe Stille erfüllte den Gang. Vorsichtig machte er noch ein paar Schritte. Ab und zu blieb er stehen und lauschte. Als das Licht der Werkstattgrube hinter ihm zu einem kleinen Punkt zusammengeschrumpft war, knipste er die Lampe aus und blieb eine Weile mit geschlossenen Augen stehen. Er konzentrierte sich auf sein Gehör und lauschte in die Dunkelheit.

Als Kind hatte er das Zimmer mit seinem Bruder Ewan geteilt, und wenn das Licht ausging, hatten sie ein Spiel gespielt: Wenn ihre Mutter die Tür zumachte und die knarrende Treppe hinunterging, kam Ewan auf Zehenspitzen über die blanken Dielen und schlüpfte zu Jack ins Bett. Sie lagen nebeneinander auf dem Rücken und bemühten sich, nicht zu kichern. Sie waren zu klein, um schon über Mädchen zu reden; ihre Gespräche drehten sich um Dinosaurier und den Schwarzen Mann und wie es sein würde, als Soldat jemanden zu töten. Sie versuchten sich gegenseitig eine Scheißangst einzujagen, und das Spiel bestand darin, dass jeder die gruseligste Geschichte erzählen musste, die ihm einfiel. Dann durfte er seinem Bruder die Hand auf die Brust legen und fühlen, ob dessen Herz jetzt schneller schlug. Der, dessen Herz am schnellsten klopfte, hatte verloren. Ewan war der Ältere und gewann fast immer. Jack hatte ein Herz wie ein Dampfhammer, ein großes, kräftiges Organ, das ihn am Leben halten würde, bis er neunzig wäre, sagte der Doktor – wenn er es nicht in Glenmorangie marinierte. Er hatte nie gelernt, es zur Ruhe zu bringen. Und auch jetzt sprang es fast aus seiner Brust und pumpte das Blut wie rasend durch die Adern, weil er das Gefühl hatte, nicht allein hier unten zu sein.

Er blickte sich nach dem kleinen Lichtpunkt des Eingangs um. Das Backupteam war unterwegs. Darauf musste er vertrauen. Er schaltete die Lampe wieder ein und leuchtete weiter in den Stollen hinein. Der matte Lichtstrahl zersplitterte in den Schatten. Da war nichts. Da konnte nichts sein. Die Spanplatte war außen festgenagelt gewesen. Trotzdem konnte er sich vorstellen, dass jemand in der Dunkelheit um ihn herum atmete.

»Hey, Ted«, sagte er versuchsweise. »Wir wissen, dass Sie hier sind.«

Seine Stimme kam zurück. *Wir wissen, dass Sie hier sind.* Die Lehmwände machten sie stumpf, und sie klang flach. Nicht überzeugend. Er ging weiter und hielt die Lampe mit steif ausgestrecktem Arm vor sich. Seine Nackenhaare sträubten sich, und er sah das Gesicht des Walking Man vor seinem geistigen Auge: *Er ist cleverer als alle andern.* Noch einmal acht Schritte, und er stand vor einer Wand. Er hatte das Ende des Tunnels erreicht. Er drehte sich um und schaute zum Eingang zurück. Leuchtete umher, zu den Trägern und hölzernen Stützbalken. Eine Sackgasse?

Nein. Ungefähr zwei Schritte hinter ihm, auf dem Weg, auf dem er gekommen war, erkannte er eine Öffnung in der Wand, etwa in Hüfthöhe. Er war einfach daran vorbeigegangen.

Er lief die zwei Schritte zurück, bückte sich und leuchtete in das Loch. Es war der Durchgang zu einem zweiten Stollen, der in einem Winkel von etwa fünfundvierzig Grad abzweigte. Der Lichtstrahl reichte nicht bis ans Ende. Caffery schnupperte. Der schale Geruch von ungewaschenen Kleidern drang ihm in die Nase. »Bist du hier, du Scheißkerl? Wenn ja, dann hab ich dich jetzt.«

In gebückter Haltung trat er durch die Öffnung, die Hände vor sich ausgestreckt. Sein Rücken und seine Schultern streiften an der Decke entlang. Wieder ein Anzug im Eimer. Der Tunnel führte ungefähr drei Meter weit leicht bergab und mündete dann in eine kleine, ausgehöhlte Kammer. Bevor er sich verbreiterte, blieb Caffery stehen, angespannt in Abwehrhaltung und bereit zurückzuspringen, falls ihm etwas entgegenflog. Das Licht der Lampe tanzte durch die kleine Höhle. Sein Herz hämmerte noch immer wie wild.

Er hatte recht gehabt: Er befand sich nicht allein hier unten. Doch es war nicht Ted Moon, der ihm Gesellschaft leistete.

Hastig wich er in den Tunnel zurück und hielt das Funkgerät vor sich ausgestreckt, sodass es Sichtverbindung zum Ausgang hatte. »Äh – Backupteam? Können Sie mich hören?«

»Yep. Klar und deutlich.«

»Kommen Sie nicht in den Tunnel. Wiederhole: Kommen Sie nicht in den Tunnel. Ich brauche die Spurensicherung hier unten, und…« Er senkte den Kopf und legte die Finger über die Augen. »Und, hören Sie, schicken Sie auch einen Rechtsmediziner mit.«

53

Das Team der Spurensicherung war nur zwei Meilen weit entfernt bei einem anderen Einsatz gewesen und traf noch vor dem Arzt ein. Sie riegelten den Eingang ab und stellten Stative mit Leuchtstoffröhren auf, die taghelles Licht in der Höhle verbreiteten. In ihren weißen Overalls bewegten sie sich hin und her. Caffery sagte nicht viel; er ging nach vorn in die Reparaturgrube, wo er sie empfing und sich Stiefel und Handschuhe geben ließ. Dann kehrte er mit ihnen durch den Tunnel zurück und führte sie in die Kammer. Mit dem Rücken zur Wand und mit verschränkten Armen blieb er stehen.

Der Boden der Höhle war übersät von Zeitungen und alten Fastfoodkartons, Bierdosen und Batterien. An der hinteren Wand waren zwei Industriepaletten aufeinandergestapelt, und darauf lag eine Gestalt, in ein schmutziges Laken gehüllt, fleckig und mit toten Insekten bedeckt. Die Form war unverkennbar: ein Mensch, der auf dem Rücken lag, die Hände auf der Brust verschränkt. Ungefähr einen Meter fünfzig groß.

»Sie haben nichts angefasst?« Der Chef der Spurensicherung kam herein und legte vom Eingang bis zur Leiche Trittplatten auf den Boden. Es war der distinguiert wirkende, hochnäsige Kriminaltechniker, der den Wagen der Costellos untersucht hatte. »Aber dazu sind Sie natürlich zu clever.«

»Ich hab die Nase drübergehalten, aber das Laken nicht berührt – das war nicht nötig. Wenn da was tot ist, merkt man's ja. Das merkt jeder, oder? Sogar ein Cop, der blöd ist wie Scheiße.«

»Sie sind der Einzige, der hier drin war?«

Caffery rieb sich die Augen und deutete dann unbestimmt in Richtung der Leiche. »Das ist kein Erwachsener, oder?«

Der Cheftechniker schüttelte den Kopf. Er blieb vor den aufeinandergestapelten Paletten stehen und ließ den Blick über die Gestalt wandern. »Das ist kein Erwachsener. Eindeutig nicht.«

»Aber wie alt sie ist, können Sie nicht sagen, oder? Könnte sie zehn sein? Oder jünger?«

»Sie? Woher wissen Sie, dass es eine Sie ist?«

»Glauben Sie, es ist ein Er?«

Der Techniker drehte sich um und musterte ihn lange. »Man hat mir gesagt, es geht hier immer noch um den Entführer. Man hat mir gesagt, Sie hätten Ted Moon im Verdacht.«

»Man hat Ihnen die Wahrheit gesagt.«

»Der Mord an diesem Mädchen – Sharon Macy – war der erste Fall, den ich zu bearbeiten hatte, vor elf, beinahe zwölf Jahren. Ich habe einen ganzen Tag damit verbracht, ihr Blut mit einem Skalpell aus den Bodendielen zu kratzen. Ich weiß es noch, als wäre es gestern gewesen. Hab immer noch Albträume deswegen.«

Gebückt kam die Ärztin durch den Eingang, eine Frau mit einem hübschen Haarschnitt und einem Regenmantel. Sie hatte Galoschen über die eleganten Schuhe gestreift und trug Handschuhe. In der Höhle richtete sie sich auf, warf den Kopf zurück und schirmte die Augen vor dem grellen Licht ab. Caffery nickte ihr zu und lächelte schmal. Sie hatte ihr natürliches strohblondes Haar zusammengebunden und sah zu jung und zu nett aus für diesen Job.

»Hat das etwas mit diesen Carjackings zu tun?«, fragte sie.

»Sagen Sie's mir.«

Die Frau hob die Brauen und schaute den Kriminaltechniker fragend an. Aber der zuckte nur die Achseln und widmete sich wieder seinen Boxen und Trittplatten. »Okay.« Ein unterschwelliges nervöses Zittern lag in ihrer Stimme. »Schon gut.« Vorsichtig durchquerte sie die Kammer und blieb dabei auf den Trittplatten. Am Kopfende der Leiche blieb sie stehen. »Äh – darf ich das da aufschneiden? Damit ich das Gesicht sehen kann?«

»Hier.« Der Spurensicherer gab ihr eine Schere aus seinem Koffer, bog eine der Lampen herunter, um zu beleuchten, was sie tat, und holte eine Kamera heraus. »Lassen Sie mich nur fotografieren, was Sie tun.«

Caffery löste sich von der Wand, ging auf den Trittplatten hinüber und blieb neben der Ärztin stehen. Ihr Gesicht wirkte blass im grünlichen Licht der Leuchtstofflampen, und auf ihren Wangen hatten sich runde, mattrosa Flecken gebildet.

»Okay.« Sie lächelte ihn matt an, war völlig überfordert, zu jung. Versuchte, sich erwachsen zu benehmen. Vielleicht war es ihr erstes Mal. »Na, mal sehen, was wir da haben.«

Als der Cheftechniker seine Fotos gemacht hatte, fasste sie das Laken mit behandschuhten Fingern an, um die Schere unter den Stoff zu schieben. Ein leises, reißendes Geräusch war zu vernehmen. Caffery wechselte einen Blick mit dem Kriminaltechniker. Die Unterseite des Lakens klebte an irgendetwas fest.

Aber das bist nicht du, Emily. Das bist nicht du ...

Die Ärztin kämpfte mit der Schere und bemühte sich, ein Loch in das Laken zu schneiden. Ihre Hände zitterten, und es schien ewig zu dauern, bis die Schere in das Gewebe drang. Sie hielt einen Moment lang inne und legte den Handrücken an die Stirn. Lächelte. »Entschuldigung. Es ist so zäh.« Dann, beinahe zu sich selbst: »Okay ... was jetzt?« Sie fing an zu schneiden, in gerader Linie, einen Schnitt von vielleicht fünfundzwanzig Zentimetern. Sehr vorsichtig zog sie den Stoff auseinander. Es wurde still. Sie sah Caffery mit gerunzelter Stirn an, als wollte sie sagen: *Da. Das haben Sie nicht erwartet, was?* Er kam einen Schritt näher und leuchtete mit seiner kleinen Lampe unter das Leichentuch. Wo er ein Gesicht vermutet hatte, erkannte er einen Totenschädel, der am Laken klebte, bedeckt mit einer pulvrigen braunen Substanz. Martha war es auch nicht. Aber das hatte er

290

vielleicht schon aus dem Zustand des Lakens geschlossen. Dieses Mädchen war nicht erst seit ein paar Tagen tot. Dieses Mädchen war seit Jahren tot.

Er schaute den Kriminaltechniker an. »Sharon Macy?«

»Darauf würde ich wetten.« Er machte noch ein paar Fotos. »Wenn ich ein Spieler wäre. Sharon Macy. So wahr mir Gott helfe. Ich hätte geschworen, ich würde ihre Leiche nie zu Gesicht bekommen. Niemals.« Caffery trat einen Schritt zurück. Sein Blick wanderte über die roh aus der Erde gehauenen Wände, die primitiven Stützbalken. Moon musste daran schon gearbeitet haben, bevor er geschnappt worden war. So etwas erforderte Intelligenz und Kraft – etwas so Komplexes und Zweckmäßiges zu bauen. Der Eingang zu dieser Kammer war gut versteckt gewesen; Caffery hätte ihn beinahe übersehen. Es konnte noch weitere Tunnels, weitere Kammern geben. Vielleicht befanden sich Emilys und Marthas Leichen auch irgendwo hier unten. Da, dachte er, du hast das Wort *Leichen* benutzt. Du glaubst also, sie sind tot.

»Inspector Caffery?« Eine Männerstimme drang aus dem Tunnel. »Inspector Caffery – sind Sie da?«

»Ja? Wer spricht?« Er ging über die Trittplatten zum Eingang und rief in den Tunnel hinein: »Was gibt's?«

»Unterstützungseinheit, Sir. Ich hab einen Anruf für Sie. Eine junge Frau. Kann Sie über Ihr Telefon nicht erreichen – sagt, es ist dringend.«

»Bin schon unterwegs.« Er winkte der Ärztin und dem Kriminaltechniker zu, wandte sich ab und bückte sich, um durch den niedrigen Tunnel zurückzulaufen. Der Officer der Unterstützungseinheit stand in der Reparaturgrube. Seine breitschultrige Gestalt hielt das Licht ab. Caffery sah das Blinken an dem Telefon, das er unter dem Chassis des Cortina in die Höhe hielt. »Ich muss damit hier draußen bleiben, sonst verliere ich das Netz, Boss.«

Caffery nahm dem Officer das Telefon ab, kletterte über die

Leiter, die die Spurensicherung aufgestellt hatte, aus der Grube, ging zum Fenster und beugte sich blinzelnd ins Tageslicht hinaus. »Inspector Caffery – was kann ich für Sie tun?«

»Sir, können Sie möglichst schnell herkommen?« Es war die Familienbetreuerin bei den Bradleys, die große Brünette mit dem glänzenden Haar. Er erkannte sie an dem sanften walisischen Tonfall. »Ich meine, sofort?«

»Wohin?«

»Hierher – ins Safe House der Bradleys. Bitte. Ich brauche Ihre Hilfe.«

Caffery hielt sich mit dem Finger das andere Ohr zu, um die Geräusche der Spurensicherung hinter ihm auszublenden. »Was ist denn los? Sie müssen langsam sprechen.«

»Ich weiß nicht, was ich tun soll. In meiner Ausbildung wurde so was nicht behandelt. Es ist vor zehn Minuten gekommen, und ich kann es nicht ewig vor ihr verstecken.«

»*Was* können Sie nicht ewig vor ihr verstecken?«

»Okay.« Die Betreuerin atmete ein paarmal tief durch, um ihre Fassung wiederzufinden. »Ich hab am Frühstückstisch gesessen – die übliche Szene: Rose und Philippa auf dem Sofa. Jonathan macht wieder Tee, und Roses Telefon liegt vor mir auf dem Tisch. Und plötzlich fängt es an zu blinken. Den Rufton hat sie normalerweise eingeschaltet, aber vielleicht kriegt sie nicht viele SMS, und deshalb ist das Signal dafür stumm. Jedenfalls – ich schaue hin, ganz beiläufig, und ...«

»Und was?«

»Ich glaube, es ist von ihm. Muss von ihm sein. Von Ted Moon. Eine Kurznachricht.«

»Haben Sie sie gelesen?«

»Ich trau mich nicht. Trau mich einfach nicht. Ich kann nur den Betreff lesen. Außerdem glaube ich, es ist keine Text-SMS. Es ist eine MMS.«

Ein Foto. Scheiße. Caffery richtete sich auf. »Und warum glauben Sie, sie kommt von ihm?«

»Wegen des Betreffs.«

»Und der lautet?«

»O mein Gott.« Die Betreuerin senkte die Stimme, und er konnte ihren Gesichtsausdruck vor sich sehen. »Sir – da steht: ›Martha. Die Liebe meines Lebens.‹«

»Tun Sie nichts. Rühren Sie sich nicht, und zeigen Sie es vor allem Rose nicht. Ich bin in einer knappen Stunde da.«

54

Auf dem Weg zum Auto warf Caffery zwei Paracetamol aus der flachen Hand in den Mund und spülte sie mit brühheißem Kaffee aus der Thermosflasche eines Officers der Unterstützungseinheit hinunter. Alle Knochen taten ihm weh. Er hatte eine Liste von Telefonaten, die er erledigen musste, während er mit Myrtle, die schläfrig auf dem Rücksitz lag, die fünfundzwanzig Meilen bis zum Safe House der Bradleys fuhr: organisatorische Anrufe bei seinem Superintendent, beim taktischen Einsatzleiter der Unterstützungsteams im Präsidium, bei der Presseabteilung. Auch in seinem Büro rief er an und erfuhr dort, dass Prody sich bereits aus dem Krankenhaus entlassen hatte; nach einer Informationsbesprechung war er wieder in der Einsatzzentrale und scharrte mit den Hufen: Er wollte etwas tun, um die Ereignisse der vergangenen Nacht gutzumachen. Caffery trug ihm auf, sich mit dem stellvertretenden Sergeant Wellard in Verbindung zu setzen und herauszufinden, ob Flea irgendwo aufgetaucht war.

»Falls nicht…« Er hielt vor dem Safe House der Bradleys. Alles sah ganz normal aus. Die Vorhänge offen. Eine oder zwei brennende Lampen. Ein bellender Hund. »… sprechen Sie mit ihren Nachbarn, stellen Sie fest, wer ihre Freunde sind. Sie hat irgendwo einen komischen Bruder mit Scheiße im Hirn – reden

Sie mit dem. Besorgen Sie sich ein Wegwerfhandy oder eins aus dem Dezernat und schicken Sie mir eine SMS, damit ich Ihre Nummer habe. Und rufen Sie mich an, wenn Sie was rausfinden.«

»Ja, okay«, sagte Prody. »Ich hab da schon ein paar Theorien.«

Die Familienbetreuerin machte ihm auf, und schon nach einem kurzen Blick in ihr Gesicht wusste er, dass die Lage noch schlimmer war als bei ihrem Anruf. Sie sah ihn nicht abschätzig und mit sarkastisch hochgezogenen Brauen an, ließ nicht einmal eine Bemerkung über seinen verdreckten Anzug fallen. Sie schüttelte nur den Kopf.

»Was ist? Was ist denn los?«

Sie wich an die Wand zurück und öffnete die Tür so weit, dass er in den Flur schauen konnte. Rose Bradley saß in einem pinkfarbenen Hausmantel und Pantoffeln auf der Treppe. Sie hatte die Arme an den Leib gedrückt und ließ den Kopf hängen. Ein dünnes Wimmern drang aus ihrem Mund. Philippa und Jonathan standen wie versteinert in der Wohnzimmertür und starrten sie hilflos an. Philippa hielt Sophie am Halsband fest; die Spanielhündin hatte aufgehört zu bellen, aber sie beäugte Caffery misstrauisch.

»Sie hat das Telefon«, murmelte die Familienbetreuerin. »Sie ist wie ein Bluthund, wenn es um das verdammte Ding geht. Sie hat es mir abgenommen.«

Rose wiegte sich vor und zurück. »Verlangen Sie nicht, dass ich es Ihnen gebe. Sie kriegen es nicht zu sehen. Es ist *mein* Telefon.«

Caffery zog den Mantel aus und warf ihn auf einen Stuhl neben der Tür. Die Luft im Hausflur war stickig. Eine Prägetapete mit blauen Wirbeln bedeckte die Wände. Eigentlich war es ein Gästehaus für fremde Polizeichefs, aber es war scheußlich. Wirklich scheußlich. »Hat sie es aufgemacht?«

»*Nein!* Nein, hab ich nicht.« Sie wiegte sich heftiger. Ihre Stirn lag auf den Knien, und Tränen sickerten in den Hausmantel. »Ich hab's nicht aufgemacht. Aber es ist bestimmt ein Bild von ihr, nicht wahr? Es ist ein Bild von ihr.«

»Bitte.« Jonathan legte einen Finger an die Schläfe. Er sah aus, als könnte er jeden Moment umfallen. »Das weißt du nicht. Wir wissen nicht, was es ist.«

Caffery stand auf der Treppe, zwei Stufen unterhalb von Rose, und schaute zu ihr hoch. Ihre Haare waren ungewaschen, und ein unangenehm würziger Geruch ging von ihr aus. »Rose?« Er streckte ihr die Hand entgegen. Sie konnte sie entweder nehmen oder das Telefon hineinlegen. »Rose, was immer es ist, was immer auf dem Foto zu sehen ist, es könnte uns helfen, sie zu finden.«

»Sie haben den Brief gesehen. Sie *wissen*, was er gesagt hat – was er mit ihr vorhatte. Es war schrecklich, was er tun wollte. Das weiß ich, denn wenn es nicht schrecklich gewesen wäre, hätten Sie es mir gezeigt. Was ist, wenn er getan hat, was er tun wollte? Was ist, wenn das ein Foto davon ist?« Ihre Stimme wurde lauter; sie klang angespannt. »Was ist, wenn das auf dem Foto zu sehen ist? Was ist dann?«

»Das wissen wir erst, wenn wir es uns angeschaut haben. Sie müssen mir jetzt das Telefon geben.«

»Nur wenn ich sehen darf, was darauf ist. Sie werden mir nichts mehr verheimlichen. Das dürfen Sie nicht.«

Caffery blickte zu der Betreuerin hinüber, die mit verschränkten Armen vor der Tür stand. Als sie begriff, was er vorhatte, hob sie resigniert die Hände, als wollte sie sagen: *Sie müssen's wissen.*

»Philippa«, sagte er, »du hast doch einen Laptop, oder? Hast du ein USB-Kabel für das Telefon?«

»Nein. Bluetooth.«

»Hol deinen Laptop.«

Sie zögerte, und ihre Lippen bewegten sich, als hätte sie einen ausgetrockneten Mund. »Wir werden uns das nicht ansehen, oder?«

»Deine Mutter wird mir das Telefon sonst nicht geben.« Er verzog keine Miene und bewahrte einen gleichmütigen Gesichtsausdruck. »Wir müssen ihre Wünsche respektieren.«

»O Gott.« Sie schüttelte sich und zog Sophie ins Wohnzimmer. »*Gott.*«

Sie ließen sich am Esstisch nieder und warteten, während Philippa den Laptop aufklappte. Ihre Hände zitterten. Jonathan war in der Küche verschwunden und klapperte dort herum; wahrscheinlich spülte er wieder das Geschirr ab. Er wollte von all dem nichts wissen. Nur Rose zitterte nicht. Eine eisige Ruhe war über sie gekommen. Sie saß sehr gefasst am Tisch und starrte ins Leere. Als der Laptop hochgefahren war, nahm sie die verschränkten Arme auseinander und legte das Telefon mitten auf den Tisch. Einen Moment lang starrten es alle schweigend an.

»Okay«, sagte Caffery. »Ich kann jetzt weitermachen.«

Philippa nickte und stand auf. Sie warf sich auf das Sofa, saß mit hochgezogenen Knien da und drückte sich ein Kissen auf das Gesicht; aber sie starrte mit weit aufgerissenen Augen darüber hinweg, als sähe sie einen abscheulichen Film und könnte trotzdem den Blick nicht abwenden.

»Sind Sie sicher, Rose?«

»Ganz sicher.«

Er öffnete die Bluetooth-Verbindung und übertrug die Grafikdatei auf den Laptop. *Martha, die Liebe meines Lebens.jpg.* Alle starrten wie gebannt auf den Monitor, als das Foto langsam heruntergeladen wurde. Zeile um Zeile füllte es den Bildschirm aus. Als Erstes erschien ein blauer Teppich, dann die Bettkastenschublade eines Kinderbetts.

»Ihr Bett«, stellte Rose nüchtern fest. »Marthas. Er hat ein Foto von ihrem Bett gemacht. Die Aufkleber unten am Bettkasten. Wir hatten Streit deshalb. Ich –« Sie brach ab und presste die Hand auf den Mund, als das Foto sich vervollständigte.

»*Was?*«, fragte Philippa vom Sofa her. »Mum? Was ist?«

Niemand antwortete. Niemand atmete. Alle rückten ein kleines Stück näher an den Monitor heran. Das Bild zeigte Marthas Bett: weiß, mit lauter Aufklebern auf dem Bettkasten und rosa Bettwäsche. Über die Tapete dahinter zog sich eine Bordüre aus Ballerinen, die Pirouetten tanzten. Aber niemand schaute die Wand oder die Bettbezüge an, sondern nur das, was auf dem Bett lag. Besser gesagt, *den*, der auf dem Bett lag.

Ein Mann in Jeans und T-Shirt mit klar definierten Muskeln, der sich mit beiden Händen zwischen die Beine griff. Gesicht und Hals waren unter einer bärtigen Santa-Claus-Maske versteckt. Caffery brauchte nicht unter die Maske zu schauen, um zu wissen, wie Moons Gesicht aussehen würde. Unter der Maske würde er grinsen.

55

Als der Mittag vorüber war, begann eine Kumuluswolkenbank, die sich über dem westlichen Horizont zusammengeballt hatte, endlich nach Osten abzuziehen. Auf der Fahrt zum Pfarrhaus in Oakhill warf Caffery von Zeit zu Zeit einen Blick auf die Wolken. Er saß auf dem Beifahrersitz eines nicht gekennzeichneten Mercedes-Vans; am Steuer saß ein Verkehrspolizist, der Schulterklappen und Krawatte abgenommen hatte. Caffery hatte Myrtle in sein Büro in Kingswood gebracht, seinen Wagen dort abgestellt und den Van mit Fahrer angefordert. Hinter ihm auf der Bank saßen Philippa und Rose; Jonathan und die Familienbetreuerin folgten in einem BMW. Rose war immer noch davon überzeugt, dass Martha versuchen würde, sie anzurufen, und wollte sich deshalb nie mehr als ein paar Schritte weit von ihrem Telefon entfernen. Caffery hatte es ihr trotzdem abluchsen können: Er hatte erklärt, für den Fall, dass Moon anriefe, müsse es in der Hand eines Profis sein. Tatsache war, der einzige Profi, in dessen Hände dieses Telefon gehörte, wäre ein professioneller, auf Geiselnahmen spezialisierter Unterhändler. Aber das erwähnte Caffery nicht. Von Anfang an war er entschlossen gewesen, den Fall nicht einem dieser Experten zu überlassen. Also steckte das Telefon in seiner Gesäßtasche, und alle Rufsignale waren laut eingestellt.

Kurz vor eins erreichten sie das Pfarrhaus. Der Fahrer stellte den Motor ab. Caffery blieb einen Moment lang sitzen und nahm die Umgebung in Augenschein. Die Vorhänge waren zugezogen, auf der Stufe vor der Haustür stand immer noch ein leerer Milchflaschenhalter, aber sonst war hier nichts mehr so wie an dem Tag, als er die Bradleys weggebracht hatte. Es wimmelte von Polizisten. Blaulichter blitzten, blau-weiße Absperrbänder flatterten, Vans parkten überall. Eine Einheit aus Taunton war abkommandiert worden und hatte Haus und Grundstück durchforstet. Ein Wagen der Hundestaffel parkte vor dem Haus; die Tiere starrten durch das vergitterte Heckfenster. Insgeheim war Caffery froh, dass die Hunde nicht draußen waren. Er hatte nicht damit gerechnet, dass Moon sie mit erhobenen Händen im Pfarrhaus erwarten würde, aber er wollte sich auch nicht von einem Hund daran erinnern lassen, wie clever dieser Mistkerl war. Bisher hatte die Polizei wirklich eine miserable Leistung abgeliefert. Noch einen verwirrten Deutschen Schäferhund, der winselnd im Kreis herumliefe, würde er wahrscheinlich nicht ertragen.

Ein nicht gekennzeichneter Renault-Van parkte ungefähr zehn Meter weit entfernt. Drei Polizisten in Zivil lungerten daneben herum, rauchten Zigaretten und unterhielten sich: das Beobachtungsteam, das das Haus nach dem Auszug der Bradleys observiert hatte – in der Hoffnung, Moon werde zurückkommen und sein Gesicht zeigen.

Caffery stieg aus und ging auf sie zu. Zwei Schritte vor ihnen blieb er mit verschränkten Armen stehen. Er brauchte nichts zu sagen. Sein Gesichtsausdruck sprach Bände. Die Unterhaltung der Männer erstarb, und einer nach dem andern drehte sich zu ihm um. Der eine ließ die Zigarette hinter dem Rücken verschwinden und sah Caffery tapfer lächelnd an; der Zweite stand stramm und starrte auf einen Punkt über Cafferys Schulter, als wäre der ein Ausbildungsoffizier. Und der Dritte schaute zu Boden und strich sich nervös das Hemd glatt. Na bravo, dachte Caffery: die drei Affen.

»Ich schwöre«, begann der eine und hob die Hand, aber Caffery brachte ihn mit einem Blick zum Schweigen und schüttelte enttäuscht den Kopf. Er wandte sich ab und ging zum Haus, wo Jonathan stand, bleich und angespannt.

»Ich komme mit hinein. Ich will ihr Zimmer sehen.«

»Nein. Das ist keine gute Idee.«

»Bitte.«

»Jonathan, was soll das bringen?«

»Ich will mich vergewissern, dass er nicht…«, er blickte zum Fenster hinauf, »…dass er da drin nichts *getan* hat. Ich möchte nur sicher sein.«

Caffery wollte sich das Zimmer auch ansehen, aber aus einem anderen Grund. Er wollte herausfinden, ob er tun konnte, was der Walking Man tat: durch seine bloße Anwesenheit etwas von Ted Moon in sich aufnehmen. »Dann kommen Sie. Aber fassen Sie nichts an.«

Die Haustür stand offen, und sie gingen hinein. Jonathans Gesicht wirkte starr wie eine Maske. Er blieb kurz stehen und schaute sich in der vertrauten Diele um. Alle Flächen waren bedeckt mit schwarzem Fingerabdruckpulver. Jemand von der Spurensicherung – sie hatten alles nach Fingerabdrücken abgesucht, mit der Pinzette Haare von Marthas Kopfkissen sichergestellt und die Bettwäsche abgezogen – erschien in seinem Raumanzug und sammelte herumliegende Ausrüstungsgegenstände ein. Caffery hielt ihn auf. »Gibt es Spuren von gewaltsamem Eindringen?«

»Bis jetzt nicht. Im Moment ist alles noch sehr mysteriös.«
Er pfiff die Titelmelodie von *Twilight Zone* und merkte zu spät,
dass die beiden Männer ihn entgeistert anstarrten. Sofort machte
er ein ernstes Gesicht und deutete streng auf ihre Füße. »Wollen
Sie hier rein?«

»Geben Sie uns Überschuhe und Handschuhe. Das reicht
schon.«

Der Spurensicherer händigte Caffery ein Paar von beidem aus
und reichte auch Jonathan einen Satz. Sie zogen die Sachen an,
und Caffery hob die Hand und wies zur Treppe. »Wollen wir?«

Er ging voraus, und Jonathan folgte ihm bedrückt. Marthas
Zimmer sah aus wie auf dem Foto des Entführers: gerahmte
Bilder an den Wänden, Ballerinen, die über eine pinkfarbene
Bordüre tanzten, »Hannah Montana«-Aufkleber auf dem Bettkasten. Nur die Matratze lag jetzt bloß; das Laken war abgezogen, und Bett, Wand und Fenster waren mit Fingerabdruckpulver bedeckt.

»Sieht schäbig aus.« Jonathan drehte sich langsam um sich
selbst und betrachtete alles. »Wenn man so lange irgendwo
wohnt, merkt man gar nicht, dass es schäbig wird.« Er ging zum
Fenster und legte einen behandschuhten Finger an die Scheibe,
und plötzlich fiel Caffery auf, dass der Mann abgenommen
hatte. Trotz seiner Vorträge darüber, dass man die Familie bei
Kräften halten müsse, und obwohl er scheinbar dauernd etwas
zu essen auf den Tisch brachte, war Jonathan – nicht Rose oder
Philippa – derjenige, der allmählich einen dürren, faltigen Hals
bekam und dessen Hosen zu schlottern anfingen. Er sah aus wie
ein kranker, alternder Geier.

»Mr. Caffery?« Er wandte sich nicht vom Fenster ab. »Ich
weiß, wir können vor Rose und Philippa nicht darüber reden,
aber – von Mann zu Mann: Was denken Sie? Was glauben Sie,
was Ted Moon mit meiner Tochter angestellt hat?«

Caffery betrachtete Jonathans Hinterkopf. Das Haar, das er
als lockig in Erinnerung hatte, sah schütter aus. Er entschied,

der Mann habe ein Recht darauf, belogen zu werden. Denn die Wahrheit, Mr. Bradley, ist die: Er hat Ihre Tochter vergewaltigt. Er hat es so oft getan, wie er konnte. Und dann hat er sie ermordet. Damit sie still war, damit sie aufhörte zu weinen. Das ist bereits passiert, wahrscheinlich irgendwann am Tag nach der Entführung. In Ted Moon ist nichts Menschliches mehr, und deshalb kann es sogar sein, dass er ihren Körper noch benutzt hat, nachdem er sie getötet hatte. Wahrscheinlich hat er auch das so lange getan, wie er konnte, aber auch dieser Teil ist inzwischen vorbei. Das weiß ich, weil er Emily geholt hat. Er brauchte eine neue. Was Martha betrifft, überlegt er wahrscheinlich gerade, was er mit der Leiche anfangen soll. Er kann gut Tunnel bauen. Er gräbt tadellose, gut konstruierte Tunnel…

»Mr. Caffery?«

Er schrak aus seinen Gedanken und blickte auf.

Jonathan beobachtete ihn. »Ich habe gefragt, was glauben Sie, was er mit meiner Tochter angestellt hat?«

Caffery schüttelte langsam den Kopf. »Wollen wir nicht tun, was wir vorhatten?«

»Ich hatte gehofft, Sie vermuten etwas anderes.«

»Ich habe nicht gesagt, dass ich etwas vermute.«

»Nein. Aber Sie tun es. Keine Sorge. Ich frage nicht noch einmal.« Jonathan versuchte tapfer zu lächeln, aber es gelang ihm nicht. Schlurfend kam er vom Fenster zurück ins Zimmer.

Eine Zeit lang standen sie schweigend nebeneinander. Caffery versuchte seinen Kopf zu leeren und Geräusche, Gerüche und Farben hineinfließen zu lassen. Er wartete darauf, dass die Dinge etwas machten – dass sie eine Botschaft schickten, die sich wie ein Transparent in seinem Bewusstsein entfaltete. Aber nichts passierte. »Und?«, fragte er schließlich. »Hat er etwas verändert?«

»Ich glaube nicht.«

»Was denken Sie, wo die Kamera war, als er das Bild aufgenommen hat?« Caffery zog Roses Handy aus der Tasche,

301

sah sich an, wie Moon auf dem Bett lag, und drehte es mit ausgestrecktem Arm, bis der Blickwinkel stimmte. »Er muss ein Stativ benutzt haben; das Bild ist von hoch oben aufgenommen worden.«

»Vielleicht hat er sie über die Tür gestellt. Auf den Türrahmen.«

Caffery ging näher an die Tür heran. »Was ist das da in der Wand? Schrauben?«

»Ich glaube, da hing vor Jahren eine Uhr. Aber ehrlich gesagt, ich weiß es nicht mehr.«

»Vielleicht hat er eine Halterung an die Wand gehängt.« Caffery zog einen Stuhl unter Marthas Schreibtisch hervor, stellte ihn vor die Tür und stieg hinauf. »Für die Kamera.« Er setzte seine Brille auf und betrachtete die Schrauben aus der Nähe. Die eine glänzte silbern und ragte ungefähr einen halben Zentimeter aus der Wand. Aber die zweite Schraube war keine Schraube, sondern ein Loch. Er schob den Finger hinein, und drinnen bewegte sich etwas. Leise fluchend wühlte er in seiner Tasche nach dem Schweizer Messer, zog mit den Fingernägeln die Pinzette heraus und zupfte damit sehr vorsichtig einen Gegenstand aus dem Loch.

Er stieg vom Stuhl und ging mit erhobenem Zeigefinger zu Jonathan. Auf der Fingerkuppe lag eine winzige schwarze Scheibe, so groß wie ein Penny und mit den matten Konturen elektronischer Schaltkreise auf der Oberfläche. An einer Seite blinkte ein silbriger Punkt: ein Objektiv. Das Ganze wog wahrscheinlich keine zwanzig Gramm.

»Was ist *das*?«

Caffery schüttelte den Kopf. Er überlegte immer noch. Und eine Sekunde später ging ihm ein Licht auf. »*Fuck!*« Er stieg auf den Stuhl und schob das Ding wieder in das Loch, sprang herunter und führte Jonathan aus dem Zimmer.

»Was ist los?« Verblüfft starrte Jonathan ihn an.

Caffery legte einen Finger an die Lippen. Er scrollte durch

das Nummernverzeichnis in seinem Telefon. Seine Nackenhaare sträubten sich.

»Was ist los?«

»Sschh!« Er wählte eine Nummer, hielt das Telefon ans Ohr und hörte das Freizeichen.

Jonathan schaute zu Marthas Zimmertür und dann wieder zu Caffery. Er rückte nah an Caffery heran und zischte: »Sagen Sie schon, um Himmels willen.«

»Kamera.« Caffery formte das Wort mit dem Mund. »Das Ding ist eine Kamera.«

»Und das heißt?«

»Das heißt, dass Ted Moon uns beobachtet.«

56

Das laute Geräusch beim Öffnen der Luke hatte Flea einen solchen Schreck eingejagt, dass es fast eine halbe Stunde dauerte, bis sie den Mut fand weiterzugehen. Wie gelähmt stellte sie sich vor, wie das Geräusch durch den Tunnelabschnitt vor ihr hallte. Wie Wellen von schwarzem Wasser flutete es durch den Luftschacht nach oben und verriet ihre Anwesenheit. Endlich, als nichts passierte und sie davon ausging, dass der Entführer nicht da war, schob sie ihre Schulter in die Lücke, stemmte sich gegen das Schott und zog die Luke mit einem lang gedehnten, schleimig schmatzenden Geräusch weit auf. Ein Schwall von Tageslicht und kühler Luft flutete ihr entgegen. Sie hielt den Atem an und kämpfte die verrückte Angst nieder, die in ihr aufsteigen wollte.

Der vordere Teil des Rumpfs vor ihr schien leer zu sein. Durch den Druck des Gesteins, das auf dem Kahn lastete, war er leicht aufwärtsgerichtet, und man konnte einen niedrigen Sims oder eine Bank an der Bordwand über der Wasseroberfläche erkennen. Ein Eisenkasten war an die Unterseite des Decks geschweißt – ein altes Seilfach, für ein Tau zum Trockenhalten –, und sie entdeckte zwei Löcher, durch die dieses Tau geführt werden konnte. Sonnenlicht fiel durch sie herein, und die Strahlen zielten wie zwei Lasergewehre in den Innenraum. Die hundert Jahre alten Spuren von Kohle waren nicht zu übersehen: An den Innenwänden hingen schwarze Kristalle, die absplitterten, wenn man dagegenschlug. Flea hob den Kopf. Über sich erblickte sie die hellen Umrisse einer weiteren Luke.

Sie beäugte sie stumm und dachte mit schmerzlicher Sehnsucht an den Raum und das Licht auf der anderen Seite. Wenn es ihr gelang, diese Luke zu öffnen, könnte sie hinauskriechen. Mit ihrer Kletterausrüstung würde sie keine halbe Stunde brauchen, um durch den Luftschacht nach oben zu steigen. Es konnte alles ganz einfach sein, vorausgesetzt, sie befand sich allein hier unten.

Sie hob den Arm aus dem Wasser und konzentrierte sich angestrengt auf das Kreisen des Sekundenzeigers ihrer Uhr. Vom Kanal vor ihr drang kein Laut außer dem steten Tröpfeln des Wassers von den Pflanzen und Wurzeln im Luftschacht. Als zehn Minuten vergangen waren, klapperte sie mit den Zähnen, aber nach und nach kehrte ihre Zuversicht zurück. Sie kroch lautlos auf Händen und Knien zurück, um ihren Rucksack zu holen. Das Wasser um sie herum machte kein Geräusch. Die tote Ratte stieß träge gegen die Bordwand und trieb dann in gemächlichen Schlangenlinien davon.

Sie hielt den Rucksack vor sich über Wasser und schob sich leise durch die Luke in das wärmere Wasser des vorderen Bereichs. Noch drei Schritte auf den Knien, dann konnte sie sich mit einer Hand an der Bordwand abstützen und aufstehen. Gebückt ging sie weiter, bis sie in der Spitze des Bugs angelangt war und sich aufrichten konnte. Ihr Kopf streifte die rostige, von Spinnweben bedeckte Unterseite des Decks. So stand sie bis zu den Hüften im Wasser und wartete eine Weile. Das Licht aus den Löchern schien ihr ins Gesicht.

An der Unterseite des Decks gab es einen Haken, an den sie ihren Rucksack hängen konnte, damit er trocken blieb. Sie fummelte das Handy heraus, zog es aus der Plastikhülle, schaltete es ein und prüfte, ob es ein Signal empfing. Nichts. Das kleine Funkmastsymbol war durchgestrichen. Sie atmete sehr flach und mit offenem Mund, um kein Geräusch zu verursachen, und schob sich langsam auf eins der Löcher in der Wand zu. Anfangs wahrte sie noch Abstand, hielt nur das Ohr an das Loch, ließ ihre Fantasie in den hallenden Tunnel hinauskriechen und suchte das Muster der Geräusche da draußen nach einem Hinweis darauf ab, dass sie nicht allein war. Sie atmete weiter geräuschlos, schob das Gesicht an das Loch und spähte hinaus.

Ungefähr fünf Meter vor ihr hing der Seesack am Haken, ein massiver Schatten. Aus dieser Nähe konnte sie erkennen, dass er frei von Moos und Schmutz war. Er musste noch vor Kurzem benutzt worden sein. In der letzten Nacht hatte sie keine Zeit gehabt, darauf zu achten. Wenn sie sich flach an die Bordwand drückte und die Wange tief in das Loch schob, konnte sie noch einen Teil des Tunnels erkennen. Und den hellen Fleck: den Kinderschuh. Das elektrostatische Prickeln, das sie schon einmal gespürt hatte, empfand sie hier stärker denn je. Sie war ganz nah. Martha musste hier unten gewesen sein. Es gab keinen Zweifel. Vielleicht hatte er sie hier vergewaltigt, vielleicht sogar ermordet.

Flea hielt das Handy aus dem Loch, streckte den Arm so weit hinaus in den Tunnel, wie sie konnte. Drehte es so, dass sie das Display im Blick hatte.

Kein Netz. Also, sie fuhr sich mit der Zunge über die Lippen und schaute nach oben, also blieb nur die Luke.

Sie schaltete das Handy aus, schob es in die Plastikhülle und steckte es wieder in den Rucksack. Dann legte sie die Hände an die Unterseite des Decks. Die Luke war von oben her zu öffnen. Das war nicht so einfach wie bei der letzten. Verrostet war sie auch. Sie nahm den Meißel aus dem Rucksack und schlug mit dem Griff unter die Luke. Ein paar Flocken Rost und Kohlenstaub rieselten herunter, aber die Luke bewegte sich nicht. Sie fischte das Schweizer Armeemesser aus dem Überlebensanzug und stocherte damit in dem Rost in der Fuge. Er war härter und stärker verkrustet als bei der Luke im Schott. Sie musste die Knie beugen, den Ärmel des Anzugs ein Stück herunterziehen und um das Messer wickeln, damit die Klinge nicht zurückschnappte. Bei den besonders harten Stellen schwang sie das Messer wie einen Hammer über dem Kopf und schlug schräg gegen das Deck.

Als die Fugen frei waren, hämmerte sie noch dreimal mit dem Meißelgriff gegen die Luke. Noch immer rührte sich nichts. Rost gab es keinen mehr; also sollte die Luke eigentlich nachgeben. Sie klappte das Messer wieder auf, um es noch einmal zu versuchen, und legte die rechte um die linke Hand, um mehr Kraft aufzubringen. Aber das Messer war dieser Aufgabe nicht gewachsen: Beim sechsten Schlag brach es ab, ihre Hand wurde abgelenkt, fuhr herunter und landete auf ihrem Oberschenkel. Die abgebrochene Klinge drang durch den Anzug und bohrte sich ins Fleisch.

Sie riss das Bein hoch und drückte vor Schmerz den Rücken durch. Die Stahlklinge steckte tief im Muskel, und nur der kleine rote Griff ragte aus dem blauen Neopren. Sie vergaß ihr Erste-Hilfe-Training, riss das Messer sofort heraus und ließ es in den Dreck fallen. Sie kippte auf den Sims an der Seite, öffnete den Reißverschluss ihres Anzugs, schwang die Füße in den schweren Stiefeln auf den Sims und stemmte den Hintern ein kleines Stück hoch, damit sie die Hosenbeine herunterstreifen konnte. Die Haut an ihren Schenkeln war weiß und fleckig wie die eines tiefgefrorenen Huhns, und die Härchen standen aufrecht. Die Stelle, wo die Klinge sich hineingebohrt hatte, sah stumpf blau aus. Sie legte die Daumen rechts und links davon auf die Haut.

Sofort erschien ein schmaler roter Halbmond, der schnell dicker wurde, anschwoll und über die Ränder quoll. Zwei Blutrinnsale flossen an ihrem aufgerichteten Schenkel herunter und verschwanden in ihrer Unterwäsche.

Sie drückte mit beiden Händen auf die Wunde und biss sich auf die Lippe. Die Oberschenkelarterie war nicht verletzt, denn sonst wäre das Blut hochgeschossen und an die Bootswand gespritzt. Trotzdem konnte sie sich keine blutende Wunde leisten. Nicht hier unten in der Kälte. Sie riss sich das T-Shirt herunter, presste es auf die Wunde und band es auf der Rückseite des Oberschenkels mit einem Weberknoten zusammen. Dann streckte sie das Bein aus, legte die Hände in den Schoß und beugte sich vor, um möglichst viel Druck auf das Bein auszuüben.

Sie blieb lange so sitzen, stemmte sich gegen den Schmerz und zwang sich, daran zu denken, wie sie hier herauskam.

Da vernahm sie ein Geräusch aus dem Luftschacht. Das Kreischen von Metall auf Stein. Sie hob den Kopf. Noch ein Geräusch – und jetzt wusste sie, dass sie es sich nicht einbildete. Ein Stein oder etwas anderes Hartes war durch den Schacht heruntergefallen und mit einem Platschen im Wasser versunken. Dann folgten noch mehr Steine, ein bisschen Laub, ein Zweig.

Das war niemand, der Dinge in den Schacht warf, sondern jemand, der herunterkletterte.

57

Sie irren sich. Er beobachtet Sie nicht. Sie können sich entspannen.«

Caffery stand mit einem Mann von der Hightecheinheit aus Portishead, einem großen, äußerst muskulösen, rotblonden Typen, der nicht aussah wie ein Polizist, in der Küche. Er trug einen bleistiftdünnen Schlips und einen schrägen Sechziger-Jahre-Anzug mit schmalen Revers; seine Tasche bestand aus Krokoimitat, und er fuhr einen Volvo-Veteranen. Aber er schien zu wissen, was er tat. Caffery hatte die Kamera aus dem Loch in der Wand holen und auf dem Küchentisch auf ein Stück Pappe legen müssen. Jetzt standen die beiden Männer davor und betrachteten sie.

»Ich schwöre Ihnen, er beobachtet Sie nicht.«

»Aber das Dings an der Rückseite. Das ist doch ein Sender, oder?«

»Yep. Wahrscheinlich hat er es mit einem Highspeed-USB-Empfänger verbunden, sodass er direkt auf die Festplatte aufzeichnen kann. Keine Ahnung – vielleicht hatte er vor, da draußen irgendwo in einem Auto herumzusitzen und sich alles auf dem Laptop anzusehen. Aber jetzt ist er nicht da.«

»Sind Sie sicher?«

Der Mann lächelte gelassen. »Hundertzwanzigprozentig. Wir haben das Ding gescannt. Es ist auch nicht weiter beeindruckend. Eher Low End. Gibt's in jedem Laden. Billigware. Die Geräte, die bei den Sicherheitsdiensten eingesetzt werden, sind ungefähr hundertmal stärker. Arbeiten mit Mikrowellen. Aber das hier? Er würde sich irgendwo auf dem Gelände aufhalten müssen, um etwas empfangen zu können, und die Einheiten haben alles abgesucht. Da draußen ist niemand. Sorry. Ich muss zugeben, einen Moment lang war ich aufgeregt. Ich dachte wirklich, wir finden das Schwein in seinem Auto, mit einem hübschen kleinen Sony auf dem Schoß.«

Caffery musterte ihn von oben bis unten. Die Hightecheinheit hatte bereits die Telefonnummer ermittelt, von der aus Moon das Foto geschickt hatte. Es handelte sich um eine vor mindestens zwei Jahren in einem Supermarkt im Süden Englands gekaufte Prepaidkarte. Das Telefon war abgeschaltet, aber sie hatten schon herausgefunden, von wo man die MMS abgeschickt hatte: an der M4, in der Nähe der Ausfahrt 16. Auf halbem Weg zwischen irgendwo und nirgendwo also. Danach hatte die Einheit diesen rothaarigen Typen zum Pfarrhaus geschickt. Seine Füße steckten in spitzen Schuhen, und seine Brille mit dem schwarzen Gestell schien geradewegs aus einer alten BBC-Serie zu kommen. Caffery musterte die Schuhe und dann das Gesicht. »Und wie soll man Sie nennen? Q?«

Der Kerl lachte. Es klang nasal und nicht amüsiert. »Den hab ich noch nie gehört. Wirklich noch *nie*. Stimmt schon, was man über die MCIU sagt. Ihr Jungs seid wirklich urkomisch. Jede Minute ein Lacher.« Er zog den Reißverschluss an seiner Tasche auf und nahm einen kleinen Gegenstand mit einem runden roten LED-Display heraus. »Nein, ich bin einfach nur ein Nerd. Zwei Jahre bei Hightech, davor zwei Jahre in der technischen Unterstützungseinheit bei der Serious Organized Crime Agency – Sie wissen schon, die SOCA. Das ist der Dienst, der die verdeckten Überwachungsmaßnahmen durchführt.«

»Und all die Sachen, die wir der Staatsanwaltschaft nicht erzählen?«

»Hey-hey.« Er griff an seinen Krawattenknoten. Er hatte Sommersprossen auf dem Nasenrücken und helle Augen wie ein Albino. »Nun, ich weiß, dass Sie einen Witz gemacht haben. Ich sehe es an den neckischen Fältchen um Ihre Augen.«

Caffery beugte sich wieder über die Kamera. »Wo kriegt man so was?«

»So was? Überall. Ein paar hundert Pfund, wahrscheinlich weniger. Aus dem Internet. Die versenden das, ohne Fragen zu stellen.« Er lächelte und entblößte dabei sehr kleine, gleichmäßige Zähne. »Neugier ist ja nicht illegal.«

»Ich frage mich, wieso er in ein leeres Zimmer blicken will. Er weiß doch, dass sie nicht mehr hier sind.«

»Tut mir leid, Kollege. Ich bin die Abteilung Technokram. Psychologie ist zweite Tür rechts.« Er richtete sich auf, fuhr mit beiden Händen an seinem Schlips entlang und schaute sich in der Küche um. »Aber hier ist noch eine – hier drin. Falls das irgendwie von Belang ist.«

Caffery starrte ihn an. »*Was*?«

»Ja. Hier drin ist auch eine. Sehen Sie sie?«

Caffery ließ den Blick über Wände und Decke wandern. Er sah nichts.

»Schon gut. Das können Sie nicht. Schauen Sie sich das an.« Er hielt ihm das Ding entgegen, das er aus seiner Tasche gezogen hatte; es besaß die Form einer kleinen Handlampe. Auf der Oberseite kreiselten ringförmig angeordnete rote Dioden. »Bei der SOCA hatte ich meinen eigenen Etat. Ich brauchte mich nie an die Beschaffungsstelle zu wenden. Glauben Sie mir, ich hab nicht einen Penny zum Fenster rausgeworfen. Alles, was ich angeschafft habe, hat sich bezahlt gemacht, in Form von Arbeitszeit und Personalaufwand. Das hier ist der Spitzelfinder.«

»Sie kommen wirklich aus einem James-Bond-Film.«

»Wissen Sie was? Ich hab 'ne Idee. Wir wär's, wenn wir dieses Thema einfach mal ausklammern könnten? Wenigstens vorläufig?« Er hielt das kleine Gerät schräg, damit Caffery es betrachten konnte. »Dieses Tänzchen aus *Unheimliche Begegnung*? Das ist Licht, das von einer Kameraoptik reflektiert wird.«

»Wo ist sie?« Cafferys Blick schweifte über Wände, Kühlschrank, Herd, Marthas Geburtstagskarten, die in einer Reihe auf der Fensterbank standen.

»Konzentrieren Sie sich.«

Er schaute in die Richtung, auf die Q sich konzentrierte.

»In der Uhr?«

»Ich glaube ja. In der Sechs.«

»*Fuck, fuck, fuck.*« Caffery ging zur Uhr, blieb davor stehen und stemmte die Hände in die Hüften. Ihm fiel auf, dass da etwas blinkte, sehr schwach, winzig. Er drehte sich um und schaute in die Küche, sah die alten Furnierschränke, die verschlissenen Vorhänge. Der Karton mit der Sahne, die Jonathan für die Apfelpastete verwendet hatte, stand noch da; die Sahne wurde allmählich sauer. Dort lag ein Stapel Zeitungen, und es roch nach Erbrochenem. Weshalb um alles in der Welt wollte Moon diese leere Küche überwachen? Was hatte er davon? »Wie lange wird er gebraucht haben, um die Dinger hier anzubringen?«

»Kommt darauf an, wie viel er von der Technik versteht. Und dann müsste er rausgehen, um zu checken, ob sie funktionieren und ob er sie empfangen kann.«

»Er muss hin- und hergegangen sein? Rein und raus?«

»Um es richtig einzurichten. Ja.«

Caffery sog an seinen Zähnen. »Ein Überwachungsteam ist mit das Teuerste, was die Polizei auf die Beine stellen kann. Jetzt frage ich mich, warum wir uns die Mühe machen.«

»Ich glaube, ich weiß es.«

Die beiden drehten sich um. Jonathan stand in der Tür. Er hielt Philippas Laptop in den Händen. Sein Gesichtsausdruck war merkwürdig. Er hatte den Kopf zur Seite geneigt, als lauschte er dem leisen Pochen des Wahnsinns an der Pforte seines Verstandes.

»Jonathan. Sie sollten im Auto sein.«

»Da war ich. Jetzt bin ich hier. Moon hat die Kameras installiert, um Martha zu beobachten. Er hat sie angebracht, bevor er sie entführt hat. Sie befinden sich schon seit über einem Monat hier. Darum hat Ihr Überwachungsteam nichts gesehen.«

Caffery räusperte sich. Er schaute den Techie an und winkte dann Jonathan heran.

»Stellen Sie ihn hin.« Er schob ein paar Sachen auf dem Tisch zur Seite. »Hier.«

Jonathan setzte den Laptop auf die freigeräumte Fläche ab und klappte ihn auf. Einen Augenblick später erwachte der Computer zum Leben. Das Foto von Moon, der mit der Santa-Claus-Maske auf dem Bett lag, füllte den Bildschirm aus. Es war herangezoomt worden, sodass man nur noch einen Teil der Wand und einen Teil seiner Schulter erkennen konnte. »Da.« Jonathan klopfte mit dem Fingernagel auf den Bildschirm. »Sehen Sie?«

Caffery und Q traten näher heran. »Was sollen wir sehen?«

»Das Bild da. Die Zeichnung.«

An der Wand über dem Bett hing eine Filzstiftzeichnung. Eine mythische Landschaft aus der Fantasie eines kleinen Mädchens. Martha hatte Wolken, Herzen und Sterne gemalt sowie eine Seejungfrau in der oberen Ecke. Sie selbst stand an der Seite und hielt den Zügel eines weißen Ponys. In der Nähe, losgelöst von allem, als schwebten sie, waren zwei Hunde.

»Sophie und Myrtle.«

»Was ist mit ihnen?«

»Kein Halsband. Keine Blumen.«

»Hä?«

»Philippa hatte am ersten November Geburtstag. Martha hat Sophie für diesen Tag feingemacht. Und danach ging sie hinauf und schmückte Sophie auf dem Bild mit Blumen und Halsbändern. Rose erinnert sich daran. Philippa auch. Aber sehen Sie hin: keine Blumen, keine Halsbänder auf diesem Bild.«

Caffery richtete sich auf. Heiße und kalte Schauer überliefen ihn. Alles, was er für sicher gehalten hatte, war falsch. Falsch, komplett falsch, auf Sand gebaut. Plötzlich stand der ganze Fall auf dem Kopf.

58

Die Ausrüstungstasche schlug unregelmäßig klirrend gegen die tropfende Tunnelwand, und das Geräusch hallte von dem Kahn wider. Flea kauerte flach atmend im Bug und zitterte unkontrolliert. Sie schälte das T-Shirt vom Bein. Es löste sich nur langsam; teilweise klebte es an dem bereits trocknenden Blut. Die Wunde war eine verkrustete rote Linie. Sie drückte versuchsweise auf die Haut. Die Wunde hielt. Schnell riss sie das verklebte T-Shirt vollends herunter und streifte es sich über den Kopf. Dann zog sie ihren Neoprenanzug wieder hoch und den Reißverschluss zu, glitt lautlos von der Bank herunter ins Wasser, um sich vor das Loch zu schieben.

Das Seil draußen schwang hin und her und drehte sich. Es warf lange, hässliche Schatten. Sie tauchte tiefer ins Wasser, streckte die Hand hinein und bewegte sie vorsichtig im Schlick hin und her. Sie war es gewohnt, Schlamm und Wasser tastend abzusuchen; das verlangte ihr Beruf, und ihre Finger waren darauf trainiert, es auch in diesen dicken Handschuhen zu tun. Sie hatte das abgebrochene Armeemesser schnell gefunden, wischte es ab und klappte den Schraubenzieher heraus. Lautlos watete sie zu dem Loch, lehnte sich mit dem Rücken an die Wand und legte den Kopf zurück, sodass sie in den Schacht hinaufspähen konnte.

Jemand stand auf dem Eisengitter. Ein Mann. Sie sah ihn von hinten. Seine Füße steckten in braunen Wanderstiefeln, in die eine braune Cargohose gestopft war. Eine schwarze Bauchtasche hing um seine Taille. Er hielt sich an den Pflanzen fest, die aus der Schachtwand wuchsen, um nicht das Gleichgewicht zu verlieren, als er zwei Schritte näher an den Rand des Gitters trat und in den Tunnel hinabschaute. Er wandte ihr immer noch den Rücken zu, sodass sie sein Gesicht nicht sehen konnte, aber seine Haltung erweckte den Eindruck, als wäre er nicht ganz sicher, ob er hier wirklich das Richtige tat. Er schien kurz zu überlegen, ging dann in die Hocke und bewegte sich weiter auf den Rand des Gitters zu. Die Schwerkraft tat das ihre, und er geriet ins Rutschen. Er packte das Seil, bremste damit seinen Abstieg und ließ sich langsam in das schmutzige Wasser hinunter.

Dann stand er im Schatten, streckte beide Arme schützend aus und sah sich vorsichtig um. Er beugte sich vor, um auch in die dunkleren Winkel zu spähen. Kopf und Schultern schoben sich für einen Augenblick ins Licht, und Flea ließ alle Luft aus ihrer Lunge entweichen. Es war Prody.

»*Paul*!« Sie schob das Gesicht ins Loch. »*Paul – ich bin hier*!«

Er fuhr herum, als er ihre Stimme hörte. Riss abwehrend die Hände hoch, wich einen Schritt zurück und starrte die Schute an, als traute er seinen Ohren nicht.

»Hier! Im Kahn.« Sie schob die Finger durch das Loch und wackelte damit. »Hier.«

»Scheiße. *Flea*?«

»Hier!«

»Mein Gott.« Er watete auf sie zu. Hose und Schuhe wurden nass vom Schlamm. »O Gott, o Gott.« Einen halben Meter vor ihr blieb er stehen und glotzte sie an. »O Gott, wie sehen Sie denn aus?«

»O *fuck*.« Ein Schauder lief ihr über den Rücken. Sie schüttelte sich wie ein Hund, der aus dem Wasser kommt. »Ich dachte wirklich, ich sitze hier fest. Ich dachte, Sie hätten meine Nachricht nicht gekriegt.«

»Nachricht? Hab ich nicht. Mein Telefon ist weg. Aber als ich Ihren Wagen im Dorf gesehen hab, musste ich gleich daran denken, wie Sie…« Er schüttelte den Kopf. »Mein Gott, Flea. Alle machen sich Sorgen Ihretwegen. Inspector Caffery – alle. Und…« Sein Blick wanderte an dem Lastkahn entlang, als könnte er immer noch nicht ganz fassen, dass sie so dumm gewesen war, hier herunterzusteigen. »Was, zum Teufel, machen Sie denn da drin? Wie sind Sie überhaupt da *reingekommen*?«

»Über das Heck. Diese Schute reicht bis auf die andere Seite dieser Einbruchstelle. Ich bin dahinter durch den Tunnel gekommen und kann hier nicht raus.«

»Durch den *Tunnel*? Und dieses…« Dann ging ihm anscheinend ein Licht auf. Er drehte sich langsam um und schaute zum Luftschacht. »Sie haben dieses Seil nicht in den Schacht gehängt?«

»Paul, hören Sie«, zischte sie, »*das hier ist es*. Er hat sie über die Felder hierhergetragen. Das da ist *sein* Kletterseil, nicht meins.«

Prody drückte den Rücken an den Kahn, als befürchtete er,

314

der Entführer könne ihn von hinten attackieren. Er atmete tief ein und geräuschvoll wieder aus: *Hoah*. »Okay. Gut. In Ordnung.« Er wühlte in seiner kleinen Bauchtasche herum und zog eine Stahllampe heraus. »Okay.« Er knipste sie an und hielt sie vor sich wie eine Waffe. Sein Atem ging schnell.

»Es ist alles in Ordnung«, sagte Flea. »Er ist jetzt nicht hier.«

Prody leuchtete in die dunkelsten Ecken hinein. »Sind Sie sicher? Sie haben nichts gehört?«

»Ich bin sicher, ja. Aber schauen Sie mal – da drüben im Wasser. Der Schuh. Sehen Sie ihn?«

Prody lenkte den Lichtstrahl auf die Stelle. Er schwieg eine ganze Weile, und sie hörte nur sein Atmen. Dann stieß er sich vom Kahn ab und watete durch das Wasser. Vor dem Schuh blieb er stehen und beugte sich darüber, um ihn zu betrachten. Flea konnte sein Gesicht nicht erkennen, aber er hielt lange Zeit inne. Schließlich richtete er sich auf und verharrte einen Moment in dieser Stellung, den Oberkörper leicht zurückgeneigt und eine Faust auf die Brust gepresst, als hätte er Verdauungsstörungen.

»*Was?*«, flüsterte sie. »Was ist los?«

Er zog ein Telefon aus der Tasche und drückte mit dem Daumen auf die Tasten. Sein Gesicht leuchtete aschfahl im blassblauen Licht des Displays. Er schüttelte das Telefon. Drehte es schräg zur Seite, hielt es hoch. Watete zum Luftschacht, reckte das Handy dort in die Höhe, starrte blinzelnd auf das Display und drückte immer wieder auf die Ruftaste. Nach einer Weile gab er auf. Er steckte das Telefon ein und kam zurück zum Kahn. »Welchen Provider haben Sie?«

»Orange. Und Sie?«

»Scheiße. Ich auch. Prepaid momentan.« Er trat einen Schritt zurück und schaute an der Schute entlang. »Wir müssen Sie da rausholen.«

»Da ist eine Luke an Deck. Ich hab's schon versucht, aber sie rührt sich nicht. Paul? Was ist mit dem Schuh?«

Er legte beide Hände auf die Bordkante, stemmte sich hoch

und stützte sich auf seine zitternden Arme. Sein Körper hing an der Bordwand herunter. Nach ein, zwei Augenblicken glitt er wieder hinab ins Wasser.

»Was ist mit dem Schuh, Paul?«

»Nichts.«

»Ich bin nicht blöd.«

»Konzentrieren wir uns darauf, Sie hier rauszuholen. Durch die Luke können Sie nicht. Da steht eine schwere Seilwinde drauf.«

Er ging an dem Kahn entlang, strich mit der Hand über die Bordwand und blieb hier und da stehen, um sie genauer zu inspizieren. Sie hörte, wie er weiter hinten, nah am Einbruch, dagegenhämmerte. Als er zurückkam, lag ein dünner Schweißfilm auf seiner Stirn. Er war nass und voller Schlamm und sah plötzlich schrecklich aus.

»Hören Sie zu.« Er blickte ihr nicht in die Augen. »Wir machen Folgendes.« Er biss sich auf die Unterlippe und spähte in den Luftschacht hinauf. »Ich klettere da hoch, bis ich ein Funknetz habe.«

»Gab es im Schacht eins?«

»Ich … Ja. Ich meine, ich glaube, es gab eins.«

»Aber Sie wissen es nicht?«

»Ich hab nicht nachgesehen«, gestand er. »Aber wenn es im Schacht keins gibt, dann oben.«

»Ja.« Sie nickte. »Natürlich.«

»Hey.« Er beugte sich zum Loch hinunter und schaute ihr ins Gesicht. »Sie können mir vertrauen. Ich lasse Sie nicht allein. Er kehrt nicht zurück – er *weiß*, dass wir den Tunnel durchsucht haben, und er wäre verrückt, wenn er noch mal herkäme. Ich bleibe oben am Schacht.«

»Und wenn Sie weggehen müssen, um ein Funknetz zu finden?«

»Dann sicher nicht weit.« Er schwieg und starrte sie an. »Sie sehen blass aus.«

»Ja.« Sie zog die Schultern hoch und zitterte übertrieben. »Mir ist … Sie wissen schon. Es ist beschissen kalt. Das ist alles.«

»Hier.« Er wühlte in seiner Bauchtasche und zog ein zerdrücktes, in Zellophan verpacktes Sandwich und eine halb volle Flasche Evian heraus. »Mein Lunch. Sorry – ein bisschen unansehnlich.«

Sie schob die Hand durch das Loch, nahm ihm das Sandwich und die Flasche Wasser ab und steckte beides in den Rucksack, der unter dem Deck hing. »Whisky ist da vermutlich wohl keiner?«

»Essen Sie einfach.«

Er hatte den Kanal halb durchquert, als er plötzlich stehen blieb und sich umsah. Einen Augenblick herrschte Stille, danach kam er wortlos zurück und schob seine Hand durch das Loch. Sie starrte sie einen Moment lang an und legte dann ihre Hand in seine. Beide schwiegen. Einen Moment später zog Prody die Hand zurück und watete in Richtung Seil. Er blieb kurz stehen und ließ den Blick durch den Tunnel wandern, über die Buckel und Hügel im Wasser. Anschließend packte er das Seil und begann hinauszuklettern.

59

Janice Costello hatte eine Schwester, die auf dem Land in der Nähe von Chippenham lebte. Am Nachmittag fuhr Caffery dorthin. Es war ein verschlafenes Dorf; an den Cottages hingen Pflanzkörbe, es gab einen Pub, eine Post und eine Tafel, auf der stand: *Das sauberste Dorf in Wiltshire 2004.* Als er auf das Haus zuging – es war ein Cottage aus Feldsteinen mit einem Rieddach und Fenstern mit steinernen Mittelpfosten –, erschien Nick in der niedrigen Tür. Sie trug ein malvenfarbenes Kleid, und statt der hochhackigen Stiefel hatte sie türkisfarbene chinesische Pantoffeln an den Füßen, offensichtlich ausgeliehen. Immer wieder legte sie den Finger an die Lippen, damit er nicht so laut sprach. Janices Mum und ihre Schwester befanden sich oben im Schlafzimmer, und Cory war abgehauen – niemand wusste genau, wohin.

»Und Janice?«

Nick zog ein Gesicht. »Kommen Sie lieber mit nach hinten.« Sie führte ihn durch die niedrigen Räume, vorbei an einem gemütlichen Feuer, vor dem zwei Labradorhunde schliefen, und schließlich hinaus in die Kälte auf die hintere Terrasse. Eine Rasenfläche erstreckte sich hinunter zu einer niedrigen Hecke, hinter der die weite Oolithebene im Süden der Cotswolds begann. Reif lag auf den zerfurchten Feldern, und der Himmel war bleigrau.

»Sie hat mit niemandem gesprochen, seit sie aus dem Krankenhaus gekommen ist.« Nick deutete auf eine Gestalt, die mit dem Rücken zum Cottage auf einer Bank am unteren Ende eines kleinen Rosengartens saß. Eine Steppdecke lag um ihre Schultern. Ihr dunkles Haar war zurückgekämmt, und sie starrte auf die Felder hinaus, wo die kahlen Bäume den Himmel berührten. »Nicht mal mit ihrer Mutter.«

Caffery knöpfte sich den Mantel zu, schob die Hände in die Taschen und ging den schmalen, von Eiben gesäumten Weg zu Janice hinunter. Als er vor ihr stehen blieb, hob sie den Kopf und starrte ihn an. Sie zitterte. Ihr Gesicht wirkte nackt ohne Make-up, und Nase und Kinn waren gerötet. Die Hände, die sich am Hals in die Steppdecke krallten, waren blau vor Kälte. Emilys Stoffhase lag auf ihrem Schoß.

»Was?«, fragte sie. »Was ist? Haben Sie sie gefunden? Bitte sagen Sie's. Was immer es ist – bitte *sagen* Sie's einfach.«

»Wir wissen nichts – immer noch nicht. Es tut mir so leid.«

»O Gott.« Sie legte eine Hand an die Stirn. »O Gott, o Gott. Ich halte das nicht aus. Ich halte es einfach nicht aus.«

»Sobald wir etwas hören, erfahren Sie es als Erste.«

»Ob schlecht oder gut? Versprechen Sie mir, dass ich es als Erste erfahre – egal, ob schlecht oder gut?«

»Ob schlecht oder gut. Ich verspreche es Ihnen. Darf ich mich setzen? Ich muss mit Ihnen sprechen. Wir können Nick dazuholen, wenn Ihnen das lieber ist.«

»Wieso? Sie kann doch nichts ändern, oder? Niemand kann etwas ändern. Stimmt's?«

»Eigentlich nicht.«

Er nahm neben ihr auf der Bank Platz, streckte die Beine aus, legte die Knöchel übereinander und verschränkte die Arme. Die Kälte ließ ihn die Schultern hochziehen. Auf dem Boden zu Janices Füßen stand ein unberührter Becher Tee, und daneben lag eine Hardcover-Ausgabe von *À la recherche du temps perdu* in der Plastikschutzhülle einer Bibliothek. »Ist das nicht dieser Schwierige?«, fragte er nach einer Weile. »Proust?«

»Meine Schwester hat es gefunden. In irgendeiner Sonntagszeitung, in den Top Ten der Bücher, die man in einer Krise lesen soll. Entweder das oder Khalil Ghibran.«

»Und ich wette, Sie können keins von beiden lesen.«

Sie senkte den Kopf und legte einen Finger an die Nasenspitze. So verharrte sie fast eine Minute und konzentrierte sich. »Natürlich kann ich das nicht.« Sie nahm die Hand weg und schüttelte sie, als wäre sie schmutzig. »Irgendwie warte ich erst mal darauf, dass das Schreien in meinem Kopf aufhört.«

»Die Ärzte sind ziemlich aufgebracht. Sie hätten das Krankenhaus nicht einfach so verlassen dürfen. Aber Sie sehen ganz okay aus. Besser, als ich dachte.«

»Nein, das stimmt nicht. Das ist gelogen.«

Er zuckte die Achseln. »Ich muss Sie um Verzeihung bitten, Janice. Man hat Sie im Stich gelassen.«

»Ja, ich hab das getan. Ich hab mich im Stich gelassen. Und Emily.«

»Im Namen der Polizei möchte ich mich für Mr. Prody entschuldigen. Er hätte seine Arbeit tun müssen und überhaupt nicht hier sein dürfen. Sein Verhalten war inakzeptabel.«

»Nein.« Sie lächelte gequält. Ironisch. »An Pauls Verhalten war nichts inakzeptabel. Inakzeptabel ist die Art, wie Sie diese Sache behandeln. Und dass mein Mann eine Affäre mit Pauls Frau hat. Das ist *unangebracht*. Wirklich absolut und ganz und gar unangebracht.«

»Wie bitte –?«

»Ja.« Sie lachte rau und hart. »Ach, wussten Sie das nicht? Mein wundervoller Ehemann fickt Clare Prody.«

Caffery wandte sich zur Seite und sah in den Himmel. Gern hätte er geflucht. »Das ist …«, er räusperte sich, »… *schwer*. Für uns alle. Das ist schwer.«

»Schwer für Sie? Dann versuchen Sie es mal damit, dass meine Tochter weg ist. Versuchen Sie es mal damit, dass mein Mann, seit sie weg ist, kein einziges beschissenes Wort mehr mit mir geredet hat. Das« –, sie hielt ihm den erhobenen Zeigefinger entgegen und hatte Tränen in den Augen –, »das ist beschissen schwer. Dass mein Mann nicht mehr mit mir geredet hat. Oder wenigstens Emilys Namen ausgesprochen hat. Er kann ihren *Namen* nicht mehr aussprechen.« Sie ließ die Hand fallen und starrte eine Zeit lang auf ihren Schoß. Dann nahm sie den Hasen und presste ihn an die Stirn. Fest. Als könnte der Druck verhindern, dass sie weinte.

Die Assistenzärztin im Krankenhaus hatte gesagt, es sei merkwürdig, dass Mund und Kehle frei von den Blasen seien, die man bei Gas erwartet hätte. Sie wussten immer noch nicht, mit welcher Substanz Moon sie außer Gefecht gesetzt hatte. Mit Terpentin getränkte Lappen hatten in mehreren Zimmern gelegen und die Wohnung mit ihren beißenden Dämpfen erfüllt. Aber von Terpentin waren sie nicht alle bewusstlos geworden.

»Es tut mir leid.« Sie wischte sich über die Augen. »Entschuldigen Sie – ich wollte nicht … Es ist nicht Ihre Schuld.« Sie hielt den Hasen an die Nase und atmete seinen Geruch ein.

Dann zog sie den Kragen ihres Pullovers auf und schob ihn hinein, als wäre er ein Lebewesen, das Körperwärme brauchte. Sie behielt die Hand im Pullover und bugsierte das Stofftier unter ihre Achsel. Caffery ließ den Blick durch den Garten schweifen. Kupferrotes Laub war in der Ecke, wo hinter der niedrigen Hecke die Felder begannen, zu einem Haufen zusammengerecht. Ein Spinnennetz zitterte sacht in dem leichten Wind, der aufgekommen war und den Geruch von Mist über die Felder trug. Caffery betrachtete das Netz und stellte sich vor, wie es morgen früh von Reif überzogen sein würde. Er dachte an den Schädel unter dem Laken. An die staubige, gelblich braune Substanz, die das Tuch befleckt hatte.

»Janice, ich habe versucht, mit Cory zu sprechen. Er nimmt meine Anrufe auch nicht an. Aber jemand muss ein paar Fragen beantworten. Tun Sie mir den Gefallen?«

Janice seufzte. Sie fasste ihr Haar und schlang es im Nacken zu einem Knoten zusammen. Dann fuhr sie mit beiden Händen über ihr Gesicht. »Fragen Sie.«

»In Ihr Haus ist nie eingebrochen worden, Janice?« Er zog sein Notizbuch aus der Tasche und notierte Datum und Uhrzeit. Aber das Notizbuch war nur ein Requisit. Er würde jetzt nichts aufschreiben – das käme später. Das Buch half ihm, sich zu konzentrieren. »Bei Ihnen zu Hause? Keine Einbrüche?«

»Wie bitte?«

»Ich habe gesagt, in Ihr Haus ist nie eingebrochen worden, oder?«

»Nein.« Sie starrte das Notizbuch an. »Warum?«

»Sie haben eine Alarmanlage, nicht wahr?«

»Ja.«

»Und die war eingeschaltet, als Sie an dem Tag zu Ihrer Mutter fuhren?«

»Sie ist permanent eingeschaltet. Warum?«

Ihr Blick war immer noch auf das Buch gerichtet. Plötzlich begriff er, warum, und sofort kam er sich vor wie ein Volltrottel.

Mit dem Buch wirkte er unerfahren, wie ein Berufsanfänger. Er klappte es zu und steckte es ein. »Ihre Schwester sagt, Sie hätten am Haus einiges richten lassen, und bis dahin hätten Sie keine Alarmanlage gehabt.«

»Das war vor Monaten.«

»Sie haben einen großen Teil der Zeit hier bei Ihrer Schwester verbracht, richtig? Als in Ihrem Haus gearbeitet wurde? Da war es leer?«

»Ja.« Janice starrte jetzt auf die Tasche, in der das Notizbuch verschwunden war. »Aber was hat das mit alldem zu tun?«

»Detective Prody hat Ihnen ein Foto von Ted Moon gezeigt, ja?«

»Ich kannte ihn nicht. Cory auch nicht.«

»Sind Sie sicher, dass er nicht einer von den Leuten war, die ins Haus gekommen sind? Um zu arbeiten?«

»Ich hab sie nicht alle gesehen. Da sind Leute ein- und ausgegangen – Subunternehmer, was weiß ich. Wir haben eine Baufirma rausgeworfen und eine andere beauftragt. Ich weiß nicht mehr, wie viele Gesichter ich da gesehen und wie viele Tassen Tee ich gemacht habe. Aber ich bin sicher – fast sicher –, dass ich ihn nie gesehen habe.«

»Wenn Cory auftaucht, hätte ich gern alle Details über diese Arbeiter, wenn das möglich ist. Und den Namen der Baufirma, die Sie gefeuert haben. Ich möchte so bald wie möglich mit allen reden. Haben Sie das alles in einer Akte zu Hause? Alle Einzelheiten? Oder können Sie sich daran erinnern?«

Ein paar Augenblicke saß sie mit halb offenem Mund da und starrte Caffery an. Dann ließ sie alle Luft aus der Lunge entweichen, senkte den Kopf und schlug sich mit den Fingerknöcheln an die Stirn. Eins-zwei-drei. Eins-zwei-drei. Eins-zwei-drei. So fest, dass die Haut rot wurde. Als wollte sie sich ein paar Gedanken aus dem Kopf prügeln. Wenn es noch lange so weitergegangen wäre, hätte er ihre Hand festgehalten. Aber genauso unvermittelt, wie das Klopfen begonnen hatte, hörte es auch wieder auf. Sie fasste sich – jetzt waren ihre Augen geschlossen und die Hände ruhig im Schoß gefaltet. »Ich weiß, was Sie mir sagen wollen. Nämlich, dass er Emily beobachtet hat.« Sie hielt weiter die Augen geschlossen und redete schnell, so als müsste sie sich darauf konzentrieren, jedes Wort auszusprechen, bevor sie es vergessen hätte. »Dass er sie … *verfolgt* hat? Dass er in unserem *Haus* war?«

»Wir haben heute im Haus der Bradleys ein paar Kameras entdeckt. Deshalb sind wir noch einmal in Mere gewesen, um uns Ihr Haus anzusehen. Und haben das Gleiche gefunden.«

»*Kameras*?«

»Es tut mir leid. Ted Moon hat ohne Ihr Wissen Überwachungskameras in Ihrem Haus installieren können.«

»In meinem Haus waren keine *Kameras*.«

»Doch. Sie hätten sie niemals gefunden, aber sie waren da. Sie müssen, lange bevor all das anfing, dort angebracht worden sein, denn es gab keine Spuren eines Einbruchs, seit Sie das Haus verlassen haben.«

»Sie meinen, er hat sie installiert, als wir hier bei meiner Schwester waren?«

»Wahrscheinlich.«

»Dann hat er sie *beobachtet*? Er hat Emily beobachtet?«

»Wahrscheinlich.«

»O Gott. O mein Gott.« Sie schlug die Hände vors Gesicht. »Das halte ich nicht aus. Ich halte es nicht aus. Ich kann's einfach nicht.«

Caffery wandte sich ab und blieb sitzen; er tat, als konzentrierte er sich auf den Horizont. Noch immer dachte er an all die Mutmaßungen, denen er nachgegangen war, die Möglichkeiten, die er ignoriert hatte. Wie dumm er gewesen war, dass er das alles nicht gesehen hatte. Als Moon noch einmal zurückgekommen war, um Emily zu holen, hätte er wissen müssen, dass er sie schon lange vor der Tat ausgewählt hatte. Dass sie kein Zufallsopfer gewesen war. Aber vor allem dachte er, dass er – wie so oft – froh darüber war, allein zu sein, kinderlos und ohne Liebe. Es stimmte, was man so sagte: Je mehr du hast, desto mehr kannst du verlieren.

60

Flea war nicht hungrig, aber sie brauchte Kalorien. Sie saß mit den Füßen im Modder auf dem Längssims im Bootsrumpf und kaute appetitlos auf dem Sandwich herum, das Prody ihr dagelassen hatte. Sie fror und zitterte am ganzen Leib. Das Fleisch in dem Sandwich triefte vor Fett und schmeckte pappig; außerdem enthielt es winzige Sehnen- und Knorpelstückchen. Sie musste jeden Bissen mit einem Schluck Wasser durch die wunde Kehle spülen.

Prody war tot. Daran gab's keinen Zweifel. Zunächst hatte sie zugesehen, wie das Seil hin- und herschwang und eine Narbe im schleimigen Moos an der Schachtwand hinterließ. Das hatte fünfzehn Minuten gedauert, bis er am oberen Rand des dreißig Meter tiefen Schachts angekommen war. »Ich gehe ein Stück weg«, hatte er heruntergerufen. »Hier ist immer noch kein Netz.«

Natürlich ist da keins, dachte sie verbittert. Natürlich nicht. Aber sie hatte sich nur die Lippen geleckt und geantwortet: »Okay. Viel Glück.«

Und das war's gewesen.

Da oben musste ihm etwas zugestoßen sein. Sie wusste, wie es am Luftschacht aussah. Vor Jahren war sie bei einer Übung dort gewesen. Sie erinnerte sich an Wald, Trampelpfade, grasbewachsene Lichtungen und undurchdringliches Dickicht. Er dürfte erschöpft gewesen sein. Wahrscheinlich hatte er sich oben erst mal hingesetzt, um sich von dem Aufstieg zu erholen. Ein leichtes Opfer für Marthas Entführer. Und jetzt ging der Tag zu Ende. Der große, kreisrunde Fleck Tageslicht, der durch den Schacht herabfiel, war langsam über den Kanal gewandert, und mit ihm die Schatten der Pflanzen. Er war schmaler geworden und lag jetzt als unregelmäßiger Streifen auf der Schachtwand. Die Schatten im Tunnel liefen ineinander, und wenn sie durch das Loch hinausschaute, konnte sie die Ecken des Tunnels nicht mehr erkennen, und auch kaum noch Marthas Schuh.

Prody hatte nicht gut auf den Schuh reagiert. Als Verkehrspolizist war er bei zahllosen schrecklichen Unfällen als Erster vor Ort gewesen. Eigentlich sollte er durch nichts zu erschüttern sein, aber irgendetwas an dem Schuh hatte sogar ihn schockiert.

Sie hob den Arm und betrachtete ihre Hand. Ihre Finger waren weiß und blau gefleckt – erste Anzeichen einer Unterkühlung. Das Zittern, das ihren ganzen Körper schüttelte, würde nicht ewig dauern. Es würde aufhören, wenn der Tod näherrückte. Sie knüllte das Zellophan zusammen und stopfte es in die Flasche. Es gab kaum noch Licht. Wenn sie hier rauskommen wollte, musste sie jetzt handeln. Sie hatte eine Stunde lang im Schlick gewühlt und einen alten Grubenstempel aus Eisen gefunden. Er war von Schleim überzogen, aber nicht allzu rostig. Sie hatte ihn so aufgestellt, dass die Kopfplatte unter der Luke saß. Einen starken Sechs-Zoll-Nagel, den sie ebenfalls gefunden hatte, konnte sie in die Windenmechanik schieben. In den letzten zwei Stunden hatte sie den Grubenstempel mühsam unter die Luke geklemmt. Sie wollte versuchen, die Winde, die obendrauf stand, herunterzukippen. Und was dann? Durch den Schacht nach oben klettern und sich abknallen lassen wie ein Soldat im Ersten Weltkrieg, der den Kopf aus dem Schützengraben streckte? Aber das wäre immer noch besser, als hier unten zu erfrieren.

Hey? Weißt du, wie man Gott zum Lachen bringt? Man macht einen Plan.

Sie stand auf. Ihre Knie schmerzten. Müde steckte sie die Flasche in die Netztasche ihres Rucksacks und griff dann nach dem Nagel, um ihn in die Windenmechanik zu schieben und den Stempel hochzudrehen.

Der Nagel war weg.

Er hatte auf dem Sims gelegen, gleich hier neben ihr. Hektisch fuhr sie mit den Händen über Nieten und Schleim. Eine halbe Stunde hatte sie gebraucht, um diesen Nagel im Schlamm auf dem Boden der Schute zu finden. Sie wühlte in ihrem Rucksack nach der Helmlampe und zog sie hervor. Der Nagel fiel mit heraus. Klirrend landete er auf dem Sims.

Wie versteinert starrte sie den Nagel an. Er war im Rucksack gewesen. Aber sie hatte ihn auf den Sims gelegt. Sie erinnerte sich, dass sie mit Bedacht entschieden hatte, ihn dort abzulegen. Oder wusste sie es doch nicht mehr so genau? Sie legte eine Hand an die Stirn, und einen Moment lang war ihr schwindlig. Sie war sich ganz sicher, dass sie ihn auf den Sims gelegt hatte. Das bedeutete, dass ihr Gedächtnis Ausfälle hatte. Ein weiteres Symptom der Unterkühlung, die nach und nach alle Systeme erfasste.

Mit tauben Fingern hob sie den Nagel auf. Sein Durchmesser war ein wenig kleiner als der des Lochs in der Windenmechanik, und so konnte sie ihn mühelos hineinschieben. Sie hatte Kerben in den Handflächen, die der Nagel beim letzten Mal hinterlassen hatte. Sie ignorierte den Schmerz, als sie sich mit ihrem ganzen Gewicht gegen den Nagel stemmte. Er rührte sich nicht. Grunzend drückte sie noch einmal. Und noch einmal. Er bewegte sich nicht. Scheißding. Sie warf sich dagegen. Nichts. Noch einmal.

»Scheiße!«

Sie setzte sich auf den Sims. Trotz der Kälte spürte sie Schweiß unter den Achseln. Das letzte Mal hatte der Nagel sich vor über einer Stunde bewegt, und da nicht einmal einen halben Zentimeter. Ein Signal, ihre Bemühungen einzustellen.

Aber sie hatte doch keine andere Wahl.

Mit der Neoprenmanschette an ihrem rechten Fußknöchel stimmte etwas nicht. Sie tauchte die Hand ins Wasser und tastete vorsichtig ihren Knöchel ab. Die Manschette selbst war okay, das Neopren darüber jedoch hart und ausgebeult, als hätte sich dort Wasser angesammelt. Sie schlang den Gurt der Helmlampe um den Kopf und beugte sich hinunter, um den Anzug zu untersuchen. Über dem Knöchel war er aufgebläht wie ein Ballon, und wenn sie das Bein bewegte, spürte sie, wie Flüssigkeit darin herumschwappte. Behutsam schob sie einen Finger unter die Manschette und zog sie auf. Etwas Flüssiges strömte heraus. Warm. Und rot im Licht der Lampe.

Fuck. Sie lehnte den Kopf an das Schott und atmete tief und langsam durch, um das Schwindelgefühl zu bekämpfen. Die Wunde an ihrem Oberschenkel war aufgebrochen, und sie hatte ziemlich viel Blut verloren.

Das war nicht gut. Überhaupt nicht gut.

61

Damien Graham tat sich keinen Gefallen, wenn es darum ging, die Vorurteile anderer Leute zu widerlegen. Als Caffery kurz nach sechs Uhr abends an seinem kleinen Reihenhaus eintraf, stand er in der offenen Tür, betrachtete die Straße und rauchte – ausgerechnet – einen Zigarillo. Er trug eine Wraparound-Sonnenbrille, Marke Diesel, und einen kamelhaarfarbenen Zuhältermantel. Nur der breitkrempige Hut aus violettem Filz fehlte noch. In einem Winkel seines Herzens empfand Caffery unwillkürlich Mitleid mit dem Kerl.

Als er den Weg heraufkam, nahm Damien den Zigarillo aus dem Mund und grüßte mit einem Nicken. »Was dagegen, wenn ich rauche?«

»Wenn es Sie nicht stört, dass ich esse?«

»Nee. Nur zu, Mann, nur zu.«

Am Morgen beim Rasieren vor dem Spiegel im Büro hatte Caffery den Eindruck gehabt, er sehe hager aus, und sich vorgenommen, sich etwas zu essen zu besorgen. Jetzt war sein Beifahrersitz voll mit Tankstellen-Sandwiches und Schokoriegeln – Mars, Snickers, Twix. Eine typisch männliche Lösung dieses Problems. Er durfte nicht vergessen, das ganze Zeug irgendwo in Sicherheit zu bringen, bevor er Myrtle das nächste Mal ins Auto ließ. Er zog ein Caramac aus der Tasche, brach zwei Stücke ab und schob je eins rechts und links in den Mund. Sie standen mit dem Rücken zum Haus und betrachteten mit ausdrucksloser Miene die Autos in der Straße. Den Van der Spurensicherung. Qs verrückten Retro-Volvo.

»Verraten Sie mir, was hier los ist?«, fragte Damien. »Die nehmen mir die ganze Bude auseinander. Angeblich gibt es da eine Kameraanlage in meinem Haus.«

»So ist es.« Damien war nicht der Einzige. Bei den Blunts hatte man das Gleiche gefunden. Turner redete gerade mit ihnen. Tatsächlich befanden sich alle im Einsatz, alle außer Prody. Caffery konnte ihn telefonisch nicht erreichen. Er hätte gern gewusst, wo er sich rumtrieb – und ob er etwas über Flea herausgefunden hatte. »Damien«, sagte er. »Diese Kameras. Sie haben vermutlich keine Ahnung, wie die da hineingekommen sein könnten?«

Damien schnaubte verächtlich. »Was wollen Sie damit sagen? Glauben Sie, ich hab sie hier versteckt?«

»Nein. Ich glaube, dass jemand in Ihrem Haus gewesen ist und sie dort installiert hat. Aber ich weiß nicht, bei welcher Gelegenheit. Sie vielleicht?«

Damien schwieg eine Zeit lang. Dann schnippte er den Zigarillostummel in den verwilderten Vorgarten. »Ja«, sagte er gedehnt und zog sich den Mantel fester um die Schultern. »Vielleicht weiß ich es. Hab's mich ja auch schon gefragt.«

»Und?«

»Ein Einbruch. Vor langer Zeit. Vor der Sache mit dem Auto. Ich hab immer gedacht, es hätte was mit meiner Missus zu tun gehabt; sie hatte damals ein paar ziemlich schräge Freunde. Wir haben Anzeige erstattet, aber komisch war's schon. Nichts ist geklaut worden. Und wenn ich jetzt darüber nachdenke, fange ich an ... Sie wissen schon ... mich zu fragen.«

Caffery schob sich das letzte Stück Caramac in den Mund, sah sich um und an Damien vorbei zu den Fotos im Hausflur. Es waren gerahmte Atelierfotos von Alysha in Schwarz-Weiß. Ihr Haar wurde von einem breiten Band zurückgehalten – eine Frisur wie aus *Alice im Wunderland*. Er fühlte sich schlapp und verwirrt, denn dieser Fall hatte in den letzten Stunden eine ganz andere Wendung genommen. Niemand hatte mehr Ted Moon im Auge, und alle konzentrierten sich auf seine Opfer; denn Moon hatte die Mädchen weit im Voraus ausgewählt, was die Ermittlungen grundlegend veränderte. Alle befürchteten, er könnte es schon bald wieder tun. Es könnte irgendwo noch eine Familie geben, in deren Haus Überwachungskameras versteckt waren. Diese Familie musste die MCIU nun finden – und Caffery war sicher, dass der Schlüssel dazu in der Antwort auf die Frage lag, warum er Alysha, Emily, Cleo und Martha ausgesucht hatte.

»Was läuft hier?«, fragte Damien. »Kommt mir vor wie ein Spuk. Gefällt mir nicht.«

»Das kann ich mir denken.« Caffery knüllte das Caramacpapier zusammen und steckte es in die Tasche. »Was hier läuft, ist Folgendes: Wir sind ein paar Stufen höher gestiegen und betrachten Ted Moon jetzt aus einer anderen Perspektive. Er ist clever. Stimmt's? Sehen Sie sich an, was er in Ihrem Haus gemacht hat. Er hätte Alysha – und alle anderen Mädchen – jederzeit entführen können. Aber das hat er nicht getan. Er hat es inszeniert. Hat sich die Mädchen in der Öffentlichkeit gegriffen, damit es nach einem Zufall aussah. Um zu verbergen, dass er Ihr Mädchen schon kannte.«

»Sie schon kannte?« Damien verschränkte die Arme und schüttelte den Kopf. »Nein. Das glaube ich nicht. Ich hab das Foto gesehen. Ich kenne das Schwein nicht.«

»Vielleicht nicht. Aber *er* kennt Alysha. Irgendwoher. Vielleicht hat er sie über ihre Freundinnen kennengelernt. War sie öfter mal bei anderen Leuten? Bei einer Freundin?«

»Nein. Ich meine, sie war damals doch noch ein kleines Mädchen. Lorna hat sie immer zu Hause behalten. Wir haben hier nicht mal Verwandte. Meine sind alle in London und ihre in Jamaica.«

»Also keine Freundinnen, mit denen sie mal weggegangen ist?«

»Nicht in dem Alter. Keine Ahnung, was ihre Mutter ihr inzwischen erlaubt.«

»War sie irgendwann vielleicht mal allein zu Hause?«

»Nein. Wirklich, ich mein's ernst. Lorna hatte oft miese Touren, aber sie war eine gute Mutter. Und wenn Sie mehr über diese Zeit wissen wollen, müssen Sie mit ihr reden, nicht mit mir.«

Caffery wünschte, er *könnte* mit ihr reden. Turner hatte Interpol eingeschaltet, aber die jamaikanische Polizei war nicht fündig geworden. Er schluckte die Karamellschokolade hinunter. Von dem vielen Zucker fühlte sein Mund sich pelzig und trocken an, was das ungute Gefühl, dass er irgendetwas übersah, verstärkte. »Damien, können wir mal nach oben gehen?«

Damien seufzte. »Kommen Sie.« Er trat ins Haus und schloss die Tür. Er nahm den Zuhältermantel ab, hängte ihn an einen Haken in der Diele und winkte Caffery, ihm zu folgen. Schnellen Schrittes stieg er die Treppe hinauf, eine Hand auf dem Geländer, die Füße nach außen gedreht. Oben auf dem Absatz fanden sie Q. In einem Anzug, der wie Taft schimmerte, fummelte er an einem kleinen elektronischen Gerät herum, das auf dem Geländer stand. Er blickte nicht auf und nahm auch sonst keine Notiz von ihnen, als sie an ihm vorbeigingen.

Das große Schlafzimmer im vorderen Teil des Hauses wirkte überladen. Drei Wände waren trüffelbraun gestrichen und mit Airbrushgemälden nackter Frauen geschmückt. An der vierten klebte eine Flockdrucktapete in Silber und Schwarz. Das Kopfteil des Bettes war mit schwarzem Wildleder bezogen, und auf dem Bett lagen schwarze Zierkissen. Der Kleiderschrank, ein Kaufhausmodell, hatte Spiegeltüren.

»Nett hier.«

»Gefällt's Ihnen?«

Caffery holte ein Twix aus der Tasche und riss das Papier ab. »Ein Junggesellenzimmer. Nicht das, was Sie hatten, als Lorna noch hier lebte, stimmt's? Oder haben Sie beide hier geschlafen?«

»Ich hab's verändert, als sie weg war. Ihren Scheiß weggeschmissen. Aber es war unser Zimmer. Warum?«

»Und davor? Hat es mal Alysha gehört?«

»Nein. Sie hatte immer das Zimmer hinten. Schon als Baby. Wollen Sie es sehen? Ich hab da nichts drin außer Alyshas Sachen. Falls sie überhaupt noch mal nach Hause kommt.«

Caffery wollte es nicht sehen. Man hatte ihm schon gesagt, welches Zimmer Moon mit einer Kamera bestückt hatte. Damien wusste es noch nicht, aber irgendwo in der Decke über seinem Zimmer befand sie sich. Q wartete auf eine Leiter, damit er auf den Dachboden steigen und das verdammte Ding herausholen konnte. Bei den Costellos und den Blunts verhielt es sich genauso, und es ergab keinen rechten Sinn: Die Kameras waren nicht dort, wo Caffery sie erwartet hatte. Er hatte angenommen, Moon habe es darauf abgesehen, die Mädchen beim Ausziehen zu beobachten, und die Kameras deshalb in ihren Schlaf- und Badezimmern angebracht. Aber von Martha Bradleys Zimmer mal abgesehen, war in keinem Zimmer der Mädchen eine versteckte Kamera gewesen. Stattdessen hatte man sie in den Küchen, den Wohnzimmern und – was das Merkwürdigste war – in den Elternschlafzimmern entdeckt. Wie hier.

»Damien, danke für Ihr Entgegenkommen. Jemand wird sich demnächst bei Ihnen melden und einen Entschädigungsantrag vorbeibringen. Wegen des… Sie wissen schon, wegen des Durcheinanders.« Er schob das Twix in den Mund, rieb sich die Hände, ging kauend hinaus auf den Treppenabsatz, an Q vorbei und die Treppe hinab. Unten warf er noch einen Blick auf Alyshas Fotos. Drei Bilder, dreimal andere Kleidung, aber immer die gleiche Pose. Hände unter dem Kinn. Zähne entblößt. Ein kleines Mädchen, das sich bemühte, für die Kamera zu lächeln. Er hatte die Haustür halb geöffnet, als etwas an diesen Fotos ihn innehalten ließ. Er blieb davor stehen und studierte sie eingehend.

Alysha. Keinerlei Ähnlichkeit mit Martha. Oder mit Emily. Alysha war schwarz. Er erinnerte sich an etwas, das die Literatur über Pädophile sagte: Sie bevorzugten bestimmte Typen, Haut- und Haarfarben, Altersklassen. Das zeigte sich immer wieder. Wenn Moon sich die Mühe machte, diese Mädchen auszusuchen, warum hatten sie dann nicht mehr Ähnlichkeit miteinander? Warum waren sie nicht alle blond und elf Jahre alt? Oder alle brünett und vier? Schwarz und sechs?

Caffery fuhr mit der Zunge im Mund herum und versuchte, die Schokolade von den Zähnen zu entfernen. Er dachte an Marthas Zahn in der Apfeltorte und dann an die Briefe. Warum hast du diese Briefe geschrieben, Ted? Aus heiterem Himmel fiel ihm ein, was Cleo erzählt hatte: dass der Entführer nach dem Beruf ihrer Eltern gefragt habe. Und dann war ihm plötzlich alles klar. Er schloss die Haustür, blieb mit zittrigen Knien in der Diele stehen und legte eine Hand an die Wand. Er verstand, warum sich so lange alles ganz falsch angefühlt hatte. Und er wusste, weshalb der Entführer Cleo diese Frage gestellt hatte: Er wollte sich vergewissern, dass er das richtige Kind hatte.

Er schaute zu Damien hinauf, der am Fuß der Treppe stand, einen Zigarillo aus einer flachen Blechdose nahm und anzündete. Er wartete, bis der Zigarillo brannte, und lächelte den

Mann verlegen an. »Sie haben wohl nicht zufällig eins von den Dingern übrig?«

»Doch, sicher. Alles okay?«

»Ja, wenn ich geraucht habe.«

Damien klappte die Dose auf und hielt sie ihm hin. Caffery nahm einen Zigarillo, zündete ihn an, atmete den Rauch ein und wartete, dass sein Pulsschlag sich beruhigte.

»Ich dachte, Sie wären schon weg. Haben Sie es sich anders überlegt? Wollen Sie hierbleiben?«

Caffery nahm den Zigarillo aus dem Mund und blies genüsslich den Rauch in die Luft. Er nickte. »Yep. Machen Sie uns einen Tee? Ich glaube, ich bleibe noch ein bisschen hier.«

»Wieso?«

»Ich muss mich ernsthaft mit Ihnen unterhalten. Über *Ihr* Leben.«

»Über mein Leben?«

»Ganz recht. Über Ihr Leben.« Er sah Damien an und spürte die Befriedigung, als alles sich ineinanderfügte. »Weil wir uns geirrt haben. Er hatte es nie auf Alysha abgesehen. Es interessiert ihn nicht, was mit ihr passiert. Hat ihn nie interessiert.«

»Was denn dann? Was interessiert ihn?«

»Sie, mein Freund. Er interessiert sich für *Sie*. Er will die Eltern.«

62

Janice Costello saß an dem großen Holztisch in der geräumigen Küche im hinteren Teil des Hauses ihrer Schwester. Sie hatte fast den ganzen Nachmittag hier verbracht, seit Nick sie aus der Kälte des Gartens hereingeholt hatte. Man hatte ihr Tee gekocht und Essen angeboten, und von irgendwoher war eine Flasche

Brandy aufgetaucht. Sie wollte nichts davon haben. Ihr kam alles so unwirklich vor, als gäbe es da eine unsichtbare Barriere in der Welt der Dinge, als dürften alltägliche Gegenstände wie Teller und Löffel nur von Leuten benutzt werden, die glücklich waren, nicht von solchen, die sich fühlten wie sie. Der Tag hatte sich dahingeschleppt. Gegen vier war Cory aus dem Nichts aufgetaucht, hereingekommen und in der Tür stehen geblieben. »Janice?«, hatte er nur gesagt. »Janice?« Sie hatte ihm nicht geantwortet. Sie fand es mühsam, ihn auch nur anzusehen, und irgendwann war er wieder gegangen. Sie fragte sich nicht, wohin. Sie saß einfach da und hielt die Arme um den Oberkörper geschlungen, und Jasper der Hase klemmte fest unter ihrer Achsel.

Sie versuchte sich an den letzten Augenblick zu erinnern, den sie mit Emily verbracht hatte. Sie waren zusammen im Bett gewesen, das wusste sie noch, aber sie entsann sich nicht mehr, ob sie auf der Seite gelegen und sich an Emily geschmiegt, ob sie auf dem Rücken gelegen und Emily im Arm gehalten oder – und dieser Gedanke war schmerzlicher als alles andere – ihr beim Einschlafen den Rücken zugewandt hatte. Die schlichte Wahrheit war, dass sie eine Flasche Prosecco mit Paul Prody geleert und an ihn gedacht hatte, wie er auf dem Klappsofa im Wohnzimmer schlief. Sie hatte nicht daran gedacht, Emily im Arm zu halten und ihren Duft so tief einzuatmen, wie sie nur konnte. Jetzt kämpfte sie um eine Erinnerung, streckte sich danach wie eine Schwimmerin, die ans Ufer strebt. Sie suchte und suchte nach einem winzigen Stückchen Emily. Nach dem Geruch ihrer Haare, dem Hauch ihres Atems.

Janice beugte sich vor und legte die Stirn auf den Tisch. Ein Zittern ging durch ihren Körper, und sie empfand den überwältigenden Drang, den Kopf immer wieder auf die Tischplatte zu schlagen. Sich aufzuspießen. Ihre Gedanken zum Schweigen zu bringen. Sie presste die Augen zu und versuchte, sich auf etwas Praktisches zu konzentrieren. Die Parade der Arbeiter, die bei der Renovierung im Haus ein- und ausgegangen waren.

Emily hatte sie geliebt: Sie durfte auf ihre Leitern klettern, ihre Werkzeugkisten und Lunchboxen durchwühlen und ihre eingepackten Sandwiches und Chipstüten inspizieren. Janice suchte nach Moons Gesicht unter all diesen Männern, versuchte ihn zu sehen, wie er in der Küche stand und eine Tasse Tee trank, aber es gelang ihr nicht.

»Janice, Liebes?«

Sie fuhr hoch. Nick stand in der Tür. Sie hielt ihr rotes Haar am Hinterkopf hoch und massierte sich müde den Nacken.

»Was ist?« Janices Gesicht fühlte sich an wie Eis. »Was ist los? Ist etwas passiert?«

»Nein. Nichts Neues. Aber ich muss mit Ihnen sprechen. DI Caffery möchte, dass ich Ihnen ein paar Fragen stelle.«

Janice legte die Hände auf den Tisch und schob ihren Stuhl zurück. Langsam und schwerfällig stand sie auf. Wie eine Marionette musste sie aussehen, dachte sie, als sie mit leicht ausgestreckten Armen und schweren Beinen hinüber in das große Wohnzimmer schlurfte. Das vorbereitete Feuerholz im Kamin, das noch nicht angezündet worden war, die großen, gemütlichen Sessel, das Sofa – alles stand schweigend da, als ob es wartete, und der Geruch von Holzrauch hing in der Luft. Sie sank auf das Sofa. Irgendwo am anderen Ende des Hauses hörte sie einen Fernseher. Vielleicht saßen ihre Schwester und ihr Mann dort und hatten den Apparat laut gestellt, damit sie »Emily« sagen konnten, ohne dass Janice es hörte. Denn dann würde sie vielleicht schreien, würde das Cottage mit ihrer Stimme erfüllen, bis die Fensterscheiben klirrten und zersprangen.

Nick schaltete eine kleine Tischlampe ein und setzte sich ihr gegenüber. »Janice«, fing sie an.

»Es ist nicht nötig, Nick. Ich weiß, was Sie sagen wollen.«

»Ja?«

»Es geht nicht um Emily. Es geht um *uns*. Er hat es auf uns abgesehen, richtig? Auf mich und Cory. Nicht auf Emily. Ich habe es herausbekommen.« Sie tippte mit dem Finger an die

Stirn. »Mein Gehirn schwitzt, Nick, weil es sich bemüht, alles zusammenzusetzen. Ich habe alle Informationen, die die wohlmeinende, aber doch ein wenig unfähige Polizei mir gegeben hat. Ich habe alles zusammengefügt, zwei und zwei zusammengezählt und zehn herausbekommen. Es geht um *uns*. Um mich und Cory. Um Jonathan Bradley und seine Frau. Um die Blunts, die Grahams. Um die Erwachsenen. Und die Polizei glaubt es auch. Stimmt's?«

Nick legte die Hände übereinander. Ihre Schultern hingen herab, und sie senkte den Kopf. »Sie sind clever, Janice. Wirklich clever.«

Janice saß still da und starrte unverwandt auf Nicks Scheitel. Am anderen Ende des Hauses jubelte jemand im Fernsehen. Draußen fuhr ein Auto vorbei, und das Scheinwerferlicht fiel für einen kurzen Moment auf die Möbel im Raum. Janice dachte an DI Caffery, wie er auf der Bank im Garten neben ihr gesessen hatte. Sie dachte an sein Notizbuch mit den blauen Kugelschreiberkritzeleien. Schlecht war ihr geworden von diesem Buch. Ein kümmerliches Viereck aus Pappe und Papier – das einzige Werkzeug, das er besaß, um Emily zurückzubringen.

»Nick«, sagte sie nach einer ganzen Weile. »Ich mag Sie. Ich mag Sie sehr. Aber ich traue Ihrer Polizei nicht. Nicht mal von hier bis zur Tür.«

Nick hob den Kopf. Sie sah blass aus, und ihre Augen wirkten müde. »Janice, ich weiß nicht, was ich sagen soll. Ich weiß nicht, was ich tun soll. Ich war noch nie in einer solchen Lage. Die Polizei? Das ist eine Institution wie jede andere. Vorne drauf steht in Riesenlettern ›Öffentlicher Dienst‹, aber ich habe in ihr nie etwas anderes gesehen als ein Geschäft. Aber das darf ich nicht sagen, oder? Ich muss Ihnen ins Gesicht sehen und erzählen, dass die Ermittlungen tadellos geführt werden. Das ist das Schwierigste an meinem Job. Zumal wenn ich anfange, eine Familie zu mögen. Wenn das passiert, ist es, als ob ich Freunde belüge.«

»Dann hören Sie zu.« Das Sprechen strengte sie ungeheuer

an. Aber sie wusste, wie es jetzt weitergehen musste. »Es gibt eine Möglichkeit, die Sache in Ordnung zu bringen, aber ich glaube nicht, dass Ihre Leute das tun werden. Also werde ich es stattdessen tun. Und ich brauche Ihre Hilfe.«

Nicks Mundwinkel zuckte. »Hilfe«, sagte sie. »Verstehe.«

»Sie müssen mir ein paar Kontaktdetails besorgen. Ich möchte, dass Sie ein bisschen telefonieren. Machen Sie das? Helfen Sie mir?«

63

Mein Sohn ist kein Kinderschänder. Er ist ein schlechter Junge, ein sehr schlechter sogar, aber verdammt, er ist kein Kinderschänder.«

Es war kurz vor Mitternacht. Im Gebäude der MCIU brannte noch Licht. In abgelegenen Büros klapperten Tastaturen, und Telefone klingelten. Turner und Caffery saßen im Besprechungsraum am Ende eines Korridors im zweiten Stock. Die Jalousien waren geschlossen, und die Leuchtstoffröhren brannten. Caffery fummelte mit einer Büroklammer herum. Drei Tassen Kaffee standen auf dem Tisch. Peter Moon saß ihm gegenüber auf einem Drehstuhl, in einem Karopullover und einer ausgebeulten Jogginghose. Er hatte sich bereit erklärt zu reden, wenn sie ihn dafür über Nacht aus der Haft entließen. Er wollte keine Rechtsmittelbelehrung, keinen Anwalt. Den ganzen Abend hatte er darüber nachgedacht, und jetzt wollte er reinen Tisch machen. Caffery ließ ihn reden. Er hatte nicht vor, den Kerl laufen zu lassen. Sobald er gesungen hätte, würde er wieder in die Zelle wandern.

»Kein Kinderschänder.« Caffery sah ihn teilnahmslos an. »Wieso haben Sie ihn dann gedeckt?«

»Wegen der Autos. Er hat ein Problem mit Autos. Da ist er

wie ein Kind. Er hat schon Dutzende geklaut. Als ob er einfach nicht anders könnte.«

»Die meisten haben wir in seiner Halle gefunden.«

»Deshalb hat er den Job hier angenommen.« Peter sah mager aus. Am Ende seiner Kräfte. Beschämt. Er war ein Mann, dessen einziges Vermächtnis an die Welt aus zwei Söhnen bestand, von denen einer zu Hause im Bett sterben würde, bevor er dreißig wäre, und der andere im Gefängnis. Ein auf DIN A4 vergrößertes Foto von Ted hing am Whiteboard an der Wand. Es stammte von seinem polizeilichen Dienstausweis. Mit ausdruckslosem Blick starrte er in den Raum. Seine Schultern waren leicht nach vorn gebeugt. Caffery entging nicht, dass Peter Moon vermied, das Bild anzusehen. »Er hat so viele geklaut, dass er glaubte, ihr wärt ihm auf den Fersen. Und wenn er hier arbeitet, dachte er, dann könnte er vielleicht – keine Ahnung – in eure Computer eindringen und die Daten manipulieren oder so was.« Er warf die Hände in die Luft. »Weiß der Himmel, was er sich da in den Kopf gesetzt hat. Dass er ein Computergenie ist, vielleicht.«

»Er war tatsächlich in unserem System. Aber um herauszufinden, was wir über seine gestohlenen Autos wissen?« Caffery sah Turner an. »Klingt das plausibel? Dass er sich für gestohlene Autos interessiert hat?«

Turner schüttelte den Kopf. »Nein, Boss. Klingt nicht plausibel. Für mich klingt es, als hätte er es getan, um rauszukriegen, wo diese Familie untergebracht war, die er aufs Korn genommen hatte. Und wo die Kennzeichenerfassungskameras standen.«

»Ja – diese Kameras. Erstaunlich, wie er ihnen ausgewichen ist.«

»Erstaunlich«, stimmte Turner zu.

»Sehen Sie, Mr. Moon, Ihr Sohn hat jetzt vier Kinder entführt. Zwei davon sind noch in seiner Gewalt – gute Gründe, sich uns zu entziehen.«

»Nein, *nein, nein*. Ich schwöre bei allen Heiligen, er ist kein Kinderschänder. Mein Sohn ist kein Kinderschänder.«

»Er hat ein dreizehnjähriges Mädchen ermordet.«

»Aber nicht, weil er ein Kinderschänder ist.«

Auf dem Tisch lag ein einzelnes Blatt mit Cafferys Handschrift. Es waren hingekritzelte Notizen, die er während eines Telefongesprächs am Abend gemacht hatte. Nachdem Sharon Macy obduziert worden war, hatte er einen kurzen, informellen Anruf aus der Rechtsmedizin erhalten. Offiziell wollte der Arzt nichts sagen, denn alles würde im Bericht stehen. Aber ein paar Dinge könne er unter der Hand schon verraten. Sharon Macys Leiche sei so stark verwest, dass man nichts mehr mit hundertprozentiger Gewissheit sagen könne, aber er gehe davon aus, dass sie entweder an dem durch einen Schlag mit einem stumpfen Gegenstand hervorgerufenen Schädeltrauma am Hinterkopf oder durch den Blutverlust infolge einer enormen Schnittverletzung an der Kehle gestorben sei. Es gab Hinweise darauf, dass sie sich gewehrt habe: An der rechten Hand sei ein Finger gebrochen. Aber Hinweise auf sexuelle Übergriffe hatte die rechtsmedizinische Untersuchung nicht erbracht. Die Kleidung war nicht ungeordnet und die Leiche nicht auf eine sexuell motivierte Weise zur Schau gestellt worden.

»Ich weiß«, sagte Caffery jetzt. »Ich weiß, dass er kein Kinderschänder ist.«

Peter Moon schaute ihn verdutzt an. »Was?«

»Ich habe gesagt, ich weiß, dass er nicht pädophil ist. Und dass er Mädchen entführt hat? Allesamt unter dreizehn? Das ist eine falsche Spur. Zufall. Es hätten auch Jungen sein können. Teenager. Babys.«

Caffery schüttelte einen Satz Fotos aus einem Umschlag, stand auf und klebte sie sehr sorgfältig auf das Whiteboard, eins nach dem andern, aufgereiht unter Ted Moons Foto. Von einem der Corporals hatte er sich kleine Etiketten mit allen wichtigen Informationen, die ihm eingefallen waren, drucken lassen: Name, Alter, Aussehen, sozioökonomische Schichtenzugehörigkeit, Beruf, Herkunft und so weiter. Diese Etiketten klebte er jetzt unter die Gesichter. »Sie sind hier, weil Ihr Sohn eine Liste von Opfern besitzt. Einen ganzen Katalog von Leuten, gegen die er etwas hat. Er hat nichts gegen die Kinder, sondern gegen die Eltern. Lorna und Damien Graham. Neil und Simone Blunt. Rose und Jonathan Bradley. Janice und Cory Costello.«

»Scheiße, und wer sind die?«

»Die Opfer Ihres Sohnes.«

Peter Moon starrte die Bilder lange an. »Sie wollen tatsächlich behaupten, mein Junge soll alle diese Leute angegriffen haben?«

»So könnte man es nennen. Was er mit den Kindern, die er entführt hat, angestellt hat, weiß der Himmel. Ich hab die Hoffnung aufgegeben. Aber ich kann mir nicht vorstellen, dass er sich viel um sie schert, denn sie sind nebensächlich. Er kennt das Leben: Wenn du den Kindern etwas antust, könntest du genauso gut die Eltern umbringen. Und *das* ist es, was er will. Mit all diesen Leuten.« Caffery setzte sich wieder und wedelte mit der Hand zu den Fotos hinüber. »Sie sind es, die Ihrem Sohn etwas bedeuten. Und *sie* sind es, mit denen wir uns jetzt beschäftigen. Schon mal was von Viktimologie gehört?«

»Nein.«

»Sie sollten mehr fernsehen, Mr. Moon. Manchmal ermitteln wir in einer Straftat, indem wir die Leute studieren, an denen sie verübt wurde. Meistens, um herauszufinden, wer der Täter ist. In diesem Fall ist das nicht mehr nötig, denn wir wissen es schon. In diesem Fall müssen wir in Erfahrung bringen, warum er diese Leute ausgesucht hat. Das ist sehr wichtig, weil er es wieder tun wird, und zwar bald. Etwas – *etwas* – im Kopf Ihres Sohnes sagt ihm, er muss es wieder tun. Sehen Sie sich diese Gesichter an, Mr. Moon. Sehen Sie sich die Namen an. Was bedeuten sie Ihrem Sohn? Der da links ist Neil Blunt. Neil arbeitet im Bürgerberatungsbüro. Als ich heute Abend bei ihm war, sagte er, er weiß, dass er ab und zu mal jemanden sauer gemacht hat, und er hat im Dienst auch schon die eine oder andere Drohung von Klienten erhalten. Hat Ted mal etwas mit dem Bürgerberatungsbüro zu tun gehabt?«

»Meine Frau war mal da, nach dem Brand. Aber das ist elf Jahre her.«

»Und seit er wieder draußen ist?«

»Nicht dass ich wüsste.«

»Er arbeitet als Hausmeister. Aber als wir jetzt seine Referenzen überprüft haben, stellte sich heraus, dass sie alle falsch sind. Wie viel Erfahrung hat er als Bauarbeiter?«

»Da ist er gut. Richtig gut. Da macht er Ihnen jedes …«

»Ich habe Sie nicht gefragt, ob er gut ist. Ich habe gefragt, welche Erfahrung er hat.«

»Keine. Soweit ich weiß.«

»Er hat nie drüben in Mere gearbeitet? Oder unten bei Wincanton? In Gillingham? Hübsches Haus. Gehört einer Familie. Costello heißen die Leute. Das sind die da am Ende.«

»Costello? Da klingelt nichts. Ich schwör's.«

»Sehen Sie sich den Mann links an.«

»Den schwarzen Typen?«

»Er arbeitet in einer Autohandlung am Cribbs Causeway – bei BMW. Klingelt's da? Wo Ted doch so auf Autos versessen ist?«

»Nein.«

»Der Mann heißt Damien Graham.«

Moon starrte das Foto an und schüttelte den Kopf. Dann deutete er auf Jonathan Bradleys Gesicht. »Der da.«

»Ja?«

»Der Pastor.«

»Den kannten Sie?«

»Nein. Ich hab ihn in den Nachrichten gesehen.«

»Ted kannte ihn auch nicht?«

»Woher, zum Teufel, soll Ted so jemanden kennen?«

»Bevor Mr. Bradley Pastor wurde, war er Schulleiter. In St. Dominic's School. Hatte Ted irgendwelche Verbindungen zu der Gegend?«

»Ich sage doch, er steht nicht auf Kinder. Er lungert nicht vor Schulen herum.«

»Was ist mit Farrington Gurney? Radstock? Wieso fühlt er sich da so zu Hause? Er kennt die Landstraßen da draußen wie seine Westentasche.«

»Ted würde sich in Farrington Gurney nicht auskennen. Liegt doch am Arsch der Mendips, oder?«

Caffery drehte sich zu Ted Moons Foto um, starrte ihm in die Augen, um dort irgendetwas zu finden. »Sehen Sie sich die Bilder noch einmal an, Mr. Moon. Konzentrieren Sie sich, strengen Sie sich an. Fällt Ihnen irgendetwas ein? Irgendetwas? Sie brauchen sich nicht albern vorzukommen. Sagen Sie es einfach.«

»Nein, ich sage doch, da ist nichts. Ich versuche ja, Ihnen zu helfen.«

Caffery warf die Büroklammer auf den Tisch und stand auf. Er hatte Magenschmerzen von dem ganzen Junkfood, das er heruntergeschlungen hatte. Das war die Stelle, an der solche Fälle einen immer erwischten: am Magen. Er ging zum Fenster und öffnete es, blieb einen Moment, die Hände an den Rahmen gelegt, dort stehen und ließ sich die kalte Luft ins Gesicht wehen.

»Okay. Jetzt möchte ich, dass Sie einmal ganz unvoreingenommen sind, Mr. Moon. Ich muss Sie bitten, ganz tief zu graben.« Er drehte sich um und ging zum Whiteboard, zog die Kappe von einem Filzmarker und legte ihn an Janice Costellos Namen. Langsam zog er eine Linie von ihr hinüber zu Rose Bradley. »Sehen Sie sich die Frauen an: Simone Blunt, Janice Costello, Lorna Graham, Rose Bradley. Und jetzt gebe ich Ihnen eine schwierige Aufgabe. Denken Sie an Ihre Frau.«

»An Sonja?« Aus Moons Kehle kam ein leises Geräusch. »Was ist mit ihr?«

»Gibt es an diesen Frauen irgendetwas, das Sie an sie erinnert?«

»Soll das ein Witz sein?« Moon war fassungslos. »Das *ist* ein Witz.«

342

»Ich bitte Sie nur, ganz unvoreingenommen hinzuschauen. Und mir zu helfen.«

»Ich kann Ihnen nicht helfen. Keine von denen sieht aus wie Sonja.«

Peter Moon hatte natürlich recht. Wenn Caffery jemals nach Strohhalmen gegriffen hatte, dann jetzt. Die Frauen hätten unterschiedlicher nicht sein können. Janice Costello mit ihrem frischen Gesicht wirkte unkompliziert und nett. Rose Bradley war fünfzehn Jahre älter und zwölf Kilo schwerer und hatte eine ganz andere Haut- und Haarfarbe. Die äußerst gepflegte Simone wirkte allerdings wie eine elegante, blonde Version von Janice. Aber Lorna Graham, die Einzige, die er nicht kennengelernt hatte, war schwarz und sah mit ihren lackierten Nägeln und den Haarverlängerungen aus, als wäre sie eine R&B-Musiker-Braut.

Dann also die Ehemänner. War etwas mit den Ehemännern? Er drückte den Filzmarker neben Cory Costellos Namen. Zu gern würde er wissen, was sich zwischen Janice Costello und Paul Prody an dem Abend abgespielt hatte, als Moon dort eingedrungen war. Aber das würde er wahrscheinlich nie erfahren. Vielleicht stand es ihm auch nicht zu, sauer auf Prody zu sein. Aber dass Cory Costello es mit Prodys Frau trieb? Komischer Typ, dieser Prody, fand er. Verschlossen. Wenn man so mit ihm redete, käme man nie auf die Idee, dass er überhaupt Familie hatte. Er wandte sich noch einmal Corys Bild zu, betrachtete es, starrte in seine Augen. *Affären*, dachte er. »Mr. Moon?«

»Was?«

»Sagen Sie – und ich garantiere Ihnen, es bleibt hundertprozentig unter uns: Hatten Sie jemals eine Affäre? Als Sonja noch lebte?«

»Du lieber Himmel. Nein. Selbstverständlich nicht.«

»Selbstverständlich nicht?« Caffery hob eine Braue. Die Antwort kam wie aus der Pistole geschossen. »Sind Sie sicher?«

»Ganz sicher.«

»Sie hatten nichts mit Sharons Mutter zu tun, nein? Nicht mal beiläufig?«

Peter Moon öffnete den Mund, klappte ihn zu und öffnete ihn wieder. Sein Gesicht straffte sich, und er schob den Kopf vor wie eine Echse, als wollte er eine Verspannung im Nacken lösen. »Ich glaube, ich höre nicht richtig. Was haben Sie gesagt?«

»Ich wollte wissen, ob Sie etwas mit Sharons Mutter zu tun hatten. Bevor Sharon ermordet wurde.«

»Wissen Sie was?« Er schloss für einen Augenblick den Mund, als hätte er Mühe, sich im Zaum zu halten. »Sie haben keine Ahnung – keine Ahnung –, wie gern ich Ihnen für diese Frage eins aufs Maul geben würde.«

Caffery zog erneut die Braue hoch. »Ich versuche nur, einen Zusammenhang herzustellen, Mr. Moon.« Er schob die Kappe auf den Stift und warf ihn auf den Tisch. »Ich versuche immer noch herauszufinden, was diese Familien miteinander verbindet. Die Macys und diese Leute.«

»Die Macys? Die beschissenen *Macys*? Nichts von all dem hat irgendwas mit der Familie Macy zu tun. Ted hat Sharon nicht wegen ihrer beschissenen Eltern umgebracht.«

»Doch, das hat er.«

»Nein! *Fuck*, das hat er nicht! Er hat es wegen des *Brandes* getan. Wegen dem, was sie Sonja angetan hat.«

»Was hat *Sharon* Ihrer *Frau* angetan?«

Moons Blick ging von Caffery zu Turner und wieder zurück. »*Fuck*, Sie haben keine Ahnung, was? Es war Sharon. Sharon war die verdammte Brandstifterin, dieses kleine Dreckstück. Sagen Sie mir, dass Sie wenigstens das wissen.«

Caffery sah Turner an. Der schüttelte langsam den Kopf. Die Berichte aus der psychiatrischen Klinik und der Entlassungsbericht des Bewährungshelfers befanden sich nicht bei den Unterlagen, die sie bekommen hatten. Aus den Vernehmungsprotokollen ging hervor, dass Ted Moon sich geweigert hatte, den

Grund für Sharon Macys Ermordung zu nennen. Er hatte kein Wort dazu gesagt und es nicht einmal abgestritten.

Peter Moon lehnte sich zurück und verschränkte die Arme voller Wut über diese verdammte, unfähige Polizei. »Dieses verkackte System. Macht einen noch jedes Mal fertig, was? Wenn es dich so rum nicht ficken kann, dreht es dich um und versucht's andersrum. Hat es mit uns damals auch gemacht. Niemand hat uns gesagt, dass Ted hier oben nicht ganz richtig ist.« Er tippte sich an die Schläfe. »Schizophren. Alle dachten, er sei nur ein bisschen einfältig. Der hirntote Ted. Für Sharon Macy war er deshalb vogelfrei. Da dreht er sich eines Tages um und ruft ihr ein paar Schimpfwörter nach, und da dreht *sie* sich um und kippt Benzin in unseren Briefkasten. Setzt die ganze Scheißbude in Brand. Anfangs dachten wir, es hätte was mit den Schlitzaugen unten zu tun gehabt. Aber dann fängt Sharon an, vor meinen Jungs hämische Bemerkungen zu machen, und es sei ihnen ganz recht geschehen. Natürlich gab's in ganz Downend keinen einzigen Menschen, der vor Gericht aufgestanden wäre und geschworen hätte, dass sie es gewesen war. Wenn Sie sie und ihre Familie gekannt hätten, wüssten Sie auch, warum.«

Ein Foto von Sharon Macy aus jenen Tagen hing an der großen Korkplatte an der Wand gegenüber. Wenn das Wort »dysfunktional« mit einem menschlichen Gesicht illustriert werden müsste, dann wäre das von Sharon Macy genau das richtige. Mit dreizehn hatte sie bereits eine Abtreibung hinter sich und zahllose polizeiliche Verwarnungen auf ihrem Konto. Im trägen Blick ihrer Augen konnte man ihre Vergangenheit und ihre Zukunft lesen. Er musste sich zwingen, daran zu denken, dass sie ein Opfer war und er ihr gegenüber die gleiche Sorgfaltspflicht hatte wie bei jedem anderen.

»Sie denken dasselbe wie ich, oder?« Moons Blick war hart. »Sie denken, wenn man schon vor Jahren diese Verfügungen wegen antisozialen Verhaltens verteilt hätte, dann hätte Sharon einen ganzen Trophäenschrank voll davon gehabt. Ich meine, sie konnte auf sich aufpassen, ja, und sie war ein kräftiges Mädchen. Breit, wissen Sie. Ted war natürlich größer. Und wütender. Meine Sonja bringt sich um – zwingen Sie mich nicht, davon anzufangen, wie *das* war. Als ob mir das *Herz* aus dem Leib gerissen würde. Denn, nein, ich hatte keine Affäre, was immer Sie sich mit Ihrem dreckigen Bullenverstand denken. Sie hat sich umgebracht, und wenn das für mich schon schlimm war, dann war es für Ted noch schlimmer. *So* hat er reagiert.« Moon reckte den Kopf vor, bleckte die Zähne und ballte eine Faust. »Ehe ich mich's versehe, dreht er sich zu mir und Richard um und sagt: ›Ich sitze hier nicht länger rum, Dad.‹ Und was er dann getan hat – er hat sich überhaupt nicht die Mühe gemacht, es zu verbergen. Er hat dieses Mädchen durch die Straßen geschleift, und alle haben's gesehen und gemeint, da hat einer Streit mit seiner Freundin. So was kommt hier oft vor. Sie sehen aus wie zwei Gleichaltrige, und deshalb ruft niemand die Polizei, stimmt's? Also kommt er damit durch. Und, so schnell kann man gar nicht schauen, hat er sie im Schlafzimmer umgebracht. In seinem eigenen Schlafzimmer. Mit dem Küchenmesser.« Er schüttelte den Kopf. »Ich und Richard waren nicht da. Aber die Nachbarn, die haben alles durch die Wand gehört.«

Es war lange still. Moons Blick wanderte zwischen Caffery und Turner hin und her. »Er hat sie umgebracht.« Er hob die Hände. »Ich sage nicht, dass er es nicht getan hat. Er hat Sharon Macy umgebracht. Aber nicht, um die Eltern zu ärgern. Und ich hatte keine Affäre mit dieser Schlampe. Eindeutig nicht. Da können Sie mich aufschneiden.« Er klopfte sich an die Brust. »Schneiden Sie mich auf, und zeigen Sie mich Ihren Wissenschaftlern. Die sagen Ihnen, was in meinem Herzen ist und was nicht. *Ich hatte keine Affäre mit ihr.*«

Ja, ja, ja, drückte Cafferys leises Lächeln aus. Fantasieren Sie nur weiter, Peter; wir werden der Wahrheit schon auf den Grund kommen. »Sind Sie sicher, dass Sie nichts weiter hinzufügen möchten?«, fragte er. »In Anbetracht dessen, dass wir heute Abend noch mit den Macys sprechen werden?«

»Nichts.«

»Ich denke bloß, wir werden von denen eine ganz andere Geschichte hören.«

»Das werden Sie nicht.«

»Ich glaube doch. Ich glaube, wir werden hören, dass Sie Mutter Macy gevögelt haben und Ihr Sohn Sharon deswegen umgebracht hat. Ich glaube, wir werden einen ganzen Katalog von Dingen hören, die er ihnen danach noch angetan hat. Von den Briefen, die er ihnen geschickt hat.«

»Werden Sie nicht. Weil er so was nicht getan hat. Er wurde sofort danach verhaftet.«

»Werden wir doch.«

»Werden Sie nicht. Er *ist* es nicht«, sagte Moon. »Nicht mein Sohn.«

Es klopfte. Caffery starrte Moon noch eine Weile an. Schließlich stand er auf und ging zur Tür. Draußen stand Prody. Er war ein wenig außer Atem und hatte eine Schramme an der Wange; Caffery konnte sich nicht erinnern, dass er sie am Morgen beim Safe House schon gesehen hatte. Seine Kleidung war ein bisschen derangiert.

»Mein Gott.« Caffery schloss die Tür, legte Prody eine Hand auf den Arm und führte ihn ein paar Schritte weit den Korridor entlang, weg von dem Besprechungsraum und in den hinteren Teil des Gebäudes, wo es ruhig war. »Alles okay mit Ihnen?«

Prody zog ein Taschentuch hervor und wischte sich über das Gesicht. »Geht so gerade.« Er sah erschöpft aus, völlig ausgepumpt. Fast hätte Caffery gesagt: *Hey, wegen Ihrer Frau. Tut mir leid. Lassen Sie sich davon nicht fertigmachen.* Aber er war immer noch wütend auf ihn; hauptsächlich wegen seiner Übernachtung dort. Und auch weil Prody ihn nicht angerufen hatte, um ihn darüber zu informieren, was, zum Teufel, mit Flea pas-

347

siert war. Er nahm die Hand von seinem Arm. »Und? Haben Sie was rausgefunden?«

»Es war ein interessanter Nachmittag.« Er steckte das Taschentuch wieder ein und strich mit der Hand über seinen Bürstenschnitt. »Ich war eine ganze Weile in ihrem Büro. Sie stand heute auf dem Dienstplan, ist aber nicht aufgetaucht. Die Leute werden ein bisschen nervös, sie sagen, das passt nicht zu ihr und so weiter und so fort. Ich bin zu ihr nach Hause gefahren, aber das Haus ist zu. Verschlossen. Und ihr Wagen ist nicht da.«

»Und weiter?«

»Hab mit den Nachbarn gesprochen. Und *die* sind ein bisschen gelassener und meinen, sie hätten sie gestern beim Beladen ihres Wagens gesehen: Taucherausrüstung, Koffer. Sie hat ihnen gesagt, sie macht einen Wochenendausflug. Fährt für drei Tage weg.«

»Aber sie hat Dienst.«

»Ich weiß. Ich kann mir nur vorstellen, dass sie sich mit ihrem Dienstplan vertan hat. Vielleicht hat sie einen falschen Ausdruck bekommen und glaubt, sie kann Urlaub machen. Aber die Nachbarn sind sich einig. Sie haben mit ihr gesprochen. Es sei denn, einer von ihnen hätte sie zersägt und unter den Bodendielen versteckt.«

»Aber sie wussten nicht, wohin sie fahren wollte?«

»Nein. Aber vielleicht gibt es dort kein Funknetz. Auf dem Handy kann niemand sie erreichen.«

»Ist das alles?«

»Das ist alles.«

»Was ist damit?« Er zeigte auf die Schramme an Prodys Wange. »Woher haben Sie diese kleine Verletzung?«

Prody legte behutsam die Finger auf die Wunde. »Ja – Costello hat ordentlich zugelangt. Vermutlich hab ich's verdient. Sieht es so schlimm aus?«

Caffery dachte an das, was Janice gesagt hatte: *Mein Mann fickt Paul Prodys Frau.* Gott, das Leben war nicht einfach.

»Gehen Sie nach Hause, Kollege.« Er legte Prody die Hand auf den Rücken. Tätschelte ihn. »Sie haben seit zwei Tagen keine Ruhe gehabt. Gehen Sie nach Hause, und kleben Sie da ein Pflaster drauf. Ich will Sie erst morgen früh wieder im Büro sehen. Okay?«

»Wahrscheinlich. Wahrscheinlich. Danke.«

»Ich bringe Sie noch zum Parkplatz. Der Hund muss mal raus.«

Sie gingen in Cafferys Büro und holten Myrtle. Zu dritt liefen sie schweigend durch die Korridore. Die alte Hündin bestimmte das Tempo. Auf dem Parkplatz stieg Prody in seinen Peugeot und ließ den Motor an. Er wollte gerade losfahren, als Caffery an das Seitenfenster klopfte.

Prody hielt inne. Er saß vorgebeugt da, die Hand noch am Zündschlüssel. Ein gereizter Ausdruck huschte über sein Gesicht, und einen Moment lang fühlte Caffery sich daran erinnert, dass Prody etwas an sich hatte, das sein Misstrauen erregte. Der Mann war ein Thronräuber. Er hatte es auf Cafferys Platz abgesehen. Aber er stellte den Motor wieder ab und drehte geduldig das Fenster herunter. Seine hellen Augen wirkten sehr ruhig. »Ja?«

»Ich wollte Sie noch was fragen. Geht um das Krankenhaus heute.«

»Was ist damit?«

»Bei allen Tests, die sie da gemacht haben – sie können nicht feststellen, womit Moon Sie und die Frauen außer Gefecht gesetzt hat. Man hat Sie auf alle größeren Gruppen von Inhalationsmitteln untersucht, und keiner von Ihnen hat positiv auf die Tests reagiert. Und bei Ihnen waren die Reaktionen anders als bei den beiden Frauen. Sie haben als Einziger gekotzt. Können Sie vielleicht noch mal mit dem Krankenhaus sprechen? Denen ein paar weitere Informationen geben?«

»*Weitere* Informationen?«

»Ja. Vielleicht bringen Sie ihnen das Hemd, das Sie trugen,

falls Sie es noch nicht gewaschen haben. Dann können sie Ihren Mageninhalt untersuchen. Rufen Sie sie doch einfach an, Kollege. Machen Sie die Männer in den weißen Kitteln glücklich.«

Prody ließ die Luft aus seiner Lunge entweichen. Sein Blick war starr. »Mein Gott. Ja. Natürlich. Wenn es sein muss.« Er drehte das Fenster hoch, startete den Motor und fuhr auf die Straße hinaus. Caffery ging ein paar Schritte hinterher und blieb dann stehen. Müde legte er einen Arm über das Tor und sah dem Peugeot nach, bis das kleine Löwenemblem auf dem Heck, rot glänzend im Licht der Bremsleuchten, außer Sicht war.

Er drehte sich zu Myrtle um. Sie ließ den Kopf hängen und würdigte ihn keines Blickes. Caffery fragte sich, ob sie wohl die gleiche Leere empfand wie er. Leere und Angst. Viel Zeit blieb nicht mehr. Er brauchte keinen Profiler, um zu wissen, was als Nächstes kommen würde. Irgendwo gab es eine Familie mit versteckten Kameras in der Küche und im Elternschlafzimmer. Er spürte es. Er konnte riechen, dass es kam. Ja, wenn er die Zeit schätzen sollte, würde er sagen, es würde keine zwölf Stunden mehr dauern, bis es wieder passierte.

64

Jill und David Marley saßen in den Wipfeln der Platanen am Rand des Gartens. »Londoner Platanen. Die Lunge Londons.« David Marley lächelte. Er ließ Tee aus einem zierlichen Samowar in eine zarte Porzellantasse fließen. »Atme ein, Flea. Du musst immer weiter einatmen. Kein Wunder, dass dir so schlecht ist.«

Flea begann auf den Baum zu klettern, hinauf zu ihren Eltern. Aber es war schwer, denn das Laub war im Weg. Zu dicht. Es nahm ihr den Atem. Jedes Blatt hatte eine andere Farbe und eine andere Struktur, die sie wie einen Geschmack im Mund fühlen konnte, dünn und sauer oder glatt und erstickend. Sich nur zwei oder drei Handbreit voranzukämpfen, dauerte eine Ewigkeit.

»Atme weiter«, sagte die Stimme ihres Vaters. »Und schau nicht an dir herunter.«

Flea wusste, was er meinte. Sie wusste, dass ihr Bauch anschwoll. Sie brauchte nicht hinunterzuschauen, um das zu sehen. Sie fühlte es. Bunte, fingerdicke Würmer schlängelten sich durch ihre Eingeweide. Sie vermehrten sich, wimmelten, wuchsen.

»Du hättest das nicht essen sollen, Flea«, rief ihre Mutter irgendwo über ihr in den Bäumen. »Ach, Flea, du hättest dieses Sandwich nicht anrühren dürfen. Du hättest nein sagen sollen. Traue nie einem Mann mit sauberer Hose.«

»Mit sauberer Hose?«

»Das habe ich gesagt. Ich habe gesehen, was du getan hast mit dem Mann mit der sauberen Hose.«

Tränen liefen Flea über das Gesicht, und ein Schluchzen entrang sich ihrer Brust. Sie war so hoch auf diesen Baum geklettert, aber jetzt war es kein Baum mehr, sondern eine Treppe. Eine Treppe wie auf einer Escher-Zeichnung, die in einem wackligen Gebäude in Barcelona anfing und sich dann in die Höhe und über die Dächer wand und nackt und ungestützt in den blauen Himmel ragte, wo die Wolken vorüberjagten. Mum und Dad befanden sich ganz oben. Dad war ein paar Stufen heruntergekommen und streckte ihr die Hand entgegen. Zuerst hatte sie froh danach gegriffen, denn sie wusste, Dads Hand war die Rettung, aber jetzt weinte sie, denn so sehr sie sich auch bemühte, sie zu ergreifen, er wich ihr immer wieder raffiniert aus. Er wollte, dass sie zuhörte.

»Ich habe dir gesagt, das ist kein Bonbon. Es ist kein Bonbon.«

»Was?«

»*Das ist kein Bonbon, Flea. Wie oft muss ich dir das sagen…?*«

Sie öffnete die Augen und befand sich wieder in der Schute. Die letzten Reste des Traums geisterten in ihrem Kopf herum, und auch Dads Stimme: *Das ist kein Bonbon.* Sie lag im Dunkeln, und ihr Herz klopfte wie verrückt. Mondlicht fiel durch die beiden Bullaugen in der Bordwand. Sie warf einen Blick auf ihre Uhr. Drei Stunden waren vergangen, seit sie hier heraufgekrochen war, mit schmerzenden Gliedern und schwindlig vor Erschöpfung und Blutverlust. Sie hatte das T-Shirt wieder fest um die Wunde gewickelt, und es schien die Blutung vorläufig zu stoppen. Doch sie hatte schon viel zu viel Blut verloren. Ihre Haut fühlte sich kalt und klamm an, und ihr Herz schlug unregelmäßig, als hätte sie sich reines Adrenalin gespritzt. Sie hatte den Grubenstempel unter der Luke abgebaut und quer über das Sims gelegt und war dann zwischen Stempel und Bootswand gekrochen, als sie spürte, dass der Blutverlust sie ohnmächtig zu machen drohte. So hatte sie auf der Seite gelegen, einen Arm ausgestreckt und fest an die Bordwand gedrückt.

Der Grubenstempel hatte verhindert, dass sie besinnungslos ins Wasser gefallen war, aber als Werkzeug, um hier herauszukommen, taugte er nicht. Stundenlang hatte sie damit gekämpft, obwohl sie im Grunde ihres Herzens wusste, dass sie die Luke mit der schweren Seilwinde obendrauf niemals aufstemmen könnte. Es musste eine andere Möglichkeit geben.

Das ist kein Bonbon, Flea…

Sie verrenkte den Hals, um einen Blick auf das Schott zu werfen, durch das sie gekommen war. Hinter ihr neigte der Lastkahn sich abwärts, und im Heckbereich reichte das Wasser fast bis unter die Decke. *Kein Bonbon.* Acetylen – das Gas, das der Klumpen Kalziumkarbid produzieren würde, wenn man ihn ins Wasser warf – war etwas leichter als Luft. Sie stemmte sich auf den Ellbogen hoch und betrachtete den Wasserspiegel und dann die von Spinnweben und Rost bedeckte Unterseite des Decks. Sie legte den Kopf in den Nacken und inspizierte das Leinenfach. Ein kleines Loch war hineingerostet, aber sie würde ihre

Zeit verschwenden, wenn sie versuchte, es weiter aufzubrechen, denn der Auslass, durch den man das Tau nach außen geführt hatte, war winzig; sie hatte schon hinaufgeleuchtet und es gesehen: Er war so groß wie eine Faust. Aber dieses Leinenfach setzte in ihrem Kopf etwas in Gang. Acetylen würde in einem solchen Kasten nach oben steigen. Es würde sicher auch in den Laderaum dringen, aber vielleicht – *vielleicht* – würde es nicht unter dem oberen Rand der Luke zum Heck hindurchfließen. Und wenn sie dort hinten wäre, hinter dem Schott, und das Gas hier vorn ...

Es war gefährlich, es war wahnsinnig, und es war genau das, was Dad getan hätte, ohne eine Sekunde zu zögern. Ächzend stemmte sie den Grubenstempel von dem Sims und ließ ihn ins Wasser plumpsen. Sie schwang ihre Beine hinunter und spürte das mörderische Gefühl, mit dem das Blut aus ihrem Kopf in den Oberkörper rauschte, und das Stolpern ihres Herzschlags. Sie musste mit geschlossenen Augen sitzen bleiben und gleichmäßig und konzentriert atmen, bis der Kahn um sie herum nicht mehr schwankte.

Als sich ihr Herzschlag wieder beruhigt hatte, hob sie die Hand und ertastete den Klumpen Kalziumkarbid in ihrem Rucksack. Sie hatte ihn fast herausgeschält, als sie ein Geräusch aus dem Tunnel vernahm. Das vertraute *Klink-klink-Klink* eines Steinchens, das durch den Luftschacht nach unten fiel. Ein Klatschen im Wasser. Sie drehte den Kopf zur Seite und verharrte mit halb offenem Mund und klopfendem Herzen. Vorsichtig schob sie den Chemikalienklumpen zurück in den Rucksack. Und dann, fast als hätte sich der, der da draußen war, verstohlen heruntergeschlichen, hörte sie das Kreischen des Eisengitters, das unter dem Gewicht eines Menschen nachgab, und das Plätschern von Wasser. Zweimal. Dreimal.

Absolut lautlos glitt sie von dem Sims ins Wasser. Sie stützte sich mit einer Hand an der Bordwand ab und schob sich langsam zur anderen Seite des Kahns. Ab und zu kam das Schwächegefühl zurück; dann wartete sie, atmete lautlos durch den Mund und kämpfte das übelkeiterregende Schwanken mühsam nieder. Zwei Handbreit vor dem Loch machte sie Halt und lehnte sich mit dem Rücken an die Wand, um hinauszuspähen. Der Tunnel schien leer zu sein. Mondlicht fiel herein. Aber an der Wand gegenüber schwang das Seil hin und her. Sie hielt den Atem an. Lauschte.

Eine Hand mit einer Taschenlampe kam durch das Loch. Sie fuhr zurück.

»Flea?«

Sie fand ihr Gleichgewicht wieder und atmete schwer.

Prody? Sie tastete nach der Helmlampe, die an ihrem Hals hing, packte sie, schob sie durch das Loch hinaus, trat vor und leuchtete ihm ins Gesicht. Er stand knietief im Wasser und blinzelte sie an. Sie ließ alle Luft auf einmal aus der Lunge entweichen.

»Ich dachte, Sie sind tot.« Tränen stiegen ihr in die Augen, und sie legte einen Finger an die Stirn. »Scheiße, Paul. Ich dachte wirklich, er hätte Sie erwischt. Ich dachte, Sie sind tot.«

»Ich bin nicht tot. Ich bin hier.«

»*Fuck, fuck, fuck.*« Eine Träne lief ihr über die Wange. »*Fuck,* das ist entsetzlich.« Sie wischte die Träne weg. »Paul – kommen die andern? Ich meine, im Ernst, ich muss endlich hier raus. Ich habe ziemlich viel Blut verloren, und es wird allmählich...« Sie brach ab. »Was ist das?«

Prody hielt einen großen, in Plastik eingewickelten Gegenstand in den Händen.

»Was? Das hier?«

»Ja.« Mit zittriger Hand wischte sie sich die Nase ab und richtete die Lampe auf das Paket. Es hatte eine merkwürdige Form. »Was haben Sie da?«

»Eigentlich nichts weiter.«

»Nichts?«

»Wirklich. Nichts weiter. Ich war in meiner Garage.« Er

wickelte das Plastik auseinander und legte es vorsichtig auf das Geröll unter dem Seil. Darin lag ein Winkelschleifer. »Ich dachte, damit kann man Sie herausholen. Akkubetrieben.«

Sie starrte das Werkzeug an. »Haben Sie den Auftrag, mich hier…?« Sie hob den Blick und schaute ihn an. Er schwitzte. Und der Schweiß war nicht in Ordnung. Die Flecken zogen sich in langen Spuren wie Finger über sein Hemd. Die giftigen Würmer in ihren Eingeweiden fingen wieder an zu zucken. Er hatte die Kollegen alarmiert, war dann den ganzen Weg nach Hause gefahren, um den Winkelschleifer zu holen, und die Rettungsmannschaft war noch nicht hier? Sie leuchtete ihm ins Gesicht. Er sah sie mit festem Blick an. Seine Zähne schimmerten zwischen den leicht geöffneten Lippen.

»Wo sind die andern?«, murmelte sie wie abwesend.

»Die andern? Oh – die sind unterwegs.«

»Die haben Sie allein herkommen lassen?«

»Warum nicht?«

Sie schniefte. »Paul?«

»Ja?«

»Woher wussten Sie, durch welchen Luftschacht Sie herunterkommen mussten? Es gibt dreiundzwanzig Stück.«

»Hm?« Er schob ein Bein vor, legte den Winkelschleifer auf den Oberschenkel und begann, eine Scheibe daran zu befestigen. »Ich hab am westlichen Ende angefangen und bin in jeden geklettert, bis ich Sie gefunden habe.«

»Nein, das glaube ich nicht.«

»Hm?« Er hob den Kopf und sah sie mild an. »Wie bitte?«

»Nein. Wenn Sie auf dieser Seite anfangen, sind es neunzehn Schächte. Ihre Hose war sauber. Als Sie herunterkamen, war Ihre Hose sauber.«

Prody ließ den Winkelschleifer sinken und lächelte spöttisch. Der Augenblick zog sich in die Länge, und sie starrten einander schweigend an. Dann fuhr er wortlos fort, die Scheibe zu montieren, als hätte überhaupt keine Kommunikation zwischen ihnen stattgefunden. Er drehte die Scheibe fest, und als er sich vergewissert hatte, dass sie gut saß, richtete er sich auf und lächelte wieder.

»*Was ist?*«, flüsterte sie. »*Was?*«

Er wandte sich ab und ging weg, aber sein Kopf war gespenstisch nach hinten gedreht, sodass er sie weiter im Auge behalten konnte. Bevor sie wusste, was hier geschah, verschwand er aus ihrem Blickfeld und ging auf die andere Seite der Schute. Im nächsten Moment herrschte Stille im Tunnel.

Sie knipste ihre Lampe aus. Es war stockdunkel, und mit klopfendem Herzen taumelte sie zwei Schritte rückwärts, drehte sich ratlos um sich selbst und überlegte verzweifelt, was sie tun solle. *Fuck, fuck, fuck. Prody?* Etwas in ihrem Kopf krampfte sich zu einem Knoten zusammen, und ihre Beine verwandelten sich in Säulen aus Sand. Am liebsten hätte sie sich hingesetzt. *Prody?* Ernsthaft! *Prody?*

Etwa drei Schritte weit links von ihr hörte sie das Geräusch eines Elektromotors. Ein Heulen, das seine Krallen in ihren Kopf schlug. Der Winkelschleifer. Verwirrt tat sie einen Schritt zur Seite und ruderte mit dem Arm, um sich irgendwo festzuhalten. Sie prallte gegen den Rucksack, der wie verrückt hin- und herschwang. Die Scheibe des Winkelschleifers biss mit schrillem Kreischen in das Metall. Durch das Bullauge sah sie die sprühenden Funken, die den Tunnel beleuchteten wie ein Feuerwerk.

»*Aufhören!*«, schrie sie. »*Aufhören!*«

Prody antwortete nicht. Die Scheibe des Schleifers drang halbkreisförmig mit einem Streifen Mondlicht durch die Bootswand. Auf halbem Weg zwischen ihr und der Luke fraß sie sich langsam abwärts durch die Wand, ungefähr zwanzig Zentimeter weit, und traf dann auf ein hartes Hindernis. Die Maschine bockte, ratterte wie verrückt und spuckte Funken in die Luft. Irgendein Splitter schwirrte durch den Kahn, prallte ab und platschte im Dunkeln ins Wasser. Die Scheibe drehte sich weiter und fraß sich wieder in das Metall, aber etwas stimmte

356

nicht mehr. Der Motor stotterte, rotierte mahlend an der Eisenplatte, wimmernd und immer langsamer, bis er erstarb. Es war still.

Auf der anderen Seite fluchte Prody leise. Er zog die Scheibe aus der Wand und hantierte eine Zeit lang an der Maschine herum. Flea lauschte, fast ohne zu atmen. Er schaltete den Motor wieder ein, aber wieder stotterte und hustete er, wimmerte und kam bebend zum Stehen. Der schadhafte Elektromotor verströmte einen beißenden Geruch nach verbranntem Fisch, der in den Bootsrumpf drang.

Ein verirrter Satz kam ihr mit einem Mal in den Sinn. *Ich habe ein kleines Mädchen gesehen, das durch die Windschutzscheibe geschleudert wurde. Nicht angeschnallt. Hat die letzten sieben Meter auf dem Gesicht zurückgelegt.* Das hatte Prody in der Nacht gesagt, als er sie den Alkotest machen ließ. Im Rückblick hatte die Art, wie er es sagte, etwas Unheimliches gehabt. Einen genussvollen Unterton. Prody? Prody? *Prody?* Ein Detective der MCIU? Der Typ, den sie mit seiner Sporttasche über der Schulter aus dem Fitnessraum hatte kommen sehen? Sie dachte an den Augenblick im Pub – wo sie ihn angesehen und gedacht hatte, zwischen ihnen könne etwas passieren.

Plötzlich war es draußen ruhig. Sie hob den Kopf und schaute mit tränenden Augen aus dem Loch. Nichts. Dann hörte sie ungefähr zwanzig Meter weiter hinten ein Platschen. Sie straffte sich und wartete auf das Sirren des Winkelschleifers. Stattdessen verklangen seine Schritte, als ginge er bis zum Ende der Kammer an der hinteren Einbruchstelle.

Unbeholfen wischte sie sich über den Mund und schluckte den sauren Geschmack hinunter. Sie achtete darauf, dass sie sich nicht zu hastig bewegte, damit ihr nicht gleich wieder schwindlig wurde, als sie sich vorsichtig auf den Sims kniete. Sie umklammerte den Rand des Bullauges an der Steuerbordseite, hielt sich fest und spähte hinaus.

Der Teil des Tunnels, der sich bis zum Einbruch erstreckte,

war von dieser Seite der Schute aus zu sehen. Das Wasser im Kanal glänzte matt. Der Mond war weitergezogen und schien jetzt senkrecht in den Schacht. Die Wände rückten in übelkeiterregenden Winkeln zusammen, aber sie konnte Prody deutlich sehen. Fünf, sechs Meter weit entfernt. Fast im Dunkeln. Konzentrier dich, befahl ihr erschöpfter Geist. Schau hin. Was er da tut, ist wichtig.

Er war jetzt ein gutes Stück weiter hinten in der Kammer, am Rand des Tunnels, wo der Wasserpegel im Lauf der Jahre so weit gesunken war, dass ein Streifen des Grundes, ungefähr ein Meter breit, trockengefallen war – ein Pfad, der sich den ganzen Kanal entlangzog: Sie hatte ihn am Dienstag zusammen mit Wellard benutzt. Prody wandte ihr die Seite zu. Sein Hemd war verdreckt vom schwarzen Kanalwasser, sein Gesicht im matten Licht nicht sichtbar, aber er betrachtete etwas, das er in der Hand hielt. Marthas Schuh. Er schob ihn in die Tasche seiner Fleecejacke und schloss den Druckknopf, damit er nicht herausfallen konnte. Dann ließ er sich in eine Hockstellung sinken und fing an, den Boden abzusuchen. Flea umklammerte die Ränder des Lochs noch fester und drückte das Gesicht hinein. Sie atmete mit offenem Mund und schaute angestrengt hinaus.

Er schaufelte Laub und Schlamm zur Seite und warf den Dreck mit vollen Händen hinter sich wie ein Hund, der ein Loch gräbt. Nach ein paar Minuten hörte er auf. In der Hocke schlurfte er ein wenig näher heran und begann dann vorsichtig zu scharren. Der Boden war weich; wie die Einbrüche bestand er hauptsächlich aus Bleicherde, in der vereinzelt Felsbrocken steckten. Doch sie glaubte nicht, dass es ein Fels war, den er da freilegte. Dafür sah es zu regelmäßig, zu klar geformt aus. Es konnte ein Stück Wellblech sein. Ein Gefühl von Schwäche überkam sie und raubte ihr den Atem. Es war eine Grube. Sie hatte sie bisher nicht bemerkt – und hätte sie auch nie bemerkt –, denn sie war gut mit Erde bedeckt. Aber sie wusste instinktiv, um was es sich handelte: um ein Grab. Irgendwie hatte Prody auf dem Boden des Kanals eine Grube ausgehoben. Martha würde dort begraben sein.

Einige Augenblicke lang hockte er da und schaute in die Grube. Scheinbar zufrieden mit dem, was er gesehen hatte, begann er, sie wieder mit Erde zu bedecken. Flea erwachte aus ihrer Trance. Sie duckte sich unter dem Rucksack hinweg, watete dahin zurück, wo sie den Grubenstempel ins Wasser geworfen hatte, und tastete mit ausgestreckten Armen blindlings danach. Wenn sie ihn fände, könnte sie ihn in den hinteren Laderaum schleifen, ihn dort irgendwo festkeilen und gegen die geschlossene Luke im Schott stemmen. So würde sie ein bisschen Zeit gewinnen, aber nicht genug. Sie richtete sich auf. Ihr Blick huschte hin und her und fiel auf das Leinenfach.

Das ist kein Bonbon, Flea…

Verstohlen schob sie ihre Hand in den Rucksack, vorbei an dem harten, salzigen Chemikalienbrocken, und betastete den übrigen Inhalt: den Meißel, die Klemmgeräte, die grüne Fallschirmleine, die sie überallhin begleitete, weil ihr Vater darauf geschworen hatte. *Unterschätze niemals die Probleme, aus denen dich eine Fallschirmleine befreien kann, Flea.* Ihre Finger fanden einen kleinen Gegenstand aus Plastik. Noch einer von Dads unentbehrlichen Begleitern. Normalerweise hatte sie zwei Stück dabei, doch heute waren es sogar drei, denn ganz unten ertastete sie noch eins. Sie biss die Zähne zusammen und schaute wieder hinauf zu dem Leinenfach.

Draußen hörte sie ein Platschen. Näher an der Schute, als sie erwartet hätte. Noch eins. Noch näher. Noch eins. Als sie begriff, dass er auf sie zugelaufen kam, erfolgte bereits der Aufprall. Es war, als würde der Kahn sich albtraumhaft in die Höhe heben; er bebte, als Prody sich gegen die Außenwand warf. Sie hörte, wie er zurücktaumelte und ins Wasser fiel. Sie zog den Kopf ein und wich vor dem Rucksack zurück. Ein helles Flackern huschte an dem Bullauge vorbei. Dann war es wieder still.

Sie fing an, vor Angst zu hecheln, konnte es nicht unterdrücken. Sie schaute zum Schott; es schien meilenweit entfernt zu sein, am anderen Ende eines sehr langen, schmalen Tunnels, dessen Wände hin- und herschwankten. Nichts war mehr real. Es erschien ihr wie etwas, das sie geträumt hatte.

Wieder platschte es ein paarmal hintereinander. Diesmal kam das Geräusch von hinten. Sie krümmte sich nach vorn zusammen. Spannte sich an. Prody rannte genau hinter ihr gegen die Bootswand. Sie konnte tatsächlich sein Gewicht fühlen. Es war, als wollte er die Schute aus dem Wasser treiben.

»*Hey*!« Er hämmerte gegen die Bordwand. Mehrere harte Schläge. »*Aufwachen da drin! Aufwachen!*«

Sie tastete sich wie betäubt zu dem Sims, setzte sich darauf, legte den Kopf in die Hände und versuchte, das Blut aufzuhalten, das aus ihrem Gehirn zu fließen schien. Ihre Brust hob und senkte sich krampfhaft, und Schauer liefen ihr über den Rücken.

Gott, Gott, o Gott. Das war der Tod. Das war ihr Tod. So würde es enden.

65

Die Frau, die im Morgenmantel in der Kieszufahrt stand, hatte den größten Teil ihres Lebens den Namen Skye Blue getragen. Aber wie hätten Mr. und Mrs. Blue, die beiden Hippies, ihre einzige Tochter auch sonst nennen sollen, wenn nicht »Himmelblau«? Eigentlich konnte sie froh sein, dass sie nicht Brown geheißen hatten. Erst seit dem vergangenen Jahr, als ein anständiger Mann mit dem vernünftigen Namen Nigel Stephenson sie geheiratet hatte, war es nicht mehr nötig gewesen, jedes Mal, wenn sie mit ihrem Namen unterschrieb, verlegen Anti-Hippie-Witze zu machen.

Aber Skye Stephenson hatte Nigel sehr viel mehr zu verdanken als nur den Namen, dachte sie, als die Lichter seines Taxis am Ende der Straße verschwanden. Sehr viel mehr. Sie hatte ihren Frieden, tollen Sex und tolles Kuscheln, wann immer sie wollte. Ein schönes Haus hatte sie auch, dachte sie, als sie sich den Morgenmantel fester um die Schultern zog und über den Gartenweg zur offenen Haustür zurückging: ein viktorianisches Einfamilienhaus mit Erkerfenstern und einem Vorgarten voller Pfingstrosen, ein Haus, in dem sie sich daheim fühlte. Die Fenster mussten erneuert werden, und vor dem nächsten Winter würden sie wahrscheinlich eine neue Heizung einbauen müssen, aber genau so stellte sie sich das Heim einer Familie ja vor. Sie schaute noch einmal die Straße entlang und lächelte. Dann schloss sie die Tür hinter sich und legte die Kette vor, denn er würde jetzt zwei Tage auf Geschäftsreise sein; die Tür konnte man von der Straße aus nicht sehen, und das gab ihr manchmal ein vages unsicheres Gefühl.

Sie schob das Zugluftpolster mit der Fußspitze an seinen Platz, damit die kalte Luft nicht unter der Tür hindurch eindringen konnte.

Die Nähte waren inzwischen verheilt, und Skye konnte sich wieder wie ein normaler Mensch bewegen. Seit zehn Tagen trug sie keine Binden mehr. Trotzdem ging sie aus Gewohnheit immer noch langsam die Treppe hinauf, denn körperlich fühlte sie sich noch ein bisschen angeschlagen. Ihre Brüste schmerzten ständig und tröpfelten bei der kleinsten Berührung. Manchmal, dachte sie, brannte sie mehr als Charlie darauf, endlich mit dem Stillen anzufangen.

Sie watschelte durch den langen, kalten Korridor zum Kinderzimmer, blieb in der Tür stehen und betrachtete ihn ein Weilchen. Er lag auf dem Rücken und schlief fest, die Arme erhoben, den Kopf zur Seite gedreht. Sein Mund machte kleine, saugende Bewegungen. Charlie, das größte und wichtigste Geschenk, das sie Nigel zu verdanken hatte. Sie trat an das Bettchen und sah lächelnd auf ihn hinunter. Wenn es nach ihr ginge, würde sie Charlie in ihrem Bett schlafen lassen. Es wäre einfacher, ihn zu beruhigen, wenn er aufwachte. Sie könnte einen Arm um seinen Kopf legen und eine Brustwarze in den schläfrigen Mund schieben. Aber die Brigade der Krankenschwestern, Verwandten und Ratgeberbücher zur Kindererziehung hatten die Oberhand gewonnen und sie daran erinnert, dass sie das Produkt einer Hippie-Familie war, und wenn sie ihm jetzt keine Grenzen setzte, würde Charlie niemals wissen, welches Bett ihm und welches Mum und Dad gehörte. Er würde sein Leben lang unter Trennungsängsten leiden.

»Aber jetzt mal ein paar Minuten werden sicher nicht schaden, oder, mein kleiner Spatz? Versprichst du mir, dass du nachher wieder brav zurückgehst?«

Sie hob ihn aus dem Bettchen und war dankbar, dass sie das Ziehen der Nähte nicht mehr spürte. Sie legte ihn über die Schulter und hüllte ihn in die Decke. Dann schmiegte sie eine Hand um seinen winzigen, warmen Kopf, die andere um seinen Po und tappte vorsichtig – manchmal hatte sie schreckliche Angst, sie könnte vielleicht stolpern und ihn fallen lassen – nach nebenan in ihr und Nigels Schlafzimmer an der Vorderseite des Hauses. Sie stieß die Tür mit dem Fuß hinter sich zu und setzte sich auf das Bett. Es brannte kein Licht, aber die Vorhänge waren offen, und die Straßenlaterne am Ende der Einfahrt erhellte das Zimmer mit ihrem gelben Schein.

Vorsichtig, um Charlie nicht zu wecken, legte sie ihn aufs Bett und schnupperte an seinem Hinterteil. Nichts. Sie öffnete die Druckknöpfe an den Beinen seines Schlafanzugs und schlängelte einen Finger unter die Windel. Feucht.

»Windel wechseln, kleiner Mann.«

Ein wenig mühsam kam sie wieder auf die Beine und trug ihn zu der Wickelkommode am Fenster. Sie war ein ziemliches Monstrum in Grün und Orange, mit einem Gurt zum Anschnallen und zahllosen Schubladen für saubere und schmutzige Windeln, Wischtücher und Cremes. Skyes Kollegen hatten ihr das Möbel geschenkt. Sie fand, dieses Geschenk zeugte von einem liebevollen Gefühl für Babys, nicht eben typisch für männliche Anwaltskollegen, mit denen sie zusammenarbeitete. Wahrscheinlich dachten sie, Charlies Ankunft kündige das Ende ihrer Karriere als Scheidungsanwältin an.

Vielleicht hatten sie recht, dachte sie, als sie den Strampelanzug aufknöpfte. Der Gedanke, wieder arbeiten zu gehen, brachte sie in letzter Zeit zum Weinen. Ihr graute nicht nur vor den langen Arbeitstagen oder dem boshaften Tratsch, sondern davor, ihr Leben lang mit den menschlichen Grausamkeiten konfrontiert zu sein, als hätte Charlies Geburt ihr die Schutzschicht geraubt. Sie glaubte nicht, dass sie noch einmal in der Lage sein würde, die menschliche Natur in ihrem rohesten Zustand zu ertragen – der Vorwurf von Kindesmisshandlung, der Groll, die gegenseitigen Vorwürfe und der unerbittliche Kampf eines jeden für *sich*. In wenigen Wochen war ihr Glaube an ihren Beruf verflogen.

»Hey, kleiner Kerl.« Sie lächelte auf Charlie hinunter. Er war halb aufgewacht, bewegte die kleinen Fäuste auf und ab und öffnete den Mund, um zu weinen. »Nur ein Windelwechsel. Dann schmusen wir, und anschließend geht's wieder ab in dein blödes Bettchen.« Aber dann blieb er doch ruhig, und sie konnte problemlos die Windel wechseln. Sie zog ihn wieder an, legte ihn aufs Bett und schüttelte die Kissen auf. »Jetzt hört gut zu, kleiner Mann. Du darfst dich nicht an Mummys Bett gewöhnen. Sonst kommen die bösen Männer und holen Mummy ab.«

Sie streifte die Pantoffeln von den Füßen, zog den Morgenmantel aus und kroch auf allen vieren zu ihm ins Bett. Vielleicht, dachte sie, würde er ganz aufwachen und trinken wollen, aber das tat er nicht. Nach einer Weile hörte er auf, Arme und Mund zu bewegen. Seine Augen schlossen sich, und sein Gesicht erschlaffte. Sie legte sich auf die Seite, schob eine Hand unter ihre Wange und sah ihm beim Schlafen zu. Kleiner Charlie. Kleiner Charlie, ihr Ein und Alles.

Im Schlafzimmer war es still. Das Licht der Straßenlaterne wurde an verschiedenen Stellen im Zimmer reflektiert: von einem Glas Wasser auf dem Nachttisch, vom Spiegel, von einer Reihe Nagellackfläschchen oben auf einem Bord. All das schimmerte matt im Licht. Aber im Zimmer blinkte noch etwas. Hoch über ihrem Kopf, zwischen den zierlichen Schnörkeln der Stuckrosette unter der Decke, saß eine winzige, runde Glaslinse. Das unermüdliche, niemals schlafende Auge einer Überwachungskamera.

66

Bäng. Die Schute erbebte. Das Kreischen von rostigem Metall hallte durch den Tunnel. *Bäng.*

Prody stand nicht mehr im Wasser. Er war auf das Deck des Kahns geklettert und rüttelte an der Seilwinde, um sie von der Luke wegzubewegen. Flea stand einen Meter tief unter ihm und starrte zu ihm hinauf. Bei jeder seiner Bewegungen verdunkelte er das Mondlicht, das in gekreuzten Streifen durch die Balken fiel. Sie schloss die Augen. Ein harter Knoten lag in ihrem Magen: Es war der Gedanke an Marthas Schuh. An ihr Grab und an den Winkelschleifer. Wie der Motor sich festgefressen hatte. Weshalb? Und was war in diesem Sandwich gewesen? Es gab nichts mehr, was sie Prody nicht zutraute. *Nichts.*

Sie öffnete die Augen, drehte den Kopf und schaute zu der Luke im Schott und dann hinauf zu dem Leinenfach. Sie hatte keine Zeit, einfach herumzusitzen. Sie musste –

Über ihr hörte Prody auf, an der Seilwinde zu rütteln.

Es war still. Sie starrte auf die Umrisse der Luke und hielt den Atem an. Nach einer langen Pause ließ er sich schwer auf das Deck fallen, sodass sich die mondhellen Umrisse der Luke verdunkelten. Er lag direkt über ihr, zum Greifen nah, aber getrennt durch die Deckplanken. Sie hörte ihn atmen. Hörte das Rascheln seiner Fleecejacke und wunderte sich, dass sie sein Herz nicht klopfen hörte.

»Oh, sieh doch! Ich kann deinen Kopf erkennen.«

Sie zuckte zusammen und presste sich so fest an die Wand, wie sie konnte.

»Ich kann dich *sehen*. Was ist los? Du bist plötzlich so still.«

Sie legte die Finger an die Schläfen, fühlte den Puls dort, verzerrte das Gesicht und versuchte, diesen Irrsinn zu begreifen. Als sie nicht antwortete, schob er seinen Mund an die Fuge bei der Luke. Sein Atem veränderte sich und wurde hechelnd. Er masturbierte – oder tat so. Der Knoten in ihrem Magen verhärtete sich, und sie dachte an ein kleines Mädchen, das wahrscheinlich gar nicht wusste, was Sex war, und schon gar nicht, warum ein erwachsener Mann so etwas mit einem kleinen Kind tun wollte. Sie dachte an ein kleines Kind – oder das, was davon übrig war –, das da drüben in einem Grab lag. Über ihr fing Prody an zu schnüffeln, und dann klang es, als saugte er die Wangen ein. Ein Tropfen Flüssigkeit sickerte durch die Fuge und blieb dort hängen. Speichel oder eine Träne? Sie wusste es nicht. Der Tropfen hing zitternd im Mondlicht, bis er sich löste und mit einem zarten *Plink* in das Wasser am Boden der Schute fiel.

Flea ließ die Hand sinken und starrte zu der Luke hinauf. Es war ein Tropfen Flüssigkeit gewesen. Kein Sperma, aber das war es, was sie hatte denken sollen. Er wollte sie quälen. Aber warum die Mühe? Warum brachte er es nicht einfach hinter sich? Ihr Blick wanderte zu dem Mondlicht, das durch den Spalt in der Bootswand fiel, den er mit dem Winkelschleifer dort hineingesägt hatte. Sie glaubte zu wissen, warum. Er tat es, weil er wusste, dass er nicht an sie herankommen konnte.

Neue Energie strömte durch ihren Körper. Sie stieß sich von der Wand ab.

»Was machst du da? Schlampe?«

Sie atmete langsam durch den Mund ein und aus und bewegte sich lautlos auf den Rucksack zu.

»Schlampe.«

Er hämmerte wieder auf das Deck – *bäng, bäng, bäng* –, aber sie zuckte nicht mehr zusammen. Es stimmte, er kam nicht an sie heran. Sie fing an, Sachen aus dem Rucksack zu holen. Das Kalziumkarbid, die Fallschirmleine, die Feuerzeuge. Sie legte alles auf das Sims unter dem Leinenfach. Es kam darauf an, den Durchlass zwischen Leinenfach und Deck zu versiegeln. Das ginge mit dem blutigen T-Shirt, aber sie musste warten, bis er das Deck verließ. Der Augenblick würde kommen, davon war sie überzeugt. Er würde nicht ewig da oben bleiben. Sie fand die leere Plastikflasche, die er ihr gegeben hatte. Sie schraubte den Deckel ab, tauchte sie ins Wasser und drückte sie immer wieder sanft zusammen, bis sie voll war. Dann hielt sie sie über den Kopf, spritzte das Wasser in das Fach und wiederholte den Vorgang.

»Was machst du da, Schlampe?« Er rutschte auf der Luke herum. Sie spürte ihn über sich; er bewegte sich wie eine scheußliche Riesenspinne und versuchte zu erkennen, was sie vorhatte. »Sag's mir, oder ich komme da rein und finde es raus.«

Sie schluckte. Als sie ungefähr einen Liter Wasser in das Leinenfach gespritzt hatte, schüttelte sie die Flasche aus und schob sie zum Trocknen mit der Öffnung nach unten in die Netztasche ihres Rucksacks. Im Mondlicht fand sie den Meißel und den sechszölligen Nagel wieder, mit dem sie den Grubenstempel hochgedreht hatte. Sie nahm sich Zeit, als sie den Nagel ansetzte. Ein präziser Schlag mit dem Meißel trieb ein Loch in das Plastikgehäuse der Feuerzeuge. Prody lauschte. Sie hörte seinen Atem über sich und stellte sich vor, wie seine kalten Augen sich hin- und herbewegten, um zu sehen, was sie tat, als sie sich vorbeugte und den Inhalt der Feuerzeuge vorsichtig in die leere Wasserflasche laufen ließ.

Sie richtete sich auf, schüttelte die Flasche und inspizierte ihren Inhalt. Die Feuerzeuge waren voll gewesen, aber viel war es trotzdem nicht – weniger als hundert Milliliter. Es würde genügen, um einen Teil der Fallschirmleine zu durchtränken und in eine Lunte zu verwandeln, die bis in den benachbarten Laderaum reichte. Den Rest würde sie für das Leinenfach opfern müssen, um dem Acetylen die zusätzliche Sprengkraft zu verleihen, die es brauchte.

»*Fuck*, du sollst mir sagen, was du da machst, sonst komme ich da rein.«

Sie schluckte, legte Daumen und Zeigefinger an die Kehle und drückte sie sanft zusammen, damit ihre Stimme nicht zitterte, als sie antwortete. »Na los! Komm doch rein und sieh's dir an.«

Einen Moment lang herrschte Stille, als könnte er nicht fassen, was sie da gesagt hatte. Dann fing er an, auf die Luke einzuhämmern, daran zu kratzen und zu zerren, schreiend, fluchend und trampelnd. Sie schaute hoch. Er kann nicht rein, sagte sie sich. Er kann nicht. Ohne die Luke aus den Augen zu lassen, durchwühlte sie den Rucksack nach einem Behälter, in den sie das Feuerzeugbenzin gießen könnte, um es vor dem Wasser im Leinenfach zu schützen. Prody hörte auf mit seinem Geschrei. Keuchend rutschte er an den Rand des Decks und ließ sich in den Kanal fallen. Sie hörte seine Schritte, als er um den Kahn herumging und einen Weg hinein suchte. Er würde keinen finden. Wenn er den Winkelschleifer nicht wieder in Gang brächte oder nach oben kletterte und sich irgendwo ein neues Motorwerkzeug besorgte, würde er hier nicht hereinkommen. Sie würde ihn mit seinen eigenen Waffen schlagen.

Sie fand das Plastikformteil, das die Batterien für ihre Lampe enthalten hatte und legte es auf den Sims. Als sie sich nach der Flasche mit dem Feuerzeugbenzin umdrehte, rollte eine Woge von Übelkeit und Schwäche über sie hinweg.

Sofort stellte sie die Flasche auf den Sims und setzte sich. Sie atmete schwer, um sich zu stabilisieren, aber ihr Körper war am Ende seiner Widerstandskraft. Die Benzindämpfe und der Gestank von Fäulnis und Angst überwältigten sie. Sie fand gerade noch Zeit, sich auf den Sims zu legen, als ein bitterer Sog durch Brust und Hals heraufstieg und sie mit den Füßen voran nach unten zog, bis alles – jeder Gedanke, jeder Impuls – nur noch ein winziger roter Punkt elektrischer Aktivität im breiigen Zentrum ihres Gehirns war.

67

Um vier Uhr dreißig blinzelte Charlie Stephenson; er öffnete den Mund und fing an zu schreien. In ihrem Zimmer im vorderen Teil des Hauses regte sich Skye. Sie rieb sich die Augen und tastete schlaftrunken nach Nigel, aber statt seines warmen Körpers fand sie nur ein kaltes Laken. Stöhnend rollte sie sich auf den Rücken und legte den Kopf zurück, um die Ziffern zu sehen, die an die Decke projiziert wurden – 4.32 Uhr. Sie ließ die Hände auf das Gesicht sinken. Halb fünf. Charlies bevorzugte Zeit.

»O Gott, Charlie.« Sie zog den Morgenmantel an und schob verschlafen die Füße in die Pantoffeln. »O Gott.«

Sie schlurfte ins Kinderzimmer – ein Zombie, der sich auf das sanfte Licht von Charlies »Pu der Bär«-Lampe zubewegte. Im Kinderzimmer war es dunkel. Und kalt, zu kalt. Das Schiebefenster stand offen. Benommen tappte sie hinüber und schloss es. Sie konnte sich nicht erinnern, es geöffnet zu haben – aber in letzter Zeit hatte sie nichts als Watte im Kopf. Sie blieb stehen, schaute in den mondhellen Durchgang, der an der Seite des Hauses entlangführte, und sah die sauber aufgereihten Mülltonnen. Vor zwei Monaten hatten sie einen Einbruch gehabt. Jemand war durch die Terrassentür im Wohnzimmer eingedrungen, ohne etwas zu stehlen. Aber in gewisser Weise setzte ihr das mehr zu, als wenn alles ausgeräumt worden wäre. Danach hatte Nigel die Fenster im Erdgeschoss mit Schlössern versehen lassen. Aber sie durfte wirklich nicht vergessen, sie zu verschließen.

In seinem Bettchen kniff Charlie die Augen zusammen, und das Schluchzen ließ seine kleine Brust beben.

»Oh, du kleiner Schlingel.« Sie lächelte. »Mummy zu wecken.« Sie beugte sich hinunter, legte die Decke um ihn und trug ihn in ihr Zimmer. Die ganze Zeit redete sie murmelnd auf ihn ein: Er werde noch einmal ihr Tod sein, und sie werde ihn daran erinnern, wenn er achtzehn wäre und eine Freundin hätte. Draußen war es windig. Die Bäume vor dem Haus malten seltsame, bewegliche Formen an die Decke, wenn sie sich wiegten und bogen. Die Zugluft, die durch die Fenster drang, bewegte die Gardinen.

Charlies Windel war trocken; also legte sie ihn auf ein Kissen und stieg schläfrig zu ihm ins Bett. Sie begann, den Still-BH aufzuhaken, aber dann hielt sie inne. Saß aufrecht da, mit weit aufgerissenen Augen, plötzlich hellwach, mit klopfendem Herzen. In dem Durchgang draußen vor Charlies Fenster hatte etwas gescheppert.

Sie legte einen Finger an die Lippen. »Du bleibst da, Charlie.« Sie stand lautlos auf und schlich barfuß zurück ins Kinderzimmer. Das Fenster klapperte. Sie ging hin, drückte die Stirn an die Scheibe und spähte hinunter in den Durchgang. Der Deckel einer Mülltonne lag auf dem Boden. Der Wind hatte ihn heruntergeweht.

Sie zog den Vorhang zu, kehrte ins Schlafzimmer zurück und ging wieder ins Bett. Das war das Problem, wenn Nigel nicht da war. Ihre Fantasie lief Amok.

»Dumme Mummy.« Sie zog Charlie in die Arme, zerrte den BH herunter und legte Charlie an. Dann ließ sie sich zurücksinken und schloss verträumt die Augen. »Dumme alte Mummy und ihre dumme alte Fantasie.«

68

Als der Morgen graute, lag Caffery voll bekleidet und zusammengerollt auf vier Stuhlkissen, die er um drei Uhr auf den Boden im Büro geworfen hatte, und schlief. Er träumte einen absurden Traum von Drachen und Löwen. Die Löwen sahen aus wie echte Löwen. Ihre rauen, gelben Zähne troffen von Blut und Speichel. Er roch ihren heißen Atem und konnte die verfilzten Haare ihrer Mähnen sehen. Die Drachen dagegen waren zweidimensionale Kinderdrachen und aus Blech, als trügen sie eine Rüstung. Sie klirrten und rasselten über das Schlachtfeld und trugen wehende Banner. Sie bäumten sich auf und bogen die metallenen Hälse. Sie waren riesengroß und zerquetschten die Löwen, als wären es Ameisen.

Ab und zu erwachte er halb und tauchte aus den Tiefen des Schlafs herauf zu einem Ort, wo die ätzenden Reste der Sorge saßen, kleine Knoten, die er nicht entwirrt hatte, bevor er eingeschlafen war. Die saure Miene, mit der Prody gestern Abend weggefahren war: Der Gedanke daran hatte ihn verfolgt. Flea, die drei Tage Urlaub nahm, um zu klettern. Das klang nicht überzeugend. Und schlimmer noch war die Tatsache, dass Ted Moon sich nach wie vor auf freiem Fuß befand und Martha und Emily nach sechs Tagen immer noch vermisst waren.

Er wachte vollends auf und blieb mit geschlossenen Augen liegen; spürte die Kälte in seinen steifen Gliedern. Myrtle lag zwei Schritte weit entfernt vor der Heizung und roch behaglich nach altem Hund; der Geruch wehte zu ihm herüber. Er hörte den Verkehr auf der Straße, im Korridor redeten Leute, und Handys klingelten. Es war also Morgen.

»Boss?«

Er öffnete die Augen. Der Boden im Büro war staubig. Büroklammern und Papierknäuel hatten sich unter dem Schreibtisch gesammelt. In der offenen Tür standen zwei hübsche weibliche

Fußknöchel, die in blank polierten Highheels endeten. Daneben Schuhe und Hosenbeine eines Mannes. Cafferys Blick wanderte nach oben. Turner und Lollapalooza. Beide hielten Papierstapel in den Händen. »Herrgott. Wie spät ist es?«

»Halb acht.«

»Scheiße.« Er rieb sich die Augen, stützte sich auf einen Ellbogen und blinzelte. Myrtle auf ihrem behelfsmäßigen Lager setzte sich gähnend auf und schüttelte sich kurz. Das Büro sah aus wie ein Schlachtfeld, übersät von den Spuren einer durchgearbeiteten Nacht, das Whiteboard war bedeckt mit den Fotos und Notizen, die er studiert hatte: von Sharon Macys Autopsiefotos bis zu den Bildern aus der Küche im Safe House der Costellos von dem zerbrochenen Fenster und den gespülten Kakaobechern auf der Abtropfplatte. Auch sein Schreibtisch bog sich unter Bergen von Papier, verschiedenfarbigen Umschlägen mit Tatortfotos, Stapeln von hastig hingekritzelten Notizen und zahllosen halb leeren Kaffeebechern. Ein Schmelztiegel, aus dem nichts herausgekommen war. Kein Fingerzeig. Kein Hinweis darauf, was Moon als Nächstes plante.

Er rieb sich den steifen Nacken und blinzelte zu Lollapalooza hinauf. »Haben Sie irgendwelche Antworten für mich?«

Sie zog ein missmutiges Gesicht. »Nur neue Fragen. Geht das auch?«

»Kommen Sie rein.« Seufzend winkte er ihnen. »Kommen Sie schon.«

Lollapalooza lehnte sich mit verschränkten Armen an seinen Schreibtisch, die Füße sittsam nebeneinander. Turner drehte einen Stuhl um, setzte sich im Rodeostil rittlings darauf, legte die Ellbogen auf die Lehne und schaute auf seinen Chef herab.

»Also. Eins nach dem andern.« Offensichtlich hatte Turner auch nicht viel geschlafen. Seine Krawatte saß schief, und sein Haar hatte in letzter Zeit keine Dusche gesehen. Aber er trug bis jetzt noch keinen Ohrring. »Über Nacht haben die Leichen-

suchhunde der Metropolitan Police Moons kleinen Karnickel-
bau unter der Garage durchsucht.«

»Und? Oh.« Caffery winkte ab. »Sagen Sie nichts. Ich seh's
Ihnen an. Sie haben nichts gefunden. Und weiter?«

»Moons gerichtspsychiatrisches Gutachten ist gekommen.
War heute Morgen in meiner Mail.«

»Er hat geredet? Als er eingesperrt war?«

»Anscheinend konnten sie ihn überhaupt nicht mehr zum
Schweigen bringen. Jeder, der länger als eine Sekunde bei ihm
stehen blieb, kriegte es ab. Ein Geständnis pro Tag, die ganzen
zehn Jahre seiner Sicherheitsverwahrung hindurch.«

Das war wichtig. Caffery setzte sich auf. Mit Mühe verhin-
derte er, dass der Raum vor seinen Augen verschwamm. »Also?
Er hat geredet?«

»Aber es ist so, wie sein Dad sagte. Ted hat Sharon wegen des
Brandes umgebracht und wegen Sonjas Tod. Keine Ausflüchte,
keine Rechtfertigungen. Alles schwarz und weiß. Die Psychia-
trieberichte sagen alle das Gleiche.«

»*Fuck*. Was ist mit den Macys? Haben Sie die gefunden?«

Turner senkte den Kopf und sah Lollapalooza an. Seine Miene
sagte: *Du bist dran, Mädel.*

Sie räusperte sich. »Okay. Einer meiner Leute hat die Macys
heute Morgen um zwei endlich aufgestöbert, als sie aus dem Pub
nach Hause kamen. Ich habe eben mit ihnen gefrühstückt.« Sie
hob eine Augenbraue. »Nettes Ehepaar. Angenehm kultiviert.
Sie wissen schon – Leute, die finden, Autos müssen auf Ziegelsteinen stehen, und Kühlschränke gehören in den Vorgarten.
Kann's mir nur so erklären, dass sie ihre Gäste oft im Freien
empfangen. Aber sie haben mit mir gesprochen.«

»Und?«

»Nichts. Nachdem Sharon verschwunden war, haben sie nie
was von Moon gehört. Kein Sterbenswörtchen.«

»Keine Zettel? Keine Briefe?«

»Nichts. Nicht mal, als Ted verhaftet wurde. Wie Sie wissen, hat er in der Verhandlung nicht geredet, und soweit es die Familie betrifft, rechnen sie nicht damit, von ihm zu hören. Sie haben Ihrem Freund von der Hightecheinheit erlaubt, sich umzusehen. Q? Er sagt, so heißt er, aber persönlich glaube ich, er hat einen schrägen Sinn für Humor. Er hat jedes erdenkliche Gimmick benutzt, aber er konnte nichts finden. Keine Kameras, *nada*. Die Macys wohnen seit Jahren da, haben auch ein paarmal renovieren lassen, aber nie was Verdächtiges gefunden.«

»Was ist mit Peter Moon und Sharons Mutter? Irgendein Techtelmechtel?«

»Nein. Und ich hab ihr geglaubt.«

»*Fuck.*« Er strich sich das Haar aus der Stirn. Wieso endete, wenn es um Ted Moon ging, jeder Weg vor einer dicken Backsteinmauer? Moon und seine Handlungen zusammenzubringen, das wollte einfach nicht funktionieren. Nicht wie in den Fällen, wo die Zusammenhänge, wenn sie einmal klar waren, so natürlich ineinanderflossen wie Honig. »Wie sieht's damit bei den anderen aus? Bei den Bradleys und den Blunts?«

»Auch nichts. Und das kommt geradewegs von den Familienbetreuerinnen, die, wie wir wissen, meistens die Wahrheit kennen. Vielleicht eine statistische Anomalie, aber diese beiden Paare sind vielleicht die einzigen in ganz Großbritannien, die nebenher nichts Verbotenes tun.«

»Und Damien? Der ist nicht mit seiner Frau zusammen.«

»Aber nicht er hat diese Ehe beendet, sondern Lorna. Falls es eine Ehe war. Er sagt, sie waren verheiratet, aber wir können keine Unterlagen darüber finden. Wir sollten wohl eher von einer internationalen Vereinbarung sprechen, nicht wahr?«

Caffery stand auf und ging zu seinem Whiteboard. Er studierte die Bilder vom Safe House der Costellos, in das Moon eingedrungen war: die Küche, das leere Doppelbett, in dem Janice und Emily geschlafen hatten. Inzwischen müsste es Fortschritte, eine neue Perspektive geben. Er starrte das Modellfoto eines dunkelblauen Vauxhall an und die Bilder des Costello-

Wagens, die das kriminaltechnische Labor aufgenommen hatte. Er betrachtete die Gesichter – Cory Costello schaute ernst in die Kamera – und die Linien, die er zwischen den Fotos gezogen hatte und die sie alle mit Ted Moon ganz oben verbanden. Er hob den Kopf und sah Ted Moon wieder in die Augen. Er spürte nichts. Nicht mal ein Flackern.

Wortlos nahm er einen Stuhl, stellte ihn ans Fenster, setzte sich mit dem Rücken zum Zimmer und starrte hinaus auf die trostlose Straße. Der Himmel war bleigrau. Vorüberfahrende Autos rauschten durch die Pfützen. Caffery fühlte sich alt, so alt. Wenn er diesen Fall bewältigt hätte, was käme dann? Wieder ein Straßenräuber, ein Vergewaltiger, ein Kinderschänder, der ihm die Haut abzog, dass es bis in die Knochen schmerzte?

»Sir?«, setzte Lollapalooza an, aber Turner brachte sie mit einem *Sschh* zum Schweigen.

Caffery drehte sich nicht zu ihnen um. Er wusste, was das *Sschh* bedeutete: Turner wollte nicht, dass Lollapalooza ihn störte. Er glaubte, wenn Caffery so am Fenster saß, bedeutete das, er denke nach. Er nehme all die Informationen, die er bekommen habe, und verarbeite sie mit der Alchemie seines brillanten Gehirns. Turner glaubte wirklich und wahrhaftig, Caffery werde gleich auf seinem Stuhl herumwirbeln und eine Theorie aus dem Hut zaubern wie einen bunten Papierblumenstrauß.

Tja, dachte er deprimiert, willkommen im Land der niederschmetternden Enttäuschungen, Kollege. Hoffe, es gefällt Ihnen hier, denn wir werden eine Weile hier wohnen.

69

Der Tag hatte noch nicht lange begonnen, und der große Garten in Yatton Keynell war von Reif überzogen. Nick hatte im Wohnzimmer das Kaminfeuer angezündet, und Janice saß nicht weit davon entfernt in einem Sessel am Fenster, eine scharf umrissene Silhouette vor dem Licht der fahlen Wintersonne. Sie rührte sich nicht, als ihre Schwester zur verabredeten Zeit die Tür öffnete und die Gäste hereinführte. Niemand stellte Janice vor, aber alle wussten sofort, wer sie war. Sicher lag es an der Art, wie sie dasaß. Ganz von selbst kamen sie auf sie zu, nannten ihren Namen und murmelten ein paar Worte.

»Es tut mir so leid, was ich da von Ihrer kleinen Tochter höre.«

»Danke, dass Sie angerufen haben. Wir wollten wirklich mal mit jemand anderem sprechen.«

»Die Polizei hat bei uns alles auseinandergenommen. Ich kann einfach nicht glauben, dass er uns beobachtet hat.«

Janice nickte, schüttelte allen die Hand und versuchte zu lächeln. Aber in ihrem Innersten blieb sie unbeteiligt. Die Blunts kamen als Erste. Neil war groß und schlank und hatte wie Cory aschblondes Haar, aschblonde Wimpern und Brauen. Simone hatte blondes Haar, hellolive Haut und braune Augen. Janice betrachtete sie eingehend und überlegte, ob irgendeine Ähnlichkeit im Aussehen etwas in Moons Kopf in Bewegung gesetzt, ihn veranlasst hatte, sie auszuwählen. Rose und Jonathan Bradley machten einen noch mitgenommeren Eindruck als auf den Zeitungsfotos. Rose hatte feines, blondes Haar und eine so dünne Haut, dass man die Adern darunter sehen konnte. Sie trug eine Stretchhose, weiche Schuhe, einen pinkfarbenen Blumenpullover und ein pinkfarbenes Halstuch. Dieses Halstuch hatte etwas Mitleiderregendes in seinem Bemühen, den Schein zu wahren. Sie und Jonathan gaben Janice die Hand und saßen dann beinahe schuldbewusst in ihren Sesseln, ihre Teetassen umklammernd. Dann kam Damien Graham herein, und Janice wusste, dass jeder Gedanke an äußere Ähnlichkeit Unsinn war. Er war schwarz, groß und kräftig gebaut und hatte sehr kurzes Haar. Es gab nicht die geringste Gemeinsamkeit mit Cory, Jonathan oder Neil.

»Alyshas Mum kann nicht kommen.« Er wirkte ein bisschen schüchtern und in dieser hübschen ländlichen Umgebung deplatziert. Er nahm im letzten Sessel Platz, einem zierlichen Ohrensessel, und zupfte verlegen an den Bügelfalten seiner Hose. »Lorna.« Er schlug die Beine übereinander, und der kleine Sessel knarrte.

Janice starrte ihn dumpf an, und eine ungeheure Müdigkeit überkam sie. Manche Leute sagten, dass sie sich unter solchen Umständen leer und taub fühlten. Sie wünschte, sie könnte auch so empfinden. Alles wäre besser als dieser bohrende Schmerz unter den Rippen, wo einmal ihr Magen gewesen war. »Hören Sie, ich sollte mich Ihnen allen richtig vorstellen. Ich bin Janice Costello. Und das ist mein Mann Cory, da drüben in der Ecke.« Sie wartete, während alle sich umdrehten und grüßend die Hand hoben. »Sie werden unseren Namen noch nicht gehört haben, denn man hat ihn zurückgehalten, als unsere kleine… unsere kleine Tochter entführt wurde.«

»In der Zeitung stand, dass es wieder passiert ist«, sagte Simone Blunt. »Alle wissen es, aber Ihren Namen kennt man nicht.«

»Man wollte uns schützen.«

»Die Kameras«, sagte Rose leise. »Hat er bei Ihnen Kameras versteckt?«

Janice nickte. Sie legte die Hände in den Schoß und betrachtete sie; sah die Adern auf dem Handrücken, die durch die Haut schimmerten. Ihre Stimme war ausdruckslos. Jedes Wort, das aus ihrem Mund kam, strengte sie an. »Ich weiß, dass die Polizei mit Ihnen gesprochen hat. Ich weiß, dass sie es immer und immer wieder durchgehechelt haben, um herauszufinden, worin unsere

Gemeinsamkeiten bestehen. Aber ich dachte mir, wenn wir uns treffen, können *wir* vielleicht herauskriegen, warum er uns ausgesucht hat, und vielleicht sogar erahnen, wen er als Nächstes auswählen wird. Denn ich glaube, er wird es wieder tun. Und die Polizei glaubt es auch, selbst wenn sie es nicht sagt. Und wenn wir herausbekommen, wer der Nächste ist, haben wir vielleicht die Chance, ihn zu fassen – und zu erfahren, was er mit unserer …« Sie holte Luft und hielt den Atem an. Sie wich Roses Blick aus, denn sie wusste, was sie in ihren Augen sehen würde. Als sie ihre Stimme wieder unter Kontrolle hatte, fuhr sie fort. »Aber nachdem ich Sie jetzt alle kennengelernt habe, glaube ich, dass es eine eher dumme Idee von mir war. Irgendwie hatte ich gehofft, dass wir einander wirklich ähnlich sein würden. Vielleicht die gleichen Dinge mögen, in ähnlichen Häusern und Verhältnissen leben, aber das ist nicht der Fall. Ich sehe schon auf den ersten Blick, dass wir verschiedener nicht sein könnten. Es tut mir leid.« Sie war erschöpft. Zutiefst erschöpft. »So leid.«

»Nein.« Neil Blunt beugte sich vor, sodass sie gezwungen war, ihm ins Gesicht zu schauen. »Es braucht Ihnen nicht leidzutun. Sie sind einem Gefühl gefolgt, und dabei sollten Sie bleiben. Vielleicht haben Sie recht. Vielleicht gibt es wirklich eine Verbindung zwischen uns. Eine, die nicht sofort erkennbar ist.«

»Nein. Sehen Sie uns doch an.«

»Es *muss* etwas geben.« Er ließ sich nicht beirren. »Irgendetwas. Vielleicht erinnern wir ihn an jemanden. Aus seiner Kindheit.«

»Oder es sind unsere Jobs?«, meinte Simone. »Etwas, das mit unserer Arbeit zu tun hat.« Sie sah Jonathan an. »Ich weiß, was Sie tun, Jonathan; es stand in allen Zeitungen. Aber Sie, Rose, was machen Sie?«

»Ich bin Arztsekretärin. Ich arbeite in einer osteopathischen Gemeinschaftspraxis in Frenchay.« Sie wartete darauf, dass jemand einen Kommentar abgab, aber niemand sagte etwas. Sie lächelte betrübt. »Nicht besonders interessant. Ich weiß.«

»Damien?«

»Ich bin bei BMW. Arbeite mich im Verkauf nach oben. Ich sage immer, der Verkauf ist das A und O. Wenn du im Verkauf gut bist, steht dir die Welt offen. Aber du musst ein Jäger sein, und du musst Freude am Blutvergießen haben –« Er brach ab. Alle starrten ihn an. Er ließ sich zurücksinken und hob die Hände. »Na ja«, murmelte er. »Das bin ich. Autoverkäufer. BMW. Am Cribbs Causeway.«

»Und Sie, Janice? Wo verdienen Sie Ihren Lebensunterhalt?«

»In der Verlagsbranche. Ich bin Redakteurin. Inzwischen freiberuflich. Und Cory ist…«

»Berater für eine Druckerei.« Cory sah niemanden an. »Ich berate sie bei ihren Marketingstrategien. Sage ihnen, wie sie ihr Image grün einfärben können.«

Simone räusperte sich. »Finanzanalystin. Und Neil arbeitet im Bürgerberatungsbüro in Midsomer Norton. Ist auf Sorgerechtsfragen in Scheidungsfällen spezialisiert. Aber da klingelt bei niemandem etwas, oder?«

»Nein.«

»Sorry, nein.«

»Möglicherweise sehen wir das Ganze falsch.«

Alle drehten sich um. Rose Bradley saß zusammengesunken in ihrem Sessel, ein bisschen verlegen, ein bisschen störrisch. Sie zog ihre Strickjacke über die Schultern hoch, sodass sie bis zu ihrem Hinterkopf hinaufrutschte; sie sah aus wie eine verschreckte Eidechse, der die Haut zu groß war. Ihre hellblauen Augen spähten unsicher unter den zusammengezogenen Brauen hervor.

»Wie bitte?«, fragte Simone.

»Ich sagte, möglicherweise sehen wir das Ganze falsch. Vielleicht kennen wir ihn ja doch.«

Alle schauten sich an.

»Aber wir waren uns doch einig, dass wir ihn nicht kennen«, entgegnete Simone. »Keiner von uns hat je von Ted Moon gehört.«

»Und wenn er es nicht ist?«

»Wenn er nicht *was* ist?«

»Der Entführer. Der Mensch, der das alles verbrochen hat. Ich meine, wir sitzen hier und nehmen an, dass die Polizei recht hat. Dass es Ted Moon ist. Aber was, wenn die Polizei sich irrt?«

»Aber ...«, begann jemand und hielt dann inne. Niemand im Raum sprach, niemand regte sich. Ihre Gesichter waren ausdruckslos. Es dauerte eine ganze Weile, bis dieser Gedanke in ihren Köpfen angekommen war. Einer nach dem andern wandte sich von Rose ab und sah Janice erwartungsvoll an. Genau so schauten Kinder ihre Lehrerin an, wenn sie darauf warteten, dass die Person, die alles im Griff hatte, den Schlamassel in Ordnung brachte, in den sie sich manövriert hatten.

70

Der Babysitz war auch eins der Geschenke, die wie ein Hagelsturm auf sie heruntergeprasselt waren, als Charlie das Licht der Welt erblickt hatte. Er stammte von Nigels Eltern, war blau und übersät mit eingeprägten gelben Ankern. An diesem kalten Morgen um Viertel nach acht stand er in der Diele auf dem Boden und wartete darauf, dass sie ihn im Wagen festgurtete. Charlies Tasche stand fertig gepackt mit Windeln, Spielsachen und Strampelanzügen zum Wechseln daneben.

Skye stürzte die dritte Tasse Kaffee hinunter. In ihrem viel zu großen Pullover stand sie in der Küche und starrte das Kondenswasser an der Fensterscheibe an. Auf den Bäumen im Garten lag Reif, und sie spürte die eisige Luft, die durch die Ritzen in den klapprigen Schiebefenstern hereindrang. Sie dachte an die vergangene Nacht. An das offene Fenster, den Mülltonnendeckel. Sie spülte die Kaffeetasse aus und stellte sie auf die Abtropfplatte. Dann drehte sie den Thermostat ein wenig höher und sah nach, ob alle Fenster verschlossen waren. Im Flur hing ihr roter Mantel an einem Haken neben der Haustür, daneben ihre Handtasche. Heute Morgen auszugehen, das bot sich an. Einen Besuch im Büro machen. Nur um bei den Kollegen mit Charlie anzugeben. Warum nicht?

Ja. Das war absolut naheliegend.

71

Trotz des Kaminfeuers fror Janice. Ihr Kopf fühlte sich an wie ein Stein, kalt und hart. Alle starrten sie an und erwarteten, dass sie etwas sagte oder tat. Sie verschränkte die Arme, schob die Hände unter die Achseln, damit sie nicht zitterten, und versuchte sich zu sammeln.

»Vielleicht, äh, vielleicht hat Rose recht.« Sie klapperte mit den Zähnen; unkontrolliert schlugen sie aufeinander. »Es wäre nicht das erste Mal, dass die Polizei sich irrt. Vielleicht ist Ted Moon der falsche Mann.« Sie dachte an all die Männer, mit denen Emily im Lauf der Jahre Kontakt gehabt hatte. Vor ihrem geistigen Auge sah sie eine Reihe von Gesichtern – die Lehrer in der Schule, ein Footballtrainer mit unreiner Haut, der immer einen Touch zu freundlich mit den Müttern umging, der Milchmann, der manchmal an der Haustür mit Emily sprach. »Vielleicht haben wir alle eine Beziehung zu jemand anderem. Zu jemandem, an den wir noch gar nicht gedacht haben.«

»Aber zu wem?«

»Ich weiß es nicht… ich weiß es einfach nicht.«

Sie schwiegen lange. Draußen waren Janices Schwester und Nick mit Philippa Bradley im Garten unterwegs. Philippa hatte ihren Spaniel mitgebracht, der jetzt mit den Labradorhunden spielte. Ab und zu sah man die drei Frauen vor der Terrassentür, eingemummelt in Mäntel und Schals, hin und her spazieren und Bälle für die Hunde werfen. Sie hinterließen schwarze Fußspuren auf dem von Reif bedeckten Rasen. Janice starrte zu ihnen hinaus und dachte daran, wie Emily früher dort draußen gespielt und gelacht hatte, weil sie sich hinter den Lavendelbüschen verstecken konnte, sodass Janice herauskam und tat, als hätte sie Angst: *O nein! Mein kleines Mädchen ist verschwunden! Wo ist meine Emily? Hat das Ungeheuer sie geholt?*

Nicht Ted Moon? Aber wer dann? Wer brachte sie und Cory mit diesen anderen fünf Leuten in Zusammenhang?

Aus der Ecke meldete Damien sich mit gedämpfter Stimme zu Wort. »Hören Sie.« Er spreizte die Hände und drehte sich zu den hinter ihm sitzenden Leuten um. »Ich hab diesen Scheißkerl auf dem Foto auch noch nie gesehen, aber ich sollte doch was sagen.« Er richtete den Zeigefinger auf Jonathan. »Sie, Mann. Tut mir leid, das zu sagen, aber ich kenne Sie von irgendwoher. Ich denk drüber nach, seit ich hier reingekommen bin.«

Alle sahen Jonathan an. Der runzelte die Stirn. »Aus der Zeitung, meinen Sie? Ich war ja diese Woche in sämtlichen Blättern.«

»Nein. Ich hab die Bilder in den Nachrichten gesehen und Sie nicht erkannt; sonst hätte ich der Polizei was gesagt. Aber als ich eben hier reinkam und Sie sah, da dachte ich: Doch, ich kenne den Mann von irgendwoher.«

»Woher denn?«

»Ich weiß es nicht. Vielleicht bilde ich es mir auch nur ein.«

»Gehen Sie in die Kirche?«

»Nicht mehr seit meiner Kindheit. Bei den Siebenten-Tags-Adventisten in Deptford. Aber nicht mehr, seit ich von zu Hause weg bin. Bei allem Respekt, aber Sie würden mich nicht mal tot in der Kirche finden.«

»Und Ihr Kind?«, fragte Jonathan. »Ihre Tochter? Wie heißt sie?«

»Alysha.«

»Genau. Die Polizei hat mich gefragt. Ich kannte mal eine Alysha, aber die hieß nicht Alysha Graham. Sie hieß Alysha Morefield oder Morton. Ich kann mich nicht genau erinnern.«

Damien starrte ihn an. »Moreby. Alysha Moreby. Das ist der Name ihrer Mutter, und unter dem Namen hat Lorna sie in der Schule angemeldet.«

Jonathans Gesicht nahm langsam Farbe an. Alle im Zimmer waren ein Stück nach vorn gerückt und starrten die beiden Männer an. »Moreby. Alysha Moreby. Ich kenne sie.«

»Woher? Wir sind nie mit ihr in der Kirche gewesen.«

Jonathans Mund stand halb offen, als sähe er eine schreckliche Wahrheit heraufdämmern, die gleich offenbar werden würde. Etwas, das die ganze Zeit über da gewesen war und die Welt hätte retten können, wenn er nur früh genug daran gedacht hätte. »Aus der Schule«, sagte er abwesend. »Vor meiner Priesterweihe war ich Schulleiter.«

»Ich hab's.« Damien schlug sich auf die Schenkel und stieß mit dem Finger in die Luft. »Mr. *Bradley* – natürlich. Ich erinnere mich an Sie, Mann. Ich meine, ich hab Sie nie kennengelernt – Lorna hat sich immer um Alyshas Schulkram gekümmert. Aber ich hab Sie gesehen. Ich hab Sie gesehen – am Tor und so.«

Janice saß vorgebeugt da. Sie hatte Herzklopfen. »Jemand in der Schule. Sie beide kannten Leute in der Schule.«

»Nein. Ich hatte nie was mit der Schule zu tun«, sagte Damien. »Praktisch gar nichts. Die Schule war Lornas Sache.«

»Keine Elternpflegschaftsversammlungen?«

»Nein.«

»Schulfeste? Basare?«

»Nein.«

»Sie haben die anderen Eltern wirklich nicht kennengelernt?«

»Ich schwör's. Ich hatte einfach nie was damit zu tun. So war's in unserer Familie immer. Die Schule ist Sache der Frau.«

»Aber Ihre Frau«, erklärte Jonathan steif, »Ihre Frau war mit anderen Eltern befreundet. Das weiß ich, weil ich mich gut an sie erinnere. Sie stand immer mit einer Gruppe von Freunden am Schultor.«

»Jemand Spezielles?«, fragte Simone.

»Nein. Aber ...« Jonathan verdrehte die Augen nach oben, als wäre ihm etwas eingefallen.

»Was ist?« Janice war halb aufgesprungen. »Was?«

»Sie war an einem Zwischenfall beteiligt.« Er sah Damien an. »Erinnern Sie sich?«

»An was für einem Zwischenfall?«

»Mit einem der anderen Eltern. Es war unerfreulich.«

»Das Bonbonglas? Meinen Sie das?«

Jonathan lockerte seinen Kragen und sah Janice mit rot geränderten Augen an. Es war plötzlich heiß im Zimmer und wie elektrisch aufgeladen. »Es war am Montag nach einem Schulfest. Lorna, Mr. Grahams Frau, kam in mein Büro. Mit einem Bonbonglas. Sie sagte, sie hätte es auf dem Basar gekauft. Ich erinnere mich genau, weil es in dem Moment so *merkwürdig* erschien.«

»Ein Bonbonglas?«

»Ich hatte die Eltern gebeten, alte Gläser mit Bonbons zu füllen und mitzubringen, um sie auf dem Basar zu verkaufen. Für ein Pfund, glaube ich. Wir wollten in dem Jahr Geld für das Dach der Schule sammeln. Aber als Mrs. Graham mit ihrem Glas zu Hause war, fand sie darin ...«

»Da war ein Zettel drin«, sagte Damien. »Ein kleiner gelber Post-it. Und da stand was draufgekritzelt.«

»Lorna – Mrs. Graham – las, was auf dem Zettel stand, und brachte ihn sofort zu mir. Sie wäre damit zur Polizei gegangen, aber sie befürchtete, es könnte ein Jux sein, und sie wollte nicht, dass die Schule Unannehmlichkeiten bekäme.«

»Was stand auf dem Zettel?«

»Da stand ...« Er sah sie ernst an. »»Daddy schlägt uns. Und sperrt Mummy ein.‹«

383

»›*Daddy schlägt uns. Und sperrt Mummy ein*‹?« Janice lief es eiskalt über den Rücken, und am liebsten hätte sie aufgehört zu atmen. »Haben Sie herausgefunden, wer das geschrieben hatte?«

»Ja. Zwei meiner Schüler. Ich erinnere mich sehr gut an sie – zwei Brüder. Ich glaube, ihre Eltern lebten in Scheidung. Ich habe die Sache sehr ernst genommen, und – jawohl – ich habe das Jugendamt informiert. Es stellte sich sehr schnell heraus, dass es stimmte. Die beiden Jungen wurden von ihrem Vater misshandelt. Ein paar Monate vor der Sache mit dem Bonbonglas waren sie mal eine Woche nicht in der Schule. Als sie dann wiederkamen, wirkten sie sehr bedrückt.« Er rieb sich die Oberarme, als fröre er bei der Erinnerung. »Als das Jugendamt eingeschaltet war, bekam die Mutter das Sorgerecht für die Kinder. Der Vater ging nie vor Gericht. Er war bei der Polizei, wenn ich mich recht entsinne. Hat sich zurückgezogen und die Sorgerechtsentscheidung niemals angefochten...« Er sprach nicht weiter. Janice, Cory und Neil Blunt saßen vorgebeugt und mit bleichen Gesichtern in ihren Sesseln. »Was ist?«, fragte er. »Was hab ich gesagt?«

Janice fing an zu zittern.

72

Ein Mann, ein ziemlich großer Mann, kauerte unbemerkt im Schatten eines alten, olivgrünen Telefonschaltkastens in einer Wohnstraße in Southville und beobachtete unverwandt den Vorgarten auf der anderen Straßenseite. Er trug Jeans, ein Sweatshirt und eine Joggingjacke aus Nylon. Nichts Bemerkenswertes eigentlich, aber aus der Gesäßtasche baumelte ein Stück bunter Gummi: ein Gesicht, faltig und schlaff. Der grinsende Mund einer Santa-Claus-Maske, wie man sie für ein paar Pfund in jedem Scherzartikelladen kaufen konnte. Sein dunkelblauer Peugeot stand ein paar hundert Meter weit entfernt. Seit die Frau in Frome ihn vor ihrem Haus gesehen hatte, hielt er mehr Abstand.

Eine Frau in einem knallroten Mantel kam aus der Haustür; sie trug zwei Taschen und einen blau-gelben Babysitz und begann, ihr Auto zu beladen. Zuerst wurde der Babysitz sorgfältig auf der Rückbank befestigt und die Decke säuberlich festgestopft. Die Handtasche kam auf den Vordersitz, die Windeltasche in den Fußraum. Sie holte einen Eiskratzer aus dem Handschuhfach und beugte sich über die Motorhaube, um an die Windschutzscheibe zu gelangen. Für einen Moment wandte sie dem Mann den Rücken zu, und der nutzte die Gelegenheit, sich aus der Deckung des Schaltkastens zu wagen. Ruhig und aufrecht überquerte er die Straße und sah sich dabei nach allen Seiten um. Er drückte sich in eine Nachbareinfahrt und überquerte den Vorgartenrasen. In der Reihe der Büsche zwischen den beiden Häusern blieb er stehen und sah zu, wie die Frau zum Heck des Wagens ging und den Scheibenwischer hochklappte, um das Eis vom Glas zu kratzen. Die Frau fuhr ein letztes Mal über das Fenster und ging dann wieder nach vorn, wischte den Außenspiegel ab und setzte sich auf den Fahrersitz. Sie blies sich in die kalten Hände und fummelte mit dem Autoschlüssel herum.

Der Mann zog die Santa-Claus-Maske über den Kopf, stieg über die niedrige Steinmauer zwischen den Grundstücken, trat gemächlich an ihre Seite des Wagens und öffnete die Tür.

»Aussteigen.«

Die Reaktion der Frau bestand darin, dass sie die Hände hochriss. Sie tat es instinktiv, um ihr Gesicht zu schützen. Aber damit machte sie für ihn den Weg frei, sodass er hinüberlangen und ihren Sicherheitsgurt öffnen konnte. Als sie ihren Fehler erkannte, war es zu spät. Er zerrte sie bereits aus dem Wagen.

»Aussteigen, Schlampe.«

»Nein! Nein! *Nein*!«

Aber er war stark, packte sie bei den Haaren und zog sie heraus. Ihre Hände krallten sich an ihre Kopfhaut, und strampelnd suchten ihre Beine irgendwo Halt. Sie klemmte ein Knie unter das Lenkrad und umklammerte mit ihrer linken Hand den oberen Türrahmen; doch sie konnte sich nicht festhalten. Ein Ruck, und sie war draußen, taumelte, fiel hin und schürfte sich das Knie auf, sodass die Strumpfhose zerriss. Ihre Finger krallten sich um seine behandschuhten Hände und versuchten, ihr Haar aus seinem Griff zu befreien, aber er schleifte sie rückwärts vom Wagen weg und ignorierte ihren Befreiungsversuch. Sie stieß sich mit den Füßen vom Boden ab, trat um sich und kreischte. Er fühlte, wie Haare sich aus ihrer Kopfhaut lösten, als er sie gegen die Haustür schleuderte.

»Geh weg!« Sie stieß ihn mit aller Kraft von sich. »*Geh weg von mir.*«

Er versetzte ihr einen Stoß, und sie taumelte quer über die Eingangsstufe, riss die Arme hoch, ruderte damit und prallte gegen den Mauerpfeiler, sodass sie sich die Haut an den Händen aufschürfte. Ihr linkes Bein schoss nach vorn, hätte ihren Schwung fast aufgefangen, schaffte es aber nicht. Sie stolperte, stürzte, landete auf der rechten Schulter, rollte auf die Seite und sah gerade noch, wie der Mann ins Auto sprang und den Motor startete. Das Radio erwachte zum Leben und plärrte »When A Child Is Born« in die kalte Luft hinaus. Der Motor heulte auf, und eine weiße Abgaswolke schoss aus dem Auspuff. Der Mann löste die Handbremse, um dann in hohem Tempo rückwärts aus der Einfahrt zu rasen.

Der Wagen hielt mitten auf der Straße gerade so lange, wie Prody brauchte, um den Vorwärtsgang einzulegen; dann jagte er mit kreischenden Reifen davon. Erst jetzt wurden ein paar von Skye Stephensons Nachbarn aufmerksam. Einer oder zwei kamen aus ihren Häusern und liefen durch den Vorgarten zur Straße, aber es war zu spät. Der kirschrote Wagen mit Allradantrieb war am Ende der Straße um die Ecke gebogen und verschwunden.

73

Clare Prody schminkte sich nicht und färbte auch ihr langweilig blondes Haar nicht. Sie kleidete sich hübsch, trug unauffällige pastellfarbene Mehrteiler aus Geschäften der mittleren Preisklasse wie etwa Gap und dazu flache Schuhe. Sie sah aus, als käme sie aus der gleichen sozioökonomischen Ecke wie Janice Costello. Aber wenn sie den Mund öffnete, sprach da unverkennbar ein Landei. Ein Mädchen aus Bridgewater in Somerset. Zwei Eisenbahnfahrten nach London waren die weitesten Reisen, die sie je unternommen hatte – einmal für *Les Miserables* und einmal für das *Phantom der Oper*. Sie war Lernschwester im Bristol Royal gewesen und hatte davon geträumt, mit Kindern zu arbeiten, als Paul Prody in ihr Leben trat. Er hatte sie geheiratet und dazu überredet, ihren Beruf aufzugeben und zu Hause bei ihren beiden Kindern zu bleiben, bei Robert und Josh. Paul hatte einen guten Job, und Clare war von ihm abhängig. Sie wurde jahrelang von ihm misshandelt, ehe sie den Mut fand, ihn zu verlassen.

Jetzt saß sie vor Cafferys Schreibtisch, und er betrachtete sie aufmerksam. Sie trug das, was ihr als Erstes in die Hände gefallen war, bevor sie sich auf den Weg hierher gemacht hatte: ein Jogging-T-Shirt und eine Khakihose, und aus irgendeinem Grund hatte sie sich eine blau karierte Decke um die Schultern gelegt, die sie vor der Brust zusammenhielt. Sie hatte diese Decke nicht, weil sie fror, sondern weil sie sich wie ein Flüchtling fühlte. Wie jemand, der permanent im Zustand des Weglaufens war. Ihr Gesicht wirkte blass, aber die Nase sah schrecklich gerötet und wund aus. Seit sie vor einer halben Stunde gekommen war, hatte sie so viel geweint, dass es einem das Herz zerriss. Sie konnte einfach nicht glauben, was ihr da passierte.

»Mehr fallen mir nicht ein.« Ihr Blick war starr auf die

Namen gerichtet, die auf dem Whiteboard hinter seinem Rücken standen. Ihre Lippen bebten. »Wirklich nicht.«

»Das macht nichts. Setzen Sie sich nicht unter Druck. Das kommt schon.«

Clare hatte eine umfassende Liste aller Personen aufgestellt, die ihr eingefallen waren. Jeder, den ihr Mann in seine entsetzliche Vendetta einbeziehen könnte, stand darauf. Ein paar dieser Namen kannte das Team schon, andere noch nicht. Weiter hinten im Korridor war ein ganzer Raum voller Polizisten damit beschäftigt, sie hastig durchzuarbeiten. Sie setzten sich mit den örtlichen Polizeirevieren in Verbindung und gaben telefonische Warnungen durch. Die MCIU war so angespannt wie nie zuvor, denn es gab niemanden, der nicht felsenfest davon überzeugt war, dass Prody wieder zuschlagen würde. Ihre einzige Hoffnung, das zu verhindern, bestand darin, dass sie sein nächstes Opfer rechtzeitig identifizierten. Caffery, der in seiner Wut glaubte, Prody intensiver zu spüren als alle andern im Gebäude, vermutete, dass er bald zuschlagen würde. Sehr bald sogar. Vielleicht schon heute früh.

»Sie hatten Glück.« Clares Blick war von der Namenliste zu den Fotos gewandert. Sie betrachtete Neil und Simone Blunt sowie Lorna und Damien Graham. »Großes Glück.«

»Er hat sie glimpflich davonkommen lassen.«

Sie lachte trocken und ohne Hoffnung. »So ist Paul. Er ist sehr präzise. Die Strafe entspricht immer dem Verbrechen. Wenn Sie ihn wirklich wütend machen, wird es schlimm. Aber er war nicht so böse auf Alyshas Mum und auf Neil…« Sie blinzelte, um den Namen zu lesen. »Auf Neil Blunt. Ich glaube, er hat sich im Bürgerberatungsbüro vorgestellt; ich weiß es nur nicht mehr. Ich erkenne das Gesicht, aber seinen Namen kannte ich nicht. Aber ich erinnere mich an diesen Tag, denn danach wartete Paul draußen auf mich. Er drohte, mich umzubringen.« Sie schüttelte den Kopf, als könnte sie ihre eigene Dummheit immer noch nicht fassen. »Mir ist das alles entgangen. Jonathan Bradley war Roberts und Joshs *Schulleiter*. Die Jungs und ich sind sogar nach Oakhill gefahren, als Martha gekidnappt worden war, und haben Blumen vor das Haus gelegt, und *trotzdem* habe ich den Zusammenhang nicht gesehen.«

»Er ist sehr, sehr clever, Clare. Machen Sie sich keine Vorwürfe.«

»*Sie* haben es doch gewusst. *Sie* sind darauf gekommen.«

»Ja, aber ich hatte auch Hilfe. Außerdem bin ich Polizist. Ich *soll* Zusammenhänge erkennen.«

Caffery wünschte, er könnte so tun, als hätte er einen höchst raffinierten Polizistentrick angewandt, aber so war es nicht. Es war ein schlichter Anruf aus dem Krankenhauslabor gewesen, eine Routineangelegenheit, die dafür gesorgt hatte, dass die Rädchen in seinem Kopf plötzlich ineinandergriffen. Paul Prody hatte immer noch nicht sein Hemd zur Untersuchung ins Labor gebracht. Die Techniker dort hatten sämtliche Tests auf Inhalate durchgeführt und fragten sich jetzt, ob der Entführer vielleicht ein oral zu verabreichendes Sedativum benutzt hatte. Prodys Mageninhalt hätte ihren Pipetten und Reagenzgläsern ein neues Betätigungsfeld eröffnet. Nach diesem Anruf hatte Caffery ständig daran denken müssen, wie sauber Janices Mund gestern ausgesehen hatte: rosig und frei von Krusten. Beunruhigend. Und dann war ihm klar geworden, was ihn an dem Foto der Küche im Safe House gestört hatte: Es war die Reihe der Becher auf der Abtropfplatte. Paul Prodys letzte Handlung in diesem Haus hatte darin bestanden, dass er Kakao für die Familie gemacht hatte: für Janice, ihre Mum und Emily.

Caffery stand auf, ging zum Fenster, vor dem Myrtle auf ihrer Decke lag, und schaute hinaus in den fahlen Himmel. Er hatte auf der Herrentoilette eine kurze Katzenwäsche mit Seife aus dem Spender und Heißluft aus dem Händetrockner einschieben und sich mit dem im Aktenschrank liegenden Wegwerfrasierer rasieren können. Aber sein Anzug sah zerknittert aus, und er fühlte sich immer noch schmutzig – als wäre Paul Prody unter seine Haut gekrochen. Es war wie das Warten auf ein Gewitter: Man wusste nicht, wo es sich entladen würde. Aber er spürte Prody da draußen wie ein Vibrieren auf der Haut, fühlte, wie er sich an diesem regnerischen Wintertag leichtfüßig durch die Stadt und über das Land bewegte. Schon waren da draußen Dinge in Bewegung; die Polizei hatte ihre Fühler ausgestreckt. Sie würden ihn heute aufspüren. Und dann würden sie auch Flea Marley finden. Das stand für Caffery hundertprozentig fest. Ein junger Detective Corporal hatte das Büro vor einer Stunde verlassen, um ihr Haus unter die Lupe zu nehmen, und das Telefonteam im Nachbarraum holte soeben die gesamte Unterwassersucheinheit aus dem Bett. Aber alle vermuteten, dass die Antwort bei Prody lag.

»Er hat sich mir gegenüber wie ein Dreckschwein benommen«, sagte Clare hinter seinem Rücken. »Ein Dreckschwein. Ich weiß nicht mehr, wie oft ich ein blaues Auge hatte.«

»Ja.« Caffery legte die Finger an die Fensterscheibe und dachte: Du kommst zu uns, Prody. Du kommst. »Schade, dass Sie der Polizei nichts gesagt haben.«

»Ich weiß. Natürlich sehe ich jetzt ein, wie dumm das war, aber ich habe ja alles geglaubt, was er mir erzählt hat – und die Jungs auch. Wir haben nie gedacht, dass die Polizei uns helfen würde. Das hat er mit seiner Gehirnwäsche bewirkt: Wir dachten, Sie sind so was wie ein Klub. Alle stecken unter einer Decke, und niemals würden Sie sich gegen einen der Ihren wenden. Vor der Polizei hatte ich mehr Angst als vor Paul. Die Jungs auch. Es ist einfach –« Sie brach ab. Einen Moment lang war es still. Dann hörte er, wie sie erschrocken die Luft einsog.

Er drehte sich um. Sie stierte ins Leere, und ein Ausdruck aufkeimenden Entsetzens lag auf ihrem Gesicht. »Was ist los?«

»O Gott«, sagte sie beinahe flüsternd. »O mein Gott.«

»Clare?«

»Dehydration«, murmelte sie.

»Dehydration?«

»Ja.« Sie sah ihn an. Ihre Augen funkelten. »Mr. Caffery, wissen Sie, wie lange es dauert, bis man an Dehydration stirbt?«

»Das kommt darauf an«, erwiderte er vorsichtig und setzte sich wieder ihr gegenüber. »Auf die Bedingungen. Warum?«

»Wir hatten einen Streit gehabt. Den größten von allen. Paul hat mich in der Toilette eingeschlossen – in der im Erdgeschoss, die kein Fenster besaß, durch das ich hätte um Hilfe rufen können. Dann schickte er die Jungs zu seiner Mutter und erzählte allen, ich sei mit Freunden in Ferien gefahren.«

»Weiter«, sagte Caffery. Er spürte, wie sich in seiner Brust etwas löste, das sich dort zusammengekrampft hatte, als er Rose Bradleys Küche betreten hatte. »Weiter.«

»Und er stellte das Wasser ab. Eine Zeit lang habe ich aus dem Spülkasten getrunken, aber dann hat er auch da den Zufluss gestoppt.« Ihr Gesicht wirkte starr und hart. »Vier Tage hielt er mich so fest. Keine Ahnung, aber ich glaube, ich wäre beinahe gestorben.«

Caffery atmete langsam ein und aus. Am liebsten hätte er den Kopf auf den Tisch gelegt und laut geschrien, denn er wusste instinktiv, dass Clare recht hatte: Genau das hatte Prody mit Martha und Emily getan. Was bedeutete, dass sie noch leben konnten. Gerade noch. Emily hatte eine gute Chance. Martha… wahrscheinlich nicht. Caffery hatte in einem Fall damals in London mit Ärzten über Dehydration gesprochen, und er wusste, im Gegensatz zu der bekannten Faustregel – ein Mensch könne nur drei Tage ohne Wasser überleben – konnte ein Mensch ohne Wasser noch mehr als zehn Tage leben. Martha war ein Kind, und das würde ihre Chancen verringern, aber wenn er als dummer Bulle den Arzt spielen sollte, würde er sagen, sie hätte immer noch fünf, höchstens sechs Tage. Falls das Schicksal es so wollte.

Sechs Tage. Er warf einen Blick auf den Kalender. Exakt so lange war sie verschwunden. Sechs Tage, minus sechs Stunden.

Das Telefon auf dem Schreibtisch klingelte. Caffery und

Clare starrten es an wie gelähmt. Sogar Myrtle setzte sich auf und spitzte aufmerksam die Ohren. Es klingelte noch einmal. Caffery nahm den Hörer ab und lauschte mit klopfendem Herzen. Dann legte er auf und sah Clare an. Sie starrte ihn mit weit aufgerissenen Augen an.

»Skye Stephenson.«

»*Skye*? Die Anwältin? *Scheiße*.«

Caffery nahm sein Jackett von der Stuhllehne. »Ich habe eine Aufgabe für Sie.«

»Sie hat ein Baby. Skye hat ein Baby. Einen kleinen Jungen. Ich habe überhaupt nicht an sie gedacht...«

»Ich gebe Ihnen eine Begleiterin mit. DC Paluzzi. Sie wird Sie hinfahren.«

»Mich wohin fahren?« Clare umklammerte die Schreibtischkante, als wollte sie verhindern, dass man sie von hier wegbrachte. Die blaue Decke rutschte herunter und fiel auf den Boden. »Wo soll sie mich hinfahren?«

»Hinaus in die Cotswolds. Wir glauben zu wissen, wo er ist. Wir glauben, wir haben ihn.«

74

Draußen regnete es. Die Einfahrt, die von der Hauptstraße zum Parkplatz der MCIU führte, war voll von Fahrzeugen. Auf dem Gehweg wimmelte es von Leuten, von Männern in Anzügen und uniformierten Polizisten. Ein gepanzerter Sprinter-Van stand mit offener Hecktür da. Auf den Wagendächern drehten sich Blaulichter.

Janice wusste bereits, dass es der MCIU gelungen war, auf Prodys Spur zu kommen; etwa um dieselbe Zeit wie sie und die anderen betroffenen Familien, hatte auch Caffery eins und eins zusammengezählt. Aber als sie jetzt zu viert – Janice, Nick, Cory und Rose Bradley – mit dem Audi vorfuhren, sah sie an den ernsten Gesichtern der Männer, dass noch mehr vorgefallen war. Es hatte etwas Schreckenerregendes, wie die Polizisten sich konzentrierten und in disziplinierten, knappen Sätzen sprachen. Dieser zielstrebige Ernst war das Schlimmste für Janice. Er bedeutete, dass es kein Traum war. Vielleicht bedeutete er, dass man ihn gefunden hatte – und die Mädchen.

Nick bemerkte es auch. Mit starrer Miene öffnete sie den Sicherheitsgurt. »Warten Sie hier.« Sie stieg aus und ging mit schnellen Schritten auf das Gebäude zu.

Janice zögerte, aber dann stieg sie ebenfalls aus und folgte Nick über die Straße. Vorbei an den Fahrzeugen, durch das weit offene Tor und auf den Parkplatz. Sie war an einem an der Mauer parkenden schwarzen Wagen fast schon vorbei, als ihr etwas auffiel. Unvermittelt blieb sie stehen und starrte einen Moment lang reglos geradeaus.

Jemand saß auf dem Rücksitz des Wagens. Eine Frau. Eine Frau mit hellem Haar und einem traurigen, länglichen Gesicht. Clare Prody.

Janice drehte sich sehr langsam um. Clare schaute sie durch die regennasse Scheibe an. Sie trug eine Wolldecke um die Schultern, als wäre sie aus einem brennenden Haus gerettet worden. In ihrem Blick lag nacktes Entsetzen, als sie sich so plötzlich Corys Frau gegenübersah, Emilys Mutter.

Janice konnte sich nicht bewegen. Konnte sich nicht abwenden, nicht auf sie zugehen. Sie konnte sie nur anstarren. Es gab nichts zu sagen, gab keinen angemessenen Ausdruck für dieses Gefühl, so jämmerlich im Regen zu stehen. So hoffnungslos. Angestarrt von der Frau, die mit Cory schlief und deren Mann Emily in seiner Gewalt hatte. Noch nie in ihrem ganzen Leben hatte sie sich so schwach und elend gefühlt.

Sie senkte den Kopf, hatte keine Kraft mehr, schon das Stehen allein war eine überwältigende Anstrengung. Sie drehte sich um und wollte zum Wagen zurückgehen, als sich ein Fenster des schwarzen Wagens öffnete. »Janice?«

Sie blieb stehen. Konnte keinen Schritt mehr tun, konnte auch nicht umkehren.

»Janice?«

Voller Mühe hob sie das Kinn und drehte den Kopf zur Seite. Clares Gesicht im Auto sah so weiß aus, dass es fast leuchtete. Ihre Miene wirkte verkniffen und schuldbewusst. Sie lehnte sich halb aus dem Fenster und vergewisserte sich mit einem schnellen Blick, dass niemand sie beobachtete. Dann beugte sie sich noch weiter hinaus und flüsterte: »Sie wissen, wo er ist.«

Janices Mund öffnete sich. Sie schüttelte den Kopf. Verstand nichts. »Was?«

»Sie wissen, wo er ist. Sie fahren mich jetzt hin. Ich soll nichts sagen, aber ich weiß es.«

Janice ging einen Schritt zurück, auf den Wagen zu. »Was?«

»Er befindet sich irgendwo bei einem Dorf namens Sapperton. Ich glaube, das liegt in den Cotswolds.«

Janice hatte das Gefühl, dass ihr Gesicht sich ausdehnte und ein zusammengequetschter Teil ihres Kopfes wieder zum Leben erwachte. Sapperton. Sapperton. Sie kannte den Namen. Dort war der Tunnel, in dem die Teams nach Martha gesucht hatten.

»Janice?«

Sie hörte nicht mehr zu und rannte zurück zum Audi. Cory stand jetzt mit einem seltsamen Gesichtsausdruck neben dem Wagen. Er sah nicht sie an, sondern Clare, die dort in dem schwarzen Auto saß. Janice blieb nicht stehen. Es war ihr egal. Sie streckte einen Arm nach hinten. »Sie gehört dir, Cory. Dir allein.«

Sie sprang in den Audi. Rose beugte sich vom Rücksitz nach vorn; ihr Gesicht war eine einzige Frage.

»Sie haben ihn gefunden.«

»Was?«

»Im Sapperton-Tunnel. Der Kanaltunnel, in dem sie nach

Martha gesucht haben. Sie wollen uns da nicht sehen, aber das ist mir egal.« Sie startete den Motor. Der Scheibenwischer begann sich quietschend hin- und herzubewegen. »Wir fahren hin.«

»Hey.« Die Beifahrertür hatte sich geöffnet, und Nick beugte sich herein. Sie war nass vom Regen. »Was ist los?«

Janice machte das Navi an und gab »Sapperton« ein.

»Janice, ich hab Sie was gefragt. Was, zum Teufel, ist los?«

»Ich glaube, das wissen Sie. Man hat es Ihnen gesagt.«

Das Navi verarbeitete die Eingabe, und eine Straßenkarte erschien auf dem Display. Janice fummelte am Einstellknopf herum und zoomte zurück, um eine bessere Perspektive zu haben.

»Janice, ich hab keine Ahnung, was Sie vorhaben.«

»Doch, das haben Sie.«

»Das kann ich nicht zulassen. Wenn Sie wollen, dass ich bei Ihnen bleibe, müssen Sie mich entführen.«

»Dann sind Sie jetzt entführt.«

»Mein Gott.« Nick ließ sich auf den Vordersitz fallen und schlug die Tür zu. Janice legte den Gang ein, löste die Handbremse und fuhr los. Doch im nächsten Moment trat sie hart auf die Bremse. Vor der Motorhaube stand Cory. Seine Augen blickten verzweifelt, und sein Oberkörper hing halb vornüber, als wären ihm Arme und Hände zu schwer geworden. Sie starrte ihn an und begriff nicht, was vor sich ging. Hinter ihm saß Clare in dem schwarzen Auto und schaute wie versteinert in die andere Richtung. Ihre Wangen waren gerötet. Janice begriff: Sie hatten sich gestritten.

Sie nahm den Gang heraus. Cory kam zur Fahrerseite. Sie ließ das Fenster heruntergleiten und taxierte ihn eine ganze Weile. Betrachtete seine künstliche Sonnenbräune. War er darunter so bleich, wie sie sich fühlte? Sie musterte seinen Anzug: adrett und glatt gebügelt, denn irgendwie fand er Zeit für all das, während sie an sich hinabschauen müsste, um herauszufinden, was sie anhatte. Er weinte. In der ganzen Zeit, seit Emily verschwunden war, hatte er nicht geweint. Nicht ein einziges Mal. Clare hatte auftauchen müssen, um ihn zum Weinen zu bringen.

»Sie hat Schluss gemacht. Ich weiß nicht, was du ihr gesagt hast, aber sie hat mich weggeschickt.«

»Das tut mir leid.« Janice sprach mit ruhiger Stimme. Leise. »Es tut mir wirklich leid.«

Er schaute ihr in die Augen. Seine Lippen bebten leicht. Dann sank sein Kopf nach vorn. Er legte die Hände an die Seite des Wagens und begann zu schluchzen. Janice betrachtete ihn schweigend, sah die kahle Stelle auf seinem Kopf. Sie empfand nichts für ihn. Kein Mitleid, keine Liebe. »Es tut mir leid«, wiederholte sie, und diesmal meinte sie alles: ihn, ihre Ehe und ihr armes kleines Mädchen. Die ganze Welt. »Es tut mir leid, Cory, aber jetzt musst du aus dem Weg gehen.«

75

Der Regen in der Stadt hatte das Land nordöstlich von Bristol noch nicht erreicht. Ein nicht nachlassender Wind sorgte für einen klaren Himmel und niedrige Temperaturen, sodass noch am Mittag die meisten Felder von Reif bedeckt waren. Cafferys Mondeo mit Turner am Steuer fuhr in hohem Tempo über die kleinen Landstraßen, die zu dem Wald am Thames & Severn Canal führten, in dem Prody Skye Stephensons Allradwagen zurückgelassen hatte. Caffery saß schweigend auf dem Beifahrersitz. Die kugelsichere Weste unter seinem Anzug kniff am Rücken.

»Der Löwe«, sagte er abwesend. »Das war es, was ich übersehen habe.«

Turner schaute ihn kurz von der Seite an. »Wie bitte?«

»Ein Löwe.« Caffery nickte. »Das hätte ich sehen müssen.«

Turner folgte seinem Blick. Caffery starrte das Emblem auf dem Lenkrad an. »Sie meinen den Löwen von Peugeot?«

»Prody besitzt einen Peugeot. Ich hab ihn gesehen, als er gestern Abend vom Parkplatz gefahren ist. Und es hat mich an etwas erinnert.«

»Nämlich?«

»Man könnte ihn auch für einen Drachen halten, oder? Wenn man eine Frau um die sechzig ist und nicht viel von Autos versteht?«

»Einen Peugeot mit einem Vauxhall verwechseln?« Turner schaltete den Blinker ein. Sie hatten den Sammelplatz erreicht. »Ja, könnte man.«

Caffery dachte an die Straßen, die die Einheiten Meile um Meile abgefahren hatten, immer auf der Suche nach einem Vauxhall, während Prody einen dunkelblauen Peugeot fuhr. Ein Irrweg: Sie hatten einen Drachen gesucht und all die Löwen ignoriert, an denen sie vorbeigekommen waren. Hätten sie den Speicherchip aus der Videokamera in dem Laden gehabt, dann hätten sie gewusst, dass es sich um einen Peugeot handelte. Aber Prody hatte sich auch darum gekümmert. Caffery war sicher, dass er wusste, wer der erste Polizist am Tatort gewesen war, der den Kamerachip für die Ermittlungen in dem Raubüberfall herausgenommen und vergessen hatte, das Aufzeichnungsgerät wieder einzuschalten. Und Paul und Clare Prody hatten zehn Jahre in Farrington Gurney gewohnt – ein Zufall, der Caffery entgangen war. Wenn er jetzt an die letzten sechs Tage dachte, sah er sie hinter sich ausgebreitet wie einen Weg. Er sah jede verschwendete Sekunde, jedes Nachlassen der Konzentration, jede Tasse Kaffee, für die er Zeit gehabt hatte. Jeden Gang aufs Klo. Alles, was von der Zeit abgezogen werden musste, die Martha vielleicht noch zu leben hatte. Er legte die Stirn an die Seitenscheibe und starrte hinaus. An diesem Morgen hatte Ted Moon versucht, sich an demselben Baum zu erhängen wie seine Mutter. Jetzt lag er im Krankenhaus. Konnte es noch schlimmer kommen?

Turner fuhr auf den Parkplatz eines Pubs am östlichen Portal des Sapperton-Tunnels. Es wimmelte von Polizei: Hundewagen, Spurensicherungswagen, Wagen der Unterstützungseinheiten. Ein Hubschrauber der Luftüberwachung knatterte über ihnen. Turner zog die Handbremse an und drehte sich mit ernstem Gesicht zu Caffery. »Boss. Am Ende eines Tages macht meine Frau immer das Abendessen für mich. Wir setzen uns hin, öffnen eine Flasche Wein, und dann fragt sie mich, was in der Arbeit so passiert ist. Was ich jetzt wissen möchte, ist: Werde ich es ihr erzählen können?«

Caffery spähte durch die Frontscheibe in den Nachmittagshimmel, der an die Wipfel des Waldes stieß, und beobachtete den Heckrotor des Hubschraubers. Die Entfernung zwischen dem Parkplatz und den Bäumen betrug ungefähr fünfzig Meter. Man sah die verschwommene weiße Linie des inneren Absperrbandes, das sich träge im Wind hob. Caffery lehnte sich wieder zurück. »Ich glaube nicht, Kollege«, sagte er leise, »dass sie hiervon etwas wissen will.«

Sie stiegen aus, liefen an den Leuten auf dem Parkplatz vorbei und ließen sich von der Aufsicht an der äußeren Absperrung registrieren. Der Absperrbereich war riesengroß und der Weg weit; über einen zerfurchten Pfad unter regennassen Bäumen ging es vorbei an dem fünfsprossigen Gatter, das Prody – verfolgt von zwei Polizeistreifenwagen – niedergewalzt hatte, bis zu der Stelle, an der er den Crash gehabt hatte und zu Fuß weitergerannt war. Sie gingen schweigend nebeneinanderher. Der Ort, wo Prody an dem Abend, als er Martha entführt hatte, den Yaris der Bradleys abstellte, war nur eine Viertelmeile entfernt. Du kennst diese Gegend, dachte Caffery, als sie den Trittplatten der Spurensicherung in den Wald hinein folgten. Und du hältst dich in diesem Augenblick nicht weit weg von hier auf. Du kannst zu Fuß nicht sehr weit gekommen sein.

Als sie an der Unfallstelle eintrafen, kreiste der Hubschrauber nicht mehr über der Gegend, sondern schwebte ein paar hundert Meter weiter südlich über einem dicht bewaldeten Gelände. Caffery blickte zu ihm hinauf und erkannte seine Position. Er fragte sich, was er da im Visier hatte und wann man ihn informieren würde. Er hielt seinen Ausweis hoch und duckte sich, gefolgt von Turner, unter der inneren Absperrung hindurch. Skye Stephensons Allradwagen stand allein auf einem kleinen, mit Flatterband umzäunten Gelände. Caffery steckte den Ausweis wieder ein, blieb einen Moment lang stehen und betrachtete die Szenerie. Er hörte in sich hinein und versuchte, sein Herz ein wenig zu beruhigen.

Der Wagen hatte eine dunkle, fast kirschrote Farbe. Die Seiten waren voll verkrustetem Schlamm, der durch Prodys hektische Raserei auf dem schmalen Weg hochgespritzt war. Zu diesem Zeitpunkt wusste er bereits, dass er verfolgt wurde. Der rechte Kotflügel war eingedrückt, die Lauffläche des Reifens aufgerissen, sodass man den Stahlgürtel darunter sehen konnte. Die Beifahrertür und die beiden hinteren Türen standen offen. Von der Schwelle an der hinteren Beifahrerseite hing eine Decke herunter und verband den Wagen mit einem umgekippten Babysitz. Er war blau und mit gelben Ankern bedruckt. Babysachen lagen überall verstreut. In der Wölbung des Sitzes war ein kleiner Arm sichtbar, eine geballte Faust.

Der Leiter der Spurensicherung blickte auf. Er erkannte Caffery, kam ihm entgegen und zog dabei die Kapuze vom Kopf. Sein Gesicht war aschfahl. »Der Kerl ist krank.«

»Ich weiß.«

»Die Kollegen, die hinter ihm her waren, nehmen an, dass er auf den letzten zehn Meilen von seiner Verfolgung wusste. Er hätte das Fenster aufmachen und den Babysitz rauswerfen können. Hat er aber nicht getan. Er hat ihn im Wagen behalten.«

Caffery beäugte den Sitz. »Warum?«

»Er hat das verdammte Ding im Fahren auseinandergerissen. Schätze, er war wütend auf uns.«

Sie gingen zu dem Sitz. Die lebensgroße Babypuppe, der Skye

Charlies Sachen angezogen hatte, war von Prody in einen Haufen Plastikgliedmaßen verwandelt worden. Einen halben Meter weiter, halb bedeckt von Charlies Strampelanzug, lag der Kopf der Puppe. Plattgequetscht, ein lehmiger Schuhsohlenabdruck wie ein Stempel darüber.

»Wie geht's ihr?«, fragte der Kriminaltechniker. »Dem Double, meine ich.«

Caffery zuckte die Achseln. »Sie hat einen Schock. Ich vermute, sie hat nicht geglaubt, dass es wirklich so kommen würde, wie wir es vorausgesagt haben.«

»Ich kenne sie. Dienstlich. Sie ist eine gute Polizistin, aber wenn ich gewusst hätte, sie könnte sich freiwillig zu so einem Einsatz melden, hätte ich ihr davon abgeraten. Trotzdem«, gab er widerstrebend zu, »das war schon ein guter Schachzug. Vorauszusehen, wo es passieren würde.«

»Eher nicht. Ich hatte Glück. Großes Glück. Und ein Glück war es auch, dass jeder seine Rolle gespielt und alles geklappt hat.«

Erst jetzt wurde Caffery klar, dass sich in diesem unseligen Fall wenigstens ein einziges Mal irgendetwas zu seinen Gunsten gefügt hatte: Schon bevor Clare ins Büro gekommen war und ihnen die Liste der möglichen Opfer Prodys gegeben hatte, hatten Caffery, Turner und Lollapalooza die Namen von drei Leuten notiert, die womöglich als Nächste an die Reihe kämen. Leute, mit denen die Polizei Kontakt aufnahm, um sie zu warnen. Vor deren Häusern den ganzen Vormittag über verdeckte Überwachungen stattfanden. Skye Stephenson, die Favoritin des Teams, war die Einzige, für die sie ein Double einsetzen konnten. Bis heute war Prody ihr niemals persönlich begegnet; er kannte sie nur von einem Foto auf der Website ihrer Sozietät. So hatte das Blatt sich gewendet.

Caffery beugte sich vor, stützte die Hände auf die Knie und untersuchte den Peilsender, den Q unter Skyes Wagen angebracht hatte für den Fall, dass die vor dem Haus postierten Beobachter Prody aus den Augen verlieren sollten.

»Was ist?«, fragte der Spurensicherer.

»Sind das die Geräte, die wir immer benutzen?«

»Ich denke schon. Warum?«

Er zuckte ironisch die Achseln. »So eins hat Prody unter den Wagen der Costellos gehängt. Er muss es aus der technischen Abteilung geklaut haben. Ein gerissener Hund.«

»Kennt sich eben aus.«

»Kann man sagen.«

Auf der anderen Seite des Waldes fing ein Hund an zu bellen, so laut, dass man es durch den Hubschrauberlärm hören konnte. Jeder auf dem Gelände unterbrach das, was er gerade tat, und spähte zwischen den Bäumen hindurch. Caffery und Turner wechselten einen Blick. Sie erkannten einen vertrauten Ton in dem Gebell. So kläffte ein Spürhund nur aus einem einzigen Grund. Er hatte gefunden, wonach er suchen sollte. Wortlos drehten die beiden Männer sich um, duckten sich unter dem Flatterband hindurch und liefen mit schnellen Schritten den Weg entlang und auf das Kläffen zu.

Unterwegs begegneten sie anderen Gestalten in Uniform, die zwischen den Bäumen auftauchten und allesamt in dieselbe Richtung strebten. Caffery und Turner kamen durch einen stillen Kiefernwald. Das Knattern des Hubschrauberrotors wurde immer lauter. Und da war noch ein Geräusch – eine dröhnende Lautsprecherstimme. Caffery begann zu rennen. Spurtete über eine von gefällten Birken übersäte Lichtung und einen kleinen Hang hinauf. Seine Hose war jetzt schmutzig von Erde und Laub. Er kam auf eine gerodete Schneise und blieb stehen. Ein großer Mann in Schutzkleidung kam mit hochgeklapptem Helmvisier auf sie zu und hob den Arm, um sie zu stoppen.

»Inspector Caffery? Der Ermittlungsleiter?«

»Ja?« Caffery zückte seinen Dienstausweis. »Was ist los? Hört sich an, als hätten die Hunde da drüben was gefunden.«

»Ich bin heute der Bronze Commander.« Er streckte die Hand aus. »Schön, Sie kennenzulernen.«

Caffery atmete tief ein. Er zwang sich, den Ausweis wieder einzustecken und die Hand ruhig zu schütteln. »Ja. Freut mich ebenfalls. Was ist hier los? Haben die Hunde ihn?«

»Ja. Aber es bringt uns nicht viel.« Schweißperlen standen dem Mann auf der Stirn. Bei einer solchen Übung würden seine Vorgesetzten, der Silver und der Gold Commander, im Präsidium sitzen und die Operation vom sicheren Sessel aus organisieren, während der Bronze Commander, dieser arme Hund, als taktischer Einsatzleiter am unteren Ende der Hackordnung stand. Als Mann vor Ort hatte er die Befehle von Silver und Gold entgegenzunehmen und umzusetzen. An seiner Stelle hätte Caffery auch geschwitzt. »Wir wissen, wo er sich befindet, aber wir haben noch keine Festnahme erreichen können. Ist keine gute Stelle, ganz und gar nicht. Hier gibt's überall Luftschächte. Sie belüften den Sapperton-Tunnel.«

»Ich weiß.«

»Na ja, er hat ein Kletterseil in einen davon gehängt. Ist da unten drin verschwunden wie ein gottverdammtes Karnickel.«

Caffery ließ alle Luft aus seiner Lunge entweichen. Flea hatte recht gehabt. Die ganze Zeit über. Und plötzlich konnte er sie fühlen. Es war, als vernähme er einen Schrei in der Dunkelheit. Etwas weckte seinen Instinkt. Als befände sie sich ganz in der Nähe. Sein Blick wanderte über die Bäume ringsum. Von dem jungen Corporal, der sich ihr Haus vornehmen sollte, hatte er noch nichts gehört. Flea war ganz sicher irgendwo hier.

»Sir?«

Er drehte sich um, und als hätte die Kraft seiner Sorge um Flea ihn herbeigezaubert, stand Wellard vor ihm, ebenfalls in dunkelblauer Cargohose und mit offenem Helmvisier. Er keuchte, und sein Atem bildete weiße Wölkchen in der kalten Luft. Er hatte bläuliche Ringe unter den Augen. Caffery sah seiner Miene an, dass er die gleichen Gedanken hatte wie er. »Sie haben noch nichts von ihr gehört?«

Caffery schüttelte den Kopf. »Sie?«

»Nein.«

»Und was sollen wir davon halten?«

»Keine Ahnung.« Wellard legte einen Finger an seine Kehle und schluckte. »Aber, äh, ich weiß Bescheid über den Tunnel. Da kenn ich mich aus. Ich war schon unten. Ich hab die Pläne. Der Schacht, in dem er verschwunden ist, liegt zwischen zwei Einbrüchen. Er sitzt da unten wie eine Ratte in der Falle. Echt. Da gibt's keinen Weg nach draußen.«

Erwartungsvoll wandten sie sich an den Bronze Commander. Der nahm den Helm ab und wischte sich mit dem Ärmel den Schweiß von der Stirn.

»Ich bin nicht sicher. Er reagiert nicht auf unsere Aufforderungen.«

Caffery lachte. »Wie denn? Einer brüllt mit dem Megafon zu ihm runter? Natürlich reagiert er nicht.«

»Am besten stellen wir zuerst die Kommunikation mit ihm her und ziehen dann einen Verhandlungsspezialisten hinzu. Seine Frau ist unterwegs, stimmt's?«

»Scheiß auf den Verhandlungsspezialisten. Schaffen Sie sofort ein Seilzugangsteam her.«

»Das kann ich nicht. So einfach geht das nicht. Wir brauchen eine Risikobewertung.«

»Risikobewertung? *Fuck*, tun Sie mir einen Gefallen. Der Verdächtige kennt die Gegend hier – wir vermuten, dass er eins der Opfer hergebracht hat. Es könnte noch am Leben sein. Sagen Sie das Ihrem Silver und Gold Commander. Benutzen Sie die Worte ›ernste und unmittelbare Gefahr‹. Die werden's schon kapieren.«

Er schob sich an dem Commander vorbei und ging weiter den Weg entlang. Seine Schuhe schmatzten im Schlamm und zerbrachen das Eis auf den Pfützen. Er war ein paar Schritte weit gekommen, als ein Dröhnen, lauter als Hubschrauber, Hunde und Megafon zusammengenommen, unter seinen Füßen heraufdrang. Die Erde schien zu beben. Die Schockwelle ließ die

403

kahlen Zweige erzittern, und ein paar trockene Blätter wehten herab. Ein Krähenschwarm flatterte krächzend auf.

In der Stille, die darauf folgte, standen die drei Männer reglos vor dem Luftschacht. Ein paar Augenblicke später fingen die Hunde unter den Bäumen an zu heulen, schrill und voller Angst.

»*Fuck*, was war denn das?« Caffery drehte sich um und starrte Wellard und den Commander an. »Was *war* das?«

76

Janice stellte den Motor des Audi ab und ließ den Blick über das Gewimmel auf dem Parkplatz des Pubs wandern. Er war voll von Einsatzwagen und Fahrzeugen der Spezialeinheiten. Überall befanden sich Leute; sie gingen mit grimmigen Gesichtern umher, und ihr Atem dampfte in der kalten Luft. Irgendwo über dem Wald dröhnte ein Hubschrauber.

»Das Team will sicher, dass wir hierbleiben.« Nick spähte durch die Frontscheibe zu einem Weg hinüber, der im Wald verschwand. »Sie werden nicht wollen, dass wir noch näher herankommen.«

»Das werden sie nicht wollen?« Janice zog den Schlüssel aus dem Zündschloss und steckte ihn ein. »Aha.«

»Janice«, sagte Nick warnend, »ich muss Sie daran hindern, das zu tun. Man wird Sie festnehmen.«

»Nick«, sagte Janice geduldig, »Sie sind ein wundervoller Mensch, wirklich, aber in diesem Fall haben Sie keine Ahnung. Was immer Sie in Ihrer Ausbildung gelernt haben, Sie haben keinen blassen Schimmer. Können Sie auch nicht haben, bis es Ihnen passiert. Also« – sie sah ihr mit hochgezogenen Brauen fest in die Augen –, »werden Sie uns helfen, oder sind wir auf uns selbst gestellt?«

»Ich verliere meinen Job.«

»Dann bleiben Sie hier im Wagen. Lügen Sie. Sagen Sie, wir sind Ihnen weggelaufen. Irgendwas. Wir werden es bestätigen.«

»Ja«, meinte Rose. »Bleiben Sie ruhig hier. Wir kommen zurecht.«

Eine Weile sagte niemand etwas. Nicks Blick wanderte zwischen Rose und Janice hin und her. Dann zog sie den Reißverschluss ihrer Regenjacke hoch und schlang sich einen Schal um den Hals. »Ihr Miststücke. Ihr werdet mich brauchen, wenn ihr es richtig machen wollt. Na los.«

Die drei Frauen liefen den Weg entlang. Der ohrenbetäubende Lärm des Hubschraubers über den Bäumen übertönte das Geräusch ihrer Schritte. Janice trug die hochhackigen Schuhe, die sie am Morgen angezogen hatte, um beim Treffen im Haus ihrer Schwester irgendwie präsentabel auszusehen. Hier waren sie völlig ungeeignet; halb humpelnd, bemühte sie sich verzweifelt, mit Nick Schritt zu halten, deren Füße in flachen Wanderschuhen steckten. Rose hastete schnaufend neben Janice her, die Hände in den Taschen ihrer adretten Wolljacke. Grimmig und alt sah sie aus. Das kleine pinkfarbene Tuch flatterte an ihrem Hals.

Hinter einer Wegbiegung trafen sie auf die erste Absperrung, ein Plastikband, das quer über den Pfad gespannt war. Dahinter lagen orangegelbe Trittplatten auf dem Boden, die sich zwischen den Bäumen aneinanderreihten. Ein Logbuchführer stand hier Wache. Nick zögerte nicht. Sie drehte sich zu Rose und Janice um, trabte rückwärts weiter und rief ihnen durch den Hubschrauberlärm zu: »Hören Sie, was auch passiert, lassen Sie mich reden, okay?«

»Ja«, antworteten die beiden. »Ja.«

Sie verfielen in schnelles Gehen. Nick zog ihren Dienstausweis aus der Tasche und hielt ihn in Augenhöhe. »DC Hollis von der MCIU«, schrie sie. »Ich komme mit zwei Angehörigen. Mrs. Bradley und Mrs. Costello.« Der Logbuchführer trat einen Schritt vor und sah sich stirnrunzelnd ihren Ausweis an.

»Das Log, bitte.« Nick schnippte mit den Fingern. »Wir haben es eilig.«

Er zog sein Clipboard und einen Stift hervor und hielt ihnen beides entgegen. »Niemand hat mir was gesagt«, hob er an, als die Frauen sich um ihn drängten, um sich zu registrieren. »Es hieß nur, niemand darf hier durch. Ich meine, normalerweise lassen wir die Angehörigen ja nicht…«

»Anweisung von DI Caffery.« Nick gab ihm den Stift zurück und schob das Clipboard zur Seite. »Wenn ich sie nicht in fünf Minuten hingebracht habe, werde ich geköpft.«

»Durch die innere Absperrung werden die Sie auf keinen Fall lassen«, rief er ihnen nach, als sie weiterliefen. »Da hat's eine Explosion gegeben. Da kommen Sie wirklich nicht durch…«

Der Hubschrauber legte sich auf die Seite und verließ knatternd das Waldstück. Es wurde still bis auf das Geräusch ihrer Schritte und ihres Atems. Sie liefen jetzt langsamer, um auf den unebenen Trittplatten nicht das Gleichgewicht zu verlieren. Janice tat vor Anstrengung die Lunge weh. Der Weg führte sie geradewegs an einem Team der Spurensicherung vorbei; die Leute betupften und beklebten Skye Stephensons Wagen und schauten nicht auf, als die drei Frauen sie passierten. Kurz darauf sah Janice schwarze Flocken, die zwischen den Bäumen herabschwebten. Immer wieder entdeckte sie welche. Eine Explosion? Was für eine Explosion?

Aus der Ferne hörte man den Lärm des Hubschraubers, der zurückkam. Die Frauen blieben stehen, legten die Hand über die Augen, um das Licht abzuschirmen, und beobachteten, wie die Riesenkrähe den Himmel über ihnen verdunkelte.

»Was hat das zu bedeuten?«, schrie Janice. »Heißt das, sie haben ihn verloren? Ist er hier im Wald?«

»Nein«, rief Nick. »Das ist nicht derselbe Hubschrauber, nicht von der Luftunterstützung. Er ist schwarz-gelb, nicht blau-gelb.«

»Das heißt?«

»Das heißt, es ist wahrscheinlich der HEMS aus Filton.«

»Was ist ein HEMS?«, schrie Rose.

»Helicopter Emergency Medical Services. Ein Rettungshubschrauber. Offenbar ist jemand verletzt.«

»Er? Ist *er* es?«

»*Das weiß ich nicht.*«

Janice ließ die andern stehen und rannte los. Ihr Herz hämmerte wie wild. Ihre Absätze verfingen sich in den Trittplatten; sie blieb stehen, schleuderte sie von den Füßen und lief auf Strümpfen weiter. Sie kam an einer frisch angelegten Schonung vorbei; die jungen Setzlinge steckten zum Schutz vor Kaninchen in Röhren. Sie lief über weiche, orangegelbe Polster aus Sägemehl, bis sie zu einer Stelle kam, wo der Wald lichter wurde und der Himmel zwischen den Bäumen durchschimmerte. Vor ihr lag eine Schneise. Sie sah einen blau-weißen Streifen Flatterband. Das musste die innere Absperrung sein. Jetzt erkannte sie auch den Logbuchführer; er stand seitlich zu ihr – breitbeinig und mit verschränkten Armen – und blinzelte hinauf zum Hubschrauber. Er wirkte anders als der vorige – größer, wichtiger – und trug Schutzausrüstung.

Keuchend blieb sie stehen.

Er wandte den Kopf zu ihr um und musterte sie mit eisiger Miene. »Sie dürfen sich hier nicht aufhalten. Wer sind Sie?«

»Bitte«, begann sie. »Bitte…«

Er trat auf sie zu. Als er sie fast erreicht hatte, kam Nick nach Luft schnappend angerannt. »Alles okay. Ich bin von der MCIU. Das sind Angehörige.«

Er schüttelte den Kopf. »Dürfen trotzdem nicht durch. Hier haben nur autorisierte Personen Zutritt, und Sie stehen nicht auf meiner sehr, sehr kurzen Liste.«

Rose trabte heran. Sie war puterrot und atmete schwer. »Ich bin Rose Bradley, und das ist Janice Costello. Es sind unsere kleinen Töchter, die er entführt hat. Bitte – wir machen keine Schwierigkeiten. Wir wollen nur wissen, was los ist.«

Der Officer sah sie lange und nachdenklich an. Er betrachtete die Stretchhose und das rosa Halstuch, die paspelierte Wolljacke und das Haar, das feucht war von Schweiß. Dann fiel sein Blick auf Janice – vorsichtig und wachsam, als käme sie von einem anderen Planeten.

»Bitte«, flehte Rose, »schicken Sie uns nicht weg.«

»Schicken Sie sie nicht weg«, wiederholte Nick, und auch ihre Stimme hatte einen beschwörenden Unterton. »Nicht, bitte. Das haben sie nicht verdient, nach allem, was sie durchmachen mussten.«

Der Officer legte den Kopf in den Nacken und starrte nach oben, in die Äste über ihm. Er atmete langsam ein und aus, als müsste er eine komplizierte Rechenaufgabe lösen. Nach einer Weile senkte er den Kopf, streckte die Hand aus und deutete auf ein Dornengestrüpp. »Da drüben.« Das Gestrüpp bildete ein natürliches Versteck, in dem jemand, der sich duckte, unsichtbar wäre. »Sie könnten da durchgekommen sein, und ich hätte Sie nicht bemerkt. Aber« – er hob einen Finger und sah Nick fest in die Augen – »verarschen Sie mich nicht, okay? Nutzen Sie meine Freundlichkeit nicht aus. Ich kann besser lügen als Sie, das können Sie mir glauben. Und seien Sie leise. Bitte, seien Sie um Gottes willen leise.«

77

Die Luftschächte über dem Tunnel reichten an manchen Stellen mehr als dreißig Meter in die Tiefe. Das entsprach ungefähr der Höhe eines zehnstöckigen Bürogebäudes. Die Ingenieure des 18. Jahrhunderts hatten den Bodenaushub um die Schächte herum aufgehäuft, sodass sie aussahen wie riesige Ameisenhügel – seltsame, trichterförmige Hügel mit einem Loch in der Mitte.

Die meisten waren von Bäumen und Büschen bewachsen und wenig bemerkenswert. Dieser spezielle Luftschacht hingegen war alles andere als unauffällig.

Er lag auf einer natürlichen Lichtung, umgeben von Buchen und Eichen im Schmuck des letzten Herbstlaubs. Krähen krächzten auf den kahlen Ästen der Wipfel, und der Boden war bedeckt mit einer dicken Schicht kupferfarbener Blätter. Auf dem Gipfel des Hügels gähnte, von unten unsichtbar, das Schachtloch, dessen Ränder von den teerschwarzen Spuren der Explosion bedeckt waren. Die Rußflöckchen schwebten immer noch aus dem Schacht; über den Bäumen, wo die Luft sich abkühlte, sanken sie langsam wieder herab und legten sich auf Bäume und Gras. Sie bedeckten alles – auch den weißen Sprinter-Van des Seilzugangsteams.

Mehr als zwanzig Leute zertrampelten das Gras: Polizisten in Zivil und in Kampfanzügen und andere, die Kletterhelme und Gurtgeschirre trugen. Ein Hundeführer brachte einen Deutschen Schäferhund, der immer noch an der Leine zerrte, zum Hundewagen. Caffery fiel auf, dass sich anscheinend niemand – ganz gleich, welche Aufgabe er hatte – gern lange am Rand des Luftschachts aufhielt. Die beiden Polizisten, die mit Seitenschneidern den Sicherungszaun vollends entfernten, arbeiteten schnell und zogen sich, nachdem sie fertig waren, sofort wieder zurück. Der Grund dafür war nicht nur das Wissen, dass dieser Schacht senkrecht in die Erde hinabführte, sondern auch das Geräusch, das aus der Tiefe drang. Nachdem der Rettungshubschrauber gelandet war und den Motor abgestellt hatte, hallte dieses Geräusch gespenstisch aus der gähnenden Tiefe herauf und erfüllte alle mit Unbehagen. Es war ein leises, heiseres Keuchen wie von einem gefangenen Tier.

Caffery kam mit fünf anderen Männern heran. In seiner Begleitung befanden sich der Bronze Commander, ein Techniker, der einen Edelstahlwagen mit einem komplizierten Rohrkamerasystem vor sich her schob, und der stellvertretende Sergeant

Wellard mit zweien seiner Männer. Niemand sprach; nur ihre Schritte raschelten im gefrorenen Laub. Ihre Gesichter wirkten verschlossen und konzentriert. Am Rand des Schachts blieben sie stehen und schauten hinunter. Der Schacht wies einen Durchmesser von etwa drei Metern auf. Ein einzelner Stützbalken, fast völlig vermodert, spannte sich quer durch das Loch. Eine Eiche, die sich neben dem Schacht erhob, hatte eine Wurzel über diesen Balken geschoben, und nur der Himmel wusste, wovon sie sich ernährte. Caffery legte eine Hand an den Stamm und beugte sich vor. Er sah eine weiße Kalksteinschicht und darunter dunkleres Gestein. Dann nichts mehr. Und wieder hörte er dieses unheimliche Geräusch. Ein Atmen. Ein und aus.

Der Kameratechniker rollte das gelbe Kabel ab und ließ die winzige Rohrkamera in den Schacht hinunter. Caffery verfolgte, wie er die elektrischen Leitungen abspulte und den Monitor einrichtete. Es dauerte eine Ewigkeit, in der Caffery geduldig warten musste. Unter seinem Auge zuckte es, und am liebsten hätte er den Mann angeschrien: *Beeil dich, verdammt noch mal!* Wellard hatte einen Abseilgurt angelegt und sich an einem anderen Baum gesichert. Er kniete am Boden und stützte sich mit einer Hand auf die Eichenwurzel, sodass er sich über das Loch beugen und den Gasdetektor an seinem Kabel sorgfältig hinunterlassen konnte. Auf der anderen Seite des Schachts bereiteten seine Leute sich vor; sie befestigten Kernmantelseile an den umstehenden Bäumen, überprüften ihre Sicherungsgeräte, schnallten ihre Gurte fest und befestigten selbstbremsende Abseilgeräte an ihren Seilen.

Der Bronze Commander beobachtete das Ganze aus ein paar Schritten Abstand mit banger, angespannter Miene. Auch ihn machte das Geräusch aus der Tiefe nervös. Niemand wusste, was da unten explodiert war – ob es sich um einen Unfall handelte oder ob Prody versucht hatte, sich in die Luft zu jagen –, aber niemand gestattete sich auch nur ansatzweise den Gedanken, was das möglicherweise für die Mädchen bedeutete. Oder für Sergeant Marley. Falls sie sich da unten im Tunnel befanden.

»Okay.« Der Techniker hatte mit seiner Kamera den Grund des Schachts erreicht und fuhr den Monitor auf seinem Wagen hoch. Caffery, Wellard und der Bronze Commander versammelten sich um das Gerät. »Das ist ein Fischaugenobjektiv, deshalb ist das Bild verzerrt. Aber ich schätze, die Formen, die Sie hier sehen, sind die Tunnelwand…« Konzentriert sog er die Unterlippe zwischen die Zähne und justierte die Schärfe. »So. Ist das besser?«

Langsam wurde das Bild erkennbar. Der Scheinwerfer auf der Kamera warf einen zuckenden Lichtkreis auf alles, was in seiner Nähe war. Das erste Bild zeigte eine tropfende, moosbedeckte Wand. Die Kamera schwenkte ein Stück zur Seite, und das Scheinwerferlicht spiegelte sich auf dem dunklen Wasser des Kanals, aus dem ein paar Buckel herausragten. Niemand sprach ein Wort. Alle rechneten damit, dass einer dieser Buckel sich als Martha oder Emily entpuppen würde. Minuten vergingen, während die Kamera durch den Kanal wanderte. Fünf. Zehn. Die Sonne verschwand hinter Wolken. Ein Schwarm Krähen flog von den Bäumen auf. Schließlich schüttelte der Kameratechniker den Kopf.

»Nichts. Sieht aus, als ob es leer wäre.«

»*Leer*? Woher kommt dann dieses verdammte Geräusch?«

»Nicht aus dem Kanal. Da liegt nichts auf dem Boden oder im Wasser. Der Tunnel ist leer.«

»Er ist *nicht* leer.«

Der Techniker zuckte die Achseln. Er drehte an der Kamerasteuerung und zoomte ans Ende des Kanals, wo das Bild dunkel wurde.

»Da zum Beispiel«, sagte Caffery. »Ich meine, was ist *das*?«

»Keine Ahnung.« Der Techniker überschattete den Monitor mit der Hand und betrachtete die geisterhaften Bilder. »Okay«, sagte er dann widerstrebend, »sieht aus, als ob da was wäre.«

»Was ist es?«

»Ein… ich bin nicht sicher. Ein Bootsrumpf? Von einem Lastkahn vielleicht? Mein Gott, sehen Sie mal, wie das Deck da auseinandergerissen ist. Das dürfte Ihre Explosion gewesen sein.«

»Können Sie hineinfahren?«

Der Techniker richtete sich auf. Ohne den Monitor aus den Augen zu lassen, zog er seine Kabeltrommel ein paar Schritte weit am Schachtrand entlang. Dann hockte er einen Moment lang da, die Hand auf der Trommel, den Blick auf den LCD-Monitor gerichtet. Schließlich sagte er: »Ich glaube… ja, da ist was.«

Er drehte den Bildschirm so, dass die andern ihn besser sehen konnten. Caffery und der Bronze Commander beugten sich vor und hielten den Atem an. Caffery konnte sich keinen Reim auf das Bild machen; er sah nur das zerfetzte Metall des Lastkahns.

Der Techniker zoomte heran. »Da!« Er deutete auf den Schlick und Schlamm am unteren Bildrand. Dort bewegte sich etwas. »Da ist was. Sehen Sie?«

Caffery strengte sich an. Es sah aus, als blubberten Teerblasen im Kanal. Das Scheinwerferlicht blitzte auf dem Wasser auf, als das, was da war, sich wieder bewegte. Dann wurde etwas für einen kurzen Moment weiß und wieder dunkler. Und noch einmal weiß. Erst nach ein paar Sekunden begriff Caffery, um was es sich handelte: ein Augenpaar, das sich öffnete und schloss. Der Blick dieser Augen durchfuhr ihn wie ein Blitz. »*Scheiße*!«

»*Das ist sie*!« Wellard hängte den Karabinerhaken an seiner Taille an das Petzl-Abseilgerät, trat an den Schacht und lehnte sich rückwärts über den Rand. Prüfend zog er am Seil; sein Blick war konzentriert. »*Fuck*, das ist sie, und dafür werde ich sie *umbringen*.«

»Hey. Was, zum Teufel, haben Sie vor?« Der Bronze Commander trat zu ihm. »Sie gehen da noch nicht runter.«

412

»Der Gastest war negativ. Was immer da explodiert ist, ist jetzt weg. Und ich gehe runter.«

»Aber unsere Zielperson ist da unten.«

»Das ist okay.« Er klopfte auf die Taschen an seinem Schutzanzug. »Wir haben Taser.«

»Und das hier ist *mein* Einsatz, und ich sage, Sie gehen da nicht runter. Wir müssen herausfinden, was es mit dem Geräusch auf sich hat. Und das ist ein Befehl!«

Wellard biss die Zähne zusammen und starrte den Einsatzleiter durchdringend an. Aber er entfernte sich ein paar Schritte weit vom Rand des Schachts und blieb schweigend stehen. Unbewusst spannte und löste er den Griff am Abseilgerät.

»Finden Sie heraus, woher das Geräusch kommt«, befahl der Commander dem Kameratechniker. »Stellen Sie fest, was dieses gottverdammte Geröchel ist. Denn von *ihr* kommt es nicht.«

»Yep.« Das Gesicht des Technikers wirkte angespannt. »Ich tue mein Bestes. Ich hab nur ein … O Gott!« Er beugte sich zum Bildschirm vor. »O Gott, ja, ich glaube, das ist es – das ist es, was Sie wollten.«

Alle drängten sich heran. Was sie sahen, war nicht menschlich. Es war verkohlt, verbrannt, blutig. Jetzt wussten sie, warum sie im Wasser des Kanals nichts gesehen hatten. Prody war nicht dort unten. Die Explosion hatte ihn hochgeschleudert, und eine Eisenscherbe hatte ihn oben an die Kanalwand gespießt. Er hing dort wie ein Gekreuzigter. Als die Kamera sich auf ihn zubewegte, rührte er sich nicht. Er konnte sie nur anstarren und nach Luft schnappen, und die Augen quollen ihm aus den Höhlen.

»Heilige Scheiße«, flüsterte der Bronze Commander beeindruckt. »Heilige Scheiße. Der ist im Arsch. Wirklich im Arsch.«

Mit klopfendem Herzen starrte Caffery den Monitor an. Unfassbar, wie clever Prody gewesen war. Er hatte sie ausgetrickst, immer und immer wieder. Er hatte sie dazu gebracht, alle ihre Anstrengungen auf diesen Tunnel zu konzentrieren, während die Mädchen, die nur noch Stunden oder vielleicht Minuten zu

413

leben hatten, sich ganz woanders befanden. Und der ultimative Trick, der unüberbietbare Stinkefinger vor dem Gesicht der Polizei wäre es, wenn er jetzt sterben sollte, ohne ihnen irgendetwas zu erzählen.

Caffery richtete sich auf und wandte sich an Wellard. »Schaffen Sie Ihr Team da runter«, sagte er leise. »Und zwar *sofort*.«

78

Die Sonne war fort, und das Tal lag still da. Der Nachhall des Donners rollte über die Hügelhänge. Aschewolken hingen tief. Vögel aus schwarzem Öl sammelten sich am Horizont.

Dad schaute staunend zum Himmel. »Also das«, murmelte er, »das nenne ich ein *Gewitter*.«

Flea stand ein paar Schritte weit entfernt. Ihr war bitterkalt und so übel wie noch nie zuvor in ihrem Leben. Das Gewitter hatte einen Gestank hinterlassen, bei dem sich ihr der Magen umdrehte. Es stank nach Wasser, Elektrizität und gekochtem Fleisch. Die Würmer in ihren Eingeweiden, die gefressen hatten und angeschwollen waren, bis sie ihr Inneres verstopften, drückten an ihre Lunge, und es wurde eng in ihrer Brust.

In der neuen Stille, die über dem Tal lag, hörte sie nach und nach andere Dinge. Jemand atmete heiser und schnappend, als kämpfte er darum, am Leben zu bleiben. Und ein gedämpfteres Geräusch. Ein Wimmern? Sie stand auf und ging den Hang hinunter. Das Wimmern drang aus einem Busch am unteren Ende des Gartens. Als Flea näher kam, erkannte sie, dass da ein Kind wimmerte. Wimmerte und weinte.

»*Martha*?«

Sie näherte sich dem Busch und sah etwas Helles auf der versengten Erde, das darunter hervorragte.

»Martha?«, fragte sie behutsam. »Martha? Bist du das?«

Das Weinen hörte auf. Flea trat einen Schritt näher heran und sah, dass das Weiße auf dem Boden ein Kinderfuß war. Er steckte in Marthas Schuh.

»Bitte?« Eine süße kleine Stimme. Leise. »Bitte hilf mir.«

Flea schob langsam die Zweige auseinander. Ein Gesicht lächelte zu ihr herauf. Sie ließ die Zweige los und wich einen Schritt zurück. Es war nicht Martha, sondern ihr Bruder Thom. Der erwachsene Thom, der das Baumwollkleid eines kleinen Mädchens trug und sie koboldhaft anlächelte. Eine Schleife im Haar, eine Stoffpuppe unter dem Arm. Flea stolperte und landete auf dem Rücken. Schob sich mit strampelnden Füßen weg von dem Busch, rutschte mit dem Hinterteil über das Gras.

»Geh nicht weg, Flea.«

Thom zog sich den Schuh aus. Sein Fuß löste sich vom Bein. Er hob den Schuh mit dem Fuß hoch, um damit nach ihr zu werfen.

»*Nein*!« Sie rutschte über den Boden. »*Nein!*«

»Schon mal 'ne Leiche gesehen? Hast du schon mal eine Leiche gesehen, Flea? Und wie sie zerschnitten wurde?«

»*Flea*?« Sie drehte sich um. Jemand stand hinter ihr. Eine schattenhafte Gestalt; es konnte Dad sein, aber auch jemand anderes. Sie streckte die Hand danach aus, aber dabei fiel ihr auf, dass sie sich nicht mehr auf dem Hang befand, sondern in einer überfüllten Bar, mitten im Gedränge. »Polizei«, sagte jemand neben ihr eindringlich. »Wir sind von der Polizei.« Sie fühlte Hände, die sie bewegen wollten. Dicht über ihr hing eine große Lampe mit einer Milchglaskuppel an einer Kette. Jemand, der Klettereisen und einen Gurt trug, war daran hinaufgeklettert und schwang hin und her. Bei jeder Schwingung bewegte die Lampe sich ein wenig schneller und kam ein wenig tiefer herunter, bis sie so dicht über ihrem Gesicht, so blendend hell war, dass sie die Hand ausstrecken musste, um sie wegzuschieben.

»*Neiiiiin*«, hörte sie sich stöhnen. »*Neiiiin.* Nicht.«

»Pupillen sind normal«, sagte jemand ganz in der Nähe. »Flea?« Etwas bohrte sich in ihr Ohrläppchen. Fingernägel. Daumen und Zeigefinger. »Können Sie mich hören?«

»Nnnnnhh.« Sie schlug nach der Hand an ihrem Ohr. Der Lärm der Bar war verstummt. Sie war irgendwo im Dunkeln. Leute atmeten schnell, und Echos hallten hin und her. »'ffffhören.«

»Sie werden's überstehen. Ich muss Ihnen eine Infusion legen. Hier.« Jemand klopfte auf ihren Arm. Lichter blitzten in ihren Augen. Und Umrisse. Sie sog Luft in ihre Lunge. »Es dauert nur einen Moment. So ist es gut; halten Sie nur still. Braves Mädchen. Sie werden's überstehen.«

Sie spürte eine Hand auf dem Kopf. »Das ist gut, Boss. Sie machen es großartig.« Das war Wellards Stimme. Sie klang laut, als redete er mit einem Kind. Was machte Wellard hier in dieser Bar? Sie wollte sich zu ihm umdrehen, aber er hielt sie fest. »Halten Sie still.«

»*Nein.*« Sie zuckte zusammen, als die Nadel sich in die Vene bohrte. Wollte den Arm wegziehen. »Tut weh.«

»Stillhalten. Ist gleich vorbei.«

»*Fugg*, das tut weh. Nich. Nich wehtun.«

»Da. Schon erledigt. Gleich fühlen Sie sich besser.«

Benommen versuchte sie, nach ihrem Arm zu greifen, aber eine Hand hielt sie fest.

»Wo ist die Aludecke?«, fragte jemand anders. »Sie ist kalt wie ein Eisblock.«

Jemand klemmte etwas an ihren Finger. Eine Hand schob sich an ihrem Rücken entlang nach unten. Betastete ihren Hals. Die Decke raschelte um sie herum. Sie spürte Hände im Nacken, die sie bewegten. Etwas Hartes, Warmes war jetzt hinter ihr. Sie wusste, was sie taten: Sie legten sie auf ein Backboard für den Fall, dass sie eine Wirbelverletzung hatte. Sie wollte eine Bemerkung darüber machen, einen Witz reißen, aber ihr Mund war schlaff und konnte die Worte nicht formen.

»O nein«, brachte sie hervor. »Bitte nicht. Nicht ziehen. Das tut weh.«

»Ich versuche nur, sie hier durchzubringen«, sagte eine körperlose Stimme. »Wie um alles in der Welt ist sie bloß da reingekommen? Ist ja wie das verdammte *Boot*.«

Jemand lachte und machte ein paarmal *ping-ping* wie ein U-Boot-Suchsonar.

»Verflucht, das ist nicht komisch. Dieses Loch kann jederzeit einstürzen. Sieh dir die Risse da an.«

»Okay, okay. Mach mir ein bisschen mehr Platz auf dieser Seite.« Ein Ruck. Ein Beben. Spritzendes Wasser. »So, gut, das war's.«

Dann wieder Wellards Stimme: »Sie machen es großartig, Boss. Dauert jetzt nicht mehr lange. Entspannen Sie sich. Machen Sie die Augen zu.«

Sie gehorchte. Dankbar ließ sie zu, dass etwas vor ihrem Gesichtsfeld aufstieg und sie kopfüber in eine Kinoleinwand voller Bilder stürzen ließ. Thom, Wellard, Misty Kitson. Eine kleine Katze, die sie als Kind gehabt hatte. Dann Dad – er war neben ihr und streckte lächelnd die Hand aus.

»Es hat funktioniert, Flea.«

»Was hat funktioniert?«

»Das Bonbon. Es hat funktioniert. Hat geknallt, nicht wahr?«

»Ja. Es hat funktioniert.«

»Jetzt noch den letzten kleinen Rest, Flea. Du hast alles so gut gemacht.«

Sie öffnete die Augen. Weniger als einen halben Meter neben ihr glitt eine Wand vorbei. Kalkstein, von Farn und grünem Schleim überwuchert. Das Licht, das von oben kam, war gewaltig und gleißend hell. Ihre Füße hingen nach unten, ihr Kopf befand sich oben. Sie wollte die Hände ausstrecken, um sich abzustützen, aber sie waren an ihren Körper geschnallt. Neben sich erblickte sie das Gesicht eines Mannes, der einen Kletterhelm trug. Es leuchtete hell, als wäre ein Spotlight darauf gerichtet;

sie sah jede Pore, jede Falte schwindelerregend klar und auch den von Schmutz und Ruß verschmierten Mund. Der Blick des Mannes war nach unten gerichtet, und er konzentrierte sich auf den Aufstieg.

»Korbtrage«, sagte sie mit schwerer Zunge. »Ich bin in einer Korbtrage.«

Der Mann sah sie ein wenig überrascht an. »Wie bitte?«

»Martha«, sagte sie. »Ich weiß, wo er sie vergraben hat. In einer Grube. Unter dem Wellblech.«

»Was war das?«, rief eine Stimme von oben. »Wovon redet sie?«

»Keine Ahnung. Ihr wird schlecht.« Der Mann schaute ihr prüfend ins Gesicht. »Alles okay?« Er lächelte. »Sie machen's großartig. Nicht schlimm, wenn Ihnen schlecht wird. Wir haben Sie.«

Sie schloss die Augen und lachte matt. »In einer Grube unter dem *Wellblech*«, wiederholte sie. »Er hat sie unter dem *Wellblech* vergraben. Aber Sie verstehen nicht, was ich sage. Oder?«

»Ich weiß, dass Ihnen schlecht ist«, antwortete er. »Machen Sie sich keine Sorgen. Wir haben Ihnen etwas gegeben. Sie werden sich bald besser fühlen.«

79

Was hat sie gesagt? Wovon redet sie?« Caffery musste schreien, um das Getöse des zweiten Rettungshubschraubers zu übertönen, der jetzt hundert Meter weiter auf der Lichtung am Ende des Weges landete. »Wovon?«

Der Sanitäter kletterte aus dem Loch, und Wellard und zwei Mann seines Teams oben bugsierten die Trage aus dem Schacht. »Sie sagt, ihr wird *schlecht*«, schrie er. »Schlecht.«

»Schlecht?«

»Das hat sie die ganze Zeit gesagt. Es beunruhigt sie, dass ihr schlecht wird.« Er und Wellard legten Flea mit dem Backboard auf eine fahrbare Trage. Der Notarzt aus dem Rettungshubschrauber – ein kleiner Mann mit dunklem Haar und einer Haut, so schrumplig wie eine Walnussschale – kam herüber, um sie zu untersuchen. Er hob den tragbaren Monitor auf und warf einen Blick darauf, drückte ihren Fingernagel zwischen seinem Daumen und Zeigefinger und überprüfte, wie lange das Blut brauchte, um in das Gewebe zurückzufließen. Flea stöhnte, als er das tat. Sie versuchte, sich auf dem Backboard zu bewegen und die Hand auszustrecken. In ihrem zerrissenen blauen Neoprenanzug sah sie aus wie eine verunglückte Surferin am Strand von Cornwall. Ihr Gesicht war sauber bis auf die schwarz verschmierten Stellen unter den Nasenlöchern, die beim Einatmen nach der Explosion entstanden waren. Ihr Haar hing voller Schlamm und Laubfetzen, und ihre Hände und Fingernägel waren blutverkrustet. Caffery versuchte nicht, in ihre Nähe zu kommen, und ließ den Arzt seine Arbeit tun.

»Mit Ihnen alles okay?«

Caffery hob den Kopf. Der Arzt half dem Sanitäter, das Backboard auf der Trage festzugurten, dabei war sein Blick auf Caffery gerichtet.

»Wie bitte?«

»Ob mit Ihnen alles okay ist?«

»Natürlich. Wieso?«

»Sie wird wieder gesund«, erklärte der Arzt. »Sie brauchen sich keine Sorgen zu machen.«

»Ich mache mir keine Sorgen.«

»Ja, ja.« Der Arzt trat die Bremse an der fahrbaren Trage los. »Klar, Sie machen sich keine Sorgen.«

Caffery sah ihnen wie betäubt nach, als sie mit ihr davonrumpelten, den Hang hinunter und zu der Lichtung, wo der erste Hubschrauber stand. Sein Motor drehte im Leerlauf, und der Rotor wartete auf das Einkuppeln. Nur langsam registrierte er die Bedeutung dieser Information: Sie wird wieder gesund. »Danke«, flüsterte er hinter den Sanitätern und dem Notarzt her. »Danke.«

Jetzt hätte er sich gern hingesetzt. Hingesetzt und dieses Gefühl festgehalten und für den Rest des Tages nichts weiter getan. Aus einem Sprechfunkgerät im Gras kamen die Meldungen der Rettungsteams, die sich noch im Tunnel aufhielten. Der Hubschrauber-Rettungssanitäter – er hatte einen Kletterhelm und einen Crashkurs in der Technik des Abseilens erhalten – war in den Tunnel gestiegen, hatte einen Blick auf Prody geworfen, der aufgespießt an der Wand hing, und Metallschneidegeräte angefordert. Es kam nicht infrage, Prody einfach von der Wand zu heben: Er würde in Sekundenschnelle verbluten. Man musste ihn herunterschneiden, und das Eisenstück aus dem Rumpf der Schute musste in seinem Oberkörper stecken bleiben. Seit zehn Minuten kam aus dem Funkgerät nur noch Prodys qualvolles Atmen und das Raspeln der hydraulischen Schere, die sich durch das Eisen fraß. Jetzt hatten die Maschinengeräusche aufgehört, und eine körperlose Stimme sagte deutlich durch das Röcheln Prodys: *Sie können ihn raufholen.*

Caffery drehte sich um. Die Rollgliss-Rettungswinde erwachte mahlend zum Leben, und der Officer am Rand des Schachts überwachte das Aufrollen der Leine. Wellard war bereits aus dem Tunnel heraufgestiegen; er stand ein paar Schritte entfernt und hakte sich los. Mit seinem schmutzigen Gesicht sah er aus wie ein Dämon aus der Hölle.

»Was ist los?«, schrie Caffery.

»Sie holen ihn jetzt raus«, brüllte Wellard. »Sie haben gearbeitet wie verrückt.«

»Und die Mädchen?«

Wellard schüttelte finster den Kopf. »Nichts. Wir haben jeden Zollbreit abgesucht. Auch den Kahn und den Tunnelabschnitt auf der anderen Seite. Es ist höllisch instabil da drin – ich kann das Team nicht eine Minute länger unten lassen als nötig.«

»Was ist mit Prody? Redet er?«

»Nein. Sagt, er wird's Ihnen erzählen, wenn er rauskommt. Will es Ihnen ins Gesicht sagen.«

»Und?«, schrie Caffery. »Glauben wir ihm, oder hält er uns hin?«

»Keine Ahnung. Fragen Sie mich was Leichteres.«

Caffery holte tief Luft und drückte die flachen Hände auf den Leib, um die Angst zu bezwingen. Sein Blick ging zum Schacht, wo ein komplexes Flaschenzugsystem sich mühsam ächzend drehte. Die Seile, die von dem Dreifuß in den Schacht hinabhingen, schlugen gegen das Buschwerk, das aus der Schachtwand wuchs, und schnitten Kerben in die weiche Erde an der Kante.

»Hau*ruck*«, sagte die Stimme aus dem Funkgerät. »Hauruck.«

Fünfzig Meter weit entfernt hinter den Bäumen hievte man Flea in den Hubschrauber. Der Rotor wurde eingekuppelt und drehte sich immer schneller, bis der Wald in lautem Geknatter versank. Das Team aus dem zweiten Hubschrauber war jetzt am Schacht angelangt. Zwei Sanitäter und eine Frau, die man für eine abgetakelte Table-dance-Lady hätte halten können, wenn hinten auf ihrem grünen Overall nicht in großen Lettern das Wort »ARZT« gestanden hätte: ein kleines, hässliches Mopsgesicht mit geplatzten Äderchen auf der Nase, einem finsteren Blick und blond gebleichten Haaren. Ihre Haltung glich der eines Mittelstürmers beim Football mit ihren breiten, kantigen Schultern; ihr Gang war ein wenig breitbeinig.

Er ging zu ihr und blieb ziemlich dicht vor ihr stehen. »Detective Inspector Caffery«, murmelte er und streckte seine Hand aus.

»Ach ja?« Sie ignorierte seine Hand und sah ihn auch nicht an, sondern stemmte die Fäuste in die Hüften und spähte in den Schacht hinunter, wo die gelben Helme der Rettungsmannschaft ruckweise und Stück für Stück aus der Dunkelheit auftauchten.

»Ich möchte mit dem Verletzten sprechen«, sagte er.

»Da haben Sie Pech. Sowie er aus diesem Loch kommt, packen wir ihn in die Kaffeemühle da drüben. Seine Verletzungen erlauben nicht, dass wir ihn hier draußen behandeln.«

»Ist Ihnen klar, wer das ist?«

»Egal, wer es ist.«

»Nein, das ist nicht egal. Er weiß, wo die beiden Kinder sind. Und er wird es mir sagen, bevor Sie ihn in den Hubschrauber bringen.«

»Wenn wir auch nur eine Sekunde Zeit vergeuden, werden wir ihn verlieren. Das garantiere ich Ihnen.«

»Er atmet noch.«

Sie nickte. »Das höre ich. Er atmet schnell. Das heißt, er hat so viel Blut verloren, dass wir von Glück sagen können, wenn er es überhaupt noch bis ins Krankenhaus schafft. Sobald er hier oben ist, kommt er in den Hubschrauber.«

»Dann komme ich mit.«

Sie schaute ihn lange an und lächelte dann beinahe mitleidig. »Mal sehen, in welchem Zustand er sich befindet, wenn er ankommt, ja?« Sie hob den Kopf und sah die Polizisten an. »Wenn er da ist, herrscht hier Alarmstufe Rot. Es wird folgendermaßen ablaufen: Sie« – sie wies auf zwei der Männer – »übernehmen die beiden oberen Ecken der Trage, und der Rest übernimmt die unteren. Ich werde Sie warnen: ›Bereit zum Anheben!‹, und dann kommt der Befehl: ›Anheben!‹ Und wir gehen geradewegs zum Hubschrauber. Kapiert?«

Alle nickten und spähten zweifelnd in den Schacht. Das Quietschen des Flaschenzugs hallte über die Lichtung. Caffery rief dem Kriminaltechniker, der die letzten zwanzig Minuten mit einer Videokamera am Luftschacht gefilmt hatte, zu: »Zeichnet das Ding auch den Ton auf?«

Der Mann wandte den Blick nicht vom Display; er streckte nur einen Daumen in die Höhe und nickte.

»Dann werden Sie mit mir zum Hubschrauber laufen. Bleiben Sie so dicht dran, wie Sie können – ich will jeden Pieps hören, den er macht. Treten Sie den Typen hier auf die Zehen, wenn Sie müssen.«

»Wenn Sie uns wie Profis behandeln«, rief die Ärztin, »werden Sie sehr viel mehr erreichen.«

Caffery ignorierte sie und trat an den Rand des Luftschachts. Die Seile knarrten unter dem Dreifuß. Das Piepen des Herzmonitors und Prodys Atemgeräusche wurden lauter. Der erste Mann des Bergungsteams tauchte auf. Ein Mitglied der Mannschaft oben zog ihn aus dem Loch. Beide drehten sich um und halfen mit, die Trage heraufzuhieven. Cafferys Handflächen wurden feucht, und er wischte sie vorn an seiner kugelsicheren Weste ab.

»Hau*ruck*!«

Die Trage kam halb zum Vorschein und schwebte schräg über der Kante. »Er ist tachycard.« Der begleitende Sanitäter kletterte mit Blut und Lehm beschmiert heraus und hielt einen Infusionsbeutel hoch. Noch während er sich aufrichtete, ratterte er einen Schwall von Informationen für die Ärztin herunter. »Puls hundertzwanzig, Atemfrequenz achtundzwanzig bis dreißig; die Pulsoxymeterwerte sind während des Aufstiegs senkrecht abgestürzt – vor ungefähr vier Minuten. Kein Schmerzmittel – nicht in seinem Zustand –, aber ich habe ihm fünfhundert Milliliter Kochsalz gegeben.«

Das Oberflächenteam zog die Trage vollends hoch, und mit einem Ruck landete sie auf dem harten, kalten Boden. Ein paar Steine lösten sich und verschwanden klappernd in der Dunkelheit. Prodys Augen waren geschlossen. Sein bläulich verfärbtes Gesicht, eingeklemmt in einer Halsschiene, die es wie der Gesichtsschutz eines Boxers zusammenquetschte, wirkte ausdruckslos. Er war von Dreck und getrocknetem Blut bedeckt. Seine Joggingjacke aus Nylon hatte bei der Explosion Feuer gefangen und war geschmolzen; verbrannte Haut schälte sich von Hals und Händen. Die Trage unter der Aluminiumdecke war dunkelrot und nass.

Das Team ging an den Ecken der Trage in die Hocke, bereit zum Anheben. Im selben Moment fing Prody an zu zittern.

»Halt. Er krampft.« Die Ärztin hockte sich neben die Trage und schaute auf den tragbaren Monitor. »Der Puls geht runter ...«

»Was ist?«, fragte Caffery. »Was ist los?« Das Gesicht der Ärztin war konzentriert. Caffery bekam einen trockenen Mund. »Vor fünf Sekunden ging's ihm noch gut. Was ist passiert?«

»Es ging ihm nicht gut«, schrie die Ärztin. »Das habe ich Ihnen gesagt. Sein Puls ist jetzt bei fünfundvierzig, vierzig, ja, er geht runter – das ist eine Bradykardie, und ehe Sie sich versehen, wird er ...«

Aus dem Monitor ertönte ein langer, gleichförmiger Pfeifton.

»Scheiße. Herzstillstand. Druckmassage, irgendjemand! Ich werde intubieren.«

Ein Sanitäter beugte sich über die Trage und begann mit der Herzdruckmassage. Caffery schob sich zwischen zwei andere und kniete sich in das blutige Gras. »*Paul*«!, schrie er. »*Du Stück Scheiße. Paul? Fuck, ich rate dir, mit mir zu reden, hörst du? Ich rate dir, rede mit mir.*«

»Aus dem Weg.« Das Gesicht der Ärztin war schweißnass, als sie die Kehlkopfmaske in Prodys schlaffen Mund schob und das Ventil des Beatmungsbeutels daran befestigte. »Aus dem Weg, hab ich gesagt. Lassen Sie mich arbeiten.«

Caffery sank auf die Fersen zurück, umfasste seine Stirn mit Daumen und Zeigefinger, drückte auf die Schläfen und atmete langsam und tief ein und aus. *Fuck, fuck, fuck.* Er würde besiegt werden. Nicht von diesem Miststück von Ärztin, sondern von Prody selbst. Dieser Drecksack. Dieser gerissene Drecksack hätte es wirklich nicht besser hinkriegen können.

Die Ärztin drückte weiter auf den Beatmungsbeutel, während der Sanitäter die Herzmassage fortsetzte und dabei laut zählte. Die Linie auf dem Monitor blieb unverändert, während der Pfeifton von den Bäumen widerhallte. Auf der Lichtung rührte sich niemand. Die Polizisten standen wie erstarrt da und verfolgten entsetzt, wie der Sanitäter immer weiterpumpte.

»Nein.« Nach einer knappen Minute hörte die Ärztin auf mit den Beatmungsversuchen und ließ den Beutel auf Prodys Brust sinken. Sie legte dem Sanitäter eine Hand auf den Arm, damit er seine Herzmassage beendete. »Er ist asystolisch. Flatline. Die kapillare Auffüllung findet nicht mehr statt. Wirklich, das hat keinen Sinn. Sind wir uns einig, dass wir aufhören?«

»Das ist nicht Ihr Ernst?« Caffery konnte sich nicht bremsen. »Sie wollen ihn einfach sterben lassen?«

»Er ist schon tot. Er hat zu viel Blut verloren.«

»Verdammt, ich glaube, ich höre nicht richtig. Tun Sie was. *Fuck*, defibrillieren Sie ihn oder sonst was.«

»Hat keinen Sinn. Da ist kein Blut mehr in ihm. Er ist abgeschaltet. Wir können sein Herz stimulieren, bis wir schwarz werden, aber wenn da kein Blut ist, das gepumpt werden kann…«

»Ich habe gesagt, *tun* Sie was, verdammt!«

Sie starrte ihn eine Weile an. Dann zuckte sie die Achseln. »Also gut.« Mit wütend zusammengepressten Lippen zog sie den Reißverschluss ihres grünen Notfallrucksacks auf, brachte ein paar Schachteln zum Vorschein und schüttelte zwei Folienpackungen heraus. »Ich werde Ihnen zeigen, wie sinnlos das ist. Adrenalin, ein Milligramm. Genug, um die ›Titanic‹ wieder in Fahrt zu bringen.« Sie riss das erste Päckchen mit den Zähnen auf, nahm eine präparierte Injektionsspritze heraus und reichte sie dem Sanitäter. »Geben Sie danach das hier: drei Milli Atropin. Spülen Sie mit Kochsalz nach.«

Der Sanitäter öffnete das Injektionsventil an dem Venflon-Venenkatheter, spritzte die Medikamente hinein und spülte nach, damit sie schnell zum Herzen gelangten. Caffery starrte auf den Monitor. Die Flatline zuckte nicht. Die Ärztin auf der anderen Seite der Trage ignorierte den Monitor; sie beobachtete Caffery und ließ ihn nicht aus den Augen. »Tja«, sagte sie, »da ist der Defibrillator. Soll ich ihn einschalten und den Mann hüpfen lassen wie eine Marionette? Oder glauben Sie jetzt, dass ich weiß, wovon ich rede?«

Caffery ließ die Hände sinken und setzte sich hilflos ins Gras. Er starrte Prodys schlaffen Körper an. Die Wachsmaske des Todes schob sich langsam über sein Gesicht. Auf dem Pulsfrequenzmonitor leuchtete die stetige gerade Linie. Die Ärztin schaute auf die Uhr, um den Zeitpunkt des Todes zu notieren. Caffery sprang auf und wandte sich ab, so schnell er konnte. Er schob die Hände in die Taschen und ging zwanzig Schritte weit weg. Das gefrorene Gras knirschte unter seinen Füßen. Am Rand der Lichtung blieb er stehen; ein Stoß gefällter Birken blockierte den Weg. Er hob den Kopf und versuchte, sich auf den Himmel über den Zweigen zu konzentrieren. Auf die Wolken.

Er betete, dass etwas Natürliches und Ruhiges kommen und sich kühl auf seine Gedanken legen möge. Er fühlte, dass Rose und Janice zwischen den Bäumen standen und das alles mitansahen. Seit einer halben Stunde wusste er, dass sie da waren, und schon lange spürte er ihre Blicke, die sich in seinen Kopf bohrten. Sie warteten darauf, dass er die Fakten auf der Lichtung zusammentrug und in einen angemessenen Aktionsplan verwandelte. Und wie, zum Teufel, sollte er das anfangen, wenn der Einzige, der ihnen einen Hinweis auf Marthas und Emilys Aufenthaltsort geben konnte, tot auf einer Trage im Gras lag?

80

Die Männer, die Emily und Martha aus dem Schacht zogen, lächelten. Sie lachten und riefen einander, sie hoben die Hände und winkten triumphierend. Die beiden Mädchen waren in schneeweiße Laken gehüllt. Martha wirkte bleich, aber Emily war rosig und fröhlich und ganz unversehrt; sie saß aufrecht auf der Trage und reckte eifrig den Hals, um Janice in der Menge zu entdecken. Goldenes Licht lag auf dem Gelände. Licht und Lachen und Menschen, die sich zu ihr umdrehten und lächelten. In Janices Traum trug niemand einen Mantel, niemand zog die Stirn kraus, und niemand musste ihr den Rücken zuwenden, um seinen Gesichtsausdruck vor ihr zu verbergen. In Janices Traum schwebten alle in einem sommerlichen Dunst, und zu ihren Füßen blühten Glockenblumen, als sie hinüberging und Emilys Hand nahm.

Die schäbige Wirklichkeit vor ihren Augen sah anders aus. Die Lichtung leerte sich allmählich. Die Hubschrauber waren längst verschwunden, die verschiedenen Teams hatten eingepackt, Gurte waren abgeschnallt, Ausrüstungen in den Vans verstaut. Der Einsatzleiter hatte die Namen und Kontaktdetails aller beteiligten Polizisten notiert und sie abrücken lassen. Mitten auf der Lichtung wurde Prodys Leiche auf einer Trage in den Van der Rechtsmedizin geschoben. Ein Arzt ging neben ihm her und hob das Laken hoch, um einen Blick auf Prodys Gesicht zu werfen.

Janice fror. Sie hatte Krämpfe in den Beinen, weil sie so lange in der Hocke gesessen hatte. Dornen hatten ihr die Strumpfhose zerrissen und Knie und Füße blutig zerkratzt. Die Mädchen befanden sich nicht im Tunnel, Prody war tot, und Caffery und Nick standen ein kleines Stück weit entfernt mit dem Rücken zu ihr und sprachen leise und eindringlich miteinander. Irgendwie fand sie noch die Kraft, nicht einzuknicken, sondern reglos stehen zu bleiben und zu warten, bis sie alles erfuhr.

Rose dagegen befand sich kurz vor einem Zusammenbruch. Sie ging auf und ab auf dieser von jungen Eschen umgebenen kleinen Lichtung. Ihre Hose war lehmverschmiert und voller Laub und schwarzer Flecken von den vertrockneten Brombeeren, zwischen denen sie gekauert hatten. Sie schüttelte den Kopf und redete in ihr pinkfarbenes Halstuch, das sie mit einer

Hand an den Mund presste. Es war seltsam, aber je verrückter sie wirkte, je näher sie dem Kollaps war, desto ruhiger wurde Janice. Als Nick mit unheilvoll gesenktem Kopf über die Lichtung auf sie zuging, blieb Janice abwartend stehen, während Rose sofort anfing, auf sie einzureden, und Nick am Ärmel packte. »Was hat er gesagt? Was passiert jetzt?«

»Wir tun alles, was wir können. Wir haben mehrere Hinweise. Prodys Frau hat uns ein paar...«

»Er muss doch *irgendetwas* gesagt haben.« Rose begann bitterlich zu weinen. Ihre Hände hingen herab, ihr Mund stand offen. »Er muss doch gesagt haben, wo sie sind. Irgendetwas, bitte. Irgendetwas.«

»Seine Frau hat uns mehrere Hinweise gegeben. Er hatte einen Schlüssel in der Tasche, der aussieht, als gehörte er zu einer Garage. Wir werden sie durchsuchen. Und...«

»*Nein*!« Aus heiterem Himmel fing Rose an zu schreien, schrill und abgehackt, sodass sich alle, die noch auf der Lichtung waren, sofort umdrehten. Roses Hände krallten sich verzweifelt in Nicks Jacke. »Durchsuchen Sie den Tunnel noch einmal. *Durchsuchen Sie den Tunnel*!«

»Rose! Sschh. Sie haben den Tunnel durchsucht. Er ist *leer*.«

Aber Rose wirbelte herum und brüllte die wenigen noch anwesenden Polizisten an, und dabei fuchtelte sie mit den Armen. »*Suchen Sie noch einmal! Suchen Sie noch einmal*!«

»Rose, hören Sie doch. *Rose*!« Nick versuchte, Roses Arme festzuhalten und an den Leib zu drücken. Dabei musste sie sich zurückneigen, um von den wie wahnsinnig wirbelnden Händen nicht getroffen zu werden. »Man kann da nicht noch mal rein – es ist zu gefährlich. Rose! Hören Sie! Man kann nicht mehr hinein – *Rose*!«

Rose riss sich, immer noch schreiend, los. Ihre Hände schlugen noch schneller – wie die flatternden Flügel eines verletzten Vogels, der auffliegen will. Sie taumelte ein paar Schritte vorwärts, prallte gegen einen Baum, drehte sich halb, als wollte sie in eine andere Richtung weiterlaufen, drehte sich noch einmal, schien ein wenig zu torkeln, und dann, als hätte sie ein Schuss getroffen, fiel sie zu Boden. Ihr Körper knickte nach vorn, bis ihre Stirn den Boden berührte. Sie riss die Hände hoch und griff sich in den Nacken, als wollte sie ihr Gesicht in die Erde drücken, wiegte sich vor und zurück und heulte laut in die gefrorene Erde.

Janice ging zu ihr und kniete sich in das Dornengestrüpp. Ihr Herz klopfte wie wild, aber das beherrschte Etwas in ihr wurde größer. Größer und stärker. »Rose.« Sie legte der älteren Frau eine Hand auf den Rücken. »Hören Sie.«

Als Rose ihre Stimme vernahm, wurde sie still.

»Hören Sie. Wir müssen weiter. Wir sind hier am falschen Ort, aber es gibt noch andere. Seine Frau hilft uns jetzt. Wir werden sie finden.«

Langsam hob Rose den Kopf. Ihr Gesicht war rot und voller Rotz.

»Wirklich, Rose, ich versprech's Ihnen. Wir werden sie finden. Seine Frau ist ein guter Mensch, und sie wird uns helfen.«

Rose rieb sich die Nase. »Glauben Sie?«, wisperte sie mit dünner Stimme. »Glauben Sie wirklich?«

Janice holte tief Luft und schaute zurück über die Lichtung. Der Wagen der Rechtsmedizin fuhr eben ab, der Einsatzleiter war auf dem Weg zu den parkenden Autos, und das letzte Team schlug die Türen seines Vans zu. Etwas versuchte, ihre innere Ruhe zu durchdringen, hart, bitter und verzweifelt, wollte sich herauskämpfen aus einer Leere, die nie mehr ausgefüllt werden würde. Aber sie schluckte es hinunter und nickte. »Ja. Das glaube ich. Jetzt stehen Sie auf. So ist es gut. Stehen Sie auf, und lassen Sie uns aufbrechen.«

81

Flea hatte keine Ahnung, was sie ihr da in die Infusion getan hatten, aber sie wusste, sie würde ein halbes Jahresgehalt für einen zweiten Schuss geben. Das versuchte sie dem Sanitäter zu sagen, als der ihre Trage im Hubschrauber in die Halterung schob; sie wollte es ihm zuschreien, als der Rotor anlief. Vielleicht hatte er das alles schon mal gehört, und vielleicht verstand er auch immer noch nicht, was sie sagte, denn er lächelte nur, nickte und signalisierte ihr mit den Händen, sie solle sich jetzt still verhalten. Also gab sie ihre Versuche auf. Sie lag da und beobachtete, wie die Netzbespannung unter dem Dach des Hubschraubers vibrierte und verschwamm. Sie roch die frische blaue Luft, die durch die Luke hereinwehte. Roch Flugzeugbenzin und Sonnenlicht.

Ihre Augen schlossen sich, und sie versank wieder in diesem Traum, ließ sich von ihm umfangen wie von einem Paar weißer Flügel. Sie war nur noch ein Punkt am Firmament. Ein Löwenzahnsamen, der seine Pirouetten drehte. Der Himmel über ihr war wolkenlos, und unter ihr erstreckte sich das Land wie ein bunter Flickenteppich. Nirgends lag ein Schatten. Überall nur Grün- und Brauntöne. Sie erkannte einen Wald. Dicht und üppig. Kleine Lichtungen, auf denen Rehe ästen. Sie sah Leute da unten. Einige picknickten, andere standen in Gruppen herum. Zwischen den rissigen, grünlichen Stämmen der Eschen, die einen Weg säumten, entdeckte sie drei Frauen, die auf einen Parkplatz zugingen: Die eine trug eine Regenjacke, die andere ein pinkfarbenes Halstuch, und die dritte hatte eine grüne Wolljacke an. Die Frau in der grünen Jacke war barfuß und hatte der mit dem Halstuch einen Arm um die Schultern gelegt. Die beiden hielten die Köpfe so tief gesenkt, dass es aussah, als könnten sie jeden Moment umfallen.

Flea drehte sich weg. Sie segelte über den Baumwipfeln dahin und sah die Mündung des Luftschachts. Rußflocken schwebten sanft darüber. Von ihrer hohen Warte aus konnte sie ganz hinunter in den Tunnel blicken. Sie hörte Geräusche, ein weinendes Kind. Und es fiel ihr wieder ein. Marthas Leiche. In der Grube. Sie war noch da. Man musste etwas tun.

Sie hob den Kopf. Schaute sich um – sah Polizeiautos und andere Fahrzeuge, die das Gelände verließen. Sah die Straßen, die sich viele Meilen weit in die Ferne erstreckten wie ein ausgebleichtes gelbes Spinnennetz, das sich über das winterliche Land spannte. Auf der kleinen Landstraße, die sich zur großen Autobahn im Süden schlängelte, blitzte fahles Sonnenlicht auf dem Dach eines Autos. Das Auto wirkte klein wie ein Spielzeug. Sie fasste es ins Auge und drehte den Kopf, um es festzuhalten, und wartete darauf, dass die elementare Kraft kam und sie packte. Und sie kam und packte sie bei den Schultern und trieb sie durch Luft und Wolken. Felder und Bäume zogen unter ihr dahin, und sie sah die Straße, näherte sich ihr immer mehr, bis sie ihre Struktur erkennen konnte, ihre körnige Oberfläche. Vor sich erblickte sie das Dach des Autos, und der Wind war sichtbar wie Quecksilber, strömte wellenförmig über das Wagendach. Es war ein schlichter silberfarbener Mondeo, wie Spezialeinheiten ihn benutzten. Sie wurde langsamer und sank herab, schwebte neben dem Beifahrerfenster und legte eine Hand auf den Außenspiegel.

Im Wagen saßen zwei Männer in Anzügen. Den am Steuer kannte sie flüchtig, aber der andere, der mit abwesendem Blick auf dem Beifahrersitz saß, ließ sie aufmerksam werden. Jack. Jack Caffery. Der einzige Mann auf der Welt, der ihr Herz mit einem bloßen Blick explodieren lassen konnte.

»Jack?« Sie drückte das Gesicht ans Fenster. Klopfte an die Scheibe. Er reagierte nicht, saß nur da und blickte starr geradeaus. »*Jack.*«

Immer noch keine Reaktion. Er machte einen so niedergeschlagenen Eindruck, dass man denken konnte, er werde gleich anfangen zu weinen. Er trug eine kugelsichere Weste über Hemd und Krawatte, und an seinen Ärmeln klebte Blut. Sie schob das Gesicht durch die Fensterscheibe, glitt sanft mit dem Körper durch das milchig durchscheinende Glas, bis sie im Wagen war und die stickige Luft riechen konnte, eine Mischung aus Aftershave, Schweiß und Erschöpfung. Sie schmiegte ihre Lippen an sein Ohr und spürte seine Haare. »Sie ist unter dem Tunnelboden«, flüsterte sie. »Er hat eine Grube gegraben. Hat sie in eine Grube gelegt und mit Wellblech zugedeckt. In eine *Grube*, Jack. In eine Grube.«

Caffery machte mit seinem Finger am Ohr eine kreiselnde Bewegung.

»In eine Grube, hab ich gesagt. Eine Grube im Boden des Tunnels.«

Caffery ging Prodys Keuchen nicht aus dem Kopf. Sein Todesröcheln. Es wollte nicht verschwinden. Klang immer noch in seinem linken Ohr. Er stocherte darin herum und rieb es. Aber es war, als säße jemand dicht neben ihm und zischte ihm ins Ohr.

»Eine Grube.« Das Wort kam ihm plötzlich in den Sinn. »Eine Grube.«

Turner warf ihm einen Seitenblick zu. »Was, Boss?«

»Eine Grube. Eine *Grube*. Eine gottverdammte Grube.«

»Was ist damit?«

»Keine Ahnung.« Er beugte sich vor und schaute aus dem Fenster auf die Straßenmarkierung. Die Sonne blendete ihn. Sein Hirn kam wieder in Bewegung. Schnell jetzt, sehr schnell. Eine Grube. Er prüfte das Wort in seinem Mund und fragte sich, warum es so vollendet geformt in seinem Kopf aufgetaucht war. Eine *Grube*. Ein Loch im Boden. In dem man etwas verstecken konnte. Suchmannschaften waren auf einen Dreihundertsechzig-Grad-Rundblick trainiert. Darüber war er schon einmal gestolpert. Sie schauten überallhin, nur nicht nach *oben*. Wie sie nicht nach oben geblickt hatten, um Prody im Tunnel zu finden.

Aber nach *unten*? Weiter schauen als bis zum Boden unter deinen Füßen? Durch ihn *hindurch*schauen? Darauf wäre er nie gekommen.

»Boss?«

Caffery trommelte mit den Fingern auf dem Armaturenbrett. »Clare sagt, ihre Söhne hätten eine Heidenangst vor der Polizei.«

»Wie bitte?«

»Irgendwie hat er ihnen eingeredet, die Polizei sei ihr Feind. Das seien die Letzten, an die sie sich wenden könnten.«

»Worauf wollen Sie hinaus?«

»Was hat das Team beim Abseilen in den Tunnel als Erstes gebrüllt?«

»Als Erstes? Keine Ahnung. Wahrscheinlich ›Polizei!‹. Ja. Das sollen sie doch, oder?«

»Und wo war Prody, als die Teams den Tunnel durchsuchten?«

Turner warf Caffery einen seltsamen Blick zu. »Er war im Tunnel, Boss. Er war bei ihnen.«

»Ja. Und was hat er da die ganze Zeit getan?«

»Er hat…« Turner schüttelte den Kopf. »Ich weiß nicht. Was meinen Sie? Er starb, nehme ich an.«

»Denken Sie nach. *Er atmete.* Und zwar laut. So, dass Sie es gehört haben. Niemand konnte diesem Geräusch entkommen. Es hat nicht aufgehört, vom Augenblick der Explosion bis zu dem Moment, wo sie wieder herauskamen. Sie hätten da unten gar nichts anderes hören können.«

»Sie haben den Tunnel abgesucht, Boss. Die Mädchen waren nicht da. Was immer Sie denken, ich hab keine Ahnung, wie Sie darauf kommen.«

»Ich weiß es auch nicht, Turner, aber es wird Zeit, dass Sie wenden und zurückfahren.«

82

Janice wusste nicht, ob ihr Körper das aushalten würde. Knochen und Muskeln fühlten sich an wie Wasser, und der Druck würde ihren Kopf bald explodieren lassen. Sie lehnte am Stamm einer Birke und hielt Roses Hand. Beide starrten ausdruckslos über die Lichtung. Alles schien anders zu sein. Es war nicht mehr der bedrückende, stille Ort, den sie vor einer halben Stunde verlassen hatten. Jetzt wimmelte es um den Schacht herum erneut von Leuten: Polizisten verständigten sich lauthals miteinander, und bereits eingepackte Ausrüstungen wurden hastig noch einmal ausgepackt. Wieder war ein Rettungshubschrauber gelandet und hockte jetzt mit stehendem Rotor auf der Lichtung. Zwei Dreifüße mit Flaschenzügen standen über der Schachtmündung, und zwei Mann waren in den Schacht hinuntergelassen worden. Janice konnte sich ausmalen, wie dort unten im Dunkeln gegraben und panisch hin und her gerufen wurde, aber was sie wirklich nicht mehr ertrug, waren die sorgenvollen Gesichter hier oben. Nick stand nah bei Rose und Janice; sie hatte die Hände in den Taschen vergraben und machte ein bekümmertes Gesicht. Nick war es gewesen, die am Steuer von Janices Audi auf der Rückfahrt über die A419 die Autos bemerkt hatte, die ihnen mit hohem Tempo entgegenkamen. Ihre Frontscheiben hatten die Sonne reflektiert, aber sie wusste sofort, dass es nicht gekennzeichnete Polizeiwagen waren und was das bedeutete. Sie hatte in einer Ausweichbucht angehalten, den Audi über zwei Fahrstreifen hinweg gewendet und war mit Vollgas hinter den Polizeiwagen hergefahren. Diesmal hatte niemand versucht, die Frauen aufzuhalten. Anscheinend hatte niemand Zeit dafür.

»Tragen«, sagte Nick plötzlich. »Zwei Tragen.«

Janice erstarrte. Sie und Rose reckten die Köpfe, als vier Sanitäter im Laufschritt über die Lichtung kamen. Ihre Gesichter wirkten ausdruckslos und konzentriert, verrieten nichts.

»Tragen?« Janices Herzschlag dröhnte in ihren Ohren. »Nick? Was heißt das? Tragen? Was hat das zu bedeuten?«

»Keine Ahnung.«

»Heißt es, dass sie noch leben? Sie würden doch keine Tragen da hineinschicken, wenn sie tot wären. Oder?«

Nick schwieg und biss sich auf die Unterlippe.

»Oder, Nick? Oder?«

»Ich weiß es nicht. Ich weiß es wirklich nicht.«

»Da gehen noch mehr Sanitäter in den Schacht«, zischte Janice. »Was bedeutet das? Sagen Sie mir, was es bedeutet.«

»Ich weiß es nicht, Janice – ich schwör's Ihnen. Bitte machen Sie sich keine Hoffnungen. Vielleicht ist irgendwas mit jemandem von der Suchmannschaft.«

Die harte Mitte, die Janice aufrechtgehalten hatte, gab plötzlich nach. »O Gott«, flüsterte sie und drehte sich zu Rose um. Ihre Kehle war wie zugeschnürt. »Rose, ich kann das nicht.«

Jetzt war es an Rose, Stärke zu zeigen. Sie schlang den Arm um Janices Taille und fing ihr Gewicht auf, als diese sich schwer an sie lehnte.

»Es tut mir leid, Rose. Es tut mir leid.«

»Es ist okay.« Rose stützte sie und legte Janices Arme auf ihre Schultern. Dann lehnte sie die Stirn an die der anderen Frau. »Es ist okay. Ich halte Sie. Sie müssen nur weiteratmen. So ist es gut. Langsam. Weiteratmen.«

Janice gehorchte, und sie spürte, wie die kalte Luft in die Lunge strömte. Tränen liefen ihr über das Gesicht. Sie versuchte nicht, sie zurückzuhalten. Nick legte den beiden Frauen die Hände auf den Rücken. »Gott, Janice«, sagte sie leise. »Ich wünschte, ich könnte mehr tun. Mehr für Sie beide.«

Janice antwortete nicht. Sie konnte Nicks Parfüm riechen und den Geruch ihrer Regenjacke. Sie roch Roses Atem und hörte ihr pumpendes Herz. Dieses Herz, dachte sie, fühlt genauso wie meins. Beide Herzen empfinden den gleichen Schmerz. Roses Pullover war mit Blumen bestickt. Rosen. Rosen für Rose. Auf der Tapete zu Hause in der Russell Road waren Rosen gewesen. Sie erinnerte sich, wie sie als Kind im Bett gelegen und das Muster fixiert hatte, damit sie einschlafen konnte. Gott sei Dank, dass es dich gibt, Rose, dachte sie.

Jemand schrie.

»Okay«, sagte Nick. »Da passiert etwas.«

Janice riss den Kopf hoch. Die Flaschenzüge hatten sich in Bewegung gesetzt. Caffery stand ungefähr fünfzig Schritte weit entfernt mit dem Rücken zu ihnen. Der Mann mit dem blauen Headset neben ihm hatte die eine Seite des Kopfhörers angehoben. Caffery lehnte sich zu ihm hinüber und hörte mit bei dem, was da gesagt wurde. Alle andern standen an der Schachtmündung und spähten hinunter. Sie zogen etwas herauf, kein Zweifel. Caffery wirkte plötzlich angespannt; Janice sah es sogar von hinten. Es war so weit. Es passierte wirklich. Ihre Hände umklammerten Roses Schultern.

Caffery rückte von dem Mann mit dem Kopfhörer ab. Er war aschfahl im Gesicht. Nachdem er einen Blick über die Schulter zu den Frauen geworfen hatte, wandte er sich hastig wieder ab, damit sie seinen Gesichtsausdruck nicht sahen. Janice spürte, wie ihr Inneres zerbröckelte und ihre Knie nachgaben. Ein Rauschen erfüllte ihre Brust, als stürzte sie im freien Fall rasend schnell aus dem blauen Himmel. Es war aus. Sie waren tot. Das wusste sie. Caffery nahm sich ein paar Augenblicke Zeit, um seine Krawatte geradezurücken. Er zog sein Jackett zurecht, strich es mit den Händen glatt, atmete tief durch, straffte die Schultern und drehte sich zu ihnen um. Sein Gang war schwerfällig, und als er näher kam, sah Janice, dass die Haut unter seinen Augen grau war.

»Setzen wir uns.«

Die drei Frauen nahmen auf einem umgestürzten Baumstamm Platz, während sich Caffery auf dem Stumpf ihnen gegenüber niederließ. Janice schob die Hände ins Haar und klapperte mit den Zähnen. Caffery stützte die Ellbogen auf die Knie, beugte sich vor und schaute die Frauen durchdringend an. Nick ertrug es nicht und senkte den Blick.

»Es tut mir leid, dass wir so lange gebraucht haben, um Ihre Töchter zu finden. Ich bedaure es zutiefst, dass Sie so lange warten mussten.«

»Sagen Sie es«, bat Janice. »Bitte. Sagen Sie es einfach.«

»Ja.« Caffery räusperte sich. »Prody hat eine Grube ausgehoben. Am Rand des Kanals. Sie ist klein, und er hat ein Stück Wellblech darübergelegt. Und darin haben wir einen Seesack gefunden. Da hat er sie hineingesteckt, beide, und sie sind ...«

»*Bitte*, lieber Gott«, flüsterte Janice. »*Bitte*, lieber Gott.«

Er sah sie zerknirscht an. »Sie sind sehr traurig, haben große Angst und großen Hunger. Und vor allem wollen sie zu ihrer Mum.«

Janice sprang auf. Das Herz schlug ihr bis zum Hals.

»Janice, warten Sie. Lassen Sie die Ärzte ...«

Sie drängte sich an ihm und Nick vorbei und rannte mit flatternder Jacke auf die Lichtung zu. Auch Rose riss sich los und folgte ihr. Sie weinte, als sie die Böschung hinaufhastete. Irgendjemand lachte, und es klang glücklich, überschwänglich. Drei Männer schlugen einander auf die Schultern. Zwei Polizisten sahen die Frauen kommen und streckten die Hände aus, um sie zwei Schritte vor dem Schachtrand aufzuhalten. Und diesmal waren ihre Gesichter nicht verschlossen und konzentriert, sondern lächelten.

»Warten Sie hier. Sie können alles sehen, aber warten Sie hier.«

Die beiden Flaschenzüge an den Dreifüßen arbeiteten immer noch. Ein behelmter Kopf erschien, und ein Mann krabbelte auf den Knien heraus. Er hielt einen Infusionsbeutel in der Hand, drehte sich zum Schachtrand um und wartete darauf, dass das Oberflächenteam die Trage zwei Schritte neben der Schachtmündung auf den Boden senkte. Da war Martha, eingewickelt in eine Aludecke, mit starrem Gesicht und verstört von den Geräuschen und dem hellen Licht. Eine Frau in einer grünen Hose und einer wasserfesten Jacke schrie irgendetwas, und plötzlich wimmelte es von Sanitätern. Aus Roses Kehle drang eine Art Würgen, bevor sie an den beiden Männern vorbeistürmte, die Hände ignorierend, die sie zurückzuhalten versuchten. Neben der Trage fiel sie auf die Knie und warf sich quer über Marthas Brust, stammelnd und weinend.

Im Schacht rief jemand. Das zweite Oberflächenteam beugte sich über die Öffnung, und wieder kam ein Kopf mit einem roten Helm zum Vorschein.

»Hau-*ruck*«!, rief jemand. »Gut so – hau-*ruck*!«

Und wieder schoss der Kopf des Mannes einen halben Meter herauf. Janice konnte nicht mehr atmen. Der Mann hatte den Kopf schräg gelegt und konzentrierte sich auf das, was unter ihm vorging. Noch eine Drehung der Winde am Flaschenzug, und das hintere Ende der Trage erschien; es drehte sich und stieß an die Schachtwand. Der Mann an der Winde langte hinunter, um danach zu greifen. Dabei drehte sich die Trage noch einmal ein kleines Stück, und da war Emilys Gesicht.

Der harte Knoten aus Trauer, Angst und Schrecken in Janices Herz platzte auf und strömte in ihren Körper. Sie musste eine Hand ausstrecken, um nicht das Gleichgewicht zu verlieren und auf die Knie zu fallen. Emilys nasses Haar war zurückgestrichen, und ihr Gesicht wirkte blass. Aber ihre Augen leuchteten hell und lebendig. Sie nahmen alles wahr, was ringsum passierte, die gähnende Tiefe unter ihr und die Leute am Rand des Schachts. Der Mann, der mit ihr am Seil hing, sagte etwas zu ihr. Sie drehte sich um, sah ihm ins Gesicht und lächelte.

Sie lächelte. Emily *lächelte*.

Janice stand im Gras, und etwas floss warm an ihrem Rückgrat empor. Sie spürte, wie diese Wärme ihre Brust öffnete und ihr Herz wieder atmen ließ. Wie in dem Traum, den sie gehabt hatte. Emily schaute sie an – schaute ihr in die Augen.

»Mum«, sagte sie nur.

Janice hob die Hand und lächelte. »Hey, Baby«, sagte sie. »Du hast uns gefehlt.«

83

Die pharmazeutische Fabrik lag in einer flachen Senke auf dem trockenen Plateau des südlichen Gloucestershire, eine Enklave der Industrialisierung, winzig inmitten der königlichen Jagdreviere, die einen großen Teil des Countys bedeckten. Die Polizei hatte Bodenradar und Leichensuchhunde aus dem fernen London kommen lassen, um sie hier einzusetzen. Den ganzen Tag über hatten sie gearbeitet, das Gelände mit Lasertheodoliten gerastert und dann methodisch jeden Zollbreit entlang der Wand des Lagerhauses untersucht, wobei sie Maschinen aus dem Weg räumten, wenn es nötig war.

In dieser Gegend nannte man die überall in der Gegend verstreuten kleinen Baumgruppen nicht Wäldchen, sondern bezeichnete sie mit dem altmodischen »Covert«, einem Ausdruck aus dem 19. Jahrhundert, der »Dickicht« bedeutete. Das in nächster Nähe auf einer leichten Anhöhe gelegene war als »Pine Covert« bekannt. An diesem Abend, von der untergehenden Sonne in goldenes Licht getaucht und von der Fabrik aus unsichtbar, standen hier zwei Männer im Schutz der Bäume und verfolgten schweigend die Arbeit des Teams: DI Caffery und der, den man den Walking Man nannte.

»Was glauben Sie, wen sie da suchen?«, fragte der Walking Man. »Nicht meine Tochter. Diese Mühe würden die sich nicht machen, wenn sie dächten, es ist meine Tochter.«

»Nein. Sie suchen Misty Kitson.«

»Ah ja. Die Hübsche.«

»Die Berühmte. Der Mühlstein am Hals meines Dezernats.«

Den ganzen Nachmittag hatte die Sonne geschienen, aber ohne die Erde zu wärmen, und jetzt ging sie unter. Das Team war mit der Abschlussbesprechung fertig, und die Leute kamen nach und nach durch das Tor der Umzäunung und gingen im Licht der großen Bogenlampen zu den wartenden Trucks und Personenwagen. Caffery und der Walking Man hörten nicht, was sie sagten, aber sie konnten es sich denken.

»Da ist nichts.« Der Walking Man strich sich versonnen über den Bart. »Sie ist nicht da drin.«

Caffery stand neben ihm, Schulter an Schulter. »Ich habe getan, was ich konnte.«

»Das weiß ich. Das haben Sie.«

Die letzten Männer des Suchteams verließen das Fabrikgelände. Jetzt konnte man gefahrlos ein Feuer entzünden. Der Walking Man wandte sich ab und ging ein paar Schritte weit in den Covert hinein, zu dem kleinen Holzstapel, den er zusammengetragen hatte. Er zog eine Flasche Feuerzeugbenzin unter einem Baumstamm hervor, vergoss es über den Holzscheiten und warf ein brennendes Streichholz darauf. Einen Moment lang war es still, dann loderte mit einem lauten *Wuuummp* eine orangegelbe Flamme auf, schwoll zu einer dicken Kugel an, rollte hinauf ins Geäst und schoss wie ein feuriger Finger aus rot glühender Hitze und Rauch zwischen den Zweigen in die Höhe. Der Walking Man ging zu einem anderen umgestürzten Baumstamm und wühlte ein paar Sachen darunter hervor – Schlafsäcke, Konserven, den gewohnten Krug Cider.

Caffery beobachtete ihn aus einigem Abstand und dachte an die Landkarte an der Wand seines Büros. Der Walking Man konnte immer auf solche Vorräte zurückgreifen, ganz gleich, wo er sein Lager aufschlug. Irgendwie war all das – dieses gewaltige Unterfangen, die niemals endende Suche nach seiner Tochter – sorgfältig geplant. Aber wie sollte es auch anders sein? Die Suche nach einem Kind – sie würde nie aufhören. Caffery dachte an Rose und Janice und an den Ausdruck auf ihren Gesichtern, als sie ihre verloren geglaubten Kinder zurückbekamen. Sein eigenes Gesicht würde so vielleicht niemals aussehen. Und das des Walking Man auch nicht.

»Wir haben den Kindesentführer gefunden. Sie wissen schon, den, der den Brief geschrieben hat.«

Der Walking Man goss Cider in Plastikbecher und reichte Caffery einen davon. »Ja. Das hab ich Ihnen am Gesicht angesehen, als Sie über das Feld kamen. Aber es war nicht so unkompliziert, wie Sie gehofft hatten.«

Caffery seufzte. Er blickte über die Felder zu den Wolken, die über der Stadt Tetbury orangegelb schimmerten. Der Sapperton-Tunnel lag hinter der Stadt, draußen in der dunklen Landschaft. Vor seinem geistigen Auge sah er, wie die beiden Mädchen zum Hubschrauber gebracht wurden. Zwei Tragen, zwei kleine Mädchen. Und zwischen den Tragen eine Brücke. Eine zarte Brücke aus Kinderarmen, erbaut von Martha, die hinüberlangte und Emilys Hand ergriff. Fast vierzig Stunden lang hatten sie zusammen in einem Seesack gesteckt, der in einer Grube im Kanaltunnel vergraben gewesen war. Bei der Untersuchung im Krankenhaus hatte sich herausgestellt, dass ihr Zustand besser war als erwartet. Prody hatte sie nicht angerührt. Martha musste ihre Unterwäsche ausziehen und stattdessen eine Jogginghose seines ältesten Sohnes anziehen. Er hatte ihnen Apfelsaftkartons mit in den Seesack gegeben und ihnen gesagt, er sei von der Polizei, und dies sei eine streng geheime Operation mit dem Zweck, sie vor dem wirklichen Entführer zu verstecken. Denn der *wirkliche* Entführer sei der gefährlichste Mann, den man sich nur denken könne, einer, der zu allem fähig war und sich verkleidete, wie er wollte. Unter keinen Umständen dürften sie im Seesack irgendein Geräusch machen, wenn sie sich nicht verraten wollten.

Es hatte eine Weile gedauert, bis Martha ihm glaubte. Emily hatte Prody im Safe House als Polizisten kennengelernt und seine Geschichte sofort geschluckt. Er hatte ihnen Bonbons geschenkt, während er ihnen all das erzählte, und war freundlich gewesen.

»Setzen Sie sich.« Der Walking Man holte Teller unter dem Baumstamm hervor. »Setzen Sie sich hin.«

Caffery hockte sich auf eine dünne Isomatte. Der Boden war gefroren. Der Walking Man stellte Konserven und Teller auf den Boden, um das Essen zuzubereiten, sobald das Feuer hell genug brannte. Er nahm seinen Becher Cider und ließ sich ebenfalls nieder.

»Und so…« Er wedelte mit der Hand und deutete auf das Fabrikgelände, das die Polizei abgesucht hatte. »Dafür? Dafür, dass Sie das für mich getan haben? Was gebe ich Ihnen da? Nicht meinen Zorn, das steht fest. Ich muss meinen Zorn zurücknehmen und hinunterschlucken.«

»Was können Sie mir geben?«

»Ihren Bruder kann ich Ihnen nicht zurückgeben. Ich weiß, das ist Ihre Hoffnung, aber ich kann Ihnen nichts über ihn sagen.«

»Sie können nicht, oder Sie wollen nicht?«

Der Walking Man lachte. »Ich hab's Ihnen gesagt, Jack Caffery, und ich werde mir darüber noch den Mund fusslig reden: Ich bin ein Mensch, kein Übermensch. Glauben Sie, ein ehemaliger Sträfling, der sein elendes Leben auf den Landstraßen des West Country fristet, kann wirklich wissen, was vor dreißig Jahren mit einem Jungen passiert ist? Mehr als hundert Meilen weit von hier, in London?«

Der Walking Man hatte recht. In seinem Hinterkopf hatte Caffery wirklich geglaubt, dass dieser undurchsichtige Landstreicher mit der sanften Stimme auf irgendeine Weise etwas wissen könnte über das, was vor all den Jahren passiert war. Er hielt die Hände übers Feuer. Sein Auto stand hundert Meter weit weg und war von hier aus nicht zu sehen. Myrtle befand sich nicht mehr darin; sie war wieder bei den Bradleys. Albern, aber der verdammte Hund fehlte ihm.

»Dann erzählen Sie mir von dem Kreis. Von dem hübschen kleinen Kreis. Dass es ein hübscher Kreis ist, wenn ich die Frau beschütze.«

Der Walking Man lächelte. »Es ist gegen meine Grundsätze, Ihnen etwas umsonst zu geben. Aber dies ist eine Ausnahme, denn Sie haben mir geholfen. Also bin ich großzügig – und sage Ihnen ganz offen, dass ich gesehen habe, was in jener Nacht passiert ist.«

Caffery starrte ihn an.

Der Walking Man nickte. »Der Mühlstein am Hals Ihres Dezernats? Die Hübsche? Ich hab sie sterben sehen.«

»Wie denn *das*? Wie, zum Teufel, konnten Sie...«

»Ganz ruhig. Ich war da.« Er wedelte mit einem knorrigen Finger in der Luft herum und deutete nach Süden, Richtung Wiltshire. »Oben auf einer Anhöhe, mit meinem eigenen Kram beschäftigt. Ich hab's Ihnen ja gesagt: Sie brauchen nur Ihren Kopf zu öffnen. Öffnen Sie ihn, und plötzlich ist er voll von Wahrheiten, mit denen Sie nie gerechnet hätten.«

»Wahrheiten? Mein Gott, wovon reden Sie? Was für Wahrheiten?«

»Von der Wahrheit, dass es nicht die Frau war, die Ihren Mühlstein umgebracht hat.« Das Gesicht das Walking Man leuchtete rot im Feuerschein. Seine Augen funkelten. »Das war ein Mann.«

Caffery atmete langsam ein und aus, ohne eine Miene zu verziehen. Ein Mann. Alles in seinem Kopf fügte sich zu einem Muster, das plötzlich ganz einfach aussah. Ein Mann hatte Misty zu Tode gefahren? Und Flea hatte ihn gedeckt? Das dürfte ihr Bruder gewesen sein, dieses Arschloch. Ohne Zweifel. Diese Erkenntnis kam so mühelos, so wenig überraschend, als wäre sie immer schon da gewesen und hätte nur darauf gewartet, mit sanfter Hand ans Licht geholt zu werden.

»Und, Mr. Caffery, mein freundlicher Polizist?« Der Walking Man schaute zu den Ästen hinauf, die vom Feuer orangerot leuchteten. »Was halten Sie von dieser Wahrheit?« Er drehte sich um und lächelte ihn an. »Einen Punkt, an dem Sie stehen können? Oder einen, an dem Sie anfangen können?«

Caffery schwieg sehr lange. Er überlegte, was das bedeutete. Fleas verdammter Bruder war es gewesen. Er dachte an seinen Zorn, an all die Dinge, die er ihr sagen wollte. Er stand auf, ging zum Rand des Wäldchens und starrte in den Himmel. In der Ferne, bei dem längst vergessenen Wor Well, wo der uralte Fluss Avon entsprang, senkte das Plateau sich sanft ab. Die fernen Gebäude am Rand von Tetbury zogen sich wie Tupfen über die Flanke der Mulde. Wohnhäuser, Garagen, Industriebauten. Ein Krankenhaus. Der Hubschrauber hatte Flea dorthin gebracht. In den meisten dieser Gebäude brannte Licht, und eins auch in dem Zimmer, in dem sie lag.

»Und? Ein Punkt zum Stehen oder ein Punkt zum Anfangen?«

»Sie kennen die Antwort.« Caffery spürte, wie sein Fuß sich langsam vorwärtsbewegte. Eine starke Kraft durchströmte seinen Körper. »Es ist ein Punkt zum Anfangen.«

84

Der Rauch vom Feuer des Walking Man stieg senkrecht und ruhig in den Nachthimmel. Hoch über die dunklen Bäume hinauf, ohne dass der Wind ihn kräuselte: ein gestreckter grauer Finger am eiskalten Nachthimmel. Man konnte ihn meilenweit sehen: auf den Straßen von Tetbury, auf den Bauernhöfen an den Rändern des Tals, bei den landwirtschaftlichen Gebäuden von Long Newnton und auf den schmalen Landstraßen bei Wor Well. In einem Einzelzimmer im Krankenhaus von Tetbury lag Flea Marley und schlief. Sie war mit einer schweren Gehirnerschütterung, starkem Blutverlust, Hypothermie und Dehydrierung eingeliefert worden. Aber der CT-Befund war klar. Sie würde wieder auf die Beine kommen. Als man sie aus der Notaufnahme heraufgebracht hatte, war Wellard zu Besuch gekommen, mit einem Strauß Lilien in Zellophan und mit einer violetten Schleife. »Ich hab einen Beerdigungsstrauß bestellt. Denn bei Ihrer richtigen Beerdigung, wenn Sie sich aus *purer Idiotie* umgebracht haben, werde ich nicht in der Kirche sein.« Brummend hatte er sich auf den Plastikstuhl gesetzt und ihr berichtet, was passiert war: dass Prody gestorben sei, dass nicht nur Martha, sondern auch Emily Costello da unten gewesen sei, dass sie beide wohlauf seien und irgendwo hier in diesem Krankenhaus lagen und die Familien ihnen Süßigkeiten und Spielsachen und Glückwunschkarten brachten. Und die Einheit – tja, da gebe es nur Lobeshymnen, und Flea dufte nach Rosen, ja, sie werde regelrecht *überschüttet* mit Bewunderung, und sie solle sich lieber irgendwo einen sauberen Pyjama besorgen, denn der Chief Constable habe die Absicht, am nächsten Morgen zu Besuch zu kommen, bevor man sie entlassen werde.

Jetzt träumte sie, und in ihrem Traum befand sie sich zu Hause. Die Gewitterwolken hatten sich verzogen. Thom war nicht da und sie vielleicht erst drei oder vier Jahre alt. Sie saß im Kies vor der Garage und spielte mit der Höhlenlampe. Ihre ungeschickten Kinderfinger versuchten, sie anzuzünden. Die Familienkatze, noch ein Kätzchen, stand neben ihr, die beiden Vorderpfoten nah an Fleas Händen, den Schwanz steil in die Luft gereckt, und verfolgte interessiert, was Flea tat. Ein paar Schritte weiter arbeitete Dad auf dem Rasen; er grub und harkte und säte Grassamen aus. »So.« Er bewässerte die Saat mit einer altmodischen Gießkanne. »So. Alles fertig.«

Flea stellte die Lampe zur Seite, stand auf, ging zu ihm und schaute auf den Boden. Ein paar der Samenkörner hatten schon angefangen zu sprießen. Kleine, smaragdgrüne Schösslinge. »Dad? Was ist das? Was sehe ich hier?«

»Deinen Platz. Deinen Platz in der Welt.« Er hob die Hand und lud sie ein, die Aussicht zu betrachten: die Wolken hoch oben im Westen, die Baumreihen, die den Garten begrenzten. Einen Vogelschwarm, der aussah wie eine Pfeilspitze am Himmel. »Dies ist dein Platz, und wenn du hier lange genug wartest, wenn du Geduld hast, wird etwas Gutes zu dir kommen. Wer weiß? Vielleicht ist es schon unterwegs. Vielleicht in diesem Moment.«

Flea spürte, wie der Boden unter ihren Füßen vibrierte. Sie hob die molligen Kinderärmchen und breitete sie aus, öffnete sie für den Horizont. Kribbelnde Aufregung stieg in ihr hoch. Sie tat einen Schritt nach vorn, um zu begrüßen, was da kam, öffnete den Mund, um etwas zu sagen – und erwachte plötzlich, nach Luft schnappend, in einem Krankenhausbett.

Es war still im Zimmer und das Licht gedimmt. Die Vorhänge standen offen, und sie sah ihre eigenen Umrisse undeutlich in der Fensterscheibe. Ein Gesicht, weiß und konturlos. Ein verschwommenes Krankenhaushemd. Dahinter einen wolkenlosen Himmel. Die Sterne, den Mond – und eine dünne, senkrecht aufsteigende Rauchsäule, fast wie ein Bild aus der Bibel.

Mit schwirrendem Kopf starrte sie den Rauch an und fühlte, wie seine Kraft durch die Scheibe ins Zimmer drang und sich in ihre Brust grub. Sie konnte ihn fast riechen. Hier, als ob im Zimmer etwas schwelte. Ehrfürchtig und mit weit geöffneten Augen stemmte sie sich auf den Ellbogen hoch. Der Druck in ihrer Brust war so stark, dass sie den Mund öffnen musste, um zu atmen. Vielleicht war es, weil sie Dad so deutlich gesehen hatte, vielleicht lag es auch an der Gehirnerschütterung oder an den Medikamenten, die man ihr gegeben hatte, aber es war, als brächte der Rauch ihr eine Botschaft.

Da kommt etwas, sagte er. *Etwas ist unterwegs zu dir.*

»Dad?«, flüsterte sie. »Was kommt da?«

Sei ruhig, kam die Antwort. *Es dauert nicht lange, dann ist es hier.*

DANK

Dank all denen, die mir geholfen haben, dieses Buch zu vollenden: meiner Agentin Jane Gregory und ihrem wundervollen Team in Hammersmith, Selina Walker und allen anderen beim Verlag Transworld, der mich jetzt seit zehn Jahren betreut (ihr Wahnsinnigen). Frank Wood von Elizabeth Francis (Medicall) hat mir geholfen, die Sanitäter in den letzten Kapiteln halbwegs realistisch aussehen zu lassen, und ein ganzes Heer von Fachleuten der Avon and Somerset Police hat mir bei den Details der polizeilichen Arbeit die Hand geführt (alle Fehler stammen von mir, und niemand wird sie für sich beanspruchen). Dazu gehörten DI Steven Lawrence, kriminalpolizeilicher Ausbilder, PC Kerry Marsh vom Child Abuse Protection and Investigation Team CAPIT, PC Andy Hennys von der Hundestaffel und PC Steve Marsh von der Unterwassersucheinheit. Vor allem aber danke ich Sergeant Bob Randall, der bei diesem Buch genauso unentbehrlich, klug und hilfreich war wie schon bei der ganzen Serie.

Wahre Bosheit kommt von innen!

Bestsellerautorin Mo Hayder im Goldmann Verlag:

Verderbnis
Thriller
978-3-442-47780-7
auch als E-Book erhältlich

Haut
Thriller
978-3-442-47544-5
auch als E-Book erhältlich

Ritualmord
Thriller
978-3-442-47285-7
auch als E-Book erhältlich

Die Behandlung
Thriller
978-3-442-45626-0
auch als E-Book erhältlich

Der Vogelmann
Thriller
978-3-442-45173-9
auch als E-Book erhältlich

www.goldmann-verlag.de
www.facebook.com/goldmannverlag

GOLDMANN
Lesen erleben